ullstein

Das Buch

Nach dem Tod ihrer Eltern muss die junge Eilika sich auf der Bernburg als Magd verdingen. Das Leben auf der mittelalterlichen Burg ist alles andere als einfach. Doch als Eilika den Ritter Robert kennenlernt, scheint ihr Schicksal eine gute Wendung zu nehmen. Da muss Robert in den Krieg, und Eilika bleibt allein zurück. Sie beschließt, ihr Leben selbst in die Hand zu nehmen, verlässt die Bernburg, lernt lesen und schreiben und wird bald zu einer anerkannten Heilerin. Wird sie Robert jemals wiedersehen?

Die Autorin

Marion Henneberg wurde 1966 in Goslar geboren. Nach einem betriebswirtschaftlichen Studium ist sie seit mehreren Jahren u. a. in der Erwachsenenbildung tätig. Sie lebt mit ihrer Familie in Marbach am Neckar. *Die Entscheidung der Magd* ist ihr erster Roman, sie schreibt gerade an dem nächsten.

Marion Henneberg

Die Entscheidung der Magd

Historischer Roman

Ullstein

Besuchen Sie uns im Internet:
www.ullstein-taschenbuch.de

Umwelthinweis:
Dieses Buch wurde auf chlor- und säurefreiem Papier gedruckt.

Originalausgabe im Ullstein Taschenbuch
1. Auflage November 2008
© Ullstein Buchverlage GmbH, Berlin 2008
Umschlaggestaltung: HildenDesign, München
Titelabbildung: Frau © Portrait of a Lady with a Unicorn,
Raphael (Raffaello Sanzio of Urbino)/
Galleria Borghese, Rom, Lauros/Giraudon/
The Bridgeman Art Library
Satz: Pinkuin Satz und Datentechnik, Berlin
Gesetzt aus der Sabon
Druck und Bindearbeiten: CPI – Ebner & Spiegel, Ulm
Printed in Germany
ISBN 978-3-548-26959-7

Für Petra, ohne die es Alda nicht gäbe

PROLOG

1140

Gebeugt trat der Mann aus dem Schatten des Hauses und zog die alte Holztür leise hinter sich zu. Er ging zum Stall, öffnete das knarrende Tor und machte sich an die Arbeit. Dem mageren Ochsen brummte er ein »Guten Morgen« zu und führte ihn dann hinter sich her aufs Feld. Es war noch empfindlich kalt, doch daran verschwendete er keinen Gedanken. Er spürte die Kälte kaum, die sich durch seine Jacke fraß. Auch die Schmerzen in seinem linken Knie, die ihn seit Monaten plagten, versuchte er nicht weiter zu beachten. Aus dem Haus hörte er das Klappern von Schüsseln und leises Gemurmel. Seine Tochter Eilika machte für sich und ihren jüngeren Bruder Ingulf das Frühstück. Schmunzelnd hörte er die drängende Stimme des Mädchens ebenso wie die mürrische Antwort des Jungen. Er war stolz auf seine beiden Kinder. Als seine Frau kurz nach der Geburt von Ingulf gestorben war, hatte er sie weitgehend ohne fremde Hilfe großgezogen. Das war nicht immer einfach gewesen, und Eilika hatte schon sehr früh alle anfallenden Hausarbeiten übernehmen müssen.

Über dem Wald, der direkt an das Feld grenzte, ging allmählich die Sonne auf. Der Bauer spannte den Ochsen vor den Pflug, um eine tiefe Spur durch die Erde zu ziehen. Ruhig gingen Mensch und Tier an ihr mühseliges Werk, und als Eilika sich ihnen Stunden später näherte, hatten die beiden schon viel geschafft. Das Mädchen trug sorgsam eine Schüssel in den Händen, über die ein leinenes Tuch geworfen war. Von ihren Schultern baumelte ein lederner

Trinkbeutel herab. Als der Bauer seine Tochter erblickte, die in ihrem schlichten Wollkleid mit bloßen Füßen auf ihn zukam, zeigte sich ein stolzer Ausdruck auf seinem wettergegerbten Gesicht.

Eilika meisterte das schwere Leben, ohne zu klagen. Sie war von freundlicher Natur und noch dazu hübsch anzusehen. Zum Leidwesen ihres Vaters hatte sie allerdings das impulsive Verhalten ihrer Mutter geerbt. Bisher war zwar immer alles gut gegangen, doch ihr Vater befürchtete, dass ihre Unüberlegtheit sie irgendwann in große Schwierigkeiten bringen könnte. Für ihre zehn Jahre war sie ziemlich groß und hatte eine sehr schmale Figur. Das kupferfarbene Haar hatte sie mit einem Band im Nacken zusammengebunden, und im Schein der Sonne sah es aus wie die Glut eines ausgehenden Feuers. Mit einem liebevollen Lächeln trat sie an den Vater heran und überreichte ihm vorsichtig die Schüssel mit dem warmen Mittagessen. Dann ging sie wieder fort, um bald darauf mit einem Eimer Wasser und Futter für das Tier zurückzukehren. Den Holzeimer stellte sie vor den Ochsen, der sofort gierig das Maul hineinsenkte. Das Futter schüttete sie daneben.

»Du bist heute schon weit gekommen«, sagte sie und strich ihrem Vater flüchtig über die raue Wange. Dann setzte sie sich neben ihn auf den moosbewachsenen, großen Stein.

Er nickte bedächtig, legte die Stirn aber sofort wieder in tiefe Sorgenfalten. »Wir können nur hoffen, dass uns das Glück dieses Jahr nicht im Stich lässt und die Ernte gut ausfällt. Dann kann ich einen Teil der Schulden zurückzahlen. Wenn bloß nicht wieder alles vernichtet wird.«

Das vergangene Jahr war sehr schlimm gewesen. Markgraf Albrecht, der Herzog von Sachsen, auf dessen Land sie lebten, hatte sich zwei Jahre zuvor auf die Seite König Konrads gestellt. Dieser lag nach seiner Inthronisierung im Dauerstreit mit Heinrich dem Stolzen, dem ehemaligen Herzog von Sachsen, da jener ebenfalls Anspruch auf den Thron erhob. Da Heinrich die vom König geforderte Herausgabe seiner beiden Herzogtümer verweigert hatte, wurde er von diesem geächtet und verlor seine Besitztümer. Seitdem war Albrecht Herzog von Sachsen, und es herrschte Krieg. Plünderungen und Brandschatzungen waren an der Tagesordnung, zumal sich einige der mächtigsten sächsischen Fürsten, wie der Erzbischof von Magdeburg und Pfalzgraf Friedrich von Sommereschenburg, Heinrich angeschlossen hatten und nun ebenfalls gegen Albrecht als des Königs Verbündeter vorgingen. Dieser war aufgrund der massiven Angriffe auf seine Ländereien zum König in den Süden des Reiches geflüchtet. Nun fielen in regelmäßigen Abständen die Soldaten der oppositionellen Fürsten über die Dörfer her und stahlen die Vorräte der Menschen.

Die darauf folgende Hungersnot in der ganzen Grafschaft Anhalt war schlimmer als alles, was Eilikas Vater je erlebt hatte. Davon hatte sich die kleine Familie zwar noch lange nicht erholt, aber sie lebten und waren zusammen. Doch für sie alle war der Hunger zu einem ständigen Begleiter geworden. Seit dem Tod Herzog Heinrichs vor einem Jahr hoffte die geplagte Bevölkerung auf ein Ende der kriegerischen Auseinandersetzungen und eine Rückkehr Albrechts.

Eine Zeitlang versanken Vater und Tochter in Schweigen. Er nahm sein Mahl ein, während sie danebensaß und über das frisch gepflügte Land schaute. Jeder hing seinen Gedanken nach.

»Wie geht es Ingulf? Ist das Fieber gesunken?«, fragte der Vater unvermittelt, als sei ihm erst jetzt wieder eingefallen, dass sein Sohn seit ein paar Tagen krank war und deshalb ausfiel.

Eilika stöhnte auf. »Er schimpft bei jeder Kleinigkeit mit mir, also geht's ihm wohl besser.«

Sanft legte der Bauer seine Hand auf die des Mädchens

und wunderte sich, wie schon so oft, dass sie so zart und schmal war. Vieles an Eilika erinnerte ihn an seine Frau. Seine Tochter hatte nicht nur deren Willensstärke geerbt, sondern besaß zudem die Eigenschaft, Mitleid mit ihren Mitmenschen zu empfinden, ungeachtet ihrer eigenen Armut. In diesen schweren Zeiten war die Fähigkeit nicht selbstverständlich. Wenn er in Eilikas grüne Augen sah, kam es ihm manchmal vor, als wäre ihre Mutter noch immer bei ihnen. Die Haarfarbe allerdings war eindeutig von ihm.

»Lass deinem Bruder noch etwas Ruhe. Ich rede heute Abend mit ihm.«

Sie seufzte kaum hörbar und sprang auf. Es war immer dasselbe. Ihr Vater vergötterte den Bruder und ließ ihm viel zu viel durchgehen. Ingulf nutzte die Nachgiebigkeit oft genug aus und drückte sich gern vor der Arbeit, was es für Eilika nicht gerade leichter machte. Aber sie liebte beide über alles und nahm die Tatsache hin, im Herzen ihres Vaters nur den zweiten Platz einzunehmen.

Der Bauer hatte das Mahl beendet und stand auf. Wortlos reichte er seiner Tochter die leere Schüssel, und bevor er sich wieder seinem Pflug zuwandte, zwinkerte er ihr kurz zu. Eilika lief mit dem leeren Geschirr leichtfüßig zurück zum Haus. Eine ganze Weile noch hörte sie, wie ihr Vater den Ochsen mit lautem Rufen antrieb. Erst als sie in den Weg zum Haus einbog, waren alle Laute vom Feld verebbt, und behände schlüpfte sie durch die Tür.

Kurze Zeit später blieb der Ochse wie angewurzelt stehen, und der Mann musste seine mühselige Tätigkeit unterbrechen. Fluchend ging er langsam in die Hocke, um den Grund für das seltsame Verhalten des Tieres auszumachen, doch er konnte nichts entdecken. Gerade als er sich wieder aufrichten wollte, schnaubte der Ochse und stampfte unruhig mit den knochigen Vorderbeinen. Der Bauer hielt sich am Geschirr fest und zog sich daran hoch.

Eine Ahnung ließ ihn den Blick zum Waldrand richten. Just in diesem Moment brach ein Reh nicht weit von ihm entfernt durch die Bäume und lief im Zickzack über das Feld. Dicht auf den Fersen folgten ihm vier Wölfe. Auf dem freien Feld versuchten sie, das gehetzte Tier einzukreisen, doch dem Reh gelang knapp die Flucht. Mit großen Sprüngen erreichte es wieder den Wald und verschwand, seine Verfolger noch immer hinter sich, im Dickicht. Durch die Wölfe aufgeschreckt, brüllte der Ochse plötzlich laut auf und stürmte los. Der Bauer wurde von der Bewegung völlig überrumpelt. Hastig versuchte er, die Hand vom Geschirr wegzuziehen, doch der Stoff seines Ärmels war eingeklemmt. Der Ochse raste mit dem Pflug über das Feld und schleifte den hilflosen Mann mit. Als der fadenscheinige Stoff endlich riss, wurde Eilikas Vater von dem massigen Tier überrannt. Sekunden später schob sich auch der schwere Pflug über den geschundenen Körper hinweg, und der Bauer stieß einen markerschütternden Schrei aus. Als das verstörte Tier kurze Zeit später heftig schnaubend zum Stehen kam, hatte den schwerverletzten Mann eine gnädige Ohnmacht umfangen.

TEIL I

1147
Frühjahr

1. KAPITEL

Der fünfte warme Frühlingstag in Folge näherte sich dem Ende. Pferd und Reiter folgten ohne große Eile dem Weg, der zur Burg führte. In einiger Entfernung war eine Mühle zu erkennen, die direkt an der Saale stand. Der Mann hatte am Anfang seiner Reise weder sich noch seinen Hengst geschont und nur wenige Pausen eingelegt. Beide waren anstrengende und lange Ritte gewohnt. Es war ein schönes, großes hellbraunes Tier, das nichts so schnell zu erschrecken vermochte, denn es war kampferprobt. Das Schwert des Ritters hing in der Scheide, die am Sattel befestigt war. Pferd und Reiter waren müde und freuten sich auf die vor ihnen liegende Ruhepause und auf gute Verpflegung.

Der Weg führte sie durch die Felder, auf denen noch reges Treiben herrschte. Die Bauern hoben nur kurz den Kopf, als der Mann an ihnen vorbeiritt. Sie waren Fremde gewöhnt. Graf Albrecht von Ballenstedt, der seit Beilegung der Streitigkeiten vor fünf Jahren zwar seinen Titel »Herzog von Sachsen« an seinen Widersacher Heinrich den Löwen hatte abgeben müssen, konnte sich aber immer noch »Markgraf der Nordmark« nennen. Dieses Land gehörte zu seiner Grafschaft Anhalt, und nur sehr selten hielt er sich mit seiner Gattin, Sophie von Winzenburg, und ihren gemeinsamen Kindern auf der Bernburg auf. Doch während seiner Anwesenheit bekam er des Öfteren Besuch.

Das Dorf, das am Fuß der Burg an die Ringmauer angrenzte, war in den letzten Jahren langsam, aber stetig gewachsen. Als die Bernburg vor knapp zehn Jahren durch einen Brand völlig zerstört worden war, hatten viele Bauern die Gegend verlassen, aber in den letzten Jahren waren die meisten zurückgekehrt.

Einige Kinder hüpften fröhlich neben dem Ritter den steilen Weg bis zur Burg hoch, die sich vor ihm auf einem hohen Sandsteinfelsen erhob und zur östlichen Seite durch den Fluss abgegrenzt wurde. Der mächtige Turm gab ihr ein bedrohliches Aussehen. Der Burgfried gehörte zu den Gebäudeteilen, die der Graf zuerst wieder errichten ließ. Der Aufbau aller zerstörten Gebäude würde sicher noch viele Jahre in Anspruch nehmen. Nachdem der Ritter den Wachen am Tor den Grund seines Besuches genannt hatte, ließen sie ihn sofort durch.

Der Burghof gehörte zu den größten, die er je zu Gesicht bekommen hatte, und auch jetzt gegen Abend herrschte ein reges Treiben. Der Mann stieg ab und führte sein Pferd zu den Stallungen, die sich auf der linken Seite des Burgtores befanden. Nachdem er zunächst niemanden ausmachen konnte, entdeckte er einen Jungen, der einen schönen Schimmel abrieb, und rief ihn heran. Der Junge unterbrach seine Arbeit ohne große Hast und schlenderte zu ihm hin. Er war ungefähr zwölf Jahre alt, groß und schlaksig. Sein Gesicht war blass und voller Sommersprossen und wurde von dunkelbraunen Haaren umrahmt, die störrisch nach allen Seiten abstanden. Sein Hemd und die Beinkleider waren abgenutzt, und der Stoff war an einigen Stellen geflickt.

»Was kann ich für Euch und Euer Pferd tun, mein Herr?« Die Stimme des Jungen klang etwas brüchig, so als könne er sich noch nicht recht entscheiden, ein Junge oder ein Mann zu sein.

»Verpflege es gut, gib ihm ordentlich zu fressen und zu trinken, reibe sein Fell ab und sorge für einen schönen Platz zum Ausruhen. Wenn du diese Arbeiten ordentlich erledigt hast, wird es sich für dich lohnen.«

Der Junge begann, eifrig zu nicken. »Sehr wohl, der Herr, alles wird so erledigt, wie Ihr es wünscht. Ihr werdet mehr als zufrieden sein.«

Der Ritter schmunzelte über den Eifer, dann drehte er sich um und ging mit großen Schritten auf das hölzerne Tor zu.

»Welchen Namen hat Euer Pferd, Herr Ritter?«, hörte er die Stimme des Jungen hinter sich.

Der Mann drehte sich um. »Alabaster«, antwortete er und stieß einen Fluch aus, denn er war im gleichen Moment mit jemandem zusammengestoßen und fühlte, wie sich ein großer Schwall Wasser über ihn ergoss. »Verdammt, was soll das. Kannst du denn nicht aufpassen?«

Ärgerlich bückte er sich zu dem Übeltäter, der bei dem Zusammenstoß zu Boden gegangen war. Da erkannte er, dass es sich um eine der Mägde handelte. Ehe er sie am Arm packen konnte, um sie hochzuziehen, war sie auch schon aufgesprungen und hatte sich ein Stück von ihm entfernt.

Sie kam ihm irgendwie bekannt vor, obwohl er sich ziemlich sicher war, sie noch nie zuvor gesehen zu haben.

Sie war hochgewachsen und schlank. Ihr Kleid spannte um Brust und Hüfte, und der braune Stoff war schon leicht zerschlissen. Ihre Haut war sehr hell, und die Augen blitzten ihn in einem tiefen Grün an. Aber das Auffallendste an ihr waren die Haare, die sie mit einem Band zurückhielt. Sie flammten in der Sonne auf wie die Glut eines ausgehenden Feuers.

»Verzeiht, mein Herr, ich war in Gedanken und habe Euch nicht gesehen.« Ihre Stimme zitterte, doch ihre Haltung war stolz. Den leeren Wassereimer, dessen Inhalt sich jetzt auf seiner Kleidung befand, hielt sie in der rechten Hand.

Er entspannte sich und lächelte sie an. »Ich habe genauso wenig achtgegeben wie du. Und ein Bad wollte ich sowieso noch nehmen.«

Nach diesen Worten löste sich auch die Haltung der jungen Magd, und mit einem Knicks drehte sie sich wieder zum Brunnen, um den Eimer erneut zu füllen. Plötzlich fühlte sie ihn direkt hinter sich.

»Kannst du mir sagen, wo ich den Grafen finde?« Seine Stimme klang dicht an ihrem Ohr, und sie erschauerte leicht.

Schnell trat sie einen Schritt von ihm weg und zeigte auf eine große Holztür. Dann packte sie den Eimer und lief zu einer Treppe, die in den Keller führte.

Er sah ihr nach und spürte, dass auch er beobachtet wurde. Der Junge, der sein Pferd versorgen sollte, starrte ihn reglos an. Als er die strenge Miene des Mannes bemerkte, drehte er sich um und ging schnell in den Stall.

Der Ritter schüttelte leicht verstimmt den Kopf und wandte sich wieder seinem eigentlichen Ziel zu. Dabei fiel ihm auf, dass einige Gebäude im Hof noch nicht wieder aufgebaut waren, an anderen wiederum wurde emsig gearbeitet. In dem offenen Eingang einer kleinen Kapelle stand ein junger Priester. Das Gebäude sah aus, als hätte es den Brand damals nahezu unbeschadet überstanden.

Mit energischen Schritten ging der Mann auf die große Holztür zu, auf welche das Mädchen gedeutet hatte. Er öffnete sie und befand sich in einer Eingangshalle. Einige Mägde fegten den Boden und scherzten nebenbei mit ein paar Soldaten, die ihnen bei der Arbeit zusahen. Bis auf einen großen, langen Tisch in der hinteren Ecke und einen halbhohen Schrank war die Halle leer geräumt.

Als die Soldaten den Fremden bemerkten, ging einer von ihnen auf den Mann zu. Der Soldat war von untersetzter Statur und hatte ein pockennarbiges Gesicht. »Wohin wollt Ihr?« Sein Ton war nicht besonders freundlich, was wohl dem nicht nur unsauberen, sondern auch seltsam nassen Äußeren des Ankömmlings zuzuschreiben war.

»Bring mich zum Grafen. Ich habe eine dringende Nachricht für ihn.«

»Wen darf ich melden?«, kam die gedehnte Antwort.

»Mein Name ist Robert von Harsefeld«, folgte es eine Spur ungeduldiger.

Der Soldat blieb misstrauisch, drehte sich dann aber um und verließ den Saal durch eine kleine Tür.

Robert von Harsefeld sah sich langsam um und tat, als bemerke er die verstohlenen Blicke der Frauen nicht. Obwohl ziemlich schmutzig, war er eine interessante Erscheinung. Zudem hielt er sich sehr gerade, was ihn noch größer erscheinen ließ, als er ohnehin schon war. Seine Haare waren blond, und die schmalen, wohlgeformten Lippen wurden von einem Vollbart umrahmt, der eine Spur dunkler erschien als seine Haare. Doch vor allem seine Augen fesselten den Betrachter: Stahlblau drangen sie bis ins Innerste der Seele vor. Die gerade Nase gab ihm ein leicht herrisches Aussehen, ebenso das kantige Kinn, in das sein schmales Gesicht auslief. Seine Kleidung entsprach weder der eines Adeligen noch der eines einfachen Mannes. Unter einem Umhang aus derber Wolle blitzte ein ledernes Wams hervor, und seine langen Beine, die in dunklen Beinkleidern steckten, endeten in abgetragenen hohen Stiefeln.

»Bitte folgt mir. Der Graf erwartet Euch.«

Der pockennarbige Soldat war wieder erschienen, und Robert stieg hinter ihm eine kleine Steintreppe hinauf in den Turm. Der Raum, den sie betraten, war etwas kleiner als die Eingangshalle und ebenfalls spärlich möbliert. In der Nähe des Fensters befand sich ein wuchtiger Tisch aus dunklem Holz. Auf einem ebensolchen Stuhl saß ein Mann von etwa fünfundvierzig Jahren. Wenn er auch hinsichtlich der Körpergröße nicht an Robert herankam, war er dennoch eine beeindruckende Persönlichkeit.

Mit leicht gebeugtem Kopf grüßte Robert. »Verehrter Graf von Ballenstedt, ich überbringe Euch eine Botschaft vom Herzog von Sachsen.«

Der Angesprochene erwiderte den Gruß und zeigte auf

den ihm gegenüberstehenden Stuhl. »Was sollte Herzog Heinrich mir mitzuteilen haben?«

Robert bemerkte den leicht angewiderten Ton, mit dem der Graf den Namen des Herzogs ausgesprochen hatte. Es wunderte ihn nicht, denn es war allgemein bekannt, dass zwischen den beiden kein besonders herzliches Verhältnis herrschte. »Ich bin lediglich der Überbringer der Botschaft und kann leider keinerlei Auskünfte über deren Inhalt geben, Euer Durchlaucht.«

Der Graf sah ihn grübelnd an, dann erhellte sich sein Gesicht. »Natürlich, ich kann es mir schon denken! Jetzt, da es bald wieder gegen die Slawen geht, braucht er sicher meine Unterstützung. Der Herzog wird kaum auf meine wertvollen Erfahrungen, nicht zuletzt jene aus dem Polenfeldzug im letzten Jahr, verzichten wollen.« Eine Weile sah er aus dem Fenster auf den Fluss hinab. Dann räusperte er sich und wandte sich wieder seinem Gegenüber zu. »Dass Ihr, Ritter von Harsefeld, Euch in die Dienste des Herzogs stellt, verwundert mich nun doch etwas. Schließlich hat er sich die Erbschaft angeeignet, die Euch zusteht.«

Roberts Blick wurde kalt, und er erwiderte, ohne zu zögern: »Ich weiß nicht genau, ob Euch bekannt ist, dass ich ein illegitimer Erbe der Grafen von Stade bin. Dass ich nun den Namen meines Großvaters tragen darf, verdanke ich in erster Linie dem Herzog. Davon abgesehen biete ich demjenigen meine Dienste an, der am besten bezahlt. Damit bin ich bisher immer gut gefahren. Ich halte nichts von den Kleinkriegen der Markgrafen, und an meiner Einstellung wird sich in der nächsten Zeit auch nichts ändern.«

Nachdem er seine Ausführungen so brüsk beendet hatte, fuhr Robert nach einer kurzen Pause fort: »Natürlich habt Ihr recht, was den bevorstehenden Kreuzzug gegen die Wenden angeht. Die Könige Knut und Sven von Dänemark haben dem Herzog ihre Unterstützung schon zugesichert. Ihr seht die große Dringlichkeit, jetzt, da das Bündnis des

Slawenfürsten Niklot mit dem Grafen von Schauenburg besteht.« Robert musterte den Grafen abwartend.

Dieser nickte nach kurzer Zeit zustimmend und sagte: »Selbstverständlich muss an dieser Situation etwas geändert werden. Ich habe einen Boten zum Markgrafen Konrad nach Meißen geschickt und erwarte seine Rückkehr in den nächsten Tagen. Wir sind in ständigem Kontakt und bereits seit längerer Zeit der Ansicht, dass wegen der östlichen Gebiete etwas unternommen werden muss. So lange, mein verehrter Freund, werdet Ihr Euch gedulden müssen. Genießt meine Gastfreundschaft und ruht Euch aus. Ich denke, es kommen noch aufreibende Wochen auf uns alle zu. Es lag mir übrigens fern, Euch zu brüskieren. Ihr seid, wie mir berichtet wurde, ein hervorragender Ritter. Ich glaube, zuletzt hörte ich von Eurem tapferen Einsatz beim Feldzug gegen Polen im letzten Jahr. Leider endete dieser Krieg nicht mit dem gewünschten Erfolg. Nun denn, nicht alles kann gelingen.«

Der Markgraf unterbrach seine Ausführungen und sah Robert an, als hätte er ihn erst jetzt richtig wahrgenommen. »Was in Gottes Namen ist mit Euch passiert? Habt Ihr beim Baden im Fluss vergessen, Euch Eurer Sachen zu entledigen? Eine Regenwolke kann ich weit und breit nicht erkennen.«

Für einen kurzen Moment weilten Roberts Gedanken bei dem rothaarigen jungen Mädchen. »Ein kleines Missgeschick, nichts weiter, Euer Durchlaucht.«

Albrecht der Bär, der seinen Beinamen als ebenbürtigen Titel zu dem seines Widersachers Heinrichs des Löwen erhalten hatte, schien sich mit der Antwort zufriedenzugeben. Er ließ seinen Verwalter rufen und befahl ihm, dem Gast eine Unterkunft zuzuweisen. Robert bedankte sich beim Grafen und folgte dem Kastellan. Dieser führte ihn eine Treppe hinunter und durch einen langen Gang in einen kleinen, aber gemütlichen Raum.

Als sie die Tür öffneten, beugte sich gerade jemand über den Kamin, um ein Feuer zu entfachen. Mit einem Blick sah Robert, dass es sich um das Mädchen vom Hof handelte. Aufgrund ihrer außergewöhnlichen Haarfarbe war sie unschwer wiederzuerkennen. Beim Eintreten der beiden Männer hatte sie sich kurz umgedreht, anschließend aber gleich wieder ihrer Arbeit zugewandt.

»Möchtet Ihr vor dem Essen noch ein Bad nehmen?«

Die Frage des Verwalters unterbrach Roberts Betrachtung. Ihm fiel wieder ein, wie lange er schon nicht mehr in den Genuss eines Bades gekommen war, und er bejahte.

»Dann schicke ich Euch gleich jemanden, der sich darum kümmern wird. Der Graf erwartet Euch anschließend zum Abendessen in der Eingangshalle.« Mit einer leichten Verbeugung verließ der Mann den Raum.

Interessiert sah Robert dem Mädchen zu, das sich immer noch vergeblich darum bemühte, ein Feuer in Gang zu bringen. Ihr Profil gefiel ihm, ebenso wie der schlanke Hals. Als er mit leichter Belustigung bemerkte, dass ihr zum zweiten Mal der Holzspan aus der Hand fiel, ging er mit großen Schritten auf sie zu. Er hatte sie kaum erreicht, als sie auch schon aufsprang.

»Lass mich mal ran.« Sanft schob er sie zur Seite und hatte innerhalb kürzester Zeit ein flackerndes Feuer entfacht.

Leise bedankte sie sich und wollte an ihm vorbeihasten, doch er war schneller und ergriff ihren Arm. »Warte bitte, wenn wir uns schon ständig über den Weg laufen, würde ich gerne deinen Namen erfahren.« Seine Stimme klang rau, und die junge Magd schien verunsichert zu sein. Amüsiert bemerkte er, dass sie den Kopf augenblicklich ein kleines Stück höher hob.

»Eilika nennt man mich, Herr«, antwortete sie. »Und damit Ihr nachher auch Euer Essen bekommt, solltet Ihr mich jetzt gehen lassen.«

Mit einer lässigen Bewegung ließ er sie los und gab den Weg frei. »Schade, ich dachte, du bringst mir auch das Badewasser.« Er konnte sich nicht verkneifen, ihr leicht über die Wange zu streichen.

Entsetzt drehte sie sich um und floh fast aus dem Zimmer.

Eilika lief den Gang entlang bis zur Treppe, die nach unten führte. Ärgerlich fuhr sie sich mit der Hand über die Wange, als wollte sie die Berührung des Ritters wegwischen. Noch nie hatte ein Mann sie so sehr verwirrt. Kaum dass er den Raum betreten hatte, schien alles von seiner Gegenwart erfüllt zu sein. Sie spürte noch immer den wohligen Schauer über ihren Rücken laufen.

Dabei hatten im letzten Jahr viele versucht, sich ihr zu nähern. Mit ihren siebzehn Jahren war sie zu voller Schönheit erblüht, und seit ihre weiblichen Formen nicht mehr zu verbergen waren, war sie ständig bemüht, möglichst wenig aufzufallen. Leider war das mit ihrer spärlichen Garderobe kaum möglich. Eilika besaß nur wenig Geld, daher musste sie mit den abgetragenen Kleidern ihrer Freundin vorliebnehmen. Landine war etwas kleiner, was jedoch nicht weiter schlimm war. Das Hauptproblem bestand darin, dass sie nur wenig Busen und extrem schmale Hüften besaß.

Wenigstens musste Eilika nicht ständig mit den Herrschaften in Berührung kommen. Ihre Freundin Landine hatte es da schon schwerer. Im Gegensatz zu Eilika, die durch ihre Tätigkeit als Magd hauptsächlich in der Küche half, arbeitete sie als Zofe bei der Nichte Albrechts, Gräfin Irene von Nortingen. Diese hielt sich zusammen mit ihrem Bruder Reinmar seit ein paar Monaten zu Besuch auf der Bernburg auf. Irene war eigentlich ganz erträglich, im Gegensatz zu ihrem Bruder, der hinter allem her war, was einen Rock anhatte.

Landine beklagte sich des Öfteren bei Eilika, dass er sie

ständig berührte, sobald sich eine Gelegenheit ergab. Seltsamerweise häuften sich in letzter Zeit die Momente, in denen seine Schwester nicht anwesend war, und so war die arme Landine ihm regelmäßig hilflos ausgeliefert.

Insgeheim befürchtete Eilika, dass es nicht nur bei ein paar Berührungen blieb. Auch sie hatte schon oft Reinmars gierige Blicke gespürt. Aber sie begegneten sich nicht allzu häufig, und bisher konnte Eilika es immer so einrichten, dass andere Leute anwesend waren. Zu ihren Pflichten zählte es außerdem, beim Auftragen des Essens zu helfen, und Graf Albrecht schätzte es nicht, wenn sein Neffe die Bediensteten schlecht und anmaßend behandelte. Aus diesem Grunde war sie bisher sicher vor den Zugriffen Reinmars, und Eilika wollte auch in Zukunft alles in ihrer Macht Liegende tun, damit es so blieb.

Sie ertappte sich dabei, dass sie den fremden Ritter mit Reinmar verglich. Sie schätzte ihn auf Mitte zwanzig und somit etwa drei bis vier Jahre älter als den Neffen des Grafen. Äußerlich hatten die beiden Männer nicht viel gemeinsam. Reinmar war nicht sehr groß und hatte braunes, nicht gerade üppiges Haar. Seine kleinen Augen standen eng beieinander, und seine Nase war etwas knollig geraten. Seine Lippen waren sehr schmal und trugen dazu bei, dass seinem Aussehen etwas Gemeines anhaftete.

Eilika lief hinunter in die Küche. Aus dem großen Kessel, der über dem Feuer hing, dampfte es, und der Koch Alfons rührte gerade mit einem großen Holzlöffel in der Suppe.

»He, wo steckst du denn? Ich brauche dich hier ganz dringend, und keiner konnte mir sagen, wo du bist.« Ziemlich brummig zeigte er auf die Brote, die geschnitten werden sollten.

»Ich musste für einen Gast das Feuer im kleinen Zimmer schüren. Es ging leider nicht schneller.« Eilika griff sich das große Messer und schrie im selben Moment leise auf.

»Mensch, Schwesterherz, du bist ja mal leicht zu erschrecken!« Ingulf lief in geduckter Haltung rückwärts, stolperte über einen kleinen Schemel und fiel polternd hin. Er rieb sich die schmerzende Schläfe und beobachtete dabei Eilika, die wild mit dem Messer fuchtelnd über ihm stand.

»Erschrecke mich nie wieder, sonst wird es dir leidtun!«

Ingulf rappelte sich langsam auf, um sich im festen Griff von Alfons wiederzufinden. Dieser zog ihn heftig am Ohr und warnte mit schneidendem Ton: »Sieh dich vor, sonst rutscht mir noch die Hand aus. Und jetzt troll dich zu deinen Pferden.«

Ingulf lag eine passende Antwort auf der Zunge, doch ein Blick in das Gesicht seiner Schwester genügte. Er rieb sich nur vorsichtig sein Ohr und verließ die Küche.

»Ich verstehe nicht, dass jemand wie du so einen Nichtsnutz zum Bruder haben kann«, sagte Alfons und schüttelte den Kopf. »Ständig hat er irgendeinen Blödsinn im Sinn.«

Eilika widersprach ihm empört: »Das ist nicht wahr. Seit er sich um die Pferde kümmern muss, ist es viel besser geworden. Er ist glücklich mit seiner Aufgabe. Manchmal bin ich selbst erstaunt, wie gerne er die Arbeiten erledigt.«

Alfons legte ihr beschwichtigend eine Hand auf den Arm. »Sei mir nicht böse.« Dabei sah er sie flehend an. »Ich weiß ja, wie gern du ihn hast. Ich meine nur, dass es auch für ihn gut wäre, wenn du endlich heiraten würdest. Ihm fehlt doch nur eine feste Hand.«

Eilikas Wut verflog ebenso schnell, wie sie gekommen war. Sie mochte ihn sehr gerne, aber seine ständige Sorge um sie ging ihr allmählich auf die Nerven. Da sie ihm nicht wehtun wollte, sagte sie nichts mehr. Zugegeben, viele Alternativen ergaben sich nicht für sie. Die meisten Mädchen in ihrem Alter waren schon verheiratet. Außerdem hatte sie keine Eltern mehr und somit auch kein Geld. Hinzu kam, dass ihr Vater durch seinen plötzlichen Tod vor sieben Jahren seine Schulden nicht hatte zurückzahlen können. Diese lasteten jetzt auf den Geschwistern. Wie so oft, wenn sie an ihren Vater und den schrecklichen Unfall dachte, füllten sich ihre Augen mit Tränen.

Sie war hinausgeeilt, als sie den Lärm vom Feld gehört hatte. Just in dem Moment, als die vier Wölfe auf dem freien Feld dem gehetzten Reh hinterherjagten, um gleich darauf wieder im Wald zu verschwinden. Panisch hatte Eilika ihren Eimer fallengelassen und war losgerannt. Sie hatte ihren Vater noch nicht ganz erreicht, als sein markerschütternder Schrei die Stille zerriss. Mit tränenverschmiertem Gesicht hatte sie ihn aus den Schnüren befreit und seinen Kopf in ihren Schoß gebettet. Nach kurzer Zeit war er noch einmal für wenige Augenblicke zu Bewusstsein gekommen. Ihr Rock tränkte sich vom Blut, das aus einer Wunde an seinem Hinterkopf floss. Sein ganzer Körper war mit Prellungen und Schürfwunden übersät, und das Gewicht des Pfluges hatte beide Beine zertrümmert. Mit halb geöffneten Augen lag er da, und Eilika hatte Mühe, seine leisen Worte zu verstehen. Heute noch klang ihr sein »kein Glück« in den Ohren. Dann war ihr Vater in ihren Armen gestorben.

Die nachfolgenden Ereignisse hatte sie nur noch schemenhaft in Erinnerung. Einige Nachbarn waren herbeigeeilt und hatten den Dorfpriester geholt. Nach der Beerdigung folgte der Abschied der beiden Geschwister von ihrem Hof. Die darauf folgenden zwei Jahre hatten Eilika und Ingulf bei Leuten im Dorf verbracht, die selbst kaum genug zu essen hatten. Dann fingen die Aufbauarbeiten auf der Bernburg an, und sie wurden zu Klemens von Willigen gebracht. Der genoss das volle Vertrauen des Markgrafen und war während dessen Abwesenheit mit der Aufsicht über die Bauarbeiten betraut. Damit begannen endlich wieder bessere Zeiten für die beiden Geschwister.

Sie mussten zwar hart arbeiten, hatten aber immer genug zu essen. Klemens von Willigen war ein strenger, doch gerechter Mann. Er war Witwer, Anfang fünfzig, und seine einzige Tochter war vor Jahren gestorben. Jetzt setzte er seine ganze Kraft für den Markgrafen ein, und als Klemens von Willigen später Kastellan der Burg wurde, bekamen Eilika und Ingulf ebenfalls dort ihre Plätze zugewiesen.

Die Schmerzen in ihren Fingern erinnerten Eilika daran, beim Brotschneiden besser achtzugeben und nicht ihren Gedanken nachzuhängen. Sie wickelte ein sauberes Tuch um die blutende Wunde und arbeitete schweigend weiter. Nach einer Weile erschien der Kastellan in der Küche und befahl ihnen, das Essen aufzutragen. Alfons hatte sich die schweren Schüsseln mit der Suppe aufs Tablett geladen, Eilika nahm sich einige der kleineren Schüsseln, und Anna, eine andere Magd, schleppte die großen Holzbretter mit dem Brot. Mit ihrer Last beladen, begaben sie sich auf den Weg in die große Halle, um den Anwesenden die Speisen und Getränke aufzutischen.

Robert freute sich nach dem schönen heißen Bad auf ein üppiges Mahl, zumal er sich die letzten Tage fast nur von altem, hartem Brot ernährt hatte. Als er die Eingangshalle betrat, in der sich die Burgbewohner zu den täglichen Mahlzeiten trafen, fand er sie ziemlich verändert vor. Der große Tisch stand in der Mitte und um ihn herum mehrere Stühle. Die flackernden Kerzen und ein Strauß frischer Frühlingsblumen verbreiteten eine angenehme Atmosphäre. Robert wies man den Platz neben dem Grafen zu, und bald unterhielten sie sich angeregt über seine Reise. Nebenbei versuchte der Markgraf herauszubekommen, wie Herzog Heinrich die Zusage der beiden Dänenkönige erreicht hatte, doch der Ritter hielt sich mit seinen Aussagen zurück.

Auf der anderen Seite neben dem Grafen saß seine Nichte Irene, die ständig verstohlen zu Robert hinübersah. Sie war hübsch, gehörte aber nicht unbedingt zu den Frauen, die ihm gefielen. Dazu war sie zu klein und ihre Figur zu flach. Sie hatte eine niedliche Stupsnase und die schmalen Lippen ihres Bruders, aber ihre Augen leuchteten warm und braun, und die ebenfalls braunen Haare umschmeichelten das etwas rundliche Gesicht. Ihr Bruder war noch nicht anwesend. Robert kannte ihn nur flüchtig. Er hatte Reinmar vor zwei Jahren auf einem Fest von Herzog Heinrich gesehen. Die hochmütige Haltung des jungen Mannes hatte ihm damals schon nicht zugesagt, und er war keineswegs darauf erpicht, ihm zu begegnen.

Graf Albrecht unterbrach sein Gespräch mit Robert, um sich kurz mit seinem Verwalter auszutauschen, und der Ritter verfolgte so lange das Auftragen der Speisen und Getränke. Dabei fiel ihm sofort Eilika auf, die ihr Haar diesmal unter einem Tuch verborgen hatte. Eine widerspenstige Locke fiel ihr jedoch ins Gesicht. Offenbar spürte sie, dass sie beobachtet wurde, und drehte den Kopf zu ihm. Für einen kurzen Moment kreuzten sich ihre Blicke, und er nickte ihr freundlich zu. Hastig wandte sie sich ab und verteilte die restlichen Schalen auf dem Tisch. Der Kastellan hatte unterdessen sein Gespräch mit dem Grafen beendet und neben Robert Platz genommen. Zu ihrer großen Verwirrung dankte dieser Eilika kurz, als sie eine Schale vor ihm absetzte.

In diesem Moment stürmte Reinmar in die Halle, der verlegen zu Boden sah und sich schnell neben seine Schwester setzte.

Alfons hatte die großen Suppenschüsseln auf den langen Tafeln zurückgelassen und den Raum wieder verlassen. Eilika machte sich nun daran, die Schalen mit der Suppe zu füllen, und Anna reichte Brot dazu. Als sie Reinmar die Schale hinstellte, ließ er den Blick ungeniert über ihren Körper gleiten. Sie war froh, als sie endlich fertig war und die Eingangshalle verlassen konnte. Anna blieb, um bei Bedarf die Schalen aufzufüllen und Bier nachzuschenken.

Eilika rannte die Treppe hinunter, hinaus auf den Hof. An der frischen Abendluft wurden ihre Gedanken klarer, und sie zwang sich zu mehr Ruhe.

Nach einer Weile ging sie erneut in die Halle, um gemeinsam mit Anna das benutzte Geschirr zurück in die Küche zu bringen und es abzuwaschen. Das Wasser dafür hatte Eilika nach ihrem Zusammenstoß mit dem Ritter erneut vom Brunnen geholt. Einige Zeit später ging sie müde hinauf in ihre Kammer, die sie sich mit Landine teilte.

Der Weg führte sie über eine schmale Wendeltreppe, wo eine Fackel an der Wand ihr den Weg leuchtete. Da sie sehr müde war, bemerkte sie nicht die Gestalt, die ein paar Stufen über ihr stand. Umso mehr erschrak sie, als sie mit dem Neffen des Grafen zusammenstieß, und um nicht das Gleichgewicht zu verlieren, griff sie nach ihm. Er nutzte die Gelegenheit, umfasste ihre Taille und zog sie an sich. Keuchend versuchte Eilika, sich von ihm loszureißen.

»Wehr dich ruhig, hier hört dich ja doch keiner«, flüsterte er ihr ins Ohr. Sein Atem ging schnell, und während sein Mund sich auf ihren Nacken presste, versuchte er, ihr mit einer Hand den Rock hochzuschieben.

Verzweifelt griff sie ihm in die Haare, die ihm auf die Schulter fielen, und zog mit aller Kraft daran. Er schrie leicht auf und lockerte den Griff seiner Linken. Schnell nutzte sie die Gelegenheit und stieß ihm ihr Knie mit aller Kraft zwischen die Beine. Diesmal entfuhr ihm ein lauter Schrei. Er ließ sie abrupt los und sackte in sich zusammen. Eilika nutzte ihre Chance, lief die Treppe hoch und floh in ihr Zimmer.

Drinnen schlug sie die Tür zu und lehnte sich zitternd dagegen. Erst als sie langsam zur Ruhe kam, hörte sie das Wimmern aus einer Ecke des Raumes.

Die Kammer war sehr klein. Es passten gerade zwei schmale Betten und ein wackeliger kleiner Tisch hinein. Landine lag zusammengekrümmt auf ihrem Bett und gab die leisen Laute von sich. Sofort vergaß Eilika ihr schreckliches Erlebnis und setzte sich zu ihrer Freundin ans Bett.

Zart strich sie ihr über die Haare und den Rücken. Nach einiger Zeit ließ das Wimmern nach, bis es schließlich ganz aufhörte.

Sanft fasste Eilika ihre Freundin am Arm und drehte sie zu sich herum. »Was ist denn nur geschehen?«

Landines Gesicht war vom Weinen rot und verquollen. Sie sah an Eilika vorbei an einen Punkt in der dunklen Zimmerecke. Plötzlich griff ihre linke Hand fest den Arm von Eilika, und ihre Augen blickten sie starr vor Angst an. »Ich bekomme ein Kind.« Sie flüsterte die Worte so leise, dass Eilika erst glaubte, sie nicht richtig verstanden zu haben. Doch das traurige Gesicht ihrer Kammernachbarin überzeugte sie schnell vom Gegenteil.

»Wer ist der Vater?« In dem Moment, als die Frage ihr über die Lippen kam, wusste sie auch schon die Antwort. »Dieser miese Schuft!«

Landine fing wieder an zu weinen, und Eilika zog sie schnell an sich.

»Ich habe es ihm vor dem Abendessen gesagt. Er hat gewartet, bis seine Schwester den Raum verlassen hatte, um mich ins Zimmer zurückzuziehen und seine Lust zu befriedigen. Ich habe in der letzten Zeit oft vergeblich versucht, es ihm zu sagen.« Landine beruhigte sich etwas und sprach nach einer Weile leise, doch mit fester Stimme weiter. »Ich weiß nicht, was ich mir für eine Antwort erhofft habe. Aber so etwas ganz bestimmt nicht. Er hat mich nur kalt angesehen und gesagt, dass ich sehr dumm sei und nun zusehen müsse, wie ich mit dem Problem fertig werde. Denn wenn ich den Mund aufmache, würde mir sowieso keiner glauben. Danach ist er gegangen. Einfach so.« Ihr Gesicht verzog sich beim Gedanken an den Moment vor Schmerz.

Eilika dachte sofort an den Zwischenfall auf der Treppe. Kaum hatte dieser elende Schuft die arme Zofe seiner Schwester geschwängert, versuchte er sich an das nächste hilflose Mädchen ranzumachen. Vor Wut ballte sie die

Faust so fest, dass sich ihre Nägel ins Fleisch bohrten. »Was hast du jetzt vor?«

Eilika wusste selbst, dass nicht viele Möglichkeiten in Frage kamen. Landine war etwas älter als sie und zudem sehr hübsch. Es gab durchaus einige Männer hier in der Burg und unter den Bauern, die sie gerne geheiratet hätten. Die Frage war nur, wie lange es noch dauern würde, bis das Kind das Licht der Welt erblickte. Denn sollte ihre Freundin sich zu einer Heirat entschließen, durfte die Schwangerschaft nicht allzu weit fortgeschritten sein. Sonst würde es für sie nicht einfach werden, einen Mann zu finden.

Als ob sie die Gedanken ihrer Freundin erraten hätte, seufzte Landine. »Das Kind wird in fünf Monaten geboren. Meinen Bauch konnte ich bisher gut verbergen. Ich habe ihn in den letzten Wochen mit einem Tuch fest umwickelt.« Sie schüttelte den Kopf »Nein, das würde kein Mann mitmachen.« Nach einer kurzen Pause sprach sie weiter. »Ich werde zu der Frau gehen, die in der Hütte am Waldrand wohnt. Sie wird mir sicher helfen können.«

Entsetzt sprang Eilika auf. »Bist du denn verrückt geworden? Hast du vergessen, was letztes Jahr erst mit dem Mädchen aus dem Dorf passiert ist? Und vor zwei Jahren mit der Frau, der sie die Kräuter gegen die Schmerzen im Unterleib gegeben hat? Sie wäre an dem Zeug fast gestorben!« Eilika konnte nicht glauben, dass Landine allen Ernstes zu dieser Frau wollte, von der schon so viel Unheil ausgegangen war. Allein bei dem Gedanken an die zahnlose, schmuddelige Gestalt lief es ihr eiskalt den Rücken hinunter.

»Ich habe keine andere Wahl. Ich will nicht alleine mit einem Kind, das keinen Vater hat, mein Dasein fristen. So schlimm ist die Alte nun auch wieder nicht. Schließlich gibt es durchaus ein paar Leute, denen sie geholfen hat.« Mit fester Stimme erhob sich die junge Zofe. Ihre Niedergeschlagenheit war verschwunden und hatte einer Verbissenheit Platz gemacht, die Eilika an der sonst so freundlichen und ruhigen Freundin nicht kannte.

Trotzdem wollte sie einen letzten Versuch unternehmen. »Geholfen, sagst du? Die Leute, von denen du sprichst, hatten lächerliche Wehwehchen. Ich weiß noch genau, dass eine von ihnen die Waltraud war, unten vom Ort. Die wollte nichts als einen Liebestrank für den Berthold, den Sohn vom Schmied. Da der sowieso bis über beide Ohren in sie verliebt war und sie das nur nicht wusste, hat das wohl nichts mit Heilkunst zu tun, oder?

»Nein, es geht bestimmt alles gut. Morgen Abend werde ich zu ihr gehen.«

Eilika wollte nicht so schnell aufgeben. »Und wenn du mit der Gräfin sprichst? Sie ist doch immer gut zu dir und mag ihren Bruder auch nicht sonderlich. Sie wird dir bestimmt helfen.«

Landine schüttelte sofort heftig den Kopf. »Nein, auf gar keinen Fall. Was ändert das schon? Ich könnte nicht mehr für sie arbeiten, und mit Kind nimmt mich auch kein anderer Mann. Außerdem habe ich in letzter Zeit das Gefühl ...« Landine stockte, unschlüssig, ob sie weitersprechen sollte. Schließlich fuhr sie fast flüsternd fort: »Nein, das kann nicht sein.« Dann schüttelte sie erneut den Kopf, dieses Mal allerdings sehr langsam, so als ob ihr jede Bewegung Schmerzen bereitete. Sie setzte sich auf und schwang die Beine aus dem Bett. »Mein Entschluss steht fest.«

»Dann lass mich wenigstens mit dir kommen, damit du nicht alleine bist.« Eilika fasste bittend die Hand ihrer Freundin.

Landine wehrte jedoch ab. »Ich war vorhin schon bei der Frau, und da hat sie mir gesagt, dass sie niemanden dabeihaben will. Außerdem gibt es Dinge, die man alleine tun muss. Und jetzt genug davon. In ein paar Tagen ist alles überstanden und vergessen.« Sie stand auf, goss etwas Wasser in eine Schüssel, die auf dem wackeligen Tisch stand, und fing an, sich auszuziehen.

Im Licht der Kerze konnte Eilika deutlich die kleine Wölbung des Bauches erkennen. Komisch, dass es mir nicht früher aufgefallen ist, dachte sie und zog sich ebenfalls aus, um sich zu waschen. Als beide in ihren Betten lagen, fielen sie schnell in einen tiefen, traumlosen Schlaf.

2. KAPITEL

Robert fühlte sich am nächsten Morgen ausgeruht und munter. Er hatte sich am Abend kurz nach dem Ende des Essens vom Grafen verabschiedet und war todmüde ins Bett gefallen. Jetzt schwang er sich auf und erfrischte sich als Erstes mit dem kalten Wasser aus dem bereitstehenden Krug das Gesicht. Anschließend nahm er seine Kleider vom Stuhl und zog sich an. Dabei ging er noch einmal in Gedanken den vergangenen Tag durch.

Albrecht der Bär wirkte ganz anders als der Herzog von Sachsen, wenn man den Altersunterschied von fast dreißig Jahren außer Acht ließ. Der Burgherr kam ihm irgendwie nervös vor, was natürlich auch an den Ereignissen liegen konnte, die unausweichlich näher rückten. Ein eventueller Kreuzzug bedurfte nun mal einiger Vorbereitungen, damit die gesetzten Ziele auch erreicht wurden. Robert war aufgefallen, dass der Graf bei seinen Bediensteten sehr beliebt war. Sein Umgang mit ihnen war, soweit er das in der kurzen Zeit beurteilen konnte, sehr ruhig und freundlich. Robert zog sich sein Lederwams an und verließ das Zimmer, um sich auf direktem Weg zu den Pferdeställen zu begeben.

Der blasse Junge mit den störrischen Haaren war gerade dabei, Alabaster das Futter hinzustellen. Als er Robert eintreten sah, hellte sich sein etwas mürrisches Gesicht auf. »Eurem Pferd geht es sehr gut, Herr. Ich habe übrigens selten so ein schönes Tier bei mir gehabt.«

Robert fiel ein großer blauer Fleck auf der Stirn des Jungen auf. »Mein Hengst ist wahrlich ein schönes Tier, und ich sehe, dass es ihm hier bei dir gutgeht. Was man von dir heute nicht gerade behaupten kann. War wohl etwas zu groß für dich, der dir das zugefügt hat.« Belustigt zeigte Robert auf die Beule.

Der Junge wollte gerade darauf antworten, als ihn eine ärgerliche Stimme hinter der Tür am Ende des Stalles rief: »Ingulf, du Faulpelz, wo bleibst du denn? Ich warte hier nicht ewig auf dich.«

Der Junge wirkte zerknirscht. »Verzeiht, Herr, meine Schwester hilft mir in meiner Kammer.«

Er hatte die Worte kaum ausgesprochen, als die Tür am Ende des Stalles aufflog und Eilika herausstürmte. »Ich verstehe nicht, wie jemand, der so wenige Sachen besitzt wie du, eine solche Unordnung damit anrichten kann. Ingulf, du musst endlich lernen, mehr Ordnung zu halten!« Als sie sah, mit wem ihr Bruder zusammenstand, hielt sie abrupt inne.

Robert freute sich, das Mädchen so schnell wiederzusehen. Er ließ seinen belustigten Blick auf Eilikas schmalem Gesicht ruhen. Ihre weit auseinanderstehenden grünen Augen blitzten ihn nach einer Weile trotzig an. Die anfängliche Verlegenheit des Mädchens war verschwunden.

»Bei dem Temperament deiner Schwester liegt eher die Vermutung nahe, dass du ihr das nette Veilchen zu verdanken hast. Ich habe gestern übrigens auch schon Bekanntschaft mit ihrer etwas heftigen Art gemacht.« Mitfühlend wandte sich Robert an den Jungen, auf dessen Gesicht sich bei den Worten ein Grinsen ausbreitete. Seine Wut, durch Eilikas Beschimpfungen hervorgerufen, war wie weggeblasen. Mit einer angedeuteten Verbeugung drehte sich der Ritter um und verließ den Stall in Richtung Eingangshalle.

Ingulf schlenderte pfeifend an seiner Schwester vorbei. Dieser Mann gefiel ihm immer besser. Er behandelte ihn nicht so herablassend, wie es die anderen Ritter gerne taten. Außerdem schien er es zu schaffen, dass seiner Schwester die Worte fehlten.

Wutentbrannt stand Eilika noch einige Zeit im Stall, um das Gehörte erst einmal zu verarbeiten. Dann lief sie in die Küche, und mit Hilfe der vielen Arbeit, die auf sie wartete, gelang es ihr, die lästigen Gedanken beiseitezuschieben. Die Reste des Frühstücks mussten abgeräumt werden, außerdem wartete der Teig für das Brot darauf, in Form gebracht zu werden. Flüchtig kam ihr der Gedanke an Landine, doch sie verschob ihn auf den Abend.

Als Robert die Halle betrat, um zu frühstücken, wartete Graf Albrecht schon auf ihn. Er machte einen müden Eindruck, doch seine Augen blickten wach und zeigten, dass sein Verstand bereits klar arbeitete.

»Schade, dass Ihr uns gestern schon so früh verlassen habt. Kurze Zeit nachdem Ihr Euch zurückgezogen hattet, kam ein Bote des Markgrafen an. Konrad von Meißen wird in den nächsten Tagen mit einem kleinen Gefolge hier eintreffen. Sobald ich alle Fragen über den Wendenkreuzzug mit ihm geklärt habe, könnt Ihr Euch mit unser beider Antwort auf den Rückweg zum Herzog begeben.« Albrecht schob sich einen Löffel mit Gerstenbrei in den Mund und spülte ihn mit einem großen Schluck Wasser hinunter. »Ich denke, es ist auch in Eurem Sinne, wenn Ihr so schnell wie möglich aufbrechen könnt, von Harsefeld. Sollte es meine Zeit erlauben, würde ich mich gerne mit Euch über den bevorstehenden Kreuzzug unterhalten. So wie die Dinge im Moment liegen, wird er ja immer wahrscheinlicher.«

Robert verbeugte sich kurz. »Ich würde mich geehrt fühlen, wenn Ihr etwas Zeit für mich erübrigen könntet, auch wenn ich nicht glaube, Euch mit Auskünften hinsichtlich der Planung Herzog Heinrichs dienen zu können. Ich genieße zwar bis zu einem gewissen Grad sein Vertrauen, befinde mich aber nicht in der Position, mit ihm über solche Dinge zu sprechen.«

Der Graf nickte als Zeichen des Verstehens und erhob

sich vom Tisch. »Jetzt lasst es Euch schmecken und genießt die freie Zeit, die Ihr noch habt.«

Robert sah Graf Albrecht hinterher, der entschlossenen Schrittes die Halle verließ. Dann begann er in aller Ruhe zu essen. Kurz darauf hörte er hinter sich ein leichtes Rascheln.

»Verzeiht mir, Herr Ritter, aber ich habe Euer Gespräch mit meinem Onkel vom Nachbarzimmer aus mit angehört.« Irene von Nortingen ging ein paar Schritte auf Robert zu. Sie hatte ein hübsches blaues Gewand an und über ihre hochgesteckten Haare ein Tuch der gleichen Farbe gelegt. »Es war keinesfalls meine Absicht, Euch zu belauschen, aber die Tür stand offen, und ich wollte Eure Unterhaltung nicht stören, indem ich mich zu erkennen gab.«

Robert hatte sich inzwischen von seinem Platz erhoben und neigte leicht den Kopf. »Aber ich bitte Euch, verehrtes Fräulein, es gab nichts, was Eure zarten Ohren nicht hätten hören dürfen. Ich befürchte nur, dass unsere Worte Euch gelangweilt haben.«

Irene schüttelte hastig den Kopf. »Nein, ganz im Gegenteil. Schließlich habe ich dadurch erfahren, dass Ihr im Moment an keinerlei Befehle gebunden seid. Vielleicht hättet Ihr Lust, mir beim Ausreiten Gesellschaft zu leisten.«

»Sehr gerne, Ihr könnt jederzeit über mich verfügen.« Galant verbeugte er sich, und sie verabredeten sich für den späten Vormittag.

Eilika hatte Landine fast den ganzen Tag kaum zu Gesicht bekommen. Nur einmal, kurz vor dem Mittagessen, war sie ihr begegnet. Aber da war keine Zeit gewesen, um noch einmal über das zu sprechen, was am Abend vor dem Mädchen lag. Kurz davor hatte sie Robert mit Irene davonreiten sehen. Beide in bester Laune und miteinander plaudernd. Dieser Anblick hatte ihr einen Stich versetzt und trug nicht gerade dazu bei, ihre Stimmung zu verbessern. Sie ärgerte sich sehr darüber, dass dieser Mann innerhalb so kurzer Zeit von ihren Gedanken Besitz ergriffen hatte. Wütend war sie mit ihrem vollen Wassereimer zur Küche gelaufen, nur um dort festzustellen, dass die Hälfte unterwegs herausgeschwappt war.

Den ganzen Nachmittag über war sie sehr beschäftigt, denn der Kastellan hatte für die nächsten Tage mehrere Gäste angekündigt, weshalb viele Vorbereitungen zu treffen waren. Dementsprechend müde schleppte sie sich am Abend in ihre Kammer. Eilika rechnete nicht damit, Landine dort anzutreffen. Sie erwartete ihre Freundin erst gegen Morgen zurück, denn wahrscheinlich würde sie nach der Behandlung noch etwas liegen müssen. Schnell schlüpfte die junge Magd unter ihre Decke, doch obwohl ihr die Augen sofort zufielen und sie ihre müden Glieder wohlig auf dem Strohlager ausstreckte, wollte sich der Schlaf nicht einstellen. Bilder von ihrer wimmernden Freundin flackerten in der Dunkelheit auf, wie sie sich vor Schmerzen in einer Ecke der schmutzigen Hütte am Waldrand zusammenkauerte. Eilika spürte die Wut langsam in sich hochsteigen. Warum nur hatte sie Landine nicht beistehen können? Ihre eigene Hilflosigkeit wurde von dem immer stärker werdenden Wunsch überdeckt, Menschen in Not helfen zu können. Dieses Gefühl war bald so überwältigend, dass es Eilika irgendwann nicht mehr auf ihrer Schlafstätte hielt. Sie sprang auf und lief barfuß zu der Fensterspalte in dem dicken Mauerwerk. Was, wenn Landine es nicht rechtzeitig schafft, bevor die Gräfin sie vermisst?, schoss es ihr durch den Kopf. Oder noch schlimmer, wenn sie diesen schlimmen Eingriff nicht überlebt? Doch dieser Gedanke war zu schrecklich, und sie schob ihn rasch beiseite. Ein kühler Wind umwog die verzweifelte Magd und brachte sie zum Frösteln. Draußen konnte sie zwei kleine Lichtpunkte erkennen, die wahrscheinlich von den Wachen mit ihren Fackeln herrührten. Doch die Kühle hatte auch etwas Gutes, denn sie brachte Eilikas Wut zum Schrumpfen, und kurze Zeit später war die Magd erneut unter ihre Decke geschlüpft. Diesmal schlief sie endlich ein.

Am nächsten Morgen war das Bett ihrer Freundin noch immer leer, und Eilika wusch sich schnell Gesicht und Hände und schlüpfte in ihr braunes Kleid. Es war um diese Tageszeit noch immer empfindlich kalt, daher beeilte sie sich. Sie hoffte, irgendwo auf dem Weg zur Küche auf Landine zu treffen, wurde allerdings enttäuscht.

Alfons war wie gewöhnlich bereits auf den Beinen und hatte einen gut duftenden Eintopf über dem Feuer hängen. Schnell wickelte Eilika sich ein Tuch um die Haare und machte sich an die Arbeit.

Kurze Zeit später kam der Kastellan in die Küche. »Eilika, du sollst sofort zur Gräfin kommen. Landine ist noch nicht erschienen, und sie braucht deine Hilfe beim Ankleiden, damit sie zum Frühstück gehen kann.« Er machte eine kleine Pause und schien unschlüssig, ob er fortfahren sollte. »Da du dir das Zimmer mit ihr teilst, wäre es doch möglich, dass du weißt, wo sie steckt. Dann wäre jetzt der geeignete Zeitpunkt, es mir zu sagen.« Klemens von Willingen betrachtete die Magd aufmerksam, zuckte dann aber mit den Schultern, als keine Antwort kam. Er hatte nichts anderes erwartet.

Eilika beeilte sich, dem Wunsch des Kastellans Folge zu leisten, musste aber immer wieder an Landine denken. Sie betete, dass ihre Freundin bald auftauchen würde.

Die Gräfin wartete schon ungeduldig. »Na endlich, ich dachte schon, ich müsste den heutigen Tag auf meinem Zimmer verbringen. Es ist so gar nicht Landines Art, einfach wegzubleiben!« Missbilligend schüttelte sie den Kopf. Sie schien einfach nur ärgerlich zu sein und keinen Anlass zur Sorge zu sehen.

»Verzeiht mir bitte, gnädiges Fräulein, aber ich bin sofort

zu Euch geeilt, als der Kastellan mir die Nachricht überbracht hat.« Eilika machte sich daran, der jungen Gräfin beim Ausziehen des Nachtgewandes zu helfen.

Irene schien ihren Ärger schon wieder vergessen zu haben, denn sie blickte verträumt vor sich hin. »Du kannst mir das gelbe Gewand reichen.« Ihre Wangen waren leicht gerötet, und ihre Augen leuchteten. »Hast du heute schon Ritter von Harsefeld gesehen?«

Eilika schüttelte den Kopf und verstand sofort, woher die gute Laune rührte.

»Wir werden wahrscheinlich nach dem Frühstück wieder zusammen ausreiten. Wenn ich mich zum Essen begebe, sagst du gleich deinem Bruder Bescheid. Er soll dann unsere Pferde satteln.«

Nachdem die letzten Schnüre des Kleides gebunden waren, wollte sich Eilika den Haaren der Gräfin zuwenden. Doch deren kritische Miene ließ sie innehalten.

»Wie läufst du eigentlich herum? Weißt du nicht, wie schamlos dein Kleid ist? Sieh zu, dass du dir ein Gewand besorgst, das dir besser passt.« Irene schüttelte noch einmal missbilligend den Kopf, um ihn dann bei den langsamen Bürstenstrichen Eilikas in den Nacken zu legen. Dabei schloss sie genussvoll die Augen.

Die Magd machte sich während der stupiden Haarpflege Sorgen, da die Gräfin sie kritisiert hatte, denn eigentlich war diese als freundlich bekannt. Doch ihre Befürchtungen schienen unbegründet, denn als Irene fortfuhr, klang sie nett wie immer.

»Du kannst danach gleich wieder hochkommen und hier auf mich warten, falls Landine bis dahin nicht aufgetaucht ist. Ich möchte mich nach dem Frühstück zum Reiten umziehen.«

In dem Moment öffnete sich die Tür, und Reinmar trat ein.

»Du kannst es dir wohl nie angewöhnen zu klopfen, bevor du mein Zimmer betrittst? Ich könnte schließlich noch nicht angekleidet sein.« Tadelnd musterte Irene ihren Bruder, der jedoch völlig ungerührt blieb.

»Ach Schwesterherz, du weißt doch, wie schwer es mir fällt, mich zu ändern.« Sein Blick streifte Eilika. »Ich habe gehört, dass deine Zofe nicht erschienen ist. Sehr unzuverlässige Person. Aber wie ich sehe, hast du schon weit besseren Ersatz gefunden.« Genussvoll taxierte er Eilikas Figur, um an ihren Brüsten zu verweilen.

Wütend bürstete das Mädchen die Haare seiner Schwester energisch weiter, die gleich darauf aufschrie.

»Weit besseren Ersatz sagst du? Ich glaube, meine armen Haare sehen das nicht so!« Wütend fuhr sie Eilika an. »Pass beim nächsten Mal gefälligst besser auf!«

Die Magd riss sich zusammen und entschuldigte sich zerknirscht, nicht ohne Reinmars Erheiterung zu bemerken, der sie weiterhin ungehemmt beobachtete.

Schließlich stand Irene auf und begutachtete sich im Spiegel. »Begleitest du mich hinunter, Reinmar?«

Er schüttelte den Kopf. »Bedaure, ich habe schon gegessen. Außerdem habe ich noch etwas Dringendes zu erledigen.« Bei diesen Worten fiel sein Blick wieder auf Eilika, die dabei war, sämtliche herumliegenden Sachen aufzusammeln.

Auch Irene bemerkte das Interesse ihres Bruders. »Eilika, du gehst jetzt gleich mit mir hinunter, um die Aufgabe zu erledigen, die ich dir aufgetragen habe.«

Dankbar schlüpfte das Mädchen an Reinmar vorbei, nicht ohne sein wütendes Gesicht bemerkt zu haben. Dieses Mal war sie noch davongekommen, aber sie wusste, dass sie nicht immer so viel Glück haben würde. Wenn doch nur endlich Landine auftauchen würde, dachte sie unglücklich und lief hinunter zum Pferdestall.

Ingulf war nicht da, stattdessen stand Robert bei seinem Pferd und sprach leise mit ihm.

Als Eilika ihn sah, wollte sie sich umdrehen und schnell wieder verschwinden, doch seine Stimme hielt sie zurück.

»Kaum gekommen und schon wieder am Gehen? Suchst du deinen Bruder, oder hast du etwa Angst vor mir?«

Eilika drehte sich um und machte wieder ein paar Schritte zurück in den Stall. »Warum sollte ich Angst vor Euch haben, Herr Ritter? Und ja, ich suche meinen Bruder, aber da er nicht hier zu sein scheint, werde ich später noch einmal vorbeikommen.«

»Das ist nicht nötig. Er wird gleich kommen. Ingulf besorgt nur schnell etwas für mich. Du kannst mir gerne so lange Gesellschaft leisten.« Es klang nicht wie eine Aufforderung, sondern eher wie ein Befehl. Außerdem wirkte der Ritter so, als wäre er es gewohnt, dass seinen Befehlen Folge geleistet wurde.

Aber so schnell wollte sie nicht aufgeben. »Das gnädige Fräulein braucht mich aber, und ich darf sie nicht warten lassen. Sie will sich noch umziehen, damit sie mit Euch ausreiten kann.« Froh, ihn mit seinen eigenen Waffen geschlagen zu haben, machte sie Anstalten zu gehen.

»Ich glaube nicht, dass sie ohne Frühstück mit mir ausreiten möchte. Und da sie vorhin nicht mit am Tisch gesessen hat, brauchst du dich sicher nicht zu beeilen. Setz dich ruhig hin und warte mit mir auf deinen Bruder.« Seine Worte ließen keine Ausflüchte mehr zu, daher nahm Eilika sich den Schemel, der an der Wand stand. »Wieso musst du eigentlich der Gräfin zur Hand gehen? Sie hat doch eine Zofe, die sich um sie kümmert.« Leichte Verwunderung spiegelte sich auf seiner Miene.

»Meine Freundin Landine ist verschwunden. Keiner weiß, wo sie ist, deshalb musste ich für sie einspringen.« Eilika kam es vor, als ob in seinem Blick eine Spur von Zweifel lag, und sie wich ihm schnell aus.

»Ich habe die Bestellung aufgegeben, die Ihr mir aufgetragen habt. Es wird bis morgen fertig sein, Herr.« Ingulf kam, erhitzt vom Rennen, in den Stall. Als er seine Schwester sah, blieb er abrupt stehen. »Nanu, was machst du denn so früh hier? Willst du etwa schon wieder aufräumen?«

»Das ist sowieso vergebliche Liebesmüh. Nein, ich soll dir von dem gnädigen Fräulein bestellen, dass du ihr Pferd satteln sollst. Ach ja, und natürlich auch das des Herrn Ritters.« Spöttisch nickte sie in Roberts Richtung und verließ hoch erhobenen Hauptes den Stall, so dass sie das Lächeln auf seinen Lippen nicht mehr sehen konnte.

Eilika musste nicht sehr lange auf die Gräfin warten. Irene hatte sich beeilt, da Robert schon einige Zeit vor ihr gefrühstückt hatte. Beim Umziehen merkte Eilika ihr die Ungeduld an. Ihre Gedanken waren aber mehr denn je bei Landine, von der noch immer jede Spur fehlte. Die Magd nahm sich vor, bei nächstbester Gelegenheit zu der Hütte am Waldrand zu laufen, um ihre Freundin zu suchen.

Von Reinmar war zum Glück nichts mehr zu sehen, und sie verließ kurz nach der Gräfin das Zimmer und lief hinunter in den Burghof. Bereits auf der Treppe klangen ihr laute und aufgeregte Stimmen entgegen. Sie beeilte sich und bemerkte im Hof eine Ansammlung von Menschen, die um einen Pferdekarren herumstanden. Alle redeten erregt durcheinander, und sie drängte sich durch die Menge, bis sie den Grund für die Aufregung entdeckte.

Auf dem Karren befand sich eine zusammengekrümmte Gestalt, die mit einem alten Tuch bedeckt war. Plötzlich weiteten sich Eilikas Augen angstvoll, denn in der Mitte des Tuches hatte sich ein großer, dunkler Fleck ausgebreitet. Wie magisch angezogen, starrte sie auf das blasse Gesicht Landines. Ihre Freundin sah so friedlich aus, wie sie mit geschlossenen Augen dalag. Fast hätte man meinen können, sie schliefe. Eilika schwankte und musste sich an dem Holzkarren festhalten, um nicht umzufallen. Den meisten der Menschen, die um sie herumstanden, war das Entsetzen ins Gesicht geschrieben. Sie alle hatten die junge Zofe mit ihrer freundlichen Art gemocht. Plötzlich wichen sie auseinander.

»Hat also wieder ein armes Menschenleben bekommen, was es verdient hat.«

Hasserfüllt heftete sich Eilikas Blick auf Reinmar von Nortingen, der sich direkt vor den Karren gestellt hatte und höhnisch grinsend auf Landine herabsah. Sie überlegte nicht lange. Instinktiv ließ sie den Karren los und drängte die neben ihr stehende Frau zur Seite. Eilikas Hände ballten sich zu Fäusten, und just in dem Moment, als sie sich weiter vordrängeln wollte, um sich auf den Neffen des Burgherrn zu stürzen, wurde sie zurückgerissen und unbarmherzig festgehalten. Sie trat wild um sich und wollte schreien, als sich eine behandschuhte Hand auf ihren Mund legte. Dann wurde sie hochgehoben und weggetragen. Dies alles passierte so schnell, dass es kaum einem der Umstehenden aufgefallen war, denn sie hatte sich an der hinteren Seite des Karrens befunden. Sosehr Eilika auch zappelte, sie kam nicht frei. Als sie unsanft wieder abgesetzt wurde, befand sie sich im Stall.

»Bedeute mir durch ein Nicken, dass du nicht schreien wirst, wenn ich meine Hand wegnehme.« Roberts Stimme klang leise an ihrem Ohr.

Da sie keine andere Möglichkeit sah, nickte sie kurz. Er nahm tatsächlich die Hand von ihrem Mund, hielt sie aber immer noch mit seinen Armen umschlungen. »Ihr könnt mich loslassen, ich werde schon nicht zurücklaufen.« Ihr Rücken drückte sich dicht an seine Brust, und sie konnte seine Wärme spüren. Hitze breitete sich in ihr aus, und sie versuchte, ein Stück von dem Ritter wegzurücken.

Robert lockerte seinen Griff. »Vielleicht wirst du nicht gleich zurücklaufen. Aber wer weiß, was für Dummheiten du sonst noch im Schilde führst.« Seine Stimme klang rau. »Du kannst von Glück sagen, dass ich zufällig dazugekommen bin. Nachdem ich das unglückliche Mädchen gesehen hatte, reichte ein Blick in dein Gesicht, um dein Vorhaben zu erkennen. Man kann darin lesen wie in einem Buch. Du solltest lernen, deine Gefühle zu verbergen.«

Sie schüttelte heftig den Kopf und versuchte erneut, sich zu befreien. Als er sie just in dem Moment losließ, geriet sie aus dem Gleichgewicht und konnte sich gerade noch an einem Holzpfahl festhalten. »Gefühle verbergen! Was wisst Ihr schon! Weggeworfen wie ein Stück Dreck hat er sie! Außerdem habe ich Euch nicht gebeten, mich vor meiner angeblichen Dummheit zu retten. Wenn Ihr es schon nicht lassen könnt, Euch einzumischen, hättet Ihr mich wenigstens nicht wie Schlachtvieh wegtragen müssen!«

Bei dem Handgemenge hatten sich einige Strähnen aus ihrem Haar gelöst und fielen ihr nun ins Gesicht, das vor Anstrengung gerötet war. Ihr war nicht bewusst, was für einen schönen Anblick sie bot.

Robert dagegen konnte die Augen nicht von ihr abwenden, und nach einem stummen Kampf senkte Eilika als Erste die Lider. Die Anspannung fiel von ihr ab, und sie fing an zu zittern. Immer wieder sah sie das getrocknete Blut vor sich, das sich auf der Decke ausgebreitet hatte.

Robert bemerkte die Veränderung in ihr, und seine Wut über ihr unüberlegtes Verhalten war längst verflogen. Ohne groß zu überlegen, sprach er in sanftem Ton weiter: »Ich musste schnell handeln und sah keine andere Möglichkeit, als dich einfach zu packen. Da der Stall nicht weit entfernt war und die Tür offen stand, war es das Naheliegendste, dich dorthin zu bringen. Du sahst nämlich aus, als wolltest du Nortingen gleich das Gesicht zerkratzen. Zu unserem Glück stand er mit dem Rücken zu uns und hat nichts davon mitbekommen. Was, glaubst du, hätte er mit dir gemacht, wenn ich zu spät gehandelt hätte?«

Eilika antwortete nicht. Der Schock über Landines Tod machte sich bemerkbar, und auch Roberts Worte verfehlten nicht ihre Wirkung. Sie schluchzte leise, und Tränen liefen ihr übers Gesicht. Plötzlich spürte sie, wie Robert den Arm um sie legte. Von seiner Verunsicherung über ihre Verzweiflung merkte sie dagegen nichts. Eilika lehnte sich dankbar an ihn, und die Tränen begannen, ihr ungehemmt über die Wangen zu laufen. Von Schluchzern geschüttelt, hielt sie sich an seinem Lederwams fest. Robert legte nun auch den anderen Arm um sie und zog sie mit sich in die hintere Ecke des Stalles. Dort redete er beruhigend auf sie ein und strich ihr sanft über das Haar. Langsam beruhigte sie sich, und das Gefühl der Trauer wich etwas anderem. Sich der Nähe und Wärme des Ritters bewusst, spürte sie, wie sich ein noch nie dagewesenes Gefühl der Hitze in ihr ausbreitete. Ohne zu wissen, wohin es führte, hob sie den Kopf von Roberts breiter Brust und sah tränenüberströmt zu ihm hinauf.

Der Ritter erwiderte ihren Blick, und sie hatte das Gefühl, in seinen Augen zu versinken. Sie spürte, dass auch er sich verändert hatte, denn sein Atem ging schneller, und er schien sie förmlich verschlingen zu wollen. Automatisch legte sie den Kopf in den Nacken, schloss die Augen und öffnete leicht den Mund. Robert brauchte keine weitere Einladung. Sofort fanden seine Lippen die ihren. Anfangs noch zart, verstärkte er bald den Druck, und seine Zunge fand spielerisch die ihre. Eilika wusste nicht, wie ihr geschah. Sie wurde mitgerissen von ihren Gefühlen, und davon berauscht, glitten ihre Hände zu seinen Haaren hinauf. Seine Hände dagegen führten ihren Rücken hinab und hinterließen eine brennende Spur.

»Robert, seid Ihr hier?«

Eine Stimme am Eingangstor zum Stall riss Eilika aus ihrem Sinnesrausch. Hektisch versuchte sie, sich aus der Umarmung zu lösen, doch Robert hatte es nicht eilig. Er legte den linken Arm um sie und zog sie aus der dunklen Ecke heraus.

»Ach, da seid Ihr. Ich habe Euch draußen zwischen den

vielen Menschen nicht mehr gesehen und ...« Die Stimme der Gräfin verstummte abrupt, als sie Eilika hinter dem Ritter erkannte. Sie erfasste die Situation sofort, und auf ihr Gesicht trat ein hasserfüllter Ausdruck.

Robert merkte man keineswegs die Erregung an, die ihn noch vor wenigen Momenten mitgerissen hatte. Als er jedoch erkannte, wie unangenehm Eilika die Situation war, ließ er sie ohne Hast los. »Da es sich bei der Toten um die Freundin dieser Magd handelt, habe ich sie weggebracht. Sie war völlig aufgelöst, was verständlich ist.«

Irene von Nortingen hatte ihre Emotionen noch immer nicht ganz unter Kontrolle. »Da kann ich ja nur hoffen, dass Ihr Euch nicht für alle trauernden Frauen dieser Welt zuständig fühlt«, zischte sie ihm zu, »sonst könnte Euch das schnell in Verlegenheit bringen.« Mit diesen Worten drehte sie sich wutentbrannt um und verließ mit wehendem Umhang den Stall.

Eilika wusste nicht, ob Robert da weitermachen wollte, wo sie vor diesem unangenehmen Zwischenfall aufgehört hatten, und drängte sich noch mehr an die Wand. Sie schämte sich dafür, kurz nach dem Auffinden Landines ihren Gefühlen freien Lauf gelassen zu haben. Unruhig fing sie an, ihre zerzausten Haare nach hinten zu streichen. Dabei fühlte sie Roberts Blick auf sich. Noch nie zuvor hatte sie die Kontrolle über sich verloren, und die Erinnerung an ihr Verhalten verwirrte sie völlig. Sie empfand das bedrückende Schweigen als immer belastender. »Verzeiht mir mein Gebaren von vorhin. Ich werfe mich normalerweise nicht gleich jedem Mann an den Hals.« Eilika stockte. Eigentlich hatte sie noch hinzufügen wollen: Schon gar nicht, nachdem meine beste Freundin gestorben ist, aber das behielt sie für sich. Ihr war das alles furchtbar peinlich, und sie wandte sich ab.

Robert hatte sie bei ihren Worten interessiert beobachtet. »Ich weiß nicht, wofür du dich entschuldigen willst. Es war wunderschön, und wir haben es beide genossen.« Seine Antwort kam fest und bestimmt und ließ nichts von den Qualen erahnen, die ihr Anblick ihm bereitete. Zu gerne hätte er sie wieder in seine Arme gerissen und ihr Gesicht mit Küssen überzogen. Er wusste, dass sie nach kurzer Zeit wieder genauso hingebungsvoll gewesen wäre, aber ihm war auch klar, dass es nicht das war, was er wollte. Jedenfalls nicht zu diesem Zeitpunkt. Deshalb hielt er sich zurück und zwang sich zur Ruhe.

Eilika wusste natürlich nichts von seinem gestörten Seelenfrieden, sondern fühlte nur, wie sich in ihr der Stachel der Enttäuschung festsetzte, weil Robert keine Anstalten mehr machte, sich ihr zu nähern. Sie konnte einfach nicht anders, als ihn noch etwas zu reizen.

»Schließlich habe ich Euch um Euren Ausritt gebracht. Außerdem scheint das gnädige Fräulein jetzt ziemlich aufgebracht zu sein.« Eilika schaffte es, ihm einen unschuldigen Blick zuzuwerfen.

»Auch dafür tut keine Entschuldigung not.« Robert zuckte mit den Achseln. »Etwas anderes einzusehen wäre viel wichtiger. Du solltest versuchen, deine Gefühle besser zu beherrschen. Unüberlegtes Verhalten hilft in der Regel selten.«

Erregt erhob sie die Stimme. »Reinmar von Nortingen ist ein Schuft, und er hat Landine nur benutzt. Als sie für ihn unbrauchbar geworden war, ließ er sie einfach fallen.«

Robert zog eine Augenbraue in die Höhe und hob nach kurzem Überlegen beschwichtigend den Arm. »Sollte zutreffen, was du behauptest, verdient er natürlich seine Strafe. Aber nicht jetzt und schon gar nicht von dir.« Er schüttelte den Kopf. »Was hattest du denn vor? Wolltest du ihm deinen bewährten Holzeimer über den Schädel ziehen?«

Zerknirscht musste Eilika ihm innerlich recht geben. Es war wirklich nicht besonders klug von ihr gewesen.

Sachte ergriff Robert ihre Hand und zog sie leicht zu sich

heran. »Du musst dich vor ihm in Acht nehmen. Landines Tod wird ihn nicht ändern, er wird sich eine andere suchen.«

Eilika entzog sich dem Ritter rasch wieder, und ihre Augen blitzten ihn wütend an. »Ich weiß sehr gut, was für eine Sorte Mensch Reinmar von Nortingen ist. Landine musste für sein Vergnügen mit dem Leben bezahlen.« Die junge Magd hielt kurz inne. Dann lachte sie bitter auf und fuhr fort: »Allerdings glaube ich nicht, dass er der Einzige ist, der nur an die Befriedigung seiner Lust denkt.« Nach diesen Worten drehte sie sich abrupt um und verschwand in Richtung Küche.

Robert lehnte noch eine ganze Weile an der Stallwand, bis er sich seinem Hengst zuwandte, ihn sattelte und auf seinem Rücken dem Burgtor zustrebte. Die Menschen hatten sich zwischenzeitlich wieder zerstreut, und der Karren mit Landine war verschwunden. Der Ritter vermutete, dass er in einen der Schuppen geschoben worden war. Außerhalb der Burgmauern drückte er Alabaster die Stiefelabsätze in die Flanken und galoppierte mit ihm über die Felder davon.

Eilika strebte auf direktem Weg in die Küche, denn ihr war sonnenklar, dass die Gräfin ihre Hilfe nun ganz sicher nicht mehr wünschte. Ihr kam das nicht ungelegen, denn sie war nicht gerade erpicht darauf, Irene nach diesem Zwischenfall wieder unter die Augen zu treten. Sie vermutete, dass Anna ihr von nun an würde zur Hand gehen müssen.

Auf der Treppe, die nach unten führte, gab es eine kleine Nische, und spontan ließ sie sich dort nieder. Ihr Atem ging immer noch schnell, aber sie merkte, wie sie langsam ruhiger wurde. Sie zog die Beine dicht an den Körper, umschlang mit beiden Armen die Knie und legte die Stirn darauf. Plötzlich hatte sie wieder das Bild ihres toten Vaters vor Augen. Es vermischte sich mit Landines leblosem

Körper auf dem Karren, und tiefe Hilflosigkeit und Trauer überkamen sie.

Bald wuchs aus ihrer Verzweiflung ein Gefühl der Wut – darüber, dass sie keinem von beiden hatte helfen können. Wer konnte schon wirklich helfen? Die heilkundigen Frauen vielleicht mit ihren Tinkturen, Tränken und Salben aus Kräutern und Pflanzen. Kräuter kannte Eilika nicht viele, und über deren Heilkräfte wusste sie im Grunde gar nichts. Durch Alfons hatte sie lediglich ein wenig über deren Verwendung in der Küche gelernt. Eilika hatte schon einige heilkundige Frauen getroffen, die auf ihrer Wanderschaft an der Bernburg vorbeigekommen waren. Doch nur wenige hatten den Menschen wirklich helfen können, die meisten waren eher wie die Frau unten am Waldrand.

An eine allerdings konnte Eilika sich noch gut erinnern. Die Begegnung lag schon fast zwei Jahre zurück, doch sie hatte die Frau noch lebhaft vor Augen. Sie war unglaublich alt und ihre Haut von unzähligen Falten überzogen. Aber in ihren klugen, lebendigen Augen lagen eine tiefe Weisheit und Liebe zu den Menschen. Sie besaß viele verschiedene Kräuter, die sie in kleinen, schmutzigen Säckchen aufbewahrte. Während der Monate ihres Aufenthalts auf der Burg linderte sie schmerzende Glieder, Fieber und Durchfall, und auch eine schwierige Geburt brachte sie gut zu Ende. Wäre sie hier gewesen, hätte sie Landine bestimmt helfen können. Dessen war sich Eilika sicher. Alfons hatte damals unter starkem Husten gelitten. Über Wochen zog sich seine Erkrankung hin, und Eilika war dabei, als die Heilkundige ihm einen Kräutersud gebraut hatte. Zwei Tage später war der Husten fast völlig verschwunden. Die Magd spürte noch immer ihre Faszination über die schnelle Hilfe.

Schließlich richtete sich das Mädchen wieder auf und atmete ein paar Mal tief durch. Sollte die alte Frau noch einmal zur Bernburg kommen, würde Eilika sie fragen, ob sie von ihr lernen dürfe, wie die Heilkräuter zu verwenden waren. Vielleicht würde sie dann in einer anderen hoffnungslosen Lage besser helfen können. Etwas leichter ums Herz erhob sie sich, ging die letzten Stufen hinunter und betrat kurz danach die Küche.

Alfons war gerade dabei, einem Huhn die Federn zu rauben, und blickte bei ihrem Eintreten nur kurz auf. »Schön, dass du doch noch kommst. Hier ist furchtbar viel los.«

Erst jetzt bemerkte Eilika die Hektik in dem großen Raum. Sie erblickte vier Mägde, die ebenfalls alle dabei waren, Hühner zu rupfen. Zwei andere formten Brote, und eine weitere rührte in einem großen Kessel, der über dem flackernden Feuer hing. Es herrschte eine Geschäftigkeit, wie sie nur selten vorkam. Von all diesen Menschen schien keiner etwas von dem Schicksal Landines mitbekommen zu haben. Eilika dagegen war nicht fähig, sich irgendeiner Aufgabe zu widmen.

Alfons blickte nach einer Weile wieder hoch. »Was ist los mit dir? Hast du nach dieser kurzen Zeit vergessen, welche Arbeiten hier in der Küche auf dich warten? Oder bist du dir nach dem Aufenthalt oben bei den vornehmen Herrschaften zu fein dafür?«

Eilika stand immer noch reglos da und starrte mit leerem Blick vor sich hin.

Auf einmal schien Alfons zu dämmern, dass etwas passiert sein musste. Er legte das fast nackte Huhn beiseite und wischte sich die Hände an einem Tuch ab. Dann ging er auf sie zu, umfasste ihr Kinn und drehte ihren Kopf so, dass sie ihn ansehen musste. »Ist etwas mit deinem Bruder geschehen?« Als sie nicht antwortete, fiel ihm ein, warum sie bei der Gräfin hatte einspringen müssen, und sein Blick verfinsterte sich. »Geht es um Landine?« Die Wörter kamen stockend und kaum hörbar über seine Lippen, so als fürchtete er, sie auszusprechen.

Eilika nickte nur stumm, und wieder traten ihr die Tränen in die Augen. Sie schluchzte auf, und wortlos nahm Alfons sie in seine Arme. Anders als vorhin im Stall beruhigte sie sich ziemlich schnell und löste sich aus der Umarmung. »Ein Bauer hat sie unten am Waldrand gefunden und auf seinen Karren gelegt.« Ein Schauer durchfuhr sie, als sie sich vorstellte, welche Ängste Landine in den letzten Stunden ihres Lebens ausgestanden haben musste. Noch dazu war sie völlig allein gewesen. »Sie ist verblutet.«

Die anderen im Raum hatten Eilikas Gefühlsausbruch sowie die darauf folgende Unterhaltung interessiert verfolgt und ihre Arbeit unterbrochen. Als sie den Sinn dessen erfasst hatten, fingen einige der Mägde leise an zu weinen, denn sie alle hatten Landine gut gekannt und ihre fröhliche und nette Art geschätzt.

In dem Augenblick betrat der Kastellan die Küche. Da auch er sich unter den Anwesenden auf dem Burghof befunden hatte, wusste er sofort den Grund für die traurigen und fassungslosen Gesichter. Er ging zu Alfons und Eilika in die Mitte des Raumes.

»Ich kann die Trauer verstehen, die ihr empfindet. Auch mich bedrückt die Tatsache von Landines tragischem Tod, dessen Gründe wir noch herausfinden müssen.« Seine Stimme klang leise und doch sehr bestimmt. Bei ihm wussten die Menschen, dass er das, was er gesagt hatte, auch so meinte. »Doch wie schon bekannt ist, bekommen wir bald Besuch von einer größeren Anzahl von Gästen, und deshalb müsst ihr eure Trauer aufschieben, bis die Arbeit erledigt ist.« Seine letzten Worte hatte Klemens von Willingen an Alfons gerichtet. Nach einem kurzen Nicken in Eilikas Richtung verließ er den Raum.

Alfons ging wieder an seinen Platz zurück. »Ihr habt gehört, was der Kastellan gesagt hat. Je schneller wir arbeiten, desto eher sind wir fertig und können gemeinsam für Landine beten.«

Langsam setzten alle ihre Arbeit fort. Auch Eilika nahm

sich ein paar schrumpelige Rüben zur Hand und fing an, sie zu putzen. Die monotone Arbeit verdrängte ihre Gedanken, und als sie sich zwei Stunden später auf den Weg in ihre Kammer machte, war sie todmüde. Schnell zog sie die Tür hinter sich zu und vermied es, den Blick auf das leere Bett ihrer Freundin zu richten. Nach einer schnellen Wäsche schlüpfte sie unter ihre Decke und schlief sofort ein.

3. KAPITEL

Am nächsten Morgen erwachte sie keineswegs ausgeruht. Ihre Augen waren verquollen vom vielen Weinen, dem sie auch die Kopfschmerzen zu verdanken hatte. Wirre Träume hatten ihren Schlaf begleitet, in denen eine Frau mit einem großen Messer sie verfolgte. Auf der Flucht vor ihr lief sie jedes Mal in die Arme von Reinmar von Nortingen und wachte von seinem höhnischen Lachen erschreckt auf.

Zerschlagen machte sie sich nach einer kurzen Morgenwäsche auf den Weg in die Küche, um Alfons wieder zur Hand zu gehen. Kurze Zeit später hörten sie die Hörner vom Burgturm erklingen; das Zeichen, dass der erwartete Besuch nahte. Alfons und Eilika ließen ihre Arbeit liegen, um mit einigen anderen in den Hof zu eilen. Es dauerte nicht lange, und sie konnten die stampfenden Pferdehufe hören.

Kurze Zeit später trafen mindestens zwanzig berittene Männer ein. Die meisten trugen Harnisch und Helm, in denen sich das Licht der Sonne spiegelte, einige andere waren in farbenprächtige Waffenhemden gekleidet. An jedem Sattel hing ein verzierter Schild. Bewaffnet waren alle mit Schwertern, und ein paar von den Männern hatten sich eine Armbrust über die Schulter gehängt. Einer von ihnen hielt eine Holzlanze in der rechten Hand, an deren oberem Ende eine Fahne mit dem Wappen von Meißen befestigt war.

Der Mann an der Spitze des berittenen Trupps hielt an und stieg von seinem Pferd ab. Er war groß und hatte ein hageres Gesicht, dessen untere Hälfte von einem dichten, bereits ergrauten Vollbart verdeckt war. Seine ganze Haltung ließ keinen Zweifel an seiner Identität. Konrad I., Markgraf von Meißen, war sich seiner Macht und Ausstrahlung sehr wohl bewusst, als er sich dem ihm entgegenstrebenden Klemens von Willingen zuwandte.

Mit einer kurzen Verbeugung begrüßte der Kastellan den Gast. »Euer Durchlaucht, wir haben noch nicht so früh mit Eurem Erscheinen gerechnet. Es ist uns eine Ehre, Euch und Euer Gefolge hier auf Burg Bernburg begrüßen zu dürfen.« Der Kastellan warf den restlichen Reitern, die inzwischen alle abgestiegen waren, einen kurzen Blick zu und beschrieb mit dem Arm einen ausladenden Bogen. »Für Eure Gefolgsleute stehen selbstverständlich Unterkünfte bereit, und auch Eure Pferde werden bestens versorgt werden.« Anschließend wandte sich der Kastellan wieder an den Markgrafen, der nun seinerseits die Begrüßung erwiderte.

»Ich danke Euch für das freundliche Willkommen, mein werter Herr von Willingen.« Ein knappes Nicken unterstrich die Worte.

»Ich bitte Euch nun, mir zu folgen. Der Graf erwartet Euch im großen Turmzimmer.« Der Kastellan drehte sich in Richtung Eingang um, und Konrad sowie vier seiner Ritter folgten ihm.

Eilika hatte die Szene gemeinsam mit den anderen Schaulustigen interessiert verfolgt. Es kamen zwar des Öfteren Fremde hierher, aber einen derart großen Trupp hatten sie bisher noch nicht zu sehen bekommen. Zumindest nicht in Friedenszeiten. Jetzt wollte sie sich wieder an ihre Arbeit machen. Aus den Augenwinkeln bemerkte sie im letzten Moment Robert von Harsefeld. Er hatte sich, von den meisten unbemerkt, in einen schattigen Winkel des Hofes zurückgezogen und von dort aus der Ankunft zugesehen. Nun spürte er, dass er beobachtet wurde, und seine Augen sahen direkt in Eilikas. Schnell wandte sie den Blick wieder ab und bemühte sich, ruhigen Schrittes in Richtung Küche zu gehen, was mit ihren plötzlich weichen Knien gar nicht so einfach war. Irgendwie schaffte sie es bis zu ihrem Arbeitsplatz, wo sie mit dem Aufschneiden der Brote begann. Die nächsten Tage würden bestimmt sehr arbeitsreich werden.

Sie war noch nicht weit gekommen, als der Kastellan die Küche betrat. »Eilika, du sollst zur Gräfin hinaufgehen, sie wünscht deine Hilfe. Ach, und Anna wird sich in Zukunft mit dir die Kammer teilen.«

Wie betäubt sah Eilika ihm nach, als er den Raum verließ. Sie konnte sich keinen Reim darauf machen, dass Irene nach dem Zwischenfall vom Vortag noch immer ihre Unterstützung anforderte. Zitternd machte sie sich auf den Weg nach oben. Ihr wäre alles recht gewesen, wenn sie nur nicht wieder für die Gräfin hätte arbeiten müssen. Es war für Eilika offensichtlich, dass Irene ein Auge auf Robert geworfen hatte, und nichts war schlimmer als eine eifersüchtige und verletzte Frau, die zudem noch die Macht hatte, die ihr zugefügte Schmach heimzuzahlen.

Am Gemach der Gräfin angekommen, holte sie tief Luft und klopfte dann zaghaft gegen die Tür. Auf das knappe Herein öffnete sie und trat ins Zimmer.

Kaum dass sie die Tür hinter sich geschlossen hatte, fuhr Irene von Nortingen sie schroff an: »Warum hat das so lange gedauert?« Die Gräfin saß in einem Sessel vor dem Fenster und hatte ihre Stickarbeit vor sich liegen. Es war ihr anzusehen, dass sie noch keinen Stich daran gearbeitet hatte. Mit einer Handbewegung befahl sie Eilika, näher zu kommen.

»Da ich mich in Landine anscheinend getäuscht habe, wirst du mir ab sofort zur Verfügung stehen.« Ihre Stimme klang schneidend, und es war ihr anzuhören, dass sie ihre Gefühle nur mühsam kontrollieren konnte. »Wenn ich gewusst hätte, dass sie eine Hure ist, hätte ich sie niemals in meiner Nähe geduldet. Und du merke dir Folgendes: Ich werde dich scharf im Auge behalten! Leider habe ich hier auf der Burg keine große Auswahl an Zofen, doch ein einziger Fehltritt von dir, und es wird dir leidtun!« Ihr Blick hatte sich verengt, und ihr Hass trat nun offen hervor. Sie starrte Eilika an, atmete ein paar Mal tief durch und fuhr in ätzendem Tonfall fort: »Im Übrigen hat man ja wieder mal gesehen, was aus solchen Frauen wird. Und nun kümmere dich gefälligst um meine Haare.«

Bei Irenes Blick, der keinen Zweifel daran ließ, wer die Überlegene von beiden war, senkte Eilika den Kopf und machte sich schweigend an die Arbeit.

Irene schloss die Augen und wartete auf das Triumphgefühl, doch es wollte sich nicht einstellen. Stattdessen tauchte immer wieder dieses Bild auf, das sich ihr im Stall geboten hatte. Robert sollte sich für sie interessieren und nicht für eine andere, schon gar nicht für eine so unbedeutende Person. Große Zufriedenheit erfüllte sie, als sie sich vorstellte, wie sie Eilika diese Schmach heimzahlen würde. Ohne Frage, letzten Endes würde sie es sein, die in Roberts Armen liegen würde.

Eilika fiel es schwer, sich auf ihre Hände zu konzentrieren, denn vor allem die boshaften Anschuldigungen über Landine taten ihr weh. Die anfängliche Niedergeschlagenheit, die Irenes Worte ausgelöst hatten, wich allmählich einer stärker werdenden Wut. Auf einmal fielen ihr wieder Roberts Worte ein, und sie versuchte, die aufsteigenden Gefühle zu unterdrücken. Mit ausdrucksloser Miene strich sie immer wieder über die langen braunen Haare der Gräfin. Dabei stellte sie sich vor, wie sich die Borsten in lange, spitze Nadeln verwandelten, um ihrer verletzten Seele etwas Trost zu spenden. Sie war gerade dabei, die Haare zusammenzubinden, als sich die Tür öffnete und Reinmar das Zimmer betrat.

Sein Blick zeigte keinerlei Spur von Überraschung, als er

Eilika sah. Hätte das Mädchen in dem Moment das Gesicht seiner Schwester sehen können, wäre sie wahrscheinlich über deren verschlagene Miene erschrocken.

»Ist es nicht schön, wie schnell man von der Küche zu der weitaus angenehmeren Arbeit einer Zofe kommt?« Ein süffisantes Lächeln begleitete seine Worte.

»Ich fand die Aufgaben in der Küche durchaus interessant, und mir wäre es weitaus lieber, wenn Landine noch leben würde.« Ihre Antwort klang ruhig, auch wenn es in ihrem Inneren brodelte.

»Reinmar, gut, dass du da bist.« Irenes Stimme klang plötzlich zuckersüß, und sie schien noch nicht einmal erbost über das unterlassene Klopfen zu sein. »Ich muss schnell noch zum Kastellan, er hat mir etwas mitzuteilen, und ich wollte gerade Eilika anweisen, noch Ordnung unter meinen Kleidern zu schaffen. Könntest du bitte aufpassen, dass sie alles richtig macht? Nicht dass sie dem Gedanken verfällt, meine Sachen anzuprobieren oder gar mitzunehmen.«

Allein die Vorstellung, dass Eilika in Irenes Kleider passen könnte, war völlig absurd, da sie mindestens einen Kopf größer war als die Gräfin und über üppigere Formen verfügte. Aber sie dann auch noch der Unterstellung auszusetzen, eine Diebin zu sein, war mehr, als Eilika vertragen konnte. Sie ballte die Fäuste, und erst in dem Moment erkannte sie den eigentlichen Sinn der Worte. Mit vor Schreck aufgerissenen Worten starrte sie auf Reinmar, der sie mit einem anzüglichen Blick von oben bis unten abtastete.

In seiner Vorstellung schien er ihr schon das Kleid vom Leib gerissen zu haben. Doch dann schüttelte er bedauernd den Kopf. »Nichts lieber als das, Schwesterlein. Aber unser Onkel wünscht, mich bei der Besprechung mit dem Markgrafen von Meißen dabeizuhaben. Ich bin eigentlich nur gekommen, um dir etwas von ihm auszurichten. Du möchtest dich persönlich darum kümmern, dass die Verpflegung der Gäste aus Meißen auch funktioniert. Es soll ihnen an nichts fehlen, und der Kastellan hat im Augenblick genug andere Dinge, um die er sich kümmern muss. Außerdem sollst du dir für das Essen ein nicht zu auffälliges Gewand anziehen. Der Markgraf liebt die Schlichtheit.« Mit einem Zwinkern in Richtung Eilika fügte er noch hinzu: »Die Gelegenheit bietet sich bestimmt bald wieder. Davon bin ich überzeugt.« Nach einer kurzen Verbeugung verließ er den Raum.

Irene kochte vor Wut. Nicht nur, dass ihr Plan nicht aufgegangen war, Eilika in der Gewalt ihres Bruders zu lassen. Nein, jetzt musste sie sich auch noch um so fürchterlich banale Dinge wie den Speiseplan kümmern. Und zu guter Letzt war ihr Vorhaben, bei ihrem nächsten Zusammentreffen mit Robert in ihrem hübschen hellblauen Gewand zu erscheinen, zunichtegemacht worden. »Sieh zu, dass hier Ordnung herrscht, bis ich wiederkomme, und dass du ja die Finger von meinen Sachen lässt.« Mit hoch erhobenem Kopf und rauschender Schleppe verließ Irene den Raum, und Eilika ließ sich erschöpft auf einen Stuhl fallen.

Robert hatte, nach Eilikas Weggang aus dem Stall, Alabaster ziemlich heftig angetrieben und war erst kurz vor Sonnenuntergang in die Burg zurückgekehrt. Dort übergab er ihn der Obhut von Ingulf, und nach einem kurzen Abendessen zog er sich alleine in seine Unterkunft zurück.

In der Nacht schlief er nicht besonders gut, und dementsprechend mürrisch fand ihn der Kastellan am nächsten Vormittag im Hof vor. Unter dem Arm trug er ein in Leinen eingewickeltes Päckchen.

»Es ist gut, dass ich Euch endlich antreffe, Herr Robert. Graf Albrecht wünscht Euch im großen Turmzimmer zu sehen. Ihr könnt gleich mit mir kommen.« Klemens von Willingen machte einen ziemlich fröhlichen Eindruck.

Das hatte auf den Ritter jedoch keine große Wirkung. Er behielt seinen nicht sehr freundlichen Gesichtsausdruck bei und schüttelte den Kopf. »Tut mir leid, aber ich muss erst noch eine Kleinigkeit erledigen. Es dauert nicht lange, anschließend folge ich gerne dem Wunsch des Grafen.«

Der fröhliche Ausdruck auf dem Gesicht des Verwalters verschwand, und Ungläubigkeit machte sich breit. Er hatte sich jedoch schnell wieder in der Gewalt, verbeugte sich mit starrer Miene und verschwand in Richtung Eingang.

Robert war der veränderte Gesichtsausdruck des Kastellans nicht entgangen. Ihm war klar, dass dieser nicht nachvollziehen konnte, wenn einem Wunsch des Grafen nicht sofort Folge geleistet wurde. Er mochte den Mann und schätzte dessen Treue und Ergebenheit. Nichts lag Robert ferner, als ihn zu kränken, doch er hatte noch etwas Wichtiges vor, und so machte er sich mit dem Päckchen geradewegs auf den Weg in die Küche. Dort musste er jedoch feststellen, dass Eilika sich vor Kurzem zur Gräfin aufgemacht hatte. Dies besserte seine Laune auch nicht gerade, und so begab er sich, nach einem kleinen Abstecher in seine Kammer, schneller als geplant in das Turmzimmer zum Grafen.

Robert betrat kurz nach Reinmar den großen Raum, wo sich außer den beiden Markgrafen auch noch Klemens von Willingen und sieben andere Ritter befanden. Vier davon waren aus dem Gefolge Konrads von Meißen. Beim Eintreten des Ritters befand sich Graf Albrecht bereits in einer angeregten Unterhaltung mit dem Markgrafen von Meißen. Die übrigen Anwesenden hatten kleine Grüppchen gebildet. Außer dem Kastellan und Reinmar von Nortingen erkannte Robert noch ein paar Ritter aus dem Gefolge Konrads.

Als Konrad sein Eintreffen bemerkte, unterbrach er die Unterhaltung mit Albrecht und kam mit ausgestreckten Armen auf ihn zu. »Mein lieber Robert, ich war hocherfreut, als mir der Graf von Eurer Anwesenheit berichtete. Ich hatte ehrlich gesagt nicht damit gerechnet, Euch so schnell wiederzusehen, als sich unsere Wege im letzten Jahr trennten.«

Graf Albrecht trat mit leicht erstauntem Gesichtsausdruck auf sie zu. »Verzeiht meine Unwissenheit, aber darf ich fragen, woher Ihr Euch kennt?«

Konrad hatte mittlerweile eine Hand auf die Schulter von Robert gelegt und drehte sich nun halb zu Albrecht um. »Gewiss doch, mein lieber Graf. Dieser Ritter hier war bei unserem Kreuzzug im letzten Jahr gegen Polen dabei, der weiß Gott nicht so verlaufen ist, wie wir es geplant hatten. Bei einem kleineren Scharmützel hatten mehrere unserer Gegner versucht, mich zu entführen. Dank der Hilfe Roberts von Harsefeld scheiterte der Angriff kläglich, und diejenigen, die übriggeblieben waren, liefen um ihr Leben. Ich habe selten einen Mann so beherzt kämpfen sehen. Wenn ich ihm auch nicht unbedingt mein Leben verdanke, dann wohl doch meine Freiheit.« Dankbar klopfte er Robert auf die Schulter.

Dieser reagierte mit einem abwehrenden Lächeln. »Euer Durchlaucht, ich bitte Euch. Es war Zufall, dass ich mich in dem Moment in Eurer Nähe aufhielt. Und so heroisch war mein Eingreifen bestimmt nicht, wie Ihr es hier schildert.« Er mochte es nicht, derart im Mittelpunkt zu stehen, und wusste sehr wohl um die missgünstigen Blicke, die ihn teilweise trafen. Besonders Reinmar, der schräg gegenüber von ihm stand, warf ihm einen hasserfüllten Blick zu. Kühl begegnete Robert diesem, um sich dann wieder Konrad zuzuwenden. »Nein, die meisten hätten Euch aus dieser misslichen Lage befreien können. Ich hatte nur das Glück, zur Stelle zu sein.«

Das Gesicht Konrads behielt seinen freundlichen Ausdruck, als er die Hand von Roberts Schulter nahm. »Mir ist Eure Bescheidenheit bekannt, und ich weiß, was damals geschehen ist. Aber da ich Eure unbequeme Lage erkenne, lasst uns das Thema wechseln. Wie mir Graf Albrecht berichtet hat, seid Ihr diesmal im Auftrag von Herzog Heinrich unterwegs. Da ich direkt von der Synode in Magdeburg komme, gibt es sicher wichtige Neuigkeiten auszutauschen.«

Albrecht, der Robert interessiert beobachtet hatte, nickte leicht und zeigte mit einer einladenden Handbewegung in Richtung eines Tisches. Da sich auf jeder Seite des Tisches nur eine Sitzgelegenheit befand, holte sich Robert einen der zahlreichen im Raum verteilten Stühle. Dabei fielen ihm die Blicke einiger Männer auf, die gerne an seiner Stelle an der Besprechung der beiden Markgrafen teilgenommen hätten. Diese hatten bereits ihre Plätze eingenommen und forderten stumm zwei weitere Männer aus der Gruppe auf, sich dazuzusetzen. Es handelte sich um Klemens von Willingen und einen Ritter aus Konrads Gefolge, dessen Bekanntschaft Robert bereits im letzten Jahr bei dem fehlgeschlagenen Feldzug gegen Polen gemacht hatte.

Zum zweiten Mal kurz hintereinander wurde er an das Fiasko vom letzten Jahr erinnert. König Konrad musste seinem Schwager, Wladyslaw III. von Polen, zu Hilfe eilen, der von seinen drei Brüdern vertrieben wurde und bei ihm Zuflucht suchte. In aller Eile hatte der König ein Heer zusammengestellt, um gegen Polen in den Krieg zu ziehen. Alles endete schließlich damit, dass die Brüder des Verbannten eine Kontribution an Konrad zahlten und der Feldzug endete. Robert konnte sich noch gut an den Schwager des Königs erinnern, obwohl er ihn nur ein paar Mal gesehen hatte. Ein unangenehmer Mensch, für den es sich seiner Ansicht nach nicht lohnte zu sterben. Er hatte volles Verständnis für dessen Brüder empfunden.

Jetzt nickte Robert dem anderen Ritter, dessen Name ihm nicht einfallen wollte, kurz zu. Die übrigen Männer nahmen an einem anderen Tisch Platz und fingen an, sich leise zu unterhalten. Auch Reinmar setzte sich zähneknirschend hin und verfolgte mit finsterer Miene das Gespräch am Nachbartisch. Robert, der spürte, dass Reinmar sie beobachtete, warf diesem einen fragenden Blick zu. Schnell wandte dieser sich ab und beteiligte sich an dem Gespräch der anderen Männer.

Auch Robert hörte nun wieder interessiert den Ausführungen Konrads von Meißen zu, der als Erster das Wort ergriff: »Wie bereits erwähnt, komme ich direkt aus Magdeburg, wo ich auch den Erzbischof traf. Nach mehreren Gesprächen mit ihm hielten wir beide es für richtig, den Rückweg nach Meißen für einen Abstecher zu Euch auf die Bernburg zu nutzen. Nach dem letzten Reichstag zu Frankfurt scheint es unser guter Herzog äußerst eilig damit zu haben, gen Osten zu ziehen. Wir dürfen uns dabei nicht hinten anstellen und müssen jetzt ebenfalls schnell handeln.« Der Markgraf von Meißen sah Graf Albrecht abwartend an.

Dieser ließ sich kurz Zeit mit seiner Antwort. »Mir scheint, es handelt sich um eine glückliche Fügung, dass Ihr genau in dem Augenblick zu mir kommt, in dem unser allseits geschätzter Herzog einen Boten zu uns schickt.« Mit einer knappen Handbewegung wies er auf Robert.

Sofort reagierte dieser auf die wartenden Blicke der beiden etwa gleichaltrigen Männer, die sich ihm zuwandten. »Herzog Heinrich hat sich bereits die Unterstützung der Dänenkönige Sven und Knut gesichert und erbittet nun die Hilfe des Grafen Albrecht.« An Konrad gerichtet, fuhr er fort: »Ihr, Durchlaucht, habt, soweit mir bekannt ist, bereits König Konrad Eure Teilnahme verbindlich zugesagt. Meines Wissens ist der Erzbischof von Magdeburg ebenfalls für diesen Kreuzzug.« Robert zuckte die Achseln. »Das ist aber auch schon alles, was ich mein Wissen nennen darf. Ich kenne den Herzog als äußerst verschwiegen, und obwohl er noch sehr jung ist, bewahrt ihn sein scharfer Verstand sicher davor, zu viel von seiner Strategie preiszugeben.«

Konrads konziliantes Verhalten war verschwunden, und seine Augen blickten ernst. »Uns allen ist durchaus bekannt, dass es sich bei dem sehr jungen Herzog von Sachsen um einen Mann handelt, den zu unterschätzen ein großer Fehler wäre.«

Der Blick Albrechts verfinsterte sich bei diesen Worten, und Robert wurde bewusst, dass sich dieser noch vor fünf Jahren selbst Herzog von Sachsen hatte nennen dürfen. Albrecht der Bär musste sich damals dem Willen König Konrads beugen und hatte zugunsten seines Neffen Heinrichs des Löwen auf sämtliche Ansprüche, das Herzogtum betreffend, verzichtet.

Mit leicht hämisch klingenden Worten unterbrach Graf Albrecht seine Gedanken: »Soweit mir bekannt ist, wurde Herzog Heinrich zu diesem Kreuzzug verpflichtet, weil er dem König seine Unterstützung im letzten Jahr beim Feldzug gegen Polen verweigert hatte. Es wundert mich nicht, dass er sich jetzt wieder meiner erinnert.«

Ein warnender Blick des Markgrafen von Meißen ließ ihn verstummen, und Konrad wandte sich jetzt wieder direkt an Robert. »Nun, mein lieber Freund. Ich denke, wir benötigen Eure Hilfe nicht länger. Ihr werdet unsere Antwort im Laufe des morgigen Tages erhalten. Wahrscheinlich werdet Ihr dann gleich den Rückweg antreten. Bis dahin hoffe ich auf ein paar angenehme Gespräche mit Euch, vielleicht sogar schon nachher beim Abendessen.«

Robert erhob sich von seinem Stuhl und verbeugte sich. »Ich stehe Euch jederzeit zur Verfügung, Euer Durchlaucht.«

Er verließ die Unterredung, holte aus seinem Zimmer das kleine Päckchen und ging auf direktem Weg in den Stall. Erleichtert stellte er fest, dass Ingulf da war. Im Gegensatz zu sonst herrschte heute Hochbetrieb, denn die vielen zusätzlichen Pferde mussten verpflegt werden. Mindestens acht weitere Stallknechte, die meisten im Alter von Ingulf, kümmerten sich daher um die zu erledigenden Arbeiten.

Robert ging direkt auf den Jungen zu und zog ihn zur Seite. »Du musst mir einen Gefallen tun. Das, was du für mich bestellt hattest, ist für deine Schwester. Ich selbst kann sie leider nicht finden, und für dich als ihren Bruder ist es ohnehin wesentlich einfacher, es ihr zu überbringen.«

Ingulf nickte und grinste wie üblich, diesmal noch dazu mit der Miene eines Verschwörers. Dann schnappte er sich das Päckchen und legte es in sein Zimmer. »Im Moment kann ich leider nicht weg hier, sonst bekomme ich riesigen Ärger. Aber nachher werde ich es ihr gleich bringen. Es wird bestimmt nicht leicht, denn seit Eilika für die Gräfin arbeiten muss, sehe ich sie kaum noch. Aber keine Sorge, ich bekomme es schon hin.«

Robert musste an sich halten, damit seine Erheiterung über das wichtigtuerische Verhalten des Jungen nicht allzu offensichtlich wurde. Deshalb nickte er ernst und bedankte sich herzlich. Anschließend ließ er sich Alabaster satteln, um noch vor dem Abendessen ein wenig auszureiten.

Irene von Nortingen hatte sich nach ihrem fehlgeschlagenen Plan missmutig darangemacht, den Auftrag ihres Onkels auszuführen. Normalerweise war ihre Tante für derlei Angelegenheiten zuständig, aber Sophie von Winzenburg hielt sich mit drei ihrer Kinder seit mehreren Wochen zu Besuch bei ihrer Mutter auf. Nachdem Irene sich bei einem der Ritter aus dem Gefolge des Markgrafen erkundigt hatte, ob alles dessen Zufriedenheit entsprach, hatte sie sich auf die Suche nach Robert gemacht, nur um kurz darauf festzustellen, dass auch er sich im großen Turmzimmer befand. Da ihr nicht der Sinn danach stand, in ihre Gemächer und damit zu Eilika zurückzukehren, beschloss sie, sich in der Eingangshalle aufzuhalten. Die Vorstellung, dass Robert früher oder später an ihr vorbeikommen würde, war verlockend. Wegen der dicken Außenmauern war es in der großen Halle allerdings ziemlich kühl, und sie fing schon bald an zu frösteln. Nach kurzem Zögern ging sie hinaus in den Hof und wies einen vorbeilaufenden Jungen an, ihr in einer sonnigen Ecke einen Sessel hinzustellen. Die wohlige Wärme ließ sie bald müde werden, und sie erwachte von dem Hufschlag eines sich schnell entfernenden Pferdes.

Enttäuscht musste sie feststellen, dass es ihr wieder nicht gelungen war, mit Robert ins Gespräch zu kommen, woraufhin sie ärgerlich in ihre Gemächer zurückkehrte. Dort traf sie auf Eilika, die gerade das letzte Teil ihrer Garderobe ordentlich gefaltet in die Truhe gelegt hatte.

Irene warf ihr einen giftigen Blick zu und ließ sich auf den Stuhl fallen. »Du musst für mich zu der Frau laufen, die unten am Waldrand lebt. Ich bin völlig erschöpft. Sie soll dir etwas von den guten Kräutern geben, die mich wieder beleben. Und beeile dich. Viel Zeit ist snicht mehr bis zum Abendessen. Wenn du zurückkommst, kannst du gleich in der Küche einen Trank für mich zubereiten. Danach musst du mir beim Umziehen helfen. Ich ruhe mich in der Zwischenzeit etwas aus, damit ich wieder zu Kräften komme.«

Die Gräfin legte sich auf ihr Ruhebett, das sich an der Wand gegenüber der Fensteröffnung befand. Es handelte sich um ein schweres Holzgestell, dessen vier Pfosten am oberen Ende mit jeweils einer wunderschön geschnitzten Kugel gekrönt wurden. Die dunkelblauen Samtvorhänge, die nachts normalerweise zugezogen waren, wurden am Tag zusammengebunden, so dass es jederzeit als Sitzgelegenheit oder Ruhebett dienen konnte. Die Gräfin stöhnte leise vor sich hin, als Eilika geräuschlos das Gemach verließ.

Bevor die Gräfin den Raum betreten hatte, war Eilika der Versuchung erlegen, hatte sich für einen Moment hingelegt und kurz das weiche, angenehme Gefühl genossen. Zum Glück hatte sie sich rechtzeitig vor deren Eintreffen erhoben. Nun beeilte sie sich, aus dem Raum zu kommen, und lief die Treppen hinunter zum Ausgang.

Sie überlegte gerade noch, ob sie kurz bei ihrem Bruder

vorbeischauen sollte, als sie ihn schon rufen hörte. Er stand am Eingangstor zum Stall und winkte ihr heftig zu. Sie wollte sich schon abwenden, doch etwas in seinem Gesichtsausdruck hielt sie davon ab, und sie änderte ihre Richtung.

Am Stall angekommen, zog er sie mit sich in seine Kammer. »Gut, dass ich dich endlich sehe. Ich habe hier etwas sehr Wichtiges für dich von Ritter von Harsefeld.«

Allein bei der Erwähnung des Namens stutzte Eilika. Verwirrt ergriff sie das Päckchen, das sich weich anfühlte. Sie konnte ihre Neugierde nicht zügeln und schlug das Leinentuch auseinander. Ein wunderschönes Tuch von satter grüner Farbe kam zum Vorschein, groß genug für ein Kleid mit passendem Umhang. Ihr verschlug es die Sprache. Noch nie zuvor hatte sie ein Geschenk solchen Ausmaßes bekommen. Ihr erster Gedanke war, es Robert auf der Stelle zurückzubringen. Sie konnte es unmöglich behalten, schließlich war sie nicht käuflich. Dann fiel ihr die Gräfin ein, und sie gab ihrem Bruder, der sie mit gespanntem Gesichtsausdruck beobachtet hatte, das Tuch zurück. Nicht ohne nochmals wehmütig mit einer Hand darüberzustreichen. »Behalte es bitte bis morgen für mich. Ich muss runter ins Dorf, etwas für die Gräfin besorgen.«

Sie wuschelte Ingulf noch kurz die struppigen Haare und lief schnellen Fußes auf den Hof hinaus und durch das Burgtor. Eigentlich passte ihr der Auftrag ganz gut. Sie hatte sowieso vorgehabt, bei passender Gelegenheit zu der Frau zu gehen, um sie nach Landine zu fragen, und nun hatte sie sogar die Erlaubnis dazu.

Auch jetzt, am späten Nachmittag, herrschte noch geschäftiges Treiben. Da das Wetter seit Tagen schön war, waren die Bauern bei der Aussaat. Kinder spielten Fangen, und ein paar Hunde liefen bellend um sie herum.

Das Haus der Frau lag etwas abseits vom Dorf, dicht am Waldrand. Es war eine kleine, windschiefe Hütte, welche die wenigsten Leute freiwillig betraten. Diejenigen, die zu der Alten kamen, befanden sich in einer Notlage, ähnlich wie Landine. Eilika brauchte nicht zu klopfen, denn die Frau saß vor der Hütte auf einer Bank und sortierte verschiedene Kräuter. Sie sah langsam auf, als Eilika dicht vor ihr stand und sie mit kaltem Blick musterte.

»Das gnädige Fräulein schickt mich, Kräuter von dir zu holen. Sie ist erschöpft und sagt, dass du ihr schon öfter welche gegeben hast.«

Die Frau nickte und fuhr in ihrer Arbeit fort. Ihr Gesicht war von tiefen Falten durchzogen und ließ sie älter erscheinen, als sie war, doch die Augen blickten wach und leicht verschlagen. Als ihr Mund sich zu einem schiefen Grinsen verzog, waren keine Zähne mehr zu erkennen. Eilika lief es bei ihrem Anblick kalt den Rücken herunter.

»Ja, ja, das liebe Edelfräulein Irene. Die Kräuter bewahre ich drinnen auf. Ich hole sie gleich.« Ihre Stimme klang zittrig, und sie redete langsam, als ob ihr das Sprechen große Mühe bereitete. Sie stand auf, schlurfte ins Haus und kam kurze Zeit später mit einem kleinen Leinensäckchen wieder heraus. »Daraus kannst du ihr einen Trank zubereiten. Übergieß die Kräuter mit sprudelndem Wasser und lass das Gebräu einige Zeit ziehen. Das wird ihr schnell helfen.« Sie machte eine kleine Pause und beäugte das Mädchen von der Seite. »Die arme Gräfin ist oft lustlos. Ganz anders als ihr Bruder.«

Eilika ballte die Hände zu Fäusten und sah die Alte angriffslustig an. »Was geht mich der Bruder der Gräfin an. Vielmehr möchte ich wissen, warum meine Freundin Landine sterben musste. Du kannst es mir sicher sagen, schließlich war sie bei dir, weil sie deine Hilfe brauchte. Du hast sie elendig draußen verbluten lassen, als du gemerkt hast, dass du alles verpfuscht hast!«

Die Alte schüttelte den Kopf und trank einen Schluck Wasser aus einem Lederbeutel, der an einem Haken hing. »Nein, da irrst du dich. Es stimmt zwar, dass sie hier war, aber ich habe sie wieder weggeschickt, weil ich ihr nicht helfen konnte. Das, woran sie gestorben ist, hat sie sich selbst angetan.«

Eilikas Stimme wurde schrill. Blind vor Zorn und Tränen, stürzte sie sich auf die Frau.

Diese hatte den Angriff kommen sehen und hielt sich automatisch die linke Hand vors Gesicht, während sie mit der rechten neben sich auf dem Boden herumtastete.

»Du lügst und wirst dafür bezahlen.« Eilika hob die rechte Hand und wollte auf die Frau einschlagen, als ein stechender Schmerz ihren linken Arm durchfuhr und sie aufschrie. Ohne dass es die Magd bemerkt hatte, war es der Frau gelungen, nach ihrem kleinen Kräutermesser zu greifen. Da es unter einem schmutzigen Tuch lag, hatte Eilika es nicht bemerkt.

»Ja, vielleicht muss ich noch für alles bezahlen, aber bestimmt nicht jetzt und schon gar nicht durch dich.« Jedes Zittern war plötzlich aus der Stimme der Alten verschwunden.

Eilika blickte an ihrem Arm hinunter und sah eine Stichwunde, aus der das Blut in einem kleinen Rinnsal den Arm hinabsickerte. Das Gesicht der Frau war dicht vor ihrem, und Eilika konnte den Geruch ihres Atems kaum aushalten. Ein Gefühl der Übelkeit, das sich mit Angst vermischte, stieg in ihr hoch, als sie sah, wie ihr Gegenüber mit dem Messer dicht über ihrem Arm weiter hochfuhr.

»Du bist jung und denkst nicht nach. Ich wusste gleich, was dein eigentliches Anliegen war. Ich konnte es in deinen Augen sehen.«

Eilika versuchte, gegen ihre Angst anzukämpfen. Aus den Augenwinkeln sah sie ein gutes Stück entfernt einen größeren Trupp Reiter hereaneilen. Sie waren bis jetzt nur schwach zu hören, und sie wusste vom Gerede der Leute, dass das Gehör der Frau nicht mehr das beste war. Neben der Hütte scharrten ein paar magere Hühner. Plötzlich schoss ihr ein Gedanke durch den Kopf, doch musste sie noch ein wenig Zeit schinden. »Landine war meine Freundin, das musst du verstehen. Sie besaß so ein gutes Wesen, und jetzt ist sie tot.«

Die Alte kicherte hämisch, ließ Eilika aber nicht aus den Augen. »Ihr Wesen war wahrscheinlich zu gut, sonst wäre sie wohl kaum in diese Schwierigkeiten geraten.«

Eilika rührte sich noch immer nicht, das Messer zielte jetzt direkt auf ihren Hals, und eine der klauenhaften Hände der Frau hielten ihren gesunden Arm fest. »Warum konntest du ihr nicht helfen? Das war doch bestimmt nicht die erste ungewollte Schwangerschaft, mit der jemand zu dir gekommen ist.« Eilika merkte, dass das Interesse der Frau zunahm. Mit einem schnellen Blick auf die näher kommende Gruppe hoffte sie inständig, dass sich ihr Vorhaben in die Tat umsetzen ließ.

Wieder kicherte die Frau, doch dieses Mal hielt sie abrupt inne, sah Eilika durchdringend an und zuckte dann mit den Schultern. »Warum eigentlich nicht? Du wirst sowieso keine Gelegenheit mehr haben, irgendjemandem davon zu erzählen. Ich denke, ich werde dir nachher die Kehle durchschneiden und dich abends in den Wald schleppen. Es treibt sich ja allerhand Gesindel herum.

Doch vorher sollst du deine Antwort bekommen: Ja, Landine war hier und ist auch geblieben. Doch leider ist nicht alles so verlaufen, wie ich es wollte. Die Blutung war zu stark, und ich konnte sie einfach nicht stoppen. Trotz meiner verschiedenen Säfte und Auflagen hat es nicht aufgehört.« Eine Weile schwieg sie, dann zuckte sie abermals mit den Schultern. »Was hätte ich tun sollen? Ich habe sie rausgeschafft, bevor sie mir den ganzen Boden in der Hütte versauen konnte. Sie wäre eh gestorben. Ihr hätte keiner mehr helfen können.«

In dem Augenblick passierte das, worauf Eilika gehofft hatte. Die Reiter galoppierten in hohem Tempo und einigem

Abstand parallel zur Rückseite der Hütte vorbei. Gleichzeitig stoben die Hühner der Alten unter großem Gezeter auseinander. Die Frau fuhr zusammen, und diesen Moment nutzte Eilika. Mit der freien Hand schlug sie hart von unten gegen das Messer, gleichzeitig drehte sie geschickt den Arm aus dem Griff der Frau, die von der unerwarteten Handlung völlig überrumpelt war. Als sie sich nach dem Messer bückte, hatte Eilika es bereits in der Hand und stand schwer atmend in sicherer Entfernung von ihr. Die Reiter hatten mittlerweile fast die Burg erreicht. Das Handgemenge an der Hütte war ihnen gar nicht aufgefallen.

Die Frau ließ sich wieder schwer auf die Stufe fallen. Wie auf Befehl setzte das Zittern ein, doch dieses Mal kam es Eilika echt vor. Fast tat sie ihr leid. »Was willst du jetzt mit mir machen? Ich bin alt und sterbe sowieso bald. Sieh mich doch nur an!«

Abscheu erfüllte die Magd bei diesen Worten. »Jetzt bist du auf einmal alt. Und vorhin? Da wolltest du mich noch in den Wald schleppen! Ich werde alles dem Kastellan melden. Der Graf wird über dich richten!«

Die Alte seufzte. »Wie du meinst. Wenn du dir die Schuld für meinen Tod auf deine schmalen Schultern laden willst? Andererseits, wer weiß, ich habe dich eben schon unterschätzt. Vielleicht macht es dir auch gar nichts aus, ein Menschenleben zu vernichten. Glaube mir, das erste Mal ist es noch schwer.

Doch tu, was du nicht lassen kannst. Mir ist es gleich. Dann sollen sie mich eben holen.«

Eilika fasste nach dem Leinensäckchen und stöhnte auf. Die Wunde am Arm schmerzte bei jeder Bewegung. Nach einem Blick auf das Messer wusste sie, dass der Stich dringend gesäubert werden musste. Danach würde sie zum Kastellan gehen. Die Frau würde schon nicht davonlaufen.

Langsam ging sie rückwärts, und als genug Abstand zwischen ihr und der Alten war, drehte sie sich um und begann zu rennen. Dabei hielt sie sich den verletzten Arm und blickte vor sich auf den Boden. Als sie das Geräusch von Pferdehufen vernahm, sah sie auf und blieb abrupt stehen.

Ein Reiter kam direkt auf sie zu, und auf die kurze Entfernung konnte sie sofort Robert erkennen. Wären nicht die Schmerzen in ihrem Arm gewesen, hätte sie sich direkt über die stolze Erscheinung von Reiter und Ross freuen können.

Dicht neben ihr zügelte Robert den Hengst. »Ich wollte gerade mit den anderen in den Burghof reiten, als ich dich laufen gesehen habe. Ist etwas?« Plötzlich stutzte er und sprang von seinem Pferd. Vorsichtig nahm er ihren verletzten Arm und sah sich die Wunde an. »Wie ist das passiert?«

Eilika hatte nicht vor, ihm die Geschichte zu erzählen, zumindest nicht hier und jetzt. »Ich habe mich beim Kräutersammeln verletzt.« Mit zusammengepressten Lippen zeigte sie ihm das Messer.

»Und wo sind die Kräuter?« Der ironische Unterton in seiner Stimme war kaum zu überhören.

Dankbar für das Leinensäckchen, zeigte sie es ihm, doch sie konnte an seinem Gesicht ablesen, dass er ihr kein Wort glaubte.

Robert ließ ihren Arm los, um sich wieder in den Sattel zu schwingen. Dann beugte er sich hinunter, umfasste Eilika und zog sie hoch, noch bevor sie protestieren konnte. »Die Wunde muss gereinigt werden. Und bei dem dreckigen Messer sollte ich mir gut überlegen, ob ich überhaupt noch etwas aus eurer Küche esse. Die Kräuter sind doch für den Koch?«

Eilika nickte heftig und klammerte sich an der Mähne des Hengstes fest, als das Tier sich in Bewegung setzte.

Als Eilika bewusst wurde, dass sie gar nicht in Richtung Burg, sondern zum Fluss ritten, kam wieder Leben in sie. Sie wand sich in Roberts Armen, um sich aus seinem Griff zu befreien.

»Es wäre schön, wenn du aufhören könntest zu zappeln, sonst fällst du noch vom Pferd und verunstaltest wahrscheinlich noch mehr von deinem schönen Körper. Das wäre doch jammerschade.«

Der Klang seiner Stimme ließ Eilika innehalten. Sie zwang sich, seine Nähe zu ignorieren, und fand sich notgedrungen mit der Situation ab. »Warum reitet Ihr zum Fluss und nicht zur Burg? Das gnädige Fräulein wartet auf mich, ich muss dringend zurück.« Zaghaft versuchte sie, ihn zum Umkehren zu überreden.

»Vielleicht hast du es schon wieder vergessen, aber du hast eine Wunde am Arm, die gesäubert und verbunden werden muss. Der Fluss ist näher als die Burg, also reiten wir dorthin.« Seine Stimme ließ keinen Widerspruch zu, und kurze Zeit danach stieg er ab und hob auch sie herunter. Dann riss er von seinem Hemd einen Streifen ab, den er nochmals teilte. Mit dem einen Stück ging er zum Wasser, tränkte es und wusch die Wunde aus. Anschließend holte er aus einem Beutel, der an seinem Sattel hing, ein paar getrocknete Blätter und legte sie darauf. Mit dem trockenen Stück Stoff legte er Eilika zügig einen Verband an. »Durch die Kräuter heilt die Wunde schneller. Sie ist zum Glück nicht besonders tief.« Er unterbrach seine Arbeit kurz, als er ihren faszinierten Blick bemerkte.

»Woher könnt Ihr das? Ich meine, Wunden behandeln und solche Sachen. Erzählt mir mehr davon.«

Kopfschüttelnd betrachtete er sie. »Du bist wirklich seltsam. Erst willst du unter allen Umständen nicht zum Fluss, weil die Gräfin wartet, und dann hast du auf einmal alle Zeit der Welt und möchtest mehr über mein Wissen in Kräuterkunde erfahren. Gerne später einmal, sollte sich der richtige Zeitpunkt ergeben. Jetzt würde es wirklich zu lange dauern. Nur so viel, ich hatte in meiner Kindheit die beste Lehrmeisterin, die man sich nur wünschen kann.« Unterdessen hatte er den Stoff am Ende eingerissen, um den

Verband mit einem Knoten zu befestigen. »So, fertig, dein Arm wird schon bald nicht mehr wehtun, doch der Ärmel deines Kleides ist leider zerrissen.« Mit bedauerndem Blick ließ er die Finger leicht über den Rest des Stoffes gleiten.

Eilika fiel plötzlich wieder sein Geschenk ein. »Danke für Eure Hilfe und habt auch Dank für das kostbare Geschenk. Aber ich kann es leider nicht annehmen, wie Euch wohl klar sein dürfte. Es würde jedem sofort auffallen, wenn ich ein Kleid aus so schönem Tuch trage. Außerdem habt Ihr es wahrscheinlich hier in der Burg gekauft, und der Tuchhändler ist nicht besonders verschwiegen. Es würde Gerede geben, und das möchte ich unter allen Umständen vermeiden. Ich habe es seit gestern schon schwer genug.«

Robert musterte sie nachdenklich und zuckte mit den Achseln. »Schade. Als ich das Tuch zufällig gesehen habe, dachte ich sofort, wie wunderbar es zu deinen Augen passt. Außerdem hättest du endlich ein Kleid, das dir nicht zu klein ist. Doch wie du willst.« Er wandte sich zu Alabaster um und stieg in den Sattel.

Als er sich anschließend zu ihr hinunterbeugen wollte, trat sie rasch einen Schritt zurück. »Ich bitte Euch, Herr Ritter. Mir wäre es lieber, wenn ich zur Burg zurücklaufen könnte. Es geht mir gut, außerdem ...«

Robert unterbrach sie mit schneidender Stimme: »Außerdem würde es Gerede geben. Ich weiß. Hoffentlich hast du bedacht, dass uns auch hier jemand gesehen haben könnte. Also dann, einen schönen Tag noch.« Er drückte Alabaster leicht die Fersen in die Seiten und entfernte sich schnell.

Enttäuscht sah Eilika ihm nach. Was hatte sie erwartet? Sie wollte es so und hätte eigentlich erleichtert sein müssen. Stattdessen war sie empört, dass er ihrer Bitte so schnell nachgegeben hatte. Mit einem ärgerlichen Laut machte sie sich auf den Rückweg. Von Robert konnte sie gerade noch sehen, wie er durch das geöffnete Burgtor ritt.

4. KAPITEL

Als Eilika, ohne dass ihr irgendwelche komischen Blicke der Leute unterwegs aufgefallen waren, im Burghof angekommen war, ging sie direkt in die Küche. Von Robert war keine Spur zu sehen.

»Was ist denn mit dir passiert?« Alfons zeigte besorgt auf ihren Arm.

Eilika machte eine wegwerfende Handbewegung. »Nichts Besonderes. Ich bin vorhin gestolpert und habe mir an einem Stein den Arm leicht aufgerissen. Hast du vielleicht heißes Wasser für mich?«, sagte sie und wedelte mit dem Kräutersäckchen.

Alfons zeigte kurz auf den Kessel, der über einem kleinen Feuer hing. »Du hast Glück. Nimm dir ruhig etwas davon. Ich wollte gerade Gemüse hineintun.«

Eilika nahm eine kleine Schale und schüttete ein paar von den Kräutern hinein. Anschließend schöpfte sie mit einer Kelle Wasser aus dem Kessel dazu. Nachdem sie kurze Zeit später den entstandenen Sud durch ein Tuch gegeben hatte, ging sie hoch in die Kemenate der Gräfin.

Kaum hatte die Magd die Tür geöffnet, herrschte Irene sie mit wütender Stimme an: »Wo bleibst du denn? Ich hatte dir doch gesagt, dass es eilig ist, und …« Sie hielt inne und starrte auf Eilikas verbundenen Arm. »Wie läufst du nur rum? Geh dich umziehen. Wie kannst du es wagen, mir mit diesem zerrissenen Fetzen unter die Augen zu treten?«

Erst jetzt besah sich Eilika ihren Arm genauer und musste der Gräfin recht geben, denn der Stoff war blutgetränkt.

»Ich habe nichts anderes zum Anziehen. Mein zweites Kleid passt mir leider nicht mehr.«

Irene setzte zu einer Erwiderung an, überlegte es sich dann jedoch anders. Sie erhob sich seufzend und ging zum Schrank. Nachdem sie eine Weile darin herumgewühlt hatte, zog sie mit spitzen Fingern ein Tuch hervor, dessen braune Farbe ziemlich vergilbt war. Sie warf es Eilika zu wie einem Hund einen Knochen und nahm sich die Schale mit dem Kräutertrank. »Häng es dir um und binde es mit einem Knoten fest, damit es nicht verrutscht. Und nun beeil dich, denn mein Onkel wartet im Turmzimmer auf dich. Danach kommst du gleich wieder her zu mir.«

Verwirrt verließ Eilika den Raum und machte sich auf den Weg zum Grafen Albrecht. Im Gehen band sie sich das Tuch um die Schultern und knotete es über ihrer Brust zusammen. Sie war noch nie zum Grafen bestellt worden und zermarterte sich den Kopf, was sie wohl angestellt haben könnte. Als sie mit schnellem Schritt um die Ecke bog, prallte sie mit dessen Neffen zusammen. Erschrocken hielt sie die Luft an, als sie ihn erkannte.

Drohend baute er sich vor ihr auf. Als sie zurückwich, packte er sie am Arm und drückte sie gegen die Wand. »Du bist doch bestimmt auf dem Weg zu meinem Onkel. Wenn du irgendetwas gegen mich sagst, wirst du es bitter bereuen. Denk an deinen kleinen Bruder. Er ist noch so jung. Wäre doch schlimm, wenn ihm etwas zustoßen würde.« Seine Stimme klang gehässig, und sein Atem streifte ihr Ohr.

Eilika war noch völlig überrumpelt von Reinmars Angriff und nickte nur stumm. Doch als sie im nächsten Moment seine Hand auf ihrer Brust fühlte, schlug ihre Furcht in Wut um. Vielleicht lag es daran, dass sie innerlich noch sehr aufgewühlt war seit dem Vorfall bei der Frau am Waldrand.

Ihre Hände waren frei, da er mit seiner einen Hand ihre Schulter gegen die Wand drückte und mit der anderen ihren

Körper betatschte. Unvermittelt drückte sie ihn daher mit beiden Händen gegen die Brust und stieß ihn mit aller Kraft von sich weg. Eilika fing sofort an zu laufen, allerdings nicht, ohne vorher noch einen Blick in Reinmars verdutztes Gesicht geworfen zu haben. Vor der kleinen Steintreppe, die zum Turmzimmer hinaufführte, verlangsamte sie ihren Schritt und versuchte, ruhiger zu atmen.

Bis auf den Grafen Albrecht und den Kastellan war der Raum leer. Die beiden saßen an einem Tisch und waren in eine Unterhaltung vertieft. Eilika schloss die Tür und wartete voller Unruhe auf ein Zeichen. Nach kurzer Zeit beendeten die Männer ihr Gespräch, und der Graf bedeutete ihr mit einer Handbewegung näher zu treten.

»Unsere Zeit ist knapp bemessen, also höre gut zu. Wie du dir denken kannst, geht es um deine tote Freundin. Der Kastellan und ich möchten herausfinden, was zu diesem unglückseligen Ende des Mädchens geführt hat. Dazu brauchen wir deine Hilfe, denn du kanntest sie gut. Glaubst du, sie hat selbst Hand an sich gelegt?«

Eilika rang mit sich. Vorhin, als sie von der Hütte weggerannt war, hatte für sie kein Zweifel bestanden, dass sie die Frau beim Kastellan anzeigen musste. Doch jetzt, hier vor dem Grafen, war sie auf einmal unsicher. Welches Recht hatte sie, anderen den sicheren Tod zu bringen? Denn der würde dem Kräuterweib unweigerlich drohen. Würde sie, Eilika, mit der Schuld leben können? Landine hatte gewusst, worauf sie sich einließ, als sie ihre Entscheidung getroffen hatte. Nein, Eilika war sich völlig sicher, auch wenn es ihr das Herz zerriss. Sie konnte die Frau nicht des Mordes anklagen. Also schüttelte sie zaghaft den Kopf und antwortete kaum hörbar: »Ich weiß es nicht, Euer Durchlaucht.«

Der Graf räusperte sich kurz und stellte ihr dann eine weitere Frage: »Nun gut, kannst du uns vielleicht etwas darüber sagen, wer für den Umstand deiner ...«

Er unterbrach seine Ausführungen mit ärgerlichem Gesichtsausdruck, um auf ein Klopfen zu antworten. Als er seinen Neffen erblickte, gab er ihm mit einer Handbewegung zu verstehen, dass er hereinkommen möge. Anschließend wandte er sich wieder Eilika zu, wobei ihm ihr furchtsamer Gesichtsausdruck nicht entging. »Also, wo waren wir? Weißt du, von wem sie verführt wurde oder wer ihr vielleicht sogar Gewalt angetan hat?« Er machte eine kurze Pause und forschte in Eilikas Gesicht nach irgendwelchen Reaktionen. Doch ihre Miene war wie versteinert. »Also, noch einmal. Du musst doch ihren Zustand bemerkt haben. Habt ihr beide darüber gesprochen? Hat sie dir vielleicht sogar gesagt, wer der Vater ist? Ich dulde nicht, dass sich ein Mann aus seiner Verpflichtung stiehlt, und wenn du etwas weißt, musst du es uns sagen.«

Der ängstliche Blick, den Eilika seinem Neffen kurz zuwarf, entging weder dem Grafen noch dem Kastellan. Leider bemerkte ihn auch Reinmar.

Als die Magd nur hilflos mit den Schultern zuckte, handelte Graf Albrecht schnell. Er wandte sich an seinen Kastellan, beauftragte ihn, Eilika weiter zu befragen, und gab seinem überraschten Neffen die Anweisung, mit ihm den Raum zu verlassen. Nach einem letzten drohenden Blick von Reinmar war sie mit dem Kastellan allein.

Mit sanfter Stimme unternahm dieser einen erneuten Versuch. »Eilika, du weißt, dass du mir vertrauen kannst und ich dir helfen werde, solange es in meiner Macht steht. Ihr beide, dein Bruder und du, seid mir in den letzten Jahren regelrecht ans Herz gewachsen. Gibt es etwas, was du uns sagen möchtest?«

Eilika hatte das Gefühl, als würde die Furcht wie eine eisige Hand ihr Herz zerdrücken. Sie hatte Reinmars Drohung noch gut in Erinnerung, und nach ihrer Begegnung im Flur vorhin war ihr schlagartig klar geworden, dass er diese, ohne mit der Wimper zu zucken, in die Tat umsetzen würde.

Ingulf war alles, was sie noch von ihrer Familie hatte, und seit sie denken konnte, trug sie für ihn die Verantwortung. Außerdem liebte sie ihren störrischen kleinen Bruder abgöttisch, und der Gedanke, dass ihm etwas passieren könnte, brachte sie fast um den Verstand. Andererseits stand vor ihr ein Mensch, der sie vielleicht sogar vor dem Neffen des Grafen beschützen konnte. Der Graf selbst hatte schließlich keinerlei Hehl daraus gemacht, dass er unverantwortliches Verhalten nicht duldete. Verzweifelt suchte sie nach der richtigen Entscheidung.

Der Graf hatte sich wortlos auf den Weg zu seinem Schlafgemach gemacht. Sein Neffe folgte ihm mit hängendem Kopf. Erst nachdem sie die Tür des Raumes hinter sich geschlossen hatten, fuhr Graf Albrecht ihn mit lauter Stimme an: »Es war offensichtlich, dass dieses arme Mädchen sich vor dir gefürchtet hat.« Er schwieg einen Augenblick und schloss die Augen, ehe er mit drohendem Ton weitersprach: »Hast du dich etwa an der toten Zofe vergriffen?« Er atmete schwer, als ob die Worte ihn viel Kraft kosteten.

Reinmar hatte schon immer Angst vor seinem Onkel gehabt. Aus diesem Grund war er auch nicht begeistert über den Wunsch seines Vaters gewesen, zusammen mit seiner Schwester für ein paar Monate auf der Bernburg zu verweilen.

Albrecht der Bär war selbst kein Heiliger, aber Reinmars Tante, Gräfin Sophie, war sehr fromm. Im Laufe ihrer über zwanzigjährigen Ehe hatte sie es geschafft, die Lebensweise ihres Gatten langsam, aber stetig zu verändern. Man konnte ihn zwar nicht als gütig bezeichnen – er galt als extrem machtbesessen und ehrgeizig –, doch bei aller Strenge versuchte er immer, gerecht zu bleiben.

Reinmar hob Kopf und Schultern und antwortete: »Ich habe sie nicht angerührt. Sie war die Zofe meiner Schwester, ich habe sie kaum zu Gesicht bekommen.« Allerdings konnte er nicht verhindern, dass seine Stimme dabei ein wenig zitterte.

Sein Onkel fuhr mit leiserer Stimme fort: »Du bist zwar der Sohn meiner Schwester und gehörst damit auch zu meiner Familie, doch gerade deshalb solltest du dir deiner Stellung und der damit verbundenen Verantwortung jederzeit bewusst sein. Dabei ist es mir völlig egal, wie dein Vater mit solchen Dingen umgeht. Du befindest dich hier auf meinem Besitz, und ich schwöre bei Gott, sollte ich herausbekommen, dass du soeben gelogen hast, wirst du dafür geradestehen müssen. Und jetzt geh!«

Reinmar bemühte sich, nicht aus dem Raum zu fliehen, sondern ihn ruhigen Schrittes zu verlassen. Er wusste schon lange, dass sein Onkel ihn nicht besonders gern mochte, aber die Verachtung, die aus seinen Worten zu hören war, traf ihn tiefer, als er es vermutet hatte. Er nahm sich vor, nicht mehr lange auf der Bernburg zu verweilen. Da es den Anschein hatte, dass die Vorbereitungen für den Kreuzzug bald beginnen würden, hatte er dem Wunsch seines Vaters Genüge getan, der über die Ereignisse auf dem Laufenden sein wollte. Jetzt konnte er bei seiner Rückkehr einiges berichten.

Vorher musste er sich aber noch etwas nehmen, nach dem es ihn schon lange gelüstete. Allein bei dem Gedanken an das, was er mit der Magd anstellen wollte, spürte er die Erregung in sich aufsteigen. Er würde längst nicht mehr hier sein, wenn auch in ihrem Leib ein Kind von ihm heranwuchs. Ihm war klar, dass seinem Onkel Eilikas Blick aufgefallen war, und dafür würde sie bezahlen müssen. Vor allem, dass er ihre Antwort nicht kannte, wurmte ihn gewaltig. Er war sich bei ihr nämlich nicht sicher, ob seine Drohung ausreichen würde. Sollte Graf Albrecht seine Wut ruhig an jemand anderem auslassen. Schon wieder etwas fröhlicher, machte er sich auf den Weg zu seinen Gemächern.

Eilika hatte noch eine Weile gedankenverloren auf ihrem Bett gesessen, nachdem der Kastellan sie bis zu ihrer Kammer begleitet hatte. Die Ereignisse hatten sich in den letzten Stunden derart zugespitzt, dass sie sich völlig überfordert fühlte. Zum ersten Mal verspürte sie den Wunsch, alle Schwierigkeiten hinter sich zu lassen und mit ihrem Bruder irgendwo anders ein neues Leben anzufangen.

Plötzlich fiel ihr wieder ein, dass die Gräfin auf sie wartete. Schnell spritzte sie sich kaltes Wasser aus der Schüssel ins Gesicht und lief hinunter.

Irene warf bei Eilikas Eintreten einen kurzen Blick auf ihr verquollenes Gesicht, verlor aber kein Wort über ihr spätes Kommen. Eilika half der Gräfin in das bereitliegende mattgraue Gewand und frisierte ihr die Haare.

»Du musst mit hinunterkommen und dich um die Getränke kümmern. Achte darauf, dass die Becher unserer Gäste nicht leer werden. Die anderen Mädchen sind noch tollpatschiger als du, was ich zu meinem Leidwesen heute Mittag feststellen musste. Vorher legst du aber noch mein Kleid anständig weg, und nach dem Abendessen wirst du mir beim Auskleiden helfen.«

Mit diesen Worten rauschte sie aus dem Raum, und Eilika machte sich müde an die Arbeit.

Auf dem Weg hinunter versuchte die Gräfin, ihre Gedanken zu sortieren. Bei dem bevorstehenden Essen musste sie ruhig und würdevoll erscheinen. Doch wie sollte sie dies schaffen, wenn es ihr noch nicht einmal gelang, sich an Eilika für die erlittene Schmach zu rächen?

Bei Landine war es so einfach gewesen. Ihr Bruder konnte ungemein wütend werden, wenn man seinen Wünschen nicht nachkam. Daher hatte Irene ihm, anfangs noch zögerlich, aber dann immer öfter, Zeit verschafft, damit er sich mit ihrer Zofe vergnügen konnte. Zu Hause benötigte er nicht ihre Hilfe, um sich die weiblichen Dienstboten gefügig zu machen, sondern nahm sich einfach, wen er wollte. Ihr Vater sah über diese Dinge hinweg, doch hier, bei ihrem Onkel, verhielt es sich grundlegend anders. Irene machte sich über das gewalttätige Verhalten ihres Bruders kaum Gedanken, für sie war es normal. Leider hatten sich bisher all die schönen Gelegenheiten in Luft aufgelöst, bei denen sie Eilika ihrem Bruder überlassen wollte.

Als die Gräfin die Halle fast erreicht hatte, straffte sie die Schultern und trat ein. Die meisten Gäste waren bereits anwesend. Huldvoll nickte sie allen, die sich von ihren Plätzen erhoben hatten, zu und setzte sich neben ihren Onkel. Zu ihrem Leidwesen saß an ihrer anderen Seite nicht Robert, sondern Konrad von Meißen.

»Eure Gesellschaft, verehrte Gräfin, bereichert unsere Runde über alle Maßen.«

Irenes Gesicht hellte sich sofort auf, und sie dankte ihm erfreut. »Ihr seid wirklich zu charmant, aber es ist umgekehrt, denn es ist uns eine Ehre, Euch in unserer Mitte zu haben.«

Alfons trat herbei, um die gegrillten Hühnchen aufzutun, und Robert ließ den Blick über die Dienstboten schweifen, die alle bemüht waren, die Wartenden mit Essen und Getränken zu versorgen. Als sein Blick Eilika erfasste, stutzte er, denn ihm fielen sofort ihre müden Augen auf, und als sie zu ihm herantrat, um ihm Bier einzuschenken, bemerkte er auf ihren Wangen eine verräterische Röte. Schnell goss sie seinen Becher voll und ging mit ihrem Krug weiter zum Markgrafen, der sich noch immer angeregt mit Irene unterhielt.

Eilika hatte während des Essens viel zu tun und kam nicht dazu, Trübsal zu blasen. Sobald sie ihre Runde beendet hatte und alle Becher wieder aufgefüllt waren, ging sie in eine Ecke des Raumes und wartete dort, um kurze Zeit später wieder herumzugehen. Nachdem die vielen Helfer das Geschirr in kurzer Zeit wieder abgeräumt hatten und alle gesättigt waren, begannen überall kleinere Unterhaltungen.

Robert hatte sich kurz zum Kastellan begeben, um mit ihm über seine baldige Abreise zu sprechen. Dabei wanderte sein Blick immer wieder zu Eilika. Als er sich anschließend wieder auf seinen Platz setzte, wandte sich Konrad von Meißen an ihn.

»Nun, mein Lieber, es scheint mir, als würdet Ihr gar nicht merken, dass Euch das Frauenherz von meiner rechten Seite zufliegt.«

Robert runzelte die Stirn und sah zu Irene hinüber, die sich gerade mit einem von Konrads Rittern unterhielt.

»Mir scheint weiter, dass Ihr es deshalb nicht bemerkt, weil Ihr mit Euren Gedanken bei jemand ganz anderem seid.« Der Markgraf amüsierte sich offensichtlich köstlich über die Verwirrung in Roberts Gesicht.

»Ich kann Euren Gedanken nicht ganz folgen, Euer Durchlaucht.« Der Ritter schüttelte unwillig den Kopf. Es war ihm nicht bewusst gewesen, dass seine Gedanken so offensichtlich waren.

»Ich kann Euch ja verstehen. Das Mädchen ist wirklich eine Augenweide. Allerdings ist Euer Interesse auch der Gräfin aufgefallen, und sie wirkt darüber nicht sehr erfreut.«

In dem Moment trat Graf Albrecht an Robert heran und bat ihn um eine Unterredung. Froh, dem unangenehmen Gespräch entfliehen zu können, entschuldigte er sich und folgte dem Grafen zum Fenster.

»Wie ich hörte, wollt Ihr uns in ein bis zwei Tagen verlassen.« Er unterbrach kurz das Gespräch, um Eilika heranzuwinken. Als sie dabei war, seinen Becher zu füllen, redete er weiter: »Ich wollte Euch noch kurz warnen, denn in den letzten Wochen gab es immer wieder Überfälle in der näheren Umgebung. Diebe und schlimmeres Gesindel treiben sich in den Wäldern herum und schrecken anscheinend vor nichts zurück. Vor ein paar Tagen haben sie sich sogar bis ins Dorf vorgewagt und einige Hühner gestohlen. Meine Männer haben schon mehrmals versucht, die Unholde zu stellen, hatten jedoch bisher kein Glück. Ich weiß zwar, dass Ihr gut mit Eurem Schwert umgehen könnt, aber da ich deren genaue Anzahl nicht kenne, solltet Ihr gut achtgeben.«

Robert nickte und dankte ihm für die Warnung. Da just in dem Augenblick der Kastellan an den Grafen herangetreten war, nutzte der Ritter die Gelegenheit, um sich für den Abend zu bedanken und sich zurückzuziehen.

Er ging nicht direkt in sein Gemach, sondern ins Freie, denn es verlangte ihn nach frischer Luft. Er war kein Freund von großen Gesellschaften und freute sich darauf, bald wieder mit Alabaster unterwegs sein zu können.

Ärgerlich versuchte er, die aufkommenden Gedanken an Eilika abzuschütteln. Er verstand selbst nicht, warum sie ihn so sehr beschäftigte. Er hatte schon viele Frauen besessen und sich bisher noch mit keiner allzu lange abgegeben. Ihm war bewusst, dass Irene nur auf einen Fingerzeig von ihm wartete, um sich ihm hinzugeben. Aber sie war es nicht, die er wollte. Er war sich zwar sicher, dass es ihm ein Leichtes sein würde, Eilika für sich zu gewinnen, doch sollte sie den Anfang machen. Dass sie sein Geschenk abgelehnt hatte, konnte er zwar nachvollziehen, ihre Abweisung unten am Fluss hatte ihn jedoch mehr gekränkt, als er es wahrhaben wollte.

Robert hatte im Laufe seines Lebens gelernt, nichts auf das Gerede der Leute zu geben. Seinen Vater, ein dänischer Adeliger, hatte er nie kennengelernt, und auch seine Mutter war nicht reinen Blutes gewesen. So waren seine Kindheit und auch die Zeit danach von Schwierigkeiten und Standesdünkeln geprägt. Den Wunsch, zu heiraten und Kinder in die Welt zu setzen, hatte er aus diesem Grund auch nie verspürt. Aber er war schließlich ein Mann mit gewissen körperlichen Bedürfnissen.

Trotz seiner Einstellung konnte er bis zu einem gewissen Grad Eilikas Ängste, sich ihm hinzugeben, gut verstehen. Doch dass sie sich ebenso von ihm angezogen fühlte wie er sich von ihr, stand für Robert außer Frage. Natürlich war ihm klar, dass die Zeit viel zu knapp war. Morgen sollte die Freundin des Mädchens beerdigt werden, und er würde den Tag mit Vorbereitungen für seine Abreise verbringen. Unwillig verscheuchte er die Gedanken und beschloss, ein letztes Mal nach Alabaster zu sehen.

Eilika war froh, als Irene sich recht bald nach dem Abgang Roberts von Harsefeld ebenfalls in ihre Kemenate zurückzog. Sie half ihr beim Ausziehen und spürte deutlich die feindliche Stimmung. Nichts konnte sie der Gräfin recht machen. Beim Auskleiden schrie Irene sie an, weil sie angeblich zu sehr am Ärmel gezogen hatte. Später, als Eilika Irenes Haare bürsten musste, schlug die Gräfin ihr sogar ins Gesicht, als Strafe für ihre angebliche Ruppigkeit. Als Irene die Magd mit knappen Worten entließ, freute sie sich auf die Stille und Ruhe ihrer kleinen Kammer. Ihre Wange brannte, und der Wunsch, allem zu entfliehen, wurde übermächtig.

Unvermittelt tauchte in ihrem Kopf einer von Landines letzten Sätzen auf. Sie hatte ihn nicht zu Ende gebracht, und Eilika ärgerte sich, dass sie nicht nachgehakt hatte. Hatten zu dieser Zeit bei ihrer Freundin womöglich ebenfalls Zweifel an der Freundlichkeit der Gräfin bestanden? Eilika seufzte tief. Selbst wenn es sich so verhielt, dass Irene mit ihrem Bruder unter einer Decke steckte, Landine war tot, und ihr selbst half diese Erkenntnis ebenfalls nicht weiter.

In dem Bemühen, möglichst kein Geräusch zu machen, setzte sie ihren Weg fort. Anna war noch unten bei den Gästen, und Eilika war nicht traurig darüber, denn ihr war nicht nach Reden zumute. Schnell lief sie den nur spärlich beleuchteten Gang entlang und die Treppe hinauf. Seitdem ihr Reinmar dort aufgelauert hatte, war sie ziemlich nervös, doch sie kam ohne weitere Zwischenfälle an. Das Mondlicht schien hell durch die schmale Öffnung in den dicken Burgmauern. Eilika wartete, bis sich ihre Augen an das matte Licht gewöhnt hatten. Dann ging sie zu dem kleinen Tisch hinüber, auf dem noch das Wasser in der Schüssel stand, und goss neues hinzu. Nachdem sie den Knoten ihres Tuches gelöst hatte, befühlte sie ihre Wunde, die wieder leicht schmerzte. Müde stützte sie sich mit beiden Händen auf dem Tisch ab und ließ den Kopf hängen.

Plötzlich griff jemand nach ihr und zog sie nach hinten. Mit einem Schlag war sie wieder hellwach. Sie wollte schreien, doch eine behandschuhte Hand hatte sich schon auf ihren Mund gelegt, und Reinmars Stimme flüsterte leise an ihrem Ohr: »Wer wird denn gleich schreien wollen? Du wirst doch wohl nicht vergessen haben, was ich dir heute Nachmittag gesagt habe? Oder bedeutet dir dein Bruder etwa nichts? Was hast du denn unserem guten Kastellan alles erzählt?« Sein Atem ging stoßweise, und er roch unangenehm nach Bier.

Eilika schüttelte heftig den Kopf und versuchte zu antworten. Doch da er noch immer die Hand auf ihren Mund drückte, brachte sie nur ein unverständliches Gemurmel zustande. Daraufhin lockerte Reinmar seinen Griff ein wenig. Ihre Wörter klangen zwar immer noch dumpf, wurden aber verständlicher.

»Ich habe ihm nichts erzählt! Das müsst Ihr mir glauben! Bitte, lasst meinen Bruder in Ruhe.«

»Nun, mein Täubchen. Das liegt ganz bei dir. Befriedige meine Lust, und dein Bruder bleibt am Leben.«

Ihr war klar, dass sie keine andere Möglichkeit hatte, als alles möglichst schnell über sich ergehen zu lassen. Ingulf zuliebe musste sie es ertragen. Sie schloss die Augen, und

Reinmar nahm die Finger von ihrem Mund. Dann fuhr er mit seinen Händen über ihren Körper, und sie hörte sein Stöhnen, als er über ihre vollen Brüste strich. Übelkeit stieg in ihr hoch, als sein Mund eine Spur über ihren Nacken zog. Abrupt ließ er von ihr ab und zerrte sie auf ihr Bett. Sie wollte gleich wieder aufspringen, doch er war sofort über ihr und drückte sie herunter. Alles in Eilika schrie auf, und jede Faser ihres Körpers war zum Zerreißen gespannt. Wenn sie schon nicht schreien durfte, so sollte er ihren Körper zumindest nicht ohne Gegenwehr bekommen. Ihren Vorsatz, alles über sich ergehen zu lassen, schob sie beiseite. Sie konnte nicht anders. Sie fing an, auf ihn einzuschlagen.

Ihre Reaktion schien ihn zu amüsieren, denn er begann laut zu lachen. »Wehr dich ruhig. Dann macht es umso mehr Spaß, dich zu nehmen.« Er drückte seine Lippen auf ihren Hals und fing erneut an, sie zu küssen.

Das erste »Nein« kam nur als Flüstern über ihre Lippen, bis es sich verstärkte und sie es laut herausschrie. Doch er hörte nicht auf, und unter seinem Gewicht hatte sie kaum Bewegungsfreiheit. Reinmar war zwar nicht sehr viel größer als Eilika, doch um einiges stärker. Sie packte die einzige Gelegenheit, die sich ihr bot, am Schopf und biss ihm mit ganzer Kraft in die Schulter. Der Neffe des Grafen trug nur ein dünnes Hemd, und sie schmeckte schnell den Geschmack seines Blutes. Er schrie auf, und im nächsten Moment spürte sie einen harten Schlag im Gesicht.

»Du verdammtes Miststück. Das wirst du mir büßen!« Reinmars Stimme war verzerrt.

Halb benommen spürte sie, wie er ihr Kleid hochschob. Im nächsten Augenblick flog die Tür zu ihrer Kammer auf. Die auf ihr liegende Last wurde hochgerissen und gegen den kleinen Tisch geschleudert, der das ungewohnte Gewicht nicht aushielt und zerbarst.

»Anscheinend ist Euch die Bedeutung des Wortes ›Nein‹

nicht bekannt, sonst hättet Ihr doch sicher aufgehört, dieses arme Mädchen zu belästigen.« Roberts Stimme klang kalt, und sein Gesicht war in dem schalen Licht nur schemenhaft zu erkennen.

Reinmar hatte sich inzwischen aufgerappelt und stürzte sich mit wütendem Geschrei auf den Ritter, der sich duckte, um ihm auszuweichen, und seinerseits einen wohlgezielten Schlag in den Bauch seines Angreifers landete. Dieser krümmte sich zusammen und schnappte nach Luft. Einen Augenblick lang sah es aus, als ob sich der Neffe des Grafen mit seiner Niederlage abgefunden hätte, doch dann sprang er nochmals auf, lief in gebückter Haltung auf Robert zu und riss ihn mit sich zu Boden.

Eilika hatte ihr Kleid hastig wieder heruntergezogen und sich in die hintere Ecke ihres Bettes gekauert. Als sie nun die zwei Gestalten miteinander auf dem Boden ringen sah, konnte sie nicht ausmachen, wer gerade die Oberhand hatte. Sie hörte mehrere Schläge und dann ein Stöhnen. Anschließend war es totenstill, und sie wagte kaum, sich zu bewegen. Verzweifelt wurde ihr bewusst, dass sie die Möglichkeit der Flucht nicht genutzt hatte. Jetzt war es zu spät, denn beide Männer lagen vor der Tür.

Gleich darauf rührte sich einer von ihnen und rappelte sich auf. Am Umriss des Kopfes konnte sie erkennen, dass es sich nicht um Reinmar handelte. Erleichtert sprang sie vom Bett auf und bewegte sich auf ihn zu. Als er sie hörte, drehte er sich zu ihr und legte beide Arme um sie. Sie vernahm kaum die beruhigenden Worte, die er ihr zuflüsterte, sondern spürte nur die Stärke seiner Arme.

Nach kurzer Zeit löste er sich behutsam von ihr. »Ich werde ihn jetzt in sein Gemach bringen. Er wird heute Nacht kaum noch in der Lage sein, dich zu belästigen. Außerdem haben sich schon fast alle zurückgezogen, und deine Bettnachbarin wird bald kommen. Du kannst also beruhigt schlafen.«

Er strich ihr leicht über die Wange und bückte sich dann, um den noch immer bewusstlosen Reinmar hinter sich herzuziehen. Dieser stöhnte wieder auf, und als die beiden Männer draußen waren, schloss Eilika schnell die Tür. Gleich darauf klopfte es, und als sie öffnete, blitzte im fahlen Mondlicht eine kleine Klinge auf.

»Da du es dir anscheinend zur Angewohnheit machst, ständig angegriffen zu werden, solltest du das hier einstecken.« Robert hielt ihr auf der ausgestreckten Hand einen kleinen Dolch entgegen.

Eilika zögerte und wollte erst ablehnen, doch dann überlegte sie es sich anders und ergriff dankend die Waffe. Robert nickte ihr kurz zu und wandte sich wieder zur Treppe.

»Wie kam es eigentlich, dass Ihr in der Nähe wart? Ihr hattet doch schon vor einiger Zeit den Saal verlassen.«

Der Ritter hatte in seinen Bewegungen innegehalten. Jetzt drehte er leicht den Kopf und sah sie im Halbdunkeln an. »Ich hatte vor, dich etwas zu fragen. Allerdings ist das jetzt nicht mehr so wichtig.« Dann verschwand er mit großen Schritten die Treppe hinunter.

Als Anna einige Zeit später hereinkam, lag Eilika immer noch hellwach in ihrem Bett. Den Dolch hatte sie unter ihrem Kissen versteckt. Ihre Gedanken schlugen Purzelbaum, und ihre Nerven waren immer noch angespannt. Zwischenzeitlich war ihr klar geworden, dass sie ihren Wunsch, alles hinter sich zu lassen, in die Tat umsetzen musste. Eilika hatte keine andere Wahl mehr, als zusammen mit ihrem Bruder von der Burg zu verschwinden. Die Frage war nur: Wie sollten sie das bewerkstelligen?

Ihr bisheriger Retter würde sich jedenfalls bald auf den Rückweg begeben, und spätestens dann wäre sie Reinmar hilflos ausgeliefert. Ihr graute bei dem Gedanken an seine Küsse und Hände. Sie wusste nur nicht, wie sie es anstellen sollte. So hing sie weiter ihren düsteren Gedanken nach, bis sie schließlich darüber einschlief.

Als sie früh am nächsten Morgen erwachte, war sie der Lösung keinen Schritt näher gekommen, daher ging sie missmutig hinunter in die Küche, um eine Kleinigkeit zu essen und zu trinken. Unbewusst fasste Eilika sich an ihre Wange, die noch von Ringmars Schlag schmerzte.

Alfons war wie immer bereits an der Arbeit und nickte ihr freundlich zu. »Stell dir vor, dein Bruder war auch schon da. Ich kann mich wirklich nicht erinnern, wann er das letzte Mal vor dir beim Frühstück war. Dieser fremde Ritter scheint ihn schwer zu beeindrucken. Er redet pausenlos davon, was Herr Robert gesagt oder getan hat und wie toll es sein muss, so ein Leben zu führen.« Er ging kurz die kleine Treppe hinunter, die in einen tiefer gelegenen Raum führte, und holte etwas Butter aus einem der Fässer. Als er zurückkam, blieb er stehen, schnalzte verärgert mit der Zunge und verdrehte die Augen. »Ingulf war ja schon immer ziemlich anstrengend, aber vorhin habe ich wirklich geglaubt, er wolle gar nicht mehr aufhören zu reden. Du hättest ihn mal hören sollen. Vielleicht wäre es gut, wenn du mit ihm sprichst und ihn wieder an seine eigentliche Arbeit erinnerst. Er hat wirklich nur Flausen im Kopf.«

Eilika traf der Gedanke wie ein Blitz aus heiterem Himmel. Sie lief zu Alfons und umarmte ihn. »Ich danke dir, du bist wirklich ein Schatz.« Dann rannte sie hinaus und ließ den völlig verdutzten Koch einfach stehen.

5. KAPITEL

Eilika lief geradewegs in den Stall. Es war recht früh, und sie hatte noch etwas Zeit, bis sie wieder zu ihrer verhassten Arbeit bei der Gräfin zurückkehren musste. Irene von Nortingen schlief gerne lange, worüber die Magd augenblicklich ziemlich dankbar war. Ihr Bruder war gerade dabei, mit ein paar anderen Jungen eine Box auszumisten, und dachte nicht daran, die Arbeit wegen seiner Schwester zu unterbrechen. Also blieb ihr nichts anderes übrig, als ihm ihre Gedanken mitzuteilen, indem sie neben ihm herging.

»Wie findest du eigentlich Ritter von Harsefeld?«

Ingulf hielt inne und beäugte sie misstrauisch. »Was soll die Frage?«

Eilika merkte, dass ihr Vorgehen nicht besonders klug war, denn sie musste um jeden Preis verhindern, dass Ingulf hinter die wahren Gründe kam. Wenn er jemals erfuhr, dass der Neffe des Grafen versucht hatte, sie zu vergewaltigen, würde er sich auf der Stelle mit der Mistgabel auf ihn stürzen. Er war zwar noch ziemlich jung, aber auch sehr mutig und ungestüm. Sie versuchte es erneut, diesmal etwas vorsichtiger. »Na, was schon, ob er nett zu dir ist, will ich wissen. So wie in etwa der Kastellan.«

Ingulf wirkte erleichtert und entrüstet zugleich. »Auf keinen Fall wie der Kastellan. Der behandelt mich immer noch wie einen kleinen Jungen. Manchmal glaube ich, er hat gar nicht mitbekommen, dass ich schon zwölf bin. Nein, bei Ritter von Harsefeld habe ich das Gefühl, dass er mich wirklich ernst nimmt. Außerdem hat der vielleicht ein tolles Pferd. Und verstehen tut er auch viel davon. Die beiden möchte ich mal in einem richtigen Kampf sehen. Mann, das ist bestimmt ein toller Anblick.« Er hielt inne, und seine Miene verdüsterte sich. »Aber ist ja auch egal. Morgen früh reitet er sowieso wieder fort, und wahrscheinlich kommt er nicht so schnell zurück.«

Eilika spürte, dass der richtige Zeitpunkt gekommen war. »Was hältst du davon, wenn ich versuche, dich bei ihm als Knappe unterzubringen?« Gespannt wartete sie auf die Antwort, obwohl sie ihr schon jetzt klar war.

Ingulfs Gesicht hellte sich sofort auf. »Meinst du wirklich? Ja, das wäre klasse! Aber wie willst du das anstellen? Schließlich hast du hier auch nichts zu sagen!«

»Lass mich nur machen. Jetzt, da ich bei der Gräfin arbeite, kann ich sie bestimmt dazu bringen, mal mit dem Ritter zu reden. Sie mag mich und tut mir bestimmt gerne einen Gefallen.« Die Lüge ging Eilika glatt über die Lippen, und sie war froh, dass die anderen Jungen ihnen nicht zuhörten. Andererseits musste sie es ihrem Bruder irgendwie plausibel machen, und etwas Besseres fiel ihr nicht ein. »Vielleicht frage ich auch den Kastellan. Er mag uns ebenfalls sehr und wird bestimmt ein gutes Wort für dich einlegen.«

Ingulf sah sie nachdenklich an. »Woher willst du wissen, dass der Ritter einen Knappen braucht? Er kommt, glaube ich, auch ganz gut alleine klar.«

Mit dieser Frage hatte Eilika nun überhaupt nicht gerechnet, und insgeheim verfluchte sie den wachen Verstand ihres Bruders. »Wo denkst du hin. Jeder Ritter braucht einen Knappen. Spätestens wenn er in den Kampf zieht. Wer soll ihm denn sonst helfen?« Sie hoffte inständig, dass Ingulf den Köder schluckte, und wurde nicht enttäuscht.

Er nickte ernst und stellte die Mistgabel hin. »Gut, ich werde ihm gleich nachher sagen, dass ich ihn begleiten werde. Vorher packe ich meine Sachen.«

Schnell ergriff sie den Arm des Jungen und drehte ihn wieder zu sich herum. »Nein, du unternimmst noch nichts! Erst muss ich mit der Gräfin oder dem Kastellan reden. Du darfst zu keiner Menschenseele etwas sagen, bis Ritter von Harsefeld dich selbst darauf anspricht. Versprich es!«

Ingulf nickte widerstrebend, und sie verließ den Stall.

Auf dem Hof begegnete ihr der Kastellan, und ihr schlechtes Gewissen machte sich augenblicklich bemerkbar. Sie war noch nie besonders gut im Lügen gewesen und traute seinen scharfen Augen durchaus zu, ihr etwas anzusehen.

Doch sein Blick war freundlich, als er sie erkannte und stehen blieb. »Schön, dass ich dich treffe, Eilika. Ich nehme an, du willst zur Gräfin hoch?« Auf ihr kurzes Nicken fuhr er fort: »Wenn sie nach dem Ankleiden zum Frühstück geht, bist du für kurze Zeit von der Arbeit befreit. Landine wird nachher auf dem Friedhof unten beim Dorf beerdigt, und ich nehme an, dass du dabei sein möchtest. Die Gräfin weiß Bescheid. Die meisten anderen müssen leider arbeiten, denn unsere Gäste reisen erst morgen ab, und es gibt immer noch sehr viel zu tun.« Er warf ihr noch einen ernsten Blick zu und setzte dann seinen Weg fort.

Eilika hatte einen dicken Kloß im Hals, und die Tränen stiegen ihr wieder hoch. Wegen der sich überschlagenden Ereignisse hatte sie für kurze Zeit tatsächlich ihre Freundin vergessen. Sie schämte sich entsetzlich, als ihr klar wurde, dass Landine das, was ihr fast selbst widerfahren wäre und noch immer drohte, alles erduldet hatte. Sie riss sich zusammen und überdachte noch einmal ihren Plan. Das Gespräch mit dem Ritter, dessen Hilfe sie dafür unbedingt benötigte, musste auf später verschoben werden. Die Beerdigung beeinträchtigte zwar den zeitlichen Ablauf ihres Vorhabens, änderte aber ansonsten nichts.

Schnell ging sie zur Gräfin, die sich eben erst aus dem Bett erhoben hatte, und half ihr bei der Garderobe. Irene von Nortingen schien wieder einmal schlecht gelaunt zu sein, denn sie redete kaum. Ohne ein einziges Wort verließ Irene den Raum, und Eilika folgte ihr, nachdem sie noch etwas Ordnung gemacht hatte. Auf dem Weg nach unten begegnete ihr Anna, die ein Tablett mit einer Schüssel Gerstenbrei und einem Becher Wasser trug.

»Wo willst du denn damit hin?«

Anna verdrehte die Augen und zeigte nach oben. »Der Neffe des Grafen fühlt sich nicht gut, deshalb möchte er sein Frühstück in seinen Gemächern zu sich nehmen.« Sie beugte sich leicht zu Eilika vor und kicherte. »Es heißt, er sei die Treppe hinuntergefallen. Du solltest ihn mal sehen. Sein Gesicht ist ganz geschwollen und an einigen Stellen blau verfärbt. Wahrscheinlich hat er gestern doch zu viel von dem Bier getrunken. Na, geschieht ihm ganz recht. Bedauern tue ich den bestimmt nicht.« Sie zwinkerte ihrer Kammergenossin zu und ging fröhlich pfeifend weiter.

Die Nachricht trug nicht gerade dazu bei, Eilikas Laune zu heben, sondern verstärkte nur ihren Entschluss, so schnell wie möglich zu verschwinden. Doch erst musste sie noch den traurigsten Teil des Tages hinter sich bringen. Sie ging hinaus auf den Burgplatz und weiter durch das Tor an den Wachen vorbei ins Dorf.

Der Friedhof befand sich am Rand des Dorfes mit einer kleinen Holzkirche in der Mitte. Beim Näherkommen sah Eilika schon eine kleine Ansammlung von Leuten stehen. Sie erkannte ein paar Frauen aus dem Dorf, die alle der bereits begonnenen Trauerrede des Priesters lauschten. Als sich einen Augenblick später der Kastellan neben sie stellte, wurde sie fast überwältigt von seiner Güte. Der Priester war ein sehr junger Mann, der erst vor ein paar Wochen hier auf die Burg gekommen war und sich auch als Seelsorger für die Dorfbewohner betätigte. Seine Rede war kurz und nicht besonders freundlich, schließlich gingen alle davon aus, dass Landine selbst Hand an sich gelegt hatte. Normalerweise wäre sie aus diesem Grund auch irgendwo außerhalb des Friedhofs vergraben worden, doch der Kastellan hatte sich beim Grafen für ein ordentliches Begräbnis stark gemacht. Dieser befürchtete nämlich eine Mitschuld seines Neffen und glaubte, dem Mädchen gegenüber in der Pflicht zu stehen. Der Macht des Grafen, der zugleich Markgraf der Nordmark war, hatte der verunsicherte Priester nichts entgegenzusetzen, und obwohl er es nicht für richtig hielt, beugte er sich dem Wunsch. Zumindest ließ er in seiner Rede durchklingen, dass es sich um ein sündiges Mädchen gehandelt hatte. Wärme oder gar tröstende Worte fehlten gänzlich.

Als der grob zusammengezimmerte Holzsarg in die Erde gelassen wurde, weinten einige der Frauen. Eilika hatte keine Kraft mehr für Tränen; die hatte sie schon vor zwei Tagen verbraucht, kurz nachdem man Landine mit dem Karren in den Hof gebracht hatte.

Nachdem zwei ältere Männer das Grab zugeschüttet hatten, zerstreuten sich die Leute, und Eilika ging, vom Kastellan begleitet, wieder zur Burg. In einiger Entfernung entdeckte sie Pferd und Reiter und erkannte nach genauem Hinsehen, dass es sich um Irene von Nortingen handelte, die sich auf dem Rückweg zur Burg befand. Eilika atmete hörbar auf, denn ihr blieb nicht mehr viel Zeit.

»Eilika, wir kennen uns nun schon ein paar Jahre, und ich denke, du weißt, wie leid mir das alles tut. Hilf mir dabei, dass sich so etwas nicht wiederholt.«

Die bittenden Worte des Kastellans schnürten ihr die Kehle zu. Zu gern hätte sie alles herausgeschrien, aber dafür war es nun zu spät. Sie hoffte darauf, dass sich die Worte Roberts bewahrheiteten und Reinmar irgendwann seine gerechte Strafe erhalten würde. »Ich kann Euch leider nicht helfen. Verzeiht mir.«

Danach unterließ Klemens von Wittlingen jeden weiteren Versuch und verabschiedete sich beim Betreten des Burghofes von ihr. Eilika erfrischte sich nur kurz am Brunnen, da sie die Gräfin bereits zum Stall reiten sah. Zügig ging sie zur Eingangshalle und durchquerte sie, um anschließend vor Irenes Gemach auf diese zu warten. Zumindest soweit es in ihrer Macht lag, wollte sie ihr keine Möglichkeit zu weiterer Schikane geben. Als die Gräfin kurz darauf gut gelaunt eintraf, schien selbst Eilikas Anblick ihrer Ausgelassenheit nichts anhaben zu können. Sie winkte gelangweilt ab und schickte die Magd gleich wieder weg, mit der Anweisung, sich zu ihrer Verfügung zu halten.

Doch Eilika ging nicht in ihre Kammer, sondern auf direktem Weg zu dem Gemach, in dem Robert von Harsefeld untergebracht war. Als sie auf ihr Klopfen keine Antwort erhielt, überlegte sie einen Augenblick, ob es nicht ratsam wäre, später wiederzukommen. Schließlich wusste sie nicht, wann mit seiner Rückkehr zu rechnen war. Doch da die Gräfin ihre Hilfe sicherlich erst spät am Nachmittag zum Umkleiden benötigen würde, entschied sie sich, noch einen Augenblick zu warten. Froh über die unerwartete Ruhepause, zog sie sich zum Ende des Ganges zurück und kauerte sich in eine Ecke neben einem wuchtigen Schrank.

Reinmar hatte sich vorgenommen, den ganzen Tag in seinen Räumlichkeiten zu verbringen. Teils aus Selbstmitleid, teils aus Scham. Denn wenn er sich zum Essen zeigen würde, bedeutete das für ihn, immer wieder seine Version des Treppensturzes von sich geben zu müssen. Und das hatte er keineswegs vor. Außerdem konnte er sich nicht sicher sein, dass die wahre Geschichte nicht schon ans Licht gekommen war, zumindest teilweise. Solche unglückseligen Dinge verbreiteten sich immer in Windeseile unter den Mägden. Ihm war natürlich klar, dass er sich nicht gerade der größten Beliebtheit erfreute und sein geschwollenes Gesicht bestimmt für allgemeine Heiterkeit sorgte. Am morgigen Tag, nach dem allgemeinen Aufbruch, würde er sich nur noch den

Fragen seines Onkels stellen müssen, was sich aufgrund seines Aussehens kaum vermeiden lassen würde. Zu guter Letzt verspürte er kein Verlangen, Robert von Harsefeld erneut zu begegnen. Zu schmerzhaft war die Erinnerung an dessen Fäuste. Er hoffte nur, dass sein Gegner von vergangener Nacht auch nicht ohne Blessuren davongekommen war. Er würde nie vergessen, wem er das Scheitern seines Vorhabens zu verdanken hatte, und schwor sich, dem Ritter diese Schmach in nicht allzu ferner Zukunft heimzuzahlen.

Robert war an dem Morgen schon früh aufgestanden, um alles Notwendige für seinen baldigen Aufbruch zu erledigen. Von dem Gerangel in der letzten Nacht hatte er eine leichte Prellung am Kinn davongetragen, die ihn jedoch nicht sehr schmerzte. Er war gleich nach dem Frühstück, das er mit dem Grafen Albrecht zu sich genommen hatte, in den Stall gegangen, um nach seinem Pferd zu sehen. Ingulf hatte sich, so schien es ihm zumindest, noch mehr als sonst über sein Auftauchen gefreut und ihm versichert, dass Alabaster am Abend eine Extraportion Futter bekomme. Anschließend nahm ihn der Markgraf Konrad in Beschlag, der ihn auf dem Hof getroffen hatte.

Robert war nicht besonders unglücklich darüber, denn somit lief er nicht Gefahr, mit Irene, die sich auf dem Weg zum Stall befand, ausreiten zu müssen. Konrad lud ihn zu einem Spaziergang ein, und die beiden Männer unterhielten sich einige Zeit miteinander. Robert schätzte seinen Gesprächspartner sehr, blieb allerdings weiterhin extrem vorsichtig mit seinen Äußerungen. Er verabscheute die kleinen Machtkämpfe um immer mehr Land und fand es zusehends schwieriger, zwischen all den Markgrafen und Herzögen neutral zu bleiben. Auf ihrem Weg beobachtete er die Bauern, die sich auf den Feldern abmühten, und ertappte sich dabei, sie um ihr Leben zu beneiden. Natürlich war ihm klar, dass deren Leben alles andere als angenehm war, schließlich mussten sie schwer arbeiten und sich den Launen ihres Herrn fügen. Die meisten von ihnen waren zudem ohne jegliche Rechte. Aber der Gedanke an ein kleines Stückchen Land, das er sein Eigen nennen konnte, und an die dazugehörende Unabhängigkeit war etwas, was schon lange in seinem Kopf herumspukte. Da er allerdings über keinerlei Aussichten auf ein Erbe verfügte, versuchte er, seinen Wunsch in naher Zukunft anderweitig zu verwirklichen.

Er war zwar nicht sonderlich vermögend, aber seine diversen Einsätze hatten ihm eine gewisse finanzielle Unabhängigkeit verschafft. Für sein tägliches Leben brauchte er nicht allzu viel, und so hatte er, bis es eines Tages so weit war, sein Geld in das Geschäft eines befreundeten Kaufmanns investiert. Nach der Erfüllung seines jetzigen Auftrags würde er sich in der Lage sehen, sein Dasein als Ritter zu beenden. Vielleicht würde sich dann eines Tages auch seine Abneigung gegen eine Familiengründung legen. Damit würde er einer ihm sehr nahestehenden Person einen großen Gefallen tun. Bei dem Gedanken an Alda spürte er wie immer große Gelassenheit in sich aufsteigen. Er hatte seine alte Amme lange nicht gesehen und freute sich auf die baldige Begegnung. Auch die zweitwichtigste Person in seinem Leben, die Äbtissin Beatrix vom Quedlinburger Stift, wäre sicherlich sehr erfreut darüber, wenn er das unstete Leben aufgeben würde. Obwohl sie es seinerzeit gewesen war, die ihm dieses Leben überhaupt ermöglicht hatte. Aus damaliger und heutiger Sicht war es die einzig richtige Entscheidung gewesen.

Als die beiden Männer sich auf dem Rückweg zur Burg befanden, fiel ihm der Kastellan auf, der sich zusammen mit Eilika langsam auf das Burgtor zubewegte. Er überlegte, was es damit auf sich haben könnte, und merkte nicht, dass der Markgraf ihm eine Frage gestellt hatte und nun auf eine Antwort wartete. Robert riss sich zusammen und konzentrierte sich wieder auf das Gespräch. Im Burghof angekommen, entschuldigte sich Konrad sogleich und entfernte sich. Robert lehnte die Hilfe Ingulfs ab, der ihm eilfertig zu Diensten sein wollte, und versorgte Alabaster persönlich. Das unglückliche Gesicht des Jungen fiel ihm dabei gar nicht auf.

Angesichts des bevorstehenden langen Rittes lag ihm viel daran, seinen Hengst ordentlich zu striegeln und dessen Futterration ein wenig zu erhöhen. Gedankenverloren erledigte er seine Arbeit und alles ging ihm wie von selbst von der Hand. Anschließend machte er sich auf den Weg zu seiner Unterkunft.

Da sein Gemach am Ende des Ganges lag und sich in der Nähe keine Fensteröffnung befand, war das Licht sehr spärlich. Als er die Tür öffnen wollte, spürte er hinter sich eine Bewegung. Geistesgegenwärtig zog er seinen Dolch und drehte sich im gleichen Augenblick um. Seine freie Hand schnellte vor, umschloss ein Handgelenk und zog die sich heftig wehrende Person mit sich. Da alles sehr schnell vonstattengegangen war, hatte Robert nicht erkennen können, um wen es sich handelte. Durch den kurzen Aufschrei war ihm zwar klar, dass es eine Frau sein musste, doch machte es für ihn keinen Unterschied. Er hatte auch schon Frauen erlebt, die sich gut darauf verstanden, mit dem Messer umzugehen. Er warf die Fremde mit dem Gesicht gegen die Innentür und drückte sich von hinten gegen sie, während er ihr seinen Dolch an den Hals hielt. In dem Moment erkannte er, dass es Eilika war, gegen die er seine kleine, aber ungemein wirkungsvolle Waffe richtete.

Leise fluchend ließ er sie los. »Verdammt noch mal, Mädchen. Kannst du dich nicht wie jeder normale Mensch bemerkbar machen? Ein Wort hätte doch genügt!« Mit einem ärgerlichen Laut steckte er den Dolch wieder weg.

Eilika saß der Schreck immer noch in den Gliedern. Sie

war in der Ecke leicht eingedöst und erst wieder erwacht, als Robert vor seiner Tür stand. Für ihre schlaftrunkenen Augen hatte es ausgesehen, als wäre er gerade aus dem Raum getreten und wollte weggehen. Vor lauter Angst, ihn zu verpassen, war sie ohne große Überlegung auf ihn zugesprungen. Als er sie dann gepackt und in den Raum gezerrt hatte, konnte sie vor lauter Schreck keinen Ton herausbringen. Umso schneller sprudelten ihre Worte jetzt hervor: »Was heißt hier bemerkbar machen. Pah! Ihr habt mir ja überhaupt keine Möglichkeit gelassen, etwas zu sagen. Fürchtet Ihr eigentlich überall Feinde, dass Ihr sogar hier Euren Dolch zieht?«

Robert betrachtete sie, und seine Wut ließ bei ihrem Anblick spürbar nach. Ihre Wangen waren vor Aufregung gerötet, und eine Haarsträhne fiel ihr ins Gesicht. Sofort hatte er ihre heftige Umarmung im Pferdestall vor Augen. Auch dort hatte sie diesen Ausdruck gehabt. Instinktiv hob er seine Hand, um ihre Haare zurückzustreichen. Als Eilika vor seiner Berührung zurückwich, ließ er den Arm sinken und erwiderte mit kühler Stimme: »Gerade du müsstest wissen, dass man nirgendwo sicher ist. Am allerwenigsten in seiner eigenen Kammer.«

Eilika schluckte und konnte darauf nichts Passendes erwidern. Zudem schuldete sie ihm Dankbarkeit, da er sie vor Reinmar gerettet hatte. Es konnte mit Sicherheit nichts schaden, wenn sie sich nicht so aufführte. Zerknirscht erwiderte sie: »Verzeiht meine Worte, aber ich hatte Euch nicht kommen hören. Nur deshalb bin ich ohne ein Wort aufgesprungen.«

Robert winkte ab. Er war nicht in der Stimmung für weitere Wortgefechte. »Es gibt wahrhaft schönere Plätze, um ein Nickerchen zu machen. Also, warum willst du mich sprechen?«

Die Magd zögerte kurz, denn ihre vorher zurechtgelegten Worte waren plötzlich verschwunden. Verzweifelt überlegte sie, wie sie am besten anfangen sollte. »Euer Verhalten hat mich und viele andere davon überzeugt, dass Ihr ein wahrhaft ehrbarer Ritter seid.« Sie ließ sich durch sein spöttisches Lächeln nicht aus der Fassung bringen und redete einfach weiter. »Ich frage mich, warum Ihr nicht einen Knappen dabeihabt, der sich um die vielen Kleinigkeiten kümmert, die für Euch doch sicher lästig sind. Mein Bruder ist sehr gelehrig und verehrt Euch sehr. Er würde bestimmt zu Eurer Zufriedenheit für Euch sorgen, und Euer schöner Hengst wäre bestens bei ihm aufgehoben. Ingulf kann sehr gut mit Pferden umgehen. Bitte, könnt Ihr ihn nicht in die Lehre nehmen?«

Endlich war es ausgesprochen, und Eilika konnte an Roberts Gesichtsausdruck deutlich die Überraschung erkennen.

»Dir scheint nicht klar zu sein, dass es sich bei Knappen durchweg um Jungen aus adeligem Geschlecht handelt. Mir war bisher nicht bewusst, dass ihr beide einen solchen Ursprung habt.« Der ironische Unterton war nicht zu überhören.

Eilika biss sich ärgerlich auf die Unterlippe. Natürlich war ihr diese Tatsache bekannt, sie hatte sie nur vor lauter Eile beiseitegeschoben. Aber sie würde sich nicht wieder von ihm in Rage bringen lassen, schließlich wollte sie etwas von ihm – und nicht umgekehrt. Sie zwang sich zur Ruhe und sah Robert mit unschuldigem Augenaufschlag an. »Nein, mein edler Herr, das ist auch nicht der Fall. Ich gebe zu, dass ich die kühne Hoffnung hegte, Ihr könntet über diese Tatsache hinwegsehen und eine Ausnahme machen. Sozusagen als kleinen Gefallen für mich. Oder vielleicht wäre es Euch wenigstens möglich, meinen Bruder bis zu Eurem nächsten Ziel mitzunehmen.« Eilika staunte selbst innerlich über den verführerischen Ton ihrer Stimme.

Überrascht über ihr ungewohnt kokettes Verhalten, starrte der Ritter sie einen Moment schweigend an, schüttelte dann jedoch bedauernd den Kopf. »Ich tue anderen Menschen keinen Gefallen. Wenn jemand etwas von mir will, muss er dafür bezahlen. Und mein Preis ist ziemlich hoch. Wie ist es mit dir? Verfügst du über die Mittel, um mich gebührend entlohnen zu können?«

Eilika hatte mit dieser Frage nicht gerechnet. In ihrer Unerfahrenheit war sie davon überzeugt gewesen, dass dieser freundliche Ritter, der sie ganz offensichtlich begehrte, ihr den Wunsch nicht abschlagen würde. Stockend antwortete sie: »Wie Ihr Euch, ich meine natürlich … Sicher wisst Ihr, dass ich nicht über nennenswerte Geldmittel verfüge.« Sie zögerte kurz, denn ein bis vor kurzem völlig abwegiger Gedanke machte sich in ihrem Kopf breit. Plötzlich wurde sie von einer solchen Entschlossenheit gepackt, dass sie sich selbst kaum wiedererkannte. Mit herausforderndem Blick stellte sich Eilika auf die Zehenspitzen und strich Robert sanft über die Wange. »Ich kann Euch nur mich selbst als Bezahlung anbieten. Verfügt nächste Nacht über mich nach Eurem Gutdünken.«

Sie sah ihm dabei direkt in die Augen, konnte jedoch keinerlei Gefühlsregung daraus ablesen. Es war nicht möglich, dass sie sich dermaßen getäuscht hatte. Sie war sich so sicher gewesen, dass er sie wollte, und nun sah er sie nur nachdenklich an und gab keinen Ton von sich. Innerlich stieg Zorn in ihr auf. Sie hatte sich ihm angeboten wie eine Hure, und er hielt es noch nicht einmal für nötig, ihr darauf eine Antwort zu geben. Hol ihn doch der Teufel, dachte sie und wandte sich ab, um die Tür zu öffnen.

»Ich halte dein Angebot keineswegs für eine angemessene Bezahlung. Wieso soll ich für etwas, das ich ohne große Mühe auch so bekommen könnte, eine Gegenleistung erbringen? Das will mir nicht recht einleuchten.«

Seine Worte ließen keine Zweifel aufkommen, und ihr wurde klar, dass er damit richtiglag. Er würde wahrscheinlich nicht lange dafür benötigen, um ihre Leidenschaft erneut zu entfachen. Sie hatte ihm schließlich selbst vor zwei Tagen den Beweis dafür geliefert. Auf einmal wurde sie vollends mutlos, und ihr noch vor kurzem gut klingender Plan brach in sich zusammen.

»Warum sagt du mir nicht einfach, worum es dir eigentlich geht? Ich mag es nicht besonders, wenn man mich an der Nase herumführen will.« Roberts Stimme klang jetzt hart, und es war klar, dass er nichts anderes als den wahren Grund für ihr Verhalten erfahren wollte.

Eilika zuckte mit den Schultern. Ihr war jetzt sowieso alles egal, schließlich hatte sie nichts mehr zu verlieren. »Ihr habt den Neffen des Grafen letzte Nacht erlebt.« Ihr Blick wanderte wie von selbst zu dem blauen Fleck auf seinem Kinn. »Er hat mir zuvor damit gedroht, meinem Bruder etwas anzutun, wenn ich ihm nicht zu Willen bin. Außerdem musste ich deswegen auch schon beim Grafen lügen. Ich habe nicht mehr allzu viel Kraft, und mein Bruder ist alles, was von meiner Familie noch übrig ist. Ich will ihn nicht verlieren.« Sie schüttelte resigniert den Kopf und sah ihn an. »Vielleicht werde ich versuchen, ihn bei einem der fahrenden Händler unterzubringen, die des Öfteren bei uns vorbeikommen. Vergesst meine Bitte und verzeiht die Störung.«

»Ich habe nicht gesagt, dass ich Ingulf nicht mitnehmen werde. Ich bin nur gerne über die Hintergründe informiert. Nun gut, ich werde beim Grafen ein gutes Wort einlegen, aber mach dir lieber keine allzu großen Hoffnungen.« Seine Stimme hatte die Härte von vorhin verloren.

Eilika sah ihn dankbar und mit strahlenden Augen an.

»Freu dich nicht zu früh. Sollte der Graf zustimmen, stehst du in meiner Schuld, und ich gedenke, sie bei Gelegenheit einzufordern.« Roberts Gesichtsausdruck ließ keinen Zweifel daran, dass er es ernst meinte.

Die junge Magd schob den Gedanken daran schnell beiseite. Schließlich konnte sie sich damit immer noch beschäftigen, wenn der Zeitpunkt gekommen war. Im Augenblick zählte nur die neu aufgekeimte Hoffnung. »Ich stehe zu meinem Wort und damit zu Eurer Verfügung.« Eilika schaffte es sogar noch, ihrer Stimme einen leicht schnippischen Klang zu verleihen, was bei ihm allerdings nur Belustigung hervorrief.

»Wir werden sehen. Jetzt entschuldige mich bitte, ich habe noch zu tun.« Robert fing an, sich seines Umhangs zu entledigen, und Eilika sah ihm dabei gedankenverloren zu.

Ihr fiel auf, wie geschmeidig jede seiner Bewegungen war, und unter dem engen Hemd erahnte sie die Bewegungen seiner Muskeln. Als er sah, dass sie sich nicht rührte, trat er einen Schritt auf sie zu und legte ihr eine Hand unters Kinn. Eilikas Kopf glitt unter seiner Berührung in den Nacken, und als sie zu ihm emporblickte, war sein Gesicht dicht über dem ihren. »Es sei denn, du möchtest eine Anzahlung leisten.« Seine Worte klangen jetzt wieder sanft.

Eilika fuhr ein wohliger Schauer über den Rücken. Doch als ihr der Sinn plötzlich klar wurde, stieg das Entsetzen über ihr Verhalten in ihr hoch, und sie floh aus dem Raum. Sie rannte den Gang entlang zur Treppe, nahm immer zwei Stufen auf einmal, bis sie in ihrer kleinen Kammer ankam. Schwer atmend warf sie sich aufs Bett. Vor lauter Scham wäre sie am liebsten in das nächste Mauseloch gekrochen. Sie hatte sich erneut wie eine Idiotin aufgeführt. Wahrscheinlich dachte er jetzt, dass sie es gar nicht erwarten konnte, wieder in seinen Armen zu liegen. Vor lauter Ärger schlug sie auf ihr Strohlager ein, bis sie erschöpft innehielt. Es half alles nichts. Sie war ihrem Ziel ein gutes Stück näher gekommen. Was war da schon eine Peinlichkeit mehr! Jetzt musste sie sich bloß noch um ihre eigene Flucht kümmern.

Eilika hatte bisher immer nur bis zu dem Augenblick gedacht, wenn sie die Burg verlassen würde. Sie plante, sich in südliche Richtung zu halten. Das würde nicht weiter schwierig werden, denn sie müsste nur dem Flussverlauf folgen. Einer der Händler, der im letzten Herbst auf der Bernburg gewesen war, kam aus einer kleinen Stadt namens Halle. Eilika war noch niemals weg gewesen, und sie kannte all die Orte nur vom Hörensagen, doch sie konnte sich noch lebhaft an die Worte des Händlers erinnern. Sein Geschäft in der Stadt lief so gut, dass er vorhatte, es zu erweitern. Das Mädchen nahm daher an, dass es den Menschen dort nicht schlechtging, und hoffte auf eine Anstellung als Küchenhilfe. Sie rechnete ungefähr mit einer Woche Fußmarsch und hatte vor, eventuellen Ortschaften auf dem Weg auszuweichen. Sie wollte einige Entfernung zwischen sich und die Bernburg bringen und war sich sicher, in einem größeren Ort nicht weiter aufzufallen. Sie ging zwar nicht davon aus, dass nach ihr lange gesucht werden würde, aber sicher war sie nicht.

Leider würde sie die Vorbereitungen noch aufschieben müssen, denn wahrscheinlich wartete die Gräfin schon wieder. Eilika rappelte sich auf und machte sich auf den Weg nach unten. Zu allem Unglück begegnete ihr unterwegs Anna, um ihr völlig aufgelöst davon zu berichten, dass die Gräfin bereits aufgebracht nach ihr suchen ließ.

Es war früher Nachmittag, als Eilika, auf das Schlimmste gefasst, in die Gemächer Irene von Nortingens trat. Doch zu ihrem großen Erstaunen lag diese im Bett und wimmerte vor sich hin.

»Schön, dass du dich auch mal wieder blicken lässt. Der Ausritt vorhin hat mir überhaupt nicht gutgetan, denn seither plagen mich starke Kopfschmerzen. Sieh zu, dass du mir von den restlichen Kräutern einen Trank zubereitest, und danach kannst du dich in der Küche nützlich machen. Schließlich bist du nicht zum Faulenzen hier!« Die Gräfin hatte sich leicht aufgerichtet und fasste sich nun stöhnend an den Kopf. Vorsichtig ließ sie sich zurück auf ihr Kissen sinken. »Ich brauche dich erst wieder vor dem Abendessen.«

Irenes weinerliche Stimme erweckte in Eilika keinerlei Mitgefühl, vielmehr löste die Aussicht auf weitere Stunden ohne die Gräfin große Freude in ihr aus. Sie ging in die Küche, um den gewünschten Trank zuzubereiten, und brachte ihn anschließend in die Gemächer der Kranken. Irene hatte die Augen geschlossen und schien zu schlafen. Eilika verließ leise den Raum und ging wieder in die Küche, um Alfons zu helfen und das vielleicht letzte Gespräch mit ihm zu führen. Vorausgesetzt natürlich, dass ihre Pläne nicht mehr durchkreuzt wurden. Trotz der Freude über die greifbare Lösung stieg ein wehmütiges Gefühl in ihr auf.

6. KAPITEL

Robert hatte, nach Eilikas überstürzter Flucht, seine wenigen Habseligkeiten zusammengepackt. Anschließend verließ auch er seine kleine Kammer, um den Grafen aufzusuchen. Er hatte Glück, denn er wurde gleich ins Turmzimmer vorgelassen.

Graf Albrecht saß mit versunkener Miene an einem Tisch und brütete über einer Karte. Als sich Robert nach seinem Eintreten bemerkbar machte, rollte er sie schnell zusammen und legte sie zur Seite. »Ritter von Harsefeld, ich nehme an, Ihr seid gekommen, um Euch zu verabschieden.«

Robert nickte und setzte sich dem Grafen gegenüber. »So ist es, Euer Durchlaucht. Ich wollte die Gelegenheit nutzen und Euch für Eure Gastfreundschaft danken. Beim Abendessen in großer Gesellschaft bietet sich ja nur selten eine gute Gelegenheit dafür. Ihr wart überaus freundlich, und mein kurzer Aufenthalt auf der Bernburg wird mir in angenehmer Erinnerung bleiben.«

Der Graf sah ihn freundlich an. »Auch ich habe Euren Besuch durchaus genossen und würde mich freuen, wenn ich mich eines Tages vielleicht Eurer Dienste versichern könnte. Ich hoffe auf ein Wiedersehen in nicht allzu ferner Zukunft.«

Robert zuckte mit den Achseln. »Es gehört nicht zu meinen Fähigkeiten, zukünftige Ereignisse vorherzusehen, Euer Durchlaucht. Dennoch würde ich mich sehr freuen, wenn ich Euch bei Gelegenheit dienlich sein könnte. Heute habe ich allerdings noch ein anderes Anliegen.«

Graf Albrecht hob die Augenbrauen und sah den Ritter abwartend an.

»In Eurem Stall arbeitet ein Junge, der sich hervorragend darauf versteht, mit meinem Pferd umzugehen. Alabaster ist sehr empfindlich in diesen Dingen, wenn Ihr versteht, was ich meine. Er ist mir bisher ein treuer Wegbegleiter gewesen, doch leider mag er nur sehr wenige Menschen, weshalb ich überhaupt erst auf den Jungen aufmerksam geworden bin. Langer Rede kurzer Sinn: Ich wollte Euch fragen, ob Ihr mir den Jungen als Knappen überlassen könntet. Aufgrund meiner Herkunft habe ich bis jetzt noch nicht die Ausbildung eines Jungen in Erwägung gezogen, auch wurde der Wunsch bisher noch nicht an mich herangetragen. Schließlich gibt es genug Ritter, die nicht mit dem Makel einer unehelichen Herkunft belastet sind. Natürlich bin ich bereit, für die entgangene Arbeitskraft zu zahlen.«

In der Miene des Grafen spiegelte sich erst Verwirrung, die dann in leichte Erheiterung wechselte. »Ich verstehe Euren Wunsch durchaus, mein lieber von Harsefeld. Und ich meine auch zu wissen, welchen Jungen Ihr meint. Ingulf ist ein aufgewecktes Bürschchen und zudem eine gute Wahl, zumal ich nicht erst mit den Eltern sprechen muss. Er ist leider schon seit einiger Zeit Waise und hat nur noch eine Schwester.« Sein Gesichtsausdruck verdüsterte sich für einen Moment. »Ich denke, es wird ein schwerer Verlust für die junge Magd sein, aber sie wird auch die große Chance sehen, die ihr Bruder dadurch erhält. Wenn er gewillt ist, Euch zu begleiten, könnt Ihr ihn haben. Erhalten möchte ich dafür jedoch nichts, denn ich bin ziemlich sicher, dass sich bald die Möglichkeit einer Gegenleistung Eurerseits ergeben wird.«

Robert bedankte sich und verließ kurz danach den Raum. Draußen begegnete er dem Markgrafen Konrad, der ebenfalls auf eine Unterredung mit dem Grafen wartete. Sie nickten sich beide freundlich zu, und der Ritter ging zu den Ställen.

Der Markgraf trat gleich darauf in das Turmzimmer ein, und Graf Albrecht, der inzwischen wieder die Karte entrollt hatte, zeigte auf den Stuhl, auf dem kurz vorher noch Robert gesessen hatte.

»Robert von Harsefeld wird morgen früh den Rückweg antreten. Ich denke, Herzog Heinrich wird schon ungeduldig auf seinen Bericht warten. Schade, dass der Herzog schneller war als wir. Ich hätte den Ritter gerne bei unseren Truppen gesehen.«

Graf Albrecht nickte nachdenklich, schien jedoch anderer Meinung zu sein. »Mag sein, dass er ein guter Kämpfer ist, aber in meinen Augen hat jemand, der nur für Geld kämpft, keine Ehre in sich. Ich würde ihm nicht trauen können, schließlich muss man immer damit rechnen, dass er sofort alles und jeden für einen besseren Sold verraten würde.«

Sein Gegenüber widersprach ihm energisch: »Mein lieber Freund, da tut Ihr ihm unrecht. Ihr dürft nicht vergessen, dass Harsefeld es als Bastard nicht leicht gehabt hat. Aufgewachsen größtenteils unter Frauen, ist er erst spät in den Genuss einer Ausbildung gekommen. Selbst diese verdankt er in weiten Teilen seiner Fürsprecherin, der heutigen Äbtissin Beatrix, Eurer Schwägerin. Ihm wurde der Makel seiner Herkunft immer vor Augen gehalten, und ich denke, dass dies der Hauptgrund für seine Einstellung ist. Er besitzt kein Land, für das er kämpfen könnte, und liebt seine Freiheit zu sehr, als dass er sich einem einzigen Herrn anbiedern würde. Deshalb setzt er sein Können für denjenigen ein, der am meisten dafür bezahlt. Und Ihr könnt mir glauben, es sind nicht wenige. Demjenigen, dem er seine Dienste zugesichert hat, ist er treu bis zur Erfüllung aller Verpflichtungen.« Der Markgraf hatte sich in Rage gesprochen.

Graf Albrecht sah sich genötigt, ihn zu beschwichtigen.

»Verzeiht mir. Wenn ich falsch über ihn geurteilt habe, so tut es mir leid. Ich weiß, dass Harsefeld Euch sehr am Herzen liegt. Als Ihr mir von Eurer Rettung durch ihn berichtet habt, war es deutlich herauszuhören. Außerdem glaube ich, dass es nicht allzu lange dauern wird, bis wir ihn wiedersehen werden. Schließlich lässt der Kreuzzug nicht mehr lange auf sich warten. Nun würde ich jedoch gerne den eigentlichen Grund erfahren, aus dem Ihr mich sprechen wolltet.«

Konrad nickte, und es war ihm anzusehen, dass er es genoss, sich gegenüber dem Grafen im Vorteil zu befinden. Er war ein Spieler und liebte es, möglichst lange seinen Mitstreitern überlegen zu bleiben. »Mir ist erst vorhin eingefallen, dass Ihr im letzten Monat nicht auf dem Hoftag von Frankfurt wart. Deswegen ist Euch wahrscheinlich auch noch nichts von einer Gesandtschaft nach Dijon bekannt?«

Es war Graf Albrecht anzusehen, dass er davon tatsächlich nichts wusste. »König Konrad hatte bei ebendiesem Reichstag beschlossen, Papst Eugen von der Notwendigkeit des zweiten Kreuzzuges gegen die Wenden zu überzeugen, und er konnte sich bei der Gelegenheit dessen Unterstützung versichern. Die Gesandtschaft bestand unter anderem aus Bucco von Worms und Anselm von Havelberg.«

Bei der Erwähnung des zweiten Namens spiegelte sich Verwunderung in Albrechts Gesicht. »Anselm von Havelberg, sagtet Ihr? Seine diplomatischen Fähigkeiten sind mir durchaus bekannt, und ich schätze ihn sehr. Ihr sagtet weiter, die Gespräche hätten bereits im letzten Monat stattgefunden? Dann müsste doch schon etwas darüber bekannt sein, ob diese Reise von Erfolg gekrönt war.«

Der Markgraf von Meißen nickte bedächtig und fuhr nach einer kleinen Pause mit seinen Ausführungen fort: »Einen Tag vor meiner Abreise aus Magdeburg erhielten wir Nachricht, dass Papst Eugen am elften April, also vor ungefähr zwei Wochen, Anselm von Havelberg zum geistlichen Oberhaupt des Kreuzheeres gegen die Wenden ernannt hat. Ihr seht, mein Freund, mit Hilfe des geistlichen Beistands steht unserem Erfolg nichts mehr im Wege. Gleich nach seiner Meldung beim König wird Anselm nach Magdeburg weiterreisen. Dort trifft er sich mit dem Erzbischof, der mich augenblicklich von seiner Ankunft in Kenntnis setzen wird. Ich denke, es ist auch in Eurem Sinne, wenn wir die endgültigen Planungen dann gemeinsam vor Ort vornehmen werden.«

Albrecht nickte nur stumm angesichts der unerwartet guten Entwicklungen. Allerdings konnte er seinen Unmut über diese bisher zurückgehaltene Information nicht ganz verbergen.

Dem Markgrafen Konrad schien das nicht aufzufallen. In freundlichem Plauderton redete er weiter: »Nun muss ich mich leider bis zum Abendessen verabschieden, denn es sind noch einige Vorbereitungen für unsere Abreise zu treffen. Sobald ich Näheres weiß, werdet Ihr Nachricht erhalten.«

Nachdem der Markgraf von Meißen das Turmzimmer verlassen hatte, fiel es dem Grafen schwer, sich wieder seinen Alltagsgeschäften zuzuwenden. Er hoffte, dass seine Freude in Anbetracht der Aussicht auf baldigen Landgewinn und der damit einhergehenden Ausweitung seiner Macht nicht zu offensichtlich war. Andererseits war ihm auch deutlich vor Augen geführt worden, dass jeder letztendlich nur seinen eigenen Machtbereich vor sich sah. Unruhig lief er auf und ab, unfähig, sich auf andere Dinge zu konzentrieren.

Eilika hatte den Nachmittag bei Alfons in der Küche verbracht und ihm, wie viele andere auch, bei den Vorbereitungen für das letzte größere Abendessen geholfen. Kurz bevor sie wieder zur Gräfin musste, um ihr beim Umziehen beizustehen, hielt sie die Ungewissheit nicht länger aus und lief in den Stall zu ihrem Bruder. Als sie ihn dort nicht antraf, ging sie kurz entschlossen weiter bis zu der kleinen Tür, die in seine Kammer führte. Nach kurzem Klopfen trat sie ein, um festzustellen, dass sie nicht der einzige Gast war. Ingulf war gerade dabei, sich mit Robert zu unterhalten, und ihm war seine Aufregung deutlich anzumerken. Beide blickten auf, als Eilika eintrat, und ihr Gespräch verstummte. Sie fühlte sich ziemlich unbehaglich unter den fragenden Blicken des Ritters und hätte am liebsten auf der Stelle kehrtgemacht.

Doch Ingulf ging gleich auf sie zu und umarmte sie stürmisch. »Stell dir vor, Eilika! Morgen verlasse ich die Bernburg, und zwar zusammen mit dem Ritter von Harsefeld. Er nimmt mich mit, und wenn ich mich nicht gar zu blöd anstelle, kann ich vielleicht sogar länger bei ihm bleiben. Dann habe ich endlich Gelegenheit, bei richtigen Kämpfen mitzumachen. Du glaubst gar nicht, wie toll das alles ist!« Die Worte sprudelten nur so aus ihm heraus, und die Tatsache, dass er seine Schwester wahrscheinlich längere Zeit nicht mehr sehen würde, schien ihm nicht besonders viel auszumachen.

Als Eilika ihren Bruder von seiner Begeisterung für den Kampf sprechen hörte, wurde ihr bewusst, dass die vor ihm liegenden Jahre vielleicht nicht mehr so sicher sein würden wie bisher. Das hatte sie, als der Plan in ihr heranreifte, nicht bedacht, und Unbehagen stieg in ihr auf. Doch das Wichtigste war geschafft. Ingulf befand sich ab morgen nicht mehr auf der Bernburg und war somit außer Reichweite für Reinmar von Nortingen. Eilika seufzte erleichtert auf.

In dem Augenblick wurde ihr der prüfende Blick Roberts bewusst, der seit ihrem Eintreten auf ihr ruhte. Sie löste sich sanft aus der Umarmung ihres Bruders und wandte sich dem Ritter zu. »Habt Dank für Eure Hilfe. Ich hoffte, dass es Euch gelingen würde, die Erlaubnis des Grafen zu erlangen. Nun stehe ich tief in Eurer Schuld.«

Roberts Lippen umspielte ein spöttisches Grinsen. »Darüber brauchst du dir nicht den Kopf zu zerbrechen.« Dann ging er an ihr vorbei zur Tür und richtete seine Worte nochmals an Ingulf. »Denk bitte daran, dass ich morgen in aller Frühe aufbrechen möchte. Ich mag es nicht, zu warten, also sei pünktlich. Ach, übrigens, ich habe für dich eine kleine Stute gekauft. Schließlich kannst du nicht den ganzen Weg mit mir auf meinem Pferd verbringen. Ihr Name ist Herbstlaub, du kennst sie vermutlich schon.«

Ingulf machte große Augen. »Aber Herr, sie hat bestimmt mächtig viel Geld gekostet. Das kann ich Euch doch niemals zurückzahlen.«

Robert machte eine wegwerfende Handbewegung, und mit einem Seitenblick auf Eilika erwiderte er: »Mach dir über die Bezahlung keine Gedanken. Das ist schon geregelt.«

Damit verließ er den kleinen Raum und ließ die beiden Geschwister zurück.

Eilika war ganz elend zumute. Natürlich hatte sie nicht bedacht, dass Ingulf den Weg nicht ohne Pferd zurücklegen konnte. Jedenfalls nicht, wenn er nicht mehrere Tage nach seinem neuen Herrn am Ziel ankommen wollte. Ärgerlich schalt sie sich selbst eine dumme Gans und nahm sich vor, künftig genauer über ihre Planungen nachzudenken. Doch nach einem Blick in das zweifelnde Gesicht ihres Bruders blieb ihr keine andere Wahl, als ihn erneut anzulügen. Sie tröstete sich mit dem Gedanken, dass alles nur zu seinem Besten geschah.

Eilika suchte nach den richtigen Worten und nahm Ingulf in den Arm. »Quäle dich nicht mit Gedanken, die sowieso zu nichts führen. Schließlich hast du all die Jahre gut gearbeitet, und vielleicht hat sich der Kastellan an unser schweres Schicksal erinnert. Du weißt, dass er bei aller Strenge ein weiches Herz hat.«

Sie sah Ingulf an, dass er ihr die Erklärung glaubte, denn seine Augen leuchteten bereits wieder auf. Um die Zusammenhänge wirklich zu verstehen, war er einfach noch zu jung. Sie drückte ihn fest an sich, denn der Gedanke, dass es womöglich für lange Zeit das letzte Mal war, schmerzte sie sehr. Auch Ingulf schien plötzlich bewusst zu werden, dass er seine Schwester nun nicht mehr täglich sehen würde, denn seine eben noch strahlenden Augen bekamen einen verräterischen Glanz. Eilika, die wusste, wie sehr er sich immer für seine Tränen schämte, strubbelte ihm die Haare, wie sie es so oft in den letzten Jahren getan hatte.

»Nun guck nicht so traurig. Vor dir liegt bestimmt eine wunderbare Zeit, und wenn wir uns das nächste Mal sehen, kannst du mir sicher von lauter aufregenden Dingen erzählen.«

Er nickte, doch das Strahlen von vorhin wollte sich nicht mehr einstellen. »Du kommst doch morgen, wenn wir aufbrechen, oder?« Fast flehentlich kamen ihm die Worte über die Lippen.

Eilika brachte es nicht übers Herz, ihm die Bitte abzuschlagen. Um einer Enttäuschung vorzubeugen, musste sie nochmals zu einer kleinen Lüge greifen. »Ich werde es versuchen, doch die Gäste aus Meißen wollen ebenfalls morgen früh aufbrechen, und ich soll beim Frühstück und bei der Zusammenstellung des Proviants helfen. Es könnte also durchaus sein, dass ich es nicht schaffe. Du wirst bestimmt auch genug zu tun haben. Ich bin sicher, dass wir uns bald wiedersehen.« Sie küsste ihn nochmals auf die Wange und verließ dann schnell die kleine Kammer.

Auf dem Weg zur Gräfin stellte sie sich auf ungnädige Worte ein, denn sie hatte bei Ingulf mehr Zeit verbracht als geplant.

Irene von Nortingen lag allerdings noch immer im Bett und sah ziemlich mitgenommen aus. »Es geht mir überhaupt nicht gut, und ich werde nicht am Abendessen teilnehmen.«

Eilika konnte aus ihren Worten die Enttäuschung deutlich heraushören, und ihr fiel ein, dass es sich um den letzten Abend handelte, an dem Irene Robert sehen konnte. Es musste ihr also wirklich ziemlich schlechtgehen, wenn sie sich diese Möglichkeit entgehen ließ.

»Du kannst mir noch etwas trockenes Brot und einen Krug mit Wasser heraufbringen. Ich bin zu schwach zum Umziehen und werde einfach im Unterkleid schlafen. Außerdem musst du den Kastellan noch bitten, er möge mich bei meinem Onkel wegen meiner Unpässlichkeit entschuldigen. Du brauchst auch nicht beim Essen zu helfen, sondern kannst gleich in deine Kammer gehen. Der Kastellan weiß Bescheid. Es gibt schließlich genug andere, die helfen können. Und nun sieh zu, dass du alles möglichst schnell erledigst.«

Eilika beeilte sich, aus dem Raum zu kommen, und dachte auf dem Weg in die Küche darüber nach, was zu dem plötzlichen Sinneswandel der Gräfin geführt haben mochte. Bisher konnte sie nicht genug Arbeit für Eilika finden, und es war nicht lange her, als sie die anderen Mädchen als »noch tollpatschiger« bezeichnet hatte. Die Magd konnte sich nur einen Grund dafür denken. Wahrscheinlich wollte Irene verhindern, dass Robert und Eilika sich beim Abendessen nochmals begegneten. Eilika konnte nicht anders, sie musste der Gräfin dankbar sein für ihre Entscheidung. Denn ihr war klar geworden, dass sich damit die Möglichkeit einer früheren Flucht für sie ergab als ursprünglich geplant. Normalerweise wäre sie nicht vor Mitternacht mit ihrer Arbeit fertig gewesen, und um diese Zeit brauchte sie den Gedanken, die Burg zu verlassen, gar nicht mehr in Erwägung zu ziehen. Das Burgtor wurde am Abend geschlossen, und überall standen Wachen auf ihrem Posten. Außerdem würde sie bei Nacht sowieso nicht weit kommen. Sie hätte also erst bei Morgengrauen verschwinden können, und dann wäre die Wahrscheinlichkeit sehr groß gewesen, dass jemand sie gesehen hätte. Doch jetzt, am frühen Abend, würde es gewiss niemandem auffallen, wenn sie mit ihrem Beutel die Burg verließ. Sollte doch jemand Fragen stellen, würde sie um diese Zeit keine Schwierigkeiten haben, eine plausible Antwort zu geben. Immerhin verteilte sie des Öfteren übrig gebliebenes Brot an die ärmeren Bewohner des Dorfes. Mit diesen Gedanken brachte sie der Gräfin Brot und Wasser und machte sich anschließend auf den Weg zum Kastellan.

Die Tür war offen, der Raum leer. Leicht verärgert über den neuerlichen Zeitverlust, machte sie sich auf die Suche nach Klemens von Willingen. Doch sie hatte Glück, denn sie fand ihn im Hof, in ein Gespräch vertieft. Eilika erkannte beim Näherkommen den Baumeister, einen älteren Mann, der meistens verdrießlich dreinschaute und kaum ein Wort sprach. Auch jetzt, als sie fast bei ihnen stand, blickte er kurz auf und brummte nur etwas vor sich hin. Das Gespräch war gleich darauf beendet, und der Mann ging in Richtung des Hauses, mit dessen Wiederaufbau sie am Vortag begonnen hatten.

Der Kastellan wandte sich Eilika zu und fragte sie freundlich: »Was kann ich für dich tun?«

Die Magd wurde wieder etwas wehmütig bei dem Gedanken, dass sie ihn wahrscheinlich gerade das letzte Mal sah. »Ich soll Euch von dem gnädigen Fräulein ausrichten, dass sie unpässlich ist und nicht zum Abendessen erscheinen kann. Es tut ihr sehr leid, und sie bittet Euch, sie bei ihrem Onkel zu entschuldigen.«

Seine Miene verdüsterte sich etwas, als er erwiderte: »Das ist sehr schade, da es sich um den letzten Abend unserer Gäste handelt. Aber natürlich geht die Gesundheit der

Gräfin vor, und ich hoffe, dass es ihr morgen wieder bessergeht. Richte ihr bitte meine guten Wünsche aus. Ich wollte sowieso gerade zum Grafen gehen und werde es ihm bei der Gelegenheit gleich mitteilen. Was ist mit dir? Geht es dir schon wieder etwas besser? Die Gräfin hat mir heute Nachmittag die Nachricht zukommen lassen, dass du heute nicht beim Abendessen helfen kannst, weil dir nicht wohl ist. Sie wollte dich schonen, in Anbetracht der letzten Tage, damit du dich erholen kannst.« Er musterte Eilika prüfend.

Sie wand sich innerlich unter seinen Blicken, denn sie konnte sich kaum vorstellen, dass sie einen so kranken Eindruck auf ihn machte. Noch viel weniger konnte sie glauben, dass sich die Gräfin um ihr Wohlergehen sorgte. Sie hatte wohl recht gehabt mit ihrer Vermutung.

»Ich muss zugeben, dass mich der Wunsch der Gräfin überrascht hat. Eigentlich ist es nicht ihre Art, sich um erschöpfte Zofen zu kümmern. Doch ich stimme ihr zu, dass alles wahrscheinlich etwas viel für dich war. Ein wenig Ruhe heute Abend wird dir bestimmt guttun.«

Sie bedankte sich bei ihm, und er verschwand in Richtung der großen Eingangstür. Eilika atmete auf und lief in ihre Kammer. Anna war erwartungsgemäß nicht da, und sie begann, ihre wenigen Habseligkeiten und die beiden Dolche in einen alten Stoffbeutel zu stopfen. Als sie plötzlich das Bündel mit dem grünen Tuch in den Händen hielt, zögerte sie. Wegen der ganzen Aufregung hatte sie völlig versäumt, es Robert wiederzugeben. Vorsichtig strich sie über den weichen Stoff, dann legte sie ihn kurz entschlossen zu ihren Sachen. Anschließend nahm sie den wollenen Umhang, legte ihn über ihren Arm und griff mit der anderen Hand nach dem Beutel. Langsam ließ sie den Blick noch einmal durch die kleine Kammer schweifen, in der sie die letzten Jahre geschlafen hatte. Dann verließ sie den Raum entschlossenen Schrittes, ohne sich nochmals umzusehen.

Es war schon früh am Abend, und die meisten Burgbewohner befanden sich in ihren Häusern, um zu essen. Sie überquerte mit zügigen Schritten den Hof und zwang sich, nicht in Richtung der Ställe zu sehen. Die beiden Wachposten am Tor beachteten sie kaum, als sie die Burg verließ.

Da es ein sonniger Tag gewesen war, würde es noch etwas dauern, bis die Dämmerung einsetzte und das Licht damit schwächer wurde. Dennoch musste Eilika ihren Plan zumindest kurzfristig ändern, denn bald würde die Sonne untergehen, und in der Nacht könnte sie ihren Weg niemals finden. Sie hatte mittlerweile das Dorf durchquert und hielt auf den Waldrand zu, wenn auch in einiger Entfernung zum Haus der alten Frau. Eilika war etwas eingefallen, das schon fast ein Jahr zurücklag. Damals hatte sie mit Alfons im Wald nach Kräutern gesucht, die er für seine Wildgerichte benötigte. Sie waren den ganzen Nachmittag unterwegs gewesen, und als ein Regenschauer sie überraschte, entdeckten sie durch Zufall einen Felsvorsprung, unter dem sie beide Zuflucht suchen konnten.

Eilika zweifelte stark, ob sie die Stelle wiederfinden würde, und machte sich etwas unsicher auf den Weg. Doch nach längerem Suchen wurde sie tatsächlich fündig. Da die Blätter gerade erst am Sprießen waren, lag die Stelle noch nicht ganz verdeckt. Die Magd war froh, wenigstens von hinten Schutz gegen die Nacht zu haben. Sie holte eine kleine Decke aus ihrem Beutel und breitete sie auf dem Boden aus. Eingewickelt in ihren Umhang, brauchte sie nicht lange auf den Einbruch der Nacht zu warten.

Ingulf konnte an diesem Abend, der sein letzter auf der Bernburg sein würde, keinen Schlaf finden. Seine wenigen Sachen lagen zu einem Bündel gerollt auf dem wackeligen Stuhl. Er schaffte es einfach nicht, seine Gedanken zur Ruhe zu bringen, und so wälzte er sich von einer Seite auf die andere und fieberte dem nächsten Tag entgegen. Als er weit nach Mitternacht endlich in einen leichten Schlaf gefallen war, hörte er im Unterbewusstsein das Wiehern einiger Pferde. Kurz darauf öffnete sich die Tür zu seiner Kammer. Zu diesem Zeitpunkt war er bereits wieder hellwach. Das Herz klopfte ihm bis zum Hals, doch im Schein der hereingetragenen Kerze konnte er Anna erkennen.

Ingulf atmete erleichtert auf. »Bist du verrückt geworden? Du hast mich zu Tode erschreckt!«

Entschuldigend blickte sie ihn an und schloss die Tür hinter sich. »Tut mir leid, aber als ich vorhin wach geworden bin, habe ich festgestellt, dass Eilika noch immer nicht in ihrem Bett ist. Gestern Abend bin ich im Dunkeln schlafen gegangen, weil uns der Kastellan gesagt hat, dass es deiner Schwester nicht gutgeht, und ich wollte sie nicht wecken. Aber ihr Bett ist unbenutzt, und nach der Sache mit Landine mache ich mir große Sorgen. Was sollen wir denn nur tun?«

Ingulf war völlig durcheinander. Er hatte noch am frühen Abend mit Eilika gesprochen. Da war es ihr, allem Anschein nach, recht gut gegangen. Er bekam auf einmal furchtbare Angst. Sie mussten Hilfe holen, doch an wen sollten sie sich wenden? Plötzlich fiel ihm sein neuer Herr ein. Er sprang aus dem Bett und vergaß sogar die Anwesenheit von Anna, als er hastig seine Hose anzog.

»Was ist denn auf einmal mit dir los? Bist du nun völlig übergeschnappt?«

Ingulf achtete nicht weiter auf Anna, die ihn ansah, als ob sie um seinen Geisteszustand fürchten müsste. »Wieso übergeschnappt? Wir müssen Eilika suchen gehen, und dafür brauchen wir Hilfe. Los, beeil dich!«

Ingulf riss die Tür auf, lief durch den Stall auf das Tor zu und zog dabei seine Jacke über. Anna rannte hinter ihm her. Da ihre Kerze bereits nach wenigen Metern ausging, musste sich das Mädchen ziemlich anstrengen, um Ingulf nicht zu verlieren. Der Himmel war noch dunkel, doch es würde nicht mehr lange dauern, bis der Morgen graute.

Als sie keuchend vor Roberts Tür angekommen war, hatte Eilikas Bruder schon leise geklopft. Von drinnen hörten sie gleich darauf ein Rascheln und Schritte, die sich der Tür schnell näherten.

»Wer ist da?« Roberts Stimme war nicht im Geringsten anzumerken, dass er soeben aus dem Schlaf gerissen worden war.

»Ich bin es, Ingulf. Bitte, Herr Robert, öffnet schnell!«

Der Gang war durch eine Fackel schwach erleuchtet, aber als die Tür aufschwang, konnten Ingulf und Anna in dem dunklen Raum kaum etwas erkennen. Robert trat heraus und schob die beiden zur Seite. Dann ging er zu der Fackel, um daran eine Kerze anzuzünden. Seine nächtlichen Besucher standen immer noch wie angewurzelt auf der Schwelle, und er stieß sie ungeduldig hinein.

Nachdem er die Tür hinter sich zugezogen hatte, stellte er die Kerze auf den Tisch und wandte sich den beiden zu. »Was gibt es denn so Dringendes, dass ihr mich um diese Zeit aus dem Bett holt? Ich hoffe für euch, dass euer Anliegen diese Störung rechtfertigt.«

Robert hatte sich vor Ingulf und Anna hingestellt und das Mädchen wich instinktiv einen Schritt zurück. Der Ritter sah nicht gerade sehr vertrauenerweckend aus. Außer einer dünnen Leinenhose hatte er nichts an, und sein muskulöser Oberkörper hatte im Kerzenschein etwas Bedrohliches an sich. Auch Ingulf war mit einem Mal nicht mehr so von seiner Idee überzeugt und hätte jetzt lieber das freundliche Gesicht des Kastellans vor sich gehabt. Doch nun war es zu spät.

»Verzeiht mir, aber ich wusste mir keinen anderen Rat, als Euch um Hilfe zu bitten. Meine Schwester ist spurlos verschwunden! Ich mache mir große Sorgen um sie, vielleicht ist ihr etwas zugestoßen. Könnt Ihr sie bitte mit mir suchen?«

Bei Ingulfs Worten hatte sich Roberts Blick verfinstert,

und als er sich nun Anna zuwandte, wich sie bis zur Tür zurück. »Was starrst du mich denn so erschreckt an, Mädchen. Ich werde dir schon nichts tun. Jetzt sag mir, ob sich Eilikas Sachen noch in eurer Kammer befinden.«

Seine Worte beruhigten Anna ein wenig, aber vorsichtshalber hielt sie weiterhin Abstand. »Ich weiß nicht. Ich war so besorgt und aufgeregt, dass ich gleich zu Ingulf gelaufen bin.«

Robert hatte sich bereits die Kerze geholt und Anna zur Seite geschoben. Dann war er aus dem Raum gestürmt und den Gang entlang zur Treppe geeilt, die zur Kammer der Mädchen führte. Ingulf und Anna konnten kaum mit ihm Schritt halten. Als sie bei dem kleinen Raum ankamen, kniete Robert bereits vor dem Bettende, wo sich Eilikas sorgfältig aufgereihte Sachen befunden hatten. Jetzt erblickten sie nur einen sauberen, aber leeren Platz. Ärgerlich schlug Robert mit der Hand gegen das schmale Bett, das bedenklich wackelte. »Verdammt noch mal! Ist sie denn völlig verrückt geworden?«

Ingulf starrte ihn unsicher an, und Anna wollte möglichst schnell außer Reichweite von Robert gelangen, dessen Wut sie in Angst versetzte. Doch dann fiel ihr ein, dass sie sich in ihrer eigenen Kammer befanden und sie nirgendwo anders hinkonnte, also drängte sie sich in eine Ecke und verharrte dort regungslos.

Roberts Ärger war zwar noch nicht völlig verraucht, aber er hatte sich wieder einigermaßen im Griff, als er sich an Ingulf wandte. »Du musst sofort hinunter in den Stall und unsere Pferde für die Reise fertig machen.« Er warf einen Blick durch die schmalen Fensterschlitze in den dicken Burgmauern. »Wir müssen so schnell wie möglich aufbrechen. Es wird bald hell, und wir haben keine Zeit zu verlieren. Je länger wir mit der Suche warten, desto größer wird die Wahrscheinlichkeit, dass ihre Spuren nicht mehr zu erkennen sind. Vergiss nicht, noch etwas Proviant einzupacken. Er sollte gut für zwei Tage reichen. Ich hole nur noch meine Sachen und komme dann gleich zu dir. Beeile dich!« Dann hetzte er aus der Kammer, und Ingulf folgte ihm dicht auf den Fersen.

Anna erwachte aus ihrer Erstarrung, schlug die Tür hinter den beiden zu und lehnte sich zitternd dagegen. Nach einer Weile beruhigten sich ihre Nerven, und ihr Blick fiel auf das leere Bett Eilikas. Anna kämpfte mit der Entscheidung, sich wieder hinzulegen oder Ingulf zu helfen. Schließlich siegte die Angst vor einer erneuten Begegnung mit dem wütenden Ritter, und sie verkroch sich unter ihrer Decke.

Ingulfs Weg führte geradewegs in die Küche. Er kannte sich gut genug aus, um zu wissen, wo Alfons ihren Reiseproviant aufbewahrte. Rasch packte der Junge Brot und gepökeltes Fleisch in ein Leinentuch und eilte weiter in den Stall. Er hatte gerade den Pferden Futter und Wasser hingestellt und war dabei, seine kleine Stute zu satteln, als Robert angestürmt kam. Ohne ein Wort zu verlieren, nahm er das Zaumzeug von Alabaster und begann ihn zu trensen.

»Hast du deine Sachen?«

Ingulf nickte schnell und zeigte auf ein Bündel, das auf dem Boden lag. Seine Kehle war noch immer wie zugeschnürt, und er brachte kein Wort heraus.

»Dann lass uns aufbrechen.«

7. KAPITEL

Robert nahm Alabaster an den Zügeln und ging voraus. Am Himmel zeigte sich bereits ein heller Schimmer, als sie auf das große Burgtor zuhielten. Einer der Wachleute, die in dem kleinen Raum neben dem Tor saßen, kam mit einer Fackel heraus und trat auf Robert zu.

»Wohin wollt Ihr so früh? Uns hat man gestern gesagt, dass alle Gäste erst nach dem Frühstück aufbrechen.«

Von Roberts Zorn war nichts mehr zu merken, als er ruhig antwortete: »Das war auch ursprünglich so geplant, doch ich habe seit gestern Abend kein Auge zugetan und bin es leid, mich in meinem Bett herumzuwälzen. Je früher wir aufbrechen, desto eher erreichen wir unser Ziel.«

Sollte der Wachhabende am Anfang argwöhnisch gewesen sein, so stellte ihn die Antwort anscheinend zufrieden. Jedenfalls rief er seinen Kameraden, und gemeinsam öffneten sie das schwere Tor, das sich knarrend in Bewegung setzte. Beide traten zur Seite, um Robert und Ingulf passieren zu lassen.

Kaum hatten diese die Burg verlassen, schloss sich auch schon wieder das Tor. Robert machte keine Anstalten, auf sein Pferd zu steigen, sondern führte den Hengst weiter auf dem Weg ins Dorf. Offenbar fürchtete er, dass seiner Aufmerksamkeit sonst kleinere Hinweise auf Eilikas Spur entgehen könnten.

Ingulf beschleunigte seine Schritte. Kurz darauf war er auf gleicher Höhe mit dem schweigsamen Ritter. »Glaubt Ihr, dass meiner Schwester etwas zugestoßen ist?«

Die Dunkelheit der Nacht wurde immer mehr verdrängt, und Ingulf konnte Roberts Gesicht gut erkennen, als dieser den Kopf schüttelte. »Ich weiß es nicht, ehrlich gesagt. Doch ich hoffe, dass wir sie bald finden werden und es ihr gutgeht.«

Er verfiel wieder in brütendes Schweigen.

Als sie die letzten Hütten des Dorfes hinter sich gelassen hatten, blieb er stehen. »Du musst mir jetzt helfen, denn du kennst Eilika besser als ich. Gibt es irgendeinen Ort, wo sie immer hinwollte? Habt ihr Verwandte in der Nähe? Ich brauche zumindest einen Anhaltspunkt, damit ich weiß, wo ich die Suche beginnen muss.«

Ingulfs Stimmung sank auf den Tiefpunkt. Er war sich so sicher gewesen, dass sein neuer Herr ihn geradewegs zu seiner Schwester führen würde, doch nun wurde ihm schlagartig klar, dass die Suche bedeutend schwieriger sein würde. Mutlos ließ er den Kopf hängen. »Nein, wir haben nur uns, und Eilika hat nie einen Ort erwähnt, an den sie gerne hinwollte.«

Robert legte ihm die Hand auf die Schulter und beugte sich zu ihm hinab. »Keine Sorge, wir werden sie schon finden. Doch jetzt denk nach. Vielleicht fällt dir ja noch etwas ein.«

Ingulf runzelte die Stirn und zermarterte sich den Kopf, aber ihm wollte nichts einfallen. Nach einer Weile hellte sich sein Gesicht auf, und die Worte sprudelten ihm nur so über die Lippen: »Ja, vielleicht kann uns das weiterhelfen! Im letzten Jahr war ein fahrender Händler bei uns. Er hat ziemlich wichtig getan und Eilika erzählt, wie toll es bei ihm zu Hause sei und dass er bald noch ein zweites Geschäft aufmachen wolle. Meine Schwester hielt ihn zwar für einen Angeber, doch die Vorstellung, in einem größeren Ort zu leben, gefiel ihr.«

Robert hatte ihm anfangs gespannt zugehört, jetzt unterbrach er Ingulf ungeduldig. »Wie hieß der Ort? Sag bloß nicht, du hast ihn vergessen!«

Mit triumphierender Miene streckte sich der Junge zu seiner ganzen Größe und erwiderte: »Nein, natürlich habe ich den Namen nicht vergessen! Der Ort hieß Halle.« Dann sank er wieder in sich zusammen und fuhr etwas kleinlauter fort: »Leider habe ich vergessen, in welcher Richtung er sich befindet.«

Robert lachte zum ersten Mal, seit sein neuer Knappe ihn zu so früher Stunde aus dem Bett geholt hatte. »Da mach dir mal keine Sorgen, denn das weiß ich zum Glück.« Er wendete den Hengst und hielt weiter in südöstlicher Richtung auf den Wald zu. Kurz darauf übergab Robert Alabasters Zügel an Ingulf und ging langsam in gebückter Haltung weiter. »Ich glaube nicht, dass sie sich zu dicht an die Hütte der alten Kräuterfrau gewagt hat, aus Angst, entdeckt zu werden, aber vielleicht irre ich mich da auch.«

Das Licht des anbrechenden Tages war inzwischen so hell, dass er den Boden gut absuchen konnte. Stirnrunzelnd ging er langsam weiter, den Blick immerzu nach unten gerichtet. Plötzlich blieb er stehen. »Da, ich habe was gefunden! Es sind einzelne Fußabdrücke, die aus der Richtung der Bernburg kommen. Die müssen von deiner Schwester sein. Es ist gut, dass sich hier, dicht am Waldrand, nur wenige Leute herumtreiben, sonst hätten wir die Spuren nie entdeckt. Sie ist direkt in den Wald gegangen. Hoffentlich können wir weiterhin ihre Abdrücke gut erkennen. Der Boden ist von der Nacht noch relativ feucht, da dürfte es nicht allzu schwierig werden. Komm, Ingulf, du musst die Pferde führen.«

Robert klang erregt, und Ingulf folgte ihm, froh und von neuer Hoffnung erfüllt.

Eilika konnte sich nicht erinnern, jemals eine so furchtbare Nacht verbracht zu haben. Sie hatte kein Auge zugetan und fühlte sich völlig zerschlagen. Sämtliche Glieder taten ihr weh, und sie fror entsetzlich. Ende April waren die Nächte noch immer empfindlich kalt, und allein aus diesem Grund war an Schlaf nicht zu denken gewesen. Dazu kamen noch die vielen unterschiedlichen Geräusche, von denen die meisten ziemlich schrecklich geklungen hatten. Einmal war es ihr so vorgekommen, als hätte jemand in Todesangst geschrien. Eilika freute sich nach den langen, dunklen Stunden auf das Morgengrauen und hoffte auf warme Sonnenstrahlen.

Doch sie wurde enttäuscht. Der Himmel war nach den letzten sonnigen Tagen zum ersten Mal wieder wolkenverhangen, und es dauerte lange, bis es anfing zu dämmern. Eilika streckte die müden und schmerzenden Glieder und massierte sich die Füße, um die Kälte etwas zu vertreiben. Dann nahm sie das Brot aus dem Beutel und brach sich langsam ein paar Stücke ab. Mit dem Wasser musste sie sparsam umgehen, denn sie hatte nur einen kleinen Trinkbeutel dabei. Nachdem sie sich gestärkt hatte, packte sie ihre Sachen zusammen und hängte sich den wollenen Umhang um. Es hatte zwischenzeitlich angefangen zu nieseln, und sie zog die Kapuze über den Kopf. Da die Sonne fehlte, fiel es ihr schwer, sich zu orientieren, und sie zögerte einen Augenblick, welche Richtung sie einschlagen sollte.

Dann nahm sie kurz entschlossen einen kleinen Pfad, der leicht bergab führte. Der Boden war noch nicht sehr aufgeweicht, und sie fand gut Halt. Normalerweise ging sie sehr gerne durch den Wald, doch diesmal war es alles andere als ein Spaziergang. Das trübe Licht drückte auf ihre Stimmung, und selbst die frischen grünen Blätter konnten sie nicht recht erfreuen. Nur der Gedanke an ihren Bruder tröstete sie etwas. Wahrscheinlich befand er sich bereits auf dem Weg in sein neues Leben. Der Pfad wurde zusehends schmaler, und Eilika hoffte inständig, dass er nicht bald völlig verschwand. Doch nach einer Weile vernahm sie in der Ferne ein leichtes Rauschen, und voller Freude wurde ihr klar, dass sie sich in Flussnähe befand. Das Geräusch wurde immer lauter, und kurz darauf stand sie an einer steil abfallenden Böschung. Von nun an wurde es für Eilika leichter. Sie ging stromaufwärts weiter und kam dabei gut voran.

Sie war schon einige Zeit unterwegs, als sie an eine Stelle kam, an der das Ufer nicht steil, sondern flach in den Fluss hineinführte. Ihr knurrte bereits heftig der Magen, und sie beschloss, eine kurze Rast einzulegen. Nun brauchte sie auch nicht mehr so sparsam mit dem Wasser umzugehen.

Der Nieselregen hatte inzwischen aufgehört, doch ihr Umhang war ziemlich schwer durch die Nässe. Die Sonne wollte sich an diesem Tag anscheinend nicht zeigen, und Eilika suchte sich einen einigermaßen trockenen Platz unter einer großen Weide, dicht am Flussufer. Nachdem sie etwas gegessen und getrunken hatte, überkam sie die Müdigkeit, und der fehlende Schlaf machte sich bemerkbar. Die Augen fielen ihr zu, und gleich darauf war sie eingenickt.

Ein Rascheln dicht neben ihr ließ sie hochschrecken. Im ersten Augenblick wusste sie nicht, wo sie sich befand. Unruhig blickte sie um sich, und als sie am Wasser einen kleinen Fuchs erblickte, atmete sie erleichtert auf. Sie rührte sich nicht und sah ihm dabei zu, wie er mit seiner kleinen rosa Zunge in schnellen Bewegungen das Wasser in sein Maul schaufelte. Nachdem er genug getrunken hatte, verschwand er rasch im Gebüsch.

Eilika erinnerte sich daran, dass sie ihren leeren Trinkbeutel wieder füllen musste, und fand ihn neben sich. Offenbar war er ihr beim Schlafen aus der Hand gefallen. Sie stand auf und ging zum Fluss. Das Wasser sah herrlich klar aus, und nachdem sie den Beutel gefüllt hatte, erfrischte sie sich das Gesicht mehrmals.

Plötzlich hörte Eilika hinter sich einen Zweig knacken, und Angst kroch in ihr hoch. Ruckartig drehte sie sich um, konnte aber zu ihrer Erleichterung niemanden sehen. Ein ungutes Gefühl blieb dennoch zurück, daher nahm sie schnell den gefüllten Trinkbeutel und ging zu ihren Sachen, um alles zusammenzupacken. Dabei fiel ihr die Warnung wegen des räuberischen Gesindels ein, die der Graf an Robert gerichtet hatte.

Wieder hörte sie ein Rascheln hinter sich, und ihre Hand fuhr zu dem kleinen Dolch, der in ihrem Gürtel steckte und unter einem Tuch verborgen war. Sie drehte sich langsam um. Ihr gegenüber stand, in geringem Abstand, ein Mann. Er war etwas kleiner als sie, und er starrte sie gierig an. Seine langen Haare strotzten vor Dreck, und auch der Rest war nicht besonders erfreulich.

»Na, meine Hübsche. Was treibst du denn hier, so weit ab vom Dorf?«

Eilika hatte sich schon wieder etwas gefangen und hoffte, sich gegen ihn wehren zu können. Dankbar umfasste sie den Griff ihres Dolches fester und bemühte sich, nicht auf das abstoßende Äußere des Mannes zu achten. »Ich bin nicht alleine. Meine Mitreisenden haben nicht weit von hier unser Lager aufgeschlagen. Lass mich ziehen, sonst werde ich schreien, und mir werden mindestens drei Riesenkerle zu Hilfe eilen.«

Der Fremde zögerte einen Augenblick, dann verzog sich sein Mund zu einem ekelhaften Grinsen. »Die sollen nur kommen, dann hat jeder von uns etwas davon.«

Eilika verstand im ersten Moment nicht genau, worauf er hinauswollte, doch gleich darauf vernahm sie hinter sich ein Geräusch, und sie wirbelte herum. Neben dem Baum, an dem sie geruht hatte, lehnte ein riesiger Mann. Er hatte fettige schwarze Haare und einen langen verfilzten Bart, der fast sein ganzes Gesicht bedeckte. Sein fleckiges Wams aus derber Wolle war notdürftig zusammengebunden, und in dem Gürtel steckte eine große Axt. Aus seinen großen, dunklen Augen starrte er Eilika mit offenem Mund an, was ihn sehr einfältig erscheinen ließ. Die wenigen Zähne, die er noch besaß, waren schwarz und faulig. Eilika wich einen

Schritt zurück, und ihre ursprüngliche Gelassenheit war völlig verschwunden. Als neben ihr ein Zweig knackte, war ihr auch ohne Hinsehen klar, dass es sich um den Dritten im Bunde handeln musste. Sie drehte sich so, dass sie mit dem Rücken zum Wasser stand. Der zuletzt Aufgetauchte hatte ungefähr ihre Größe, war vielleicht ein paar Jahre älter als sie und somit der Jüngste von dem Lumpengesindel.

Zu ihrem Entsetzen stand er schon ziemlich dicht vor ihr.

Eine große Narbe zog sich von seinem linken Auge über die Wange und endete am Mund, von dem ein kleines Stück zu fehlen schien. Trotz dieses Makels sah er nicht ganz so abschreckend aus wie seine beiden Kameraden. Seine Kleidung war zwar zerschlissen, doch einigermaßen sauber.

»Tja, Mädchen, ich glaube nicht, dass sich hier in der Nähe noch andere Leute aufhalten. Schreien nützt also überhaupt nichts. Aber wenn du nett zu uns bist, wirst du sicher auch auf deine Kosten kommen.«

Allem Anschein nach schien es sich bei dem Jüngeren um den Anführer zu handeln. Fieberhaft suchte Eilika nach einer Möglichkeit zu entkommen, sosehr sie jedoch nachdachte, eine Lösung schien es nicht zu geben. Von drei Seiten näherten sich ihr die fremden Männer, und hinter ihr war der Fluss. Sie hatte nie schwimmen gelernt, und im Moment war die Angst vor dem Ertrinken größer als die Furcht vor dem, was ihr bevorstand. Der Mann mit der Narbe stand jetzt direkt vor Eilika, griff mit der Hand ihren rechten Arm und zog sie zu sich heran. Als er ihr den Arm schmerzhaft auf den Rücken drehte, verzog sie das Gesicht. »Schön, zur Abwechselung mal wieder etwas Junges in die Finger zu bekommen.« Mit der anderen Hand fuhr er Eilika über die Wange, hinunter bis zum Hals, um sie schließlich auf ihre Brust zu legen.

Die Magd hatte bisher alles über sich ergehen lassen, aber jetzt kam Leben in sie. Viele Möglichkeiten hatte sie nicht, denn er presste ihren Körper dicht an seinen. Trotzdem holte sie mit der freien Hand weit aus und schlug ihm mit aller Kraft mit der geballten Faust gegen die Schläfe. Er taumelte kurz und stieß Eilika von sich. Durch den heftigen Stoß verlor sie das Gleichgewicht und fiel rücklings ins Wasser. Die beiden anderen Männer hatten bisher alles regungslos verfolgt. Jetzt starrten sie grinsend auf ihren Anführer, der sich mit wütendem Gesicht den Kopf hielt. Eilika versuchte, sich mühsam aufzurappeln. Ihr nasses Kleid klebte an ihrem Körper und gab deutlich alle Rundungen preis. Die Magd hatte sich gerade mit den Händen abgestützt, als sie heftig an den Schultern hochgerissen wurde.

»Du verdammtes Miststück, jetzt hat der Spaß ein Ende.« Der Widerling ließ sie abrupt los und griff ihr mit beiden Händen in ihren Ausschnitt. Mit einem hässlichen Geräusch riss der Stoff entzwei. Entsetzt versuchte Eilika, ihren entblößten Oberkörper mit den Armen zu schützen, doch der Angreifer war gleich wieder bei ihr und versetzte ihr einen kräftigen Stoß. Erneut fiel sie hin, und gleich darauf stürzte er sich auf sie. Obwohl er sie an Körpergröße nicht überragte, war er dennoch deutlich kräftiger. Mit einer Hand fuhr er über ihre entblößten Brüste, mit der anderen versuchte er, ihr Kleid hochzuschieben. Er zwängte sein Knie zwischen ihre Beine und schaffte es nach kurzer Zeit, sie auseinanderzudrücken.

Eilika fing an, auf ihn einzuschlagen, und er ließ kurz von ihr ab, um dem kleineren Mann etwas zuzubrüllen: »Los, was glotzt du so, halt ihr die Hände fest!«

Beide Männer hatten die ganze Zeit auf Eilikas Oberkörper gestarrt, doch nun beeilte sich der Kleinere, dem Befehl Folge zu leisten. Nach einigen Mühen hatte er Eilikas Hände ergriffen und sie ihr über den Kopf nach hinten gezogen. Sie fing an zu zappeln und zu schreien, und gleich darauf traf sie ein harter Schlag ins Gesicht. Benommen hörte sie das Keuchen des Mannes über ihr, und Übelkeit stieg in ihr hoch, als sie seine Hand an ihrem Oberschenkel spürte. Der Kleinere verfolgte das Geschehen mit gierigem Blick. Dabei lockerte er seinen Griff etwas, und Eilika bekam mit einem schnellen Ruck eine Hand frei.

Bevor er wieder danach greifen konnte, hatte sie den kleinen Dolch aus ihrem Gürtel herausgezogen. Ohne lange nachzudenken, holte sie aus und stieß dem Widerling die Klinge in den Hals. Dieser schrie auf, starrte sie mit weit aufgerissenen Augen an und fiel zur Seite. Das alles passierte so schnell, dass die beiden anderen es erst gar nicht begriffen. Eilika sprang auf, um wegzurennen, doch dabei stolperte sie über die Beine des Anführers und strauchelte.

Mittlerweile hatten auch seine beiden Kameraden die Situation erfasst. Der große Bärtige war mit zwei Schritten bei Eilika, zog sie hoch und fing an, sie zu schütteln. Ihr schwanden die Sinne, und als er sie zu Boden warf, nahm sie es kaum noch wahr. Benommen kauerte sie sich zusammen, und langsam spürte sie, wie das Durcheinander in ihrem Kopf weniger wurde. Aus den Augenwinkeln konnte sie den neben ihr liegenden Körper des Anführers erkennen. Der Bärtige stand vor ihm und zog ihm gerade den kleinen Dolch aus dem Hals. Sofort sprudelte Blut aus der Wunde. Eilika wurde wieder übel, und sie drehte sich auf die andere Seite, nur um gleich darauf keuchend vor Schreck nach hinten zu rutschen. Denn der Dritte im Bunde befand sich direkt vor ihr und starrte sie finster an. Dabei entblößte er mehrere schwarze Stummel. »Dir ist klar, dass du dafür büßen musst, du verfluchtes Miststück. Unseren Spaß können wir auch mit dir haben, wenn du ebenso tot bist wie unser Freund da drüben. Ist mir sowieso lieber, wenn du dich dabei nicht mehr bewegst.«

Bevor Eilika aufspringen konnte, war er mit einem Satz auf ihr. Seine Bewegungen waren flink, und er presste ihr seine Hand auf den Mund. Augenblicklich zog er sie jedoch mit einem Schmerzensschrei zurück, denn Eilika hatte mit aller Kraft hineingebissen. Er holte aus und schlug ihr mit aller Härte ins Gesicht. Ihr Kopf flog zur Seite, die Wange brannte, und sie schmeckte Blut, wobei sie sich nicht sicher war, ob es ihres oder seines war. Ihr Widerstand sank, und sie wusste, dass es bald vorbei sein würde. Eilika spürte, wie der Mann sein Gewicht kurz auf ihren Oberköper verlagerte, ehe er sich wieder aufrichtete. Sie drehte leicht den Kopf und sah mit Schrecken, dass er in der rechten Hand einen großen Stein hielt. Im nächsten Moment hob er den Arm und holte zum Schlag aus.

Völlig unerwartet hörte Eilika ein leichtes Surren. Augenblicklich verzerrte sich sein Gesichtsausdruck, und der Stein fiel ihm aus der Hand. Eilika schaffte es gerade noch, den Kopf zur Seite zu drehen, als er mit einem dumpfen Aufprall neben ihr landete. Dicht gefolgt von dem kleineren Mann, der mit starrem Blick zu Boden fiel.

Hinter ihr stieß jemand einen furchterregenden Schrei aus, und sie wurde abermals hochgerissen. Starke Arme umklammerten sie, hoben sie mühelos hoch und trugen sie weg. Sofort erwachten ihre Lebensgeister, und sie fing an, um sich zu schlagen. Unsanft wurde sie abgesetzt und herumgedreht.

»Beruhige dich, du bist in Sicherheit.«

Mit offenem Mund starrte Eilika in Roberts Gesicht, der sie abrupt losließ und nach hinten deutete. Als sie in die Richtung sah, erkannte sie voller Freude Ingulf, der auf sie zulief. Sie rannte ihm entgegen, ohne auf ihr zerrissenes, nasses Kleid zu achten, und fiel ihm schluchzend in die Arme. Ingulf hielt sie etwas ungeschickt mit seinen dünnen Armen fest, und auch ihm liefen die Tränen übers Gesicht.

Erst als die Geschwister laute Kampfgeräusche hörten, fuhren sie erschrocken auseinander. Entsetzt fiel Eilika ein, dass sie vor lauter Freude den großen Bärtigen vergessen hatte. Sie drehte sich hastig um und konnte gerade noch sehen, wie Robert einem Axthieb auswich. Er hatte sein

Schwert gezogen und holte augenblicklich zum Gegenschlag aus. Sein Gegner war zwar sehr groß und kräftig, doch nicht besonders behände. Die Klinge traf den Mann am linken Arm, und er brüllte vor Wut und Schmerz auf. Gleich darauf duckte sich Robert vor einem erneuten Schlag mit der Axt, und die gefährliche Waffe verfehlte seine Schulter nur um Haaresbreite. Dabei stolperte er rückwärts über die Beine des Anführers, fiel hin und verlor sein Schwert. Eilika schrie entsetzt auf, als sie sah, dass Robert es gerade noch schaffte, einem weiteren wuchtigen Schlag auszuweichen. Fluchend zog der Bärtige seine Waffe aus dem sandigen Boden und holte erneut aus. Doch der Ritter war bereits aufgesprungen und hatte sein Schwert wieder ergriffen. Als sein Gegner die Axt erneut gegen ihn erhob, stieß Robert einen Kampfschrei aus und rammte ihm mit aller Kraft sein Schwert in die Seite. Mit einem kehligen Laut sackte der Bärtige in die Knie, wobei ihm die Axt aus den Händen glitt. Robert holte zum letzten Schlag aus. Mit beiden Händen stieß er dem Verletzten das Schwert ins Herz, und der riesige Mann fiel mit ungläubigem Blick zu Boden.

Schwer atmend stand der Ritter da. Dann nahm er sein Schwert, wischte es am Umhang des Anführers ab und steckte es zurück in die Scheide. Eilika hatte sich aus den Armen ihres Bruders gelöst und lief auf Robert zu. Sie schlang beide Arme um seinen Hals und fing hemmungslos an zu weinen. Er hielt sie eine Zeit lang fest und strich ihr sanft über die Haare. Als ihr Weinen nachließ, löste er ihre Arme sanft und schob sie von sich weg. Dann öffnete er die Spange von seinem Umhang und legte ihn Eilika um die Schultern. Verwirrt sah sie ihm dabei zu, und erst langsam wurde ihr klar, dass sie fast nackt vor ihm stand. Schamröte stieg ihr ins Gesicht, und sie wickelte das wollene Kleidungsstück fest um sich.

»Hast du noch ein anderes Kleid dabei?« Robert musterte Eilika fragend.

Sie zeigte auf ihren Beutel, der noch immer unter dem Baum lag. Dabei hielt sie den Umhang fest, der zu verrutschen drohte.

Der Ritter hob einige Dinge auf, die herausgefallen waren. Anschließend suchte er nach ihrem Kleid. Als er das grüne Tuch entdeckte, nahm er es heraus und hielt es ihr hin. »Ich denke, jetzt kannst du es gut gebrauchen.« Er achtete nicht auf ihren wütenden Blick und steckte alles wieder in Eilikas Beutel, um gleich darauf ihr dünnes Kleid aus grauem Tuch hervorzuziehen. »Zieh die Fetzen aus und das hier an. Und beeile dich. Ich will mich nicht länger als nötig an diesem Ort aufhalten.« Robert wandte sich an Ingulf, der noch immer an der Stelle stand, von der aus er mit Eilika den Kampf beobachtet hatte. »Es wäre schön, wenn du dich nützlich machen könntest. Komm her und nimm ihnen die Waffen weg.«

Ingulf beeilte sich, dem Befehl Folge zu leisten, und lief als Erstes zu dem kleineren Mann hin. Der Pfeil steckte noch in seinem Rücken. Ingulf bemühte sich, nicht in das Gesicht des Wegelagerers zu blicken, denn die weit aufgerissenen Augen erschreckten ihn zutiefst. Robert hatte sich unterdessen zu seinem Gegner hinuntergebeugt und aus seinem Gürtel den kleinen Dolch gezogen, der noch kurze Zeit vorher im Hals des Anführers gesteckt hatte. Er wischte ihn am Hemd des Bärtigen ab und ging dann damit zu Eilika hinüber, die gerade dabei war, sich die letzten Schnüre ihres Kleides zuzubinden.

»Es freut mich, dass du so schnell davon Gebrauch machen konntest.«

Eilika entging der ironische Unterton seiner Worte nicht, doch sie verkniff sich eine Erwiderung.

»Es stört mich nicht, dir ab und zu helfen zu können, zumal du jedes Mal einen noch erfreulicheren Anblick bietest. Leider hat mir deine übereilte Flucht jedoch erneut bewiesen, dass du noch immer zuerst handelst und dann denkst.

Meine Zeit ist zwar augenblicklich sehr knapp bemessen, doch allein meinem neuen Knappen zuliebe kann ich dich nicht hier ohne Begleitung zurücklassen. Deshalb wirst du mit uns kommen. Ich werde zwar einen kleinen Umweg machen müssen, aber ich denke, es wird das Beste für dich sein, wenn ich dich in der Obhut einer Person lasse, die ich sehr schätze. Sie ist ebenso willensstark wie du und streng dazu, vielleicht kann sie dir ja mehr Vernunft einbläuen.« Kaum hatte Robert ausgesprochen, drehte er sich auch schon wieder um und ging in Richtung der drei Leichen.

Eilika spürte rasende Wut in sich hochsteigen, denn sie fühlte sich völlig zu Unrecht von ihm beschuldigt, und alles in ihr schrie nach Rechtfertigung. Schnell stapfte sie hinter ihm her, hielt ihn am Arm fest und drehte ihn halb zu sich herum. »Was bildet Ihr Euch überhaupt ein! Glaubt Ihr etwa, ich hätte absichtlich hier auf diese drei widerlichen Kerle gewartet, damit sie über mich herfallen?«

Robert erwiderte ihren wütenden Blick gelassen. »Das ist ja das Schlimme an dir. Du spazierst hier allein umher und wunderst dich, wenn dir etwas Schlimmes passiert. Du solltest besser vorher überlegen, ob das, was du vorhast, auch wirklich gut ist.«

Eilika wurde durch seine ruhige Art noch zorniger und ihre Stimme um einiges lauter. »Was hatte ich denn für eine andere Wahl? Hätte ich vielleicht abwarten sollen, bis Reinmar von Nortingen auch mich geschwängert hätte? Ihr habt gut reden! Ein Mann wie Ihr kann das natürlich nicht verstehen. Und überhaupt hatte ich nicht um Eure Hilfe hier gebeten. Ich werde ganz sicher nicht mit Euch kommen! Zieht weiter und lasst mich einfach in Ruhe.« Sie bückte sich und griff ärgerlich nach ihrem Beutel.

Ohne Vorwarnung packte Robert sie von hinten, warf sie sich rittlings über die Schulter und ging mit großen Schritten zum Fluss. Dort entledigte er sich seiner Last, indem er Eilika ins Wasser gleiten ließ. Ihr Gesicht geriet sofort unter

Wasser, aber da es am Flussufer seicht war, kam sie schnell wieder prustend und um sich schlagend hoch.

Ingulf, der die ganze Auseinandersetzung mit weit aufgerissenen Augen beobachtet hatte, fing an zu grinsen. Er hatte beim besten Willen nicht verstanden, wieso seine Schwester sich derart ungerecht gegenüber seinem neuen Herrn aufführte, und fand dessen Reaktion nur recht und billig.

»Wenn du alle Waffen eingesammelt hast, dann sieh zu, dass du sie auf deinem Pferd verstaust. Und nimm den Beutel deiner Schwester auch gleich mit. Wir führen die Pferde noch ein kleines Stück durch den Wald, und wenn er endet, werden wir wieder aufsitzen.« Mit diesen Worten drehte sich Robert in Richtung der beiden Pferde um, die ein wenig entfernt an einen Baum gebunden dastanden.

Ingulf beeilte sich, ihm zu folgen. Eilika, die noch immer im Wasser kniete, blickte den beiden verdutzt hinterher. Unsicher darüber, was sie tun sollte, fiel ihr plötzlich ein, dass ihr Bruder sich ihr ganzes Hab und Gut geschnappt hatte. Zudem machte ihr der Anblick der drei Toten Angst. Hastig rappelte sie sich auf und stolperte hinter dem Ritter und seinem Knappen her. Jetzt, da ihr Zorn durch die Abkühlung verraucht war, kam langsam, aber sicher ihr schlechtes Gewissen zum Vorschein. Tief in ihrem Innern wusste sie, dass ihr Verhalten Robert gegenüber alles andere als fair gewesen war. Zwar hielt ihr verletzter Stolz sie momentan davon ab, sich zu einer Entschuldigung durchzuringen, doch ihr war klar, dass sie früher oder später das Gespräch mit Robert würde suchen müssen. Völlig durchnässt und frierend folgte sie den beiden durch den Wald, immer noch im Unklaren darüber, wie sie sich verhalten sollte. Im Augenblick konnte sie allerdings weiter ihren Gedanken nachhängen, denn der Abstand zu Robert und Ingulf war beträchtlich.

Der Himmel war immer noch wolkenverhangen, aber

der leichte Nieselregen hatte inzwischen aufgehört. Für Eilika war es sowieso ohne Belang, denn ihr Kleid triefte nur so vor Nässe. Sie fing an zu zittern und wünschte sich den wollenen Umhang herbei, doch den hatte Robert, nachdem sie sich umgezogen hatte, wieder an sich genommen. Eilika ahnte dunkel, dass sie im Moment nicht in der Position war, frei über ihren weiteren Weg zu entscheiden. Eine kleine, gemeine Stimme in ihrem Kopf sagte ihr, dass Robert sie zur Not zwingen würde mitzukommen. War das nicht vielleicht sogar die beste Lösung? Nach dem Vorfall mit den drei Männern verspürte sie nicht die geringste Lust, alleine weiterzuziehen. Die Aussicht, bei ihrem Bruder und Robert zu bleiben, war dagegen durchaus verlockend. Und so grübelte sie weiter, während sie einen Fuß vor den anderen setzte und sich ihr schmerzendes Knie rieb.

Eine Zeitlang konnte Eilika den Abstand zu den beiden halten. Sie hatten den Fluss weit hinter sich gelassen, als sie merkte, dass sie dem Tempo nicht mehr lange folgen konnte. Das nasse Kleid klebte ihr am Körper, und sie stolperte ständig über Baumwurzeln. Der zurückliegende Überfall machte sich inzwischen deutlich bemerkbar. Wenn ihr nicht so kalt gewesen wäre, hätte sie sich am liebsten irgendwo unter einen Baum gelegt und geschlafen. Dass Robert sich während des gesamten Wegs in regelmäßigen Abständen nach ihr umgesehen hatte, war ihr entgangen. Nur die verstohlenen Blicke ihres Bruders waren ihr aufgefallen. Robert und Ingulf waren inzwischen aus dem Wald herausgetreten und warteten auf das Mädchen.

Als sie endlich bei ihnen ankam, nahm der Ritter wortlos seinen Umhang von den Schultern und reichte ihn ihr. »Zieh dein nasses Kleid aus und leg dir das hier um. Wir warten hier.«

Dankbar ergriff Eilika das wärmende Kleidungsstück und ging ein paar Meter zurück in den Wald. Schnell entledigte sie sich der nassen Kleidungsstücke und wickelte sich in den warmen Stoff, der zum Glück ziemlich groß war. Anschließend kehrte sie zu den beiden Wartenden zurück.

Robert nahm ihr die nasse Kleidung ab und klemmte sie zwischen seine beiden Satteltaschen. »Dort hinten liegt Güsthen. Wir werden in einem großen Bogen um den Ort herumreiten und ein gutes Stück weiter erneut einen Wald erreichen. Erst dort werden wir rasten und unser Nachtlager aufschlagen.«

Danach umfasste er Eilika und hob sie auf seinen Hengst. Sie war viel zu müde, um zu widersprechen, und als er sich hinter ihr in den Sattel schwang, lehnte sie sich dankbar gegen ihn. Unter dem Umhang breitete sich langsam wieder Wärme in ihrem Körper aus. Robert schlug ein nicht allzu schnelles Tempo an, denn Alabaster musste jetzt einiges mehr an Last tragen, doch dem großen Pferd schien es kaum etwas auszumachen. Durch das gleichmäßige Auf und Ab wurden Eilika die Augen schwer, und als ihr Kopf gegen Roberts Brust sank, war sie schon eingeschlafen.

8. KAPITEL

Die Dämmerung hatte bereits eingesetzt, als Klemens von Willingen langsam durch das Burgtor ritt, die anderen zehn Männer des Suchtrupps dicht hinter ihm. Mehrere Fackeln, die in regelmäßigen Abständen an der dicken Mauer angebracht waren, erhellten bereits den Burghof. Unter seinen Sattel hatte der Kastellan das zerrissene und blutige Kleid von Eilika geklemmt. Er ließ missmutig den Kopf hängen. Sie hatten am Nachmittag mit der Suche begonnen, nachdem zwei seiner Männer Eilikas Spuren am Waldrand entdeckt hatten. Klemens von Willingen hatte den Grafen kurz unterrichtet und sich dann selbst auf die Suche gemacht. Den ganzen Weg über machte er sich Vorwürfe, denn er hätte damals bei Eilikas Befragung nach Landines Tod auf eine Antwort bestehen müssen. Sicher hatte das arme Ding vor lauter Furcht vor dem Neffen des Grafen keinen anderen Ausweg gesehen, als zu fliehen. Denn Furcht hatte sie gezeigt, das war nicht zu übersehen.

Schon bald hatten sich die Spuren Eilikas mit denen von zwei Männern mit Pferden vermischt. Ihm war klar, dass es sich hierbei nur um Robert von Harsefeld und Ingulf handeln konnte. Als sie nach einiger Zeit weitere Fußspuren gefunden hatten, hatten sie neue Hoffnung geschöpft. Klemens von Willingen hatte genug Erfahrung, um zu erkennen, dass ab hier entweder Robert oder Ingulf vorausgelaufen war. Auch die anderen Fußabdrücke waren immer noch deutlich zu erkennen, und mittlerweile hatte er herausgefunden, dass es sich um drei Personen handeln musste. Klemens von Willingen und seine Männer mussten ebenfalls irgendwann absteigen, da der Wald immer dichter wurde. Als sie schließlich den Ort des Kampfes am Fluss erreichten, bot sich ihnen ein nicht sehr angenehmes Bild. Der Kastellan ahnte, dass er die Männer, zu denen die fremden Fußabdrücke gehörten, vor sich liegen sah. Ihr Blut war in den sandigen Boden gesickert, und an einem von ihnen hatte sich bereits ein Fuchs gütlich getan, während die beiden anderen von Krähen bedeckt waren. Aufgeschreckt durch die Männer, suchten die Tiere nun lärmend das Weite.

Der Kastellan ließ seine Männer die nähere Umgebung absuchen, obwohl ihm klar war, dass sie Eilika nicht mehr finden würden. Nach ihrer erfolglosen Suche kehrten die Männer zurück und legten die drei Leichen auf einen Haufen. Klemens von Willingen hatte währenddessen das Kleid der Magd entdeckt, das sich im Unterholz am Flussufer verfangen hatte. Er gab den Befehl, die Leichen gleich am Flussufer zu verbrennen. Der Wind kam aus Richtung des Waldes, und der Abstand des Feuers dazu war groß genug. Anschließend machten sie sich schweigend auf den Rückweg.

Im Burghof übergab er sein Pferd einem der Stallburschen, dessen Anblick ihn sofort wieder an Ingulf erinnerte. Der Tod Eilikas musste für den Jungen ein herber Schlag gewesen sein. Schweren Schrittes begab sich der Kastellan auf den Weg in das Turmzimmer des Grafen. Als er den Raum betreten hatte, stellte er zu seinem Ärger fest, dass auch Reinmar von Nortingen zugegen war. Die beiden Männer hatten ihre Unterhaltung beim Eintreten des Kastellans unterbrochen, und der Graf richtete seine Aufmerksamkeit sofort auf den späten Besucher.

»Nun, lieber Freund, ich sehe Eurem Gesicht an, dass Ihr keine guten Nachrichten bringt. Sprecht, was ist geschehen?«

Klemens von Willingen berichtete in kurzen Sätzen von den Geschehnissen und endete mit seiner Vermutung, dass Robert von Harsefeld die drei Kerle wahrscheinlich überrascht und ihnen den Garaus gemacht hatte.

Der Kastellan atmete tief durch und redete dann weiter: »Ich habe die Leichen der Männer an Ort und Stelle verbrennen lassen, und der Leichnam der alten Frau kann morgen beigesetzt werden. Ich würde mich jetzt gerne zurückziehen, wenn Ihr gestattet.«

Graf Albrecht nickte zustimmend, denn es war seinem treuen Verwalter anzusehen, dass ihn das Ganze sehr mitnahm, und nachdem der Kastellan den Raum verlassen hatte, wandte er sich an seinen Neffen, der immer noch regungslos neben ihm stand.

»Was dich betrifft, so sollst du keine Gelegenheit mehr bekommen, meine Mägde zu belästigen. Der Kreuzzug gegen die Wenden steht vor der Tür, und du wirst die Ehre haben, daran teilzunehmen.« Reinmar blickte seinen Onkel überrascht an, denn damit hatte er nun wirklich nicht gerechnet. »Sobald ich die Nachricht vom Markgrafen von Meißen erhalten habe, werden wir beide nach Magdeburg aufbrechen. Bis dahin empfehle ich dir, möglichst nicht unangenehm aufzufallen. Du kannst jetzt gehen.« Graf Albrecht wandte sich wieder dem Tisch zu, auf dem mehrere Karten ausgebreitet lagen.

Reinmar eilte in seine Gemächer, schlug die Tür hinter sich zu und lehnte sich dagegen. Als er von Eilikas Flucht gehört hatte, war er ziemlich aufgebracht gewesen, schließlich hatte sie damit seinen schönen Plan zunichtegemacht. Ihr Tod hatte ihn wieder versöhnlich gestimmt, wenngleich ihm der Gedanke, dass die drei Männer das erreicht hatten, was ihm verwehrt worden war, nicht besonders gefiel. Andererseits hatte es ihr Beschützer diesmal nicht geschafft, ihr zu helfen. Er konnte sich Robert von Harsefelds wütendes Gesicht gut vorstellen, als der Ritter erkannt hatte, dass er zu spät gekommen war, und dieser Gedanke besserte seine Stimmung augenblicklich.

Nun lagen erst mal ereignisreiche Monate vor ihm, denn Reinmar von Nortingen liebte die Schlacht. Er war ein guter Schwertkämpfer und hoffte, vom baldigen Sieg seines Onkels profitieren zu können. Wenn er sich gut anstellte, könnte er vielleicht sogar in naher Zukunft Besitztümer im slawischen Gebiet sein Eigen nennen. Zudem lag die Möglichkeit nahe, bei den Kämpfen auf Robert von Harsefeld zu stoßen. Es wäre nicht das erste Mal, dass bei dem Durcheinander auf dem Schlachtfeld der Falsche getroffen wurde.

Reinmar hatte von seinem Onkel erfahren, dass auch er sich an dem Kreuzzug beteiligen würde. Die Sachsen planten, mit zwei Heeren vorzustoßen, und höchstwahrscheinlich würde sein Erzfeind den Herzog begleiten. Doch davon ließ er sich jetzt nicht die Stimmung verderben. Wenn nicht in den nächsten Monaten, dann würde er Robert von Harsefeld bestimmt bei anderer Gelegenheit wiedertreffen, und darauf freute sich Reinmar schon heute. Mit fröhlichem Pfeifen ging er auf sein Bett zu und begann, sich auszukleiden.

9. KAPITEL

Als Eilika wieder erwachte, dämmerte es. Robert hatte einen Arm um ihre Schulter gelegt, und sie spürte das unbekannte Gefühl der Geborgenheit in sich aufsteigen. Alabaster bewegte sich im Schritttempo auf einen Wald zu, der auf einer Anhöhe lag. Eilika verspürte noch keine Lust, sich zu regen, und verharrte still in ihrer Haltung. Am Waldrand angekommen, kam der Hengst zum Stehen, und sie hörte, dass auch Ingulf seine Stute anhielt. Eilika hob den Kopf und vernahm Roberts Stimme dicht an ihrem Ohr: »Zeit zum Aufwachen. Wir werden hier rasten, und du könntest dich ein wenig nützlich machen.«

Er sprang vom Pferd und hob sie herunter. Dabei vergaß sie völlig, ihren Umhang festzuhalten, der ihr sogleich von den Schultern rutschte. Hastig umfasste sie beide Seiten und zog ihn wieder hoch.

Robert betrachtete sie stirnrunzelnd. »Dein Kleid wird bei diesem feuchten Wetter kaum getrocknet sein. Du kannst den Ledergurt nehmen, um den Umhang zu befestigen. Wenn wir nachher ein Feuer entfacht haben, bekommst du deine Sachen vielleicht trocken. Jedenfalls musst du nicht ständig an dem Umhang herumzupfen, in Anwesenheit deines Bruders werde ich mich wohl kaum zu dir legen. Du kannst also völlig beruhigt an die Arbeit gehen.«

Robert reichte ihr einen schmalen Gurt und führte Alabaster ein Stück in den Wald hinein. Ingulf folgte ihm mit seiner kleinen Stute, und Eilika versuchte, den Umhang einigermaßen zu befestigen. Damit die Arme frei blieben, wickelte sie ihn kurzerhand über der Brust um ihren Körper und schnürte dann den Gurt fest um ihre Taille. An den nackten Armen wurde es zwar schnell kühl, doch eine andere Möglichkeit fiel ihr nicht ein. Anschließend beeilte sie sich, ihren beiden Begleitern zu folgen. Kurz hinter dem dichten Waldrand kamen sie auf eine Lichtung, die von außen nicht zu erkennen war. Robert hatte schon angefangen, sein Gepäck von Alabaster abzuladen, und Ingulf suchte halbwegs trockene Zweige zusammen. Eilika half ihm dabei, und kurze Zeit später hatten sie einen kleinen Haufen aufeinandergeschichtet.

Der Ritter hatte die Zeit genutzt, um aus Decken ein Nachtlager herzurichten. Ingulf überließ es seiner Schwester, das Feuer zu entfachen, und begann, die mitgenommenen Vorräte auszupacken. Eilika hatte noch nie eine glückliche Hand beim Feuerschüren gehabt, und auch diesmal wollte es ihr nicht recht gelingen. Sie mühte sich immer noch verbissen ab, als Robert sie unsanft zur Seite schob.

»Ich bin schon ziemlich gespannt darauf, deine Talente zu entdecken. Vielleicht könntest du dich beim Essen nützlich machen.«

Verletzt durch seine Worte, senkte Eilika den Blick, dann drehte sie sich wortlos um und gesellte sich zu ihrem Bruder. Sie hatte zwar Verständnis für Roberts abweisende Haltung ihr gegenüber nach ihrem Verhalten am Fluss, dennoch schmerzte es sie mehr, als sie erwartet hatte.

Bald darauf brannte ein schönes Feuer, und die Wärme strahlte in die bereits kühle Abendluft. In sicherer Entfernung davon hängte Eilika ihr nasses Kleid über einen dickeren Zweig. Sie hoffte, dass es am nächsten Morgen wieder einigermaßen trocken sein würde. Alle drei setzten sich ans Feuer, und Eilika begann, das in Scheiben geschnittene Brot mit dem gesalzenen Fleisch zu verteilen. Sie war froh, dass sie die bevorstehende Nacht nicht wieder alleine verbringen musste. Außerdem stellte sie fest, dass sie ihren

Proviant deutlich zu knapp bemessen hatte, denn er reichte höchstens noch für das nächste Frühstück. Trotzdem nahm sie absichtlich nichts von dem Essen, das Robert und Ingulf dabeihatten, sondern spülte ihr trockenes Brot mit viel Wasser hinunter. Dass der Blick des Ritters auf ihr ruhte, machte sie nur noch nervöser, jedenfalls sprachen sie kaum ein Wort beim Essen.

Ingulf war die Müdigkeit deutlich anzumerken, denn er gähnte ununterbrochen.

Robert war aufgestanden und zeigte auf Eilika. »Ich werde jetzt schlafen. Du kannst die erste Wache übernehmen. Schließlich hast du bereits auf dem Weg hierher ein Nickerchen gemacht. Weck mich nach der ersten Nachthälfte.« Er drehte sich um und ging auf die ausgebreiteten Decken zu. Kurz darauf hatte er sich ausgestreckt und war weggedöst.

Eilika hatte zwar einige Zeit auf dem Pferd geschlafen, doch besonders munter fühlte sie sich keineswegs. Sie seufzte und wandte sich ihrem Bruder zu, der noch immer mit Essen beschäftigt war. »Solange du noch wach bist, könntest du mir vielleicht erzählen, wie ihr mich so schnell gefunden habt.«

Ingulf sah sie grinsend an, denn die Neugier in Eilikas Blick gefiel ihm. Erst räusperte er sich mehrmals, versuchte umständlich, eine bequeme Position zu finden, griff langsam nach dem Wasserbeutel und trank gemächlich ein paar Schlucke. Er genoss es, seine Schwester auf die Folter zu spannen, und erst als Eilika es kaum noch aushalten konnte, begann er zu reden. Ganz ausführlich berichtete er von seinen Schlafproblemen der letzten Nacht und davon, wie Anna in seine Kammer gestürmt war. Ingulf erzählte gerne Geschichten, und er ließ sich dabei Zeit. Eilika wurde zusehends ungeduldiger, als er jede Kleinigkeit ausschmückte, aber sie hütete sich davor, ihn zu unterbrechen. Sie kannte ihren Bruder gut genug, um zu wissen, dass er sich dann beleidigt zurückziehen würde. Als er von Roberts Wut in Eilikas Kammer berichtete, fühlte sie ein eigenartiges Gefühl in sich aufsteigen. Zu gerne hätte sie Ingulf genauer ausgefragt, doch zu ihrem Leidwesen wurden seine Sätze immer kürzer. Schließlich kam Ingulf zu der Stelle, als Robert und er Eilikas Spuren am Waldrand gefunden hatten.

»Es war nicht einfach, deinen Fußabdrücken zu folgen. Nur gut, dass wir so viel Erfahrung haben, sonst wären wir bestimmt nicht mehr rechtzeitig gekommen.« Die Überheblichkeit ihres Bruders zerrte ziemlich an Eilikas Nerven, doch unvermittelt veränderte sich seine Stimmlage, die nun fast ängstlich klang. »Herr Robert besah sich gerade eine Stelle am Boden, aus der er nicht ganz schlau wurde, während ich mit den Pferden am Zügel langsam weitergegangen bin. Doch dann bin ich über etwas gestolpert und hingefallen. Als ich mich wieder aufrappeln wollte, blickte ich in die aufgerissenen Augen der alten Kräuterfrau vom Dorf unten.« Ingulf sprach jetzt leiser, so als fürchtete er, die Alte würde jeden Moment aus dem dunklen Wald hinter ihm auftauchen.

Eilika glaubte, sich verhört zu haben, und packte ihn am Kragen. »Was redest du da? Was hatte die Kräuterfrau um die Zeit im Wald zu suchen? Und wieso lag sie auf dem Boden?« Ihre Stimme war schrill geworden, denn ihr fiel auf einmal wieder der Schrei ein, den sie in der vergangenen Nacht gehört hatte.

Ingulf griff nach ihren Händen und versuchte, sich loszumachen. »Bist du denn verrückt geworden? Hör auf, mich zu schütteln! Sonst erfährst du gar nichts mehr von mir!«

Eilika ließ ihn zögernd los, und der Junge fuhr leise fort: »Was soll sie schon dort gewollt haben. Wahrscheinlich war sie am Abend vorher wieder auf der Suche nach irgendwelchen Kräutern. Auf dem Weg nach Hause ist sie dann wohl deinen drei Freunden von heute Mittag über den Weg gelaufen. Jedenfalls war sie mausetot, als ich über sie gestolpert bin. Ich kann dir sagen, das war kein besonders schöner Anblick. Kurze Zeit später hat Herr Robert deine Spur wiedergefunden, und den Rest kennst du ja schon.« Ingulf gähnte herzhaft, seine Angst von vorhin schien verschwunden zu sein. »Ich bin so müde, dass ich im Sitzen einschlafen könnte. Pass gut auf, Schwesterchen. Und schlaf bitte nicht ein, das wäre mir nämlich ziemlich peinlich.«

Bevor Eilika etwas erwidern konnte, hatte Ingulf sich erhoben und war in Richtung Schlafplatz gegangen. Dort legte er sich neben Robert, rollte sich zusammen und schlief augenblicklich ein. Eilika sammelte sorgsam alle Essensreste auf und wickelte sie wieder in das bereitliegende Leintuch. Anschließend warf sie ein paar dünne Zweige ins Feuer, denn sie wollte um alles in der Welt vermeiden, dass es ausging. Ihre Müdigkeit war verflogen, und sie ließ sich nochmals die Worte ihres Bruders durch den Kopf gehen. Jetzt war sie doppelt froh, dass Robert und Ingulf sie so schnell gefunden hatten. Andernfalls würde sie wahrscheinlich schon lange am Flussufer liegen, von einem Stein erschlagen oder mit einem Messer in der Brust. Unzählige Fragen wirbelten in ihrem Kopf herum. Einerseits war sie noch immer unschlüssig, ob sie nicht doch versuchen sollte, ihren eigentlichen Plan weiterzuverfolgen. Problematisch war natürlich, dass sie nicht die geringste Ahnung hatte, in welcher Richtung sich die Ortschaft Halle befand. Andererseits würde der Ritter seine Meinung kaum ändern. Vielleicht wäre es später möglich, sich davonzustehlen, wenn sie Roberts Ziel erreicht hatten. Jedenfalls verspürte sie keine große Freude auf den Aufenthalt bei dieser strengen Person.

Zudem würde Robert mit ihrem Bruder schnell weiterziehen, schließlich musste er den Herzog auf der Burg Dankwarderode bei Braunschweig aufsuchen. Das hatte ihr Ingulf verraten, denn diese Auskunft war viel zu wichtig, als dass er der Versuchung widerstehen konnte, nicht damit vor seiner Schwester zu prahlen. Vielleicht würde sich bis dahin ja auch ihre Angst davor verflüchtigen, allein unterwegs zu sein? Dabei ließ sie es bewenden.

Sie stand auf und ging leise zu den beiden Schlafenden hinüber. Ingulfs Kopf war unter der Decke kaum zu sehen, Robert lag auf der linken Seite. Sein Gesicht war völlig entspannt, und Eilika genoss es, ihn eingehend betrachten zu können. Sie fand ihn ziemlich gutaussehend, und seine markanten Gesichtszüge gefielen ihr. Sie musste sich zurückhalten, um nicht eine der Haarsträhnen zurückzustreichen, die ihm in die Augen gefallen waren.

Eilika zwang sich, den Blick wieder von ihm abzuwenden, und starrte ziellos in die Dunkelheit. Ihr fröstelte, daher löste sie den Ledergurt und zog sich den Umhang über die Schultern, ehe sie sich wieder dicht vors Feuer setzte. Die Zeit verging, und die Geräusche, die sie in der letzten Nacht so erschreckt hatten, machten ihr diesmal, mit ihren beiden Begleitern in der Nähe, nicht halb so viel Angst. Als sie die Augen kaum noch offen halten konnte, ging sie zu den beiden Schlafenden und kniete sich neben Robert. Sie hatte ihm kaum die Hand leicht auf den Arm gelegt, als er auch schon die Augen aufschlug. Eilika zuckte zurück, als ob sie sich verbrannt hätte.

»Ihr sagtet, ich solle Euch wecken, wenn die Gefahr besteht, dass ich einschlafe. Jetzt ist es so weit.«

Robert schob die Decke zur Seite und erhob sich langsam.

»Leg dich hin. Ich übernehme die Wache bis zum Morgengrauen.«

Schnell schlüpfte Eilika unter die Decke und wickelte sich fest hinein. Sie spürte die noch vorhandene Wärme von Roberts Körper. Das Letzte, was sie wahrnahm, war sein Geruch.

Als sie ein paar Stunden später erwachte, wusste sie

erst nicht, wo sie sich befand. Der Himmel hatte im Osten schon seine Dunkelheit verloren, doch es musste noch ziemlich früh sein, denn sie konnte nach wie vor nur so weit sehen, wie der Schein des Feuers reichte. Trotzdem fühlte sie sich einigermaßen ausgeruht. Neben ihr hörte Eilika den ruhigen, tiefen Atem ihres Bruders, und als sie sich auf den Arm stützte, entdeckte sie Robert. Er saß am Lagerfeuer und blickte auf etwas, das in seinen Händen lag.

Eilika schlug die Decke zurück, stand auf und ging zu ihm hinüber. Im Näherkommen erkannte sie, dass es sich um ein kleines Buch handelte. Die beiden äußeren Holzdeckel waren mit Leder überzogen, und die Pergamentseiten sahen schon ziemlich abgegriffen aus. Robert verharrte noch immer regungslos, dabei war sie sich sicher, dass er jede Bewegung von ihr genau wahrgenommen hatte. Eilika blieb zögerlich stehen, und nach kurzer Zeit lud er sie mit einer knappen Handbewegung ein, sich zu ihm zu setzen. Sie ließ sich neben Robert nieder, der weiterhin den Blick auf die beschriebenen Seiten gesenkt hielt. Eilika verhielt sich ruhig, da sie ihn nicht stören wollte, doch nach einer Weile spürte sie, wie die Kälte langsam in ihren Körper kroch, und sie rückte dichter an das Feuer heran.

Seufzend schlug Robert das Buch zu und steckte es in sein Wams, dann stand er auf und ging in Richtung des Schlafplatzes. Eilika dachte im ersten Augenblick, dass er sich wieder hinlegen wollte, aber gleich darauf wurde sie eines Besseren belehrt. Er nahm eine der Decken, kehrte zum Feuer zurück, und nachdem er ihr die wärmende Wolldecke über die Schultern gelegt hatte, setzte er sich wieder zu ihr.

»Danke. Ich wollte Eure Lektüre nicht unterbrechen.«

Robert sah sie an und erwiderte: »Keine Ursache. Bei deinem Zähneklappern konnte ich mich sowieso nicht mehr auf die Worte besinnen, die ich gerade gelesen hatte.«

Eilika biss erschrocken die Zähne aufeinander. »Wobei habe ich Euch denn unterbrochen? Ihr wart sehr vertieft.«

»Es sind Verse eines Minnesängers, den ich sehr gut kannte. Er ist vor zwei Jahren gestorben und hat sie mir kurz vor seinem Tode geschenkt. Eigentlich müsste ich sie gar nicht mehr lesen, denn ich kenne sie schon lange auswendig.«

Eilika bemerkte überrascht den schmerzlichen Ton in Roberts Stimme. »Er muss Euch ziemlich nahegestanden haben. Wovon handeln die Verse?«

Der Ritter antwortete mit leiserer Stimme: »Er war für eine kurze Zeit mein Lehrmeister, und es war keine besonders leichte Zeit für ihn. Die Geschichte handelt, wie fast alle, von der Liebe, aber auch von Schmerz und Verzweiflung, die oft Wegbegleiter sind.« Er zuckte mit den Schultern und räusperte sich. »Warum bist du schon aufgestanden? Du hättest ruhig noch schlafen können. Der heutige Tag wird bestimmt nicht weniger anstrengend.«

Eilika rückte wieder etwas vom Feuer weg, ihr war inzwischen gut warm geworden. »Ich weiß nicht. Vielleicht bin ich einfach zu aufgewühlt. Außerdem habe ich auf Eurem Pferd schon recht gut geschlafen.« Ein leichtes Schmunzeln überzog Roberts Gesicht, und Eilika sprach ermutigt weiter. »Doch der eigentliche Grund ist wahrscheinlich der, dass ich mich noch nicht für Eure Hilfe gestern am Fluss bedankt habe. Ohne Euch wäre ich wohl kaum noch am Leben. Es tut mir leid, dass ich so unfreundlich zu Euch war. Das ist normalerweise nicht meine Art, aber irgendwie schafft Ihr es immer wieder, meine schlechteste Seite hervorzubringen.«

Roberts entspannter Gesichtsausdruck war verschwunden. Er blickte sie ruhig an und schüttelte dann den Kopf. »Du musst dich nicht entschuldigen. Schließlich ist dir etwas zugestoßen, das man seinem schlimmsten Feind nicht wünscht. Bedanken musst du dich auch nicht, denn du hattest nicht um meine Hilfe gebeten. Außerdem hätte ich das für jeden getan.«

Bei seinen letzten Worten verspürte Eilika einen Stich,

doch sie ließ sich nichts anmerken. »Wie hätte ich Euch um Hilfe bitten können? Ihr habt Euch bereits meines Bruders angenommen, und eine Küchenhilfe benötigt Ihr wohl kaum auf Euren Reisen.«

»Nein, eher nicht.« Bei Roberts anzüglichem Blick wurde Eilika deutlich wärmer, und fast hätte sie die Wolldecke entbehren können. Noch bevor sie etwas erwidern konnte, fuhr der Ritter auch schon fort: »Selbst wenn du es mir nicht glauben wirst, aber ich hatte mir schon etwas einfallen lassen wegen deiner misslichen Lage auf der Bernburg. Einem guten Freund von mir, der in den nächsten zwei Wochen dort eintreffen wird, wollte ich eine Nachricht hinterlassen. Er sollte dich mit nach Quedlinburg nehmen, wohin wir gerade unterwegs sind. Das dortige Frauenstift steht unter der Leitung einer sehr fähigen Äbtissin, und ich denke, Graf Albrecht hätte dich zur Halbschwester seiner Frau ziehen lassen. Doch ich muss zugeben, dass ich die ganze Angelegenheit falsch eingeschätzt habe. Für dich wäre es wohl kaum möglich gewesen, noch länger in Reinmars Nähe zu bleiben. Wenn du auch nur einen Ton gesagt hättest, wäre mir sicher eine andere Lösung eingefallen.«

Eilika blickte ihn verwirrt an. »Ich verstehe das nicht. Wieso nehmt Ihr solche Umstände für mich in Kauf?«

Robert strich ihr eine Haarsträhne aus dem Gesicht. »Jetzt ist nicht der richtige Augenblick, um darüber zu reden. Wenn es so weit ist, wirst du es verstehen.«

Eilika bemerkte enttäuscht, dass er die Hand wieder weggenommen hatte. Entsetzt stellte sie fest, dass sie am liebsten näher an ihn herangerückt wäre und seinen Arm um sich gespürt hätte. Der Kuss im Stall kam ihr in den Sinn, und Hitze durchflutete sie. Ärgerlich verscheuchte sie die Gedanken daran. Robert sah nicht aus, als ob er auf eine Antwort wartete, doch sie empfand die Stille als bedrückend und suchte verzweifelt nach einem anderen Gesprächsstoff.

Auf einmal fiel ihr wieder ein, was sie ihn schon länger fragen wollte. »Herr Robert, damals, als Ihr mir in meiner Kammer geholfen habt, Ihr wisst schon, als der Neffe des Markgrafen ...«, Eilika geriet ins Stocken.

Der Ritter kam ihr zu Hilfe. »Ich habe die Situation durchaus noch vor Augen. Was möchtest du von mir wissen?«

Eilika atmete tief durch. »Eure Worte waren, dass Ihr Euch nicht zufällig in der Nähe aufgehalten hattet, sondern mich etwas fragen wolltet.«

Robert sah sie so lange schweigend an, dass Eilika schon anfing zu zweifeln, ob er ihre Frage überhaupt gehört hatte. Gerade als das Mädchen sie wiederholen wollte, antwortete er mit ruhiger Stimme: »Das ist richtig, und ich möchte sie dir auch jetzt noch stellen. Ein Teil davon hat sich zwar erübrigt, da du mich mittlerweile begleitest, allerdings wäre es sehr schön, wenn du dich dazu entschließen könntest, ganz bei mir zu bleiben.«

Eilika starrte ihn mit weit aufgerissenen Augen an, und ihre Knie fingen an zu zittern, denn ihr war nicht ganz klar, was sie davon halten sollte. Hatte er ihr wirklich soeben einen Heiratsantrag gemacht? Sie suchte in seinen Augen nach Klarheit, und in ihrem tiefsten Innern machte sich die Gewissheit breit, dass es sich nicht um einen Antrag handelte. Bei dem Gedanken an die einzige andere Möglichkeit überzog sich ihr Gesicht mit einer tiefroten Farbe. Natürlich, sie hatte sich ihm damals auf der Bernburg selbst als Bezahlung angeboten. Für eine Nacht unkeusch zu sein, war eine Sache, eine ganz andere war es jedoch, öffentlich in einer solchen Beziehung zu leben. Als sie antwortete, konnte sie ihre Empörung nur mühsam unterdrücken. »Ich fühle mich sehr geschmeichelt, doch leider kann ich Euer Angebot nicht annehmen, Herr Robert.« Sie holte tief Luft und fügte schnippisch hinzu: »Lieber bleibe ich für immer alleine, als in Schande das Leben einer Hure zu führen.«

Währenddessen ruhte der forschende Blick des Ritters

auf ihr, und schließlich zuckte er mit den Schultern. »Ich habe keine andere Antwort erwartet, bin mir jedoch ziemlich sicher, dass du deine Meinung noch ändern wirst. Solltest du allerdings auf eine Heirat spekulieren, muss ich dich enttäuschen. Für so ein Bündnis bin ich nicht geeignet.« Danach wandte er den Blick wieder ab und sah ins Feuer.

Eilikas Empörung klang langsam ab, und eine tiefe Enttäuschung machte sich breit. Für ihn war dieses Thema damit offenbar beendet. Was hatte sie erwartet? Dass er nicht so schnell aufgeben und sie weiter bestürmen würde, seine Geliebte zu werden? Hätte sich ihre Antwort dann etwa geändert? Energisch schüttelte sie den Kopf. Natürlich nicht! Sie atmete tief durch und starrte ebenfalls vor sich hin.

Irgendwann konnte sie die Stille nicht mehr ertragen. »Könnt Ihr mir bitte etwas über die Frau sagen, zu der Ihr mich bringt? Eure Beschreibung war nicht gerade ermutigend.«

Roberts Gesicht entspannte sich. »Zu dem Zeitpunkt war ich auch nicht besonders gut auf dich zu sprechen. Wie ich schon erwähnt habe, hatte ich ursprünglich geplant, dich im Frauenstift unterzubringen. Deine Flucht hat meinen Plan allerdings zunichtegemacht. Außerdem weiß ich nicht, ob nach dir gesucht wird. Falls Graf Albrecht Wert auf sein Eigentum legt, können wir nur hoffen, dass sie den Köder schlucken werden, den ich mit deinem zerrissenen und blutigen Kleid ausgelegt habe. Wenn wir Glück haben, werden sie denken, dass die drei Kerle dich überfallen und getötet haben. Wichtig ist vor allem, dass sie dich für tot halten und nicht weitersuchen. Ich bin ziemlich zuversichtlich, dass es klappen wird.«

Eilika verstand erst jetzt, warum sie ihr Kleid hatte ausziehen müssen. »Sicher. Allerdings weiß ich noch immer nicht, zu wem Ihr mich bringt.«

»In der Nähe des Stifts befindet sich eine kleine Hütte im Wald, in der eine alte Frau lebt. Sie ist eine Heilkundige, und ich kenne sie, seit ich denken kann. Bei ihr bist du in Sicherheit. Sein Blick schweifte in die Ferne, und er schien in Gedanken bei der Frau zu sein. Mit belegter Stimme sprach er weiter: »Ich könnte mir niemanden sonst vorstellen, dem ich mehr vertrauen würde. Ich habe ihr sehr viel zu verdanken, und sie ist nicht nur beeindruckend, sondern ganz und gar wundervoll.« Er fuhr sich mit einer müden Handbewegung über die Augen. »Wenn ich meinen Auftrag erledigt habe, sehen wir weiter.« Seine Stimme hatte nun wieder den gewohnt festen und bestimmten Klang. Robert erhob sich und gab Eilika, deren Neugierde geweckt war, damit keine Gelegenheit, ihn weiter zu befragen. »Es ist Zeit. Wecke deinen Bruder und kümmere dich um das Frühstück. Wir wollen so schnell wie möglich weiter.«

Eilika blickte erstaunt zum Himmel, denn sie hatte gar nicht bemerkt, wie rasch die Zeit vergangen war. Die Dunkelheit war verschwunden, und der Himmel war nicht mehr so verhangen wie am gestrigen Tag. Robert versorgte die Pferde, und Eilika ging zu Ingulf, um ihn wachzurütteln. Danach schlüpfte sie hinter einem der Büsche in ihr Kleid. Es war zwar noch immer feucht, doch so konnte sie Robert wenigstens den Umhang wiedergeben.

Sie kamen an diesem Tag gut voran. Der Ritter hatte ihnen erklärt, dass er bis zum Abend den Ort Hoym erreichen und dort die Furt über die Selke überqueren wollte. Erst dann würden sie ihr Nachtlager aufschlagen und am nächsten Morgen den letzten Abschnitt bis zu ihrem Ziel hinter sich bringen. Obwohl Alabaster die doppelte Last zu tragen hatte, lief er mit großen Schritten unermüdlich weiter, so dass Ingulfs kleine Stute oft Mühe hatte zu folgen. Zwischendurch stiegen sie immer wieder für kurze Zeit ab und gingen neben den Pferden her. Das Wetter hatte sich erheblich gebessert, die Sonne schien immer öfter zwischen den Wolken hindurch und erwärmte bald die Luft.

Nachdem sie in einem großen Bogen an dem Dorf

Aschersleve vorbeigezogen waren, hielten sie an einem kleinen Wäldchen hinter einer Anhöhe an, um Rast zu machen. Es war früher Nachmittag, und besonders Ingulf hatte gehörigen Hunger. Eilikas Vorräte waren inzwischen aufgebraucht, und Robert reichte ihr, ohne ein Wort zu verlieren, Brot und gesalzenes Fleisch. Eilika war ziemlich müde, und sie fürchtete, in den noch vor ihnen liegenden Stunden erneut auf Alabaster einzuschlafen. Das wollte sie jedoch unter allen Umständen vermeiden, denn sie hatte sich vorgenommen, in Zukunft jeden Körperkontakt mit Robert zu unterbinden. Es versetzte sie immer wieder in heillose Verwirrung, und das missfiel ihr. Daher kam es ihr nicht ungelegen, dass sich ihre Wege wahrscheinlich schon morgen trennen würden. Traurig stimmte sie dagegen der nochmalige Abschied von ihrem Bruder.

Ihre Rast dauerte nicht lange, und gegen Abend sahen sie schon von weitem die Wasserburg, die an der Selke stand. Zurzeit gehörte dieser Ort zum Besitz des Grafen Albrecht von Ballenstedt. Allerdings gab es noch immer Kämpfe, denn die Furt, an der die Wasserburg stand, galt als sichere Einnahmequelle. Jeder, der den Fluss an dieser Stelle überqueren wollte, musste eine Gebühr zahlen. Als sich Robert, Eilika und Ingulf langsam der Burg näherten, waren die beiden Geschwister todmüde und konnten kaum noch die Augen offen halten. Außerdem fanden sie keine schmerzlose Sitzposition mehr. Sie waren es nicht gewohnt, im Sattel zu sitzen, erst recht nicht so lange. Sie wussten, dass sie nach der Überquerung des Flusses bald das Nachtlager aufschlagen wollten, und sehnten sich nach festem Boden unter den Füßen. Beim Näherkommen erkannten sie ein kleines Häuschen dicht am Fluss, das ihnen durch die mächtige Burg zuerst gar nicht aufgefallen war.

Ein Wachposten stand davor und beäugte die Reisenden kritisch. »Werter Herr Ritter, auf Eurem Hinweg vor ein paar Tagen wart Ihr noch alleine, und nun habt Ihr ordentlich Gesellschaft bekommen. Einen Knappen, wie es aussieht, und etwas zum Wärmen für die kalten Nächte. Ihr seid zu beneiden.«

Robert warf dem Mann einen eisigen Blick zu. »Ich habe dich nicht nach deiner Meinung gefragt. Hier hast du den Wegzoll, und jetzt lass uns passieren.« Er warf ihm ein paar Münzen zu, die er aus der kleinen ledernen Tasche am Gürtel genommen hatte.

Der Wachposten verzog bei den Worten beleidigt das Gesicht, fing das Geld auf, trat zur Seite und murmelte mürrisch etwas vor sich hin. Das Wasser war nicht tief, dennoch spritzte es an den Pferdebeinen hoch.

Robert war noch immer schweigsam. Er war sich zwar ziemlich sicher, dass die Leute von der Bernburg nur bis zu der Stelle am Fluss suchen würden, an der die drei Leichen der Männer lagen. Allerdings war es ein unglücklicher Zufall, dass derselbe Mann auf Posten an der Furt stand wie vor ein paar Tagen. Es kamen nicht wenige Reisende hier durch, doch schien dieser Soldat ein besonders gutes Gedächtnis zu haben.

Düster blickte Robert in die allmählich einsetzende Dämmerung, als ihn eine Bewegung rechts neben ihm aus seinen Gedanken auffahren ließ. Ingulf schwankte gefährlich auf seiner Stute. Robert lenkte Alabaster dichter an das kleinere Pferd heran und packte den Jungen am Arm. Dieser schreckte auf und hielt sich am Zügel fest.

»Wir reiten nur noch durch die Senke und die Anhöhe hinauf. Oben, bei der kleinen Baumgruppe, schlagen wir dann unser Nachtlager auf.«

Dankbar vernahm Eilika seine Worte, und auch Ingulf schaffte es, die Augen weiterhin offen zu halten. Nachdem sie abgesessen waren, übernahm jeder von ihnen die gleichen Aufgaben wie am Abend zuvor.

Als Robert nach dem Essen aufstand und in Richtung der Decken ging, dachte Eilika angstvoll an die nächsten

Stunden. Wenn sie die erste Wache übernehmen musste, würde sie bestimmt dabei einschlafen.

Der Ritter schien ihre Gedanken erraten zu haben. »Ihr könnt euch beide hinlegen. Ich werde die ersten Stunden übernehmen und dich dann wecken.« Er wies mit dem Finger auf Eilika. »Solltest du trotz des Schlafes wieder müde werden, ist Ingulf an der Reihe. Räumt die Sachen weg und nutzt die Zeit.« Er schlenderte zu den Pferden, Eilika und Ingulf beeilten sich mit dem Aufräumen und legten sich schlafen.

Eilika lief durch einen dunklen Wald. Zweige schlugen ihr immer wieder ins Gesicht, und hinter ihr hörte sie keuchende Männerstimmen. Hände griffen nach ihr. Jemand sprang sie von hinten an und warf sie zu Boden. Im nächsten Moment wurde sie herumgerissen und blickte in die grinsende Fratze eines Mannes. Sie schrie entsetzt auf und fing an, um sich zu schlagen.

Plötzlich hörte sie Roberts Stimme dicht an ihrem Ohr. Sie konnte nicht verstehen, was er sagte, doch seine Worte hatten eine beruhigende Wirkung auf sie. Der Griff um sie wurde fester, und endlich erwachte sie aus ihrem Traum. Sie war schweißgebadet, und noch immer versuchte sie mit weit aufgerissenen Augen, ihre Arme aus Roberts Griff zu befreien. Er redete auf sie ein, und langsam entspannte sie sich. Allmählich wurde sein Griff lockerer, und er strich ihr mit einer Hand über die Haare. Eilika konnte nur mit Mühe die Tränen zurückhalten. Nur zu gut konnte sie sich an das letzte Mal erinnern, als sie in seinen Armen geweint hatte, doch seine Ruhe und Stärke taten ihr gut. Sie lehnte sich noch einen Augenblick an ihn, bis die letzten Bilderfetzen des Traumes vor ihren Augen verschwunden waren. Dann hob sie langsam den Kopf und begann, von ihm abzurücken. Robert ließ es geschehen, wie sie mit leisem Bedauern feststellte.

»Tut mir leid. Früher hatte ich nie so schreckliche Träume. Ich hoffe, ich habe nicht zu laut geschrien.«

Der Ritter betrachtete sie prüfend. »Macht nichts. Sollte sich irgendjemand in der Nähe aufgehalten haben, so sucht er jetzt bestimmt ganz schnell das Weite. Wahrscheinlich werden die Leute ab sofort erzählen, dass es hier oben bei den Bäumen spukt und markerschütternde Schreie zu hören sind.«

Eilika funkelte ihn wütend an. »Macht Euch ruhig über mich lustig. Ich wünsche Euch solche Träume bestimmt nicht, doch sollten sie Euch nachts heimsuchen, dann denkt an mich.«

Robert grinste schon wieder, als er erwiderte: »Ich glaube durchaus, dass ich nachts an dich denken werde, aber bestimmt nicht, wenn ich schlecht geträumt habe. Da du jetzt wahrscheinlich sowieso nicht mehr schlafen kannst, werde ich mich hinlegen.«

Wutschnaubend stand Eilika auf und machte ihm Platz. Sie ging zum Feuer und legte noch ein paar Zweige hinein. Das wohlige Gefühl, das sie noch vor wenigen Augenblicken in seinen Armen verspürt hatte, war völlig verschwunden.

Sie musste nicht mehr allzu lange warten, bis der Morgen graute. Anscheinend hatte sie sehr viel länger geschlafen, als es ihr vorkam. Sobald es hell genug war, brachte sie den beiden Pferden Wasser. Nachdem sie sich Gesicht und Hände erfrischt hatte, breitete sie wieder das kleine Tuch dicht am Feuer auf dem Boden aus und legte das Brot und die Trinkbeutel darauf. Sie schlich als Erstes leise zu ihrem Bruder, denn sosehr sie sich gerade über Robert geärgert hatte, brachte sie es doch nicht übers Herz, ihn schon wieder zu wecken.

Eilika kniete sich neben Ingulf, als ihr Blick auf Robert fiel. Er schlief auf dem Rücken, und auf seinem Gesicht lag ein friedlicher Ausdruck. Sie betrachtete seine kantigen Gesichtszüge und den wohlgeformten Mund und hob wie von selbst eine Hand, um ihm leicht über die Wange zu streichen. Ihre Augen waren zunächst ihrer Hand gefolgt, doch als sie aufsah, blickte sie direkt in die seinen. Als hätte sie sich verbrannt, riss sie ruckartig die Hand zurück. Roberts Lippen verzogen sich zu einem leichten Lächeln, bevor er die Decke zurückwarf und aufstand. Eilika konzentrierte sich jetzt ganz auf ihren Bruder, doch bei ihm reichte kein sanftes Streicheln aus, um ihn wach zu bekommen. Erst als sie ihn heftig schüttelte, öffnete er langsam die Augen.

Unwirsch sah er sie an. »Ich hatte so einen schönen Traum. Warum musstest du mich wecken?«

»Wenn du nicht gleich auf den Beinen bist, wirst du so schnell keinen schönen Traum mehr haben.« Robert hatte sich leise genähert und stand jetzt drohend über Ingulf, der schnell aufsprang und sich an die Arbeit machte.

10. KAPITEL

Sie waren noch nicht lange unterwegs, als in einiger Entfernung das Ziel ihrer Reise auftauchte. Vor ihnen, in einer leichten Senke, erhob sich ein hoher Sandsteinfelsen, auf dem stolz die Quedlinburger Burganlage mit der Stiftskirche thronte. Dicht daran schmiegte sich der Ort, um den sich eine hohe Ringmauer zog, und schon aus dieser Entfernung war es ein imposanter Anblick. Doch sie ritten nicht darauf zu. Vielmehr führte Robert sie in einem großen Bogen an der Stadt vorbei, bis sie wieder zu einer bewaldeten Anhöhe kamen. Sie befanden sich jetzt fast in direkter Linie zur Stiftskirche. Als Eilika schon fragen wollte, ob sie ihr Ziel nicht bald erreicht hätten, ergriff Robert das Wort: »Die Hütte ist nicht weit von hier. Wir gehen den restlichen Weg zu Fuß, denn die Zweige hängen über dem schmalen Waldpfad sehr tief.«

Er schwang sich vom Pferd und half Eilika herunter. Ingulf tat es ihnen gleich, und schweigend folgten sie dem kleinen Pfad in den Wald. Nach kurzer Zeit hörten sie ein leises Plätschern, aber der Waldweg führte sie wieder von dem Geräusch weg und endete irgendwann auf einer großen Lichtung. An der gegenüberliegenden Seite stand ein kleines, strohbedecktes Holzhaus, dessen schwere dunkle Tür einen Spalt breit offen stand. An der ihnen zugewandten Seite befand sich eine kleine Fensteröffnung, und aus dem Schornstein stieg dicker Qualm auf. Offenbar war jemand zu Hause.

Eilika betrachtete alles erstaunt und wunderte sich, was

für ein Mensch wohl hier im Wald wohnte. Es sah zwar alles ziemlich gepflegt aus, doch war die Lage ohne Zweifel recht abgeschieden. Mit leichtem Schaudern fragte sie sich, ob dies das Ziel war, von dem Robert gesprochen hatte. Sie konnte sich nicht vorstellen, auch nur eine Nacht an diesem einsamen Ort zu verbringen. Vor dem Haus stand eine Bank, auf der ein mit Kräutern gefüllter Korb abgestellt war. Ein Bewohner war nicht zu entdecken. Das Ganze bot den Betrachtern ein friedliches Bild. Die Sonne schien auf die Lichtung, und Vögel zwitscherten in den umliegenden Bäumen. Trotz allem konnte sich Eilika eines unangenehmen Gefühls nicht erwehren, als sie Robert und Ingulf folgte, die langsam, die Pferde an den Zügeln, auf das Haus zugingen. Eilikas Gefühl verstärkte sich. Sie wandte sich um und im gleichen Moment schrie sie leise auf.

Am Rand der Lichtung stand eine alte Frau. Sie hatte sich leicht auf einen Stock gestützt und die Kapuze ihres Umhangs tief ins Gesicht gezogen. Ihr Blick ruhte auf Eilika, die sich schnell in Roberts Nähe flüchtete. Dieser ging ruhigen Schrittes auf die Frau zu, die sich noch immer nicht bewegt hatte, blieb kurz vor ihr stehen und verbeugte sich galant. Verblüfft beobachteten Ingulf und Eilika das Schauspiel.

»Was ist los mit dir? Hast du verlernt, mich anständig zu begrüßen?« Die Stimme der Frau passte so gar nicht zu ihrer Erscheinung, denn sie war wohlklingend und hatte einen leicht rauen Unterton.

Gleich darauf ertönte Roberts kehliges Lachen. Er legte beide Arme um die Taille der Frau, hob sie in die Luft und schwang sie einmal herum.

»Du bist wohl völlig übergeschnappt! Oder willst du mich gleich ins Grab bringen? Ich bin schließlich kein junges Ding mehr.« Die Frau hielt sich, nachdem Robert sie wieder vorsichtig abgesetzt hatte, leicht an ihm fest. »So wie die da vorne. Hat sie etwas ausgefressen, oder handelt es sich gar um deine Braut?«

Mit einem verschwörerischen Gesichtsausdruck drehte er sich um und bot seiner Begleiterin den Arm als Stütze. Diese hakte sich bei ihm ein, und gemeinsam gingen sie auf Ingulf und Eilika zu, die immer noch völlig entgeistert schauten.

»Keines von beiden. Wenn ich geheiratet hätte, wärst du die Brautjungfer gewesen. So viel ist klar.« Er zwinkerte der Frau zu, die sich sichtlich über die verblüfften Mienen der beiden Geschwister amüsierte. »Darf ich vorstellen: Das sind Ingulf und seine Schwester Eilika. Ingulf ist sozusagen mein Knappe, das heißt, ich nehme ihn wieder mit. Eilika befindet sich in einer etwas schwierigen Situation, daher bitte ich dich um Hilfe. Ich hoffe, sie kann bei dir bleiben, bis ich meinen Auftrag beim Herzog erfüllt habe, danach hole ich sie wieder ab. Du würdest mir einen großen Gefallen tun. Die beiden sind übrigens nett und haben auch recht ansehnliche Manieren.« Robert richtete seine Worte nun direkt an Eilika und ihren Bruder. »Wenn ihr eure Münder wieder geschlossen habt, könntet ihr sie vielleicht auch anständig begrüßen. Ihr Name ist übrigens Alda.«

Die Geschwister beeilten sich, das Vergessene nachzuholen, und Eilika stellte fest, dass die Frau ein beträchtliches Alter hatte, deutlich über Mitte sechzig. Allerdings besaß sie eine Ausstrahlung, die ihr Alter schnell vergessen machte. Ihre braunen Augen blitzten, und im Mund hatte sie zwar nur noch wenige, aber dafür erstaunlich gut erhaltene Zähne. Alda hatte ihre Kapuze in den Nacken geschoben, so dass ihre silbrigen Haare, die sie nur mit einem Band zurückhielt, über die Schultern und den Rücken fielen. Spätestens als sie zu lachen anfing, waren Eilikas Zweifel beseitigt.

»Du musst sie mir nicht anpreisen, ich habe längst gesehen, um wen es sich hier handelt. Deine Begleiterin kann so lange hierbleiben, wie sie möchte, denn ich freue mich immer über ein wenig Gesellschaft. Ihr beide könnt eure Sachen von den Pferden abladen. Im Haus findet ihr genügend Platz zum Verstauen, und dahinter gibt es einen kleinen Verschlag. Dort könnt ihr die Pferde unterstellen und sie mit Futter und frischem Wasser versorgen. Meine alte Taube wird sich bestimmt über Besuch freuen.« Sie wandte sich wieder an Robert. »Und du kommst mit mir. Ich muss dringend ein paar Worte mit dir wechseln, bevor du wieder verschwindest.« Sie nickte Eilika zu und zog den Ritter mit sich in Richtung Wald.

Eilika und Ingulf sahen ihnen noch nach, bis sie hinter den Bäumen verschwunden waren, dann luden sie das Gepäck ab und trugen es ins Haus. Drinnen war es überraschend geräumig, denn der große Raum war spärlich möbliert. Trotzdem herrschte eine gemütliche Atmosphäre. In der hinteren Ecke stand ein großes Bett, und auf der gegenüberliegenden Seite war eine tiefe, offene Feuerstelle. Darüber hing ein großer Kessel an einem Gestell, aus dem wohlriechender Dampf emporstieg. An der Seite befand sich auch die schmale Fensteröffnung. Die Strohmatte zum Abdecken als Schutz gegen die Kälte lag darunter auf dem Boden. Gegenüber, etwas entfernt vom Feuer, nahm ein großer, wuchtiger Schrank fast die komplette Wand ein. Ein Tisch, in dessen Mitte ein großer Krug mit frischen Wiesenblumen stand, mit vier Stühlen vervollständigte die Einrichtung.

Die Geschwister stellten ihr Gepäck in die freie Ecke und gingen wieder hinaus zu den Pferden. Hinter dem Haus fanden sie, wie von Alda beschrieben, den Verschlag, in dem ein nicht mehr ganz junges Pferd stand, das sie kauend musterte. Eilika fand den Namen des Tieres ziemlich passend, denn sein gepflegtes Fell hatte die gleiche graue Farbe, wie man sie bei Tauben fand.

Ingulf, der einiges von Pferden verstand, ging langsam auf das Reittier zu. »Es ist zwar alt, doch immer noch sehr schön. Komisch, findest du nicht? Hier, mitten im Wald, dieses Haus, die Frau und jetzt auch noch das Pferd.«

Eilika nickte zustimmend. Auch sie konnte sich keinen

Reim darauf machen, doch der Gedanke, die nächste Zeit hier zu leben, war nun nicht mehr ganz so erschreckend. Obwohl sie zugeben musste, dass nach Roberts ausführlicherer Beschreibung ihre Neugier bereits die Oberhand gewonnen hatte, zumal er gesagt hatte, dass er sein Wissen über Kräuter von ihr hatte. Alda schien eine interessante und ungewöhnliche Frau zu sein, wenn der Ritter so liebevoll von ihr sprach. Trotzdem behielt sie ihren Plan, bald wieder aufzubrechen, im Hinterkopf.

In einiger Entfernung gab es einen kleinen Wasserfall, der zwar nicht besonders groß war, aber einen schönen Anblick bot. Das Wasser sammelte sich in einem Teich, bevor es in einen kleinen Bach und weiter durch den Wald ins Tal floss. Alda saß mit Robert unter einer großen Kastanie. Das frische Grün der Farne und anderer Gewächse gaben dem Ort ein verträumtes Aussehen, welches das leise Rauschen im Hintergrund noch verstärkte.

»Wann willst du endlich damit aufhören?« Aldas Stimme klang besorgt.

»Was meinst du?«, entgegnete Robert.

»Das weißt du ganz genau. Wann wirst du nicht mehr irgendwelchen Herzögen helfen, ihre Träume von mehr Land und Macht zu verwirklichen, sondern deinen eigenen Traum in die Tat umsetzen? Beim Anblick des Mädchens hatte ich gehofft, du würdest sie mir als deine Frau vorstellen und endlich sesshaft werden. Doch leider war mal wieder der Wunsch Vater meiner Gedanken. Warum hast du Eilika zu mir gebracht? Sie ist das erste weibliche Wesen, das du mir vorstellst, und du kannst es noch so sehr leugnen: Sie bedeutet dir etwas. Ich sehe es dir an.«

Robert musterte sie nachdenklich und erwiderte schließlich: »Ich leugne es ja gar nicht, doch jetzt ist nicht die richtige Zeit für Gefühle. Und mein Traum ist mir näher denn je. Nach diesem Kreuzzug bekomme ich mein Stück

Land, ich habe das Wort des Herzogs.« Er drehte sich halb zu Alda um und nahm ihre faltigen Hände in die seinen. »Du musst gut auf Eilika aufpassen. Sie ist sehr ungestüm. Ich glaube zwar nicht, dass sie hier viele Gelegenheiten zu unüberlegten Aktionen findet, aber gib trotzdem acht auf sie.«

Alda hatte den Blick nicht von Robert abgewendet, und nun schien nicht nur ihr Mund, sondern ihr ganzes Gesicht zu lächeln. »Ich wusste es. Doch der Zeitpunkt ist nicht gut, denn du weißt nicht, wie lange du dieses Mal wieder wegbleiben wirst, und ich spüre, dass meine Zeit bald zu Ende geht.« Als sie seinen bestürzten Blick bemerkte, schüttelte sie unwillig den Kopf. »Was denkst du eigentlich? Glaubst du, ich lebe ewig? Auch ich bin vergänglich, und ich bin wahrlich lange genug auf Gottes Erden.« Alda ließ seine Hände los und seufzte tief. Mit einem Mal wirkte sie sehr erschöpft. »Natürlich werde ich mich um sie kümmern, doch sieh zu, dass du nicht zu lange wegbleibst. Am besten wäre es, wenn du sie gleich zur Äbtissin Beatrix bringen würdest, schließlich wäre sie im Stift genauso gut aufgehoben wie bei mir. Und um einiges sicherer.«

»Das geht nicht. Der Kontakt des Stiftes zum Markgrafen Albrecht ist zu gut. Sollte durch Zufall herauskommen, dass Eilika sich dort aufhält, gäbe es sicher unangenehme Fragen, die ich der Äbtissin nicht zumuten möchte«, entgegnete er energisch. »Aber jetzt sprich, hast du Schmerzen?«

Alda winkte ab. »In meinem Alter tut einem fast immer etwas weh. Lass uns zum Haus gehen. Die beiden wundern sich bestimmt schon, wo wir bleiben. Ich nehme an, du willst gleich morgen früh aufbrechen?« Als Robert nickte, sprach sie weiter. »Das dachte ich mir. Keine Zeit, wie immer. Dann werden wir nachher alle zusammen essen, denn der Abschied kommt noch früh genug.«

Eilika saß auf der Bank vor dem Haus, Ingulf war schon eingeschlafen. Alda hatte für die Geschwister ein gemütliches Lager aus mehreren Decken hergerichtet. Wo Robert schlafen würde, wusste Eilika nicht. Er war nach dem guten Abendessen genauso schnell verschwunden, wie Ingulf eingenickt war. Der Gedanke, dass er in diesem Ort womöglich eine Frau kannte, bei der er die Nacht verbringen würde, tauchte kurz auf und behagte ihr ganz und gar nicht. Schnell verscheuchte sie das unschöne Bild, das vor ihrem inneren Auge erschienen war. Hätte er ihr sonst das Angebot gemacht, an seiner Seite zu bleiben? Ärgerlich darüber, dass der Ritter ihre Gedanken so sehr beherrschte, versuchte sie, sich die letzten Stunden ins Gedächtnis zu rufen.

Alda hatte kurzerhand ein Huhn geschlachtet, gerupft und ausgenommen, das sie, mit einem Leinenbeutel überzogen, in einer schattigen Ecke des Verschlags aufgehängt hatte. Zum Abendessen hatte sie daraus einen köstlichen Eintopf gezaubert, der nach all den Tagen trockenen Brotes und gesalzenen Fleisches ein richtiges Festmahl gewesen war. Da es bereits dämmerte, standen zur Feier des Tages zwei Kerzen auf dem Tisch. Nachdem Eilika mit Alda die Schüsseln gesäubert hatte, wollte sich die ältere Frau gleich schlafen legen.

Eilika war noch nicht danach, den Tag zu beenden, jedenfalls nicht, ohne Robert nach seiner Beziehung zu Alda gefragt zu haben. Am nächsten Morgen wollten er und Ingulf gleich nach dem Frühstück aufbrechen, und dann würde es keine Gelegenheit mehr zu einer Unterhaltung geben. Nur leider hatte Eilika nicht die geringste Ahnung, wohin Robert nach dem Essen verschwunden war.

Die Dämmerung war schon fast völlig von der anbrechenden Dunkelheit verschluckt worden, doch da sich fast keine Wolke am Himmel befand, konnte man dank des Mondlichts gut sehen. Eilika hörte in einiger Entfernung ein Rauschen, und ihr fiel ein, dass Alda beim Essen von einem Wasserfall gesprochen hatte. Sie nahm ihren Umhang von der Bank und hängte ihn sich um die Schultern, dann ging sie in Richtung des Geräusches. Sobald sie zwischen die Bäume getreten war, war die Sicht deutlich schlechter, denn die recht dicht bewachsenen Baumwipfel ließen das Mondlicht kaum durch. Mehrere Male wäre Eilika fast über dicke Wurzeln gestürzt, und ein abgestorbener Zweig verfehlte ihr rechtes Auge nur um wenige Zentimeter, doch das Rauschen kam zusehends näher, und dann erreichte sie einen kleinen Bach. Als ihr Blick dem Lauf in entgegengesetzter Richtung folgte, bemerkte sie Robert. Er stand mit dem Rücken zur Felswand unter einem kleinen Wasserfall. Der Mond konnte sein Licht ohne störende Bäume auf das Wasser werfen, und so sah sie, dass Roberts Augen geschlossen waren. Das Wasser lief in kleinen Sturzbächen über seinen Körper.

Eilika schnappte nach Luft und versteckte sich schnell hinter dem nächsten Baum. Sie hatte noch niemals zuvor einen Mann nackt gesehen, und ihr Schamgefühl verbot ihr, wieder in die Richtung zu blicken. Doch schon nach kurzer Zeit hatte ihre Neugier gesiegt, und sie spähte hinter ihrem Baumstamm hervor. Robert hatte sich in der Zwischenzeit leider bewegt und watete durch den Teich zum Ufer, wo Eilika auf einem Strauch seine Sachen erkennen konnte. Er griff sich ein Tuch und fing an, mit energischen Bewegungen seinen Körper abzureiben. Eilika konnte sich nicht von seinem Anblick losreißen. Das silbrige Licht schimmerte auf seiner nassen Haut, und sie ließ den Blick von seinen breiten Schultern über den flachen Bauch nach unten gleiten. Just in diesem Augenblick bückte er sich, um in seine Hose zu schlüpfen.

Ärgerlich wandte Eilika sich ab. Ihr war ziemlich heiß geworden, und sie war sich nicht sicher, ob es nicht das Beste wäre, wenn sie leise zum Haus zurückginge. Gerade als sie den Entschluss gefasst hatte, hörte sie seine spöttische Stimme hinter sich.

»War das so in Ordnung, oder hätte ich mir noch etwas mehr Zeit lassen sollen?«

Eilikas Gesicht brannte vor Scham, und sie war froh, dass er die Röte nicht sehen konnte. »Ich habe keine Ahnung, wovon Ihr sprecht. Ich bin gerade erst gekommen.«

»Du lügst einfach schlecht, Eilika. Hast du mich gesucht? Wolltest du noch etwas mit mir besprechen, oder war die Sehnsucht nach mir zu stark?«

Robert stand ziemlich dicht vor ihr, und Eilika wäre gerne einen Schritt zurückgegangen, doch leider hinderte sie der Baum daran, der ihr vorher als Versteck gedient hatte. Sie wusste nicht, ob es an diesem Ort lag, dass Roberts Gegenwart ihr fast den Atem raubte, daher atmete sie tief durch und versuchte, ihre aufgewühlten Gefühle unter Kontrolle zu bringen.

»Der Tag, an dem ich Sehnsucht nach Euch habe, wird nicht kommen«, flüsterte sie und sah im halbdunklen Licht, dass er den Mund zu einem leichten Lachen verzog. »Ich wollte in der Tat noch mit Euch sprechen.«

Sie hatte sich wieder etwas gefangen, daher verwirrte es sie umso mehr, als Robert ihr mit einer leichten Handbewegung eine Strähne aus dem Gesicht strich. Schlagartig war die Erinnerung an das Erlebnis in der Scheune wieder lebendig, doch nachdem sie sein Angebot mit so großen Worten abgelehnt hatte, musste sie jetzt standhaft bleiben. Verzweifelt suchte Eilika nach den passenden Worten, die ihr aus dieser Situation heraushalfen. Sie drückte sich mit dem Rücken an den Baumstamm und versuchte, ihn bei seiner Ehre zu treffen. »Bitte lasst das. Oder seid Ihr etwa nicht besser als Reinmar von Nortingen?« Ihre Stimme klang brüchig und nicht sonderlich bestimmt.

»Du hättest nicht herkommen sollen. Was glaubst du, warum ich nach dem Abendessen so schnell verschwunden bin? Und dein Vergleich mit Nortingen trifft nicht zu, denn im Gegensatz zu ihm muss ich keine Gewalt anwenden, um dich ganz zu bekommen. Das weißt du genau.« Roberts Worte klangen rau, und sein Gesicht war jetzt dicht bei ihrem.

Eilikas Gedanken drehten sich im Kreis. Sie wusste, dass sie etwas unternehmen musste, dass sie auf der Stelle von hier fortmusste, sonst könnte es sehr schnell zu spät sein. Sie stemmte die Hände gegen seine nackte Brust und versuchte, ihn wegzudrücken. Robert ergriff ihre Handgelenke, zog ihre Arme nach oben und drückte sie gegen den Baumstamm. Seine Lippen berührten ihre Wange, glitten langsam zu ihrem Mund und umschlossen ihn schließlich. Sein Kuss war zuerst kaum spürbar, doch bald wurde er fordernder, und Eilika konnte nicht anders, als ihn ebenso heftig zu erwidern. Die Hitze stieg in ihr empor, und wie beim ersten Mal vergaß sie alles um sich herum. Seine Hände glitten von ihren Handgelenken abwärts bis zu ihren Brüsten. Spielerisch fuhr er mit den Daumen über die harten Knospen, die sich deutlich unter dem engen Oberteil abzeichneten. Ein Stöhnen entfuhr Eilikas Lippen, als Robert ihren Mund freigab. Während er die Schnüre ihres Kleides öffnete, hinterließen seine Lippen eine brennende Spur auf ihrem Hals. Eilika legte den Kopf in den Nacken und genoss mit allen Sinnen das erregende Gefühl, das von ihr Besitz ergriffen hatte. Gleich darauf fühlte sie, wie ihr Kleid zu Boden fiel. Da sie das fast vollständig zerrissene Unterkleid am Nachmittag ausgezogen hatte, um es in den nächsten Tagen zu flicken, stand sie nun völlig nackt vor ihm.

Doch Robert ließ ihr keine Zeit für etwaige Schamgefühle. Mit der linken Hand fuhr er zärtlich ihren Körper hinunter und umfasste mit der anderen sanft ihre entblößte Brust. Wieder küsste er sie heftig, und als er ihren Mund freigab, griff Eilika nach seinem Nacken und zog ihn erneut zu sich hinunter. Seine Hand lag noch immer zärtlich auf ihrer Brust, als er nach kurzer Zeit seine Lippen von den ihren löste, den Kopf beugte und ihre harte Knospe mit seiner Zunge liebkoste. Eilika stöhnte auf. Doch gleich darauf verkrampfte sie sich, denn seine Hand hatte die warme Stelle zwischen ihren Beinen erreicht. Sofort spürte er die leichte Veränderung, und seine Lippen glitten, ohne zu zögern, wieder hinauf zu ihren.

Nach einer Weile wurden seine Bewegungen fordernder und rissen Eilika mit sich. Unbewusst nahm sie wahr, wie sich Robert seiner Hose entledigte, und im nächsten Moment waren seine Hände abermals überall auf ihrem Körper. Plötzlich verlor Eilika den Boden unter den Füßen und wurde gleich darauf sachte ins weiche Gras gelegt. Sie umschlang Roberts Hals mit beiden Armen und zog seinen Kopf zu sich herunter. Als er ihr mit den Knien die Beine auseinanderdrückte, gab sie bereitwillig nach. So fordernd sein Kuss war, so vorsichtig waren seine Bewegungen, als er in sie eindrang. Als ein Schmerz sie durchfuhr, stöhnte Eilika leise auf, woraufhin sie Robert noch enger an sich zog und so stürmisch küsste, dass ihr fast die Luft wegblieb. Der Schmerz war vorüber, und Eilika passte sich wie von selbst seinen Bewegungen an. Seine Stöße wurden heftiger, und als Eilika schon glaubte, die Intensität des Gefühls nicht länger ertragen zu können, stöhnte Robert auf und presste sie dicht an sich. Beide fanden sich, schwer atmend, zum Kuss und ließen erst lange danach voneinander ab.

»Warte, ich hole nur schnell eine Decke.« Robert verschwand und kehrte kurz darauf mit zwei Wolldecken unter dem Arm zurück. Er breitete eine davon auf dem Boden aus und lud Eilika mit einer Handbewegung ein, es sich darauf bequem zu machen. Eilika erhob sich und war sich durchaus bewusst, dass er jede ihrer Bewegungen verfolgte. Langsam ließ sie sich auf der Decke nieder, wobei sie ihn ebenfalls ungeniert betrachtete. Seine muskulösen Arme und Beine kamen ihr überraschend feingliedrig vor, was wahrscheinlich auch an seiner Körpergröße lag. Sie räkelte sich genüsslich und streckte Robert die Hand entgegen, die er schnell ergriff. Gleich darauf zog er Eilika wieder eng an sich und küsste sie leidenschaftlich, bis sie schließlich beide atemlos und eng umschlungen unter dem Baum lagen.

Als Eilika nach einer Weile zu frösteln anfing, legte Robert die zweite Decke über sie. Er war es auch, der das Schweigen als Erster brach. »Ich hätte mir für unser erstes Beisammensein einen anderen Ort gewünscht, obwohl ich mittlerweile ziemlich sicher bin, dass es keinen besseren Platz hätte geben können. Für mich hatte dieser Ort schon immer etwas Magisches an sich, was vielleicht an den Geschichten liegt, die sich um ihn ranken. Alda hat mir vor Jahren erzählt, dass eine gute Waldfee hier wohnt.« Er zögerte, als warte er auf eine Antwort, dann fuhr er leise fort: »Ich weiß, ich habe dich überrumpelt, doch ich hoffe sehr, dass du mir mein ungestümes Verhalten verzeihst. Du sahst so wunderschön aus im Mondlicht. Normalerweise bin ich immer Herr meiner Gedanken und Taten, doch ich muss gestehen, dass ich nichts bereue. Zu süß waren die Gefühle mit dir.« Seine Stimme hatte einen bittenden Unterton bekommen, als er unvermittelt abbrach und verstummte.

Eilika kuschelte sich in seine Arme und fühlte sich so glücklich wie nie zuvor in ihrem Leben. Seine Worte überraschten sie, denn sie war sich eigentlich sicher gewesen, dass er ihre Erregung und ihre Freude gespürt hatte. Schließlich konnte er nicht wissen, dass ihre anfängliche Gegenwehr hauptsächlich dazu gedient hatte, ihr schlechtes Gewissen zu besänftigen. Es war nämlich eindeutig falsch, bei einem Mann zu liegen, der nicht der eigene war – ein Grundsatz, den sie bis vor Kurzem selbst noch energisch vertreten hatte. Mit der einen Ausnahme, als sie sich ihm angeboten hatte, vor Ewigkeiten, wie es ihr nun schien, allerdings hatte sie damals auch aus einer Zwangslage heraus gehandelt.

Doch jetzt, da sie wusste, dass er ebenso empfand wie sie, war Eilika ihr Schamgefühl egal. Außerdem hatte er nach diesem innigen Liebeserlebnis sicher seine Meinung über das Heiraten grundlegend geändert, denn nun waren sie sich so nahe wie nie zuvor. Eilika stützte sich auf ihren Ellenbogen und betrachtete Roberts Gesicht. Deutlich konnte sie im Mondschein seine Unsicherheit erkennen. Es war ein ganz neuer Ausdruck an ihm, der ihr im Augenblick aber gut gefiel, denn er gab ihr das Gefühl, Macht über ihn zu besitzen. Als sie fand, dass sie ihn lange genug seinen Zweifeln ausgesetzt hatte, strich sie ihm sanft über die Wange. Sein Bart war in den letzten Tagen wieder länger geworden, und sie fuhr mit den Fingern hindurch. Dann lächelte sie kokett und gab ihm einen Kuss.

»Das schlechte Gewissen gönne ich Euch, immerhin habt Ihr mich entehrt, ohne mich vorher zum Weib genommen zu haben. Allerdings gebe ich zu, dass auch ich es nicht bereue, denn es war wunderschön.«

Robert drehte sich um und drückte sie auf den Boden zurück, so dass er halb auf ihr lag. »Du kleine Hexe hast mich absichtlich lange auf deine befreiende Antwort warten lassen.« Er verschloss ihr den Mund mit einem langen, zärtlichen Kuss. »Ich habe noch eine Bitte an dich, Eilika. Ich möchte hören, wie du mich bei meinem Namen nennst, denn ich denke, dass wir uns mittlerweile gut genug kennen.« Mit der freien Hand fuhr er genüsslich über ihren Körper.

Ihr stockte kurz der Atem. »Auch ich habe eine Bitte an dich, Robert. Erzähl mir mehr von deiner Verbindung zu Alda.«

Der Ritter änderte seine Lage nicht, als er zu reden anfing: »Ich glaube, du weißt, dass ich nicht rein adeliger Abstammung bin. Meine Mutter ist das Ergebnis eines Verhältnisses, das der letzte Graf von Harsefeld mit der Zofe seiner Gemahlin hatte. Als die Frau schwanger wurde, hatte er wenigstens so viel Anstand, sie gut zu versorgen. Es fehlte meiner Mutter also an nichts, vom Vater abgesehen, denn er sorgte auch dafür, dass sie eine Amme erhielt. Diese Frau war Alda. Die Zofe, also meine Großmutter, starb an einem Fieber, als meine Mutter ungefähr ein Jahr alt war. Alda trat an die Stelle der Mutter, und da der Graf nach dem Tod seiner Geliebten kein Interesse mehr an seiner Tochter hatte, gab er Alda genug Geld. Allerdings verlangte er, dass sie mit dem Kind zusammen seine Grafschaft verließ.«

Robert machte eine kleine Pause, dann fuhr er mit bitterem Ton fort: »Vielleicht wäre alles anders gekommen, wenn meine Großmutter ihm einen Jungen geschenkt hätte, aber so blieb Alda nichts anderes übrig, als mit meiner Mutter fortzuziehen. Sie wussten nicht wohin, denn die Amme hatte auch niemanden, an den sie sich wenden konnte, doch da sie sehr viel von Heilkunst versteht, fanden die beiden immer einen Platz zum Schlafen. Als sie eines Tages hier in Quedlinburg ankamen, war meine Mutter bereits eine junge Frau, ungefähr so alt wie du. Sie war sehr beliebt, musst du wissen, nicht zuletzt bei den jungen Männern, denn sie war wunderschön. Doch Alda passte gut auf. Sie hatte sich mit ihrer Heilkunst inzwischen einen guten Ruf geschaffen, und dadurch hatten sie immer genug zu essen und auch ein Dach über dem Kopf. Eines Tages machte ein dänischer Adeliger für ein paar Tage Halt in Quedlinburg. Er muss eine stattliche Erscheinung gewesen sein, obwohl ich von Alda nie etwas über ihn in Erfahrung bringen konnte. Es kam, wie es kommen musste. Meine Mutter verliebte sich auf den ersten Blick in ihn, und als Alda längere Zeit bei einer Geburt aufgehalten wurde, traf sich meine Mutter mit ihm. Das Ergebnis dieses Treffens liegt im Augenblick halb auf dir. Seitdem war Alda immer für mich da.«

Nach seiner Geschichte war es längere Zeit still. Eilika spürte instinktiv, dass noch etwas fehlte. »Was ist aus deinem Vater geworden?«

Robert räusperte sich kurz und antwortete dann mit harter Stimme: »Er verlängerte seinen Aufenthalt und schaffte es immer wieder, sich heimlich mit meiner Mutter zu treffen. Als er jedoch von ihr erfuhr, dass sie ein Kind erwartete, machte er sich einfach aus dem Staub. Alda fand meine Mutter völlig aufgelöst am Abend seines Aufbruchs vor. Vor lauter Wut verfluchte sie meinen Vater und sagte seinen baldigen Tod voraus. Die Frau des Schmieds, die damals ebenfalls zugegen war, vergaß vor lauter Schreck, nach den benötigten Kräutern zu fragen, und verließ schnellstmöglich die Hütte. Eine Stunde später wusste der ganze Ort von dem Fluch, und von da ab wurden Alda und meine Mutter von den Bewohnern geschnitten. Wenn es ihnen schlechtging, holten sie zwar Hilfe bei ihr, doch ansonsten fürchteten sie die weise Frau. Alle miteinander ein scheinheiliges Pack!«

Eilika spürte einerseits die hilflose Wut und andererseits die Traurigkeit, die in seinen Worten lag, allerdings fiel ihr keine passende Erwiderung ein. Stattdessen stiegen Erinnerungen an die Kräuterfrau am Waldrand bei der Bernburg in ihr auf. Eilika selbst hatte einmal gehört, wie diese einen Fluch ausgestoßen hatte, und noch heute fühlte sie die Furcht, die sich ihrer damals bemächtigt hatte, obwohl die Worte nicht ihr gegolten hatten. Plötzlich fand sie Alda nicht mehr so sympathisch wie noch vor wenigen Stunden.

Robert hatte sich mittlerweile auf den Rücken gelegt und blickte hinauf in die Baumkrone. Er schien nichts von ihren Zweifeln zu bemerken. »Zwei Tage nachdem Alda den Fluch ausgesprochen hatte, fand man meinen Vater. Er lag am Rande eines Waldes, nicht weit von hier, erschlagen und ausgeraubt.«

Eilika sog scharf die Luft ein. Nach der Geschichte war ihr bei dem Gedanken, die nächste Zeit mit Alda zu verbringen, mehr als unwohl zumute. Doch im gleichen Moment fiel ihr ein, dass sie nun sicher nicht mehr hierbleiben musste. Nach dem, was zwischen ihr und Robert vorgefallen war, würde er sie bestimmt mitnehmen wollen. Beruhigt schmiegte sie sich in seinen Arm und seufzte. »Du hast gesagt, Alda sei immer für dich da gewesen. Was ist mit deiner Mutter passiert? Und mit deinem Großvater? Weiß er von dir?«

Robert brummte leicht vor sich hin. »Zu viele Fragen auf einmal für einen viel zu müden Mann. Mein Großvater ist meines Wissens gestorben, kurz nachdem Alda mit meiner Mutter fortgegangen war. Er war, von meiner Mutter abgesehen, kinderlos geblieben, und seine Grafschaft ging nach seinem Tod als Lehen an Herzog Heinrich. Die Antworten auf deine anderen Fragen werde ich mir für einen späteren Zeitpunkt aufheben.«

Eilikas Proteste erstickte er gleich darauf mit einem langen Kuss.

11. KAPITEL

Als Robert am nächsten Morgen über die Wiese auf Aldas Haus zuging, hing der Morgendunst noch über dem Boden, dennoch versprach es ein schöner Tag zu werden. Ingulf und Alda waren gerade dabei, die Reste ihres Gerstenbreis auszulöffeln, als er in die Hütte trat. Ingulf stand sofort auf, um dem Ritter Platz zu machen.

Der winkte nur kurz ab. »Lass gut sein, mein Junge. Ich bin nicht hungrig, aber eine Schale von der frischen Ziegenmilch trinke ich gerne.«

»Ich habe mich schon gefragt, ob Ihr ohne mich weitergeritten seid, Herr, aber dann habe ich Alabaster hinterm Haus gesehen und war einigermaßen beruhigt. Seltsam finde ich nur, dass Eilika nicht da ist.« Da er sich beim Reden einen vollen Löffel Brei in den Mund geschoben hatte, war er nur undeutlich zu verstehen. Anschließend hob er die Schale mit der Milch an den Mund, weshalb er Roberts hilflose Miene nicht sehen konnte.

Alda bemerkte sie hingegen sehr wohl, und bevor Robert antworten konnte, hatte sie das Wort ergriffen. »Ich habe deine Schwester vorhin zum Bach geschickt, um frisches Wasser zu holen.« Mit einem Seitenblick auf ihren Ziehsohn fuhr sie fort: »Dort gibt es sehr schöne Stellen. Manche Leute aus dem Dorf behaupten, es handele sich um einen verzauberten Ort.«

Robert nahm sich eine frische Schüssel und goss etwas Ziegenmilch hinein. »Dabei handelt es sich nur um das dumme Geschwätz einfältiger Menschen, von wegen Waldfee und so.« Er trank die warme Milch mit einem Zug leer und zwinkerte Alda gut gelaunt zu. Ihr verdrießliches Gesicht schien ihm nicht aufzufallen. Bevor er die Hütte verließ, wandte er sich an Ingulf: »Ich werde vorausreiten, denn ich muss noch ein paar Dinge in Quedlinburg erledigen. Meine Sachen packe ich selbst, und um Alabaster musst du dich ausnahmsweise auch nicht kümmern. Du kannst mir gegen Mittag folgen und am Torbau an der Nordseite der Stadt auf mich warten. Von dort aus werden wir unsere Reise fortsetzen.« Robert drehte sich um und ging zur Tür. Als er Aldas Stimme hörte, hielt er inne.

»Bevor du wieder von hier verschwindest, habe ich noch ein paar Worte mit dir zu reden. Bitte warte bei deinem Pferd auf mich.« Robert nickte kurz und verließ das Haus.

Alda räumte schnell die Schüsseln ab und ließ noch etwas von der Milch und dem Brei für Eilika stehen. Während Ingulf seine Sachen zusammenpackte, ging sie hinaus zu den Pferden.

»Ich hoffe, dir ist klar, dass ich keinesfalls billige, was letzte Nacht geschehen ist. Wo steckt Eilika eigentlich?«

Robert unterbrach seine Arbeit. Er war keineswegs überrascht über ihre Äußerung, denn die Vergangenheit hatte ihn gelehrt, dass er kaum etwas vor seiner Amme geheimhalten konnte. »Liebste Alda, ich weiß nicht, was du meinst. Alles ist in bester Ordnung. Du kannst Eilika nachher selbst fragen, wenn du mir nicht glaubst. Im Moment schläft sie allerdings noch, ich wollte sie nicht wecken.« Damit legte er Alabaster den Sattel auf den Rücken.

Alda ließ sich jedoch nicht beirren. »Seit du einigermaßen denken kannst, verachtest du deinen Vater für das, was er getan hat. Du hast ihm letzte Nacht große Ehre erwiesen, denn dein Verhalten war keinen Deut besser! Oder seid ihr zwei etwa verheiratet?«

Jetzt fuhr Robert herum, und es war ihm anzusehen, dass er seinen Zorn nur mühsam beherrschen konnte. »Du kannst mir mehr Dinge sagen als sonst ein Mensch auf dieser Welt, doch jetzt bist du eindeutig zu weit gegangen. Wie kannst du es wagen, mich mit meinem Vater zu vergleichen? Er hat sich klammheimlich davongestohlen. Ich dagegen habe nicht vor, Eilika sitzenzulassen. Sobald mein Auftrag erfüllt ist, werde ich zurückkommen und sie zu mir holen, um mein Leben fortan mit ihr zu verbringen. Das Letzte, was ich dazu brauche, ist allerdings der Segen der Kirche. Sollten dir meine Gründe dafür etwa entfallen sein?«

Alda betrachtete ihn unbeeindruckt. »Edle Worte, die ich dir sogar glaube. Obwohl ich mir kaum vorstellen kann, dass ein junges Ding wie Eilika nicht gerne heiraten möchte. Es ist an der Zeit, dass du deinen Frieden mit Gott machst, zumindest, was meinen Fall angeht. Bei dem Ärger damals mit dem Priester hat mir schließlich eine Frau Gottes geholfen, unsere hochehrwürdige Äbtissin.«

»Du weißt, dass es nicht nur das ist. Hast du die Ereignisse von damals etwa vergessen?« Robert schüttelte abweisend den Kopf, was Alda nicht davon abhielt, weiter auf ihn einzureden.

»Hast du Eilika davon in Kenntnis gesetzt? Und war sie damit einverstanden, hier auf dich zu warten? Oder bist du einfach nur davon ausgegangen, weil du es so siehst?«

Roberts Wut war keinesfalls verraucht. »Es war von Anfang an klar, dass sie hier bei dir auf uns wartet, und an der Art, wie ich mir unser Zusammenleben vorstelle, habe ich ebenfalls keinerlei Zweifel gelassen. Die letzte Nacht hat daran nichts geändert. Warum sollte Eilika jetzt von etwas anderem ausgehen? Auf einem Kreuzzug hat sie nichts zu suchen.«

Mittlerweile hatte er das Zaumzeug festgezurrt und Alabaster aus dem Verschlag geführt. Er holte tief Luft und sah Alda dann bittend an. »Lass uns nicht streiten, sondern versprich mir lieber, dass du auf sie achtgibst. Und pass vor allem auch gut auf dich auf!« Er griff in seinen Lederbeutel und holte ein paar Münzen heraus, die er Alda in die Hand drückte. »Ich weiß, dass du keinerlei Geldsorgen hast, behalte es trotzdem. Wenn du es nicht möchtest, kannst du es ja für Eilika verwenden. Sie könnte dringend etwas zum Anziehen gebrauchen.«

Er strich ihr zart über die Wange und wollte gerade aufbrechen, als Alda ihn zurückhielt. »Du weißt, dass ich dich wie einen Sohn liebe. Du bist stolz, aber leider auch sehr stur. Außerdem denkst du im Augenblick nur als Krieger. Deshalb solltest auch du die kommende Zeit nutzen, um über Eilikas Gefühle nachzudenken. Sie ist noch jung, und ich nehme an, dass du der erste Mann bist, der ihr so nahegekommen ist. Ich kann mich durchaus täuschen, aber was wäre, wenn sie nach dieser Nacht davon ausginge, dass du deine Meinung geändert hast und sie mitnehmen willst? Wenn du jetzt einfach so verschwindest, könnte sie das Gefühl haben, dass du sie nur benutzt hast.« Dabei legte sie ihm ihre Hand auf den Arm.

Robert seufzte resigniert. »Ich habe jetzt nicht die Zeit, um mir dieses Frauengewäsch anzuhören. Ich bin sicher, dass Eilika mich verstehen wird. Sie ist die erste Frau, bei der ich das Gefühl habe, angekommen zu sein.« Er zögerte noch einen kurzen Moment, dann führte er Alabaster in Richtung des Pfades, von dem sie am Vortag gekommen waren.

Eilika wurde nach einer kurzen Nacht durch ein vorwitziges Eichhörnchen geweckt, das sich ganz dicht an die Schlafende herangetraut hatte. Mit seinem buschigen Schwanz kitzelte das Tier Eilika im Vorbeihuschen am Arm. Sie schrak auf und brauchte einen kleinen Moment, bis sie begriff, wo sie sich befand. Eilika war noch müde, denn viel Schlaf hatte sie in der letzten Nacht nicht bekommen. Robert hatte zwar vorgegeben, zum Beantworten ihrer Fragen zu erschöpft zu sein, was ihn jedoch nicht davon abgehalten hatte, sie mit weiteren Liebesbekundungen zu überschütten. Langsam drehte sie sich zur anderen Seite um und zuckte zusammen, als sie feststellte, dass der Platz neben ihr leer war.

Mit einem Ruck sprang sie auf und zog sich hastig ihr Kleid über, dann lief sie in Richtung von Aldas Hütte. Panik machte sich in ihr breit. Sollte Robert etwa ohne sie aufgebrochen sein? Das konnte er ihr unmöglich angetan haben, nicht nach der letzten Nacht. Atemlos erreichte sie die Lichtung und blieb abrupt hinter der letzten Baumreihe stehen. Ihre Furcht war augenblicklich verschwunden, denn sie sah Robert zusammen mit Alda aus dem Verschlag kommen. Natürlich hatte er sie nicht allein zurückgelassen! Im selben Moment griff eine eisige Hand nach ihrem Herzen und drückte es zusammen, denn hinter dem Ritter schritt gemächlich Alabaster, voll bepackt mit den Sachen seines Reiters.

Eilika schwankte und hielt sich an einem der Bäume fest. Wie durch einen Schleier nahm sie wahr, dass Robert sich von Alda verabschiedete und sich langsam auf den Weg machte. Ihre Gedanken schlugen Purzelbäume, gleich darauf machte sie kehrt. Sie rannte, als wäre der Teufel hinter ihr her, ohne auf die Zweige zu achten, die ihr ins Gesicht schlugen.

Robert musste mit Alabaster den Pfad nehmen, doch sie konnte quer durch das Stück Wald laufen, um ihm so den Weg abzuschneiden. Völlig außer Atem, mit zerzausten Haaren und einigen kleinen Schrammen im Gesicht und an den Armen, erreichte sie das Ende des Pfades. Sie versuchte, sich einigermaßen zu beruhigen und ihre Gefühle unter Kontrolle zu bekommen.

Wenige Minuten später erschien Robert mit Alabaster hinter der letzten Wegbiegung. Die düstere Miene des Ritters hellte sich bei Eilikas Anblick schlagartig auf.

Sie zwang sich zu einem verführerischen Lächeln, als er

sich ihr näherte. »Nun, mein edler Herr, Ihr wolltet doch wohl nicht etwa einfach so verschwinden? Ohne einen Abschiedskuss von mir?«

Robert ließ Alabasters Zügel los und ging mit ausgebreiteten Armen auf sie zu. »Du hast heute früh noch so fest geschlafen, dass ich es nicht übers Herz bringen konnte, dich zu wecken.« Er ergriff ihre Hände und zog sie zu sich heran.

Doch Eilika wand sich geschickt heraus. »Nicht doch, die Sonne scheint, da werde ich mich kaum Eurer Umarmung hingeben. Außerdem habt Ihr noch Milch an Eurem Bart.« Sie nahm einen Zipfel ihres Kleides und tupfte dem verdutzten Robert die Milchspur weg. »Ihr wollt tatsächlich schon aufbrechen? Habt Ihr auch nichts vergessen?«

Robert ließ stirnrunzelnd die Hand sinken, mit der er erneut nach Eilika greifen wollte. »Was sollen diese Fragen? Und wieso bist du auf einmal wieder so förmlich? Viel lieber hätte ich gerne den Abschiedskuss, von dem du gesprochen hast, denn die Zeit drängt.«

Eilika, die etwas Abstand gehalten hatte, konnte seinem Griff nicht mehr rechtzeitig ausweichen, und er zog sie am Handgelenk zu sich heran. Doch bevor er seine Lippen auf die ihren pressen konnte, hatte sie ihm mit der flachen Hand ins Gesicht geschlagen. Ruckartig ließ er ihre Hand los und stieß sie von sich, woraufhin Eilika mit dem Rücken gegen einen Baum prallte und nach Luft schnappte. Dabei ließ sie Robert nicht aus den Augen, der sich seine Wange hielt.

Seine anfängliche Ungläubigkeit verschwand schnell, und Eilika suchte ihr Heil in der Flucht.

Zornig setzte er ihr nach, und nach wenigen Schritten hatte er sie eingeholt. Er hielt ihre Handgelenke mit eisernem Griff fest und schob das Mädchen auf Armeslänge von sich. Dabei funkelte er sie böse an. »Was ist denn nur in dich gefahren? Warum um alles in der Welt greifst du mich an?«

Eilika wand sich in seinem Griff wie eine Katze, doch sie kam nicht los. In ihrer maßlosen Wut schleuderte sie ihm ihre Worte ins Gesicht: »Was mit mir los ist? In der letzten Nacht überhäuft Ihr mich mit Liebesbeschwörungen, und heute macht Ihr Euch klammheimlich aus dem Staub! Ich hatte Euch gesagt, dass ich keine Hure bin! Wolltet Ihr mir beweisen, dass es Euch mühelos gelingt, meine Meinung zu ändern? Oder denkt Ihr etwa, dass ich als kleine, unbedeutende Magd froh über die Gunst eines edlen Ritters sein muss?«

Robert schüttelte wie betäubt den Kopf, ließ sie aber nicht los. »Was redest du denn da? Nur weil ich dich nicht heiraten will, sehe ich doch keine Hure in dir! Es hat andere Gründe. Ich will mich ganz gewiss nicht aus dem Staub machen, du weißt, dass ich einen Auftrag zu erfüllen habe. Danach werde ich zurückkommen.«

Eilika hatte kaum etwas von seinen Worten gehört, denn ihr war plötzlich klar geworden, dass Ingulf nirgends zu sehen war. »Ach, und nachdem Ihr mich herumbekommen habt, fühlt Ihr Euch wohl auch nicht mehr an Euer Versprechen gebunden, meinen Bruder als Knappen mitzunehmen? Ist er Euch lästig geworden, so wie ich?«

Robert zuckte bei dem verächtlichen Ton in ihrer Stimme zusammen. Ihre Worte verletzten ihn mehr, als er sich eingestehen wollte. »Untersteh dich, nochmals so mit mir zu sprechen. Ich stehe zu meinem Wort und werde deinen Bruder um die Mittagszeit unten im Ort treffen, denn ich habe vorher noch etwas zu erledigen. Er wird als Knappe bei mir bleiben, und ich verspreche dir, gut auf ihn aufzupassen.«

»Pah, spart Euch Eure Worte und lasst mich verdammt noch mal los! Ihr tut mir weh! Von mir aus könnt Ihr ziehen, ich halte Euch nicht auf. Doch sucht Euch möglichst schnell ein anderes warmes Lager, denn ich werde Euch nicht mehr zur Verfügung stehen.« Inzwischen fielen ihr die Haare wild über die Schultern.

Plötzlich hielt sie inne, denn sie bemerkte seinen veränderten Gesichtsausdruck. Bevor sie zu irgendeiner Reaktion fähig war, hatte er sie auch schon an sich gezogen und seine Lippen auf ihre gepresst. Ihre Arme wurden schmerzhaft auf ihren Rücken gedreht, und sie konnte sich keinen Millimeter bewegen. Aber diesmal wollte sie sich ihm nicht hingeben. Sie presste die Lippen aufeinander und versuchte, die aufkommenden verräterischen Gefühle zu unterdrücken. Allerdings gelang ihr dies nicht lange, und ihr Körper gehorchte ihr abermals nicht. Nach kurzer Zeit öffnete sich ihr Mund wie von selbst, und sie erwiderte seinen Kuss in der gleichen Heftigkeit. Als Robert von ihr abließ, atmete Eilika schwer, und sie schloss schnell die Augen, damit er die aufkommenden Tränen nicht sehen konnte.

»Deine Taten strafen deine Worte Lügen. Ich bin doch eher geneigt, deinem Körper zu glauben. Wenn du in den nächsten Tagen darüber nachdenkst, wirst du bestimmt einsehen, dass deine Vorwürfe unnötig waren.« Er ließ sie so unvermittelt los, dass Eilika zur Seite kippte. »Vielleicht solltest du ein Bad nehmen, um zur Vernunft zu kommen.«

Eilika öffnete die Augen. Sie fühlte sich ausgenutzt und gänzlich unverstanden. »Eine gute Idee. Vor allem, weil ich dabei sämtliche Spuren von Euch wegwaschen kann.«

Sie wollte sich umdrehen, doch Roberts Worte hielten sie zurück. Sein Blick drückte erst Schmerz aus, doch dann bekamen seine Augen einen kalten Glanz. »Tu, was du nicht lassen kannst. Aber wenn du nicht auf mich warten willst, dann wirst du auch nicht erfahren, wie es deinem Bruder ergangen ist.« Robert verbeugte sich kurz, drehte sich um, holte Alabaster und folgte mit langen Schritten dem Pfad, um gleich darauf den Wald zu verlassen. Er saß auf und war nach kurzer Zeit nicht mehr zu sehen.

Eilika blieb noch lange an der Stelle stehen, an der er sie verlassen hatte. Irgendwann rannte sie los und brach auf der Decke ihres letzten Nachtlagers weinend zusammen. Sie hatte Robert bewusst verletzen wollen. Er sollte leiden wie sie. Doch sie hatte das Gegenteil erreicht. Seinen Blick vor Augen, wusste sie, dass nicht nur in ihr etwas kaputtgegangen war. Sie wickelte die zweite Decke eng um sich und nahm den vertrauten Geruch Roberts wahr. Es stimmte natürlich, dass er ihr eine Heirat nicht versprochen hatte, aber nach der letzten Nacht war sie einfach davon ausgegangen – und hatte sich selbst damit den größten Schmerz zugefügt.

Sie wusste nicht, wie lange sie dort unter dem Baum gelegen hatte, als ihr Ingulf in den Sinn kam. Das lähmende Gefühl fiel von ihr ab, und sie rappelte sich schnell auf, in der Hoffnung, dass er noch nicht fortgeritten war. Sie war ärgerlich, dass sie über diese unglückselige Angelegenheit gänzlich ihren Bruder vergessen hatte, raffte die beiden Decken zusammen und lief zum Haus.

Als sie die Lichtung erreichte, stand Ingulf bereits mit seiner Stute reisefertig vor dem Haus. Er winkte ihr erleichtert zu und gab Alda die Zügel in die Hand. Dann rannte er Eilika entgegen. »Mensch, wo bleibst du denn nur? Ich warte seit heute Morgen auf dich. Herr Robert ist schon vor ein paar Stunden losgeritten, und jetzt konntest du dich gar nicht mehr von ihm verabschieden. Ich wollte dich holen gehen, aber Alda hat mich davon abgehalten. Sie meinte, du bräuchtest Zeit für dich.« Die Worte sprudelten, wie gewöhnlich, nur so aus ihm heraus, aber dann sah Ingulf seine Schwester prüfend an. Mit Schrecken fiel ihr ein, dass ihre rotgeweinten Augen kaum zu übersehen waren. »Was ist passiert? Warum hast du geweint? Doch nicht etwa wegen mir?«

Ohne auf Aldas durchdringenden Blick zu achten, griff Eilika dankbar nach dem rettenden Strohhalm. »Tut mir leid. Ich wollte nicht, dass du es mitbekommst. Doch der Gedanke, dass wir uns für unbestimmte Zeit nicht sehen werden, ist nicht so leicht für mich.« Insgeheim schämte sie sich für die Lüge, die ihr so glatt über die Lippen kam. Sie zog ihren Bruder an sich und umarmte ihn herzlich. »Ich freue mich für dich. Nutze die Gelegenheit und lerne fleißig. Wir werden uns bestimmt bald wiedersehen.« Eilika nahm sein Gesicht in ihre Hände. Auf einmal überfiel sie die Traurigkeit, die sie ihm vorhin vorgespielt hatte, und ihr wurde schlagartig bewusst, dass sie sehr lange von ihrem Bruder getrennt sein würde. »Versprich mir, immer bei Ritter Robert zu bleiben. Er wird auf dich aufpassen.«

Ingulf musterte sie unsicher, und die ungetrübte Freude war auch ihm vergangen, denn er hing sehr an Eilika, und der Abschied fiel ihm unerwartet schwer. Seine Kehle fühlte sich mit einem Mal ganz trocken an, und er schluckte laut. Dann nickte er langsam, nahm Eilikas Hände in seine und küsste sie leicht. Anschließend ging er zu seinem Pferd und führte es in die gleiche Richtung, in die ein paar Stunden zuvor bereits Robert geritten war.

Eilika und Alda sahen der schmalen Gestalt nach, bis sie vollständig zwischen den Bäumen verschwunden war.

12. KAPITEL

Robert hing auf seinem kurzen Ritt düsteren Gedanken nach, denn er war von Eilikas Verhalten und ihren Vorwürfen zutiefst verletzt. Gleichzeitig schlichen sich Aldas Worte hartnäckig in seinen Kopf. Sie hatten ihn zuerst verärgert, nach dieser Szene fragte er sich jedoch, ob nicht doch etwas Wahres daran war. Als er aus dem Wald heraustrat, verschob er seine weiteren Überlegungen auf einen späteren Zeitpunkt und bereitete sich auf seinen Besuch bei der Äbtissin vor.

Er bestieg Alabaster und ritt langsam den Hügel hinab, auf den Ort zu. Die Häuser standen eng um den Sandsteinfelsen am Fuß der Burg, und auf dem Felsplateau befand sich die Stiftskirche. Fast der gesamte Ort war von einer großen Ringmauer umsäumt. Robert hatte Quedlinburg schon seit längerer Zeit nicht mehr besucht, und zahlreiche Erinnerungen kamen in ihm hoch. Seit seinem letzten Aufenthalt schien der Ort gewachsen zu sein, und einige Häuser lagen inzwischen sogar außerhalb der Schutzmauer. Die Bauern befanden sich bereits auf den Feldern oder waren auf dem Weg dorthin. Einige grüßten ihn zögernd, was Robert stets erwiderte.

Das Tor der äußeren Mauer stand offen, und die Wachposten ließen ihn ungehindert passieren. Hühner liefen um die Häuser und ein paar ganz vorwitzige brachten sich aufgeschreckt vor Alabasters Hufen in Sicherheit. Der Weg hinauf zur Burg führte ihn zu einem Torbau, an dem zwei Wachposten standen und ihm den Zugang versperrten. Einer davon war schon älter. Beim Näherkommen erkannte er Robert und ließ ihn passieren. Dieser setzte seinen Weg, der stetig bergauf ging, langsam fort, Alabaster an der Hand. Es war noch recht früh am Morgen, und dennoch herrschte schon emsige Betriebsamkeit. Die meisten Menschen waren zu Fuß unterwegs. Frauen zogen ihre Kinder an der Hand hinter sich her, einige andere trugen Körbe mit Gemüse unter dem Arm. Robert bemerkte nicht wenige neugierige Blicke, die meisten der ihn musternden Menschen waren ihm allerdings fremd. Die Tatsache, dass er diesen Ort schon in jungen Jahren verlassen hatte und seitdem nur selten hergekommen war, hatte dazu geführt, dass er außer ein paar Soldaten, Rittern und Frauen kaum noch jemand kannte. Der Weg führte ihn um den Berg herum, als Robert in einiger Entfernung eine größere Anzahl von Reitern ausmachen konnte, die sich rasch näherten. Er führte Alabaster dicht an die Mauer heran und wartete dort, um die Gruppe vorbeizulassen. Die anderen Leute taten es ihm gleich. Bald darauf kamen die Reiter durch den über ihm liegenden Torbogen und ritten in Zweierreihen den Weg entlang. Insgesamt war es ungefähr ein Dutzend bewaffneter Männer. An der Spitze befanden sich zwei Ritter, der Rest des Trupps bestand aus einfachen Soldaten. Als sie näher kamen, hellte sich Roberts Gesicht, zum ersten Mal seit seinem Streit mit Eilika, wieder auf. Obwohl die Gruppe ihn fast erreicht hatte, führte er Alabaster zur Mitte des Weges zurück.

Augenblicklich zog der jüngere Ritter sein Schwert. »Gib sofort den Weg frei!«

Die Reiter waren inzwischen alle zum Stehen gekommen, doch Robert stand immer noch seelenruhig neben seinem Pferd.

Der ältere Ritter legte eine Hand auf den erhobenen Schwertarm des anderen, und auf seinem Gesicht lag ein leichtes Grinsen. »Wenn dir dein Leben lieb ist, solltest du schleunigst dein Schwert wegstecken. Ich kenne diesen Mann gut, und du bist ihm bei Weitem nicht gewachsen.«

Der Angesprochene zögerte kurz, steckte dann aber tatsächlich sein Schwert in die Scheide zurück. Der ältere Ritter war inzwischen abgestiegen und ging auf Robert zu. Dicht voreinander blieben sie stehen und sahen sich einen kurzen Augenblick schweigend an, dann fingen beide an zu lachen und umarmten einander.

»Gerald, du alter Haudegen! Schön, dich wiederzusehen!« Robert freute sich ungemein, seinem Freund aus Kindertagen, dem Neffen der Äbtissin, so unerwartet zu begegnen.

Dieser klopfte Robert ein paar Mal kräftig auf die Schulter. »Mit dir Herumtreiber habe ich ja als Allerletztes gerechnet. Es ist fast zwei Jahre her, seit wir uns das letzte Mal gesehen haben. Ich weiß gar nicht, wo war es denn nur?« Robert blickte bereits betreten zu Boden, als Gerald mitten im Satz stockte. Aus seinem Gesicht war alle Farbe gewichen. »Wie dumm von mir. Wie konnte ich auch nur für einen Augenblick den Anlass unseres letzten Treffens vergessen.«

Robert legte ihm die Hand auf den Arm und drückte ihn kurz. Ihm war schwer ums Herz geworden, als er den Schmerz im Gesicht seines Freundes bemerkte. Er wusste, dass Geralds Gedanken wieder beim Begräbnis seiner Frau waren. Jolanda war kurz nach der Geburt ihrer Tochter gestorben, nachdem sie zwei Tage in den Wehen gelegen hatte. Als ihr Kind endlich geboren war, hatten die Kräfte sie verlassen, und sie war nicht mehr aus der Ohnmacht erwacht. Robert weilte zu der Zeit nur einen Tagesritt entfernt von Quedlinburg, und als ihn die Nachricht erreicht hatte, war er sofort zu seinem Freund geeilt. Der Tod Jolandas hatte ihn zu einem gebrochenen Mann gemacht. Die beiden hatten sich sehr geliebt, und Robert erinnerte sich gerne an die seltenen Ausritte zu dritt. Jolanda war eine warmherzige Frau gewesen, die den oftmals sehr rauen Gerald gut zu bändigen wusste. Nach ihrem Tod war seine kleine Tochter sein einziges Glück, und er gab ihr ebenfalls den Namen Jolanda. Robert war ein paar Tage nach dem Begräbnis wieder aufgebrochen, seitdem hatten sie sich nicht mehr gesehen, da Robert mit immer neuen Aufträgen im ganzen Land unterwegs gewesen war.

Gerald schüttelte den Kopf, als wollte er seine Gedanken loswerden. »Es ist lange her. Aus welcher Ecke hat dich der Wind wieder zu uns getrieben?«

Robert führte Alabaster zur Mauer zurück, und Gerald folgte ihm mit seinem Pferd. Er gab dem anderen Ritter die kurze Anweisung, am Waldrand auf ihn zu warten. »Ich habe vor drei Tagen die Bernburg verlassen und bin auf dem Weg zu Herzog Heinrich.«

Gerald pfiff leise durch die Zähne. »Ich habe schon verschiedene Gerüchte gehört, dass ein neuer Kreuzzug gegen die Wenden bevorsteht. Dennoch möchte ich wissen, warum du es nicht geschafft hast, mich in den letzten zwei Tagen zu besuchen. Hat Alda dich so sehr in Beschlag genommen, dass du für deinen alten Freund keine Zeit mehr hattest?«

Robert biss sich ärgerlich auf die Lippen, denn ihm war klar, dass er einen Fehler gemacht hatte. Gerald kannte die Entfernung bis zur Bernburg gut genug, um zu wissen, wie lange man zu Pferd dafür brauchte. Da er ihn nicht anlügen wollte, versuchte er ein Ablenkungsmanöver. »Ich bin erst gestern am frühen Nachmittag angekommen. Aber sage mir, was macht deine Tochter? Geht es ihr gut?«

Gerald blickte ziemlich verwirrt drein. »Jolanda? Ja, sie ist bezaubernd. Doch wieso erst gestern? Dein Pferd lahmt nicht, wie ich sehe. Oder wolltest du es schonen und bist zu Fuß gegangen?«

Robert seufzte, als er erwiderte: »Nein, ich bin den Weg geritten, wenn auch die meiste Zeit nur im Schritt, denn Alabaster hatte zwei Personen zu tragen.«

Gerald pfiff erneut leise durch die Lippen. Soso, und wo befindet sich die zweite Person im Augenblick? Los, erzähl schon, oder muss ich dir alles aus der Nase ziehen?«

Robert sah ein, dass er nicht um einen Teil der Geschichte herumkam. »Es handelt sich um eine junge Magd, und sie bleibt vorerst bei Alda. Ich habe sie und ihren Bruder mitgenommen, doch aus bestimmten Gründen wäre ich dir sehr dankbar, wenn du es vorerst für dich behalten würdest. Der Äbtissin werde ich es selbst mitteilen, ich bin gerade auf dem Weg zu ihr. Ach, noch etwas, der Bruder des Mädchens begleitet mich zum Herzog, als Knappe sozusagen. Er wartet gegen Mittag am unteren Torbogen auf mich.«

Gerald sah Robert prüfend an, dann nickte er leicht. »In Ordnung, ich verstehe. Dennoch hoffe ich sehr, später einmal alles zu erfahren.« Robert verdrehte die Augen, um zu bekunden, dass er sowieso keine Wahl hatte. Gerald schlug ihm abermals kräftig auf die Schulter. »Schade, dann wird es wohl nichts mit einem Becher Bier auf unser Wiedersehen. Ich hätte dir auch gerne meine Tochter gezeigt. Sie wird dir gefallen, kommt jedenfalls ganz nach ihrer Mutter. Zum Glück für sie.«

Mit zerknirschter Miene legte Robert eine Hand auf die Schulter des Freundes. »Nein, leider klappt es heute nicht, doch ich habe vor, nach Beendigung meines nächsten Auftrages gleich wieder hierher zurückzukommen. Dann können wir es bestimmt nachholen.«

Die beiden Männer umarmten sich abermals zum Abschied, dann führte Robert sein Pferd den Weg weiter hinauf, während Gerald aufsaß und in die entgegengesetzte Richtung ritt. Als Robert im Burghof ankam, erkannte er einige der Frauen wieder, die ihm auf seinem Weg bereits aufgefallen waren. Sie mussten an ihm vorbeigegangen sein, als er in die Unterhaltung mit Gerald vertieft gewesen war. Den Inhalt ihrer Körbe hatten sie vor sich ausgebreitet, und der Markt war gut sortiert. Neben Hühnern, Schafen und Schweinen boten sie Käse, Butter und Brot sowie gepökeltes Fleisch in Fässern an. Außerdem gab es Stände mit Tuchwaren und verschiedenem Tongeschirr. Es war den Menschen anzusehen, dass sie keine Not leiden mussten. Unter der Führung der Äbtissin hatte sich Quedlinburg zu einem blühenden Ort entwickelt, in den Reisende und Fernhändler oft und gerne kamen.

Die Stiftskirche lag links von ihm, und Robert, der Alabaster ein Stück weiter unterhalb gegen eine geringe Gebühr in einem Stall untergestellt hatte, war unschlüssig, ob er die Äbtissin dort finden würde. Da es noch früh am Morgen war, entschloss er sich, den Garten des Stifts aufzusuchen. Der Mann, der am Eingang zum Stift Wache hielt, grüßte ihn knapp und winkte ihn durch. Das Morgengebet hatten die Schwestern um diese Zeit schon hinter sich, und Robert hegte die Hoffnung, dass die Leidenschaft der Leiterin des Stifts für Kräuter in den letzten Jahren nicht abgenommen hatte. Er konnte sich noch gut an seine Kindheit erinnern, als sie ihn oft im Garten unterwiesen hatte. Beatrix liebte die frische Luft und war der Meinung, dass der menschliche Verstand hier besser arbeiten könne. Roberts Weg führte ihn wieder an der Kirche vorbei, und er ging die Straße zurück bis kurz vor den Torweg. Rechts davon befand sich eine kleine Mauer mit einer hölzernen Pforte. Robert öffnete sie, und vor ihm lag ein terrassenförmig angelegter Garten, in dem mehrere Nonnen bei der Arbeit waren.

Eine von ihnen hob den Kopf, und als sie Robert bemerkte, ging sie ihm entgegen. »Mein Herr, kann ich Euch helfen?« Sie war noch sehr jung.

Der Ritter kannte sie nicht. Ihm waren hauptsächlich die Nonnen bekannt, die bereits in seiner Kindheit hier gelebt hatten. »Mein Name ist Robert von Harsefeld, und ich möchte zur Äbtissin. Könnt Ihr mir sagen, Schwester, wo ich sie finden kann?«

»Du kommst spät, Robert. Ich hatte eigentlich gestern mit dir gerechnet.« Die warme Stimme erklang hinter ihm, und als Robert sich umdrehte, entdeckte er Äbtissin Beatrix in einer Mauernische, wo sie auf einer zusammengefalteten Decke saß. Sie hatte ein kleines Buch in der Hand und blickte ihn aufmerksam an. Robert machte ein paar Schritte auf sie zu und ging zum Zeichen seiner Wertschätzung kurz vor ihr in die Knie. Sie ergriff seine Hand, stand auf und zog leicht daran. »Erhebe dich, du weißt, dass mir eine Umarmung lieber ist.«

Robert kam ihrer Bitte gerne nach und legte die Arme um die Äbtissin. Sie erwiderte diese liebevolle Geste mit einer Kraft, die man einer derart zarten und kleinen Person nicht zugetraut hätte. Dann schob sie ihn um Armeslänge von sich und sah ihn erneut prüfend an. Sie war ungefähr Mitte vierzig, und durch die Nonnentracht war nur ihr Gesicht, das von einigen Sorgenfalten durchzogen war, zu erkennen. Die schmalen Lippen gaben ihr ein fast strenges Aussehen, doch ihre braunen Augen, die Robert kritisch musterten, milderten die Strenge etwas. Sie passten zu dem warmen Klang ihrer Stimme und hätten in ihrer Lebhaftigkeit auch gut einer jüngeren Frau gehören können. Robert fühlte sich um fünfzehn Jahre zurückversetzt.

»Da Ihr mich nicht erwartet habt, kann ich auch nicht zu spät sein. Wieso also dachtet Ihr, dass ich Euch gestern besuchen würde?«

Die Äbtissin lächelte leicht. »Mir bleibt nichts verborgen. Einer der Bauern hat dich kurz nach Mittag in einiger Entfernung von unserem schönen Ort reiten sehen. Wie geht es Alda? Ist sie wohlauf?«

Robert war klar, dass er nur eine kurze Frist hatte, bevor die Äbtissin auf den Kern der Sache kommen würde. Innerlich verfluchte er den Bauern, da die Äbtissin nun schon einiges wusste, denn eigentlich hatte Robert sie persönlich über Eilikas Anwesenheit in Kenntnis setzen wollen. »Es geht ihr gut, danke. Obwohl sie mir um einiges matter vorkommt als bei meinem letzten Besuch.«

Die Äbtissin nickte bedächtig. »Auch bei Alda macht sich das Alter bemerkbar. Trotzdem wird sie sicher noch einige Zeit unter uns weilen. Sie hat einen starken Willen, außerdem wäre es nicht sehr vorteilhaft für dich, wenn sie bald von uns ginge. Ich spreche jetzt nicht von deiner Liebe zu ihr, sondern von den beiden Personen in deiner Begleitung. Ich sehe außer dir niemanden, demnach sind sie wohl noch bei Alda?«

Robert biss sich auf die Lippe. Er hatte damit gerechnet und war somit nicht überrascht.

»Bleiben denn beide Personen bei Alda oder nur das Mädchen, das mit auf deinem Pferd saß?«

Der Ritter hob abwehrend die Hände. »Euer Bauer sollte sich lieber um seine Arbeit kümmern, als fremden Leuten hinterherzuspionieren. Oder handelt es sich dabei um seine eigentliche Aufgabe?«

Äbtissin Beatrix verzog leicht die Lippen, und Robert war klar, dass er mit seiner Vermutung nicht völlig falsch gelegen hatte. Außerdem war sie bekannt dafür, dass sie die Sicherung ihrer Grenzen sehr ernst nahm und der Schutz aller Bewohner ihre größte Sorge war.

»Seine Mitteilungen waren unnütz, denn ich hätte Euch sowieso davon in Kenntnis gesetzt.« Dem Blick der Äbtissin war zu entnehmen, dass sie davon nicht überzeugt war. »Ihr habt richtig vermutet, wie immer. Das Mädchen bleibt vorerst bei Alda, bis ich meine Aufgabe erledigt habe. Ihr Bruder dagegen wird mich begleiten. Ich habe vor, ihn zu unterweisen, zumindest in einem kleinen Teil. Ich kann Euch im Augenblick nicht mehr zu der jungen Frau sagen, doch ich bitte Euch, in Anbetracht von Aldas Gesundheitszustand, ein Auge auf die beiden zu haben. Sie leben zwar nicht weit weg vom Schutz des Ortes, und Aldas Ruf hat sie bisher vor jeglichem Schrecken geschützt, doch mir wäre wohler zumute, wenn ich wüsste, dass auch Ihr ab und zu nach dem Rechten seht.«

Die Äbtissin sah ihn mit zunehmender Verärgerung an. »Du scheinst vergessen zu haben, dass Alda nicht zu den Menschen gehört, die Hilfe annehmen. Als Allerletztes von mir.«

Robert hob verwundert die Augenbrauen. »Ihr erstaunt mich sehr. Gerade eben noch war ich Zeuge Eurer guten Berichterstattung, und nun wollt Ihr mir allen Ernstes erzählen, dass Ihr keine Möglichkeiten habt, Euch ab und zu über Alda und ihre Mitbewohnerin ein Bild zu machen?«

Der wütende Gesichtsausdruck der Äbtissin wich zunehmender Erheiterung. Schon als Robert noch ein Kind war, hatte sie ihm nie lange böse sein können, und er lag ihr auch jetzt noch sehr am Herzen. Vielleicht weil seine Mutter sich dazu entschlossen hatte, ihn aufzugeben und Alda zu überlassen, um in dem Stift zu leben. »Schon gut, ich werde mich über die beiden in regelmäßigen Abständen informieren. Alda verkauft immer noch bestimmte Kräuter an uns. Ich werde der Schwester Anweisung geben, sie ein wenig auszuhorchen. Ich glaube mich sogar zu erinnern, dass Schwester Adelheid, die für unsere Arzneien zuständig ist, sich ganz gut mit deiner Ziehmutter versteht. Wir werden Wege und Möglichkeiten finden, doch ich erwarte bei deiner Rückreise einen ausführlichen Bericht über deine Beziehung zu dem Mädchen.«

Ergeben nickte Robert. Er hatte eigentlich damit gerechnet, sofort Rede und Antwort stehen zu müssen, und war dankbar über den Zeitaufschub.

»Jetzt komm mit hinein. Schwester Johanna würde es mir nie verzeihen, wenn ich dich fortließe, ohne ihr die Möglichkeit zu geben, dich zu sehen. Du kennst sie und weißt, dass ich gar keine Wahl habe. Sie würde mir mit ihrem Missmut in den nächsten Wochen die Laune verderben.«

Robert lachte auf und hielt der Äbtissin den Arm hin. Nachdem sie sich eingehakt hatte, gingen beide durch die Pforte, an der Kirche vorbei und über den Marktplatz. Die Menschen, denen sie unterwegs begegneten, grüßten die Äbtissin respektvoll. Auf ihrem Weg erzählte sie Robert einige Geschichten, die sich während seiner Abwesenheit zugetragen hatten. Dann hatten sie die Wirtschaftsräume des Stiftes gegenüber dem großen Kirchenportal erreicht. Nachdem sie die große Küche betreten hatten, ließen sich beide kurz von den angenehmen Gerüchen gefangen nehmen. Verschiedene Sorten Gebäck standen auf dem langen und breiten Holztisch in der Mitte des Raumes, die Tür des großen, gemauerten Backofens war weit offen. Eine junge Frau schob gerade die Glut zur Seite, um Platz für die nächsten Teigstücke zu machen. Vier weitere Schwestern arbeiteten ebenfalls in der Hitze, und alle waren emsig beschäftigt. Eine ältere Nonne stand bei den fertig gebackenen Stücken und war dabei, eines davon mit dem Messer auseinanderzuschneiden. Nebenbei gab sie den anderen Frauen mit lauter Stimme fortwährend Anweisungen. Das Eintreten der beiden Personen war ihr völlig entgangen.

Robert trat mit leisen Schritten zum großen Holztisch. Als er kurz hinter der älteren Nonne stand, beugte er sich zu ihr hinunter und flüsterte dicht an ihrem Ohr: »Wie wäre es, wenn ich als Erster probieren würde?« Er schaffte es gerade noch, einen Schritt nach hinten zu machen, als sich die Angesprochene mit einer heftigen Bewegung umdrehte, die Arme ausbreitete und Robert, ohne abzuwarten, an die Brust zog.

»Du hinterlistiger Schelm, früher hast du nicht gefragt, sondern einfach zugegriffen.« Dabei strahlte sie und klopfte ihm fortwährend auf den Rücken.

Robert befreite sich aus der Umarmung. »Ein wenig hat mir die Erziehung hier bei euch anscheinend doch genutzt.« Dabei grinste er sie frech an.

Schwester Johanna kniff ihm spielerisch in die Wange und drohte ihm mit dem Zeigefinger. »Warte, ich komme mit hinaus. Hier ist es viel zu warm zum Unterhalten.« Dann drehte sie sich zu den anderen fünf Schwestern um, die ihre Arbeit unterbrochen hatten, um Robert und Schwester Johanna zu beobachten. »Habt ihr nichts mehr zu tun, oder warum steht ihr nur herum? Los, los, wir sind noch lange nicht fertig!«

Kopfschüttelnd wandte sie sich wieder zu Robert um, hakte ihn unter und zog ihn mit sich aus der Küche. Die Äbtissin folgte ihnen lächelnd. Nachdem sie die Tür hinter sich geschlossen hatten, blieben alle drei im Gang kurz stehen.

»Ich muss mich leider von dir verabschieden, Robert. Einige der jüngeren Schwestern warten in der Schreibstube auf mich, und es wäre nicht richtig, ihrem Lerneifer nicht nachzukommen. Außerdem bin ich überzeugt, dass Schwester Johanna mich über alles Wichtige informieren wird.« Äbtissin Beatrix nahm Roberts Hand. »Ich freue mich schon auf unser Wiedersehen bei hoffentlich guter Gesundheit. Dann werden wir mehr Zeit füreinander haben. Gottes Segen sei mit dir, mein Sohn.«

Robert beugte sich über ihre Hand und küsste sie leicht. Dann wandte sich die Äbtissin um und ging mit festen Schritten den Gang entlang.

Als Robert sich gerade Schwester Johanna zuwenden wollte, blieb die Äbtissin stehen und sah über ihre Schulter. »Ach, Schwester Johanna, vergiss bitte nicht, ihn nach der jungen Frau zu fragen.« Dabei überzog ein schelmisches Lächeln ihr Gesicht.

Robert verdrehte die Augen und versuchte, nicht auf Schwester Johannas neugierigen Blick zu achten, als eine junge Nonne an ihm vorbeiging. Sie war nicht älter als zwanzig und hatte ein sehr hübsches Gesicht. Sie verlangsamte ihren Schritt und musterte Robert verlegen, der ihr freundlich zunickte. Dann gab er ihr mit einem Blick in Richtung der Äbtissin zu verstehen, dass ihr Verhalten genau beobachtet wurde. Schamesröte überzog das Gesicht der jungen Frau, als sie Äbtissin Beatrix bemerkte, und sie beschleunigte ihren Schritt, den Kopf peinlich berührt gesenkt.

Beim Vorübergehen schüttelte die Äbtissin missbilligend den Kopf und sah die Novizin scharf an. »Schwester Judith, ich glaubte dich eigentlich schon beim Studieren in der Schreibstube.«

Die junge Frau blieb kurz stehen, ging leicht in die Knie und antwortete mit leiser Stimme: »Verzeiht mir, hochehrwürdige Mutter. Ich war bei Schwester Konstanze und habe dabei völlig die Zeit vergessen. Es wird nicht wieder vorkommen.«

Die Äbtissin nickte kurz und antwortete mit versöhnlicherer Stimme: »Schon gut, bei der Herstellung von Arzneien habe ich auch schon oft die Zeit vergessen. Jetzt komm bitte, wir sind spät dran.«

Die beiden Frauen bogen um die Ecke und verschwanden aus dem Sichtfeld von Robert und Schwester Johanna, die das Gespräch mit großem Interesse verfolgt hatten.

»Mir scheint, Äbtissin Beatrix ist mit den Jahren weicher geworden. Ich kann mich nicht erinnern, dass sie auf meine Entschuldigungen je so reagiert hätte.«

Schwester Johanna lachte laut auf, hakte ihn wieder unter und zog ihn mit sich. »Das mag daran liegen, dass deine Ausreden nicht so gut waren. Meistens hast du die Zeit bei den Pferden vergessen, wenn ich mich richtig erinnere. Oder es waren irgendwelche Prügeleien, nach denen wir dich wieder zusammenflicken mussten.«

Robert war sich erst nicht sicher gewesen, wohin Schwester Johanna ihn führte, doch nun war ihm das Ziel klar. »Ich hatte sowieso vorgehabt, noch zum Grab zu gehen. Du musst nicht denken, dass sie mir nichts bedeutet hat.«

Schwester Johanna erwiderte darauf nichts, sondern

ging weiter mit ihm den Gang entlang, der an einer schmalen Holztür endete. Als sie die Tür öffnete, standen sie im hellen Sonnenlicht auf einem kleinen Friedhof. Er lag, ebenso wie der Kräutergarten, hinter dem großen Wirtschaftsgebäude und wurde liebevoll von den Nonnen gepflegt. Da die Anzahl der Bewohnerinnen des Stifts in den letzten Jahren stark zugenommen hatte, begruben sie die Verstorbenen seit einiger Zeit aus Platzgründen auf dem Friedhof des Ortes. Roberts Mutter hatte ihre letzte Ruhestätte allerdings noch dicht beim Stiftsgebäude und der Kirche gefunden.

Schwester Johanna ließ Roberts Arm los, und der Ritter ging nach kurzem Zögern langsam in Richtung der kleinen Mauer, die das Ganze umfasste. Das Grab seiner Mutter lag dicht am Rand und war ebenso schlicht wie alle anderen. Ein paar Blumen, deren Namen Robert nicht kannte, blühten in einem satten gelben Ton. Plötzlich fiel ihm wieder ein, dass Gelb die Lieblingsfarbe seiner Mutter gewesen war. Als sein Blick auf das kleine Holzkreuz am Kopfende fiel, schloss er die Augen und wanderte in Gedanken viele Jahre zurück in seine Kindheit. Zu den wenigen Augenblicken, in denen seine Mutter ihre selbstgewählte Zurückgezogenheit aufgegeben und ihn lachend herumgewirbelt hatte. Dieses Bild von ihr war ihm stets in Erinnerung geblieben, alles andere hatte er verdrängt. Als ihn plötzlich jemand am Arm berührte, schreckte er auf.

»Ich weiß, dass du deine Mutter geliebt hast. Doch ich weiß auch, dass du bei deinen letzten zwei Besuchen nicht bei ihr gewesen bist. Es war mit Sicherheit nicht immer leicht für dich, das alles zu verstehen, und trotz allem hast du sie angehimmelt. Auch wenn es dir schwerfällt, das zu glauben, deine Mutter hat dich über alles geliebt. Letztendlich um ihren inneren Frieden zu finden, musste sie zu uns kommen. Außerdem wusste sie dich bei Alda in guten Händen. Deine Mutter war es auch, die darauf gedrängt hat, dich lesen und schreiben zu lehren. Sie hatte der Äbtissin ihre Herkunft anvertraut, sonst wäre es wohl kaum möglich gewesen, dich als Knappen beim Bruder der Äbtissin unterzubringen.« Schwester Johanna erkannte an Roberts Gesichtsausdruck, dass es sich für ihn um Neuigkeiten handelte. Auch seine Qual erkannte sie deutlich, und er erinnerte sie wieder an den kleinen Jungen, der so oft bei ihr in der Küche gesessen hatte.

Robert hatte sich schnell wieder gefangen und strich Johanna über den Arm. Er hatte die kleine, rundliche Frau mit den meistens geröteten Wangen von Anfang an gemocht. Aus ihren Augen blitzte der Schalk, und sie konnte schon damals nie lange auf ihn böse sein. Hinter ihrer lauten Stimme verbarg sich eine warmherzige Frau, und da sie, die Gebete ausgenommen, fast immer in der Küche zu finden war, verband er mit ihr grundsätzlich gute Gerüche.

»Es war schön, dich wiederzusehen, Schwester Johanna, doch jetzt muss ich los.« Er gab ihr einen flüchtigen Kuss auf die Wange und begab sich schnellen Schrittes in Richtung der schmalen Tür.

»Warte, du hast mir noch nichts von dem Mädchen erzählt. Du weißt doch, dass die Äbtissin darauf wartet. Außerdem habe ich auch sonst keine Neuigkeiten erfahren. Du kannst noch nicht gehen. Bleib gefälligst stehen!«

Robert drehte sich an der Tür noch einmal um. »Bei meiner Rückkehr werde ich so lange zu deiner Verfügung stehen, bis du keine Geschichten mehr hören kannst.« Er deutete eine kleine Verbeugung an und verschwand.

Schwester Johanna stemmte die Hände in die Hüften und gab einen äußerst unwilligen Laut von sich. Doch dann lachte sie laut auf und folgte ihm langsam nach.

Robert ging nicht auf direktem Weg zu dem Stall, in dem er Alabaster untergestellt hatte, vielmehr führte sein Weg ihn vorher noch in die Stiftskirche. Vor den großen Flügeltüren stockte er kurz. Es war lange her, seit er das letzte Mal einen Fuß in dieses Haus Gottes gesetzt hatte. Doch in ihm verlangte etwas danach, daher öffnete er entschlossen eine der beiden Türen und trat ein.

Das Innere der Kirche lag vor ihm. Durch die schmalen Fensteröffnungen kam nur wenig Licht herein, und augenblicklich hatte Robert ein Bild vor Augen. Damals war das Wetter nicht so schön gewesen, an diesem für den Monat November typischen Tag mit Regen und kaltem Ostwind. Robert atmete tief durch und ging langsam weiter in Richtung des Altars. Das große Holzkreuz schien ihn wie von unsichtbarer Hand anzuziehen. Wieder kamen Bilder in ihm hoch. Seine Mutter, schmal und blass, in einem schlichten Holzsarg. Ihm war auf einmal, als hörte er wieder die Gesänge der Nonnen an jenem Tag. Ein paar Schritte vor dem Kreuz blieb er stehen und sank auf die Knie. Er sah sich selbst, den kleinen, unsicheren Jungen, zwischen Schwester Johanna und der Äbtissin sitzend. Damals war er von hilfloser Wut erfüllt gewesen, und auch jetzt haderte er wieder mit sich. Doch die Wut, die ihn so lange begleitet hatte, war nicht mehr übermächtig. Robert spürte auf einmal eine Ruhe in sich wie schon lange nicht mehr. Vielleicht war es ja doch irgendwann möglich, seinen Frieden mit Gott zu schließen, so wie Alda es forderte. Der Ritter stand auf, bekreuzigte sich und ging schnellen Schrittes in Richtung Ausgang.

»Herr Robert, wartet bitte!«

Die leise Stimme ließ ihn herumfahren. Aus der letzten Reihe der Holzbänke erhob sich die junge Nonne, der er vor kurzer Zeit im Gang begegnet war. Sie war ihm nicht aufgefallen, als er dicht an ihr vorbeigegangen war, und er ermahnte sich innerlich, in Zukunft wachsamer zu sein. Inzwischen war sie bis auf wenige Schritte an ihn herangekommen. »Schwester, was kann ich für Euch tun? Ist Eure Unterweisung bei der Äbtissin bereits beendet?«

Die Wangen der jungen Frau verfärbten sich, was ihre Schönheit nur noch unterstrich. »Nein, ich habe mich mit einer kleinen Ausrede davongestohlen.« Mit einem leicht unsicheren Ausdruck sah sie schnell zum Holzkreuz hinüber. »Ich werde später beichten.« Der Ritter war sich nicht sicher, zu wem sie den letzten Satz gesagt hatte, doch bevor er sie danach fragen konnte, fuhr sie bereits fort: »Aber ich hatte keine andere Wahl, wenn ich Euch noch einmal sehen wollte.« Sie bemerkte Roberts verwunderten Gesichtsausdruck und presste die Lippen aufeinander. »Ich sehe schon, Ihr erinnert Euch nicht. Obwohl ich mir vorhin im Gang ziemlich sicher war, dass Ihr mich ebenso wiedererkannt habt wie ich Euch.«

Robert runzelte die Stirn. »Verzeiht mir, Schwester, aber ich war längere Zeit nicht hier. Ihr müsst Euch irren.«

Die junge Nonne lachte kurz auf, und es klang bitter. »Nicht hier, mein Herr. Ich bin noch nicht so lange Nonne. Es war vor ungefähr zwei Jahren, auf einem Fest des Herzogs Heinrich. Wir unterhielten uns gerade, als Euch eine dringende Botschaft erreichte und Ihr das Fest in aller Eile verlassen musstet.«

Nun fiel Robert der Abend wieder ein, und auch die junge Frau sah er im Geiste vor sich. Sie trug ein schönes, reich besticktes blaues Gewand, und ihm war damals schon ihr hübsches Gesicht aufgefallen. Auf einmal war ihm auch ihr Name wieder präsent, doch tiefere Gefühle hatte sie auch zu dem damaligen Zeitpunkt, ohne die schlichte Schwesterntracht, nicht in ihm geweckt. Die Botschaft, die ihn auf dem Fest erreicht hatte, war der Tod von Jolanda, der Frau seines besten Freundes. Er hatte, ohne zu zögern, das Fest verlassen, obwohl der Herzog ihn am nächsten Tag zum Gespräch gebeten hatte, und war gerade noch rechtzeitig zur Beerdigung eingetroffen.

Die hervorgerufenen Gedanken störten Roberts wiedergefundene Gelassenheit empfindlich, doch als er den verschreckten Blick der jungen Frau bemerkte, zwang er sich zu einem Lächeln. »Verzeiht mir meine Vergesslichkeit, Schwester Judith. Meine düsteren Gedanken galten der Botschaft, deren Inhalt noch immer eine tiefe Traurigkeit in mir hervorruft. Wie kommt es, dass eine so fröhliche und lebenslustige junge Frau wie Ihr das Klosterleben gewählt hat?«

Der Blick Schwester Judiths verfinsterte sich, und ihre Stimme klang bitter, als sie ihm antwortete: »Es war nicht meine Wahl, dessen könnt Ihr gewiss sein. Mein Vater wollte mich zu einer Heirat mit einem Grafen zwingen, der mindestens doppelt so alt war wie ich. Ich habe mich geweigert, weil ich glaubte, meinen Vater umstimmen und für jemand anderen erwärmen zu können.« Ihr Blick streifte flüchtig Roberts Gesicht. »Doch er wurde zornig und stellte mich vor die Wahl: Heirat oder Klosterleben. Ich habe mich entschieden, wie Ihr seht.«

Robert hatte ihr etwas verlegen zugehört, und er war unsicher, wie er sich verhalten sollte. Zwar konnte er sich nicht erinnern, ihr damals irgendwelche Avancen gemacht zu haben, doch das änderte nichts an dem Gefühl des Mitleids, das in ihm aufstieg. »Es tut mir aufrichtig leid, was Euch widerfahren ist, dennoch hoffe ich, Ihr werdet mit der Zeit das Leben hier liebgewinnen. Ich für meinen Teil habe ebenfalls eine Zeitlang hier verbracht. Die Äbtissin ist im Grunde eine sehr warmherzige Frau, und Ihr hättet es bestimmt schlechter treffen können.«

Judiths Stimme klang spöttisch. »Bei mir dagegen handelt es sich nicht um eine ›Zeitlang‹, mein Herr.«

Robert fühlte sich noch immer ziemlich unwohl, aber allmählich nahm das altbekannte Gefühl der Unruhe überhand. »Eure Geschichte berührt mich sehr, Schwester Judith, doch ich sehe mich außerstande, Euch in irgendeiner Form zu helfen. Und nun entschuldigt mich bitte, denn ich befinde mich auf dem Weg zum Herzog und habe schon zu viel Zeit verloren. Außerdem denke ich, wird die Äbtissin auf Euch warten. Ich wünsche Euch alles Gute.« Robert verbeugte sich kurz und verließ die Kirche, ohne sich erneut umzudrehen. Hätte er es getan, so wäre ihm bei dem Blick, den Schwester Judith ihm nachwarf, nicht sehr wohl gewesen.

Er eilte zum Stall, um Alabaster abzuholen. Auf dem Weg dorthin kaufte er noch etwas Proviant, da er nicht sicher war, wie viel Alda ihnen eingepackt hatte. Nachdem er den Hengst abgeholt hatte, führte er ihn hinunter zum verabredeten Treffpunkt. Der schmale Weg, der sich von der Burg den Berg hinunterschlängelte, war jetzt deutlich voller als vor ein paar Stunden. Alabaster war zwar Gedränge gewöhnt, doch wegen seiner Schlachterfahrung reagierte er oft aggressiv, und Robert kam dadurch nicht so schnell voran, wie er es sich gewünscht hätte. Nach einer, wie es ihm vorkam, schier endlosen Zeit erreichte er endlich den letzten Torbogen. Da der Weg danach etwas breiter und dadurch das Gedränge deutlich weniger wurde, erblickte er Ingulf relativ schnell.

Der Junge stand, seine kleine Stute dicht bei sich, an der Mauer gelehnt. Ihm schienen die vielen Menschen nichts auszumachen, denn er verfolgte das bunte Treiben mit aufgeregter Miene. Deshalb erblickte er Robert auch erst, als dieser bereits dicht vor ihm stand. Erschrocken stieß er sich von der Mauer ab und zog Herbstlaub aus Versehen heftig am Zügel, so dass diese empört schnaubte. Prompt fing er sich von Robert eine scharfe Rüge ein.

»Du solltest dir angewöhnen, alles in deiner Umgebung im Auge zu behalten. Es könnte irgendwann einmal dein oder das Leben anderer davon abhängen.«

Geknickt ließ Ingulf den Kopf hängen. »Verzeiht mir bitte, es wird nicht wieder vorkommen.«

Robert tat die kleine Abfuhr bereits leid, schließlich war der Junge erst seit kurzer Zeit bei ihm, und er winkte ab.

»Vergiss es, mein Junge. Nun lass uns aufbrechen und diesen überfüllten Ort hinter uns lassen. Zumindest für eine Weile.«

Robert schwang sich in den Sattel und ritt langsam das letzte Stück des Weges hinunter. Der Ritt, den sie vor sich hatten, gab ihm auch Zeit, um über Ingulfs Ausbildung zum Knappen nachzudenken. Wenn Robert nach Ende des Kreuzzuges das vom Herzog versprochene Land erhielt, könnte er Ingulf alles Nötige beibringen. Instinktiv spürte Robert, dass sich der Unterricht an den verschiedenen Waffen einfacher gestalten würde als jener in höfischem Benehmen. Es war mit Sicherheit ein hartes Stück Arbeit, und irgendwie freute sich der Ritter sogar darauf, schließlich wäre seine Lage dann eine völlig andere als jetzt. Er wäre unabhängig und könnte sogar einen Teil des Landes verpachten. Vor seinem geistigen Auge sah er ein befestigtes Steinhaus, denn Holz als Baumaterial kam für ihn aus Gründen der Sicherheit nicht in Frage, und das Geld dafür hatte er sich bereits zusammengespart.

Plötzlich trat Eilika aus seinem Wunschhaus. Robert rieb sich die Augen, als wollte er damit das Bild vertreiben. Wie hatte es nach der letzten wunderbaren Nacht nur so weit kommen können? Hatte das Leben als Einzelgänger aus ihm einen kompromisslosen Klotz gemacht? Hätte er nicht ahnen müssen, dass Eilika sich ihm nur hingegeben hatte, weil sie auf eine Heirat hoffte?

Eigentlich war er bisher ganz froh über die längere Trennungszeit gewesen, da er gehofft hatte, Eilika würde sich wieder beruhigen und ihrem Schicksal fügen. Doch jetzt plagte ihn die Sorge, ob sie wirklich auf ihn wartete. Gewiss, Alda war eine ungemein starke Frau, die innerhalb kürzester Zeit Eilikas Vertrauen und Liebe gewinnen konnte, aber auch sie hatte ihn gerügt. Woher konnte er sicher sein, dass Alda das Mädchen nicht ziehen ließ? Die Vorstellung, Eilika nach seiner Rückkehr nicht mehr vorzufinden, quälte ihn sehr. Noch nie zuvor hatte er eine Frau getroffen, die so sehr Besitz von ihm ergriffen hatte, und er war selbst überrascht, wie viel er ihr in der letzten Nacht von sich erzählt hatte. Es war einfach passiert. Genau wie das unbekannte Gefühl der Unsicherheit, dass ihn seither plagte. War es richtig gewesen, Eilika zu verführen? Sollte er seine Aversion gegen die Ehe für sie aufgeben? Auf dem weiteren Weg verfiel er immer mehr in brütendes Schweigen.

Ingulf, der sich ebenfalls in den Sattel geschwungen hatte, merkte von der düster werdenden Stimmung seines Herrn nichts. Im Gegenteil, er freute sich über dessen letzte Worte und pfiff leise vor sich hin. Als sie den Mauerring des Ortes passiert hatten, schlug Robert ein schnelleres Tempo an. Ingulf, der sich an das gemächliche Fortkommen der letzten Tage gewöhnt hatte, musste sich beeilen, um mitzukommen. Während sie sich zügig von Quedlinburg entfernten, schwante Ingulf langsam, dass die ruhigen Tage zu Ende waren. Sein neues Leben hatte erst jetzt begonnen.

13. KAPITEL

Eilikas erster Tag alleine bei Alda verlief sehr ruhig, und sie hatte kaum etwas zu tun. Es war für sie sehr ungewohnt, einfach so in den Tag hineinzuleben, doch anstatt es zu genießen, lief sie meistens mit finsterer Miene umher. Schließlich hatte Alda genug davon und gab ihr den Auftrag, trockene Zweige und Äste zu sammeln, sie anschließend zu bündeln und in einem Verschlag hinterm Haus zu lagern. Das war zwar keine besonders anstrengende Tätigkeit, doch sie half Eilika dabei, für eine gewisse Zeit sämtliche unschönen Gedanken an Robert zu verdrängen. Außerdem konnten sie sich so aus dem Weg gehen, denn seit Roberts Geschichte über den Fluch fürchtete Eilika sich ein wenig vor der alten Frau. Als sie gegen Abend fertig war, deckten die beiden Frauen gemeinsam den Tisch. Nachdem Eilika auf Aldas Fragen nur einsilbig geantwortet hatte, gab die alte Frau schließlich entnervt auf, und die Mahlzeit verlief schweigend.

Es gab nicht viel, doch der Ziegenkäse schmeckte so köstlich, dass Eilika ihre Scheu überwand und fragte: »Hast du diesen leckeren Käse selbst gemacht?«

Alda sah sie freundlich an und nickte. »Meine beiden Ziegen draußen im Verschlag geben immer gute Milch. Die Zicklein verkaufe ich unten im Ort, und der Ziegenbock kann sich glücklich schätzen, dass ich ihn dafür benötige.«

Eilika kicherte ein wenig, und ihre Neugier kehrte zurück. Alda musste ihr versprechen, sie in die Geheimnisse der Käseherstellung einzuweihen.

»Ich dachte, du hast in der Küche gearbeitet. Hattet ihr dort etwa keinen Käse?«

Eilika nickte heftig. »Doch, natürlich hatten wir auch Käse. Aber entweder lieferten ihn die Bauern, oder unser Koch Alfons hat sich persönlich darum gekümmert. In manchen Dingen konnte er sehr eigen sein.«

Alda schmunzelte leicht, als sie erwiderte: »Auch ich bin in vielen Dingen sehr eigen, aber ich nehme an, dass dir das schon aufgefallen ist. Ich möchte nun gerne mit dir über deine Aufgaben bei mir sprechen. Lass uns abräumen, dann können wir den Abend draußen auf der Bank genießen.«

Kurze Zeit später saßen beide nebeneinander auf der Bank und tranken einen wohlschmeckenden Kräutertee. Alda ergriff wieder das Wort: »Für mich kommt das auch ein wenig überraschend, dass du erst mal bei mir wohnen wirst. Es ist Roberts Wunsch, und ich kann ihm nun mal fast nichts abschlagen.« Forschend betrachtete sie Eilikas Gesicht, das jedoch keinerlei Regung zeigte. Alda seufzte und fuhr fort: »Es würde mir sehr helfen, wenn du mir bei den schwereren Arbeiten zur Hand gehen könntest, denn meine Kräfte sind nicht mehr die einer jungen Frau. Dann hätte ich auch mehr Zeit, um mich um meine Kräuter zu kümmern. Meine Vorräte sind nahezu erschöpft, und ich muss dringend wieder sammeln gehen.«

Eilika nickte zögernd. Sie war sich nicht sicher, ob sie Alda auf den Kopf zusagen sollte, dass sie andere Pläne als Robert hatte. Zwischenzeitlich hatte sie nämlich den Entschluss gefasst, der alten Frau ein paar Tage zu helfen und sich dann wieder auf den Weg zu machen. Schließlich konnte sie immer noch nach Halle gehen, und ganz sicher hatte sie keine Probleme damit, Robert einen Wunsch abzuschlagen.

Alda hatte sie aufmerksam beobachtet. Jetzt erst wurde Eilika der durchdringende Blick der alten Frau bewusst, und sie fühlte sich ziemlich unbehaglich. Fast kam es ihr vor, als könnte Alda ihre Gedanken lesen. Zeitgleich tauchte die fast vergessene Furcht vor der alten Frau wieder auf. Sie verschob ihre Zweifel auf später, denn sie wollte diesen ungewöhnlichen Menschen nicht länger auf eine Antwort warten lassen.

»Ich nehme dir gerne sämtliche schwere Arbeit ab.« Dann gähnte sie demonstrativ und erhob sich. »Wenn du nichts dagegen hast, würde ich mich nun hinlegen.«

Alda wies mit einer Handbewegung ins Haus und wünschte ihr eine gute Nacht.

Am nächsten Morgen wurde Eilika vom Klappern des Geschirrs geweckt. Eigentlich war sie es gewohnt, immer zu den Ersten zu gehören, doch Alda schien sie darin zu übertreffen. Schnell sprang Eilika aus dem Bett, um ihr zu helfen.

»Als erste Lektion, Mädchen, solltest du dir angewöhnen, niemals zu hastig aufzuspringen. Deinem Körper geht es viel besser, wenn du dich vorher langsam streckst und dehnst. Die Zeit muss immer sein.«

Eilika sah sie verwirrt an und nickte stumm. Niemals zuvor hatte ihr jemand so etwas gesagt. Vorsichtig nahm sie ihre Sachen und zog sich langsam an. Irgendwie hatte sie das ungute Gefühl, dass es auch hierbei etwas gab, was sie nicht richtig machte, doch Alda schien sich nicht weiter an ihrer Tätigkeit zu stören. Sie nahm sich einen kleinen Eimer und gab Eilika ein Zeichen mitzukommen. Diese folgte ihr rasch und schnürte beim Hinausgehen noch schnell ihr Kleid zu. Sie gingen zu dem kleinen Stall hinterm Haus, in dem die Ziegen und das Pferd untergebracht waren. Durch eine Bretterwand abgetrennt, befanden sich die Hühner im hinteren Teil des Stalls. Ihr lautes Gegacker ließ darauf schließen, dass sie bereits ungeduldig warteten.

»Hast du schon einmal Ziegen gemolken?«

Das Mädchen schüttelte den Kopf und kam sich plötzlich ziemlich unwissend vor. Alda kniete neben einer Ziege nieder, stellte den Holzeimer hin und begann zu melken. Eilika sah ihr dabei aufmerksam zu, denn sie war sich ziemlich sicher, dass sie es wahrscheinlich gleich ebenfalls versuchen musste. So war es auch. Alda gab ihren Platz frei, und Eilika begab sich zuversichtlich an die Arbeit. Doch sie musste ziemlich schnell feststellen, dass es längst nicht so leicht war, wie es ausgesehen hatte, und Aldas kritischer Blick war dabei nicht besonders hilfreich. Doch nach einigen Versuchen konnte sie stolz ihr Ergebnis im Eimer präsentieren.

Aldas Blick hellte sich kurzfristig auf. »Das wird während deines Aufenthaltes bei mir zu deinen Aufgaben gehören. Die beiden heißen übrigens Sanfte und Sture. Die du eben gemolken hast, war jedenfalls sehr geduldig. Wenn du mit der Sturen fertig bist, wirst du die beiden Ziegen zusammen mit dem Bock und meiner Taube hinausbringen. Ich weiß nicht, ob du das kleine, eingezäunte Wiesenstück bereits gesehen hast. Ihr Futter holen sie sich dort. Anschließend gehst du zu den Hühnern und sammelst die Eier ein. Die Hühner bleiben den Tag über ebenfalls draußen bei den Ziegen, sie vertragen sich alle prächtig. Ach ja, vergiss nicht, das große Gefäß mit frischem Wasser aufzufüllen. Schließlich musst du dich auch noch waschen gehen. Der Weg zu dem kleinen Wasserfall ist dir bekannt, glaube ich. Nimm den Eimer mit, der hinter dir steht. Wenn du fertig bist, können wir frühstücken.« Alda beendete ihre Ausführungen, drehte sich um und ging, mit einem zufriedenen Zug um die Lippen, ins Haus.

Eilika hingegen brummte der Kopf, und mit kritischem Blick sah sie die zweite Ziege an, die ihren Blick nicht minder kritisch erwiderte. Eilika schob entschlossen die Ärmel ein Stück höher und setzte ihre Arbeit fort.

Als sie einige Zeit später, vom frischen Wasser angenehm belebt, ins Haus trat, fand sie Alda bereits wartend am

Tisch vor. Eilika kniff die Lippen zusammen, denn ihr war der leicht amüsierte Gesichtsausdruck nicht entgangen, mit dem die alte Frau sie betrachtete. Schweigend setzte sie sich an den Tisch, und beide begannen, ihren Haferbrei zu essen.

Alda unterbrach die Stille als Erste. »Du darfst nicht denken, dass ich dich ärgern will. Außerdem warst du schneller, als ich geglaubt habe. Du wirst sehen, morgen klappt alles schon viel besser.« Eilikas finstere Miene glättete sich ein wenig, doch dann merkte sie, dass Alda sie erneut unwillig musterte. »Zunächst müssen wir uns deinem Kleid widmen. Wie alt warst du, als du es bekommen hast? Selbst die Stoffstücke, die du irgendwann eingesetzt hast, erfüllen nicht mehr ihren Zweck. Wir gehen nachher hinunter in den Ort, um dir neues Tuch zu kaufen. Bei den Frauen im Stift bekommt man gute Ware, und sie sind nicht teuer. Die Farben sind zwar nicht unbedingt mein Geschmack, aber das ist nicht so wichtig. Du musst natürlich deinen Umhang mitnehmen, denn so kannst du nicht zu den Schwestern gehen.«

Eilika hatte bereits mehrmals versucht, Aldas Wortschwall zu unterbrechen, aber sie sah ein, dass sie sich damit abfinden musste, den Redefluss jedes Mal bis zum Ende anhören zu müssen. »So günstig können sie gar nicht sein, denn ich habe leider gar kein Geld. Außerdem brauchen wir nichts zu kaufen, denn ich besitze bereits ein großes Stück Tuch. Es liegt in meinem Beutel.« Eilika stand auf, holte Roberts Geschenk und reichte es Alda.

Diese pfiff leise durch die Zähne und strich sanft über das Tuch. »Wirklich gute Ware. War bestimmt nicht billig. Ich nehme an, dass du es dir nicht selbst gekauft hast.«

Eilika schüttelte den Kopf, erwiderte aber nichts.

»Der Käufer hat einen guten Geschmack bewiesen, auch in Bezug auf die Farbe, denn sie passt sehr gut zu deinen Augen, und an dem dunklen Grün kann auch keiner Anstoß nehmen. Ach, was das Geld betrifft: Ganz mittellos bist du nicht. Robert hat etwas für dich dagelassen. Ich habe es in dem kleinen Beutel aufbewahrt, der drüben am Schrank hängt.«

Eilika sah sie überrascht an. »Wieso lässt er mir Geld da? Und warum gibt er es mir nicht selbst?«

Alda zuckte mit den Schultern. »Du hast wohl noch geschlafen, als er es mir gegeben hatte. Doch deinem verheulten Aussehen nach zu urteilen, nehme ich an, dass du ihn später noch getroffen hast.«

Eilika blickte zu Boden. Robert musste Alda das Geld gegeben haben, bevor sie sich gestritten hatten. Außerdem war sie keinesfalls der Ansicht, dass sie der alten Frau eine Erklärung schuldete. Trotzig hob sie den Kopf und erwiderte Aldas fragenden Blick stumm.

Diese presste kurz die Lippen aufeinander, verfolgte das Thema jedoch nicht weiter. »Ich möchte das schöne Wetter nutzen und ein paar Kräuter sammeln. Wir brauchen Holz, die Nächte sind noch immer kühl, und der Boden könnte auch mal wieder gefegt werden. Ich denke ...« Alda stockte, denn es hatte geklopft.

Sie stand auf und ging mit einer Behändigkeit, die Eilika ihr nicht zugetraut hätte, zur Tür. Den Riegel ließ sie zu. »Wer ist da?«

Eine leise Stimme antwortete: »Ich bin es, Emma. Ich brauche deine Hilfe, Alda. Lass mich bitte hinein.«

Alda seufzte leise, schob den Riegel zurück und öffnete. In der Tür stand eine junge Frau, die Eilika auf Anfang zwanzig schätzte. Sie hatte ein Baby auf dem Arm und ein kleines Mädchen an der Hand. Alda bedeutete ihr einzutreten, und die Frau folgte der Einladung.

Als sie Eilika erblickte, blieb sie überrascht stehen, dann drehte sie sich um und ging wieder zur Tür. »Ich wusste nicht, dass du Besuch hast. Ich komme morgen noch einmal.«

Alda stellte sich ihr in den Weg. »Dann müsstest du schon ein paar Wochen warten, denn so lange wird mein Besuch bleiben.«

Die Frau drehte sich zögernd wieder um und blickte Eilika verunsichert an. Diese musterte sie freundlich und zeigte auf den freien Stuhl. Alda hatte inzwischen die Tür geschlossen und schob die junge Frau sanft auf den Tisch zu. Nachdem sich die beiden gesetzt hatten, betrachtete Alda sie fragend, doch die Frau blieb stumm und starrte auf den Tisch, während ihre beiden Kinder sich an sie klammerten. Eilika, die spürte, dass die Besucherin mit der Kräuterfrau unter vier Augen reden wollte, erhob sich. Überrascht merkte sie, dass Aldas Hand auf ihrer Schulter lag und sie wieder sanft auf ihren Platz drückte.

»Nun, Emma, was kann ich für dich tun? Du brauchst keine Angst zu haben. Das hier ist Eilika, sie ist verschwiegen.« Alda war ihre Ungeduld kaum anzumerken.

Emma sah auf und holte tief Luft. »Es geht wieder einmal um diese Krämpfe. Ich konnte es kaum glauben, als die Blutungen heute Morgen wieder eingesetzt haben, schließlich ist Marie kaum sieben Monate. Bei Berta hat es damals fast ein Jahr gedauert. Und dann kommt Johann auch noch jede Nacht zu mir. Es wird nicht lange dauern, und ich bin wieder schwanger. Du musst mir helfen.«

Eilika empfand Mitleid mit dieser jungen Frau. Gespannt musterte sie Alda, die sich alles mit unbewegter Miene angehört hatte.

»Meine Liebe, gegen die Krämpfe kann ich dir natürlich etwas geben, beim letzten Mal hat es dir ja auch schnell geholfen, doch bei deinem anderen Problem kann ich dir nicht helfen. Johann ist dein Ehemann. Es ist also sein gutes Recht, sooft er will bei dir zu liegen. Aus solchen Dingen halte ich mich heraus.« Alda stand auf und ging langsam auf den großen Schrank zu, der in der einen Ecke stand.

Eilika war er gleich bei ihrer Ankunft aufgefallen, doch

sie hatte vergessen, danach zu fragen. Als Alda ihn öffnete und eine kleine Tonschale herausnahm, hörte sie hinter sich ein leises Schluchzen. Sie schloss kurz die Augen und presste die Lippen aufeinander, dann ging sie, mit dem Gefäß in der Hand, auf den Tisch zu. Eilika hatte inzwischen den Arm um Emmas Schultern gelegt. Ein Unterfangen, das sich als sehr schwierig herausstellte, denn beide Kinder hatten ebenfalls angefangen zu weinen und klammerten sich an ihre Mutter. Hilflos sah Eilika zu Alda auf. Diese zuckte kurz mit den Schultern und verdrehte die Augen, dann ging sie kurz entschlossen zum Schrank zurück, öffnete ihn erneut und holte abermals eine kleine Schale heraus. Als sie an den Tisch trat, hatte sie außerdem einen kleinen Holzlöffel und zwei Tücher dabei. Nachdem sie sich gesetzt hatte, sah sie verdrießlich auf die weinende Emma und ihre Kinder. Schließlich blieb ihr Blick an Eilika hängen, die noch immer vergeblich versuchte, die Frau zu trösten.

Alda atmete tief durch und sagte mit ruhiger Stimme: »Emma, könntest du mir vielleicht kurz zuhören?« Dabei legte sie sacht ihre linke Hand auf den Arm der jungen Mutter.

Emma, die ihr Gesicht in den Haaren ihrer Tochter vergraben hatte, blickte Alda aus rotgeweinten Augen an. Dann fiel ihr Blick auf die beiden kleinen Gefäße, und ihr Schluchzen verebbte. Nachdem die Mutter sich wieder gefangen hatte, hörten auch die Kinder mit dem Weinen auf. Emma nahm ihren Umhang, wischte sich die Tränen ab und schnäuzte kräftig. Das Gleiche wiederholte sie bei ihren Kindern.

Als endlich wieder Ruhe eingekehrt war, öffnete Alda den Deckel der ersten kleinen Schüssel und holte zwei Löffel getrockneter Blätter heraus, die sie auf das eine Tuch legte. »Das hier kennst du bereits. Für den Aufguss brauchst du heißes Wasser. Geh sparsam mit den Kräutern um. Den Sud lässt du nur kurze Zeit ziehen, dann gibst du es durch ein sauberes Leinentuch. Trinke es schluckweise, es wird deine Schmerzen schnell lindern.« Während Alda der Besucherin die Anwendung erklärte, hatte sie bereits die Kräuter in dem kleinen Tuch eingeschlagen und das andere Gefäß geöffnet. Eilika blickte neugierig hinein und stellte fest, dass es sich diesmal um getrocknete Früchte handelte. Mit diesen verfuhr Alda auf die gleiche Weise. »Von diesen hier nimmst du ebenfalls nur wenig und gießt sie mit heißem Wasser auf. Lass den Aufguss eine Zeitlang ziehen, dann seihe ihn gleichfalls durch ein Tuch. Du kannst das Getränk unbedenklich längere Zeit stehen lassen. Gib deinem Mann davon in regelmäßigen Abständen etwas in seinen Morgenbrei, dann wird er in der nächsten Zeit nicht mehr jede Nacht bei dir liegen wollen.«

Emmas Gesicht hellte sich bei den Worten der Kräuterfrau auf. »Ich danke dir, liebe Alda.«

Diese hob abwehrend die Hände. »Ich habe nicht gesagt, dass er dich gar nicht mehr aufsuchen wird. Es wird nur weniger werden. Ich weiß nicht, ob dir bekannt ist, dass es schon reicht, wenn der gute Johann einmal bei dir gelegen hat. Die nächste Schwangerschaft kann ich dir nicht ersparen.«

Emmas strahlender Gesichtsausdruck hatte sich ein wenig verdüstert, doch dann schüttelte sie den Kopf und erwiderte resigniert: »Ich bin schon froh, wenn ich ab und zu mal meine Ruhe habe. Ich liebe ihn ja, aber manchmal ist er mir einfach zu anstrengend.«

Eilika bemerkte zu ihrer Verwunderung, dass Alda sich nur mühevoll ein Grinsen verkneifen konnte. Ihr fiel wieder die Nacht mit Robert ein, und sie konnte sich nicht vorstellen, dass ihr dieses wundervolle Beisammensein jemals zu viel werden könnte. Allerdings, gestand sie sich düster ein, würde es sich wahrscheinlich sowieso nicht wiederholen. Sie stand ruckartig auf und ging zu dem Schrank, um sich den Inhalt genauer anzusehen.

Alda hatte sich kurz von Eilika ablenken lassen, wandte sich jetzt jedoch wieder Emma zu. »Ich warne dich. Wenn du irgendjemandem davon erzählst, werde ich es erfahren. Behalte es für dich.« Aus den Augenwinkeln sah sie, dass Eilika sie verwundert anstarrte.

Emma wurde bleich, und sie nickte schnell. »Du brauchst dir keine Sorgen zu machen, ich werde bestimmt niemandem etwas sagen.« Dann holte sie einen Beutel hervor, den sie sich über die Schulter gehängt hatte. Eilika war er vorher nicht aufgefallen, da das Baby den Blick darauf versperrt hatte. Jetzt nahm Emma eine kleine Holzschale heraus und reichte sie Alda. »Ich kann dir diesmal leider nur ein wenig Butter geben. Mehl haben wir selbst kaum noch.«

Eilika, die sich mit dem Rücken an den Schrank gelehnt hatte, bemerkte den bittenden Gesichtsausdruck der jungen Frau.

Alda winkte ab. »Behalte euer Mehl. Ihr braucht es dringender als ich. Die Butter genügt völlig. Ich hole nur schnell eine meiner Schalen, dann kannst du deine gleich wieder mitnehmen.« Sie stand auf und ging zu dem Regal mit dem Geschirr. »Wo hast du eigentlich deine beiden anderen Kinder gelassen?«

Eilika starrte die alte Frau ungläubig an. Emma war kaum älter als sie selbst und schon vierfache Mutter! Jetzt verstand sie deren Wunsch nach etwas Ruhe schon viel besser.

Emma war inzwischen ebenfalls aufgestanden und steckte die Holzschale, die Alda ihr reichte, wieder in den Stoffbeutel. »Mein Großer ist bei Johann. Er ist der Meinung, dass Karl mit seinen sechs Jahren alt genug ist, um ihm auf dem Feld zu helfen. Alfred ist bei meiner Mutter. Daher muss ich mich auch sputen, denn er ist ein rechter Wildfang und wird ihr oft zu viel. Schließlich geht es ihr auch nicht mehr so gut.«

Alda nickte und ging abermals zum Schrank. Bevor

Eilika reagieren konnte, wurde sie bereits unsanft zur Seite geschoben. Die alte Frau nahm aus einem der vielen Töpfchen ein paar Kräuter heraus, wickelte sie in ein Tuch und reichte sie Emma. »Deine Mutter soll sich hieraus einen Aufguss machen und ihn möglichst heiß trinken. Er wird sie stärken und ihr wieder Kraft geben. Richte ihr meine Grüße aus.«

Emma dankte ihr und ging mit den Kindern zur Tür. Dort blickte sie erneut über die Schulter und lächelte Eilika und Alda zu. Dann ging sie hinaus und zog die Tür hinter sich zu.

Eilika saß noch immer am Tisch und starrte auf die Tür, hinter der Emma mit ihren Kindern verschwunden war, als Alda bereits wieder am Schrank stand und zwischen den vielen kleinen Töpfchen kramte. Ein fast vergessenes Gefühl war in ihr aufgestiegen, als Alda der jungen Frau die Kräuter herausgesucht hatte. Plötzlich sah sie deutlich die Gesichter ihres Vaters und ihrer Freundin Landine vor sich. Die ganze letzte Zeit waren ihre Gedanken nur von Robert und ihrer eigenen Schmach erfüllt gewesen. Dabei hatte sie völlig übersehen, dass sie ihrem Traum, anderen helfen zu können, noch nie zuvor so nah gewesen war wie jetzt. Sie brauchte nur die Augen zu öffnen! Das Schicksal hatte es gut mit ihr gemeint, denn sie lebte hier bei Alda, einer Heilkundigen! Von neuem Mut erfasst, nahm sie sich vor, das Glück der Stunde zu nutzen. Ihren Plan, die alte Frau zu verlassen, um alleine weiterzuziehen, musste sie dadurch nicht aufgeben, sie würde ihn einfach nur verschieben. Wenn Alda ihr die Möglichkeit gäbe, etwas über die Kräuterheilkunde zu lernen, könnte sie dieses Wissen wunderbar auf ihrem weiteren Weg nutzen. Eilika wurde ganz schwindelig bei dem Gedanken, aber sie musste es vorsichtig angehen, damit die Heilerin sich nicht überrumpelt fühlte. Eilikas Furcht vor ihr war zwar nicht verschwunden, allerdings deutlich geringer geworden, seit sie gesehen hatte, wie rücksichtsvoll Alda mit Emma umgegangen war. Außerdem musste sie noch eine Sache klären, bevor sie mit ihrem Anliegen an die alte Frau herantreten konnte.

»Alda«, fragte sie schließlich, ohne sich umzudrehen, »warum hast du Emma gedroht, falls sie etwas erzählt?«

Alda brummte kurz vor sich hin, gab aber keine Antwort. Eilika wollte ihre Frage schon wiederholen, als die Heilerin seufzend in ihrer Arbeit innehielt und sich umwandte. »Wegen dieser Art von Hilfe hatte ich vor langer Zeit Ärger mit der Kirchenobrigkeit. Die Äbtissin des Frauenstifts hat mir damals sehr zur Seite gestanden, denn sie hat zumindest meine Heilkünste schon immer sehr geschätzt. Ich will nicht, dass sich die Anschuldigungen aus dieser Zeit wiederholen. Das ist alles.«

Eilika merkte zwar, dass Alda nicht weiter darüber reden wollte, konnte aber ihre Neugier nicht zügeln. »Was würdest du tun, falls Emma doch etwas erzählt?«

Die alte Frau warf das kleine Tontöpfchen auf das Brett. »Was ich dann tun würde? Das ist ja das Gute an dem zweifelhaften Ruf, den ich genieße. Ich kenne mich nämlich nicht nur in der Heilkunst gut aus, sondern verfüge zudem über hellseherische Fähigkeiten. Ich nehme an, dass Robert dir schon ein wenig über mich erzählt hat. Ich komme gar nicht in die Verlegenheit, meine Drohung wahrzumachen, denn die Angst vor mir ist bei Leuten wie Emma viel zu groß!«

Eilika war bei dem unerwarteten dumpfen Knall zusammengezuckt. Nun starrte sei Alda mit weit aufgerissenen Augen an. Diese blickte unverwandt zurück, bis sie plötzlich aufstöhnte und sich eine Hand in die Seite presste. Augenblicklich vergaß Eilika ihre Furcht, stürzte auf Alda zu, legte den Arm um sie und half ihr dabei, sich hinzusetzen. Es dauerte eine Weile, bis sich die Hand der Alten wieder entspannte und ihr flacher Atem ruhiger wurde.

Sie hob den Kopf und sah Eilika an. »Ich meine die gleiche Furcht, die ich manchmal auch in deinen Augen erblicke.« Eilika wollte etwas erwidern, doch sie winkte müde ab. »Nachher, ich muss mich jetzt ein wenig ausruhen. Die Kräuter müssen eben noch einen Tag länger warten.«

Eilika verließ leise die Hütte und ging mit langsamen Schritten an die Arbeit. Sie ärgerte sich maßlos darüber, dass sie wieder einmal nicht nachgedacht hatte, denn sie wollte Alda nicht zu nahe treten. Vielleicht hätte die Heilerin zu einem späteren Zeitpunkt anders auf diese Frage reagiert. Möglicherweise wäre es ihr sogar gelungen, etwas über die damaligen Schwierigkeiten in Erfahrung zu bringen. Robert hatte ihr davon nichts erzählt, doch Eilika vermutete, dass es mit dem Tod des dänischen Adeligen zusammenhing. Sie glaubte sich zu erinnern, dass Robert die Äbtissin als Retterin bezeichnet hatte.

Während sie weiter trockenes Holz zusammensuchte, machte sie sich wieder einmal Gedanken über ihre Zukunft. Alda schien es nicht gut zu gehen, das war offensichtlich. Sie konnte die alte Frau im Augenblick nicht allein lassen, zudem hatte sie noch immer vor, Alda zu fragen, ob sie von ihr lernen könnte.

Eilika legte die gesammelten Zweige und Äste auf einen Stapel neben der Bank.

In dem Augenblick öffnete sich die Tür der Hütte, und Alda kam heraus. Ihr Blick war milde, als sie Eilika ansah. »Danke, dass du an das Holz gedacht hast.«

Eilika nickte beklommen. Dann fasste sie sich ein Herz und entschuldigte sich bei der alten Frau.

Doch diese wehrte ab. »Es ist an mir, mich bei dir zu entschuldigen. Deine Neugierde ist ganz normal, aber ich habe schon zu viel erlebt und reagiere oft unwirsch darauf.«

Schon zuversichtlicher, wagte das Mädchen einen weiteren Versuch: »Alda, ich habe eine Bitte an dich. Könntest du mich in deinem Wissen über die Kräuter unterweisen?« Als sie das Stirnrunzeln der Heilerin bemerkte, fügte sie schnell hinzu: »Natürlich werde ich weiterhin auch alle anderen Arbeiten erledigen.«

Wieder lag Aldas durchdringender Blick auf Eilika, und schließlich schüttelte sie bedauernd den Kopf. »Es ehrt mich, dass du von mir lernen möchtest, doch im Augenblick denke ich, hast du mit deinen Aufgaben genug zu tun.« Eilika gelang es nicht, ihre Niedergeschlagenheit zu verbergen, und Alda ging ein paar Schritte auf sie zu. »Lass den Kopf nicht hängen, ich habe eine Überraschung für dich. Wir werden in den Ort hinuntergehen. Ich möchte vermeiden, dass zu viele Leute uns mit fadenscheinigen Gründen in den nächsten Tagen besuchen kommen.«

Eilika hatte ihr nur mit halbem Ohr zugehört. Sie verstand nicht ganz, warum Alda die Leute aus dem Ort fürchtete, und fragte nach.

»Das liegt doch auf der Hand. Emma wird in Windeseile verbreiten, dass du für einige Zeit bei mir lebst. Die Leute sind misstrauisch und werden diese seltsame Person mit eigenen Augen betrachten wollen.« Sie zwinkerte dem Mädchen zu und schloss den Schrank, offenbar wieder ganz die Alte. Von der gekrümmten Gestalt von vorhin war nichts mehr zu erkennen. »Hol deinen Umhang, wir wollen aufbrechen. Bei der Gelegenheit können wir gleich frisches Brot kaufen, und um dein neues Kleid werden wir uns heute Nachmittag kümmern.«

Alda holte aus dem zweiten Schrank, der etwas größer war, einen Beutel sowie einen Umhang für sich selbst heraus. Während sie ins Freie trat, ergriff sie einen Stock, den sie als Stütze beim Gehen nutzte. Eilika schnappte sich schnell ihren Umhang, schloss die Tür hinter sich und eilte ihr nach.

Das Wetter war gut, und das Mädchen genoss den kleinen Spaziergang. Alda ging nicht so langsam, wie Eilika erwartet hatte, doch sie hinkte kaum merklich, und Eilika bot ihr den Arm als zusätzliche Stütze an. Als sie aus dem Wald hinaustraten, lag Quedlinburg vor ihnen. Auf den Feldern um den Ort herum wurde emsig gearbeitet. Eilika freute sich darauf, wieder unter fröhliche Menschen zu gelangen, daher wunderte sie sich zunächst nur ein wenig darüber, dass die Leute, denen sie unterwegs begegneten, kaum grüßten. Die meisten wandten den Kopf ab oder vertieften sich in ihre Arbeit, und auch Alda starrte fast die ganze Zeit stur vor sich hin. Doch wenn Eilika über die Schulter sah, bemerkte sie die musternden Blicke der anderen. Sie konnte sich keinen Reim darauf machen und ging nachdenklich neben Alda weiter zwischen den Häusern hindurch, die unter dem Burgplateau standen. Der Weg, der sich hoch zur Burg und zum Stift schlängelte, war genauso überfüllt wie am Tag zuvor, als Robert und Ingulf ihn beschritten hatten. Allerdings mussten Eilika und Alda nicht drängeln, denn die Leute machten ihnen Platz, so dass eine kleine Gasse entstand.

Mittlerweile hatte sich die fröhliche Stimmung Eilikas gewandelt. Bedrückt ließ sie den Kopf hängen, um nicht den manchmal sogar ängstlichen Blicken der Leute begegnen zu müssen. Ihr war inzwischen klar geworden, warum die Menschen hier sich Alda gegenüber so verhielten. Es musste mit dem Fluch zusammenhängen, von dem Robert ihr erzählt hatte. Die Freude auf den Ausflug nach Quedlinburg war ihr jedenfalls gründlich vergangen, und sie konnte es kaum erwarten, diesen Ort zu verlassen und in das stille Haus im Wald zurückzukehren. Verstohlen betrachtete sie Alda von der Seite. Es war ihr nichts anzumerken, vielmehr trug diese den Kopf sogar noch ein klein wenig höher als sonst, fand Eilika.

Die Wachen am Torbogen ließen die beiden Frauen ungehindert passieren, und schließlich gelangten sie auf den Marktplatz, auf dem reges Treiben herrschte. Alda blieb stehen und wandte sich Eilika zu. »Wir werden jetzt einen Laib Brot kaufen und dann wieder nach Hause gehen. Ich denke, mittlerweile haben dich alle gesehen.« Langsam ging sie weiter und hielt auf einen Stand zu, an dem eine jüngere Frau ihre Waren verkaufte. Hinter ihr standen einige gut gefüllte große Brotkörbe.

Als sie die Kräuterkundige erblickte, nickte diese ihr freundlich zu. »Guten Morgen, Alda, schön, dich mal wieder hier bei uns zu sehen. Warst lange nicht mehr da. Ich hatte schon befürchtet, dass es dir nicht gut geht. In ein paar Tagen wäre ich bestimmt zu dir hinaufgekommen.«

Alda erwiderte: »Das kann ich mir denken, Meregard. Wahrscheinlich waren die meisten heilfroh bei dem Gedanken, mich endlich los zu sein, und jetzt sind alle enttäuscht, da ich wieder aufgetaucht bin. Na ja, noch ist meine Zeit nicht gekommen, deshalb brauche ich auch einen Laib Brot. Und dein Brot ist wirklich unschlagbar.«

Die junge Frau gab ein helles Lachen von sich, als sie sich bückte und nach einem schönen braunen Brot griff. »Ich habe gehört, dass Robert gestern hier war. Leider habe ich ihn nicht gesehen, und er hatte anscheinend auch keine Sehnsucht nach mir. Dass du Besuch hast, hat sich auch bereits herumgesprochen.« Meregard warf Eilika einen kurzen Blick zu. »Hat sie in irgendeiner Form mit Robert zu tun? Du würdest es mir doch bestimmt sagen, oder?«

Jetzt war es an Alda, laut aufzulachen. »Wenn du es genau wissen willst, und das willst du sicher, war er es, der das Mädchen zu mir gebracht hat. Sie heißt Eilika, und du brauchst sie nicht so unfreundlich anzusehen, denn sie ist sehr nett.« Dabei zwinkerte sie Eilika zu. »Ob sonst noch etwas ist, musst du Robert schon selbst fragen, wenn er in ein paar Wochen zurückkommt.« Alda ergriff das Brot und packte es in ihren Stoffbeutel, den Eilika ihr sofort abnahm.

Sie hatte es mittlerweile satt, dass in ihrer Gegenwart über sie geredet wurde, daher hob sie den Kopf und sah Meregard durchdringend an. Dabei stellte sie fest, dass die junge Frau sehr hübsch war. Sie hatte sie vorher nur flüchtig betrachtet, doch jetzt fielen ihr die schönen dunklen Augen und der volle, große Mund auf. Im Kontrast zu ihren ebenfalls dunklen Augenbrauen standen ihre weizenblonden Haare, die sie mit einem Haarband zusammenhielt. Eilika schätzte sie auf Anfang zwanzig, doch im Gegensatz zu Emma sah Meregard blendend aus. Trotz des abschätzenden Blickes, den sie Eilika zuwarf, war sie ihr nicht unsympathisch.

»Herr Robert hat mich zu Alda gebracht, da ich mich in einer Notlage befunden habe. Mein Bruder war auch dabei, und er begleitet den Ritter auf seinem weiteren Weg. Davon einmal abgesehen, verbindet uns weiter nichts, und ich bin sicher, dass er dich bei seinem nächsten Besuch aufsuchen wird.« Eilika drehte sich um und entfernte sich von dem Stand.

Alda sah ihr sprachlos nach. Dann nickte sie Meregard freundlich zu und folgte dem Mädchen.

Eilika war inzwischen bei einer Frau stehen geblieben, die auf einem Tisch mehrere Ballen Leinentuch ausgebreitet hatte. Sie dachte an ihr zerrissenes Unterkleid und ließ sehnsüchtig ihre Hand über die hellen Stoffe gleiten.

»Ich hätte dir so eine Scharfzüngigkeit gar nicht zugetraut.« Alda, die sich neben Eilika gestellt hatte, bemerkte deren Blick. »Gefällt dir der Stoff, Mädchen? Dann kauf dir mit deinem Geld etwas davon.« Sie griff in ihren Beutel, um ein paar Münzen herauszuholen.

Eilika hob abwehrend die Hände. »Ich will von dem Geld nichts. Mein altes Unterkleid ist noch gut genug zum Ausbessern.«

Die Alte zuckte mit den Schultern und zog die Schnur an dem kleinen Beutel wieder zusammen. »Wie du willst. Dann lass uns jetzt nach Hause gehen. Es wird Zeit.«

Eilika hielt ihr wieder den Arm hin, und Alda wollte ihn gerade mit ihrer Hand umfassen, als hinter ihnen eine tiefe Stimme ertönte.

»Was ist los mit dir, Alda? Wolltest du unsere schöne Stadt etwa schon wieder verlassen, ohne wenigstens ein paar Worte mit mir gewechselt zu haben?«

Beide Frauen drehten sich um und sahen sich einem grossen Ritter gegenüber. Alda entzog Eilika ihre Hand und legte sie dem Mann leicht auf die Wange. »Gerald, mein Junge, schön, dich zu sehen.«

Der Ritter nahm Aldas Hand in seine grossen Hände und küsste sie leicht. »Ob du es glaubst oder nicht, gestern hatte ich vor, bei dir vorbeizukommen. Dabei ist mir dann Robert über den Weg gelaufen.« Eilika, die bisher alles mit Interesse verfolgt hatte, hing jetzt förmlich an den Lippen des Mannes. »Als er mir sagte, dass er gerade von dir kommt, habe ich meinen Besuch auf später verschoben.« Er wandte sich Eilika zu. »Du musst Aldas neue Mitbewohnerin sein, von der mir Robert erzählt hat. Allerdings hat er mir verschwiegen, wie hübsch du bist.«

Eilika errötete leicht und dankte ihm. Gerald liess seinen Blick noch einen Augenblick auf ihr ruhen, dann wandte er sich wieder Alda zu. Das Gespräch der beiden drehte sich um eine Person namens Jolanda. Eilika, der diese Frau nicht bekannt war, schlenderte langsam weiter in Richtung des Tores. Ihr war auf dem Hinweg bereits aufgefallen, dass man von der kleinen Mauer, die alle Gebäude hier oben umschloss, einen herrlichen Ausblick in die Landschaft hatte. Als sie an der Mauer ankam, entdeckte sie dahinter einen Kräutergarten, in dem einige Schwestern des Stiftes arbeiteten.

Eilika sah ihnen dabei zu, bis lautes Schreien sie aufschrecken liess. Am Ende des Torwegs, nicht weit von ihr, stand wie erstarrt ein kleines Mädchen von ungefähr zwei Jahren. Es hatte ihr den Rücken zugewandt und sah den Weg hinunter. Eilika blickte nun ebenfalls in die Richtung und bemerkte voller Entsetzen einen grossen schwarzen Hund, der den Weg hochraste. Er hatte die Zähne gefletscht, Speichel lief ihm aus der Schnauze und die Leute wichen entsetzt vor dem großen Tier zurück. In dem Moment wandte sich das Kind um und begann auf seinen Beinchen loszurennen, doch nach ein paar Schritten stolperte es und fiel der Länge nach hin.

Eilika überlegte nicht lange, sondern lief los und griff dabei nach dem Beutel mit dem Brot, der um ihre Schulter hing. Sie kam fast gleichzeitig mit dem Tier bei dem Mädchen an, das sich bereits leicht aufgerappelt hatte. Es kniete und hielt sich laut weinend die aufgeschlagenen Hände. Eilika stieß das Kind mit der linken Hand kräftig zur Seite. Mit dem Brotbeutel in der anderen Hand holte sie mit aller Kraft aus und traf damit den Kopf des Hundes, der bereits zum Sprung angesetzt hatte. Das Tier jaulte kurz auf und fiel auf die Seite, doch gleich danach sprang es wieder auf und stellte sich mit drohendem Knurren vor Eilika. Ohne auf das laute Geschrei um sie herum zu achten, hielt sie den Beutel fest umklammert, wohl wissend, dass er ihr nicht viel nützen würde. Plötzlich sprang der Hund auf sie zu und riss sie zu Boden. Mit der einen Hand versuchte sie sich abzufangen, in der anderen hielt sie noch immer den Beutel mit dem Brot, um damit Gesicht und Hals zu schützen. Der Hund biss in den Beutel und zerrte heftig daran. Speichel tropfte ihr aufs Kleid, und sie versuchte, sich unter dem Tier hervorzuwinden.

Im nächsten Moment wurde der Hund von ihr heruntergerissen, und ein leises Jaulen ertönte. Eilika rappelte sich auf und sah zur Seite, wo neben ihr das große schwarze Tier lag. Es hatte die Augen geschlossen, Schaum stand ihm noch vor der offenen Schnauze. Der Ritter, der sich vorhin noch mit Alda unterhalten hatte, zog gerade sein Messer aus dem Nacken des Tieres. Gleich darauf sprudelte Blut aus der Wunde. Der Mann wischte das Messer am Fell des Hundes ab und erhob sich, dann drehte er sich zu Eilika um und reichte ihr die Hand. Noch leicht durcheinander, ergriff sie diese und ließ sich von ihm hochziehen. In dem Augenblick sackten ihre Beine weg, und sie war froh darüber, dass Gerald sie stützte.

»Du hast meiner Tochter das Leben gerettet. Dafür werde ich ewig in deiner Schuld stehen.« Er schob sie ein Stück von sich und sah sie forschend an. Eilika war leichenblass und zitterte. »Geht es wieder?«

Sie nickte, noch immer leicht benommen. Daraufhin nahm er vorsichtig eine Hand von ihrem Arm und verbeugte sich leicht.

Als sie zu einer Erwiderung ansetzte, ertönte plötzlich ein lauter Schrei. »Jolanda, mein Liebling! Wo bist du?«

Eilika sah sich um und erblickte das kleine Mädchen. Es stand bei Alda, die tröstend den Arm um seine Schultern gelegt hatte. Jetzt entwand sich das Mädchen der Umarmung und lief auf die Frau zu, die geschrien hatte. Eilika riss erstaunt die Augen auf, als sie erkannte, um wen es sich handelte. Es war die Frau vom Brotstand, die Jolanda mittlerweile hochgehoben hatte und in den Armen hielt. Das Kind weinte laut und klammerte sich fest an die junge Frau. Diese sah in dem Moment zu Eilika hinüber, und sie bemerkte den wechselnden Gesichtsausdruck. Die Dankbarkeit schlug um in Verwunderung, und entsetzt fiel Eilika ein, dass der Ritter noch immer ihre Hand festhielt. Mit einem Schlag war ihre Benommenheit verflogen. Ruckartig zog sie sie zurück und sah ihn entschuldigend an.

»Ihr seid mir nichts schuldig. Schließlich habt Ihr mir soeben das Leben gerettet.« Sie nickte ihm nochmals zu und ging dann auf Alda zu.

Die Umstehenden, die alle dem Schauspiel zugesehen hatten, zerstreuten sich langsam, und auch die Nonnen, die an der Mauer gestanden hatten, begaben sich wieder an die Arbeit. Als Eilika bei Alda angekommen war, hakte diese sich bei ihr ein, und beide gingen langsam in Richtung des Torbogens.

»Das werde ich dir niemals vergessen. Hab Dank dafür.«

Eilika blickte über die Schulter und sah in das lächelnde Gesicht von Meregard, die immer noch die kleine Jolanda engumschlungen hielt. Sie erwiderte das Lächeln und setzte ihren Weg mit Alda fort.

Es war schon später Nachmittag, als sie zu Hause ankamen. Den Heimweg hatten sie fast schweigend zurückgelegt. Erst nachdem sie schon über die Hälfte des Weges hinter sich hatten, fiel Eilika ein, dass sie den Beutel mit dem Brot liegengelassen hatte. Allerdings war es, nachdem der Hund mehrfach hineingebissen hatte, sicher sowieso nicht mehr zu gebrauchen. Alda wollte am nächsten Tag noch einmal Brot kaufen gehen. Als Eilika die Tiere versorgt und frisches Wasser vom Bach geholt hatte, aßen sie zusammen zu Abend. Im Nachhinein erschien ihr die ganze Episode mit dem Hund absolut unwirklich, und sie war zutiefst erstaunt über ihr eigenes Handeln.

»Alda, warum war die junge Frau vom Brotstand so aufgelöst wegen des kleinen Mädchens? Alle anderen haben dem Geschehen völlig unbeteiligt zugesehen. Wieso nicht sie?«

Die alte Frau legte seufzend den Löffel zur Seite, mit dem sie den kräftigen Eintopf gegessen hatte. »Meregard hat die kleine Jolanda an ihrer Brust großgezogen, da die Frau von Ritter Gerald kurz nach der Geburt gestorben ist. Auch ich konnte ihr damals leider nicht helfen. Das muss jetzt knapp zwei Jahre her sein. Eine Woche davor hatte Meregard ihr Kind bekommen. Es war schon tot, als es auf die Welt kam. Für die kleine Jolanda war es aber die Rettung, und die beiden haben sich gegenseitig den Verlust ersetzt. Ritter Gerald hat Meregard nach dem Tod ihres Mannes mit der kleinen Backstube sehr geholfen. Er hat auch seine Tante, die Äbtissin, dazu überredet, dass die Nonnen ihr bei den

Rezepturen zur Seite standen. Er gehört zu den wenigen anständigen Männern, die ich kenne und ist Meregard sehr dankbar.« Alda nahm wieder ihren Löffel zur Hand, um die Reste aus ihrer Schüssel zu essen.

Lange Zeit war nur das leise Knistern des Feuers zu hören. Als Alda aufgegessen hatte, nutzte Eilika die Möglichkeit, eine weitere Frage loszuwerden. »Warum sind die beiden anscheinend die einzigen Menschen in dem ganzen Ort, die keine Angst vor dir haben?«

Die Heilerin sah sie müde an. »Diese eine Frage will ich dir heute noch beantworten. Sie sind nicht die Einzigen, Eilika. Die Äbtissin gehört auch nicht zu den Menschen, die mich hassen. Uns verbindet zwar keine Freundschaft, aus Gründen, die zu vielschichtig sind, um sie dir zu erklären, doch wir respektieren einander, und ich habe ihr unter anderem die Tatsache zu verdanken, dass ich hier leben darf. Menschen wie Emma kommen zu mir, wenn sie Hilfe brauchen, die sie von den Frauen aus dem Stift nicht bekommen können oder wollen. Geht es ihnen dagegen gut, kennen sie mich nicht mehr. Aber es ist mir gleich, denn Emma weiß es nicht besser.«

Alda hatte während der ganzen Zeit ins Feuer gesehen. Jetzt verstummte sie, und Eilika hatte den Eindruck, als wäre sie mit ihren Gedanken woanders. Nach einer Weile kam sie doch noch auf Eilikas Frage zurück, und danach kam es der Magd so vor, als würde sie Meregard bereits seit langer Zeit kennen. Sie erfuhr, dass die junge Frau als Kind bereits im Stift hatte helfen müssen, da ihre Eltern früh gestorben waren. Wahrscheinlich führte der Umgang mit den gebildeten Nonnen dazu, dass sie eine andere Sichtweise erlangte. Als sie älter und zusehends hübscher wurde, setzte sie auch gelegentlich ihr gutes Aussehen für ihre Ziele ein. Trotzdem war Alda anzumerken, dass sie Meregard sehr mochte. Sie rechtfertigte deren oft sehr direkte Art und hob ihre guten Eigenschaften hervor. Spätestens nachdem Jolanda in die Obhut der jungen Frau gekommen war, trat ihr gutes Herz offen zu Tage.

Alda wandte den Blick vom Feuer und sah Eilika offen an. »Vielleicht ist dir ihr Interesse an Robert aufgefallen, und allein aus diesem Grund hätte sie sich mir gegenüber anständig verhalten müssen, denn Robert hat alle verachtet, die mich am liebsten aus der Stadt gejagt hätten. Er hielt sich, bedingt durch seine Mutter, oft im Stift auf, wo Gerald und er zusammen unterrichtet wurden. Gerald ist ein paar Jahre älter als Robert, und die beiden haben sich ziemlich schnell angefreundet. Selbst als Gerald aufgrund seines Alters und seines Standes als Knappe zu einem Ritter musste, tat das ihrer Freundschaft keinen Abbruch.«

Eilika hörte der alten Frau wie gebannt zu. So erfuhr sie, dass Robert es der damaligen Pröpstin zu verdanken hatte, dass er als Knappe zu einem ihrer Brüder, Geralds Vater, in die Lehre konnte.

Alda kam zum Ende ihrer Ausführungen. »Gerald war oft mit Robert bei mir. Er war ein netter Junge und hat sich diese Eigenschaft bis heute bewahrt.«

Eilika konnte nicht genug davon bekommen, mehr aus Roberts Leben zu erfahren. »Du hast gesagt, dass sich Robert wegen seiner Mutter oft im Stift aufgehalten hat. Warum war sie dort? Er hat mir kaum etwas von ihr erzählt.«

Alda gähnte herzhaft und erhob sich von ihrem Stuhl. »Ich werde dir gerne noch von ihr erzählen, allerdings nicht jetzt. Aus mir bekommst du heute nichts mehr heraus. Gute Nacht, und schlafe gut.«

Eilika saß noch einige Zeit am Tisch und sah dem flackernden Feuer zu. Dann räumte sie das Geschirr ab, spülte es sorgfältig in dem Wasser, das im Eimer bereitstand, zog ihr Kleid aus und ging ebenfalls zu Bett. An Schlaf war jedoch nicht zu denken, denn das soeben Gehörte beschäftigte sie zu sehr. Außerdem merkte sie, dass ihre Furcht vor

Alda fast völlig verschwunden war, und sie konnte sich einfach nicht vorstellen, dass die alte Frau böswillig das Leben anderer Menschen zerstörte. Eilika fühlte sich in ihrer Gegenwart immer wohler, und sie beschloss, am nächsten Tag noch einmal einen Versuch zu wagen. Vielleicht konnte sie Alda ja doch dazu bewegen, ihr einiges beizubringen.

Unruhig warf Eilika sich hin und her. Sie versuchte, sich auf die gleichmäßigen Atemzüge Aldas zu konzentrieren, in der Hoffnung, selbst Ruhe zu finden, aber ihre Gedanken waren anderer Meinung. Unerwartet tauchte Roberts Gesicht in der Dunkelheit auf. Bislang hatte sie recht erfolgreich die Gedanken an ihn verdrängt, doch sie fühlte, dass sie sich dem stellen musste. Wenn sie schon nicht schlafen konnte, warum dann nicht jetzt?

Sollte sie Alda umstimmen können, würde sie ihr Vorhaben, allein weiterzuziehen, vorerst aufgeben müssen. Wahrscheinlich wäre sie dann sogar noch immer hier, wenn Robert mit Ingulf zurückkäme. Sie gestand sich zum ersten Mal ein, dass nicht nur ihr Bruder ihr unglaublich fehlte, und der Schmerz, den sie bei dem Gedanken an Robert empfand, war fast körperlich. Trotzdem musste sie ihre Zukunft ohne ihn planen, denn ein Zusammenleben ohne den Segen der Kirche kam für sie nicht in Frage. Allein aus diesem Grund wäre es wundervoll, wenn sie von Alda lernen könnte, denn dann könnte sie mit ihrem Wissen anderen Menschen helfen und gleichzeitig selbst für ihren Lebensunterhalt sorgen. Eilika wurde immer aufgeregter anstatt ruhiger.

Andere Möglichkeiten schloss sie kategorisch aus, und viele blieben sowieso nicht übrig. Jemanden heiraten, um versorgt zu sein, kam für sie nicht in Frage, und ein Leben im Kloster, wie es Roberts Mutter gewählt hatte, reizte sie ebenso wenig. Wieder Robert! Sie würde bis zu ihrem Wiedersehen an sich arbeiten, damit sie ihm selbstbewusst gegenübertreten konnte, um ihm ihre abschlägige Meinung mitzuteilen. Einerseits fühlte sie sich zu ihm hingezogen, andererseits machte es sie furchtbar wütend, dass er so eine Macht über sie ausübte. Nun, sie würde ihm zeigen, dass sie auch vernünftig sein konnte. Allerdings anders, als er es plante.

Schließlich fiel sie in einen unruhigen Schlaf.

14. KAPITEL

Als Eilika am nächsten Morgen aufstand, schlief Alda noch. Sie bemühte sich, leise zu sein, um die alte Frau nicht zu wecken, doch sie fühlte sich wie gerädert, denn viel Schlaf hatte sie in der letzten Nacht nicht erhalten. Anschließend begann sie mit ihren Arbeiten, und nachdem sie die Tiere versorgt und Wasser geholt hatte, ging sie ins Haus zurück. Zu ihrem Erstaunen lag Alda noch immer im Bett. Erst dachte Eilika, dass sie noch immer schliefe, doch bei genauerem Hinsehen erkannte sie, dass die Heilerin die Augen geöffnet hatte. Aldas Gesicht war schmerzverzerrt.

Eilika setzte sich neben sie und strich ihr sanft über die Hände, die sie gegen den Bauch gepresst hielt. »Was fehlt dir? Kann ich irgendetwas für dich tun?«

Alda presste die Lippen aufeinander und schloss kurz die Augen, dann wies sie mit ihrer Hand in Richtung Tür. Eilika kam ihrem Wunsch enttäuscht nach und ging wieder aus dem Haus. Draußen setzte sie sich auf die Bank und sah der aufgehenden Sonne zu. Es versprach ein schöner Tag zu werden. Einige Zeit später trat auch Alda heraus, die sich inzwischen angezogen und ihre langen Haare lose mit einem Band zurückgebunden hatte. Der schmerzverzerrte Gesichtsausdruck war verschwunden, und Eilika fiel plötzlich auf, wie schön Alda noch immer war. Die alte Frau setzte sich neben sie auf die Bank, und eine Weile lang sprach keine von beiden ein Wort.

Dann griff Alda nach einer Haarsträhne Eilikas und ließ sie durch die Finger gleiten. »Meine Haarfarbe war früher deiner sehr ähnlich, doch ich habe meine Haare, im Gegensatz zu dir, fast immer offen getragen. Ich war nie verheiratet und musste sie aus diesem Grund auch niemals unter einem Tuch verstecken.«

Eilika zeigte keine Regung und stierte weiter mit abweisendem Gesichtsausdruck geradeaus.

Alda liess die Hand wieder sinken und seufzte tief. »Du darfst mir nicht böse sein, dass ich dich vorhin hinausgeschickt habe. Ich gehöre zu den Menschen, die lieber alleine mit ihren Schmerzen sind. Es hat auch nichts mit dir zu tun, denn diese Schmerzen habe ich schon länger, sie treten immer häufiger und heftiger auf.«

Eilika fuhr herum und entgegnete heftig: »Dann weise mich doch nicht ab! Immer wieder komme ich mit Menschen in Berührung, die mir wegsterben, weil ich nicht in der Lage bin, ihnen zu helfen. Hier, bei dir, könnte ich mir endlich das nötige Wissen aneignen, um nicht hilflos dazustehen, und du willst mich nicht unterweisen!« Sie erhob sich abrupt und ging ein paar Schritte.

Alda hatte den unerwarteten Gefühlsausbruch schweigend über sich ergehen lassen und folgte nun mit nachdenklicher Miene der aufgebrachten jungen Frau. »Leider habe auch ich dagegen kein Heilmittel, es wird mich eines Tages umbringen. Vorwürfe, weil du mir nicht helfen kannst, sind unnötig.«

Eilika versuchte, ihre Aufgewühltheit in den Griff zu bekommen. »Woher willst du wissen, dass du daran sterben wirst? Du magst aussergewöhnliche Fähigkeiten besitzen, aber niemand kann sagen, wann und woran er eines Tages sterben wird.«

Alda schüttelte den Kopf und entgegnete mit sanfter Stimme: »Nun, mein liebes Mädchen. Ich nehme dir nicht übel, dass du es anzweifelst. Du musst wissen, dass ich noch ein Kind war, als ich entdeckte, mit welcher Gabe ich gesegnet bin. Ich kann anderen Menschen die Zukunft vorhersagen, und das nur mit Hilfe ihrer Hände. Anfangs war es für mich mehr eine Bürde als eine Gabe, denn ich wusste nicht damit umzugehen und habe lange gebraucht, meine Fähigkeiten richtig einzusetzen. Jetzt, am Ende meines langen Lebens, bin ich dankbar dafür. Doch in einem Punkt hast du recht, ich kann dir nicht auf den Tag genau sagen, wann ich sterben muss. Aber ich weiß, dass mir höchstens ein paar Monate, wahrscheinlich sogar nur noch wenige Wochen bleiben werden.«

Eilika antwortete ihr nicht, denn ihr Hals war wie zugeschnürt. Es war einfach zum Verrücktwerden, dass sie anscheinend weiterhin mit ihrer Hilflosigkeit leben musste. Sie ließ den Kopf hängen und zuckte leicht zusammen, als Alda ihre Hand ergriff.

»Vielleicht ist dein Anliegen an mich doch nicht so verrückt.«

Eilika riss den Kopf hoch und strahlte Alda an, doch bevor sie ihre Freude kundtun konnte, hob diese abwehrend ihre Hand. »Nicht zu schnell, ich bin noch nicht überzeugt davon, dass du dazu geeignet bist. Wir werden sehen, erst einmal werde ich dir einige Kräuter zeigen und dich beim Sammeln mitnehmen. Doch gib gut acht, denn ich werde dich genau beobachten!«

Eilika nickte eifrig und umarmte die alte Frau spontan.

Plötzlich hörten sie Stimmen und Schritte, die sich langsam näherten, und kurz darauf trat der Vater der kleinen Jolanda aus dem Wald auf die Lichtung. Er führte zwei Pferde am Zügel, und auf dem einen saß eine Frau. Sie trug das Gewand einer Nonne, woraus Eilika schloss, dass es sich um jemanden vom Stift handelte. Ritter Gerald hob beim Näherkommen grüßend die Hand, und Alda und Eilika gingen den beiden Besuchern ein wenig entgegen, wobei sich Alda auf Eilikas Arm stützte. Kurz vor dem Haus hielt Gerald die Pferde an und half der Frau, die Eilika auf Mitte vierzig schätzte, vom Pferd.

Alda trat einen Schritt auf die beiden Besucher zu und verbeugte sich kurz. »Verzeiht mir, hochwürdige Frau Äbtissin, aber einen Knicks machen meine alten Knochen nicht mehr mit. Was verschafft mir die Ehre Eures Besuchs nach so langer Zeit? Noch dazu so früh am Morgen?«

Die Äbtissin verzog den Mund zu einem kaum wahrnehmbaren Lächeln. »Auch wenn ich schon einige Jahre nicht bei dir war, verging doch keine Woche, in der mir nicht über dich Bericht erstattet wurde.« Dann richtete sich das Augenmerk der Äbtissin auf Eilika. Diese musste auf die kleinere und zierliche Frau hinabsehen und fühlte sich dabei ziemlich unbehaglich. »Du bist also die junge Frau, von der seit gestern der ganze Ort spricht.« Eilika knickste tief und ergriff die Hand der Äbtissin. »Du hattest als Einzige den Mut, der kleinen Jolanda zu helfen. Ich selbst war zu der Zeit ins Gebet versunken und habe daher alles nur aus zweiter Hand erfahren. Ich würde gerne einen Augenblick mit dir sprechen, lass uns ein Stück gehen.« Sie drehte sich um und blickte Eilika abwartend an.

Diese wandte sich hilfesuchend an Alda, die jedoch keine Miene verzog. Zögernd folgte Eilika der Äbtissin, die bereits langsam in Richtung des Wasserfalls ging, und bald darauf verschwanden beide im Wald.

Gerald hatte in der Zwischenzeit die beiden Pferde hinterm Haus angebunden und war zu Alda zurückgekehrt. »Nun, meine Hübsche, wie vertreiben wir beide uns die Zeit?«

Alda stieß ihm die Faust zwischen die Rippen. »Aus dem Alter bin ich schon lange raus, da ich noch auf solche süßen Worte hereingefallen bin.«

Gerald verzog beleidigt das Gesicht, dann beugte er sich hinunter, um ihr ins Ohr zu flüstern: »Eigentlich dachte ich ja mehr an Frühstück. Wie sieht es damit aus?«

Die Heilerin ging zur Eingangstür und zog ihn hinter sich her. »Ich denke, dass ich noch etwas auftreiben kann.«

Eilika folgte der Äbtissin nur widerstrebend bis zum kleinen Wasserfall, denn sie hatte den Ort seit Roberts Fortgehen gemieden. Nun saß sie neben der älteren Frau auf einem der großen Steine, nicht weit entfernt von dem Platz, an dem sich geliebt hatten.

Nach einiger Zeit, die Eilika unendlich lang vorkam, brach die Äbtissin das Schweigen. »Dein gestriges Eingreifen war zwar sehr mutig, doch auch äußerst unbedacht.«

Das Mädchen schüttelte energisch den Kopf. »Verzeiht mir, wenn ich Euch widersprechen muss. Ich hatte gar keine Zeit zu überlegen, denn wenn ich nur einen Augenblick gezögert hätte, wäre der Hund schneller bei dem kleinen Mädchen gewesen als ich.«

Die Äbtissin bedachte Eilika mit einem strengen Blick und entgegnete mit scharfer Stimme: »Du solltest wissen, dass man mich nicht einfach unterbricht, wenn ich etwas zu sagen habe.« Bei dieser Zurechtweisung überzog sich Eilikas Gesicht mit einer dunklen Röte, woraufhin die Äbtissin nach einem kleinen Moment etwas milder weitersprach: »Sicher hattest du keine Zeit, doch wäre es nicht zweckmäßiger gewesen, wenn du dir eine der Schaufeln gegriffen hättest, die an der Mauer zum Stiftsgarten lehnen? Bestimmt wäre so ein Arbeitsgerät besser zur Abwehr geeignet gewesen als ein Brotbeutel.«

Zwar klang kein Vorwurf aus ihren Worten, doch Eilika kam es vor, als säße Robert vor ihr, denn er besaß dieselbe Fähigkeit, ihr das eigene Fehlverhalten vor Augen zu führen. Wütend stand Eilika auf, sie war es leid, sich ständig belehren zu lassen.

Die Äbtissin blieb regungslos sitzen. »Du darfst mich nicht falsch verstehen. Auch ich weiß nur zu gut, dass es oft Situationen gibt, in denen man Entscheidungen trifft, die sich bei späterer Betrachtung als nicht so gut herausstellen. Außerdem bin ich dir zur Dankbarkeit verpflichtet, denn Jolandas Vater ist mein Neffe, und das Mädchen liegt mir sehr am Herzen.«

Eilika setzte sich wieder, beruhigt durch die versöhnlichen Worte, und erwiderte schlicht: »Ihr schuldet mir keinen Dank, hochwürdigste Frau Äbtissin.«

Die Stiftsleiterin lächelte und antwortete ruhig: »Deine Antwort spricht für dich, mein Kind. Übrigens ist es mir wichtig, dich für deinen selbstlosen Einsatz zu belohnen. Gibt es etwas, das du dir wünschest?«

Eilika sah sie sprachlos an. Nicht viele Menschen hatten sie bisher nach ihren Wünschen gefragt.

Die Äbtissin bemerkte ihre Unsicherheit und ermutigte sie: »Nur zu, in meiner Position kann ich dir vieles erfüllen. Hab keine Scheu!«

Plötzlich schoss Eilika ein Gedanke durch den Kopf, denn ihr war das Gespräch eingefallen, das sie vor einer guten Woche mit Robert am Lagerfeuer geführt hatte. Er hatte den kleinen abgegriffenen Kodex mit den schönen Bildern und der geschwungenen Schrift in der Hand gehalten, und Eilika war ein wenig neidisch gewesen, dass sie mit den Texten nichts anfangen konnte. Mit zögernder Stimme brachte sie ihren Wunsch vor: »Könntet Ihr jemanden finden, der mir das Lesen beibringt?«

Jetzt war es an der Äbtissin, sprachlos zu sein, und sie sah Eilika mit einem derart verwunderten Ausdruck an, dass dieser mit einem Mal die Unglaublichkeit ihres Anliegens klar wurde. Schließlich war sie ein einfaches Mädchen.

»Verzeiht mir meinen unerhörten Wunsch und vergesst ihn einfach.« Sie sprang erneut auf und wollte gehen. Zu sehr brannte die Scham in ihr.

Doch die Worte der Stiftsleiterin hielten sie zurück. »Warte, Eilika!« Sie erhob sich ebenfalls und trat dicht an das Mädchen heran. »Was soll ich dir verzeihen? Ich war nur völlig erstaunt darüber, dass du diesen Wunsch hegst.« Ungläubig sah Eilika sie an. »Gerne erfülle ich dir dein Sehnen nach mehr Bildung. Ich werde mich sogar höchstpersönlich darum kümmern, denn ich lehre andere Menschen gerne nützliche Dinge.«

Eilika war völlig verblüfft. Sie konnte sich überhaupt keinen Reim darauf machen, dass eine so bedeutende Frau sie unterrichten wollte, zumal mit Sicherheit viele wichtige Aufgaben täglich auf sie warteten. Eilikas Augen leuchteten auf, denn sie bekam eine Gelegenheit geboten, die Leute ihres Standes normalerweise niemals erhielten. Alda hatte sich ebenfalls bereit erklärt, sie zu unterweisen. So viel Glück konnte sie kaum fassen! Zum ersten Mal war sie froh darüber, dass sie die impulsive Art ihrer Mutter geerbt hatte, auch wenn ihr Vater darüber nie glücklich gewesen war. »Vielen, vielen Dank für Euer Angebot! Ich werde es gleich Alda sagen!«

Die Äbtissin hielt sie zurück. »Warte bitte, ich möchte zuerst selbst mit ihr sprechen. Wir wollen uns beeilen, denn Ritter Gerald und Alda warten bestimmt schon auf uns.«

Als Eilika mit der Äbtissin ins Haus trat, sah es keineswegs danach aus, als hätten Gerald und Alda gewartet, denn beide saßen vergnügt am Tisch und unterhielten sich angeregt. Der Ritter erhob sich augenblicklich, als er die Äbtissin sah.

»Mein lieber Gerald, wie ich sehe, hast du dir die Zeit mit Alda gut vertrieben. Könntest du bitte noch den Beutel holen, der an meinem Pferd befestigt ist? Eilika kann dich begleiten.«

Gerald nickte und ging an den beiden Frauen vorbei. Eilika schloss die Eingangstür hinter sich und folgte ihm. Als sie bei den Pferden ankamen, nahm Gerald den Beutel, band ihn vom Sattel los und reichte ihn Eilika.

Überrascht stellte sie fest, dass es sich um einen Laib Brot handelte, und sie lächelte ihn an. »Habt Dank dafür, Ritter Gerald. So erspare ich mir den erneuten Gang in den Ort.«

Der Ritter sah betreten zu Boden. »Du musst nicht mir danken, sondern der Äbtissin. Sie hatte den Einfall, euch beiden das Brot zu ersetzen. Ich für meinen Teil muss gestehen, dass ich mir gestern den Kopf zerbrochen habe, was ich dir als Dank schenken könnte, leider bin ich dabei noch keinen Schritt weitergekommen.«

Eilika war kurz davor, den großen Mann in die Arme zu nehmen und ihn zu trösten, so jämmerlich schaute er drein. Dabei fiel ihr auf, dass er, von seinem unglücklichen Gesichtsausdruck abgesehen, recht stattlich aussah. Er war etwas kleiner als Robert, seine Figur wirkte ein wenig stämmig, und seine dunklen Haare waren, obwohl Eilika ihn auf ungefähr dreißig schätzte, schon von zahlreichen grauen Strähnen durchzogen. Doch seine lebhaften dunklen Augen gaben ihm ein jungenhaftes Aussehen, wenngleich dieses durch den dichten Vollbart geschmälert wurde. Er wirkte auf Eilika wie jemand, dem man alles anvertrauen könnte. »Ihr braucht mir nicht zu danken, das habe ich Euch gestern bereits gesagt. Schließlich habe auch ich Euch mein Leben zu verdanken oder zumindest meine heil gebliebene Haut.«

Gerald schüttelte den Kopf. »Nein, das sehe ich deutlich anders, und mir wird schon noch etwas einfallen. Hättest du nicht Lust, meine Tochter näher kennenzulernen? Sie freut sich immer sehr über Besuch.«

Eilika nickte erfreut. »Gerne nehme ich die Einladung an, aber wäre es nicht besser, wenn Alda auch dabei wäre?«

Gerald nickte kurz, doch dann lachte er auf. »Wegen meines guten Rufes müsste sie nicht mitkommen, doch für dich wäre es ratsam.«

In dem Augenblick hörten sie, dass sich die Eingangstür des Hauses öffnete, und Eilika verließ den Stall, um wieder zu den beiden Frauen zu gehen. Gerald sah ihr einen Augenblick gedankenverloren nach, dann folgte er ihr mit langsamen Schritten.

Nachdem die Besucher gegangen waren, setzte sich Eilika zu Alda, denn die ältere Frau kam ihr seit dem Gespräch mit der Äbtissin seltsam verstimmt vor. Vorsichtig berichtete Eilika ihr von der Möglichkeit, die sich ihr aufgetan hatte.

Aldas Reaktion war unerwartet schroff. »Ich hatte geglaubt, dein größter Wunsch besteht darin, in das Wissen der Heilkunst eingewiesen zu werden. Doch wenn du lieber schreiben lernen willst, bitte, von mir aus.«

Eilika war wie vor den Kopf gestoßen, denn das hatte sie nicht erwartet. »Liebe Alda, natürlich ist es mein größter Wunsch, von dir zu lernen, das schließt aber nicht aus, auch auf anderen Gebieten dazuzulernen. Je mehr Fähigkeiten ich habe, desto größer sind meine Möglichkeiten, um für meinen Lebensunterhalt zu sorgen. Das müsstest du am besten verstehen!«

Alda, die sie an den Tisch gesetzt hatte, stutzte kurz, und ihre Erwiderung fiel deutlich freundlicher aus. »Mein liebes Kind, bei mir lag die Sache doch völlig anders! Ich hatte niemanden und *musste* für mich selbst sorgen. In ein paar Wochen, so Gott will, kommt Robert zurück. *Du* bist nicht alleine!«

Eilika ließ sich erschöpft auf den zweiten Stuhl fallen, es wurde Zeit, das Unausgesprochene in Worte zu fassen. »Ich kann verstehen, dass Robert dir viel bedeutet, denn mir geht es nicht anders. Doch er hat mich tief verletzt, und ich sehe keine Möglichkeit, zu seinen Bedingungen an seiner Seite zu leben.«

Alda seufzte tief und legte ihre Hand auf Eilikas geballte Faust. »Urteile nicht zu hart über ihn. Auch er ist nicht unfehlbar, doch ihm liegt sehr viel an dir. Ich bin sicher, dass er versuchen wird, seinen Fehler wiedergutzumachen. Ich werde dir, wenn du möchtest, in der nächsten Zeit noch mehr über ihn erzählen.« Sie erhob sich langsam und ging zum Schrank mit den Kräutertöpfen. Davor drehte sie sich zu Eilika um und zog fragend eine Augenbraue in die Höhe. »Worauf wartest du? Wenn du das alles lernen willst, was du dir vorgenommen hast, solltest du nicht herumtrödeln. Ich habe mit der Äbtissin abgesprochen, dass du jeden Nachmittag zu ihr ins Stiftsgebäude kommst, der Vormittag gehört dagegen mir. Du erledigst weiterhin deine Aufgaben, und ich werde dir wie versprochen gelegentlich ein paar Dinge erklären.«

Eilika nickte heftig, dann sprang sie strahlend auf und lief zu Alda, die sich über die Freude der jungen Frau zu amüsieren schien.

»Nun, mein Kind, wir fangen am besten gleich mit den Problemen von Emma an. Ich werde dir die Kräuter zeigen, die sie von mir erhalten hat. Allerdings reicht es nicht aus, nur die Kräuter zu kennen, man muss auch wissen, ob man die Blätter, die Blüten oder die Früchte benötigt. Wenn es sich um die Früchte handelt, sollte man genau wissen, ob sie reif sein müssen. Außerdem wird nicht alles getrocknet. Einfach ist es nicht.«

Als Eilika sich einige Zeit später um das Mittagessen kümmerte, schwirrte ihr der Kopf. Sie hatte erfahren, dass Emma wegen der Krämpfe die getrockneten Blätter des Frauenmantelkrauts bekommen hatte, Emmas Mutter sollte sich dagegen zur Stärkung aus den getrockneten Früchten des Weißdorns einen Tee zubereiten, und die Lust des guten Johanns wurde mit Hilfe eines Krauts namens Mönchspfeffer gedämpft. Allerdings, so machte Alda ihr klar, könnte dieses Mittel nichts an Emmas nächster Schwangerschaft ändern. Zum Glück für die junge Mutter waren bisher alle vier Geburten gut verlaufen und die Kinder gesund. Eilika zweifelte mehr als einmal, ob sie sich das alles würde merken können. Alda hatte ihr klar gesagt, dass sie erst beobachten wollte, wie sich ihre Schülerin anstellen würde, doch sie würde sich schon beweisen und das in sie gesetzte Vertrauen rechtfertigen!

Als Eilika am anderen Morgen schon sehr früh erwachte, blieb sie noch eine Weile still auf ihrem Strohlager liegen und lauschte dem leisen Schnarchen Aldas. Schließlich gewann ihre Unruhe Oberhand, sie stand auf, zog sich leise an und trat aus dem Haus, um gleich ihre Arbeit bei den Tieren zu verrichten. Sie konnte es kaum abwarten, mit Alda in den Wald zu gehen, um Kräuter zu sammeln, denn die Vorräte gingen langsam aber sicher zur Neige. Außerdem freute sie sich auf den Nachmittag, obwohl sie sich in Gegenwart der Äbtissin ein wenig unsicher fühlte, zumal diese anscheinend darüber im Bilde war, dass Robert sie zu Alda gebracht hatte. Eilika hatte am vergangenen Abend von der Heilerin erfahren, dass er nicht nur Alda, sondern auch die Äbtissin gebeten hatte, auf sie achtzugeben. Doch anstatt Freude über seine Sorge zu empfinden, fühlte sich Eilika von ihm bevormundet und gleichzeitig in ihrem Vorhaben bestärkt, so viel wie möglich zu lernen.

All diese Gedanken gingen ihr durch den Kopf, während sie die Eier suchte. Zwei der drei Hühner hatten die Angewohnheit, sich immer neue Verstecke dafür zu suchen. Im Haus hörte sie Alda bereits mit dem Geschirr klappern, und fröhlich pfeifend ging Eilika zu ihr.

Einige Zeit später machten sie sich auf den Weg, um die Kräuterbestände aufzufrischen. Der Wald roch herrlich, und sie hatten ihr erstes Ziel bereits nach kurzer Zeit erreicht. Alda zeigte ihrer Schülerin mehrere Stellen am Rand des Baches, wo Kresse wuchs.

»Ich habe bereits vor einigen Wochen dieses Kraut gesammelt. Nachher, wenn wir wieder zu Hause sind, werde ich es dir zeigen. Jetzt, im Mai, wenn die Blütezeit angefangen hat, hat es seine Heilkraft verloren. Der Trank aus dieser Pflanze hilft bestens gegen Schmerzen beim Wasserlassen, außerdem stärkt er Menschen, die nach überstandener Krankheit noch sehr schwach sind.«

Eilika sah sich das Gewächs genau an. »Ich kenne dieses Kraut, Alfons hat es manchmal in der Küche verwendet.«

Alda nickte zustimmend und erwiderte: »Viele Heilkräuter helfen nicht nur, sondern schmecken auch gut. Lass uns weitergehen.«

Gegen Mittag waren sie wieder zurück, und Eilika hatte noch zwei weitere Pflanzenarten in ihrem Beutel. Allerdings war Alda insgesamt sehr sparsam mit ihren Erklärungen gewesen und hatte Eilika trotz ihres Interesses und vieler Fragen immer wieder auf später vertröstet. Das Mädchen hatte das mulmige Gefühl, dass Alda noch nicht überzeugt von der ganzen Sache war.

Zu ihrer Überraschung wartete Besuch auf sie. Gerald saß auf der Bank, den Kopf gegen die Hauswand gelehnt, und als sie fast vor ihm standen, öffnete er die Augen und schirmte sie schnell gegen das helle Sonnenlicht ab. Eilika war sich ziemlich sicher, dass er sie bereits viel früher gehört hatte.

»Ein wirklich schönes Plätzchen, Alda, ich an deiner Stelle würde mich den ganzen Nachmittag hier aufhalten. Stille hast du ja im Überfluss.« Sein Blick ruhte währenddessen auf Eilika, die sich etwas unbehaglich fühlte. »Es ist Mittag, und ich bin gekommen, um dich zur Äbtissin zu begleiten.«

»Das ist nicht nötig, ich kenne den Weg und komme gut alleine zurecht. Trotzdem vielen Dank. Wenn Ihr kurz auf mich warten wollt, bringe ich schnell meine Sachen hinein.«

Eilika verschwand kurz im Haus, und als sie gleich darauf wiederkam, glühte ihr Gesicht vor Eifer. »Ich bin jetzt bereit.«

Alda stützte sich auf ihren Stock, als sie sich von der Bank erhob. »Willst du denn nicht wenigstens noch eine Kleinigkeit essen? Jetzt bist du dein Leben lang ohne Schreiben und Lesen ausgekommen, dass es auf die paar Minuten auch nicht mehr ankommt.«

Eilika umarmte die Heilerin spontan. »Ich habe mir ein Stück vom Brot abgebrochen, das werde ich unterwegs essen. Ruhe dich aus, die restlichen Arbeiten erledige ich heute Abend.«

Gerald hatte in der Zwischenzeit sein Pferd geholt, und zusammen ritten sie los. Aldas grübelnden Blick bemerkte keiner der beiden.

Eilika genoss die Gesellschaft des Ritters, in seiner Nähe war sie nicht so angespannt wie bei Robert. Es war angenehm, sich mit ihm zu unterhalten, und seine Geschichten waren überaus amüsant. Schnell hatten sie die Stadtmauer erreicht, und kurze Zeit später befanden sie sich bereits auf dem Torweg zur Burganlage. Die Leute, die ihnen unterwegs begegneten, begrüßten Gerald respektvoll, und auch Eilika sah deutlich mehr freundliche Blicke auf sich ruhen als bei ihrem letzten Besuch mit Alda.

Nachdem sie den Torweg hinter sich gelassen hatten, führte Gerald sie an der Stiftskirche vorbei. Der Platz, an dem vor zwei Tagen reges Markttreiben geherrscht hatte, war zwar belebt, doch fehlten die Stände. Schließlich gingen sie auf das große Gebäude zu, das sich schräg gegenüber der Kirche befand und dessen große Eingangstür offenstand. Eilika folgte dem Ritter zögernd in eine kleine Halle, die sie sofort an die Bernburg erinnerte. Anscheinend befanden sie sich in dem Raum, in dem die Frauen des Stifts ihr Essen zu sich nahmen. In der einen Hälfte des großen Raumes stand ein langer Tisch, die Stühle aus dunklem Eichenholz waren dicht an ihn herangeschoben. Außer einem wuchtigen Schrank an der anderen Seite und einem schlichten Holzkreuz war der Raum leer, nur eine kleine Steintreppe führte an der rechten hinteren Wand in eine Art Erker. Am Ende dieser fünf Stufen befand sich eine dunkle Holztür, die sich langsam öffnete.

Eine ältere Nonne trat über die Schwelle, ging die Treppe hinunter und auf Gerald und Eilika zu. Sie sah sehr freundlich aus, und Eilikas klammes Gefühl schwand etwas. »Die hochehrwürdige Äbtissin erwartet Euch, Ritter Gerald. Folgt mir bitte.« Sie wandte sich an Eilika und sprach im gleichen freundlichen Ton weiter: »Du kannst so lange hier unten bleiben, es wird nicht lange dauern. Ich komme gleich wieder.«

Gerald nickte Eilika aufmunternd zu und folgte der Nonne.

Das Mädchen sah sich beklommen um. Die Wände wurden von keinem Bild geziert, in dessen Betrachtung sie sich hätte vertiefen können, und die Zeit, die sonst so rasch verstrich, verging hier quälend langsam. Endlich öffnete sich erneut die Tür, und die freundliche Nonne gab ihr von der obersten Stufe ein Zeichen, ihr zu folgen. Der Weg war nicht weit, das Stiftsgebäude war nun mal kein besonders großes Haus, zumindest verglichen mit der Bernburg. Sie gingen einen langen schmucklosen Flur entlang, bogen einmal um die Ecke und blieben vor einer kleinen Tür stehen. Die Nonne öffnete, ließ den Gast eintreten und schloss anschließend die Tür wieder von außen. Eilika, die erwartet hatte, Gerald noch bei der Äbtissin anzutreffen, wurde enttäuscht.

Die Leiterin des Stifts befand sich allein im Raum, in dem ein großer Tisch und zwei Schreibpulte standen. An einer Wand gab es ein kleines Regal mit Büchern in verschiedenen Größen, von denen einige sehr schlicht, andere wiederum mit prächtigen farbigen Einbänden versehen waren. Eilika hatte noch Zeit, sich alles in Ruhe anzusehen, denn die Äbtissin machte keine Anstalten, ihre Schreibarbeit zu unterbrechen. Nach einer Weile legte sie die Schreibfeder zur Seite, stand auf und ging auf Eilika zu. Diese beeilte sich, in einem tiefen Knicks zu versinken, und als die Äbtissin ihr die Hand reichte, ergriff Eilika sie schnell und erhob sich wieder.

»Schön, dass du pünktlich bist, eine Tugend, die ich sehr schätze. Ich hoffe, es war dir recht, dass Ritter Gerald dich abgeholt hat. Er hatte mich darum gebeten, und ich fand es keinesfalls unpassend, in Anbetracht des Vorfalles vor zwei Tagen. Wir wollen nun beginnen. Ich nehme an, du hattest noch keinerlei Kontakt zu Büchern?«

Eilika schüttelte stumm den Kopf. Die Äbtissin war zwar nicht unfreundlich, doch in gewisser Weise sehr distanziert, und ihr wurde klar, dass die Nachmittage im Stift nicht so erfreulich werden würden wie mit Alda.

»Wir nehmen den Tisch dort, wo auch unsere jungen Neuzugänge unterrichtet werden, und zwar von Schwester Elisabeth, unserer Scholastika. Wir beide werden ab heute jeden Nachmittag zwei Stunden miteinander verbringen, denn meine Zeit ist sehr knapp bemessen. Andererseits freue ich mich darauf, seit langer Zeit wieder einmal einer Schülerin von Anfang an alles beizubringen. Ich werde dir Tinte und eine neue Gänsefeder zur Verfügung stellen, und wenn du möchtest, kannst du sie auch mit nach Hause nehmen. Natürlich erst, wenn du beides sinnvoll benutzen kannst.«

Eilika hatte sich zwischenzeitlich hingesetzt und sah der Äbtissin zu, wie sie einen Bogen Pergament aus einer Kommode gleich neben der Tür herausnahm. Sie legte ihn vor Eilika auf den Tisch, wo ein Gefäß mit Tinte und eine schöne Schreibfeder bereitstanden.

»Unsere jungen Nonnen werden neben der Schreibkunst auch im Notenlesen und Chorgesang unterrichtet, doch auch das ist nur ein kleiner Teil. Die meisten jungen Frauen bei uns sind adeliger Herkunft, musst du wissen.« Die Stiftsleiterin nahm die Feder und tauchte sie in das kleine Gefäß. »Ich werde dir zu Beginn die Buchstaben beibringen, und nach einiger Zeit werden wir mit dem Lesen beginnen.«

Eilika sah fasziniert zu, wie die Äbtissin mit der Feder

leicht und zügig über das Pergament strich, wobei ihre Bewegungen einen leisen Kratzlaut hinterließen. Ehe Eilika es sich versah, steckte sie auch schon mitten in ihren ersten Schreibübungen. Doch so leicht, wie es bei der Äbtissin ausgesehen hatte, war es nicht. Eilikas Fingern, die bisher hauptsächlich mit Töpfen und anderen Gegenständen in Berührung gekommen waren, wollten die fließenden Bewegungen nicht recht gelingen. Sie übte verbissen weiter, und als die zwei Stunden vergangen waren, hatte sie tatsächlich ein paar ganz ansehnliche Buchstaben hinbekommen.

Als Eilika aus dem Gebäude trat, dehnte sie ihren Rücken, denn die ungewohnte Haltung beim Schreiben verursachte ihr leichte Schmerzen. Sie sah sich um und stellte enttäuscht fest, dass niemand auf sie wartete. Insgeheim hatte sie gehofft, Gerald würde sie wieder nach Hause begleiten, denn sie hätte ihm gerne von ihren ersten Stunden bei der Äbtissin erzählt. Eilika schüttelte unwillig den Kopf und ging schnellen Schrittes in Richtung des Torwegs.

»Eilika, warte bitte!«

Sie blieb stehen und drehte sich um. Es war später Nachmittag, und noch immer hielten sich Menschen auf dem Platz auf. Da entdeckte sie Meregard, die auf sie zueilte.

»Alda schickt mich, du möchtest mit mir kommen. Sie ist hier unten im Ort, bei einer der Bäuerinnen. Komm, beeil dich.« Die Frau fasste Eilika bei der Hand und zog sie hinter sich her.

Nachdem Eilika sich von der Überraschung erholt hatte, ließ sie die Hand los und folgte Meregard durch das Tor der Stadtmauer bis zu einem kleinen Hof. Schwer atmend ging die Brotverkäuferin zu der schiefen Eingangstür, klopfte leise und gab Eilika ein Zeichen, ihr zu folgen. Als diese ebenfalls die Tür erreicht hatte, fuhr sie gleich wieder erschrocken zurück, denn aus dem Inneren der Hütte kam ein furchtbarer Schrei, dem ein langgezogenes Stöhnen folgte.

Meregard runzelte die Stirn und zog Eilika wieder an der Hand heran. »Du musst keine Angst haben. Die Frau des Bauern bekommt nur ein Kind, es ist alles völlig normal.« Dann öffnete sie die Tür und schob das verunsicherte Mädchen hinein.

Obwohl die Sonne schien, war es drinnen dämmrig und stickig, und da ein süßlicher Geruch in der Luft hing, presste Eilika die Hand vor Mund und Nase. Die offene Feuerstelle, über der ein großer dampfender Kessel hing, befand sich gegenüber der Eingangstür, und in Anbetracht der Außentemperatur war es hier drinnen furchtbar heiß. Eilikas Augen hatten sich allmählich an das schummrige Licht gewöhnt, und sie sah sich in dem großen Raum um. Offenbar diente er den Bewohnern zum Kochen, Essen und Schlafen, denn hinter der Tür befand sich ein großes Bett, in dem eine Frau lag. Alda stand daneben, wischte ihr gerade über die schweißbedeckte Stirn und winkte Eilika heran. In der anderen Ecke, in der Nähe des Feuers, stand ein Tisch, der nicht sonderlich stabil aussah. Um ihn herum, auf ebenso wackeligen Stühlen, saßen fünf Kinder und eine Frau von ungefähr dreißig Jahren. Alle sahen angstvoll in Richtung des Bettes, aus dem nun wieder ein langgezogenes Stöhnen zu hören war.

Eilika stellte sich neben Alda, die ihr sogleich einen Auftrag erteilte. »Geh nachsehen, ob das Wasser im Kessel heiß genug ist. In meinem Beutel sind zwei verschiedene Kräuter in Tücher eingewickelt, und wenn dir Bertas Schwester zwei Becher gegeben hat, bereitest du mir bitte jeweils einen Trank daraus. Außerdem soll sie dir frische Tücher bringen und wenn möglich anschließend mit den Kindern die Hütte verlassen. Vielleicht hast du mit Letzterem mehr Glück als ich.«

Eilika erledigte alles zügig, und nach ein paar kurzen Worten eilte die Frau mit den Kindern aus dem Raum und schloss die Tür hinter sich. Alda sah ihnen mit ungläubigem Blick nach, und Eilika lächelte leicht, als sie es bemerkte und Alda die dampfenden Becher reichte.

Alda stellte einen, der auffällig roch, auf einen Schemel, der dicht neben dem Bett stand, den anderen überließ sie Eilikas Obhut. »Du kannst ihn in kurzer Zeit abseihen und mir bringen. Es dauert nicht mehr lange, dann hat sie es geschafft, und der Trank wird ihr helfen, schnell wieder zu Kräften zu kommen.«

In dem Moment bäumte sich die Frau auf, und dabei stöhnte sie so laut und schmerzvoll, dass es dem Mädchen fast das Herz zerriss.

Alda verließ ihren Platz und dirigierte Eilika dorthin, während sie sich nun auf der Mitte des Bettes niederließ und das lange Hemd der Frau bis zum Bauch hob. »Achte darauf, dass sie die Augen geschlossen hält, wenn sie ihrem Kind auf die Welt hilft.« Dann musterte sie die Frau, die schwer atmend dalag. »Komm, Berta, du schaffst das schon. Beim nächsten Mal kräftig pressen, es dauert nicht mehr lange.«

Alda hatte kaum ausgesprochen, als die Frau wieder anfing, Eilikas Hand kraftvoll zu drücken. Gleich danach folgte ein weiteres Stöhnen, und sie beugte sich, von Eilika unterstützt, mit schmerzverzerrtem Gesicht vor. Das Mädchen sah zu Alda hinüber, die mit beiden Händen zwischen den aufgestellten Beinen der Frau hantierte und ermutigend auf die Gebärende einredete. Nach kurzer Zeit ließ der Druck um Eilikas Hand nach, und die Frau fiel auf ihr Lager zurück. Aldas beruhigendes Gemurmel verstummte abrupt, und Eilika bemerkte voller Schrecken, dass das Gesicht der Heilerin einen schmerzverzerrten Ausdruck hatte.

Schnell sprach Eilika weiter auf die Gebärende ein, wobei sie kaum auf ihre Worte achtete. Sie nahm das feuchte Tuch, das in der Schüssel neben ihr lag, und wischte der Frau die schweißnasse Stirn ab. Kaum war sie fertig, als die nächste Wehe kam, und Eilika verließ hastig ihren Platz, um Alda zu unterstützen. Diese krümmte sich bereits und gab ein kaum hörbares Stöhnen von sich. Eilika handelte instinktiv. Sie holte einen Schemel, der neben dem Bett stand, und drückte Alda auf den Sitz, dann wandte sie sich der werdenden Mutter zu. Ermutigend sprach sie weiter auf die Frau ein, und zu ihrer großen Verzückung kam das Köpfchen des Kindes kurz darauf zum Vorschein. Doch da die Wehe just in dem Augenblick nachließ, hörte die Frau auf zu pressen. Es sollten noch zwei Wehen folgen, bis Eilika das Köpfchen zu fassen bekam und bald darauf das neugeborene Kind in den Händen halten konnte.

Da sie vorher noch nie bei einer Geburt dabei gewesen war, übermannten ihre Gefühle sie völlig. Als der erste Schrei des Neugeborenen ertönte und die Frau völlig erschöpft auf ihr Lager zurückfiel, liefen dem Mädchen die Tränen über die Wangen. Bei Alda schien der Schmerz ebenfalls nachgelassen zu haben, den Eilika hörte, wie sie aufstand, und als sie sich zu ihr umdrehte, konnte sie deutlich die Anerkennung in den Augen der alten Frau sehen. Sie reichte Eilika eines der sauberen Tücher, damit sie das Neugeborene darin einwickelte, und nachdem sie die Nabelschnur abgeklemmt hatten, brachten sie es der Mutter. Mit Freuden beobachtete Eilika den zwar ermatteten, aber glücklichen Gesichtsausdruck der Frau, als sie ihr Neugeborenes anlegte. Das Kind fing sofort instinktiv mit dem Mund an zu suchen, und Eilika ging zufrieden zu Alda zurück.

Die schenkte ihr einen warmherzigen Blick. »Wir warten jetzt noch auf die Nachgeburt.«

Eilika war glücklich, dass die Heilerin sie nicht wie gewohnt wegschickte, doch als mit der Nachgeburt gleichzeitig ein großer Schwall Blut herauskam, war sie beruhigt, Alda neben sich zu wissen. Diese inspizierte den Mutterkuchen gründlich, gab ihrer Schülerin nebenher ein paar Erklärungen, packte das blutige Stück in ein Tuch und schob es unter das Bett. Die verschmierten Tücher wickelte sie zu einem Bündel und warf es auf den Boden, während Eilika die zerschlissene Decke nahm, die sie vorher auf die Seite gelegt hatten, und sie über Mutter und Kind legte. Als alles erledigt war, gingen die beiden Frauen zum Kopfende des Bettes. Alda reichte der Geschwächten einen Becher, und Eilika half ihr beim Trinken.

»Es ist ein kräftiger Junge, Berta. Du hast dich tapfer gehalten, wie immer.« Zufrieden stellte Alda den Becher wieder ab und zog Eilika mit sich zum Tisch. »Du hast das ganz hervorragend gemacht, besser hätte ich es auch nicht gekonnt.«

Eilika strahle bei dem ungewohnten Lob, schniefte kurz und lachte dann leise auf. »Es war unglaublich! Ich kann meine Gefühle gar nicht beschreiben, so wundervoll war es.«

Alda nickte zustimmend. »Für mich ist es immer wieder aufs Neue ein Wunder, wenn ein Kind geboren wird. Obwohl ich es schon so viele Male erlebt habe. Wir gehen jetzt hinaus und sagen dem Ehemann Bescheid, damit auch seine Qual ein Ende hat.«

Nach einem kurzen Blick auf Mutter und Kind verließen beide das ärmliche Haus. Der kleine, schmächtige Mann, dessen Blick starr auf die Eingangstür geheftet war, stand gleich neben der Frau und den Kindern, die sich beim Eintreten Eilikas im Haus befunden hatten Die Frau wandte schnell den Blick ab und sah zu Boden. Inzwischen hatten sich einige Männer zu der kleinen wartenden Gruppe gesellt, und Eilika trat zu dem Vater und teilte ihm die frohe Botschaft mit.

Augenblicklich hellte sich sein Gesicht auf. »Geht es meiner Frau gut?«, fragte er bange.

Fast tat er Eilika mehr leid als seine Frau, die trotz der Schmerzen nicht so leidend ausgesehen hatte. Nachdem sie seine Frage bejaht hatte, war dem frischgebackenen Vater die Erleichterung anzusehen. Eilika wünschte ihm noch viel Freude mit seinem Sohn und stellte sich ein wenig abseits von den anderen, um auf Alda zu warten. Sie hatte gehofft, Meregard noch anzutreffen, doch von ihr war keine Spur zu sehen. Als Alda bald darauf aus dem Haus kam, stürmten fast alle hinein, vorneweg der Vater. Die Heilerin ging langsam auf Eilika zu, wobei sie sich schwer auf ihren Stock stützte. Die letzten Stunden hatten sie offenbar viel Kraft gekostet. Stirnrunzelnd hakte Eilika sie unter, und langsam machten sie sich auf den Heimweg.

Am nächsten Morgen erwachte Eilika früher als gewohnt, da altbekannte Krämpfe sie geweckt hatten. Traurigkeit überkam sie, denn insgeheim hatte sie, entgegen alle Vernunft, gehofft, dass ihre monatliche Blutung ausbliebe. Doch nun verschwand der letzte Hoffnungsschimmer, mehr als nur Erinnerungen an die Liebesnacht mit Robert behalten zu können. Seufzend stand sie auf, nahm sich aus ihren Sachen ein Stück grobes Leinen und steckte es sich zwischen die Beine. Dann legte sie sich wieder hin, denn es war noch stockfinster, doch sosehr sie sich auch bemühte, einschlafen konnte sie nicht mehr.

Später, beim Frühstück, war sie sehr schweigsam, und wenn Alda es bemerkte, so sagte sie jedenfalls nichts. Erst als beide sich kurz danach wieder in den Wald begaben, begann sie ein Gespräch. »Wie hast du es eigentlich geschafft, Bertas Schwester und die Kinder aus dem Haus zu bekommen?«

Eilika erwiderte verschmitzt: »Ich habe ihr zu verstehen gegeben, dass es Unglück bringt, wenn sich außer den helfenden Frauen noch jemand im Raum befindet. Sie war schnell überzeugt.«

Überrascht sah Alda Eilika an, dann kicherte sie leise. »Ich hoffe, dir ist klar, dass heute der ganze Ort davon weiß. Mir soll's recht sein, denn so passt du noch besser zu mir.«

Eilika blickte sie verblüfft an. »Wie meinst du das? Du warst dir doch nicht sicher, ob ich mich zur Heilerin eigne.«

Aldas Laune hob sich immer deutlicher von Eilikas gedrückter Stimmung ab. »Das ist schon richtig, aber ich habe meine Meinung geändert. Nach dem, was ich alles an dir beobachtet habe, bin ich überzeugt, dass du hervorragend geeignet bist, mein Erbe anzutreten. Nicht nur wegen deiner außerordentlich guten Arbeit gestern, sondern auch aufgrund deines Mitgefühls. Ebenso hat mir dein beherztes Eingreifen bei Jolanda gut gefallen, auch wenn die Äbtissin meinte, dass es unüberlegt war. Wo wäre denn die Menschheit, wenn man vorher immer alles genau abwägen würde? Sollte unser Herrgott noch ein wenig auf mich warten können, wirst du nach meinem Ableben in der Lage sein, dein Leben notfalls auch alleine zu bewerkstelligen. Für dich heißt das nichts anderes, als ab sofort morgens bis abends zu lernen, denn der Unterricht bei der Äbtissin wird dich ebenfalls sehr fordern. Willst du das?«

Eilika fehlten die Worte, und so brachte sie nur ein strahlendes Nicken zustande.

Alda schien es zu reichen, denn sie machte sich zufrieden auf den Rückweg. Eilika brauchte erst eine Weile, um das Gehörte zu verdauen, schließlich folgte sie der alten Frau mit zunehmend besserer Laune, um mit der Arbeit fortzufahren. Unterwegs wurde ihr nach und nach klar, was sich ihr hier bei der Heilerin für Möglichkeiten eröffnet hatten, und sie schwor sich, ihr Bestes zu geben.

15. KAPITEL

Ingulf fühlte sich ziemlich elend. In den letzten Tagen hatte er Schmerzen an Stellen seines Körpers gespürt, deren Existenz er bisher nicht einmal erahnt hatte. Sie hatten den Weg von Quedlinburg bis zur Burg Dankwarderode ohne größere Pausen hinter sich gebracht, und Ingulf war sich sicher, dass Robert auch die Nächte durchgeritten wäre, wenn ihn nicht die Dunkelheit daran gehindert hätte.

Unglücklicherweise war dem Jungen, kurz nach ihrem Aufbruch, auch noch ein Missgeschick passiert. Sie waren gerade durch ein kleines Waldstück geritten, als ein Fuchs kurz vor seiner Stute den Weg kreuzte. Da Ingulf vor sich hin geträumt hatte, konnte er nicht mehr rechtzeitig reagieren, sein Pferd scheute und warf ihn in hohem Bogen ab. Es war sein Glück, dass sie aufgrund der Wegverhältnisse nur Schritt geritten waren, aber er war auf seine linke Schulter gefallen, und der Schmerz durchfuhr ihn wie ein Blitz. Ingulf hatte schon viele Männer fluchen hören, doch Roberts Ärger stellte alles in den Schatten. Nachdem er die Schulter des Jungen abgetastet hatte, schwang er sich wieder auf Alabaster, um die entlaufene Stute einzufangen. Ingulf nutzte die Zeit, um sich eine gute Entschuldigung zurechtzulegen. Robert war kurz darauf mit beiden Pferden zurückgekommen, und nachdem er sie an einen Baum gebunden hatte, beugte er sich zu Ingulf hinunter. Nach einer kurzen Vorwarnung packte er dessen Arm und Schulter, und ein schmerzhafter Ruck durchfuhr den Jungen. Anschließend legte Robert ihm einen festen Verband um die

Schulter, denn an ein Weiterreiten war ohnehin nicht mehr
zu denken. Verärgert hatte der Ritter sich um das Nachtlager gekümmert, die Pferde versorgt und das Essen her-
vorgeholt. Als Ingulf ihm helfen wollte, wies er den Jungen
nur wütend zurecht. Am nächsten Morgen setzten sie ihren
Weg fort, obwohl Ingulf in der Nacht nicht sehr viel geschlafen hatte. Die Schmerzen hatten zwar deutlich nachgelassen, doch durch die Schulterverletzung kamen sie
nicht so schnell voran, wie Robert gehofft hatte. Außerdem
mussten sie mehrere kleine Pausen einlegen, und Ingulf sah
mehr als einmal ängstlich zu Robert hinüber. Schließlich
hatten sie ihr Ziel am dritten Tag nach ihrem Aufbruch
erreicht. Nachdem sie die Pferde bei den Ställen abgegeben
hatten, begab sich Robert sofort zum Herzog von Sachsen,
und Ingulf wartete im Burghof mit dem gesamten Gepäck
auf ihn. Er versuchte, es sich halbwegs bequem am Fuß
einer großen Steintreppe einzurichten, und er genoss die
warmen Sonnenstrahlen, die jetzt im Mai schon deutlich
an Kraft gewonnen hatten. Seine Schulter schmerzte nicht
mehr sehr, dafür tat ihm vom Gesäß bis zu den Füßen alles
weh. Froh, endlich eine längere Ruhepause vom Reiten zu
bekommen, fielen ihm die Augen bereits nach kurzer Zeit
zu.

Robert brauchte nicht lange darauf zu warten, beim Herzog vorgelassen zu werden. Als er den großen Raum betrat,
befand sich sein Auftraggeber noch im Gespräch mit einem
älteren, ihm unbekannten Mann. Er blieb dicht bei der Tür
stehen und ließ den Blick durch den Raum schweifen, der
deutlich geschmackvoller eingerichtet war als das Turmzimmer des Markgrafen Albrecht in der Bernburg. Auf der
rechten Seite befanden sich zwei Fensteröffnungen, durch
die wärmende Sonnenstrahlen hereinfielen. Dazwischen
stand eine große, jedoch schlichte Eichentruhe, auf der sich
ein Holzkästchen mit einem schön bemalten Deckel be-

fand. Die Seitenwände waren mit Holzmosaikarbeiten ausgestattet, und der Tisch des Herzogs, der mit Pergamenten übersät war, stand fast in der Mitte des Raumes. Er war so gestellt, dass das einfallende Tageslicht optimal genutzt wurde. Ein darauf liegendes großes Buch, dessen Buchdeckel einen Rahmen aus Silberbeschlägen besaß, stach Robert sofort ins Auge. Auf diesem waren in einem wunderschönen Muster Perlen und Steinschmuck angebracht. Gegenüber von Robert befand sich eine ebenfalls reich verzierte Kommode, über der ein schlichtes Holzkreuz hing, und die linke Wand verzierte ein schön geknüpfter Teppich, auf dem eine Jagdszene dargestellt war. Der Raum verriet sehr viel über den Mann, der von hier aus die Geschicke seines Herzogtums leitete.

Herzog Heinrich war mit achtzehn Jahren noch sehr jung, er hatte seinen Titel bereits im Alter von neun Jahren erhalten. Beide Männer beugten sich über eine Karte, die auf dem Tisch lag, trotzdem war zu erkennen, dass Herzog Heinrich nicht mit großem Körperwuchs gesegnet war. Seine halblangen Haare waren fast schwarz und sein Gesicht glattrasiert, die Kleidung war schlicht in Form und Farbe, doch von ausgesuchter Qualität. Er trug ein enges Hemd aus dunkelblauer Seide, das ab der Hüfte lose in Falten über die enge schwarze Hose fiel, und trotz des warmen Wetters hatte er hohe schwarze Stiefel an. Robert wurde sich seiner staubigen, sehr einfachen Kleidung plötzlich deutlich bewusst, obwohl es ihn nicht sonderlich störte, denn er hatte noch nie großen Wert auf Äußerlichkeiten gelegt. Kurz darauf beendeten die beiden Männer ihre Unterredung, und der andere Mann begrüßte Robert knapp, ehe er den Raum verließ. Als der Herzog sich ihm zuwandte, verbeugte sich Robert kurz vor ihm.

»Seid gegrüßt, mein lieber von Harsefeld. Ihr habt länger gebraucht, als ich es erwartet hatte.«

Der Ritter entgegnete ruhig: »Verzeiht mir die Verspätung, Euer Hoheit, aber unvorhersehbare Zwischenfälle haben zu dieser Verzögerung geführt.«

Herzog Heinrich winkte ab, denn er hatte wichtigere Dinge im Kopf, und ließ sich auf einen wuchtigen Stuhl fallen, der vor dem Tisch stand. Er gab seinem Gast mit einem Fingerzeig zu verstehen, dass er ihm gegenüber Platz nehmen solle. Robert war bereits bei früheren Begegnungen aufgefallen, dass der Herzog sich nie direkt gegenüber von ihm hingestellt hatte, und er vermutete, dass es an dem auffallenden Größenunterschied lag. »Spart Euch Eure Entschuldigung, so wichtig ist es nicht, und berichtet mir stattdessen von Eurer Begegnung mit Graf Albrecht. Ich bin schon sehr gespannt.«

Robert erzählte ihm von allen Unterredungen, die er mit dem Grafen der Nordmark geführt hatte. Er erwähnte auch das Eintreffen des Markgrafen von Meißen, ohne weiter darauf einzugehen, aber er rechnete damit, dass Herzog Heinrich ihn dazu noch näher befragen würde. Während seines Berichts zeigte sich keinerlei Gefühlsregung auf dem Gesicht des Herzogs, der es trotz seiner achtzehn Jahre nahezu perfekt beherrschte, seine Gefühle zu verbergen.

Nachdem Robert am Ende angelangt war, zeigte sich der Anflug eines Lächelns bei seinem Auftraggeber. »Das sind alles sehr gute Nachrichten. Wie erwartet stellt sich Konrad von Meißen bereits an die Seite des Grafen, und mit dem Erzbischof von Magdeburg schließt sich der Kreis.«

Robert hatte den Ausführungen schweigend zugehört und bekam allmählich das ungute Gefühl, dass der Herzog bereits einen Plan verfolgte. Robert war auf der Hut, doch er wusste genau, dass er, egal welche Richtung dieser Plan verfolgte, keine Wahl hatte. Schließlich stand er in der Pflicht. Beide Männer sprachen längere Zeit kein Wort, und die Stille lastete schwer auf Robert, der am liebsten auf der Stelle den Raum verlassen und Alabaster gesattelt hätte, um nach Quedlinburg zurückzureiten. Selbst hier quälte ihn die Sehnsucht nach Eilika.

Endlich beendete der Herzog das Schweigen. »Ihr habt mir wieder einmal gute Dienste geleistet. Der Beginn des Kreuzzugs rückt immer näher, und da die Vorbereitungen an zwei Fronten laufen, stehen unsere Chancen so gut wie lange nicht mehr. Endlich können wir die Botschaft des Christentums in die östlichen Gebiete tragen. Ich habe bereits Boten ins gesamte Herzogtum ausgeschickt und rechne mit dem Eintreffen der ersten Grafen, Ritter und Barone samt Fußtruppen in den nächsten Tagen. Außerdem erwarte ich die Nachricht der dänischen Könige Knut und Sven bis Ende Juni, also in knapp einem Monat. Wenn sie bereit sind, werden auch wir es sein, dann sind die Tage von Fürst Niklot gezählt.« Der Herzog verstummte abermals für kurze Zeit.

Robert räusperte sich. Er wollte die Pause nutzen, um sein Interesse zu bekunden, schließlich lag ihm daran, so genau wie möglich informiert zu sein. »Wo genau rechnet Ihr damit, auf die dänischen Truppen zu stoßen?«

Der Herzog zuckte mit den Schultern. »Wahrscheinlich erst auf feindlichem Gebiet, vielleicht auch ein wenig früher«, erwiderte er zögernd. »Ihr habt eine Ruhephase vor Euch, die Ihr gut nutzen solltet, denn es wird für uns alle ein heißer Sommer werden. Wenn ich mir über eine bestimmte Sache im Klaren bin, werde ich es Euch wissen lassen, bis dahin seid Ihr selbstverständlich mein Gast. Wendet Euch bitte an meinen Vogt, er wird Euch eine Unterkunft zuweisen. Ihr könnt jetzt gehen.«

Robert erhob sich und verließ nach einer kleinen Verbeugung den Raum. Als er die große Steintreppe hinunterging, um Ingulf bei den Ställen aufzusuchen, wäre er fast über dessen Beine gestolpert. Robert sah auf den schlafenden Jungen, der sich gegen die Mauer gelehnt hatte und halb zur rechten Seite gekippt war. Sein Mund stand weit offen, und die Erschöpfung war ihm deutlich anzusehen. Robert beugte sich hinab und fasste Ingulf leicht am Arm. Sofort sprang dieser auf und versetzte seinem Herrn dabei einen kräftigen Stoß, so dass dieser rückwärts zu Boden fiel.

Entsetzt starrte Ingulf auf den großen Ritter, der sich langsam wieder erhob. »Verzeiht mir, Herr, ich habe geträumt, dass ich gegen einen riesigen Kerl kämpfen muss. Dabei habe ich versehentlich Euch für ihn gehalten.«

Robert stand dem Jungen dicht gegenüber, der ihn ängstlich musterte. »Verflixter Bengel, ich weiß nicht, was in mich gefahren ist, dich mitzunehmen. Bisher hast du mir nichts als Schwierigkeiten gemacht. Geh mir aus den Augen!« Dann drehte er sich um und ließ den entgeisterten Ingulf stehen.

Dieser unternahm noch einmal einen verzweifelten Versuch, sich zu entschuldigen. »Ich mache diese Sachen wirklich nicht mit Absicht, das müsst Ihr mir glauben. Eilika hat mir auch oft vorgeworfen, dass ich mit den Gedanken dauernd woanders bin. Bitte verzeiht mir meine Ungeschicklichkeit, Herr Robert! Ich werde mir ab sofort noch mehr Mühe geben als bisher.«

Robert war stehen geblieben, denn Eilikas Name versetzte ihm einen Stich. Als er die groben Worte zu Ingulf gesagt hatte, taten sie ihm bereits leid, doch jetzt überkam ihn eine Trauer, die er selten zuvor verspürt hatte. »Ist schon gut, mein Junge, wir sind beide müde. Warte hier auf mich, ich erkundige mich nach unseren Quartieren, dann können wir uns richtig ausschlafen. Morgen sieht die Welt schon wieder freundlicher aus.« Damit drehte er sich um und machte sich auf die Suche nach dem Vogt.

Erleichtert setzte sich Ingulf wieder auf den Boden und wartete auf ihn.

Bereits nach kurzer Zeit kehrte Robert mit einem älteren Mann zurück, griff nach seinem Bündel und wandte sich an Ingulf, der mit den restlichen Sachen auf dem Arm bereitstand.« »Gleich hinter der Burg, dicht beim Ort, ist ein Zeltlager aufgebaut. Los, Junge, hol schnell unsere Pferde, ich sehne mich nach einem ruhigen Plätzchen.«

Das musste Robert Ingulf nicht zweimal sagen. Er lief schnell zum Pferdestall und eilte dann den beiden Männern hinterher. Sie ließen die Burg linker Hand liegen und umrundeten sie in großem Bogen, bis der dicke Mauerring, der den gesamten Burgbezirk umfasste, rechts von ihnen lag. Sie gingen auf ein größeres Gebäude zu, an dessen Enden sich jeweils ein Wachturm mit spitzem Dach befand. Der hintere Turm war durch einen Steinbogen mit einem anderen, fast genauso großen Turm verbunden, der die äußere Ecke des Mauerrings markierte. Die beiden Wachposten ließen sie ungehindert passieren, und sie überquerten auf einer Holzbrücke, die gerade groß genug für einen breiten Holzkarren war, die Oker. Durch den natürlichen Flusslauf war vor langer Zeit eine Insel entstanden, auf der vor über zweihundert Jahren bereits Fürsten ihre Herrschaftssitze errichtet hatten.

Als sie auf der anderen Seite der Brücke angekommen waren, wandte sich der Vogt an Robert. »Reitet ein kleines Stück den Fluss entlang, bis Ihr eine weitere Brücke seht. Sobald Ihr sie überquert habt, könnt Ihr an der Rückseite der Burg das große Zeltlager erkennen. Am Eingang braucht Ihr dem Wachposten nur Euren Namen zu nennen, er wird Euch Euer Zelt zeigen und auch den Platz, an dem die Pferde untergebracht und versorgt werden.«

Robert dankte ihm und stieg auf. Ingulf tat es ihm gleich, obwohl er gehofft hatte, sich an diesem Tag nicht mehr auf seine Stute setzen zu müssen. Bereits auf halbem Weg zur nächsten Brücke konnten sie das Lager in seinem gesamten Ausmaß erkennen. Es lag direkt neben der Ortschaft Braunschweig, getrennt durch einen halb fertiggestellten Mauerring, der den Ort nach seiner Vollendung in einem großzügigen Bogen umschließen würde.

Im Lager standen Zelte der unterschiedlichsten Größe dicht beieinander, und am Rand waren die Pferde untergebracht. Auf mehreren Zelten flatterten bereits Fahnen der jeweiligen Familien, und vor allem eine Fahne tauchte mehrfach auf: der aufrecht schreitende rote Löwe des Herzogs. Ein kleines, spärlich eingerichtetes Zelt mit genau dieser Fahne diente auch ihnen als Unterkunft. Während Ingulf die Pferde wegbrachte, trat Robert ins Zelt. Außer einer Holzpritsche mit einer dicken Schicht Stroh darauf gab es noch einen Holzschemel und ein Strohlager neben dem Eingang. Auf dem schlichten kleinen Tisch befand sich ein Krug mit Wasser und eine Schüssel. Robert warf seine Sachen aufs Bett und goss sich etwas von dem frischen Nass ins Gefäß, anschließend erfrischte er sich mehrmals das staubige Gesicht.

Gleich darauf trat Ingulf zu ihm ins Zelt. »Herr Robert, das Lager ist riesig! Und dahinter kommt ein Ort, dessen Ende ich nicht erblicken konnte. Ihr müsst mit hinauskommen und Euch das ansehen!«

Robert schmunzelte über Ingulfs Gefühlsausbruch, doch er schüttelte nur müde den Kopf. »Ich werde nirgendwo mehr hingehen, außer auf dieses einladende Strohlager. Wenn ich ein wenig geschlafen habe, kannst du mich herumführen. Dir würde etwas Schlaf bestimmt auch guttun.«

Ingulf protestierte heftig, denn seine Müdigkeit war wie weggeblasen. »Ich hatte bereits genug Schlaf, als ich auf Euch im Burghof gewartet habe. Wenn Ihr nichts dagegen habt, werde ich mich noch ein wenig umsehen, schließlich kann es nicht schaden, wenn einer von uns sich besser auskennt.«

Robert zuckte mit den Achseln. »Von mir aus kannst du gehen, doch halt dich ein wenig zurück, wenn jemand dich ausfragen möchte. Auch wenn es dir schwerfällt, du weißt von nichts, hast du gehört?«

Ingulf nickte eifrig, drehte sich zum Ausgang um und schlüpfte aus dem Zelt.

Der Junge schlenderte zwischen den Zelten umher, die in Form, Farbe und Ausstattung einander ähnelten. Bei einigen Unterkünften war nämlich der Eingang zur Seite geschlagen, und Ingulf konnte einen Blick ins Innere werfen. Es musste in der letzten Nacht geregnet haben, denn der festgestampfte Boden war an einigen Stellen noch ziemlich durchnässt. Er erreichte die Koppel, auf der alle Pferde untergebracht waren, und kaum hatte er sich ans Gatter gestellt, kam Herbstlaub angelaufen. Auch Alabaster gesellte sich kurze Zeit später dazu, und obwohl es hier viele andere kräftige Schlachtrösser gab, stand für Ingulf fest, dass Roberts Hengst mit Abstand der Schönste war.

»Du bist heute erst angekommen, oder?«

Ingulf drehte sich zur Seite und erblickte einen Jungen in seinem Alter, der ihm auf Anhieb sympathisch war. Er hatte braune zerzauste Haare, große braune Augen und war fast einen Kopf kleiner. »Mein Herr und ich sind am Nachmittag eingetroffen. Wie lange bist du denn schon hier?«

»Auch erst seit gestern. Wir sind in dem großen Zelt untergebracht, an dem die dunkelblaue Fahne mit dem Falken darauf weht. Die anderen Knappen kümmern sich im Augenblick um die Ausrüstung für den bevorstehenden Kreuzzug, denn mein Herr und seine zwei Brüder sind da sehr eigen. Wir müssen jeden Tag die Schilde und Schwerter putzen, bis sie glänzen. Ich sollte mich vergewissern, dass es den Pferden gutgeht.« Der Junge zeigte auf Alabaster. »Ein schöner Hengst, wem gehört er?«

Ingulf drückte unwillkürlich die Brust ein wenig hervor. »Ritter von Harsefeld, meinem Herrn. Wir schlafen in einem kleinen Zelt, weiter hinten.«

In dem Augenblick erklang höhnisches Gelächter, und als Ingulf sich umdrehte, sah er sich einem strohblonden

Jungen gegenüber, der ein bis zwei Jahre älter, jedoch kaum größer war als er.

»Das ist ja ganz was Neues. Der Bastard hat einen Knappen. Würde mich nicht wundern, wenn du auch nur so ein dahergelaufener Herumtreiber wärst.«

Ingulf überlegte nicht lange, sondern stürzte sich sofort auf den anderen Jungen und riss ihn um. Völlig überrumpelt, wehrte sich dieser im ersten Moment nicht, und Ingulf nutzte die Situation aus, setzte sich auf seinen Gegner und schlug mit den Fäusten auf ihn ein. Ziemlich schnell merkte er jedoch, dass er seinem Gegner, der sich inzwischen heftig wehrte, an Kraft deutlich unterlegen war. Er hatte auf der Bernburg schon oft mit Gleichaltrigen gekämpft, aber meistens auf spielerische Art. Jetzt hatte sich das Blatt gewendet, denn der andere Junge hatte sich aus der unterlegenen Position befreit, und nun lag Ingulf am Boden und steckte einiges an Schlägen ein. Er schaffte es gerade noch, das Gesicht mit den Händen zu schützen, und ihm war klar, dass er nicht mehr lange durchhalten würde.

Plötzlich wurde sein Gegner hochgerissen, und Ingulf blieb erschöpft am Boden liegen. Sein ganzer Oberkörper schmerzte, in seinem Kopf war ein einziges Dröhnen, und als ihm ein Eimer kaltes Wasser ins Gesicht geschüttet wurde, sprang er auf und japste nach Luft. Vor ihm stand ein großer Ritter mit langen braunen, zusammengebundenen Haaren, dessen Gesicht von einem dichten Vollbart beherrscht wurde.

»Habt ihr zwei Taugenichtse keine andere Beschäftigung, als euch die Köpfe einzuschlagen?« Die Stimme des riesigen Mannes vor ihm hallte in Ingulfs Ohren, und schmale braune Augen blitzten ihn ärgerlich an. Augenblicklich nahmen die Schmerzen in seinem Kopf zu, doch keiner der drei Jungen wagte, ein Wort zu sagen. Auch Ingulfs Gegner, der Junge mit den strohblonden Haaren, sah ziemlich lädiert und eingeschüchtert aus, vor allem, da sich der Ritter jetzt ihm zuwandte. »Und du, Lothar, hast du das Schwert meines Bruders und sein Schild schon fertig geputzt?« Der Junge nickte zögernd, blieb aber stumm. Die Stimme des Mannes wurde auf einmal ganz ruhig, damit aber nicht weniger bedrohlich. »Wenn ich mich richtig erinnere, lagen die Waffen vorhin nicht ordentlich an ihrem Platz, doch ich bin mir ziemlich sicher, dass sie gleich wieder dort sind, wo sie hingehören.«

Der Knappe nickte wieder, diesmal heftiger, dann verbeugte er sich und rannte zu seiner Unterkunft. Nachdem Lothar verschwunden war, atmete der andere Junge hörbar auf. Es war ihm deutlich anzusehen, dass er Angst vor dem Älteren hatte.

Jetzt war es an Ingulf, sich ein Mauseloch zu wünschen, denn der große Ritter wandte sich nun ihm zu. »Mein Knappe hat mir gesagt, dass du zu Ritter von Harsefeld gehörst.«

Ingulf brachte ebenfalls nur ein stummes Nicken zustande.

»Seit wann bist du bei ihm? Sprechen kannst du ja wohl!«

Wieder nickte Ingulf, doch dann riss er sich zusammen und antwortete stockend: »Erst seit einer Woche, Herr.«

Der hünenhafte Mann hob kurz den Kopf und ließ ihn wieder sinken, während sich ein zufriedener Ausdruck auf sein Gesicht legte. »Dann ist dein Verhalten aufgrund deiner mangelnden Erfahrung zu entschuldigen. Für die Zukunft rate ich dir jedoch, dich von dem Knappen meines Bruders fernzuhalten, denn du bist ihm nicht gewachsen, im Augenblick jedenfalls noch nicht. Du kannst von Glück reden, dass Wenzel mich rechtzeitig geholt hat, sonst hätte sich dein Herr wohl nach einem neuen Knappen umsehen müssen.«

Ingulf war blass geworden, als er sich verbeugte und leise bei dem Ritter für dessen Hilfe bedankte. Bis jetzt war ihm nicht der Gedanke gekommen, dass es bei dem Kampf um Leben und Tod gehen könnte. Wenzel, der sich in der Gegenwart seines Herrn nicht unwohl zu fühlen schien, nickte Ingulf aufmunternd zu, dieser lächelte dankbar. Dann ließen ihn die beiden stehen, und er beeilte sich, ebenfalls wieder zu seinem Zelt zu kommen. Bei der ganzen Aufregung war ihm völlig entgangen, dass es bereits anfing zu dämmern.

Als er den Eingang des Zeltes zurückschlug, hatte Robert sich bereits von seiner Schlafstätte erhoben. Nach der knappen Stunde Schlaf fühlte er sich besser und war gerade dabei, sich ausgiebig zu strecken. Als er Ingulf einen flüchtigen Blick zuwarf, hoffte der Junge inständig, dass in dem dämmrigen Licht seine Blessuren nicht richtig zu erkennen waren. Leider wurde er enttäuscht. Robert war mit zwei Schritten bei ihm und fasste ihn grob am Kinn, um sein Gesicht leicht zu drehen. Ingulf unterdrückte einen Aufschrei angesichts des finsteren Ausdrucks, und ihm wäre jetzt sogar der hünenhafte Ritter von vorhin lieber gewesen.

»Was ist passiert?« Roberts Worte kamen schneidend.

Ingulf schluckte seine Angst hinunter und berichtete kurz, was sich zugetragen hatte. Allerdings ließ er die Beleidigung Lothars milder ausfallen, denn er wollte Robert nicht verletzen.

Dieser hörte sich alles in Ruhe an, zog Ingulf auf den einzig vorhandenen Schemel und holte einen kleinen Beutel hervor, in dem sich neben mehreren zusammengefalteten Leinentüchern auch zwei kleine Tongefäße befanden. »Sollte das alles gewesen sein, was der andere Junge über mich gesagt hat, bist du wirklich leicht aus der Ruhe zu bringen. Du musst noch viel lernen, und wir werden diese Zeit des Wartens hier nutzen, um dir einiges beizubringen.« Dabei vermischte er ein paar getrocknete Kräuter mit einer Salbe und bestrich Ingulfs Gesicht vorsichtig damit. Nachdem er auch die Prellungen am Oberkörper versorgt hatte, packte er die Sachen wieder sorgfältig ein. »Du kannst dich jetzt ausruhen. Ich werde mich ausnahmsweise um das Feuer kümmern, doch ab morgen bist du wieder dafür zuständig.« Robert holte etwas Brot aus ihren Vorräten hervor. »Wenn du das gegessen hast, legst du dich am besten gleich hin. Ich werde ein Bad im Fluss nehmen und anschließend ein paar Dinge erledigen. Morgen früh wirst du dich bestimmt ausgeruhter fühlen.«

Robert verließ das Zelt und ging zum Fluss, der das Lager von der Burganlage trennte. Da es bereits dämmerte, saßen die meisten Männer vor ihren Zelten an den Lagerfeuern und nahmen ihr Abendessen zu sich. Nur wenige blickten auf, als er sich seinen Weg zwischen den Zelten bahnte, während er selbst auf alles achtete, auch wenn er einen gleichgültigen und unbeteiligten Eindruck machte. Robert war es gewohnt, wachsam zu sein, und umso mehr freute es ihn, am Fluss niemanden anzutreffen. Er entledigte sich schnell seiner Kleidung, sprang ins klare, kühle Wasser, und nachdem er sich ausgiebig erfrischt hatte, ließ er sich von der lauen Abendluft am Ufer trocknen. Seine Gedanken schweiften zu der Nacht, die er mit Eilika in der Nähe des kleinen Wasserfalls verbracht hatte, und fast war es ihm, als spürte er ihre Lippen auf seinem Mund.

Jäh wurde er aus seinen angenehmen Träumen gerissen, als er eine kalte Klinge an seinem Hals spürte.

»Du hast nachgelassen, Robert von Harsefeld. Früher wäre ich nicht einmal bis auf dreißig Fuß an dich herangekommen, ohne dass du dein Schwert gezogen hättest. Was ist los mit dir, mein Freund?«

Robert atmete hörbar aus, denn der Schreck saß noch tief, und er schalt sich selbst einen Narren. Dieses Mal hatte er noch Glück gehabt, beim nächsten Mal konnte es sich durchaus um jemanden handeln, der es nicht so gut mit ihm meinte. »Da ich es selbst nicht verstehe, kann ich es dir nicht erklären, doch hab Dank für diese heilsame Lehre.

Du bist mir übrigens zuvorgekommen, denn ich wollte dich nachher selbst aufsuchen, aber vorher musste ich mir unbedingt noch den Staub von der Reise abwaschen.«

Der hünenhafte Mann, der sein Schwert zwischenzeitlich zurück in die Scheide gesteckt hatte, klopfte sich johlend auf die Schenkel. »Deine Eigenarten sind mir gut bekannt, Robert, und auch deine Liebe zum reinigenden Wasser habe ich nicht vergessen, obwohl ich gestehen muss, dass ich es immer noch nicht nachvollziehen kann. Ein bisschen Dreck bringt keinen um, bei zu viel Wasser bin ich mir dagegen nicht so sicher, schließlich haben wir zwei Beine und keine Flossen. Für mich ist Wasser zum Trinken da, natürlich nur für den Fall, dass es kein Bier gibt.«

Robert lachte laut auf. Er kannte Hartwig von der Vorau schon viele Jahre. Der ältere Ritter war ein guter Freund seines damaligen Herrn gewesen und hatte ihm bei ihren vielen Zusammentreffen oft schmerzhafte Lektionen erteilt. Er war der zweitälteste von vier Brüdern, bis heute unverheiratet, und aus seiner Ansicht über Frauen machte er keinen Hehl. Er lebte für den Kampf und zog aus diesem Grund, ähnlich wie Robert, immer in den Krieg, doch anders als sein Freund liebte Hartwig dieses Leben. »Für dein schnelles Einspringen bei der Auseinandersetzung meines Knappen danke ich dir. Er ist noch sehr unerfahren, und es wäre furchtbar gewesen, wenn ihm etwas zugestoßen wäre.«

Hartwig winkte ab. »Du schuldest mir keinen Dank, die Schuld lag allein beim Knappen meines Bruders.«

Robert stutzte, bevor er nachhakte: »Dein Bruder? Welcher begleitet dich denn auf diesem Kreuzzug?«

Hartwig kannte den Grund für Roberts Frage und entgegnete ruhig: »Alle, bis auf Karl, den ältesten. Er befindet sich seit Mai letzten Jahres beim Heer König Konrads auf Kreuzzug ins Heilige Land. Und um deine nächste Frage gleich mit zu beantworten: Ja, mein jüngster Bruder Gero hasst dich immer noch aus tiefstem Herzen. Ich habe ihm nichts davon gesagt, dass du heute angekommen bist. Allerdings gehe ich davon aus, dass sein Knappe Lothar, übrigens kein sehr angenehmer Bursche, ihn bereits davon in Kenntnis gesetzt hat. Gero hat sich aber, im Gegensatz zu früher, besser unter Kontrolle, und ich denke, er wird dich im Augenblick in Ruhe lassen. Vorsicht ist dennoch geboten, vergiss das nie. Wenn nicht ich, sondern er dich soeben hier überrascht hätte, würde dein Blut nun das Ufer tränken. Gero ist zwar kein schlechter Schwertkämpfer, aber er weiß auch, dass er gegen dich keine Chance hat, deshalb wird er niemals den fairen Kampf für seine Rache suchen. Traurig genug, schließlich ist er mein Bruder, auch wenn er mir von allen am wenigsten nahesteht.«

Robert hatte sich inzwischen angezogen, und nun saßen die beiden Freunde nebeneinander am Ufer und sahen in die untergehende Sonne. »Ich habe damit gerechnet, dass Gero mir immer noch nicht verziehen hat, obwohl ich insgeheim gehofft habe, mit zunehmendem Alter würde er klüger. Aber erzähl, wie steht es mit dir? Hast du schon gegessen? Falls nicht, würde ich mich freuen, wenn du mir Gesellschaft leisten würdest. Ich habe zwar nicht mehr viel zu essen, frisches Wasser für deinen unbändigen Durst gibt es jedoch im Überfluss.« Dabei stieß Robert seinen Freund leicht mit dem Ellenbogen in die Seite.

Dieser lachte schallend, erhob sich und reichte dem Ritter die Hand.

16. KAPITEL

Am nächsten Morgen erwachte Robert später als üblich. Sein Schädel brummte, denn Hartwig hatte am gestrigen Abend noch einen großen Krug Bier besorgt. Er wusste nur noch, dass es bereits hell war, als er sich auf seine Schlafstätte hatte fallen lassen, der Rest seiner Erinnerung verschwand in dichtem Nebel. Von Ingulf war keine Spur zu sehen, auf dem Tisch stand jedoch zu Roberts Freude ein Krug mit frischem Wasser. Er nahm das Gefäß und trat damit vor das Zelt, um sich den gesamten Inhalt über den Kopf zu schütten. Leider hatte er vergessen, vorher seinen Durst zu stillen, und so musste er sich wohl oder übel zum Fluss begeben.

Unterwegs fiel ihm die große Anzahl Männer auf, die in dem Lager untergebracht waren. Bei seinem Gespräch mit Hartwig hatte er nicht viel mehr in Erfahrung bringen können, als ihm ohnehin schon bekannt war, und ihn störten diese Ungewissheit und das Warten ungemein, denn er war Untätigkeit nicht gewohnt. Er war kaum beim Zelt angekommen, als er laute Stimmen vernahm und Ingulf angerannt kam.

Schlimmes ahnend, ging Robert ihm entgegen. »Was ist dir denn jetzt schon wieder passiert?«

Der Junge war völlig außer Atem, als er antwortete: »Gar nichts, Herr, diesmal bin ich nicht schuld an dem Aufruhr. Erinnert Ihr Euch an den riesigen Ritter, von dem ich Euch gestern erzählt habe?« Robert nickte ungeduldig, und Ingulf redete schnell weiter: »Ihr werdet es kaum für möglich halten, aber der treibt gerade einen jüngeren Ritter vor sich her. Das müsst Ihr Euch ansehen.«

Der Junge hatte kaum ausgesprochen, als Robert sich schon aufmachte. Hartwig war immer schon ausgesprochen impulsiv gewesen, allerdings hatte der Ritter angenommen, dass sich sein Freund in einem ähnlich schlechten Zustand wie er befand. Bei der Menschentraube angekommen, konnte er sich schnell vom Gegenteil überzeugen. Zwei Männer standen sich im Kreis gegenüber, Hartwig sah noch genauso aus wie am gestrigen Abend, der andere war nur halb bekleidet und gerade dabei, sich aufzurappeln. Voller Überraschung erkannte Robert den jüngsten Bruder seines Freundes.

Er hatte Gero seit längerem nicht gesehen und war darüber nicht besonders unglücklich. Bei ihrer letzten Begegnung auf einem Turnier hatte Gero den Mund ziemlich voll genommen und Robert äußerst herablassend behandelt. Sie waren beide im gleichen Alter, doch von ihrer Art sehr verschieden. Gero war schon immer aufbrausend gewesen, was Robert bereits in jüngeren Jahren am eigenen Leib hatte erfahren müssen, da Roberts damaliger Herr ein guter Freund von Hartwig war und sie sich des Öfteren auf der Burg von Hartwigs Familie aufgehalten hatten. Gero hatte den damals schmächtigen Robert im Stall in eine Falle gelockt und mit einer Peitsche auf ihn eingeschlagen, und da Robert erst am Anfang seiner Ausbildung stand, wusste er sich kaum zu wehren. Trotz vieler Fragen hatte er niemals jemandem etwas davon erzählt, zu groß war die Scham gewesen, doch von da ab war er bei seinen seltenen Treffen mit Gero immer auf der Hut. So auch auf besagtem Turnier, wo Gero es darauf angelegt hatte, gegen Robert anzutreten. Für diesen war es keine große Schwierigkeit, seinen Peiniger von damals aus dem Sattel zu heben, und er hatte diesen Augenblick genossen. Doch Geros finsterem Gesichtsausdruck war deutlich anzusehen, dass er Robert diese Niederlage niemals vergessen würde, und die Frotzeleien seiner Brüder machten es nur noch schlimmer. Das alles lag jetzt fast zwei Jahre zurück.

Gero wäre sicher nicht erfreut, wenn er mitbekam, dass Robert ihn in dieser peinlichen Situation gesehen hatte.

»Leider hat sich keiner meiner Brüder geändert.« Eine Hand hatte sich auf Roberts Schulter gelegt, und er fuhr herum.

Ihm gegenüber stand der dritte der insgesamt vier Brüder, Wolfram, der etwas älter als er und um einiges kleiner war. Die mangelnde Körpergröße machte er allerdings mit seiner massigen Statur wett. Robert freute sich, ihn wiederzusehen, denn Wolfram war immer der ruhigste von allen gewesen. Ständig musste er zwischen den anderen vermitteln, und da seine Brüder über hitzige Gemüter verfügten, hatte er viel zu tun. »Doch in diesem Fall muss ich Hartwig recht geben. Als er vorhin erwachte, lag nicht nur Gero neben ihm, sondern auch eine Frau, die meinem kleinen Bruder anscheinend Gesellschaft geleistet hatte. Hartwig hatte sie wohl übersehen, als er so spät auf sein Lager gefallen war. Ich selbst bin in dem Augenblick erst dazugekommen, da ich die letzte Nacht anderswo verbracht habe.« Er grinste Robert verschmitzt zu. »Du weißt, ich bin diskreter. Wahrscheinlich kannst du dir Hartwigs Gesichtsausdruck vorstellen, als er die Frau neben sich erblickte. Ich glaube, sie hat sich noch niemals in ihrem jungen Leben so schnell angezogen. Hartwig hat dermaßen fürchterlich herumgebrüllt, dass noch nicht einmal Gero sich getraut hat, ihm etwas zu entgegnen. Dafür hat Hartwig ihn sich geschnappt.«

Roberts Freude war zwischenzeitlich abgeklungen, und er deutete mit dem Kopf in Richtung der beiden Brüder, die mittlerweile aufeinander einschlugen. Gleich darauf ging Gero abermals zu Boden. »Meinst du nicht, dass es an der Zeit ist, das Schauspiel zu beenden? Auf dich hören sie doch bestimmt.«

Wolfram nickte und seufzte ergeben: »Damit habe ich schon gerechnet.« Er machte ein paar Schritte auf seine Brüder zu, drehte sich dann nochmals zu Robert um: »Gutes Gefühl, dich dabei zu wissen.«

Robert nickte ihm dankend zu und ging ohne zu zögern zu seinem Zelt, denn er wusste, dass Wolfram den Streit schnell schlichten würde. Kaum hatte er sich etwas vom Schauplatz des Geschehens entfernt, wurde es tatsächlich merklich ruhiger. Vor dem Zelt traf er Ingulf an.

»Wie ist es ausgegangen? Ich hätte nicht gedacht, dass ich in so kurzer Zeit so viel erleben würde. Hier ist alles so aufregend! Ich kann es kaum erwarten, bis wir zum Kreuzzug aufbrechen.«

Robert sah ihn mahnend an. »Es ist noch nicht entschieden, ob du mitkommst. Hast du eigentlich heute Morgen schon nach unseren Pferden gesehen? Außerdem müssen wir uns um Proviant kümmern. In der Burg wird genug für uns zur Verfügung stehen, doch vorher möchte ich mich gerne ein wenig im Ort umsehen. Ach, heute Nachmittag beginnt deine erste Lehrstunde. Und nun spute dich!«

Der Ritter wollte sich gerade von Ingulf abwenden, als hinter ihm ein junger Mann auftauchte. Er verbeugte sich kurz, bevor er zu sprechen anfing: »Seid Ihr Robert von Harsefeld?« Als dieser bejaht hatte, fuhr er fort: »Der Herzog würde sich freuen, wenn Ihr ihm heute Abend beim Essen Gesellschaft leisten würdet.«

Robert nickte und sagte zu. Nachdem der junge Mann die Antwort erhalten hatte, verbeugte er sich erneut und ging. Robert wandte sich wieder Ingulf zu, der sich gemütlich auf dem Boden niedergelassen hatte. »Worauf wartest du? Auf mit dir, aber schnell!«

Der Junge folgte ihm eilig zu den Pferden, und nachdem sich Robert vom guten Zustand der Tiere überzeugt hatte, ritten sie zum Mauerring von Braunschweig. Das schwere Tor saß bereits an seinem Platz, wohingegen der rückwärtige Teil noch gänzlich fehlte. Aber in regelmäßigen Abständen waren Wachposten um den Ort herum postiert, so dass denjenigen, die den Ort betreten wollten, nur der Weg durch das Tor blieb. Robert und Ingulf konnten ohne Schwierigkeiten passieren und sich in aller Ruhe den Ort ansehen, ehe sie zur Burg ritten, um sich mit Lebensmitteln zu versorgen. Sie nahmen nicht allzu viel mit, da bei der Wärme, die seit einigen Tagen herrschte, die Sachen schnell verdarben. Robert nahm aufgrund des reichhaltigen Angebots an, dass die Bauern der Umgebung einiges mehr abgeben mussten als üblich.

Nachdem sie die Pferde wieder abgegeben und ihren Hunger und Durst gestillt hatten, war es schon früher Nachmittag, und Ingulf sah sehnsüchtig in eines der Nachbarzelte, wo sich zwei Männer zum Schlafen hingelegt hatten. Für sich selbst sah er keine Möglichkeit zur Ruhepause. Robert scheuchte ihn nach dem Essen gleich wieder zu den Pferden. Sie saßen auf und ritten erneut über die Brücke, doch zu Ingulfs Erstaunen schlugen sie nicht den Weg zum Burghof ein, sondern entfernten sich in entgegengesetzter Richtung. Robert hielt auf ein Waldstück zu, an dem sie schon am Vortag vorbeigeritten waren. Dort angekommen, stieg er ab und band Alabaster an einem Baum fest. Ingulf tat es ihm gleich.

»Es wird höchste Zeit, dass wir mit dem Unterricht beginnen, wie ich gestern mit Erschrecken feststellen musste. Eigentlich wollte ich mit dem Reiten anfangen, doch du stellst dich dabei sehr geschickt an, und ich denke, dass wir es im Moment vernachlässigen können. Ich nehme an, du kannst nicht schwimmen?« Ingulf riss erschrocken die Augen auf, und Robert wartete nicht auf eine Antwort. »Dachte ich mir schon. Als Erstes werde ich dir jedoch zeigen, wie man mit einem Schwert umgeht. Ein richtiges ist noch zu schwer für dich, daher habe ich hier ein kürzeres. Ich denke, du wirst damit klarkommen.«

Der Ritter überreichte dem überraschten Ingulf die glänzende Waffe, der sie ehrfürchtig ergriff und wie ein rohes Ei hielt. Robert lächelte nachsichtig über ihn, denn ihm fiel wieder ein, wie er sich damals gefühlt hatte. »Dein erster Gegner ist der kleine Baum dahinten, der nicht viel größer ist als du.«

Der Junge blickte ihn empört an. »Wieso muss ich gegen einen Baum kämpfen? Ihr seid doch hier!«

Robert musterte ihn streng. »Genau so ist es. Wir beide wollen doch noch ein wenig länger hierbleiben. Du hast noch nie mit einer Waffe gekämpft, und ich würde vor lauter Angst, dich zu verletzen, meine eigene Sicherheit außer Acht lassen. Du musst erst einmal lernen, worauf du achten musst, ich kann dir die nächsten Wochen bis zu unserem Aufbruch sowieso nur Bruchstücke beibringen. Also zügele deine Ungeduld und höre mir gut zu!«

Die nächsten Stunden wurden zu den härtesten, an die Ingulf sich erinnern konnte. Robert verlangte von ihm ständig Wiederholungen seiner Schläge mit dem kleinen Schwert, und bald hatte der Baum die meisten seiner Äste verloren. Ingulf hatte am Schluss das Gefühl, die Arme nicht mehr bewegen zu können, doch als Robert schließlich Erbarmen mit ihm hatte, ritten sie nicht etwa zum Lager zurück, sondern zum Fluss. Da sie sich sowohl ein gutes Stück außerhalb der Burg als auch des Lagers befanden, waren sie ganz allein. Ingulf hatte von jeher große Angst vor Wasser, dabei konnte er noch nicht einmal sagen, warum. Nachdem Robert ihn einige Zeit zu überreden versucht hatte, ins Wasser zu gehen, gab er es schließlich auf. Ingulf wollte sich schon aufatmend anziehen, als er am Arm gepackt und in den Fluss geworfen wurde. Ingulf kam prustend wieder hoch und ruderte mit den Armen.

Robert, der sich ebenfalls seiner Kleidung entledigt hatte, packte ihn abermals am Arm und hielt ihn mit hartem

Griff fest. »Du kannst aufhören mit dem Geschrei und dich hinstellen. Hier ist es nicht tief.«

Der Junge verstummte, tastete vorsichtig mit den Füßen nach dem Grund und atmete erleichtert auf, aber das Wasser war ziemlich kalt, und er fing gleich darauf an zu zittern.

Robert ließ ihn los, stieß sich vom Boden ab und fing an zu schwimmen. »Wenn du dir keinen Schnupfen holen willst, solltest du die Arme und Beine bewegen. Achte auf mich und versuch, es mir nachzumachen.«

Ingulf überwand seine Furcht und stieß sich ebenfalls tapfer vom Boden ab, nur um gleich darauf mit dem Kopf unterzugehen und Wasser zu schlucken. Der Ritter war sofort bei ihm und half ihm wieder auf die Beine, dann umfasste er Ingulfs Taille und hob ihn leicht hoch. Dieser fing sofort panisch an, mit Armen und Beinen zu rudern, doch Robert sprach ruhig auf ihn ein, und langsam wurden Ingulfs Bewegungen fließender. Nach kurzer Zeit ließ Robert ihn los, und beide gingen aus dem Wasser.

»Als du deine Angst überwunden hattest, war es doch gar nicht so übel. Morgen machen wir weiter mit dem Unterricht. Außerdem war Waschen bei dir sowieso nötig.«

Ingulf war viel zu müde, um darauf etwas zu erwidern. Frierend zog er sich an und stieg aufs Pferd.

Robert war schneller gewesen und bereits langsam vorausgeritten. Als sie im Lager ankamen und Herbstlaub abgegeben hatten, konnte Ingulf es kaum erwarten, in sein Bett zu kommen. Er hoffte inständig, dass Robert keine weiteren Überraschungen mehr für ihn parat hatte.

Der Junge hatte Glück. Der Ritter, der Alabaster dicht beim Zelt angebunden hatte, schien dem Jungen keine weiteren unangenehmen Aufgaben auferlegen zu wollen. Ingulf hockte sich bibbernd auf sein Strohlager und sah Robert zu, der sich bereits seiner nassen Sachen entledigt hatte und nach einer trockenen Hose griff. Da erst fiel ihm Ingulf auf, der ihn mit offenem Mund und weit aufgerissenen Augen ansah.

»Was starrst du mich so an? Du solltest dich lieber umziehen, sonst wirst du noch krank.«

Schuldbewusst senkte Ingulf den Blick. »Verzeiht, Herr, aber wo habt Ihr bloß die Narbe her?«

Robert presste die Lippen aufeinander, denn der Blick des Jungen hatte ihn an Eilika erinnert, damals, als sie Landine auf dem Karren entdeckte hatte. Er seufzte tief und nickte schließlich ergeben. »Also gut, ich habe noch etwas Zeit, bis ich zur Burg muss. Ich werde dir von meiner ältesten Verwundung erzählen.« Bevor er die Hose über die Hüfte zog, zeigte er auf eine wulstige Narbe an seiner rechten Seite. Dann ließ er sich neben ihm auf dem kleinen Schemel nieder und griff nach seinen Stiefeln. »Aber nur, wenn du dich endlich umziehst.«

Ingulf sprang von seinem Lager auf und holte schleunigst seine Sachen, wobei er Robert aufmerksam zuhörte.

»Obwohl die Narbe nicht besonders schön ist, verbinde ich gute Erinnerungen damit, sofern das bei einer Verletzung überhaupt möglich ist. Es muss ungefähr zehn Jahre her sein. Ich war zu der Zeit ein Knappe wie du und mit meinem Herrn Markgraf Friedrich, einem Bruder der Äbtissin Beatrix, unterwegs. Bei den Slawen gab es einen Aufruhr, und wir waren bei dem Heer, das den Aufstand niederschlagen sollte. Mein ausbildender Ritter war wie die meisten der Ansicht, dass ein Knappe den Kampf am schnellsten lernt, wenn er mittendrin ist.«

Robert brach ab, denn ihm war Ingulfs ängstlicher Blick aufgefallen. »Keine Angst«, beruhigte er ihn, »ich teile diese Ansicht nicht. Ich war damals vierzehn Jahre alt und seit zwei Jahren bei ihm in der Ausbildung. Markgraf Friedrich weilte damals fast sechzig Jahrzehnte auf der Erde, doch er ließ es sich nicht nehmen, einen kleinen Trupp zu begleiten, der die Lage erkunden sollte. Wir wurden in einen Hinterhalt gelockt und von einer größeren Anzahl Slawen angegriffen. Unsere Gruppe war zwar kleiner, aber sie bestand nur aus Rittern, mit deren Knappen natürlich. Wir Jungen hatten kaum eine Chance, und zwei von uns fielen gleich zu Anfang. Ich hielt mich immer dicht an meinen Herrn, und das war mein Glück. Ich kenne bis heute kaum jemanden, der so gut mit dem Schwert umgehen konnte. Als er gerade mit zwei Gegnern kämpfte, kam ein feindlicher Ritter von hinten auf uns zu. Ich hatte furchtbare Angst, denn er war um einiges größer als ich und ziemlich kräftig.«

Ingulf hörte wie gebannt zu, als Robert erzählte, wie er um ein Haar von dem anderen erschlagen worden wäre. Nur dem rechtzeitigen Eingreifen seines Herrn hatte er es zu verdanken, dass er den Angriff überlebte. »Ich verlor das Bewusstsein und wachte später auf dem Krankenlager auf.«

Ingulf war ganz aufgeregt, als er seine Fragen stellte: »Was ist aus dem Mann geworden, der Euch ausgebildet hat? Er muss inzwischen fast siebzig sein. Nimmt er auch an dem Kreuzzug teil?«

Robert, der sich mittlerweile sein Wams zugeschnürt hatte, schüttelte den Kopf. »Er ist im letzten Sommer gestorben. Das Schwert, das ich bei mir trage, ist von ihm. Mit dieser Waffe habe ich durch seine Hand die Schwertleite erfahren, wie du es hoffentlich auch einmal durch meine Hand erleben wirst. Wenn er noch am Leben wäre, würde er es sich mit Sicherheit nicht nehmen lassen, ebenfalls in den Krieg zu ziehen.«

»Wie ist er gestorben? Gab es etwa jemanden, der besser mit dem Schwert umgehen konnte?«

Abermals schüttelte Robert den Kopf. »Nein. Es war immer sein größter Wunsch, im Kampf zu fallen, aber ihm war ein anderes Schicksal vorbestimmt. Nach einem abendlichen Gelage wachte er am nächsten Morgen einfach nicht mehr auf.«

Robert bückte sich, um das Zelt zu verlassen, als er Ingulf verträumt sagen hörte: »Es muss wundervoll sein, mit dem Schwert in der Hand im Kampf zu sterben.«

Er blickte den Jungen überrascht an. »Wie kommst du denn auf diesen abwegigen Gedanken? Ich für meinen Teil würde den Tod meines damaligen Herrn eindeutig vorziehen. Und jetzt mach, dass du auf dein Lager kommst.« Damit ging er nach draußen.

Während er aufsaß, musste er sich eingestehen, dass Ingulf ihm immer mehr ans Herz wuchs.

Als Robert kurze Zeit später auf Burg Dankwarderode eintraf, führte ihn ein Junge, der im Burghof gewartet hatte, durch das große Eingangsportal. Da er am gestrigen Tag einen anderen Eingang genommen hatte, beobachtete Robert seine Umgebung sehr genau. Sie gingen durch einen fast unmöblierten Raum und gelangten über vier Stufen in einen großen Saal. Robert war offenbar nicht der einzige Gast, den der Herzog erwartete, denn ungefähr fünfzehn weitere Ritter standen in kleinen Gruppen um den großen Tisch in der Mitte des Raumes herum. Der Herzog weilte, soweit Robert das auf die Schnelle überblicken konnte, noch nicht unter ihnen, dafür entdeckte er sofort Hartwig, Wolfram und zu seinem Leidwesen auch Gero. Dieser unterhielt sich angeregt mit zwei Männern, und da er seitlich zur Eingangstür stand, war ihm das Eintreffen seines Widersachers entgangen.

Hartwig dagegen winkte Robert freundlich zu sich hinüber. »Ich hatte schon befürchtet, dass du nicht in den Genuss des guten Essens kommen würdest.«

Zu der Gruppe der beiden Brüder gehörten drei weitere Ritter, von denen Robert zwei flüchtig kannte, den anderen hatte er noch nie zuvor gesehen. Nachdem sich die Anwesenden vor dem eintretenden Herzog verbeugt hatten, begab er sich direkt an seinen Platz, wo er wartete, bis alle anderen sich ebenfalls am Tisch eingefunden hatten. Obwohl er jünger war als die meisten der Männer, war ihm keinerlei Unsicherheit anzusehen. Über einem enganliegenden hellen Hemd trug er ein lose herabfallendes Obergewand aus schimmernder dunkelblauer Seide, und ein schwarzer lederner Gürtel mit einer breiten Silberschnalle vollendete die prächtige Erscheinung.

»Werte Herren, ich freue mich über Euer Erscheinen. Die Zeit ist nicht mehr fern, da wir zusammen den heidnischen Völkern im Osten Gottes Wort bringen wollen. Doch heute Abend lasst uns gemeinsam speisen und ein paar angenehme Stunden verbringen.« Der Herzog setzte sich, und die anwesenden Männer taten es ihm nach.

Robert, der zwischen Hartwig und einem ihm unbekannten Ritter saß, spürte auf einmal, dass er beobachtet wurde, und als er sich zum Ende der Tafel wandte, sah er direkt in Geros Augen. Mit kaltem Blick nickte dieser ihm zu, und Robert erwiderte den Gruß mit einer knappen Kopfbewegung.

»Gero war sehr überrascht über dein Kommen, denn für ihn bist du immer noch ein Niemand, und daran wird sich auch nichts mehr ändern.« Hartwig hatte sich zu Robert hinübergebeugt. Seine Worte waren fast geflüstert, und der Ritter wunderte sich nicht zum ersten Mal, dass ein dermaßen grobschlächtiger Mann wie sein Freund so leise sprechen konnte.

»Ich habe kein Problem damit, solange dein Bruder sich zurückhält, schließlich musste ich ihm früher oder später über den Weg laufen. Allerdings hat mir sein Anblick heute Morgen besser gefallen.«

Hartwig lachte leise vor sich hin, wurde aber schnell wieder ernst. »Ich kann dir zwar nicht genau sagen, warum, doch sei auf der Hut. Ich glaube nicht, dass euer beider Zusammentreffen hier ein Zufall ist. Der Herzog ist listenreich, so hört man, und er versichert sich gerne der Fähigkeiten seiner Gefolgsleute.«

Während des Essens fanden überall am Tisch rege Unterhaltungen statt. Robert, der sich in den letzten Tagen vorwiegend von altem Brot ernährt hatte, genoss vor allem das üppige Mahl. Es wurden zwei verschiedene Sorten Fleisch aufgetragen, dazu gab es Erbsen und ein helles Brot, und außerdem konnten sich die Ritter warmes Bier mit Met bringen lassen. Herzog Heinrich, der als Einziger einen silbernen Becher vor sich stehen hatte, unterhielt sich die meiste Zeit mit einem Ritter rechts neben ihm. Nachdem sich alle an den Speisen gütlich getan hatten, schlug der Herzog mit einem Löffel gegen seinen Becher, und augenblicklich trat Stille ein.

»Meine lieben Freunde. Ich hatte für heute Abend eigentlich den Erzbischof Adalbert von Bremen erwartet, doch leider haben dringende Aufgaben ihn verhindert. Dafür hat er seinen Neffen geschickt, der uns allen die besten Grüße seines Onkels übermittelt.« Dabei wies der Herzog auf den Mann zu seiner Rechten. »Der Erzbischof wird uns auf unserem Kreuzzug begleiten, und der Herzog von Zähringen hat uns ebenfalls seine Unterstützung zugesagt. Widrige Umstände haben allerdings dazu geführt, dass auch er erst in ungefähr zwei bis drei Wochen bei uns eintreffen wird, was einen leidigen, aber nicht zu ändernden Aufschub bis Mitte oder sogar Ende Juni bedeutet. Wer hier so lange warten möchte, ist dazu herzlich eingeladen, alle anderen können gerne morgen aufbrechen und auf eine Nachricht von mir warten. Wie auch immer, genießt den Abend und teilt mir Eure Entscheidung am morgigen Tag mit.«

Kurze Zeit herrschte Schweigen. Die Männer waren alle zur Burg Dankwarderode aufgebrochen mit dem Ziel, baldmöglichst gegen die Wenden zu Felde zu ziehen, und nun mussten sie sich mit der veränderten Situation erst einmal zurechtfinden. Für sie gehörte die Teilnahme an Kriegen zum alltäglichen Leben dazu, und nicht zuletzt erhofften sich viele dadurch einen Landgewinn. Den wenigsten lag wirklich etwas daran, den Volksstämmen im Osten den christlichen Glauben näherzubringen.

Robert freute sich über den unverhofften Aufschub, gleich am nächsten Morgen wollte er seine Sachen packen und mit Ingulf zurück nach Quedlinburg reiten. Seine gute Laune stieg bei dem Gedanken, in spätestens drei Tagen Eilika wieder in den Armen zu halten. Hartwig dagegen schaute ziemlich missmutig drein, für ihn lohnte sich der Heimritt nicht, denn er und seine Brüder brauchten dafür fast fünf Tage. Robert hätte jedoch auch diese Zeit auf sich genommen, denn er hasste nichts mehr als Untätigkeit, und er konnte sich schon lebhaft vorstellen, wie das Leben für die Männer im Lager während dieser Zeit des Wartens aussehen würde. Selbst wenn Eilika nicht in sein Leben getreten wäre, hätte er versucht, sich die Zeit bis zum Aufbruch anderweitig zu vertreiben. Und so gehörte Robert zu den wenigen Männern, die gut gelaunt nach dem Essen aufstanden und mit einem Becher in der Hand das Gespräch in kleinen Gruppen fortsetzten. Er stand mit Wolfram sowie zwei anderen, ihm flüchtig bekannten Rittern zusammen, als sich Gero dazugesellte.

»Robert, wie schön, dich nach so langer Zeit wieder einmal zu sehen. Das Schicksal meint es nicht nur mit den Wenden gut, auch wir können die Zeit nutzen, um unsere Geschicklichkeit für den Kampf zu trainieren. Ich bin sicher, du siehst das ebenso wie ich.«

Das Gespräch war verstummt, und alle Augen richteten sich auf Robert, denn Geros Hass war anscheinend allgemein bekannt.

Roberts Antwort kam mit ruhiger und fester Stimme: »Natürlich, Gero, nur leider kann ich meine Geschicklichkeit erst beim Kreuzzug unter Beweis stellen. Ich werde einige dringende Geschäfte erledigen, die sonst wahrscheinlich nicht zu meiner Zufriedenheit verlaufen wären. Doch ich bin sicher, dass dir dieser Aufschub sehr viel bedeutet, denn nun hast du genügend Zeit, um deine Technik zu verbessern.« Robert verzog keine Miene, aber die Umstehenden musterten ihn vielsagend.

Geros Gesicht hingegen lief rot an, und es war ihm deutlich anzusehen, wie sehr er sich beherrschen musste. »Zu schade, doch du hast natürlich recht, schließlich kann man nie gut genug sein. Vielleicht kommst auch du in ein paar Wochen zu dieser Einsicht, und hoffentlich ist es dann nicht zu spät.«

Herzog Heinrich, der das Gespräch unbemerkt verfolgt hatte, kam Robert bei seiner Antwort zuvor. »Es tut mir leid, mein lieber von Harsefeld, doch Eure dringenden Geschäfte müssen leider warten. Ich benötige nämlich Eure Hilfe und erwarte Euch morgen früh, um Euch die Einzelheiten zu erläutern. Und jetzt entschuldigt mich bitte, denn einige nicht aufzuschiebende Aufgaben warten auf mich.« Danach verabschiedete er sich von allen und verließ den Saal.

Robert stand völlig unbewegt da. Seine gute Laune, die auch nicht einmal Gero hatte trüben können, hatte sich durch die Worte des Herzogs in Luft aufgelöst. Missmutig trank er seinen Becher aus und stellte ihn auf den Tisch. Gero hingegen war über die Achtung, die Robert beim Herzog genoss, keinesfalls erfreut, doch da ihm die Niedergeschlagenheit des Ritters nicht verborgen blieb, hielt sich sein Neid in Grenzen.

Als Robert kurz darauf den Saal verließ, holte ihn Hartwig ein, und sie gingen zusammen zu den Pferden.

»Ich könnte wetten, der Herzog hatte darauf gehofft, dass du mit Gero aneinandergeraten würdest. Mein Bruder konnte diesen Feldzug kaum abwarten, und er suchte geradezu nach einer Möglichkeit, sich bei dem jungen Herzog anzubiedern. Ich bin mir ziemlich sicher, dass unser guter Herzog das genau weiß, denn er hat euch vorhin von Anfang an beobachtet und sah dabei sehr zufrieden aus. Sei bloß vorsichtig, Gero wird dich jetzt noch mehr hassen als vorher.«

Robert schüttelte müde den Kopf. »Das ist kaum möglich, dennoch danke ich dir für den gutgemeinten Ratschlag und werde ihn bestimmt beherzigen.«

Sie waren mittlerweile bei den Ställen angekommen, und die beiden Stalljungen, die sich müde an die Bretterwände gelehnt hatten, sprangen auf, um die Pferde zu holen.

»Hast du denn eine Ahnung, was der Herzog von dir will?«

Robert hob ratlos die Schultern. »Nein. Doch in Anbetracht der Verzögerungen nehme ich an, dass es sich um einen Botenritt handeln wird. Ich hätte eine Bitte an dich. Könntest du dich so lange um meinen Knappen kümmern? Ich hatte eigentlich vor, mit seiner Ausbildung weiterzumachen, und wenn du Lust hast, könntest du ihn während meiner Abwesenheit fördern. Ich möchte ihn nur ungern mitnehmen, und da ich weiß, wie gerne du dich unwissender Burschen annimmst, wäre das auch etwas gegen die Langeweile der nächsten zwei Wochen.«

Hartwig, der mittlerweile aufgesessen war, sagte geschmeichelt: »Mit Freuden kümmere ich mich um den Jungen und gelobe, nicht zu hart mit ihm zu verfahren. Außerdem wird sich mein Knappe über etwas Gesellschaft freuen, denn mit Lothar kommt er nicht gut zurecht, und Wolframs Knappe liegt momentan krank danieder. Wie heißt der Bursche eigentlich?«

Robert lenkte Alabaster neben Hartwigs Pferd, und gemeinsam ritten sie auf das Burgtor zu. »Sein Name ist Ingulf. Er verfügt über keine große Bildung, wie du sicherlich noch merken wirst, aber er ist wissbegierig und lernt sehr schnell. Außerdem hasst er das Wasser. Ihr zwei werdet euch bestimmt gut verstehen.«

Hartwig amüsierte sich köstlich darüber, und sie ritten schweigend zum Lager.

Am nächsten Morgen machte sich Robert gleich nach dem Frühstück wieder auf den Weg zur Burg, wo der Herzog ebenfalls noch mit dem morgendlichen Mahl beschäftigt war. Er lud Robert mit einer Handbewegung ein, ihm Gesellschaft zu leisten.

»Schön, dass Ihr schon so früh eintrefft. Hoffentlich habe ich Eure Pläne gestern Abend nicht zu sehr durcheinandergebracht. Da wir uns normalerweise bereits mitten in den Vorbereitungen für den Feldzug befinden würden, gehe ich jedoch davon aus, dass Eure Angelegenheit Aufschub erdulden kann.«

Robert nickte kurz, erwiderte aber nichts darauf. Da er sich immer noch in den Diensten des Herzogs befand, hatte er sowieso keine andere Möglichkeit.

»Wie Ihr vernommen habt, wurde der Erzbischof von Bremen aufgehalten. Er befindet sich im Augenblick in Stade, und ich bitte Euch, seinen Neffen dorthin zu begleiten. Es ist nicht so, dass ich ihm nicht traue, jedoch gehöre ich zu den Menschen, die wichtige Mitteilungen gerne von Boten überbringen lassen, die mein Vertrauen voll und ganz genießen.« Herzog Heinrich übergab Robert ein zusammengefaltetes Pergament, das mit dem Siegel des Herzogs verschlossen war.

Der Ritter nahm es entgegen und blickte gedankenverloren auf den aufrecht stehenden Löwen. »Wann soll ich aufbrechen, Euer Hoheit?«

»Am besten gleich, allerdings ist der Neffe des Erzbischofs erst gegen Mittag bereit, denn er besitzt zu meinem Leidwesen eine ausgeprägte Verträumtheit. Deshalb obliegt es Euch, ihn auf Eurem Weg zur Eile anzutreiben, und nachdem Ihr die Antwort erhalten habt, solltet Ihr schnellstmöglich den Heimweg antreten. Gute Reise, Ritter.«

Robert dankte ihm, stand auf und verbeugte sich, bevor er den Raum verließ. Er hatte mit seiner Vermutung also richtig gelegen und kochte nun vor Wut, denn die letzten

Stunden hatte er damit verbracht, sich das Wiedersehen mit Eilika auszumalen. Selbst für die Möglichkeit, dass sie noch immer wütend auf ihn war, hatte er sich etwas zurechtgelegt. Auf dem Hof trat er mit voller Wucht gegen einen Holzeimer, der gegen eine Mauer prallte und zerbrach. Robert blieb stehen und atmete tief durch. Es half alles nichts, auch seine Wut konnte nichts an der Situation ändern. Jetzt musste er nur noch Ingulf davon in Kenntnis setzen, dass er ihn auf seiner Reise nicht begleiten konnte. Er ahnte, dass es sich dabei um kein leichtes Unterfangen handeln würde.

Wider Erwarten war der Junge jedoch gar nicht enttäuscht, denn er hatte sich mit Wenzel angefreundet, und die Aussicht, wieder tagelang im Sattel zu sitzen, erschien ihm nicht besonders verlockend. Lediglich die Mitteilung, dass Hartwig mit seiner Ausbildung fortfahren würde, dämpfte seine Freude, denn Ingulf hatte immer noch ein wenig Angst vor dem großen Ritter, der ihn an einen Bären erinnerte. Doch als er hörte, dass Hartwig sich weigerte, ihm das Schwimmen beizubringen, wurde dieser ihm gleich sympathischer. Robert konnte sich über so viel Ignoranz nur wundern.

Gegen Mittag, Ingulf hatte inzwischen seine wenigen Habseligkeiten ins Zelt Hartwigs und seiner Brüder gebracht, verstaute Robert seine Reiseutensilien auf Alabasters Sattel und machte sich auf den Weg zur Burg. Er musste noch einige Zeit im Burghof auf seinen Reisebegleiter und dessen Knappen warten, und nachdem die beiden ebenfalls reisefertig waren, stand der Neffe des Erzbischofs unschlüssig neben seinem Pferd. Robert, dessen Geduld mittlerweile fast versiegt war, sah den jungen Mann fragend an. Dieser räusperte sich, bevor er den Ritter unsicher nach seinem Knappen fragte.

»Ich reise alleine, und wenn Ihr weiter keine Fragen habt, könnten wir endlich aufbrechen«, entgegnete Robert ungeduldig.

Der junge Mann konnte sein Erstaunen nicht ganz verbergen, doch dann erinnerte er sich der Worte des Herzogs. Dieser hatte ihn nämlich davon in Kenntnis gesetzt, dass es sich bei seinem Begleiter um einen sehr ungewöhnlichen Menschen handelte. Gedankenverloren blickte er zu Robert hinüber, der ungeduldig von Alabaster zu ihm hinuntersah. Röte überzog das Gesicht des jungen Mannes, als ihm bewusst wurde, dass er mit seinen Gedanken wieder abgeschweift war, und er beeilte sich, auf sein Pferd zu steigen. Robert wartete, bis seine beiden Begleiter fertig waren, dann seufzte er nochmals tief und ritt langsam zum Ausgang der Burg.

17. KAPITEL

Eilika konnte sich nicht erinnern, jemals so viel Neues wie in den letzten beiden Wochen gelernt zu haben. Jeden Tag, außer sonntags, saß sie mit der Äbtissin in der kleinen Schreibstube, mittlerweile konnte sie ganz gut lesen, und auch das Schreiben gelang ihr schon sehr flüssig. Die Vormittage gehörten Alda, doch während der Unterricht bei der Stiftsleiterin wenigstens sonntags ruhte, musste Eilika für Alda auch diesen Tag zum Lernen nutzen. Obwohl Äbtissin Beatrix sehr streng war, übertraf die Heilerin sie noch. Unerbittlich fragte sie ihre Schülerin nach den Pflanzen ab, die sie bisher kennengelernt hatte. Eilika musste nicht nur die Verwendung wissen, sondern zudem, welche Pflanzenteile sie für welche Zwecke nehmen durfte. Ebenso wollte Alda den genauen Zeitraum des Sammelns erfahren und wie man die Pflanzen trocknete und lagerte.

In den ersten Tagen war Eilika nach Einbruch der Dunkelheit todmüde ins Bett gefallen und sofort eingeschlafen. Körperliche Arbeit machte ihr nichts aus, doch den Kopf anzustrengen, daran musste sie sich erst noch gewöhnen

Trotz aller Anstrengungen lernte Eilika mit großem Eifer, und ihre Lehrerinnen waren darüber voller Freude. Auch wenn die beiden Frauen sparsam mit Lob umgingen, war es nicht zu übersehen, dass sie Eilikas unermüdlichen Fleiß bewunderten. Diese hatte ihre Gründe für den nicht nachlassenden Eifer, denn erstens machten ihr beide Aufgabengebiete, so unterschiedlich sie auch waren, gleich viel Spaß, und zweitens ging damit ihr Traum langsam, aber stetig in Erfüllung. Oft drohten die Gefühle sie noch zu überwältigen, wenn sie über so viel Glück nachdachte. Der letzte Grund war wieder einmal Robert. Durch die seltenen Mußestunden kam sie kaum noch dazu, an ihn zu denken, und selbst abends, wenn sie sich ins Bett legte, wanderten ihre Gedanken nur noch selten zu ihm, denn sie war in der Regel so müde, dass sie sofort einschlief. Das war ihr auch recht so, denn die Gedanken an den Ritter schmerzten zu sehr. Manchmal stellte sie sich vor, dass ihr kleiner Bruder sich bereits mitten im Kampfgetümmel befand, obwohl sie von Gerald wusste, dass der Feldzug noch gar nicht begonnen hatte.

Gerald, mit dem sich Eilika inzwischen angefreundet hatte, holte sie oft nach ihrem Unterricht beim Stift ab und begleitete sie zu Alda, wo alle drei noch einige Zeit beim Essen zusammensaßen. Eilika genoss diese Stunden, denn sie fühlte sich dann frei und glücklich. Gerald war wie ein großer Bruder für sie, und auch seine kleine Tochter Jolanda mochte sie sehr.

Zu Meregard hatte Eilika zu ihrem Leidwesen keine Beziehung aufbauen können. Sie gingen zwar sehr höflich miteinander um, aber alles in allem blieb der Kontakt sehr oberflächlich. Darüber war sie anfangs sehr bedrückt, hatte sie doch gehofft, dass sich eine Freundschaft entwickeln könnte. Seit Landines Tod fehlte ihr diese Möglichkeit des Austausches sehr.

Noch etwas anderes belastete Eilika sehr: Aldas Gesundheitszustand hatte sich dramatisch verschlechtert. Das Mädchen beobachtete die alte Frau oft, wenn sie sich alleine glaubte, sie hielt sich dann jedes Mal den Bauch, und die Schmerzen standen ihr deutlich ins Gesicht geschrieben. Eilika vermutete, dass Alda diese Eile an den Tag legte, um ihr noch so viel Wissen wie möglich zu vermitteln, doch trotz der Geschwindigkeit wusste sie nicht halb so viel wie ihre Lehrerin. Sie bemühte sich sehr, aber Alda hatte im Laufe ihres langen Lebens derart viel Wissen angehäuft, dass Eilika es für unmöglich hielt, alles jemals zu beherrschen. Sie war noch immer ängstlich im Umgang mit Pflanzen, die sowohl heilen als auch großen Schaden anrichten konnten, etwa bei der roten Hundsbeere, die Alda gerne für Hautkrankheiten nahm. Als sie zu Eilikas großer Freude erneut bei einer Geburt zur Hilfe geholt wurden, wusste sie genau, aus welchen Kräutern der Tee bestand, den sie der Gebärenden zubereitete. Alda hatte sie gelehrt, dass Mutterkraut dabei half, unnötige Verkrampfungen zu lösen, um die Geburt zu erleichtern, und anschließend die Nachgeburt zu lösen. Alda hielt nichts von der Einstellung der Kirche, dass Frauen unter Schmerzen gebären sollten, allerdings prägte sie den Frauen immer ein, Stillschweigen darüber zu bewahren, um nicht den Unmut der Kirchenmänner zu erregen.

Nicht zuletzt konnte Eilika sich selbst bereits gut behandeln. Gegen ihre Periodenschmerzen trank sie Johannisblutkrauttee, der außerdem die angenehme Nebenwirkung besaß, ihre innere Unruhe zu dämpfen. Als sie sich eines Morgens an einem Zweig verletzte und eine tiefe blutende Schramme davontrug, zerkaute sie ein paar Blätter des Wegerichs und legte sie auf die Wunde.

Eilika gefiel ihr neues Leben sehr, und an ihrem achtzehnten Geburtstag wurde sie so reich beschenkt wie die ganzen Jahre davor nicht. Alda hatte sie kurz nach ihrer Ankunft nach ihrem Namenstag, der zugleich ihr Geburtstag war, gefragt. Am Abend davor war Eilika wie immer müde ins Bett gefallen und hatte ihn völlig vergessen. Der nächste Tag war ein Sonntag, und als Eilika erwachte, fiel ihr Blick auf den Tisch, wo eine Kerze brannte. Sie fand das sehr seltsam, denn normalerweise blieben die beiden Frauen immer so lange im Bett, bis das Tageslicht das Innere ihres Hauses erhellt hatte. Kerzen waren sehr teuer, und Alda benutzte sie deshalb nur selten. Dann sah sie, dass

Alda bereits dabei war, den Tisch zu decken, und schwang sich schnell aus dem Bett, um der alten Frau zur Hand zu gehen.

Alda drehte sich zu ihr herum und rümpfte missbilligend die Nase. »Habe ich dir nicht gesagt, dass du nicht so wild aus dem Bett springen sollst, bevor du dich wenigstens einmal ordentlich gedehnt hast? Was lernst du eigentlich bei mir, wenn du noch nicht einmal das behalten kannst?«

Verwirrt blieb Eilika vor ihrem Bett stehen, denn sie hatte Alda in der letzten Zeit nicht mehr so schlecht gelaunt gesehen. Als sie jedoch merkte, dass sich die Mundwinkel der Heilerin verräterisch nach oben zogen und sie schließlich in lautes Gelächter ausbrach, fürchtete das Mädchen um den Geisteszustand Aldas.

»Alles Gute zum Namenstag wünsche ich dir, meine Liebe. Mögen deine Wünsche in Erfüllung gehen.« Alda trat auf Eilika zu, legte die Arme um sie und drückte sie fest.

Diese hatte sich mittlerweile von der Überraschung erholt und erwiderte die liebevolle Geste herzlich. Danach trat Alda zur Seite und wies mit einer ausholenden Handbewegung auf den Tisch. Erst jetzt erblickte Eilika das Bündel, das auf ihrem Platz lag, und erkannte den dunkelgrünen Stoff, den Robert ihr auf der Bernburg geschenkt hatte. Nachdem Eilika sich geweigert hatte, sich aus dem Tuch ein Kleid zu nähen, hatte sie mit Aldas Hilfe in ihr altes Kleid einige Stoffstücke eingesetzt, und seitdem saß es wesentlich besser. Nun griff sie vorsichtig nach dem Bündel Stoff, hob es in die Höhe, und sofort fiel das Gewand auf seine ganze Länge. Obwohl es in seiner Art sehr schlicht war, strahlte es eine Eleganz aus, dass es Eilika die Sprache verschlug. Sie hielt es dicht vor ihren Körper und drehte sich zu Alda herum.

»Zieh es gleich einmal über, damit ich sehen kann, ob ich noch etwas daran ändern muss.«

Das ließ sich Eilika nicht zweimal sagen und schlüpfte

flink aus ihrem Leinenhemd. Das neue Kleid saß wie angegossen, und Eilika konnte Aldas Gesicht ansehen, wie zufrieden sie über den Anblick war.

»Nun, mein Mädchen, besser könnte es gar nicht sitzen, wobei ich befürchte, dass es fast zu gut sitzt. Wir werden sehen, was der morgige Tag bringt. Das alte Ding hier kannst du nun getrost unter deine anderen Habseligkeiten schieben.« Dann drehte sie sich um, nahm zwei Becher und wollte sie auf den Tisch stellen, doch sie fielen ihr fast aus den Händen, denn Eilika hatte Alda stürmisch umarmt.

»Danke, liebste Alda. Das ist das schönste Geschenk, das ich jemals erhalten habe. Vielen, vielen Dank!«

Diese hatte sich gerade noch am Stuhl festhalten können und erwiderte: »Hoppla, nicht so stürmisch! Ich bin schließlich nicht mehr die Jüngste, außerdem habe ich es gerne getan.« Sie machte eine kurze Pause, bevor sie fortfuhr: »Bei einem so schönen Stoff ging das Nähen fast wie von selbst.«

Eilika warf ihr einen langen Blick zu, aber Alda tat so, als würde sie es nicht bemerken. Dann setzten sich beide an den gedeckten Tisch und fingen an zu frühstücken. Plötzlich sprang das Mädchen vom Stuhl auf. »Jetzt habe ich ja völlig die Ziegen und Hühner vergessen! Ich laufe gleich hinaus.«

Alda hielt sie zurück. »Du darfst in Ruhe zu Ende essen, so lange können die Tiere schon noch warten.«

Eilika fragte sich ernsthaft, ob mit Alda wirklich alles in Ordnung war, denn die Tiere hatten bisher immer Vorrang gehabt. Zögernd setzte sie sich wieder und tat, wie ihr geheißen.

Einige Zeit später, Eilika hatte gerade einige Wäschestücke im Bach gewaschen und wollte sie über den Zaun hängen, hörte sie das Geräusch von Pferdehufen. Überrascht und ein wenig ängstlich lief sie zum Haus, denn seit dem Überfall am Fluss bei der Bernburg war ihre frühere

Unbekümmertheit verlorengegangen. Sollte es sich um ungebetene Besucher handeln, würde das Haus sie, zumindest für kurze Zeit, schützen. Außerdem besaß Alda ein recht großes Messer, das Eilika, zusammen mit ihrem Dolch, ohne Zögern benutzen würde.

Zu ihrer großen Erleichterung sah sie Gerald aus dem Wald treten, der sein Pferd am Zügel führte, Jolanda im Sattel. Die Sonne schien Eilika ins Gesicht, daher bemerkte sie nicht den wechselnden Gesichtsausdruck Geralds, als er sie sah.

Dicht vor ihr blieb er stehen und machte eine kleine Verbeugung. »Euer neues Alter steht Euch gut zu Gesicht, verehrtes Fräulein.«

Eilika wandte sich verlegen ab. »Bitte, Herr Gerald, sprecht nicht so mit mir, sonst gerate ich noch in Gefahr zu vergessen, dass ich ein einfaches Mädchen bin.« Als sie ihn nun ansah, bemerkte sie sofort seinen veränderten Gesichtsausdruck.

Er ließ den Blick langsam über sie gleiten, dann griff er zu einem kleinen Bündel, das am Sattel befestigt war, und reichte es ihr. »Alles Gute zum Namenstag, Eilika. Ich habe mein Geschenk für schön gehalten, doch nach deinem Anblick bin ich mir nicht mehr so sicher.« Seine Stimme klang rauer als sonst.

Eilika nahm das kleine Päckchen schnell an sich, und während sie es aufmachte, hob Gerald seine Tochter vom Pferd. Jolanda ging schüchtern auf Eilika zu und zog an ihrem Kleid, woraufhin sich diese bückte, das kleine Mädchen auf den Arm nahm und es herzte.

»Was für ein wunderschöner Anblick, den ihr drei bietet.« Alda hatte sich unbemerkt genähert, doch der Klang ihrer Stimme passte nicht zu den Worten, und so setzte Eilika Jolanda verwirrt zu Boden. »Schön, dass du uns bereits so früh am Morgen besuchen kommst, Gerald. Du hättest dich nicht so beeilen müssen, denn Eilikas Ehrentag dauert den ganzen Tag.« Aldas Stimme hatte einen schneidenden Unterton, der Eilika völlig durcheinanderbrachte.

Die Heilerin mochte Gerald, und bisher war der Umgang zwischen den beiden immer mehr als freundschaftlich gewesen. Eilika blickte zu Gerald und konnte auch ihm die Unsicherheit ansehen.

»Das ist mir schon klar, Alda, und ich wollte euch auch bestimmt nicht stören. Wenn wir ungelegen gekommen sind, dann bitte ich um Verzeihung, es lag nicht in meiner Absicht.« Dann umfasste er Jolanda mit beiden Händen und hob sie wieder aufs Pferd.

Eilika versuchte, die Situation zu retten, und hielt den Ritter am Arm fest. »Bitte bleibt, ich freue mich über Euer Kommen, und Alda meint es nicht so.«

Diese schwieg einen Augenblick, dann seufzte sie schließlich: »Natürlich freue ich mich über euren Besuch, Gerald, entschuldige mein seltsames Verhalten. Kommst du bitte kurz mit mir ins Haus? Eilika, nimm Jolanda mit zum Bach. Wir brauchen noch frisches Wasser.«

Eilikas Einwand, sie habe bereits genug Wasser geholt, erstickte Alda mit einem scharfen Blick im Keim. Da bemerkte sie das kleine Päckchen, welches sie immer noch in der Hand hielt, und wickelte es flink aus. Sie hielt den Atem an, denn zum Vorschein kam ein schmaler dunkelgrüner Gürtel mit einer wunderschönen kleinen Schnalle aus zartgrüner Emaille. Eilikas erste Freude schwand schnell, denn ihr war klar, dass sie ein so wertvolles Geschenk nicht annehmen konnte.

»Vielen Dank, Herr Gerald, er ist wunderschön, aber ich könnte ihn niemals anlegen, denn so etwas Wertvolles ziemt sich nicht für ein Mädchen meines Standes. Ihr wisst das genau.« Eilika hielt ihm das Geschenk wieder hin.

Der Ritter schloss ihre Hände über dem Gürtel. »Als ich Alda bei ihrer Arbeit an dem Kleid gesehen habe, wusste ich sofort, dass noch etwas fehlte. Beim Anblick dieses

Gürtels, den ein fahrender Händler bei sich hatte, wusste ich dann, was es war. Du musst ihn behalten, auch wenn du ihn nicht tragen willst. Bitte!« Flehentlich sah er Eilika an, bis sie schließlich nickte und das Geschenk ins Haus trug. Anschließend nahm sie die kleine Jolanda an die eine Hand, einen Eimer in die andere und ging hinunter zum Bach.

»Komm«, Alda nahm Gerald am Arm, »auf der Bank vor dem Haus lässt es sich am gemütlichsten reden.« Sie spürte seine Zurückhaltung und hoffte, die richtigen Worte zu finden, denn sie wollte ihn nicht verletzen. »Ich habe deinen Blick vorhin bemerkt.«

Der Ritter wollte sie unterbrechen, doch sie hob schnell die Hand. »Lass mich bitte zuerst ausreden. Eilika ist ein nettes Mädchen und leider auch sehr hübsch. Ich weiß aus eigener Erfahrung, dass diese Zugabe nicht unbedingt als Vorteil zu werten ist.« Alda bemerkte seinen Blick aus den Augenwinkeln. »Sie mag dich, das sieht man sofort, doch sie liebt einen anderen, auch wenn sie es sich im Augenblick nicht eingestehen will. Ich denke, du weißt, von wem ich spreche.«

Gerald holte tief Luft, bevor er antwortete: »Du tust mir unrecht. Ich liebe Robert wie einen Bruder und würde ihm niemals die Frau wegnehmen, allerdings hat er mit keinem Wort eine Verbindung zu Eilika erwähnt. Ich gebe zu, dass die Zeit unserer letzten Begegnung ziemlich knapp war und er vielleicht unser nächstes Treffen abwarten wollte, um mir seine Gefühle für das Mädchen mitzuteilen. Er würde gut daran tun, sich mit seinem Auftrag zu beeilen und schnell zu ihr zurückzukehren. Ich für meinen Fall wäre froh, wenn ich so eine Frau nochmals finden könnte.«

Aldas verdrossener Gesichtsausdruck war nicht völlig verschwunden. »Deine Tochter liebt Meregard über alles. Warum heiratest du nicht sie?«

Gerald erhob sich und ging in Richtung des Verschlags.

Kurz bevor er um die Ecke verschwand, drehte er sich nochmals um und erwiderte mit tonloser Stimme: »Meregard liebt Jolanda, nicht mich.« Er band sein Pferd los und führte es auf den Waldrand zu.

Alda saß noch immer auf der Bank und sah ihm versonnen nach. Gerald fand Eilika und seine Tochter am Bach, wo sie herumalberten und sich mit Wasser bespritzten, was Jolanda augenscheinlich gut gefiel. Er betrachtete sie eine Zeit lang, bevor er sich bemerkbar machte.

»Herr Gerald, ich habe Euch gar nicht gesehen! Was ist los? Ist mit Alda wieder alles in Ordnung?«

Eilika strich sich eine Haarsträhne, die sich beim Spielen mit dem kleinen Mädchen gelöst hatte, aus dem Gesicht.

»Natürlich, mit Alda ist alles bestens. Sie wird im Alter nur etwas wunderlich, obwohl sie eigentlich schon vorher wunderlich genug war. Aber ich muss jetzt leider wieder los.«

Eilika sah ihn bedauernd an. »Schade, und vielen Dank nochmals für Euer wunderschönes Geschenk.«

Nachdem Gerald seine Tochter aufs Pferd gesetzt hatte, waren sie kurz darauf bereits zwischen den Bäumen verschwunden. Eilika ging mit dem frischen Wasser zu Alda zurück, die sie zusammengekrümmt auf dem Boden vor der Bank liegend fand. Rasch eilte das Mädchen ins Haus, um einen krampflösenden Kräutersud zu holen. Da es in der letzten Zeit mehrfach zu diesen starken Krämpfen gekommen war, trug sie immer dafür Sorge, dass genug davon im Haus vorhanden war, und erst am Vortag hatte sie wieder blühende Zweige des Gänsekrauts gesammelt. Am besten war die Wirkung, wenn die Kräuter mit heißer Milch übergossen wurden, doch leider dauerte diese Prozedur zu lange. Nachdem Alda einige Schlucke getrunken hatte, verging noch eine ganze Weile, bis sie sich mit Eilikas Hilfe auf die Bank setzen konnte. Das Mädchen machte sich große Sorgen, denn die Krämpfe dauerten immer länger an, und es war Alda anzusehen, dass sie an Heftigkeit zunahmen. Obwohl Eilika täglich dazulernte, nahmen im gleichen Maße auch ihre Ängste zu, in naher Zukunft ohne Aldas Hilfe dazustehen.

Den restlichen Tag verbrachten beide Frauen in gemütlicher Zweisamkeit, und Alda ging es rasch besser, obwohl Eilika oft den Verdacht hatte, dass sie ihr etwas vorspielte. Die ältere Frau war schon seit einiger Zeit nicht mehr nur ihre Ratgeberin und Lehrerin, sondern auch eine Freundin geworden.

Alda konnte interessante Geschichten aus ihrem langen Leben erzählen, und die Stunden vergingen dabei immer wie im Flug. So auch an diesem Nachmittag. Fast jedes Mal lenkte die Heilerin gekonnt das Thema auf Robert, und Eilika hatte bereits viel aus dessen Leben erfahren, weshalb sie ihn in manchen Dingen besser verstehen konnte. Alda erzählte ihr, dass sich Roberts Mutter nach seiner Geburt immer mehr zurückgezogen hatte. Zu dem Zeitpunkt, an dem sie sich entschlossen hatte, dauerhaft im Stift zu leben, war er gerade vier Jahre alt gewesen, und aus einem aufgeweckten, fröhlichen Jungen wurde ein verschlossenes Kind. Es hatte Alda viel Mühe und Zuwendung gekostet, um Robert wieder Freude und Zutrauen zu vermitteln, zumal er anfangs seine Mutter nicht mehr hatte sehen wollen, so verletzt war er.

Eilika streckte die Beine der wohlig warmen Sonne entgegen, und wie immer hatte Alda es geschafft, ihre Neugierde zu wecken. »Was ist mit seiner Mutter geschehen? Lebt sie etwa noch im Stift?«

Alda verneinte. »Sie ist bereits seit einigen Jahren tot. Robert war damals zehn Jahre alt, als sie starb. Sie hatte über Wochen einen starken Husten, kurze Zeit später kam auch noch hohes Fieber hinzu, selbst ich konnte ihr nicht helfen. Ganz dünn und schwach war sie am Ende.« Sie räusperte sich und schwieg. Es war ihr anzusehen, wie sehr die Erinnerung sie schmerzte. Eilika streichelte ihre Hand, und schließlich sprach sie mit leiser Stimme weiter. »Du siehst, auch ich kenne das Gefühl, hilflos beim Sterben zusehen zu müssen. Ich habe es mir nie verziehen.«

Eilika versuchte, ein paar tröstende Worte zu finden. »Du hast dein Möglichstes versucht und brauchst dir keine Vorwürfe zu machen.«

Alda schüttelte den Kopf. »Das meine ich nicht. Sie war wie eine Tochter für mich, ich habe sie über alle Maßen geliebt, und trotzdem habe ich nicht erkannt, was sie für diesen Mann gefühlt hat. Ihre Art zu leben habe ich immer wie einen stummen Vorwurf empfunden, an mich und meinen unsäglichen Fluch, den ich über diesen Mistkerl ausgestoßen hatte, obwohl sie mehrfach beteuert hat, dass dem nicht so sei. Aber von der ganzen Geschichte weißt du ja gar nichts.«

Eilika holte tief Luft und entgegnete: »Robert hat davon erzählt.«

Alda sah sie forschend an. »Dann verstehe ich die Furcht, die ich am Anfang in deinen Augen bemerkt habe.«

Eilika wand sich verlegen, es war ihr unangenehm, daran erinnert zu werden. »Du musst wissen, dass ich schon einmal eine Frau kannte, die anderen gegen Entlohnung die Zukunft vorhergesagt hat, allerdings mit nur mäßigem Erfolg.« Mit einem Mal sah sie Alda neugierig an, denn ihr war eine Idee gekommen. »Würdest du mir die Zukunft vorhersagen?« Dabei streckte sie der Heilerin die Hände entgegen.

Alda schüttelte langsam den Kopf. »Nein, Eilika, tut mir leid. Natürlich könnte ich das, wenn ich wollte, aber ich will nicht. Du bist kein Notfall, außerdem ist es viel spannender, wenn du dich vom Leben überraschen lässt. Nur eines kann ich dir jetzt schon sagen: Du hast deine Berufung gefunden, aber es fehlt noch ein Stück, um vollends glücklich zu werden, denn dein Ziel ist noch nicht erreicht. Doch jetzt genug davon. Du bist eine talentierte, kluge junge Frau und kannst uns sicher einen herrlichen Tee zubereiten, oder?«

Alda zwinkerte ihr schelmisch zu, und Eilika erhob sich ergeben und ging ins Haus. Sie kannte die alte Frau mittlerweile so gut, dass sie wusste, wann es zwecklos war, weiter nachzufragen.

Trotz der ein wenig ungenauen Auskunft konnte sich Eilika nicht erinnern, jemals so einen schönen Namenstag verbracht zu haben, und mit ihren achtzehn Jahren fühlte sie sich an diesem Abend stark genug, um es mit ihrem weiteren Leben aufzunehmen.

Der Montagvormittag begann wie all die anderen, doch dann beauftragte Alda ihre Schülerin, mehrere kleine Leinensäckchen, die sie genäht hatte, mit den Kräutern aus den Tongefäßen zu befüllen. Sie selbst wollte hinunter in den Ort gehen, um Kerzen zu kaufen, und Eilikas Angebot, nachmittags welche mitzubringen, lehnte sie mit der Begründung ab, sie müsse mal wieder unter Menschen. Das Mädchen war sehr verwundert über diese plötzliche Anwandlung, machte sich jedoch vor allem Sorgen, dass Alda unterwegs von Krämpfen überrascht werden könnte. Dennoch fügte sie sich wortlos. Die Arbeit kostete sie ziemlich viel Zeit, und als sie alles wieder sorgsam in den Schrank gepackt hatte, zögerte sie, ob sie sich umziehen sollte. Kurz entschlossen schlüpfte sie in ihr neues grünes Kleid und machte sich auf den Weg nach Quedlinburg. Eilika freute sich immer auf den Unterricht bei der Äbtissin, heute jedoch wurde ihre Freude von der zunehmenden Sorge um Alda überschattet.

Tief in Gedanken versunken kam Eilika schließlich beim Stift an und wollte gerade an der Eingangstür klopfen, als diese geöffnet wurde und Alda heraustrat. Völlig verdutzt starrte Eilika die Heilerin an, doch die tat, als wenn nichts

Außergewöhnliches geschehen wäre, wünschte ihr viel Spaß beim Lernen und entfernte sich langsam. Eilika blieb wie angewurzelt stehen und sah ihr nach. Als die Nonne, die immer noch auf ihr Eintreten wartete, sich geräuschvoll räusperte, beeilte sich das Mädchen, zur Äbtissin zu kommen.

Diese wartete bereits in der Schreibstube auf ihre Schülerin. »Eilika, schön, dass du da bist. Meinen allerherzlichsten Glückwunsch nachträglich zu deinem Namenstag. Ich hoffe, du hattest gestern einen schönen Tag?«

Eilika nickte und dankte der Äbtissin. Diese ließ ihre Blicke über das neue Kleid wandern und wollte gerade zu sprechen anfangen, als es klopfte. Eilika wandte sich zur Tür, denn es kam zum ersten Mal vor, dass sie beim Unterricht gestört wurden. Eine junge Nonne, ungefähr in ihrem Alter, trat zögernd in den Raum. Sie hatte ein sehr schönes Gesicht und war von zierlicher Statur, zumindest nahm Eilika das aufgrund ihrer schmalen Hände und des Halses an, denn der Rest ihres Körpers wurde von dem weiten schwarzen Gewand verdeckt. Die junge Nonne schien keineswegs über Eilikas Anwesenheit überrascht zu sein und musterte sie neugierig.

»Schwester Judith, es ist schön, dass es Euch wieder bessergeht. Ihr wisst, dass ich nachmittags immer für zwei Stunden eine Schülerin von außerhalb habe. Lasst Euch durch uns nicht stören, Ihr könnt das hintere Schreibpult benutzen.«

Die junge Frau nickte und begab sich an ihren Platz. Als sie an Eilika vorbeiging, lächelten sich beide freundlich an, und die Äbtissin wandte sich wieder Eilika zu. »Ich wollte dich schon immer fragen, ob du weißt, wer deine Namenspatronin ist?«

Das Gesicht des Mädchens hellte sich auf. »Meine Eltern haben mir meinen Namen als Verehrung für die Mutter unseres Markgrafen gegeben.«

Die Äbtissin betrachtete sie nachsichtig. »Das ist wirklich sehr rührend, doch ich muss dir sagen, dass es sich bei deiner Namenspatronin ebenfalls um eine Äbtissin handelt. Ihr eigentlicher Name war Heilika von Niedernburg, sie war die Äbtissin des dortigen Klosters, und in den Jahren unter ihrer Führung erlebte das Kloster einen glanzvollen Aufstieg. Allerdings ist das schon über hundert Jahre her. Doch nun zu etwas ganz anderem: Ich konnte noch gar nichts zu deinem neuen Kleid sagen. Es ist wirklich sehr schön geworden. Ich hatte gehört, dass Alda daran arbeitet, aber solch einen Stoff habe ich bei uns noch nie gesehen, so ein sattes Grün verarbeiten wir hier gar nicht.«

Eilika senkte verlegen den Blick. »Ich habe das Tuch an meinem letzten Aufenthaltsort geschenkt bekommen und es mit hierher gebracht.«

Äbtissin Beatrix seufzte wissend, aber dann erwiderte sie mit mahnender Stimme: »Ich kann mir schon denken, von wem du es erhalten hast. Bitte bedenke, dein Gewand ist von einer Farbe und Qualität, die normalerweise nicht von Frauen deines Standes getragen werden. Ich nehme gewiss keinen Anstoß daran, und derjenige, der ihn dir geschenkt hat, hat sich um solche Unterschiede noch nie geschert, doch es gibt immer genug Neider unter den Menschen. Mir ist allerdings bewusst, dass du mit deinem anderen Kleid kaum noch unter die Leute gehen kannst. Aus diesem Grund habe ich mir erlaubt, dir ein Gewand umändern zu lassen, und ich denke, es ist ein wenig passender.«

Die Stiftsleiterin griff hinter sich in den Schrank und holte ein Bündel Stoff hervor. Sie hielt es oben fest und ließ den Rest zu Boden fallen. Das Kleid war braun und aus einem derben Leinenstoff, der Schnitt war schlicht, aber der Halsausschnitt war mit einer Borte verziert, die fast den gleichen grünen Ton wie Eilikas Kleid hatte.

Wenn ihr nicht so traurig zumute gewesen wäre, hätte sie darüber schon wieder lachen können, doch sie hielt sich tapfer und nahm das Geschenk an sich. »Ich danke Euch sehr dafür, Mutter Oberin. Sicher passt es viel besser zu mir.«

Diese schüttelte langsam den Kopf und legte Eilika eine Hand auf die Schulter. »Da hast du mich falsch verstanden, das Kleid, das du trägst, ist wie für dich gemacht. Robert hatte in diesen Sachen schon immer ein gutes Gespür.«

In diesem Moment ertönte ein lauter Knall, und Eilika und die Äbtissin fuhren herum. Schwester Judith hatte das große Buch, aus dem sie ein paar Seiten herausschreiben sollte, zu Boden fallen lassen. Schnell bückte sie sich, um es wieder aufzuheben, und der missbilligende Blick der Stiftsleiterin entging ihr dabei nicht.

»Genug der Äußerlichkeiten, kommen wir nun zu den wesentlichen Dingen des Lebens. Ich denke, du hast mittlerweile so gute Fortschritte gemacht, dass du mit einem schwierigeren Buch fortfahren kannst. Du verfügst über eine rasche Auffassungsgabe und großes Geschick, das Schreiben liegt dir, und wenn du willst, kannst du für mich einige kleinere Arbeiten übernehmen. Ich habe sehr viele Aufträge, die ich leider nicht alle in der gewünschten Zeit erledigen kann. Die Schwestern unseres Stifts arbeiten sehr hart.« Sie wies mit der Hand auf Schwester Judith, die nun wieder emsig mit Schreiben beschäftigt war. »Eine Hilfe mehr könnten wir gut gebrauchen, und natürlich müsstest du dann bei uns leben. Denk darüber nach.«

Eilikas Verwirrung stieg mit jedem Wort, das die Stiftsleiterin sprach. Sofort fiel ihr wieder Alda ein. »Verzeiht mir, hochehrwürdigste Frau Äbtissin, aber ich kann Euer großzügiges Angebot nicht annehmen. Wie Euch sicher bekannt ist, geht es Alda nicht besonders gut, ich könnte sie niemals alleine lassen. Habt dennoch Dank für Euer Vertrauen in meine Fähigkeiten.«

Die Äbtissin presste die Lippen aufeinander und legte die Stirn in Falten. »Ich habe mit dieser Antwort schon gerechnet, aber solltest du deine Meinung ändern, habe ich stets ein offenes Ohr für dich. In jeder Hinsicht.«

Danach arbeitete Eilika still weiter vor sich hin und hing der Vermutung nach, dass Alda etwas mit dem unerwarteten Angebot der Äbtissin zu tun hatte. Als die Zeit um war, bedankte sie sich nochmals bei ihr und ging zur Tür, wobei sie Schwester Judith zum Abschied freundlich zunickte. Diese bedachte sie jedoch mit einem eisigen Blick, und Eilika zog fröstelnd ihr neues Kleid an sich. Sie konnte sich den plötzlichen Wandel bei der jungen Frau nicht erklären und beeilte sich, das Gebäude zu verlassen. Sie lief über den Marktplatz zum Torweg, und als sie das letzte Tor passiert hatte, sah sie Gerald an der Mauer stehen.

»Eilika, ich hatte schon Angst, dich zu verpassen. Ich werde in der nächsten Zeit nicht hier sein und wollte mich von dir verabschieden.«

Furcht stieg in dem Mädchen auf. »Ist etwas passiert? Hängt es mit dem Kreuzzug zusammen?«

Der Ritter sah sie verwirrt an. »Mit dem Kreuzzug? Nein, wie kommst du darauf? Hier in der Gegend hat es in der letzten Zeit vermehrt Überfälle auf einzelne kleine Bauernhöfe und Reisende gegeben, und ich werde zusammen mit ein paar Männern das Gesindel suchen, das für diese Taten verantwortlich ist.«

Erleichtert atmete Eilika auf, doch da sie nicht wollte, dass er glaubte, sie würde nicht um sein Leben bangen, legte sie eine Hand auf seinen Arm und sah ihn bittend an: »Gebt acht auf Euch und kommt gesund zurück!« Dann ließ sie die Hand sinken und eilte weiter.

18. KAPITEL

Alda ging es zusehends schlechter. Sie lag jetzt oft tagsüber im Bett und stand nur noch selten auf. An dem Tag, an dem Eilika sie am Stiftsgebäude getroffen hatte, gab es zwischen den beiden Frauen am Abend eine heftige Auseinandersetzung. Eilika nahm es der Heilerin übel, dass sie über ihren Kopf hinweg mit der Äbtissin gesprochen hatte, Alda hingegen warf ihrer Schülerin Sturheit vor. Sie fühlte, dass der Tag ihres Todes nicht mehr allzu weit entfernt lag, und aus diesem Grund hatte sie auch mit der Äbtissin gesprochen, denn sie wollte um jeden Preis vermeiden, dass Eilika alleine in ihrer Hütte zurückblieb. Alda konnte keinen besonderen Grund für ihre Unruhe nennen, aber instinktiv wusste sie, dass Eilika mit ihrem Tod nicht mehr unantastbar sein würde. Die junge Frau hatte sich allein durch die Tatsache, dass sie bei Alda lebte und von ihr lernte, das Misstrauen der Leute zugezogen. Deshalb war ihr um vieles leichter ums Herz geworden, als sie die Zusage erhalten hatte, dass Eilika im Stift leben konnte, bis Robert zurückkam.

Zu ihrem großen Bedauern wollte Eilika von alldem nichts wissen und war sogar empört darüber, dass die Heilerin sie jetzt, da es ihr schlechter ging, von sich schicken wollte. Außerdem hatte sie nicht vor, sich von dem Wohlwollen anderer abhängig zu machen, und mit jedem Tag, den sie dazulernte, wurde sie sicherer. Das Gefühl war zu gut, als dass sie es verlieren wollte, und sollte Alda wirklich bald sterben, dann würde sie hier in ihrer Hütte ihre

Arbeit fortsetzen. Sie beschloss, noch intensiver zu lernen, und traf so eine Entscheidung für den nächsten Tag, die ihr allerdings nicht leichtgefallen war.

Am folgenden Tag ging sie wie immer nach dem Mittagessen hinunter in den Ort, allerdings hatte sie ihr schönes grünes Kleid gegen das braune von der Äbtissin ausgetauscht. Im Stift teilte sie dieser mit, dass sie leider nicht mehr zum Unterricht erscheinen könne, und ihre Lehrerin fand sich nach einem vergeblichen Überredungsversuch damit ab. Alda verlor kein Wort darüber, als Eilika so schnell wieder nach Hause kam, und das Mädchen hegte in der letzten Zeit immer mehr Zweifel, ob Alda überhaupt von irgendwelchen Dingen überrascht war.

Die Stimmung zwischen beiden war merklich abgekühlt. Eilika verrichtete ihre Arbeiten wie gewohnt und übernahm mehr und mehr die Aufgaben von Alda. Wenn Leute aus dem Ort kamen und um Hilfe baten, überließ es die Heilerin immer öfter Eilika, das richtige Mittel herauszufinden, doch die stieß noch oft an ihre Grenzen. Die übrige Zeit nutzte Eilika, indem sie die beiden Lehrgebiete miteinander verband. Sie hatte von der Äbtissin an ihrem letzten Tag eine Feder sowie zwei Bögen Pergament geschenkt bekommen, und diese unverhoffte Möglichkeit nutzte sie nun, um ihr Wissen darauf zu bannen.

Nach drei Tagen brach Alda das Schweigen. »Hast du die kleinen Leinensäckchen bereits alle gefüllt?«

Eilika hielt im Schreiben inne und legte die Feder beiseite. »Gleich an dem Tag, als du sie mir gegeben hast. Wieso fragst du?«

Die alte Frau stützte sich in ihrem Bett ab, um sich etwas bequemer hinzusetzen. »Weil ich nicht weiß, ob dir klar ist, wozu sie eigentlich sind!«

Eilika, die gleich aufgesprungen war, um Alda ein zusätzliches Kissen in den Rücken zu schieben, setzte sich auf die Bettkante. »Ganz sicher weiß ich es nicht, aber ich vermute, ich soll nach meinem geplanten Umzug ins Stift über den gleichen Vorrat verfügen wie du.«

Alda seufzte und lehnte sich langsam wieder an. »Dachte ich's mir doch. Nein, mein Kind, ich hatte befürchtet, dass du ablehnen würdest, und aus diesem Grund habe ich diese Säckchen genäht. Wenn du auf Reisen gehen musst, sind die kleinen Tontöpfchen nämlich ein wenig hinderlich.«

Eilika legte die Stirn in Falten. »Was meinst du damit? Ich habe nicht vor wegzugehen.« Als sie Aldas Gesichtsausdruck sah, sprach sie schnell weiter: »Ich weiß, was du sagen willst. Solltest du wirklich sterben, bevor Robert mit meinem Bruder zurückgekommen ist, werde ich hier auf die beiden warten.«

Jetzt widersprach die alte Frau heftig: »Genau darum geht es ja! Was glaubst du, warum wir hier in unserer Hütte so unbehelligt leben können? Zum einen stehe ich unter dem Schutz der Äbtissin, aber zum großen Teil liegt es an der Angst, die die Menschen vor mir haben. Aus diesem Grund habe ich auch nie etwas dagegen getan, warum sollte ich? Nur so konnte ich in Ruhe hier oben leben, doch jetzt sieht die ganze Sache völlig anders aus. Du wohnst nun bei mir, und das heißt für dich, dass auch du von den Quedlinburgern nur geduldet wirst. Der einzige Unterschied zwischen uns beiden besteht darin, dass sie Angst vor mir haben und vor dir nicht! Deshalb musst du fort von hier, bevor ich tot bin.« Alda ließ sich schwer atmend nach hinten sinken.

Eilika war blass geworden. Sie hatte nicht für einen Augenblick an die Möglichkeit gedacht, dass sie bei den Bewohnern des Ortes unerwünscht war. Bisher hatte sie keinerlei Feindseligkeiten gespürt, obwohl sie nun unsicher war, ob sie diese Tatsache womöglich allein der Fürsprache der Äbtissin zu verdanken hatte.

Die Heilerin hatte sich etwas erholt und sprach weiter: »Ich muss gestehen, ich bin nicht allzu enttäuscht, dass du nicht ins Stift umziehen möchtest. Ich kann es dir nicht erklären, aber ich glaube, dort wartet nicht nur Gutes auf dich. Hier bleiben kannst du jedoch auch nicht. Verflixt noch mal, es muss noch eine andere Lösung geben, doch zunächst müssen wir etwas dagegen tun, dass die Leute aus dem Ort damit rechnen, mich bald los zu sein. Wenn du nicht mehr zum Unterricht erscheinst, werden sie davon ausgehen, dass du mich pflegen musst, weil ich im Sterben liege. Morgen gehst du auf den Markt und kaufst ein paar Dinge ein. Dabei wirst du überall erzählen, dass es mir zum Glück bessergeht, ich dich aber nicht mehr zur Äbtissin lassen will. Das werden dir alle sofort glauben.« Alda bemerkte Eilikas verwirrten Blick. »Verstehst du denn nicht, Mädchen? Damit gewinnen wir Zeit! Die Zeit ist nun mal knapp, und wir finden so schnell keine andere Lösung. Bitte, begib dich in die Obhut der Äbtissin, von mir aus, auch nach meinem Tod.«

Eilika hatte sich wieder gefangen und erwiderte mit festem Blick: »Ich bin gerne bereit, mir alles noch einmal durch den Kopf gehen zu lassen, doch ich werde bis zum Schluss bei dir bleiben. Ich werde dich nicht alleine sterben lassen, und dagegen kannst du leider nichts tun.«

Alda packte Eilika am Arm und zog sie an sich heran. »Vielleicht wird es so sein, aber das Risiko ist sehr groß! Es muss nur jemand Verdacht schöpfen und sich zu uns heraufschleichen, schon ist unser schöner Plan meiner Genesung zunichtegemacht.«

Das Mädchen begegnete dem zwingenden Blick der älteren Frau ruhig. »Ich denke, du übertreibst vor lauter Sorge um mich, und selbst wenn du damit richtig liegen solltest, ändert es nichts an meiner Entscheidung. Du wirst mich erst los, wenn du tot bist.« Dann löste sie vorsichtig Aldas Griff und stand auf, um die Tiere in den Verschlag zu treiben.

Am nächsten Tag ging Eilika in den Ort hinunter, wie es die Heilerin gewünscht hatte. Sie musste nicht lange warten, bis sie ihre Geschichte erzählen konnte, denn Meregard, bei der sie einen Laib Brot kaufte, war bereits die Dritte, die sich nach Aldas Befinden erkundigte. Bei ihr klang es, im Gegensatz zu den anderen, allerdings ehrlich besorgt. Eilika versicherte der jungen Frau, dass es Alda bedeutend besser gehe, doch Meregard schien nicht überzeugt, denn der Zweifel in ihrem Blick blieb bestehen. In diesem Moment traten zwei weitere Kundinnen zum Stand, und sofort wandte sich Meregards Aufmerksamkeit den beiden zu.

Eilika kannte die Frauen ebenfalls, bei der älteren handelte es sich um die Gattin des Ministerialen, die Eilika bisher kaum beachtet hatte. Jetzt erkundigte sie sich jedoch mitfühlend, warum das Mädchen nicht mehr zum Unterricht ins Stift komme. Die andere war die Frau eines ziemlich wohlhabenden Händlers, die den Reichtum ihres Mannes gerne zur Schau trug. Eilika fand beide Frauen gleichermaßen unangenehm und war deshalb froh, als sie sich wieder verabschiedeten.

Meregard beugte sich wieder vor und zeigte auf ein paar Brote, während sie Eilika zuflüsterte: »Vielleicht komme ich euch heute noch besuchen, wenn ich es schaffe.« Dann redete sie mit lauter Stimme weiter. »Diese Brote hat Alda noch nie gekauft. Du solltest sie doch vorher fragen.«

Eilika sah neben sich und entdeckte die Frau des Schmieds, die sie unverhohlen musterte. Sie nickte kurz, zahlte ihr Brot und verabschiedete sich von Meregard. Die junge Frau kam ihr irgendwie merkwürdig vor.

Ihre weiteren Besorgungen verliefen ohne Zwischenfälle, und sie machte sich bald auf den Weg zurück zu Alda. Sie hatte in der letzten Nacht einen Entschluss gefasst, den sie Alda allerdings nicht mitzuteilen gedachte. Eilika war mittlerweile ebenfalls davon überzeugt, dass die Heilerin bald sterben würde, doch sie wollte unter allen Umständen verhindern, dass ihre neu gewonnene Freiheit wieder beschnitten wurde – und sei es auch nur durch die gutgemeinte Hilfe von Alda und der Stiftsleiterin. Aus diesem Grund hatte sie beschlossen, sich allein auf den Weg zu machen und dabei ihre neu gewonnenen Erfahrungen einzubringen. Auch ihre Lehrerin war viele Jahre alleine umhergezogen, das hatte sie Eilika einmal erzählt, und deshalb wusste sie auch, worauf sie zu achten hatte. Sie würde versuchen, sich anderen Reisenden anzuschließen, um unterwegs nicht alleine zu sein, und bei Bauern konnte sie gewiss Unterschlupf und Nahrung bekommen, wenn sie dafür ihre Leiden heilte. Eilika wusste aus eigener Erfahrung, dass es immer etwas zum Kurieren gab. Als Ziel hatte sie sich wieder für Halle entschieden, denn sie kannte nichts anderes.

Als sie an dem Gebäude vorbeikam, in dem sich der Küchentrakt des Stifts befand, hielt eine ältere, sehr stämmige Nonne sie auf. Die Frau war Eilika völlig unbekannt, was jedoch nicht sehr ungewöhnlich war, denn bei ihren täglichen Aufenthalten im Stiftsgebäude waren ihr nur wenige Nonnen begegnet.

»Hast du einen Augenblick Zeit für mich, mein Kind?«

Eilika fand die Nonne auf Anhieb sehr sympathisch und nickte zustimmend, ehe sie ihr ins Gebäude folgte. Vom Eingang aus gingen sie den Flur an mehreren Türen entlang, bis sie endlich an einer stehen blieben. Die Nonne ging voran, und Eilika stellte fest, dass sie sich in einer großen Küche befanden, in der außer ihnen niemand anwesend war.

Als hätte die Frau die Gedanken Eilikas erraten, folgte die Erklärung. »Die meisten befinden sich beim Gebet. Ich habe dich durch Zufall vorhin draußen gesehen und wusste sofort, dass ich die Gelegenheit beim Schopfe packen muss. Mein Name ist übrigens Schwester Johanna.« Die Nonne setzte sich auf einen der Hocker, die an der Wand standen, und Eilika tat es ihr gleich. »Wir sind uns zwar noch nicht persönlich begegnet, trotzdem kenne ich dich ganz gut. Alda und ich unterhalten uns ab und zu, wenn sie zu uns kommt, außerdem weiß ich durch Robert von dir.« Als sie Eilikas weit aufgerissene Augen bemerkte, hob sie beschwichtigend die Hände. »Keine Angst, er hat mir nichts von dir erzählt, aber das, was er nicht gesagt hat, ist viel bedeutsamer. Du musst wissen, ich kannte ihn schon als kleinen Jungen. Deshalb, und natürlich weil Alda so große Stücke auf dich hält, möchte ich mit dir sprechen.«

»Worum geht es denn, ehrwürdige Schwester?«, fragte Eilika verwundert.

Die ältere Nonne rückte näher an das Mädchen heran und senkte die Stimme. »Du musst dich vor gewissen Personen in Acht nehmen. Ich kann dir nichts Genaues sagen, denn es sind alles nur Vermutungen, aber durch Zufall habe ich gestern ein Gespräch mit angehört, in dessen Mittelpunkt eindeutig deine Person stand. Es geht um eine junge Schwester aus unserem Stift, ihr Name ist Judith, du wirst sie wahrscheinlich nicht kennen.«

Eilika unterbrach sie: »Doch, Judith war letztens in der Schreibstube als ich Unterricht hatte.«

Schwester Johanna nickte überrascht: »Dann weißt du ja, von wem ich spreche. Jedenfalls hat sie sich mit der Frau des Ministerialen getroffen. Es war schon später Nachmittag, und ich war noch mit der Arbeit auf unserem Friedhof beschäftigt, als ich die beiden bemerkte. Sie hatten sich in eine der Nischen gesetzt, und aufgrund der fortgeschrittenen Stunde fühlten sie sich anscheinend sicher vor ungebetenen Zuhörern. Mich haben sie jedenfalls nicht gesehen, da ich hinter einem größeren Stein gehockt bin.« Die Nonne hielt kurz inne, und ihre Augen blickten entschuldigend zum Himmel hinauf, dann sprach sie weiter: »Mir fiel ein, dass die Familien der beiden irgendwie verwandt sind, und ich habe nicht mehr weiter auf sie geachtet. Das Grab, an dem ich gearbeitet habe, war etwas vernachlässigt worden. Aber was rede ich denn da.«

Eilika wurde zusehends ungeduldig, sie hatte es eilig, denn sie wollte Alda nicht zu lange allein lassen.

»Schließlich vernahm ich deinen Namen. Ich war ein gutes Stück entfernt und konnte nur zusammenhanglose Wörter erhaschen, darunter: ›Denkzettel verpassen‹ und ›vertreiben‹. Die Mienen der beiden waren alles andere als freundlich.«

Eilika konnte sich keinen Reim darauf machen, allerdings fiel ihr wieder der unerklärlich eisige Blick der jungen Nonne ein, als sie ihren letzten Unterricht bei der Äbtissin hatte. Sie hatte sich schon damals den feindseligen Ausdruck nicht erklären können. Mit der anderen Frau hatte Eilika noch niemals etwas zu tun gehabt. Eilika runzelte die Stirn. »Ich danke Euch für Eure Warnung und werde bestimmt vorsichtig sein.«

Schwester Johanna nickte erleichtert und legte ihre Hand auf Eilikas. »Da fällt mir aber ein Stein vom Herzen. Du bist ein nettes Mädchen, und Robert hätte es mir bestimmt übelgenommen, wenn ich dich nicht gewarnt hätte. Pass gut auf dich auf!«

Dann verabschiedeten sie sich voneinander, und Eilika eilte aus dem Gebäude.

Als sie am Waldrand ankam, war sie ziemlich außer Atem, weil sie fast die ganze Zeit gerannt war. Nach kurzer Überlegung schlug sie den Weg in den Wald ein, und obwohl sie ein schlechtes Gewissen hatte, ging sie nicht zu Alda, sondern zum Wasserfall. Zu vieles spukte ihr im Kopf herum, erst Meregards seltsames Verhalten und dann Schwester Johanna.

Seit dem unglücklichen Abschied von Robert hatte sie den Platz gemieden, doch jetzt setzte sie sich unmittelbar an die Stelle, an der sie damals die Nacht verbracht hatten, denn sie fühlte sich hier überraschenderweise getröstet und sicher. Erst als es anfing zu dämmern, machte sich Eilika auf den Weg nach Hause.

Alda saß auf der Bank vor dem Haus und wartete auf sie, was Eilika überraschte, denn die letzten Tage hatte sie fast ausschließlich im Bett verbracht. Die Heilerin streckte ihr die Hand entgegen, und Eilika setzte sich zu ihr. »Du kommst spät, ich habe mir schon Sorgen gemacht.«

Das Mädchen streichelte Aldas runzelige Hand. »Ich war noch beim Wasserfall, und dort habe ich einfach die Zeit vergessen. Entschuldige bitte.«

Die alte Frau sah sie überrascht an. »Es ist nicht so schlimm, Eilika. Hast du meine Genesung überall verbreitet, und konntest du die Äbtissin treffen?«

»Der ganze Ort weiß nun Bescheid darüber. Und mit der Stiftsleiterin konnte ich ebenfalls sprechen. Sie hat mich nochmals inständig gebeten, ins Stift zu ziehen, ich könnte in der Küche helfen und bei der Zubereitung der Kräutertränke und Salben zur Hand gehen.«

Alda sah ihre Schülerin im Dämmerlicht prüfend an. »Du hast es dir anders überlegt?«

Eilika nickte zögernd. Sie wollte Alda nicht misstrauisch machen, sondern ihr nur die Sorge um ihre Sicherheit nehmen. »Wahrscheinlich bleibt mir keine andere Wahl. Ich habe Schwester Johanna kennengelernt, sie scheint sehr nett zu sein und kennt auch Robert.« Es fiel ihr leichter, eine Notlüge mit der Wahrheit zu vermengen.

Die Heilerin schien nichts zu bemerken und atmete hörbar auf. »Eine äußerst nette Frau, bei ihr bist du bestimmt gut aufgehoben. Trotzdem sei auf der Hut. Wann gehst du? Gleich heute Abend noch?«

»Nein«, erwiderte das Mädchen mit ruhiger Stimme, »es ändert nichts an meinem Entschluss, bis zum Ende bei dir zu bleiben.«

Alda seufzte resigniert, doch fast schien es Eilika, als würde sich die alte Frau darüber freuen. »Wie du willst. Gibt es sonst noch etwas? Du wirkst seltsam bedrückt.«

Eilika hatte beschlossen, ihr nichts von der Warnung

wegen Schwester Judith zu erzählen, um ihr nicht noch mehr Sorgen zu bereiten. »Sollte ich nicht bedrückt sein angesichts deines Gesundheitszustandes? Wenn du nichts dagegen hast, bringe ich schnell die Tiere in den Verschlag und lege mich dann gleich hin.«

Alda erwiderte nichts, sondern nickte nur, und als ihre Schülerin von den Tieren zurückkam und ins Haus ging, saß sie noch immer auf der Bank.

Als Eilika am nächsten Morgen von lautem Stöhnen geweckt wurde, sprang sie sofort auf und lief zu Alda.

Die lag schweißgebadet in ihrem Bett und hielt sich den Bauch. »Hilf mir auf, Eilika. Ich muss an die frische Luft.«

Alda war sowieso schon zierlich, doch in der letzten Zeit hatte sie merklich abgenommen. Das Mädchen konnte sie daher ohne große Mühe aus dem Bett hochziehen und ihr aus dem Haus helfen, wo sie sich schwer atmend auf der Bank niederließ. Ein plötzlicher Hustenanfall erschütterte ihren Körper, und Eilika lief ins Haus und holte ein Tuch, das sie Alda reichte. Als der Husten nachgelassen hatte, nahm sie das vormals saubere Leinentuch vom Mund. Es war blutverschmiert.

Eilika erschrak, setzte sich zu Alda und legte den Arm um sie. »Soll ich dir deinen Kräutertrank holen?«

Die Heilerin schüttelte den Kopf, und Eilika musste dicht an sie heranrücken, um die Antwort zu verstehen. »Das hilft jetzt auch nichts mehr. Es geht zu Ende, und gäbe es dich nicht, wäre ich froh darum, denn die Schmerzen sind kaum noch zu ertragen, und meine Kräuter können sie nur lindern. Bald werde ich meiner guten alten Taube folgen.«

Das betagte Pferd hatte das Mädchen eines Morgens tot aufgefunden.

Alda machte eine längere Pause, und Eilika spürte, wie sich ihr Körper langsam entspannte. »Du musst noch heute deine Sachen packen, mein Kind. Es hilft alles nichts. Wenn es mit mir zu Ende ist, musst du sofort ins Stift gehen.«

»Wenn du es möchtest, werde ich gleich mit dem Packen anfangen.«

Alda nickte und drückte schwach Eilikas Hand. Als diese kurze Zeit später aufstand und ins Haus ging, schloss Alda die Augen und lehnte sich gegen die Hauswand. Die Schmerzen in ihrem Bauch hatten etwas nachgelassen, und sie genoss die kurze Atempause, denn sie wusste, dass die nächste Schmerzattacke nicht lange auf sich warten lassen würde.

Weder Alda noch Eilika hatte den Schatten hinter den Bäumen bemerkt, und nachdem Alda eine Weile regungslos auf der Bank verharrt hatte, huschte der heimliche Beobachter lautlos davon.

Eilika brauchte nicht lange, um ihre Habseligkeiten zusammenzupacken. Ganz unten in ihren Beutel legte sie ihr grünes Kleid mit dem Gürtel, danach folgten ihr Umhang und Roberts Decke. Eilika hatte beschlossen, seine statt ihrer eigenen Decke mitzunehmen. Die kleinen, mit verschiedenen Kräutern gefüllten Leinensäckchen legte sie in einen ledernen Beutel, den Alda ihr gegeben hatte. Das Geschenk der Äbtissin, die Feder mit den zwei Pergamentbögen, packte sie vorsichtig obenauf. Auch wenn sie von ihrem Entschluss noch immer überzeugt war, ängstigte sie trotzdem die Aussicht, sich alleine auf den Weg zu machen. Sie hatte die Geborgenheit bei Alda so sehr genossen, dass sich jetzt, da die Zeit enden sollte, ein Gefühl der Verlorenheit einstellte. Eine Zeitlang stand sie einfach nur da und starrte auf ihre Habseligkeiten, dann schluckte sie ihre Gefühle hinunter und ging wieder zu Alda. Sie fand die Schwerkranke immer noch so vor, wie sie sie verlassen hatte.

Alda öffnete die Augen und streckte Eilika wie zuvor ihre Hand entgegen. »Setz dich wieder zu mir. Die Sonne hat bereits viel Kraft zu dieser frühen Stunde, und das hier ist schon immer mein liebster Platz gewesen.« Sie hob den Kopf und sah ihre Schülerin mit müdem Blick an. »Deiner hingegen befindet sich beim Wasserfall, oder?«

Eilika nickte stumm.

»Du wirst Robert bestimmt wiedersehen. Ich bin mir sicher, dass du deinen Weg finden wirst, und du wirst dabei Kräfte in dir spüren, von denen du nicht einmal geahnt hast, dass es sie gibt. Nutze die Zeit, die du im Stift verbringen musst, die Schwestern können deinem Wissen bestimmt noch einiges hinzufügen.« Alda verstummte abrupt, denn einer der zahlreichen Hustenanfälle schüttelte sie. Eilika hielt sie, bis er vorbei war, dann wartete sie darauf, dass die alte Frau fortfuhr. »Vergiss nicht, meinen kleinen Kessel mitzunehmen. Ich finde den Gedanken schön, dass er dich ab und zu an mich erinnern wird, außerdem wirst du ihn bestimmt brauchen, wenn du später einmal unterwegs sein solltest – egal ob nun mit oder ohne Robert. Nicht nur, um deine Kräuter aufzubrühen, sondern auch ab und zu für eine warme Mahlzeit.« Alda rang nach Atem und hielt sich gleichzeitig den Bauch.

Eilika versuchte, sie zu stützen, und als es der Heilerin nach einiger Zeit wieder etwas besserging, wollte sie weitersprechen, doch Eilika kam ihr zuvor: »Du darfst nicht so viel reden, ruh dich lieber aus. Wenn du möchtest, helfe ich dir in dein Bett.«

Alda wehrte ab. »Ich hatte immer Angst davor, in einem Bett zu sterben. Mein ganzes Leben habe ich mehr im Wald verbracht als in einem Haus, außerdem bin ich noch nicht fertig mit dem, was ich dir zu sagen habe.«

Sie griff mit beiden Händen zum Hals und hob vorsichtig eine lange Kette über den Kopf. Eilika sog überrascht die Luft ein, denn in der ganzen Zeit bei Alda war ihr dieses Schmuckstück niemals aufgefallen. Die alte Frau hatte immer ein Tuch umgelegt, und bei der Körperwäsche hatte sie sich von Eilika abgewandt. Ehrfürchtig betrachtete das

Mädchen das Medaillon. Der große, dunkelrot funkelnde Stein in einer goldenen, viereckigen Fassung, an deren unterem Ende eine birnenförmige Perle hing, faszinierte sie. Die lange goldene Kette war ein kleines Stück über dem Anhänger zusammengeknotet. Eilika konnte sich nicht erinnern, jemals zuvor so ein wunderschönes Schmuckstück gesehen zu haben, nicht einmal Irene von Nortingen besaß etwas vergleichbar Herrliches.

»Es wird bestimmt noch einige Wochen dauern, bis Robert eintrifft. Versprich mir, dass du ihm das hier von mir gibst. Es ist von seiner Mutter, und sie hat es wiederum von ihrer Mutter. Als sie ins Stift eintrat, musste ich ihr versprechen, dass ich es für sie aufbewahre, bis der richtige Zeitpunkt kommen würde, um es an Robert weiterzugeben.« Alda nahm Eilikas Hand und legte das Schmuckstück hinein.

Noch immer fasziniert und gleichzeitig ein wenig panisch, betrachtete sie es.

»Graf von Harsefeld hatte es seiner Mätresse, Roberts Großmutter, einst geschenkt, und Roberts Mutter wollte immer, dass er einmal etwas hat, was er seiner künftigen Frau schenken könnte.« Alda griff in den langen, schmalen Lederbeutel, den sie immer bei sich trug. »Damit er alles verstehen kann und seinen Frieden findet, braucht er auch das hier. Seine Mutter hat diese Zeilen für ihn geschrieben, und ich soll ihm dieses Stück Pergament erst geben, wenn ich der Meinung bin, dass es an der Zeit ist. Sie hat ihre Beweggründe für ihn notiert und mir damals alles vorgelesen. Das müsste sie bei dir nicht tun. Wenn Robert wissen möchte, warum er diese Sachen nicht schon längst erhalten hat, dann sage ihm ruhig, dass bisher nicht der passende Moment war. Aber nun braucht er einen kleinen Fingerzeig, der letzte von mir für ihn.« Wieder machte Alda eine Pause. Diesmal folgte kein Hustenanfall, aber sie krümmte sich heftig.

Eilika liefen die Tränen über die Wangen, denn es tat ihr in der Seele weh, Alda so leiden zu sehen.

Als der Schmerz abebbte, lehnte sich die Heilerin schwer gegen Eilika. »Ich würde dir gerne Roberts Gründe für seine Haltung erklären, aber ich bin der Ansicht, dass er das selbst tun sollte.« Aldas Worte waren kaum mehr als ein Flüstern.

Nachdem sie eine Weile so gesessen hatten und Aldas Gewicht immer stärker gegen Eilika drückte, stand diese vorsichtig auf, um die Kranke langsam auf die Bank zu legen, und strich ihr sacht über die faltige Wange. Dankbar nickte die alte Frau dem Mädchen zu. »Ich hole dir schnell ein Kissen, dann hast du es bequemer.«

Sie eilte ins Haus und lehnte sich drinnen kurz mit dem Rücken gegen die Holzwand. Ihre Gedanken schlugen Purzelbäume, während sie versuchte, sich zu beruhigen. Ihr schöner Plan wurde durch Aldas Bitte zerstört. Da sie nicht vorgehabt hatte, im Stift auf Robert zu warten, konnte sie ihm auch nicht die beiden Dinge seiner Mutter aushändigen. Ablehnen konnte sie Aldas Wunsch aber unter keinen Umständen, das würde der alten Frau das Herz brechen. Sie würde später nach einer Lösung suchen müssen, beschloss sie, atmete tief durch und ging mit Aldas dickem Federkissen zurück nach draußen. Vorsichtig schob sie es unter deren Kopf und setzte sich dann zu ihr auf die Bank. Als Eilika sah, dass die Heilerin wieder zu sprechen ansetzte, ließ sie sie gewähren. Sie wusste, dass Alda sich sowieso nicht davon abhalten ließ.

»Ich will, dass du weißt, wie sehr du mir ans Herz gewachsen bist. Auch aus diesem Grund möchte ich, dass du mir eine weitere Sache versprichst.« Eilika gab keine Regung von sich, und Alda fuhr mit leiser Stimme fort: »Gib mir dein Wort, dass du dein Talent nicht vergeudest. Du hast die Fähigkeit, Menschen zu helfen, und auch wenn du noch längst nicht alles weißt, ist das doch der richtige Weg für dich. Wir werden von den meisten Menschen respektiert, das ist zwar kein vollständiger Schutz, aber zumindest eine kleine Hilfe. Versuche, dich trotzdem immer von den Kirchenmännern fernzuhalten, und wende das Gelernte so oft wie möglich an. Du wirst bestimmt auch im Stift Gelegenheit dazu bekommen. Versuche dich aber nicht bei Krankheiten, die du nicht kennst.«

Eilika traten die Tränen in die Augen. »Dieses Versprechen gebe ich dir von ganzem Herzen. Obwohl ich oft Angst habe, ob mein Behandlungsweg der richtige ist, bin ich inzwischen sicher, dass die Heilkunde meine Bestimmung ist.«

Seufzend tastete Alda nach Eilikas Hand, die diese vorsichtig ergriff. »Ich warte noch immer auf dein Wort, was meinen ersten Wunsch betrifft. Wirst du Robert die beiden Dinge geben? Du weißt, dass ich dich gerne an seiner Seite sehen würde.«

Bei seinem Namen verhärteten sich Eilikas Gesichtszüge.

»Mein liebes Kind, du bist noch so jung. In meinem Alter sieht man alles ein wenig nachgiebiger. Ich sage nicht, dass sein Verhalten grundsätzlich richtig war.« Das Mädchen beugte sich ganz dicht zu Alda herunter, um sie verstehen zu können. »Hör dir an, was er zu sagen hat, mehr verlange ich gar nicht. Und noch etwas: Bitte ihn, von allen Rachegedanken gegenüber denjenigen, die mir übel gesonnen waren, Abstand zu nehmen. Dasselbe gilt für dich, denn ich bin von Zufriedenheit erfüllt. Ich hatte das Glück, erleben zu dürfen, was für ein Mann aus dem Jungen geworden ist.« Alda keuchte und drückte die Hand ihrer Schülerin fest. »Willst du mir dies alles versprechen?«

Eilika rang noch einen kurzen Augenblick mit sich, dann nickte sie. »Ich gebe dir mein Wort auf alles, worum du mich gebeten hast, liebe Alda.« Dabei streichelte sie liebevoll die Hand der Sterbenden, auf deren Lippen jetzt ein leichtes Lächeln lag.

Insgeheim war Eilika froh, dass Alda nicht um das Versprechen gebeten hatte, im Stift auf Robert zu warten, denn so hatte sie nur ihr Wort geben müssen, ihm die Sachen von seiner Mutter auszuhändigen. Sie würde gewiss eine Lösung finden, Aldas Frieden war im Augenblick wichtiger. Als Eilika kurz darauf die ruhigen Atemzüge der alten Frau hörte und sah, dass ihre Augen geschlossen waren, ging sie leise zum Verschlag, um die Schlafende nicht zu wecken. Die Ziegen und Hühner warteten bereits ungeduldig darauf, versorgt zu werden. Eilika ließ sich bei der Arbeit Zeit, denn seit es Alda so schlecht ging, hatte sie keine Geduld für ihre Schreibübungen.

Als sie mit einem Eimer Wasser vom Bach zurückkam, lag die Kranke noch immer in der gleichen Lage, wie sie sie verlassen hatte. Eilika brachte ihre Last ins Haus und kehrte gleich darauf wieder zu Alda zurück, beugte sich zu ihr hinunter und strich ihr zart über die Wange. Die Heilerin sah sehr friedlich aus, doch irgendetwas stimmte nicht.

Eilika wurde unruhig, hielt ihre Hand dicht vor Aldas Nase, und als sie keinen Lufthauch spürte, drehte sie sie panisch auf den Rücken. Anschließend legte sie ihr Ohr auf Aldas Herz und lauschte angestrengt, doch sosehr sie sich bemühte, sie konnte keinen Laut hören. Erschreckt sprang Eilika auf und ging ein paar schnelle Schritte rückwärts, dann stand sie eine Zeitlang einfach nur da und sah auf die Frau, die ihr in der letzten Zeit ein Zuhause gegeben hatte. Aldas Arm war inzwischen leblos von der Bank gerutscht und hing auf den Boden. Eilika schaffte es gerade noch, den Arm wieder auf ihren Körper zu betten, im nächsten Moment brach sie zusammen und fing hemmungslos an zu weinen.

Sie konnte sich später nicht mehr erinnern, wie lange sie dort gelegen hatte. Als ihre Tränen längst versiegt waren, erhob sie sich schwerfällig und schleppte sich zur Bank. Unfähig, irgendwelche Gedanken zu fassen, blickte sie auf Aldas friedliches Gesicht herab, beugte sich zu dem leblosen Körper hinunter, küsste das Gesicht der Toten und streichelte ihr zart über die Wange. Dann fasste Eilika mit beiden Armen unter Aldas Körper und zog ihn von der Bank. Nachdem sie ihn vorsichtig auf dem Boden abgelegt hatte, ging sie zum Verschlag, holte einen großen Spaten, verschob die Bank und fing an zu graben.

Der Boden war hart, und Eilika brauchte ziemlich lange, bis sie ein Loch ausgehoben hatte, das groß genug war. Dann ging sie wieder ins Haus und holte eine Decke, in die sie Alda einwickelte. Eilika war mittlerweile fast am Ende ihrer Kräfte angelangt, doch sie schaffte es, den Körper in das Loch zu ziehen. Anschließend ließ sie sich erschöpft auf den Boden fallen und fing leise an zu beten, während ihr Tränen übers Gesicht liefen. Schließlich erhob sie sich wieder und schüttete das Loch mit der Erde zu. Eilika war froh, dass sie Aldas Gesicht nicht sehen musste, allein der Gedanke daran war schrecklich genug. Sie hasste das Geräusch der fallenden Erde, doch sie hielt durch, und zum Schluss schob sie die Bank an die alte Stelle, brachte den Spaten zurück an seinen Platz und lief zum Bach.

Nachdem sie sich ausgiebig den Schweiß und Staub abgewaschen hatte, fiel ihr auf, dass es bereits spät am Nachmittag sein musste. Sie zog sich schnell wieder an und eilte zurück zum Haus, wobei sie es vermied, in Richtung der Bank zu sehen, und gleich hineinging. Drinnen nahm sie den Laib Brot, den sie am Tag davor gekauft hatte, denn ihr war aufgefallen, wie sehr ihr Magen mittlerweile knurrte. Seit dem Aufstehen hatte sie noch keinen Bissen zu sich genommen.

Eilika ließ sich mit dem Essen Zeit und versuchte dabei,

ihre Gedanken zu ordnen, als ihr Blick auf ihre Sachen fiel, die noch immer auf dem Tisch lagen. Plötzlich überkam sie eine tiefe Unruhe, und Aldas Worte kamen ihr wieder in den Sinn. Sie wusste zwar immer noch nicht genau, warum sie sofort aufbrechen sollte, aber eine unerklärliche Angst, die sie vorher nicht gespürt hatte, stieg in ihr auf. Eilika hatte es auf einmal sehr eilig damit, den letzten Rest Brot in ihr Bündel zu packen, obwohl sie ursprünglich erst am nächsten Tag in aller Ruhe hatte aufbrechen wollen. Von der Äbtissin konnte sie sich ohnehin nicht mehr verabschieden, denn sie war mit Sicherheit gegen Eilikas Plan und würde das Argument, dass es Eilika unmöglich geworden war, im Stift zu bleiben, nach allem, was sie über Schwester Judith gehört hatte, nicht gelten lassen. Instinktiv spürte sie, dass sie nicht länger warten durfte.

Mittlerweile war die Dämmerung hereingebrochen. Eilika ergriff ihre Sachen, ging zur Tür und ließ den Blick durch den Raum schweifen, der eine ganze Weile ihr Zuhause gewesen war. Dann trat sie energischen Schrittes hinaus und machte die Tür fest hinter sich zu. Auf dem Tisch stand noch ihr halbvoller Becher, und überall verteilt lagen die letzten Krümel des Brotes. Draußen blieb sie stehen, unschlüssig, welche Richtung sie einschlagen sollte, als sie das laute Meckern der Ziegen vernahm. Entsetzt darüber, die armen Tiere völlig vergessen zu haben, eilte sie zu dem kleinen eingezäunten Stück Wiese. Ihr war klar, dass sie die Tiere nicht hierlassen konnte, doch sie mitzunehmen war ebenfalls undenkbar, daher band sie den dreien spontan Stricke um und zog sie hinter sich her. Die Hühner hatte sie am Morgen gar nicht erst herausgeholt, und sie war sich ziemlich sicher, dass das Futter für das Federvieh noch ausreichen würde, bis sich Meregard ihrer annahm. Die junge Frau war ihr Ziel, denn sie konnte sich unmöglich davonstehlen, ohne sich von ihr zu verabschieden. Genauso wenig konnte sie die Tiere einfach ihrem Schicksal überlassen, zumal die drei Ziegen regelmäßig gemolken werden mussten. Wieder ruhiger und mit dem neuen Ziel vor Augen, machte Eilika sich auf den Weg.

Sie sah die Leute, noch bevor sie den Wald verlassen hatte, denn eine lange Reihe Fackeln bewegte sich vom Ort weg. Mittlerweile herrschte fast völlige Dunkelheit, und Eilika konnte niemanden erkennen, sondern sah nur die tanzenden Lichtflecke, die sich stetig auf sie zubewegten.

Als sich von hinten eine Hand auf ihren Mund legte, wäre ihr fast das Herz stehengeblieben. »Sei bloß still, sie dürfen uns nicht hören.« Erleichtert vernahm Eilika Meregards Stimme und atmete hörbar aus. »Verdammt, was hast du da?« Im Dunkeln hatte Meregard die drei Leinen mit den Ziegen daran nicht gesehen und wäre fast darüber gestolpert.

Eilika warf einen schnellen Blick auf die immer näher kommenden Lichtpunkte. »Alda ist tot!«, stieß sie hervor und hörte, wie Meregard scharf die Luft einzog. »Ich wollte dir ihre Ziegen bringen, aber das hat sich ja nun erübrigt. Alles andere erzähle ich dir, wenn wir uns in Sicherheit gebracht haben. Komm, ich kenne einen guten Platz, wo wir uns verstecken können.« Eilika machte sich auf den Weg, zurück in den Wald, und ignorierte Meregards leise Schimpftiraden.

»Wie kommst du nur darauf, die Ziegen mitzunehmen? Das sieht dir ähnlich! Hier können wir sie nun natürlich nicht mehr lassen, die da unten würden sie wahrscheinlich gleich entdecken und damit auch unsere Spur. Wir können nur hoffen, dass die Viecher ruhig bleiben.«

Eilika, die sich wegen der zahlreichen Ausflüge mit Alda hier sehr gut auskannte, schritt sicher voran zu einem Platz, der sich ein Stück oberhalb der Hütte befand und an dem sie vor ein paar Tagen Johannisblutkraut entdeckt hatte. Als ihr auffiel, dass Meregard oft stolperte, ergriff sie mit der freien Hand den Arm ihrer Begleiterin und hielt mit der anderen die Stricke fest. Die Ziegen verhielten sich zum Glück still, und Eilika vermutete, dass sie ebenso verängstigt waren wie sie selbst. Obwohl ihr der Wald bestens vertraut war, schlugen ihr immer wieder Zweige ins Gesicht, auch sie stolperte oft über Wurzeln, und sie merkte bald, dass ihre Kraft langsam nachließ. Hinter sich hörte sie Meregards schnellen Atem. Als sie kurz darauf ihr Ziel erreicht hatten, weit genug entfernt von Aldas Haus, kauerten die beiden Frauen sich eng zusammen.

Eilika band die drei Ziegen an einen Baum und atmete tief durch. »Warum bist du gekommen? Wieso sind diese Leute auf dem Weg zu Aldas Haus?«

Meregard atmete immer noch schwer, doch sie antwortete sofort: »Im Ort kursiert das Gerücht, dass Alda im Sterben liegt. Ihr wurdet wohl beobachtet, und das wollte ich euch berichten, aber das hat sich ja nun erübrigt. Ich konnte nicht früher los, und unterwegs habe ich die anderen bemerkt. Diese Menschen kommen, um alles zu zerstören, was mit Alda zu tun hat. Man erzählt sich, dass ihr beide nachts singend auf der Wiese tanzt, und ich mag mir gar nicht ausmalen, was sie mit dir getan hätten.«

Eilika erschauerte leicht, erwiderte aber nichts, denn es gab nichts mehr zu sagen. Alda hatte also recht behalten mit ihrer Angst um Eilika. Auch Meregard war in brütendes Schweigen verfallen. Die Einsamkeit des dunklen Waldes mit seiner fast greifbaren Stille hätte sie umfangen, wenn nicht aus einiger Entfernung laute Stimmen zu hören gewesen wären.

Schließlich ergriff Meregard Eilikas Hand und sprach in bittendem Ton: »Nun sag doch etwas!«

Das Mädchen drückte die Hand der Frau, die sie schon immer gemocht hatte. »Ich danke dir für deine Sorge um mich. Ich war mir nie sicher, ob du mich wirklich magst, da du oft so zurückhaltend in meiner Gegenwart warst.«

Meregard erwiderte den Händedruck kräftig. »Ich weiß,

und das bereue ich zutiefst. Deshalb wollte ich eigentlich gestern mit dir sprechen, und wenn ich geahnt hätte, was alles passiert, hätte ich meine Arbeit sofort liegenlassen und wäre gekommen.« Sie schwieg einen Augenblick und fuhr dann leise fort: »Anfangs habe ich angenommen, dass du dir Jolandas Vater angeln willst.«

Eilika gab einen verärgerten Laut von sich, woraufhin Meregard sich beeilte, ihren Verdacht zu rechtfertigen. »Er war dir so zugetan, schließlich hast du seiner Tochter das Leben gerettet.« Leise seufzend fügte sie hinzu: »Mir gegenüber verhält er sich leider immer sehr zurückhaltend.«

Das Mädchen fühlte mit ihr und legte einen Arm um sie. »Wieso hast du deine Meinung über mich geändert?«

Meregard hatte sich bereits wieder gefangen. »Alda hat mit mir gesprochen. Sie hat mir erzählt, dass du in Gerald nur einen Freund siehst und zu Robert gehörst.«

Eilika war darüber nicht mehr überrascht. »Ich hatte eigentlich angenommen, dass deine reservierte Haltung an Robert lag.«

Die junge Frau löste sich aus der Umarmung. »Wieso? Was hat der denn damit zu tun?«

Eilika seufzte tief. »Alda hat mir erzählt, dass du tiefere Gefühle für ihn empfunden hast. Ich bin davon ausgegangen, dass du sauer auf mich bist, weil du glaubst, ich hätte ihn dir weggenommen.«

Verblüfft hörte sie ein leises Kichern. »Und, hast du das etwa nicht? Warte, du brauchst dich nicht zu rechtfertigen oder womöglich gar alles abzustreiten. Ich gebe zu, dass ich als junges Mädchen in Robert verliebt war, doch das war nicht schwer, denn er hatte immer schon etwas Besonderes an sich. Leben könnte ich mit ihm indes nicht, er ist mir viel zu starrköpfig und führt ein zu unstetes Dasein. Ich bin aber sicher, dass du ihn dir schon zurechtbiegen kannst.«

Plötzlich sprang Meregard auf, denn ein heller Lichtschein leuchtete ihr von weiter unten entgegen. Sie packte

Eilika am Arm, die dadurch aus ihren düsteren Gedanken aufschreckte. Mit Entsetzen starrte sie auf das flackernde Feuer an der Stelle, an der sich bis vor kurzem noch Aldas kleines Haus befunden hatte. Da fielen ihr die Hühner ein, und sie sprang auf. »Die Tiere sind noch im Verschlag, sie werden alle verbrennen!«

Meregard hielt sie zurück. »Bist du von Sinnen? Bleib bloß hier sitzen. Was denkst du, was die mit dir machen, wenn du jetzt da unten auftauchst? Außerdem sind die Hühner viel zu wertvoll, als dass die Verrückten sie nicht vorher in Sicherheit gebracht hätten.«

Einigermaßen beruhigt setzte sich Eilika wieder auf den Boden und gab Meregard insgeheim recht. Selbst wenn sie zum Haus laufen würde, die Tiere würde sie nicht rechtzeitig erreichen, und die Reaktion der Leute war in diesem Zustand sowieso nicht einzuschätzen.

Meregard hielt Eilika noch immer am Arm fest, denn sie glaubte selbst nicht an das, was sie eben gerade gesagt hatte. Im Gegenteil: Da den Leuten alles um Alda herum immer schon seltsam vorgekommen war, würde es sie nicht wundern, wenn sie auch die Tiere für verhext hielten. Sollte es wirklich so sein, dann verbrannten in dem Feuer nicht nur Holzbalken.

»Du musst so schnell wie möglich weg von hier, du siehst ja, wozu die Menschen fähig sind. Hast du Alda noch begraben?« Eilika nickte stumm, was Meregard in der Dunkelheit kaum noch erkennen konnte. »Ich hoffe nur, sie haben Aldas Grab nicht gefunden und ihre letzte Ruhe gestört.«

Eilika schüttelte müde den Kopf. »Das glaube ich kaum, eher wird bald ein Haufen verglühter Holzstückchen und Asche darauf liegen. Nur gut, dass sie so bald einschlafen durfte, ich hätte sonst kaum alles geschafft.« Dann berührte sie Meregard an der Schulter. »Ich danke dir für deine Hilfe. Du musst jetzt wieder hinuntergehen, bevor irgendjemandem dein Fehlen auffällt. Ich begleite dich ein Stück, damit du den Weg findest, und bleibe bis zum Morgengrauen noch hier. Dann werde ich fortgehen. Nimm bitte die Ziegen mit, oder noch besser, übergib sie dem Stift, sonst bist du vielleicht den Anfeindungen der Bewohner ausgesetzt. Und grüße bitte die Äbtissin von mir, sie wird bestimmt nicht verstehen, warum ich bei ihr keine Zuflucht gesucht habe. Vielleicht kann ich es ihr später einmal erklären, allerdings glaube ich nicht, dass ich sie jemals wiedersehen werde.«

Meregard umarmte Eilika spontan, stand auf und band die drei Ziegen vom Baum los. »Ich bin mir ziemlich sicher, dass wir uns wiedersehen werden. Ich wünsche dir alles Gute. Du brauchst mir den Weg nicht zu zeigen, ich kenne mich auch ganz gut hier im Wald aus. Pass auf dich auf!« Dann drehte sie sich um und schlich davon.

Eilika lauschte noch kurz den sich schnell entfernenden Schritten, dann war sie völlig alleine. Sie hatten zunehmenden Mond, doch Wolken waren aufgezogen, und Eilika konnte sich fast kein Lager zurechtmachen. Nachdem sie nach langem Hin und Her eine einigermaßen zufriedenstellende Position gefunden hatte, wanderten ihre Gedanken wieder zu ihrer ersten Nacht alleine im Wald. Damals war sie vor Angst fast gestorben, aber das war diesmal anders. Obwohl sie nur knapp einem schlimmen Schicksal entgangen war, fürchtete sie sich nicht mehr vor der Dunkelheit. Auch das hatte sie Alda zu verdanken, die ihr auf den gemeinsamen Streifzügen auf der Suche nach Kräutern die Natur nähergebracht hatte. Mit dem Gedanken an die geliebte Lehrerin und Freundin schlief Eilika ein.

Sie wurde früh am nächsten Morgen durch lautes Vogelgezwitscher geweckt. Die finstere Dunkelheit der letzten Nacht war bereits verschwunden, aber die Sonne war noch nicht zu sehen. Ärgerlich stellte Eilika fest, dass sie ihr Bein nicht mehr spürte, und fing an, es mit Nachdruck zu massieren. Nur langsam kam das erste Kribbeln, und als sie nach einer Weile endlich aufstehen konnte, dehnte und streckte sie sich ausgiebig, denn alle Knochen taten ihr weh. Bei Tageslicht sah ihre Übernachtungsmöglichkeit nicht mehr ganz so einladend aus, wie sie den Platz in Erinnerung hatte, und sie beeilte sich, ihre wenigen Habseligkeiten zusammenzupacken. Die Kette mit dem Medaillon hatte sie sich um den Hals gehängt, darüber trug sie Aldas Tuch, um es vor neugierigen Blicken zu verstecken, und auch der Brief von Roberts Mutter war gut verstaut. Sie hatte ihn zusammen mit der Feder und dem Pergament der Äbtissin in ein Tuch gewickelt.

Da sie noch keinen Hunger hatte, wollte sie erst später etwas essen. Außerdem konnte sie nicht sicher sein, ob nicht jemand von den Quedlinburgern noch einmal zur Stätte ihrer Untaten zurückkehren würde. Es war also auf jeden Fall das Beste, so schnell wie möglich das Weite zu suchen.

Eilika wusste ziemlich genau, in welcher Richtung ihr Ziel lag, denn durch ihre Bindung an das Versprechen, das sie Alda geben musste, waren ihre Pläne nun andere. Sie würde zwar auf Wanderschaft gehen, um dabei ihre neugewonnenen Fähigkeiten anzuwenden. Lediglich das Ziel hatte sich geändert. Mit der unerfreulichen Dreingabe, dass sie Robert wiedersehen würde. Doch bis zu dem Tag, da war sie sich sicher, würde es ihr nichts mehr ausmachen. Eilika hatte sich vorgenommen, in Braunschweig auf ihn zu warten, denn dorthin würde er mit Ingulf sicherlich zurückkehren, um aus den Diensten des Herzogs entlassen zu werden. Vielleicht gelang es ihr ja sogar, dem Heer entgegenzureisen. Sobald sie Robert gefunden hatte, konnte sie ihm die Sachen überreichen, und sollte er nach dem unerfreulichen Abschied tatsächlich noch Interesse an ihr haben, würde sie ihn anhören – das hatte sie Alda schließlich versprochen. Danach würde sie ihm möglichst ruhig sagen, dass ein Zusammenleben ohne den Segen der Kirche für sie nicht in Frage kam, und sich von ihm verabschieden. Vielleicht würde Ingulf sogar mit ihr gehen, denn ihr kleiner Bruder fehlte ihr sehr, wenn auch auf eine ganz andere Art als Robert. Natürlich sehnte sie sich noch immer nach ihm, auch wenn das an ihrem Entschluss nichts änderte. Eilika war zuversichtlich, dass sie sich einem der reisenden Händler anschließen konnte, denn Braunschweig war keine kleine Stadt und stellte sicherlich das Ziel vieler Reisender dar.

Da fiel Eilikas Blick auf die dünne Rauchsäule, die zwischen den Bäumen aufstieg. Sie schob ihre Ängste und Bedenken beiseite und bahnte sich einen Weg durch den Wald, bis sie an der vertrauten Lichtung ankam. Zwischendurch war sie immer wieder stehen geblieben, um auf verdächtige Geräusche zu lauschen, doch nichts war ihr aufgefallen. Da es noch sehr früh am Morgen war, hoffte Eilika, dass sich die Übeltäter vom letzten Abend noch in ihren Häusern befanden. Nach ein paar Metern hatte sie freien Blick auf das, was bis vor einem Tag Aldas und ihr Zuhause gewesen war, und ihr stiegen die Tränen in die Augen. Übrig geblieben waren lediglich ein paar verkohlte Holzbalken, von denen zwei anklagend in die Höhe ragten. Die kleine Rauchsäule, die sie gesehen hatte, stieg aus der Mitte der Unglücksstätte hervor.

Dort, wo Eilika den Leichnam vergraben hatte, lagen Asche und verkohlte Holzstücke, von Aldas geliebter Bank war nichts mehr zu erkennen. Aus diesem ganzen furchtbaren Durcheinander lugte eines der kleinen Tongefäße heraus, und Eilika bückte sich, um es aufzuheben. Zu ihrer Trauer mischte sich Wut, und sie umklammerte das kleine Töpfchen mit der rechten Hand und hielt es in die Höhe.

Sie sprach mit lauten Worten aus, was sie fühlte: »Ich werde meine Versprechen halten, liebste Alda, doch danach werde ich alles tun, um dein Erbe fortzusetzen.« Dann ließ sie den Arm langsam sinken. Nach kurzem Zögern wandte sie sich um und ging entschlossenen Schrittes zum Wald zurück, ohne sich nochmals umzudrehen.

Die Sonne war mittlerweile aufgegangen, und es versprach wieder ein schöner Tag zu werden. Nachdem sie ungefähr zwei Stunden gegangen war, machte Eilika eine kurze Pause, um sich zu stärken. Von ihrem Platz auf einer Anhöhe konnte sie das vor ihr liegende Land gut überblicken. Danach setzte sie entschlossen ihren Weg ins Ungewisse fort.

TEIL II

1147
Der Wendenkreuzzug

19. KAPITEL

Lautlos glitten die Schiffe durch das Wasser, und kaum ein Lüftchen regte sich. Ein Mann, groß und kräftig gebaut, stand alleine an der Reling. Sein dunkles Haar trug er kurz geschnitten, und der schwarze Schnurrbart bedeckte fast seine Oberlippe. Er beobachtete, wie die Dunkelheit langsam einem Grauton wich. Die Morgendämmerung zog herauf, und der 26. Juni 1147 begann langsam und träge. In wenigen Augenblicken würde eine Landzunge vor ihnen auftauchen, auf der sich eine größere Kaufmannssiedlung mit dem Namen Lübeck befand. Erregung begann, in ihm aufzusteigen, und er war sich fast sicher, dass seine Männer ein leichtes Spiel haben würden. Die Bewohner der Stadt hatten am gestrigen Abend das Fest der Märtyrer Johannes und Paulus gefeiert, und ein paar seiner Männer, die in der Nacht auf das Schiff gekommen waren, hatten ihm von dem ausgiebigen Gelage berichtet.

Fürst Niklot verstand dieses sorglose Verhalten nicht. Er als der Fürst aller Abodriten hätte sein Volk in höchste Alarmbereitschaft gesetzt, wenn ihm eine Warnung über einen bevorstehenden Angriff zu Ohren gekommen wäre. Die Geschichte hatte den westslawischen Volksstamm gelehrt, dass man für seine Rechte kämpfen und immer auf der Hut sein musste. Einige seiner Leute waren bereits vor ein paar Tagen an Land gelassen worden und sollten die Wachleute ausschalten, die in festen Abständen postiert waren. Da die große Flotte bisher auf keinerlei Schwierigkeiten gestoßen war, nahm der Fürst an, dass alles erfolgreich vonstattengegangen war.

Mittlerweile hatten die Schiffe ihre Fahrt deutlich verlangsamt, und Fürst Niklot umfasste die Reling so stark, dass seine Fingerknöchel weiss hervortraten, als einen Augenblick später Lübeck vor ihnen lag. Der Ort thronte auf einem Eiland, das fast vollständig von den Flüssen Wakenitz und Trave umgeben wurde. Kaum ein Lichtschein war zu erkennen, die Leute schliefen sicher noch fest und würden bald ein böses Erwachen haben. Anker wurden geworfen und Boote herabgelassen, wobei alles still vor sich gehen musste, damit niemand Alarm schlagen konnte. Die zu Wasser gelassenen Boote hatten kaum das Ufer erreicht, als die slawischen Ritter ihre Bögen anlegten und auf Befehl des Fürsten ihre brennenden Pfeile abschossen. Sobald die tödlichen Geschosse ihr Ziel erreicht hatten, rannten die mit Schwertern und Äxten bewaffneten Männer an Land und hielten mit wildem Kriegsgeschrei auf die vor ihnen liegenden Häuser zu. Erneut wurden Pfeil und Bogen angelegt, und diesmal lagen die Ziele im Meer, in direkter Linie vor ihnen. Gleich darauf brannten auch die Schiffe, die im Hafen vor Anker lagen.

Die kleinen Boote, die leer zu den Schiffen zurückgerudert wurden, brachten weitere kampfbereite Männer Richtung Land, und diesmal befand sich ihr Fürst unter ihnen. Kaum hatten sie festen Boden erreicht, stürmten sie mit lautem Geschrei auf den Ort zu, in dem die Flammen an vielen Stellen hochloderten. Die Menschen, die aus dem Schlaf gerissen wurden, taumelten aus ihren Häusern, wo sie von den Truppen des abodritischen Fürsten überrannt wurden. Etliche wurden erschlagen, und die wenigsten hatten überhaupt die Möglichkeit, nach einer Waffe zu greifen, um sich zu verteidigen. Frauen rannten mit ihren weinenden Kindern umher, und kaum eine von ihnen konnte sich in Sicherheit bringen. Einige der Angreifer fielen über die Frauen her, und wer sich wehrte, überlebte diesen Tag nicht. In der Morgendämmerung herrschte ein einziges furchtbares Durcheinander, und als die Sonne aufging, hatten die Abodriten bereits ihren Sieg errungen. Fast dreihundert Lübecker hingegen hatten ihr Leben verloren, und von dem blühenden Ort blieben nur vereinzelte Häuser erhalten. Die meisten waren vollständig abgebrannt, und das rauchgeschwärzte Holz, das qualmend in den Himmel ragte, bot einen trostlosen Anblick. Überall auf den Wegen und zwischen den verkohlten Häusern lagen Tote, nur vereinzelt konnte man slawische Opfer erkennen.

Fürst Niklot stand in aufrechter Haltung vor seinen Männern, die sich am Hafen versammelt hatten. Die Überlebenden Lübecks hatten sie auf dem Platz vor der kleinen Kirche zusammengetrieben, sie gehörte zu den wenigen Gebäuden, die nicht dem Feuer zum Opfer gefallen waren. Verängstigt kauerten sich die Besiegten aneinander, und die meisten von ihnen hatten nicht mehr am Leib als ihre Hemden.

Fürst Niklot ging auf die Gefangenengenommenen zu und stellte sich ungefähr zehn Meter entfernt vor ihnen auf. »Das hier ist nur der Anfang unseres Siegeszuges. Wenn ihr tut, was wir euch sagen, wird keinem etwas geschehen, darauf gebe ich euch mein Wort. Jeder, der sich mir und meinen Männern dagegen in den Weg stellt, wird getötet, und auch darauf habt ihr mein Wort.«

Er gab seinen Rittern ein Zeichen, die ihrerseits Männer losschickten, um alles, was von Wert war, einzusammeln und auf einen großen Haufen zu werfen. Selbst vor der Kirche machten sie nicht halt. Die siegreichen Abodriten brachten, nachdem sie alles durchsucht hatten, ihre Beute auf die Schiffe. Fürst Niklot wählte ungefähr fünfzig Ritter aus, die mit den erbeuteten Pferden landeinwärts reiten sollten, während er selbst sich wieder auf sein Schiff bringen ließ. Seine Männer folgten ihm, bis auch der Letzte von ihnen das Land verlassen hatte, dann holten sie die Anker ein, und die großen Schiffe glitten so lautlos aus dem Hafen Lübecks, wie sie gekommen waren. Die zurückgelassenen Menschen sahen ihnen verzweifelt nach, und es dauerte einige Zeit, bis sie sich von ihrem Schock erholt hatten. Das Wehgeschrei um ihre Toten verfolgte die Abodriten noch lange.

Fürst Niklot hatte wieder seinen Platz an der Reling eingenommen, seine blutverschmierte Kleidung würde er später wechseln. Der Anfang seiner Offensive, die mit dem Überfall auf die Siedlung Lübeck begonnen hatte, war ihm gelungen, schließlich konnte er nicht wie ein Opferlamm darauf warten, dass seine Gegner den Kreuzzug gegen ihn begannen. Er wusste schon seit dem Reichstag zu Frankfurt im März davon, und ihm war klar, dass er nur so lange Erfolg haben würde, bis sie sich von ihrem Schreck erholt hatten und sich zum Gegenangriff sammelten. Bis dahin wollte er die Zeit nutzen. Seinem Volk dagegen stand die Leidenszeit noch bevor, doch seine Feinde, die den Kreuzzug gegen sein Land planten, sollten wenigstens teuer dafür bezahlen. Einen Vorgeschmack hatten sie diesen Morgen erhalten. Ein zufriedener Ausdruck breitete sich auf seinem Gesicht aus, denn unter seinen Männern waren keine größeren Verluste zu beklagen, und der Sieg war leichter errungen, als er es gehofft hatte.

»Euer Durchlaucht, wie lauten Eure weiteren Befehle?« Einer seiner Ritter hatte sich ihm genähert und stand nun wartend und in leicht gebeugter Haltung vor ihm.

Fürst Niklas' Lächeln verstärkte sich, als er antwortete: »Neue Beute wartet auf uns. Auf nach Wagrien!«

20. KAPITEL

Robert erwachte, weil ihn etwas an der Wange berührte. Langsam öffnete er die Augen und erblickte Alabaster, der ihn mit dem Maul zum wiederholten Mal anstieß. Nur mühsam kam er den Aufforderungen seines Pferdes nach, denn er hatte eine schlechte Nacht hinter sich. Nachdem er aus einem Alptraum erwacht war, war lange Zeit nicht mehr an Einschlafen zu denken gewesen, und erst in den frühen Morgenstunden hatte er in einen unruhigen Schlummer gefunden.

Erst als er sich mehrere Hände kaltes Wasser aus einem nahe gelegenen Bach ins Gesicht geschüttet hatte, fühlte er sich etwas besser. Ungefähr ein halber Tagesritt lag noch bis zur Burg Dankwarderode vor ihm. Nach einem Stück Brot, das er mit klarem, kaltem Wasser hinunterspülte, schwang Robert sich auf seinen Hengst. Alabaster fühlte die Unruhe seines Herrn und scharrte ungeduldig mit den Hufen, und kaum dass er die Stiefelabsätze spürte, lief er auch schon los und fiel in einen schnellen Galopp. Da das letzte Stück durch nicht sehr stark besiedeltes Gebiet führte, ließ Robert Alabaster freien Lauf und hing seinen Gedanken nach.

Der Ritt nach Stade, der deutlich länger gedauert hatte als geplant, hatte ihn auf eine große Geduldsprobe gestellt, und er hatte kostbare Zeit verloren. Sein Weggefährte war zwar ausgesprochen höflich, ansonsten aber ziemlich lästig, und sie mussten ständig kleinere Pausen einlegen, weil der Neffe des Erzbischofs von Bremen längere Ritte nicht gewohnt war. Auf der Hälfte des Weges hatte sich der junge

Mann dann auch noch verletzt, als sie auf den umgekippten Wagen eines fahrenden Händlers gestoßen waren. Bei dem Versuch, das schwere Gefährt wieder aufzurichten, war er abgerutscht und hatte sich eine schmerzhafte Prellung zugezogen. Danach sah ihn Robert nur noch mit leidendem Gesichtsausdruck, und mindestens einmal in der Stunde gab der Verletzte ein langgezogenes Stöhnen von sich. Nur abends, wenn sie am Feuer zusammensaßen, erhielt Robert eine kleine Entschädigung, denn sein nervtötender Begleiter besaß eine wunderbare Stimme, und nach dem Essen sang er immer mehrere, zumeist klagende Lieder, die Robert dennoch erfreuten. Trotzdem war der Ritter erleichtert, als sie unterwegs auf den Erzbischof von Bremen trafen, der Stade bereits verlassen hatte.

Bei dem Erzbischof handelte es sich, im Gegensatz zu seinem Neffen, um einen Mann mit harten Gesichtszügen, der nicht viele Worte mit Robert und noch weniger mit seinem Neffen wechselte. Dieser schien augenscheinlich auch nicht besonders erpicht darauf zu sein und hielt sich die meiste Zeit von seinem Onkel fern. Nachdem Robert die Nachricht des Herzogs Heinrich überreicht hatte, zog sich der Erzbischof in sein Zelt zurück und kam erst am nächsten Morgen mit einer Antwort wieder heraus. Gleich nach Erhalt der Botschaft, in welcher der Erzbischof dem Herzog die Teilnahme am Kreuzzug nochmals zusicherte, war er wieder aufgebrochen.

Froh darüber, dass er sein Reisetempo und auch alles andere nun selbst bestimmen konnte, hatte er sich von seinem jungen Reisegefährten verabschiedet, und bei dessen kläglichem Gesichtsausdruck sogar ein wenig Mitleid mit ihm empfunden. Es war nicht zu übersehen, dass sich der junge Mann vor seinem Onkel fürchtete.

Robert schreckte aus seinen Gedanken auf, als ein kleiner Reitertrupp sich ihm in schnellem Tempo näherte. Nachdem er sich vergeblich nach einem sicheren Versteck umgesehen hatte, zog er sein Schwert und wartete scheinbar gelassen ab. Als die Reiter näher kamen, steckte Robert die Waffe zurück in die Scheide, denn an dem aufrecht schreitenden roten Löwen, der sich vorne auf der Cotte des Trupps befand, waren unschwer die Männer des Herzogs zu erkennen. Kurz vor ihm verlangsamten sie ihr Tempo und hielten schließlich ganz.

»Seid Ihr Robert von Harsefeld?«

Der Ritter nickte knapp und erwiderte: »Wird meine Ankunft so dringend erwartet, oder warum reitet Ihr mir entgegen?«

Der Mann, der Robert die Frage gestellt hatte, nickte ebenfalls. »Wir erwarten Eure Ankunft bereits seit zwei Tagen. Seine Hoheit Herzog Heinrich möchte Euch sofort sprechen. Folgt mir bitte!«

Zusammen ritten sie die letzten Kilometer bis zur Burg, und kaum im Hof angekommen, wurde Robert Alabaster abgenommen und er sofort zum Herzog geführt.

Dieser saß an einem Tisch und gab dem Ritter ein Zeichen, näher zu treten. »Es hat sich viel getan, während Eurer unerwartet langen Abwesenheit. Habt Ihr eine Botschaft für mich?«

Robert nickte und setzte sich auf den Stuhl gegenüber, dann überreichte er dem Herzog die Nachricht des Erzbischofs von Bremen.

Dieser brach das Siegel und überflog den Inhalt des Pergaments, ehe er es wieder zusammenfaltete und auf den Tisch legte. »Zum Glück läuft alles so, wie ich es geplant habe. Ich war mir nur nicht sicher, ob der Erzbischof einen Rückzieher macht und am Ende doch nicht am Kreuzzug teilnimmt. Er hat vor längerem nämlich einen Priester namens Vicelin mit der Missionierung in unseren Zielgebieten beauftragt, doch anscheinend sieht unser guter Erzbischof keinen Konflikt darin. Eine Sache hatte ich allerdings nicht bedacht.«

Robert hob die Augenbrauen und sah den Herzog erwartungsvoll an. »Von welcher Sache sprecht Ihr, Euer Hoheit?«

»Die Entscheidungsfreudigkeit des Fürsten Niklot: Vor drei Tagen hat er Lübeck angegriffen und völlig zerstört, Teile Wagriens wurden ebenfalls vernichtet. Graf Adolf von Holstein ist im Moment dabei, Truppen für einen Gegenangriff aufzustellen. Es wird bestimmt nicht lange dauern, und die Abodriten werden wieder aus Wagrien vertrieben, was allerdings nichts daran ändert, dass Niklot reichlich Beute gemacht hat. Außerdem haben die letzten Tage gezeigt, dass es sich bei dem Fürsten um einen ernstzunehmenden Gegner handelt. Er wird rechtzeitig mit seinen Schiffen flüchten können, aber für seine Dreistigkeit wird er bezahlen. Die Vorbereitungen für unseren Kreuzzug sind fast beendet, wir brechen in spätestens fünf Tagen auf. Haltet Euch bereit.«

Damit war die Unterredung für den Herzog beendet. Robert verbeugte sich nochmals und verließ den Raum. Im Hof angekommen, holte er Alabaster und ritt zum Zeltlager, denn er wollte sich als Erstes vergewissern, dass es Ingulf gutging. Außerdem verlangte es ihn angesichts der neuen Situation danach, mit seinem Freund Hartwig zu sprechen.

Er fand beide zusammen mit Wenzel, dem Knappen Hartwigs, auf einer ziemlich matschigen Wiese, dicht bei der Pferdekoppel. Die beiden Jungen waren mit Holzschwertern und kleinen Schilden bewaffnet und standen sich in ungefähr zwei Metern Entfernung gegenüber. Beide hatten grimmige Gesichter, schienen jedoch unschlüssig zu sein, wer von ihnen den ersten Schritt tun sollte. Hartwig stand mit dem Rücken zu Robert und bemerkte ihn deshalb ebenso wenig wie die Jungen.

»Was ist los mit euch, ihr beiden Faulpelze? Werdet ihr euch endlich in Bewegung setzen, oder muss ich euch Beine machen?«, donnerte seine Stimme über den Platz, und einige Schaulustige kamen herbeigeschlendert.

Wenzel holte schliesslich als Erster mit dem Schwert aus, traf jedoch nicht, denn Ingulf war flink zur Seite gesprungen und schlug nun mit voller Wucht gegen den Schild seines Angreifers. Dieser wehrte mit aller Kraft ab und versuchte gleichzeitig, seinen Gegner an der Seite zu treffen, doch auch hier reagierte Ingulf schnell. Die Jungen schienen ihre Umgebung nicht mehr wahrzunehmen, und die lauten Rufe der Umstehenden und Hartwigs dröhnende Worte verhallten, ohne dass die beiden sie beachtet hätten. Robert sah ihnen staunend zu. Er hätte nicht gedacht, dass Hartwig seinem Knappen während seiner Abwesenheit so viel beibringen konnte, vor allem bemerkte er, dass die Jungen sich ausgesprochen fair verhielten. Robert war sehr zufrieden, als Hartwig den Übungskampf beendete, denn Ingulf wie auch Wenzel hatten hochrote glückliche Gesichter. Sie reichten sich gerade abschliessend die Hände, als Ingulf seinen Herrn erblickte.

Er schrie auf und rannte auf ihn zu. »Herr Robert, seit wann seid Ihr wieder da? Habt Ihr mich gesehen? Wie fandet Ihr mich?« Die Worte sprudelten nur so aus ihm heraus.

Der Ritter lachte laut auf. »Ich bin eben erst angekommen, allerdings gerade rechtzeitig, um euch beide bewundern zu können. Ihr habt euch wacker geschlagen!« Er legte eine Hand auf Ingulfs Schulter und sah ihn bewegt an. »Du machst deine Sache sehr gut, mein Junge.« Der Knappe glühte daraufhin vor Stolz.

Mittlerweile hatte sich auch Hartwig zu ihnen gesellt, und während die übrigen Leute sich wieder zerstreuten, blieb Wenzel etwas abseits stehen. »Wird aber auch Zeit, dass du dich wieder blicken lässt. Ich hatte schon befürchtet, wir müssen ohne dich gegen die Wenden zu Felde ziehen. Ich nehme an, du hast bereits davon gehört, dass Fürst

Niklot mit seinen Männern Lübeck und Teile Wagriens zerstört hat.«

Robert nickte und erwiderte: »Der Herzog hat es mir vorhin erzählt. Können wir uns irgendwo in Ruhe unterhalten?«

Nachdem sie Wenzel und Ingulf den Rest des Nachmittags freigegeben hatten, begaben sie sich zu der Stelle am Fluss, an der sie sich vor über zwei Wochen getroffen hatten. Sie setzten sich ins weiche Gras und unterhielten sich eine Weile über Roberts Reise, schließlich brachte dieser das Gespräch erneut auf den bevorstehenden Kreuzzug.

»Alles in allem weiß ich bisher nur sehr wenig. Hast du denn Neuigkeiten für mich?«

Hartwigs Miene wurde ernst. »Wir hatten am gestrigen Abend eine Zusammenkunft. Viel haben wir nicht erfahren, nur dass viele Männer und Frauen bei dem Angriff von Fürst Niklot getötet oder von den Slawen verschleppt wurden. Was die Besatzung der Schiffsflotte nicht verwüstete, führten wohl seine Reiterscharen zu Ende.«

Robert nickte düster. »Das war zu erwarten. Die Vorbereitungen für den Kreuzzug zogen sich bereits zu lange hin, das konnte dem Fürsten der Abodriten nicht verborgen bleiben. Wer weiß? Vielleicht war er sogar schon seit dem Reichstag im April in Nürnberg im Bilde, er wird sicherlich auch über ein gutes Informationsnetz verfügen. Der Überraschungsangriff war übrigens ein kluger Schachzug: Er hat reichlich Beute und zusätzlich Gefangene gemacht.«

»Ich weiß leider nichts über den Weg des anderen Heeres unter der Führung Konrads von Meißen und Albrechts dem Bären. Bei uns sieht es wohl so aus, dass wir uns mit den Dänen zusammenschließen, außerdem treffen wir auf unserem Weg mit den Truppen des Erzbischofs von Bremen zusammen. Soll übrigens kein angenehmer Zeitgenosse sein.«

Robert meinte daraufhin nur: »Das kann sein Neffe bestimmt bestätigen. Doch was soll's. Jede Hilfe ist willkommen, denn wir wissen nicht, was uns erwartet. Trotz allem habe ich ein seltsames Gefühl bei der ganzen Geschichte, die Miene des Herzogs hat mir gar nicht gefallen. Ich hoffe, er denkt sich nicht wieder etwas Besonderes für mich aus.«

Hartwig schüttelte unwillig den Kopf. »Du siehst Gespenster. Der Herzog hat im Moment andere Sorgen, als sich um eine spezielle Aufgabe für dich zu kümmern.«

Robert war nicht ganz überzeugt, doch er erwiderte: »Gut möglich. Mir fehlt bestimmt nur Schlaf, dann kann ich auch wieder richtig denken. Ach übrigens, du hast dich während meiner Abwesenheit prächtig um Ingulf gekümmert, vielen Dank dafür.«

Hartwig winkte ab. »Das habe ich doch gerne getan. Ich hatte sowieso nichts anderes zu erledigen, schließlich kann ich mich nicht jeden Tag betrinken. Außerdem hilft mir die Arbeit mit den beiden dabei, nicht einzurosten, und dein Ingulf ist ein prächtiger Bursche. Er war immer mit vollem Einsatz dabei, und wenn er manchmal nicht mehr konnte, musste ich ihm nur damit drohen, ihn in den Fluss zu werfen. Du glaubst gar nicht, wie schnell er wieder munter war!«

»Das kann ich mir lebhaft vorstellen. Wird wahrscheinlich höchste Zeit, dass ich mich seiner annehme, zumal es genug Flüsse bei uns gibt, in denen er ertrinken kann«, entgegnete Robert.

»Blödsinn. Ich kann ebenfalls kaum schwimmen und lebe auch noch. Es gibt einfach Dinge, die nicht sein müssen. Mein Vater war letztendlich froh, dass ich mich einigermaßen über Wasser halten konnte, mehr war nicht drin.«

Robert schlug seinem Freund auf die Schulter. »Lass gut sein, Hartwig. Gibt es in der Stadt eigentlich etwas Anständiges zu trinken und zu essen? Nach dem langen Ritt ist meine Kehle ziemlich ausgetrocknet, und mein Magen würde sich über etwas anderes als trockenes Brot sehr freuen. Ich denke, in den letzten Tagen hast du herausgefunden, wo es gutes Bier zu trinken gibt, oder hast du etwa keine Zeit?«

Hartwig lachte schallend. »Für dich und etwas Anständiges zu trinken habe ich immer Zeit, doch mit dem Baden wird es heute wohl nichts mehr!«

Robert erhob sich und dehnte sich ausgiebig. »Bis morgen werde ich es schon noch aushalten, schließlich muss keiner außer dir meine Nähe ertragen, und um dich mache ich mir keine Sorgen. Du hältst einiges aus.«

Sein Freund zwinkerte ihm belustigt zu. »Wer weiß, es gibt einige hübsche Mädchen hier in Braunschweig, die werden sich gewiss freuen, einen so stattlichen Ritter wie dich zu sehen.«

Robert winkte ab. »Nein danke, mir ist nicht nach weiblicher Gesellschaft. Und jetzt genug geredet, lass uns gehen.« Er ging ein Stück, drehte sich dann aber wieder um, denn sein Freund hatte sich nicht von der Stelle gerührt. »Was ist los? Hast du es dir anders überlegt?«

Hartwig schüttelte den Kopf und musterte Robert prüfend. »Bisher warst du nie abgeneigt, ein gutes Glas Bier in netter weiblicher Gesellschaft zu trinken. Ich glaube, du hast mir noch etwas zu erzählen, und vorher lasse ich dich nicht in dein Zelt.«

Robert verdrehte die Augen und wischte ärgerlich den aufkommenden Gedanken an Eilika zur Seite. Sie beherrschte sein Denken wie keine andere vor ihr, und es störte ihn, dass er seitdem gefühlsmäßig nicht mehr so frei war, wie er es gewohnt war. »Das hat sicherlich noch etwas Zeit. Lass uns erst unseren Durst löschen.«

Sprach sein Freund nicht die Wahrheit? Warum sollte er, nach dem unerfreulichen Abschied von Eilika, nicht die Gesellschaft einer anderen hübschen Frau genießen? Die Antwort war ihm jedoch bereits klar: Er wollte keine andere, sein Sehnen galt ausschließlich ihr. Robert straffte sich und nickte schließlich ergeben. Hartwig, der sich nicht von der Stelle bewegt hatte, drehte sich um und ging mit großen Schritten davon. Robert folgte ihm trübsinnig.

Der nächste Morgen begann für Robert nicht sehr gut. Das helle Sonnenlicht schmerzte in den Augen, und sein Kopf schien über Nacht angeschwollen zu sein. Außerdem lehnte sein Magen die Aufnahme von trockenem Brot im Augenblick ab und verlangte stattdessen nach Wasser. Der Ritter rappelte sich schwerfällig auf und stellte fest, dass er sich in seinem Zelt befand. Von Ingulf war keine Spur zu sehen, worüber er allerdings nicht sonderlich überrascht war, denn allem Anschein nach war es bereits sehr spät. An die letzte Nacht konnte er sich kaum noch entsinnen, zumindest, was das Ende betraf. Sein Erinnerungsvermögen ließ ihn ab dem Zeitpunkt im Stich, an dem er mit Hartwig die Wirtschaft verlassen hatte, und er hoffte inständig, dass er nicht zu viel von Ingulfs Schwester erzählt hatte. Hartwig besaß die Eigenschaft, mit Hilfe von Alkohol sämtliche Informationen aus seinem Freund herauszubekommen. Robert rieb sich vorsichtig den Kopf. Es war lange her, dass er so betrunken gewesen war.

Da wurde die Zeltöffnung hochgeschlagen, und Ingulf stürmte herein. »Seid Ihr endlich erwacht, Herr Robert? Ich hatte schon befürchtet, Ihr würdet bis heute Abend durchschlafen. Ritter Hartwig ist schon seit einer Ewigkeit auf den Beinen, und wenn ich das sagen darf, Euer Freund sieht bei weitem nicht so mitgenommen aus wie Ihr.«

Robert griff nach seiner Decke und warf sie in Ingulfs Richtung. Der Junge hätte sich gar nicht zu ducken brauchen, denn sie landete in der gegenüberliegenden Ecke.

»Soll ich Euch etwas zu essen besorgen und vielleicht etwas Wasser dazu?«, fragte er und hielt vorsichtshalber ausreichend Abstand.

»Bring mir ein Stück trockenes Brot und frisches Wasser, aber ein bisschen flink, wenn ich bitten darf!« Roberts Stimme klang heiser, und er fühlte sich elend.

Nachdem Ingulf das Zelt gut gelaunt verlassen hatte, ließ er sich erschöpft auf die Schlafstätte zurücksinken. Doch die Ruhe währte nicht lange.

»Bist du endlich aufgewacht? Mit dir kann man ja nicht mehr allzu viel anfangen. Machst schneller schlapp als früher!« Hartwigs dröhnende Stimme brachte Roberts Kopf fast zum Zerplatzen.

Er legte sich beide Hände an die Schläfen, um den pochenden Schmerz zu lindern, allerdings nur mit mäßigem Erfolg. »Ich bitte dich, gib mir noch eine Stunde, dann komme ich zu dir.«

Mit hochgezogenen Augenbrauen, aber ohne ein weiteres Wort verließ Hartwig das Zelt.

Als gleich darauf abermals die Zeltöffnung hochgeschlagen wurde, fuhr Robert wütend hoch. »Verdammt, kannst du dir deine Schadenfreude nicht für später aufheben? Lass mir doch bitte noch ein wenig Ruhe.« Im nächsten Augenblick erkannte er seinen Irrtum, denn nicht Hartwig war zurückgekehrt, sondern ein fremder Mann stand im Eingang.

»Verzeiht mir bitte mein Eindringen, Herr Robert, aber Herzog Heinrich wünscht Euch sofort zu sprechen.« Nachdem der Mann seine Botschaft übermittelt hatte, drehte er sich um und ging.

Robert stand fluchend auf und suchte nach seinen Sachen, und nachdem er sie nirgendwo entdecken konnte, fiel ihm auf, dass er in Hemd und Hose geschlafen hatte. Er goss sich etwas Wasser in die Schüssel und schüttete sich einen großen Teil davon über den Kopf. Danach fühlte er sich zwar nicht gut, aber immerhin ein wenig besser. Er verließ das Zelt und wäre dabei fast mit Ingulf zusammengestoßen, der dadurch einiges von dem Wasser verschüttete, das er in einem neuen Krug mit sich führte.

Robert riss ihm ein Stück Brot aus der Hand. »Danke, mein Junge. Ich muss auf der Stelle zum Herzog. Sattele schnell Alabaster und bring ihn her.«

Ingulf brachte den Krug ins Zelt, rannte los und kam kurze Zeit später mit dem Hengst zurück. Robert schwang sich in den Sattel und ritt los. Kaum hatte er das Lager verlassen, als er in einiger Entfernung eine große Anzahl bewaffneter Männer erblickte. An der Spitze befanden sich die Ritter auf ihren Schlachtrössern, dahinter kamen die einfachen Männer zu Fuß. Das Wappen, das der vorderste Ritter an einer langen Stange befestigt trug, war Robert nicht bekannt. Er lenkte Alabaster ein paar Schritte zur Seite und ließ die Männer vorbei.

Als er im Hof von Burg Dankwarderode ankam, erwartete man ihn bereits, um ihn zum Herzog zu führen. Mit düsterer Miene betrachtete dieser eine Karte, die vor ihm auf dem Tisch lag, als Robert eintrat. Der Ritter blieb abwartend stehen und er hatte ein ungutes Gefühl, denn bisher hatte noch jeder seiner Besuche beim Herzog mit einem neuen Auftrag geendet. Ihm war durchaus nicht nach etwas Neuem zumute, er wollte vielmehr in aller Ruhe mit Ingulf seine Waffen polieren und sich auf den langen Ritt vorbereiten, der vor ihnen lag.

»Ihr seht müde aus, von Harsefeld. Geht es Euch nicht gut?«

Robert fuhr aus seinen Gedanken auf. »Es ist alles in Ordnung, Euer Hoheit. Ich hatte in der letzten Nacht nur etwas wenig Schlaf.«

»Das verstehe ich zwar, doch Ihr hättet gut daran getan, Euch etwas mehr Ruhe zu gönnen. Zu meinem Bedauern muss ich Euch mitteilen, dass Ihr morgen früh bereits wieder aufbrechen müsst.«

Robert horchte auf. Sein Gefühl hatte ihn also nicht getrogen.

»Ich hatte zwar bis gestern Abend vor, Euch an meiner Seite zu lassen, aber in der letzten Nacht kamen mir Zweifel an meiner Entscheidung. Ihr gehört zu den wenigen Menschen, denen ich trauen kann, auch wenn Eure Loyalität mehr in der Pflichterfüllung mir gegenüber liegt. Doch darauf kommt es jetzt nicht an. Ich brauche dringend eine Vertrauensperson bei dem anderen Heer, und aus diesem Grund wird Euch Eure Reise zu Albrecht dem Bären führen.«

Robert zog die Augenbrauen hoch, denn damit hatte er nicht gerechnet. »Das heißt, mein Ziel ist Magdeburg?«

Herzog Heinrich schüttelte den Kopf. »Nein. Das Heer hat sich bereits gestern auf den Weg gemacht, ich zeige Euch die ungefähre Richtung auf der Karte. Da Ihr Euch nicht mit schwerfälligen Wagen aufhalten müsst, werdet Ihr schnell vorankommen.«

Robert trat um den Tisch herum und folgte den Ausführungen seines Gegenübers. »Das Gebiet ist mir gut bekannt, Euer Hoheit.«

Anschließend rollte der Herzog das Pergament zusammen. »Ich weiß nicht, ob Ihr wisst, dass das Heer des Markgrafen Albrecht um einiges größer ist als das meine, obwohl noch einige Fürsten, darunter Konrad von Zähringen, mit ihren Truppen zu uns stoßen werden. Ich muss wissen, wie weit die Truppen Albrechts vorwärtsstoßen. Der Markgraf wird Euch zwar misstrauen, schließlich untersteht Ihr meinem Auftrag, und er hasst mich, aber Konrad von Meißen schätzt Euch sehr, und er hat großen Einfluss auf Albrecht. Natürlich wird auch ihm klar sein, warum ich Euch geschickt habe, doch da ich früher oder später sowieso alles erfahre, werden sie sich nicht weiter an Eurer Anwesenheit stören. Ihr werdet Euch sicherlich dort frei und ungehindert bewegen können. Alles ist für mich wichtig, vor allem die eroberten Gebiete, haltet also Augen und Ohren offen. Sobald sich der Kreuzzug dem Ende zuneigt, werde ich den beiden Markgrafen einen Boten mit einer Nachricht senden, in der ich Eure sofortige Rückreise fordere. Ich glaube nicht, dass wir mit den Slawen nennenswerte Schwierigkeiten haben werden, und rechne mit einem schnellen Erfolg.«

Robert nickte und verbeugte sich knapp. »Ich werde mich gleich morgen früh auf den Weg machen. Das, was in den kommenden Wochen für mich offensichtlich erkennbar ist, werde ich Euch mitteilen, aber ich werde kein anderes eventuell in mich gesetztes Vertrauen missbrauchen. Sollte dies Eurer Begehren sein, so bin ich der falsche Mann.«

Der Herzog winkte ab. »Ich kenne Euch gut, Ritter Robert. Euer Auftrag bleibt bestehen, denn ich schätze Eure Gradlinigkeit. Ich wünsche Euch eine gute Reise, möge das Glück Euch weiterhin hold sein. Sollte alles nach Plan verlaufen, sehen wir uns spätestens Ende August wieder.«

Robert verließ den Raum und ging nachdenklich die Treppe zum Hof hinunter. Er wollte noch etwas besorgen, war sich aber nicht sicher, ob er es in Anbetracht der knappen Zeit bekommen konnte. Sein Weg führte ihn zur Schmiede, in der seit den letzten Wochen Hochbetrieb herrschte. Der Schmied, ein großer und kräftiger Mann, dem das Gesicht vor Schweiß glänzte, unterbrach kurz seine Arbeit. Nachdem Robert ihm sein Anliegen erklärt hatte, wies er ihn in den hinteren Teil seiner Werkstatt, wo mehrere Dutzend Schwerter, Pfeilspitzen und Axtklingen in verschiedenen Größen lagen. Robert fand schnell, was er suchte, zahlte und ging eilig zum Pferdestall.

Auf dem Weg zum Lager fiel ihm auf, wie stark die Anzahl der Männer gestiegen war. Hektische Betriebsamkeit herrschte auf dem gesamten Platz, der bei seinem letzten Aufbruch noch von ruhiger Gelassenheit geprägt war. Zwischenzeitlich waren alle Zelte gefüllt, etliche Männer hatten keine überdachte Unterkunft mehr gefunden und schliefen unter freiem Himmel, und auch auf der Koppel war kaum noch Platz. Robert bahnte sich mit Alabaster einen Weg und gab ihn bei einem der Pferdeknechte ab. Dann begab er sich auf die Suche nach Ingulf und fand ihn nach kurzer Zeit bei Hartwig. Der hünenhafte Ritter zeigte Roberts Knappen und Wenzel das Anlegen von Pfeil und Bogen.

»Noch ein paar Monate bei dir, und in Ingulf erwächst ein ernstzunehmender Gegner für mich.« Hartwig gab sein schallendes Lachen von sich.

Ingulf wurde rot. »Aber Herr, ich bräuchte bestimmt Jahre, um gegen Euch kämpfen zu können.«

Robert legte ihm die Hand auf die Schulter. »Lass gut sein, du machst deine Sache sehr gut. Ich bin gekommen, weil ich deine Hilfe brauche, du musst mir Proviant zusammenpacken, denn morgen früh breche ich erneut auf.« Er wandte sich an seinen Freund, der augenblicklich verstummt war. »Auch an dich hätte ich eine Bitte. Könntest du dich weiterhin um Ingulf kümmern? Ich werde es bei Gelegenheit wiedergutmachen.«

Hartwigs bereitwillige Zustimmung folgte sofort, doch Robert hatte nicht mit Ingulfs Aufbegehren gerechnet. Der Junge ergriff den Arm seines Herrn mit zornigem Gesichtsausdruck. »Ihr könnt mich nicht wieder zurücklassen. Ich bin Euer Knappe und gehöre an Eure Seite. Bitte, Herr Robert, nehmt mich diesmal mit!«

Doch der Ritter blieb hart und erwiderte mit fester Stimme: »Tut mir leid, das geht beim besten Willen nicht, und zwar aus mehreren Gründen. Mein Ziel ist das Heer des Markgrafen Albrecht, bei dem sich wahrscheinlich auch sein Neffe befinden wird. Du weißt, dass die Bewohner von der Bernburg denken, dass deine Schwester tot ist, und so soll es auch bleiben. Wenn du mit mir kommst, besteht die Gefahr, dass du dich unabsichtlich verplapperst, oder noch schlimmer, dass Reinmar von Nortingen dich bedroht, um die Wahrheit zu erfahren. Zum Zweiten habe ich dort unter den Männern keine wahren Freunde, bei denen ich dich lassen könnte, falls es zum Kampf kommt. Hartwig wird auf dich aufpassen, und wenn er in den Kampf muss, bleibst du mit Wenzel zurück. Ich habe sein Wort.«

Ingulf gab so leicht nicht auf. »Ich will nicht zurückbleiben, sondern mit Euch kämpfen. Alle Knappen müssen das! Wenzel will auch kämpfen.«

Robert musterte den anderen Knappen, dessen Gesichtsausdruck deutliche Zweifel verriet. »Da liegst du falsch, nicht alle, nur die meisten kämpfen. Ich persönlich halte nicht viel davon, Kinder auf Männer loszulassen, das habe ich dir bereits erklärt, und nicht zuletzt habe ich deiner Schwester mein Wort gegeben, auf dich aufzupassen. Sie möchte dich heil und wohlbehalten wiedersehen, und ich gedenke nicht, mein Wort zu brechen. Damit ist die Sache für mich erledigt.«

Robert drehte sich um und ging zu seinem Zelt. Ingulf folgte ihm mit hängendem Kopf. Die nächste Stunde arbeiteten die beiden schweigend, Robert überprüfte seine Waffen, und Ingulf kümmerte sich um den Reiseproviant. Als der Ritter dem Jungen sein Schwert reichte, um es zu polieren, blickte dieser ihn erstaunt an, denn bisher hatte sein Herr diese Aufgabe immer lieber selbst übernommen. Ingulf erledigte die Arbeit sehr sorgfältig, und als er Robert die Waffe wiedergab, nickte dieser zufrieden. »Vielen Dank, das hast du gut gemacht.«

Ingulf strahlte, dann gab er sich einen Ruck. »Verzeiht mir, Herr Robert, aber Euer Nein ist sehr schwer für mich.«

Der Ritter steckte sein Schwert in die Scheide und sagte mitfühlend: »Es gibt nichts zu verzeihen. Ich verstehe deinen Wunsch durchaus, schließlich war ich auch einmal so alt wie du, aber ich hoffe, dass du mich später einmal verstehen wirst.«

Ingulf blickte ihn nachdenklich an. »Eilika hat Euch sehr gern, das glaube ich zumindest.«

Robert blickte überrascht auf. »Wie kommst du denn jetzt darauf?«

»Ihr seid der einzige Mann, bei dem sie oft nicht weiß, was sie sagen soll, außerdem wird sie ständig rot in Eurer Gegenwart. Mir ist das bisher bei keinem anderen aufgefallen.«

Robert sah ihn verdutzt an, lachte gleich darauf aber los. Ingulf verstand die Reaktion nicht und schaute gekränkt zu Boden, und erst als er Roberts Hand auf seiner Schulter fühlte, hob er den Kopf. »Sei mir nicht böse. Ich habe mir nur vorgestellt, was deine Schwester dazu sagen würde, wenn sie wüsste, was du mir gerade erzählt hast.«

Ingulf wirkte erleichtert. »Sie wäre mit Sicherheit ziemlich wütend.«

Robert wickelte seine Pfeile sowie den Harnisch und seinen Helm in ein großes Tuch. Alabaster würde beides tragen müssen, bis sie auf das Heer stießen, danach könnte er die schweren Teile der Rüstung auf einen Wagen umladen. Seltsamerweise hatten ihn Ingulfs Worte glücklich gemacht, und allein der Gedanke an Eilika wischte seine schlechte Stimmung fort. Er hatte sich mittlerweile damit abgefunden, dass kein Tag verging, an dem nicht ihr Bild vor ihm auftauchte. Plötzlich fiel ihm ein, dass er für Ingulf noch etwas hatte, er griff nach dem länglichen eingewickelten Gegenstand und reichte ihn seinem Knappen. »Das wollte ich dir noch zum Abschied geben. Nimm es als kleine Anerkennung für deine Leistung.«

Ingulf griff überrascht nach dem Geschenk, rollte das Tuch auseinander, und zum Vorschein kam ein kleines Schwert. Ihm schossen die Tränen in die Augen, denn nie zuvor hatte er etwas so Wertvolles erhalten. Vorsichtig ließ er die Finger über die glänzende Klinge gleiten und sah Robert sprachlos an.

Dieser nickte ihm aufmunternd zu, klopfte ihm auf die

Schulter und stand auf. »Ich muss noch einmal kurz zu Hartwig. Wenn ich nachher wiederkomme, können wir beide zusammen zu Abend essen.« Er verließ das Zelt, und zurück blieb ein überglücklicher Ingulf.

Auf dem Weg zu seinem Freund dachte Robert daran, wie er sich gefühlt hatte, als sein eigener Lehrmeister ihm vor vielen Jahren sein erstes Schwert überreicht hatte. Noch gut konnte er sich an das freudige Gefühl erinnern.

Er traf Hartwig auf halbem Weg. »Ich wollte gerade zu dir. Hast du etwas Dringendes zu erledigen?«

Sein Freund schüttelte den Kopf. »Nein. Auch ich war auf dem Weg zu deinem Zelt, allerdings habe ich nur kurz Zeit, meine Brüder wollen mit mir zusammen essen. Wenn du möchtest, bist du ebenfalls herzlich eingeladen.«

Robert verzog das Gesicht. »Nein danke. Ich kann mir lebhaft vorstellen, was Gero dazu sagen würde, wenn ich mitkäme. Außerdem möchte ich den letzten Abend mit Ingulf verbringen.«

»Wie redest du denn auf einmal? Das hört sich ja an, als hättest du nie mehr die Gelegenheit, mit ihm zusammenzusitzen.« Hartwig runzelte unwirsch die Stirn.

»Das weiß man nie. Schließlich habe ich schon mehr als einmal unverschämtes Glück gehabt, aber wenn ich diesen Feldzug überleben sollte, dann werde ich endlich meinen Traum verwirklichen können.«

Hartwig blickte ihn überrascht an. »Denkst du immer noch daran, sesshaft zu werden? Du klingst, als hättest du schon ein bestimmtes Stück Land im Auge.«

Robert nickte. »Ich habe das Wort des Herzogs, dass ich freie Wahl habe, doch bevor er es mir nicht schriftlich gibt, werde ich es für mich behalten. Danke übrigens, dass du dich nochmals Ingulfs annimmst.«

Hartwig winkte ab. »Dafür will ich keinen Dank. Ich mag den Jungen, und er tut meinem Wenzel gut. Zusammen kommen sie sogar gegen Lothar an, obwohl ich ziemlich sicher bin, dass Ingulf es bald alleine mit ihm aufnehmen kann.«

»Halte ihn ein wenig zurück und ermuntere ihn nicht noch dazu. Das Ungestüme liegt bei ihm in der Familie.«

Sein Freund erwiderte: »Ach was, so ein kleiner Kampf hat noch keinem geschadet. Doch du musst dir keine Sorgen machen, wenn es ernst wird, bleiben beide im Lager zurück. Einen Vorteil hat das Ganze, du musst dich nicht um meinen Bruder kümmern. Ich traue ihm nicht ganz. Wer weiß, ob er nicht irgendeine Gemeinheit geplant hatte, doch so bist du für ihn außer Reichweite.«

Robert stimmte ihm zu, wandte jedoch ein: »Dafür habe ich im anderen Heer keinen so guten Freund, wie du es bist.«

Sie umarmten einander herzlich und wünschten sich gegenseitig Glück.

Hartwig sah Robert ernst an. »Pass auf dich auf, und wenn alles vorbei ist, werden wir unseren Abend von gestern wiederholen.«

Robert verdrehte die Augen bei der Erinnerung. »Nein, lieber nicht, mein Schädelbrummen von heute Morgen reicht mir für die nächsten Jahre. Gib acht auf dich, Hartwig.«

Auf dem Weg zum Zelt kam Robert der Gedanke, nochmals schnell ein Bad im Fluss zu genießen, denn bei der Gelegenheit konnte er gleich sein Hemd auswaschen und über Nacht trocknen lassen. Er trat ins Zelt, um sich ein frisches Hemd zu holen. Ingulf hatte zwischenzeitlich alles gepackt und zusammengelegt, und so gingen sie zusammen zum Ufer hinunter. Vor einigen Zelten brannten bereits kleine Feuer, und vereinzelt saßen Männer bei ihren nicht allzu üppigen Mahlzeiten. Als sie ankamen, entledigte Robert sich schnell seiner Kleider und lief ins Wasser. Es war weiter niemand am Fluss zu sehen. Ingulf schnappte sich Roberts Hemd, wusch es kräftig, wrang es aus und legte das nasse

Kleidungsstück auf einen größeren Stein. Dann sah er mit zweifelndem Blick auf Robert, der ihm fröhlich zuwinkte. Nach kurzem Zögern fasste sich Ingulf ein Herz und zog langsam seine Sachen aus. Vorsichtig hielt er einen Fuß ins kühle Wasser und zog ihn schnell wieder zurück.

Robert lachte laut, als er seinen Knappen beobachtete. »Komm hinein. Wenn du erst einmal ganz im Wasser bist, ist es gar nicht mehr kalt, sondern ausgesprochen herrlich. Davon abgesehen würde dir ein wenig frisches Nass auch nicht schaden.«

Ingulf gab sich einen Ruck, hielt die Luft an und watete weiter, und als ihm das Wasser fast bis zum Hals reichte, nahm er einen tiefen Atemzug. Ihm war fürchterlich kalt, und er zitterte.

»Du musst dich bewegen, damit dir warm wird. Erinnere dich an das, was ich dir vor meiner letzten Abreise gezeigt habe.«

Ingulf bemühte sich nach Leibeskräften, den Wünschen Roberts nachzukommen, und zappelte mit Armen und Beinen. Nach kurzer Zeit wurde ihm tatsächlich etwas wärmer, doch als Robert kurze Zeit später das Wasser verließ, folgte er ihm erleichtert. Er war froh, wieder festen Boden unter den Füßen zu spüren, obwohl er zugeben musste, dass es dieses Mal nicht so schlimm war, wie er es in Erinnerung hatte.

Als die beiden wieder beim Zelt eintrafen, kümmerte Ingulf sich gleich ums Feuer. Es dauerte nicht lange, und sie saßen zufrieden vor sich hin kauend vor dem Zelt. Sie unterhielten sich zum ersten Mal seit ihrem Beisammensein ausgiebig über die unterschiedlichsten Dinge, und als Ingulf einige Zeit später auf seinem harten Lager lag, fühlte er sich rundherum glücklich und zufrieden.

Am nächsten Morgen standen sie noch vor Sonnenaufgang auf, denn Robert hatte vor, seine Reise so früh wie möglich zu beginnen. Nach einigen hastigen Bissen und ein paar Schluck kaltem Wasser packte der Ritter seine Sachen und verstaute sie sicher auf Alabaster. Er würde nicht so schnell vorwärtskommen, wie der Herzog gemeint hatte, denn der Hengst hatte viel zu tragen, doch darüber machte sich Robert keine Sorgen. Er hatte die Wegbeschreibung des anderen Heeres im Kopf und würde es gewiss rechtzeitig erreichen.

Als alles verstaut war, beugte sich Robert zu Ingulf hinunter und legte ihm eine Hand auf die Schulter. »Wir sehen uns bald wieder, das verspreche ich dir. Halte dich an das, was Hartwig dir sagt, dann wird dir nichts geschehen.«

Ingulf schluckte und nickte traurig. Er sah elend aus, und es war ihm anzusehen, dass er mit den Tränen kämpfte. Der verräterische Glanz in seinen Augen verschwand schließlich, und tapfer sah er zu, wie sich der Ritter aufs Pferd schwang. »Bitte, Herr Robert, Ihr haltet doch Euer Versprechen, oder?«

Robert sah ihn ernst an, nickte und drückte Alabaster die Fersen in die Seiten. Er war noch nicht weit gekommen, als er Ingulf rufen hörte: »Gebt bitte acht auf Euch! Und habt Dank für das wunderschöne Schwert.«

Der Ritter hob die Hand, und mit leichtem Schritt verließen er und Alabaster das Lager, in dem sich ganz allmählich Leben regte. Ingulf stand noch lange am selben Fleck, erst als Robert schon geraume Zeit aus seinem Blickfeld verschwunden war, drehte er sich seufzend um und holte seine Sachen aus dem Zelt. Mit betrübter Miene ging er anschließend zu Hartwig, bei dem er die nächsten Wochen verbringen würde.

Zur gleichen Zeit befand sich jemand anderes auf dem Weg zum Fluss, der ebenfalls Roberts Aufbruch beobachtet hatte. Allerdings lag in seinem Blick keine Traurigkeit, vielmehr kreisten die Gedanken des Mannes um die abermals aufgeschobene Gelegenheit zur Rache, außerdem plagte ihn die Aufmerksamkeit, die der Herzog Robert zollte. Hasserfüllte Blicke folgten dem Ritter, ohne dass dieser davon wusste. Als Gero am Fluss angekommen war, spritzte er sich das kalte Wasser ins Gesicht, doch seine Wut kühlte dadurch nur wenig ab. Schlecht gelaunt drehte er sich um und machte sich auf den Rückweg.

21. KAPITEL

Eilika hockte unzufrieden auf dem Boden am Rand des Marktplatzes. Seit Tagen saß sie in Goslar fest, ohne dass an eine Weiterreise auch nur zu denken war. Nach dem letzten schlimmen Tag in Quedlinburg war überhaupt fast alles schiefgelaufen. Zunächst war sie zwei Tage alleine unterwegs gewesen, dann hatte sie festgestellt, dass sie in westlicher Richtung viel zu weit vom Weg abgekommen war. Schließlich traf sie auf einen Händler, der sich auf dem Weg nach Goslar befand, und als sie ihn fragte, welche Richtung sie nach Braunschweig einschlagen müsse, hatte er ihr von der Weiterreise dorthin abgeraten. Der Mann war Anfang fünfzig und ziemlich kräftig gebaut, sein leinenes Hemd wölbte sich über seinem dicken Bauch, und sein glatter Schädel, von einem schmalen Haarkranz umgeben, glänzte in der Sonne. Die meiste Zeit war er aber von einem großen Schlapphut aus Filz bedeckt. Der fahrende Händler war Eilika von Anfang an sympathisch gewesen, denn aus irgendeinem unerklärlichen Grund erinnerte er sie an ihren Vater, dessen Bild in den letzten Jahren immer verschwommener geworden war.

Gottfried überzeugte Eilika, dass es besser für sie wäre, wenn sie sich ihm anschlösse. Sie wollte eigentlich keinen Umweg in Kauf nehmen, doch nach langem Zögern stimmte sie zu, zumal der Händler ihr versichert hatte, dass es für sie ein Leichtes sein würde, Mitreisende in Goslar zu finden.

Die folgenden Tage konnte Eilika kaum genießen, unruhig dachte sie an die Zeit, die verstrich. Allerdings blieb das Mädchen nicht untätig. Sie hielten in jedem kleineren Ort an, blieben aber nur selten länger als ein paar Stunden. Dennoch nutzte Eilika alle Möglichkeiten, die sich ihr boten, um ihr Wissen in der Heilkunde zu vertiefen, und sie half unter anderem einer jungen Magd, die unter sehr starken Monatsblutungen litt. Dabei stellte sie fest, wie gut es war, dass sie ausreichend Vorräte dabeihatte, und zu ihrer Freude fand sie unterwegs viele Stellen, an denen sie weiter Kräuter sammeln konnte. Die Tautropfen, die sich in den frühen Morgenstunden in den kelchartigen Blättern des Frauenmantels sammelten, funkeln herrlich. Vorsichtshalber vergrößerte sie ihren Vorrat an diesem Kraut, das sie das ganze Jahr über zur Linderung bei Periodenkrämpfen gebrauchen konnte und das auch zur Anregung des Milchflusses nach Geburten wunderbar geeignet war.

In Wernigerode, einem größeren Marktflecken, blieben sie länger, da Eilika bei einer schweren Geburt helfen musste. Die Gebärende war fast sechzehn Jahre alt, und es handelte sich um ihr erstes Kind. Stundenlang hatte die junge Frau in den Wehen gelegen, und als ihr Kind endlich geboren war, war sie durch den hohen Blutverlust sehr geschwächt. Zu Eilikas Erleichterung erklärte sich Gottfried sofort dazu bereit, so lange zu warten, bis der Zustand der jungen Mutter die Weiterreise erlaubte, und nach drei Tagen war es zu Eilikas großer Freude so weit. Ihre Vorräte an Blutkraut waren zwar merklich geschrumpft, und die junge Frau war auch noch ziemlich geschwächt, aber sie war außer Lebensgefahr. Zufrieden setzten die beiden Reisenden ihre Fahrt fort, doch obwohl der freundliche Händler ihr die Zeit mit unterhaltsamen Geschichten vertrieb, konnte sie ihre Ungeduld kaum zügeln, bis sie endlich Goslar erreichten. Da sie erst in den frühen Abendstunden in der Stadt ankamen, war an eine sofortige Weiterreise nicht zu denken. Gottfried war schon viele Male zuvor in dem Ort gewesen, und in den letzten Jahrzehnten war Goslar durch die Silberfunde im Oberharz sowie durch reichhaltige Kupfervorkommen im angrenzenden Rammelsberg zu einer bedeutenden Stadt herangewachsen. Über dreitausend Menschen hatten mittlerweile hier ihr Zuhause gefunden, und es wurden immer mehr. Gottfrieds Ziel lag in der Unterstadt, wo in der Nähe einer kreuzförmigen Basilika das Haus des Glockengießers Friedrich Wegner lag. Gottfried kannte den Handwerkermeister schon seit vielen Jahren, und die beiden waren gute Freunde. Obwohl die gesamte Familie in dem schmalen Fachwerkhaus leben musste, schufen sie für Gottfried und Eilika bereitwillig Platz. Die Frau des Handwerkermeisters war eine stille Person, die in dem Raum, in dem ihre vier Töchter schliefen, ein Lager aus Stroh für das fremde Mädchen herrichtete. Eilika war ihr Eindringen in die unbekannte Familie ziemlich unangenehm, und sie hatte gleich am nächsten Tag Ausschau nach weiteren Reisemöglichkeiten gehalten. Das war nun bereits drei Tage her, und sie saß immer noch fest.

Auf dem stets belebten Marktplatz erhoffte Eilika sich gute Chancen, jemanden zu finden, der in Richtung Braunschweig reiste. Sie hatte fast die ganzen Tage hier zugebracht, denn so konnte sie auch gleichzeitig ihre Reisekasse ein wenig aufbessern. Eilika besaß zwar immer noch die Münzen, die Robert ihr dagelassen hatte, trotzdem war ihr wohler bei dem Gedanken, ihr Geld selbst zu verdienen, und so hatte sie während ihres unfreiwilligen Aufenthaltes allerlei kleinere Wehwehchen gelindert. Mit ihrem Beutel, in dem sich sämtliche Kräuter befanden, saß sie auf immer der gleichen Stelle etwas abseits von den Kaufbuden und wartete auf Menschen, die ihre Hilfe benötigten.

Der erste Tag verlief nicht gut, erst kurz bevor sie am Abend einpacken wollte, tauchte eine Frau auf. Verschämt berichtete sie Eilika, dass ihre Tochter vor zwei Tagen ein Kind bekommen habe, allerdings nicht mit reichhaltigem

Milchfluss gesegnet sei. Jetzt schreie der Säugling andauernd, weil er nicht satt werde. Eilika gab der Frau getrocknete Fenchelfrüchte und wies sie an, ihrer Tochter davon regelmäßig einen Aufguss mit heißem Wasser zuzubereiten. Die Ratsuchende dankte ihr und gab ihr eine Münze.

Als Eilika sich kurz darauf auf den Weg zu ihrer Unterkunft machte, betete sie insgeheim, dass sie das richtige Mittel gewählt hatte, denn sie war trotz ihrer bisherigen Heilerfolge immer noch unsicher. Ihre Wartezeit dauerte bis zum nächsten Nachmittag. Anscheinend hatte der Tee Wirkung gezeigt, denn diesmal erschienen nacheinander fünf weitere Leute, die sich alle Hilfe von Eilikas Kräutern erhofften. Als sie an diesem Abend in das Haus Friedrich Wegners ging, klingelten mehrere Münzen in ihrem Stoffbeutel, und sie nahm sich vor, bei ihrer Abreise etwas davon ihren Gastgebern abzugeben.

Am nächsten Morgen, Eilika wollte gerade das Haus verlassen, trat Gottfried auf sie zu. Er hatte ein schlechtes Gewissen, weil er ihr versichert hatte, in Goslar werde sie schnell einen neuen Reisebegleiter finden.

»Ich werde in zwei Tagen weiterfahren. Ich habe mit Friedrich gesprochen, und du kannst hier so lange wohnen, bis du weiterziehen kannst. Es tut mir leid, normalerweise kommen täglich Händler hier durch.«

Gerührt nahm Eilika seine große Hand und drückte sie kurz. »Es ist nicht deine Schuld, schließlich hast du dich genug um mich gekümmert. Eigentlich ist mein unfreiwilliger Aufenthalt in Goslar gar nicht so schlecht, dadurch konnte ich meinen Geldbestand ein wenig aufbessern.«

Gottfried hatte auf der gemeinsamen Fahrt einiges von ihrer Arbeit mitbekommen, da er sich aber nicht erinnern konnte, jemals krank gewesen zu sein, hatte ihn ihre Tätigkeit nicht sonderlich interessiert. »Warum hast du dich nicht bereits unterwegs von den Leuten in den Dörfern bezahlen lassen? An Kundschaft hat es dir doch nicht gemangelt.«

Eilika nickte nachdenklich. »Das stimmt schon, und einige haben auch bezahlt, doch die meisten waren ärmer, als ich es bin. Außerdem war ich viel zu sehr damit beschäftigt, die Fahrt hinter mich zu bringen, um meinem eigentlichen Ziel näher zu kommen.«

Als sie kurze Zeit später wieder auf dem Marktplatz eintraf, fiel ihr sofort der große, schwere Wagen auf, vor dem ein Mann stand und die Plane zurückschlug. Mehrere Leute hatten sich bereits um ihn versammelt, und Eilika trat aufgeregt näher. Als der Mann sich umdrehte, erschrak sie, denn es war der schmierige Händler, den sie vor ungefähr zwei Jahren auf der Bernburg kennengelernt hatte. Schon damals fand sie ihn ziemlich abstoßend, zumal er sehr aufdringlich gewesen war. Sie ging ein paar Schritte zurück und sah ihm zu, wie er seine Waren den Leuten anpries. Er stellte sich dabei sehr geschickt an, und diese Fähigkeit war ihr schon bei ihrem letzten Zusammentreffen aufgefallen. Auch hier kauften fast alle Umstehenden bei ihm.

Unter den Menschen, die neugierig vor dem Wagen standen, befand sich auch ein sehr ärmlich aussehender Mann. Er trug ein graues knielanges Hemd aus derber Wolle und aus dem gleichen Stoff eine ebenfalls knielange Hose. Schuhe hatte er keine an, aber in der einen Hand hielt er einen langen Stab mit einem dicken hölzernen Knauf, und sein hageres Gesicht steckte unter einem grauen Filzhut mit breiter Nackenkrempe. Eilika nahm an, dass es sich um einen Pilger handelte. Nachdem sie dem Treiben eine Weile zugesehen hatte, gab sie sich einen Ruck und ging auf den Händler zu.

»Wohin führt dich dein weiterer Weg?«

Der Mann, der einer Kundin gerade verschiedene Tücher zeigte, sah auf, und ein Aufblitzen in seinen Augen verriet Eilika, dass auch er sie wiedererkannt hatte. »Wieso willst du das wissen?«

»Weil ich eine Mitfahrgelegenheit nach Braunschweig

suche.« Die aufsteigenden unguten Gefühle verdrängte Eilika schnell, denn das Ziel ihrer Reise war ihr zu wichtig, als dass sie auf eine sicherere Gelegenheit warten wollte.

Der Händler zuckte mit den Achseln und schüttelte bedauernd den Kopf. »Es wäre für mich eine schlechte Entscheidung, in diese Stadt zu fahren. Weißt du denn nicht, dass der Kreuzzug gegen die Wenden begonnen hat?«

Eilika runzelte die Stirn und entgegnete: »Natürlich, deswegen will ich ja dorthin!«

»Dann bist du ein wenig spät dran, denn vor ein paar Tagen sind sie bereits aufgebrochen. Sollte ich jetzt nach Braunschweig fahren, würde ich kaum etwas verkaufen. Die Menschen haben wenig Geld, da sie immer mehr Steuern zahlen mussten, um den Feldzug zu finanzieren. Nein, dorthin fahre ich bestimmt nicht.« Er hielt kurz inne und verkaufte der Kundin ein Stück von einem hellen Wollstoff, danach wandte er sich wieder Eilika zu. »Meine Reise führt mich Richtung Nordost, immer dem Heer des Herzogs hinterher. Wenn du willst, kannst du gerne mitkommen.«

Eilikas Herz begann, schneller zu schlagen, denn die Aussicht, in naher Zukunft ihren Bruder wiederzusehen, war zu verlockend. Den Gedanken an Robert schob sie dagegen zur Seite. Als sie antwortete, versuchte sie ihre Aufregung im Zaum zu halten. »Du hast doch gerade gesagt, dass es sich nicht lohnt, in diese Gebiete zu fahren.«

Der Mann beugte sich dichter zu Eilika heran und senkte die Stimme: »Das gilt natürlich nur für die Gebiete, die vor Beginn des Kreuzzugs zahlen mussten, bei den Orten, durch die das Heer zieht, sieht die Sache ein wenig anders aus. Den Menschen dort bleibt nichts anderes übrig, als ihren Beitrag zum Proviant der Truppen zu leisten. Wenn die Krieger weitergezogen sind, lechzen die Stadtbewohner förmlich danach, sich etwas Schönes zu kaufen. Sie sind froh, dass sie sich auf der richtigen Seite befinden, denn das nächste Mal kann es ganz anders für sie aussehen.«

Eilika war einen Schritt von ihm abgerückt, schließlich war der Gedanke, die nächsten Wochen in seiner Gesellschaft zu verbringen, nicht gerade verlockend. Aber sie hatte keine andere Wahl, außerdem vertraute sie auf ihren Dolch, und vorher würde sie noch versuchen, ihm ein wenig Angst einzujagen. Wozu hatte sie schließlich bei Alda gelernt?

»Entschuldigt, wenn ich mich in euer Gespräch einmische, aber ich habe zufällig mit angehört, dass deine Reise in das Gebiet der Slawen geht.«

Eilika fuhr herum und stand dem hageren Mann gegenüber, der ihr vorher bereits aufgefallen war. Von nahem sah sein Gesicht noch ausgemergelter aus, die große Nase stand schief und hatte einen kleinen Höcker, seine Lippen waren schmal, und der Blick aus seinen grauen Augen war stechend.

Auch der Händler war erschrocken herumgefahren, und jetzt glitt sein Blick abschätzend über das ärmliche Äußere des Mannes. »Warum interessiert dich das?«

»Weil auch ich zufällig in diese Richtung will. Deshalb wäre es für uns von Vorteil, wenn wir uns zusammenschließen.«

Eilika war aufgefallen, wie fesselnd die Stimme des Mannes war. Irgendetwas hatte er an sich, dass sie kaum den Blick von ihm wenden konnte, obwohl sie sich dabei nicht besonders wohl fühlte, denn er schien kein freundlicher Weggefährte zu sein.

Auch der schmierige Händler fühlte sich sichtlich unwohl, und er entgegnete: »Tut mir leid, aber ich habe nur einen Platz frei, und den habe ich bereits dieser jungen Frau hier versprochen.«

Der Hagere schob den rechten Arm nach vorne und stieß den langen Stab in den staubigen Boden, während er mit der anderen Hand aus einer großen ledernen Tasche, die er sich über die Schulter gehängt hatte, ein abgegriffenes Buch hervorholte. »Du hast mich, glaube ich, nicht richtig verstanden. Ich habe vor, den ungläubigen Slawen das Wort Gottes zu bringen, und ich glaube nicht, dass du dich seinem Boten in den Weg stellen willst. Davon abgesehen ist auf deinem Wagen genug Platz für drei, schließlich nehmen wir zwei kaum Platz weg.«

Mit seinem Stab zeigte er auf Eilika und sich, und obwohl er die Stimme nicht erhoben hatte, war dem Mädchen bei seinen Worten ein kalter Schauer über den Rücken gelaufen.

Dem Händler erging es dem Anschein nach ebenso, denn er blickte starr auf das Buch und nickte dann eifrig. »Natürlich kannst du auch mitfahren, ich hatte ja keine Ahnung von deiner wichtigen Mission.«

Zufrieden nickte der andere Mann. »Dann ist es ja gut. Da wir drei die nächste Zeit zusammen verbringen werden, sollten wir uns nun bekannt machen. Mich nennt man Bruder Bernhard. Ich gehöre dem Benediktinerorden an und befinde mich schon seit vielen Jahren auf der Wanderschaft, um Gottes Wort zu verbreiten.«

Eilika spürte die Blicke beider Männer auf sich und stellte sich ebenfalls vor, wobei sie ihr Wissen in Teilen der Heilkunde erwähnte. Schließlich war der Händler an der Reihe, der Ulrich hieß und berichtete, dass er schon seit fünfundzwanzig Jahren umherfahre. Die drei verabredeten sich für den nächsten Morgen an der Kirche St. Peter und Paul auf dem Frankenberge.

Als Eilika den Marktplatz verlassen wollte, hielt ein kleines Mädchen sie auf. Es war ungefähr fünf Jahre alt und ziemlich schmutzig, sein Kleid war aus grobem Leinen und mehrfach geflickt, und darunter blitzten die nackten Füße hervor. »Ich habe auf deinem Platz gewartet, aber du warst nicht da. Meine Mutter ist sehr krank, und wir brauchen deine Hilfe. Kommst du mit?«

Sie sah Eilika erwartungsvoll an, die sich sogleich bereit

erklärte, ihr zu folgen, und ihr lächelnd die Hand reichte. Der Weg führte die beiden über eine der Holzbrücken der Gose, und von da an ging es stetig leicht bergauf, bis sie schliesslich der Stadt und der Stadtmauer den Rücken kehrten. Eilika hatte an ihrem ersten Tag ein wenig den Ort erkundet, sich während ihres Aufenthaltes aber nie ausserhalb des sicheren Mauerrings befunden. Durch die Gespräche abends beim Essen mit der Familie Wegner hatte sie jedoch erfahren, dass die Bergleute in einer eigenen Siedlung wohnten, die bei allen Bergedorf hiess. Ihr Weg führte sie nun an der grossen Stiftskirche vorbei, die sich direkt gegenüber der mächtigen, von einigen Fackeln beleuchteten Pfalz befand. Eilika hatte den prächtigen Bau bereits am Tag ihres Eintreffens bewundert und warf auch jetzt noch einmal einen Blick auf das imposante Gebäude. Von nun an wurde der Anstieg immer steiler, und Eilikas Atem ging schneller, der kleinen Hedwig schien die Anstrengung dagegen nichts auszumachen. Leichtfüssig ging sie, Eilika an der Hand, immer einen kleinen Schritt voraus, bis die Siedlung in Sicht kam, in deren Mitte eine kleine Kirche stand. Froh, ihr Ziel endlich vor Augen zu haben, legte Eilika ein wenig an Tempo zu, und Hedwig passte sich ohne Probleme an.

Nachdem sie an einigen Häusern vorbeigegangen waren, steuerte das Mädchen auf eine kleinere Hütte zu. Grob zusammengezimmert, mit dicken Balken und einem strohgedeckten Dach, machte die Behausung einen wenig vertrauenswürdigen Eindruck. Eilika folgte ihrer Begleiterin durch die kleine, schiefe Haustür. Drinnen war die Luft sehr stickig, dicker Rauch hing im Raum, und der Abzug schien nicht mehr richtig zu funktionieren. Eilika hatte kaum Hedwigs Zuhause betreten, als sie auch schon aus der hinteren Ecke einen dumpfen quälenden Husten vernahm. Allmählich gewöhnten sich ihre Augen an die verräucherte Luft, und sie entdeckte in der Ecke ein Bett, in dem eine Frau lag.

Allerdings konnte Eilika sie aufgrund der Dunkelheit in der Hütte nur schlecht erkennen. Sie rief Hedwig zu sich. »Sorge bitte sofort dafür, dass frische Luft und der letzte Rest des Tageslichts hereinkommen, und zwar schnell!«

Das Mädchen beeilte sich, der Aufforderung nachzukommen, und nahm den verschmutzten Sack aus grobem Leinenstoff von der Fensteröffnung. Gleich darauf drang Licht in den verräucherten Raum, und Eilika wandte sich wieder der Frau zu. Sie erkannte sofort, dass es sehr schlecht um die Kranke stand, denn ihr Gesicht war schweißnass, die Augen hatte sie geschlossen. Eilika bat Hedwig um eine Schüssel mit frischem Wasser und ein sauberes Tuch, und nachdem Hedwig ihren Wunsch erfüllt hatte, tupfte sie der Fiebernden Stirn und Wangen ab. Die Haare, die sich teilweise aus dem langen Zopf gelöst hatten und in ihrem Gesicht klebten, strich sie vorsichtig zurück, dann ging sie zu ihrer Tasche, die sie vorher auf den Tisch gelegt hatte. Während sie einige getrocknete Blüten und Blätter des Huflattichs entnahm, wies sie Hedwig an, sauberes Wasser im Kessel zu erhitzen. Zwischendurch hörte Eilika immer wieder die Frau gedämpft husten. Ihr war zwar schnell klar gewesen, was sie der Kranken geben musste, damit sich der quälende festsitzende Husten lösen würde, denn einen ähnlichen Fall hatte sie während ihrer Zeit bei Alda bereits erlebt, doch beim Fieber schwankte sie. Der Zustand von Hedwigs Mutter gefiel ihr gar nicht, und sie hatte Angst, nicht das Richtige zu wählen. Sie zögerte kurz und traf dann ihre Entscheidung.

Nachdem Eilika der Frau die beiden verschiedenen Heiltränke vorsichtig mit einem Holzlöffel eingeflößt hatte, setzte sie sich an den Tisch zu Hedwig. Erst jetzt fiel ihr auf, dass an der Wand hinter der Eingangstür noch ein Kind saß. Ein kleiner Junge, nicht älter als drei, hielt ein Stück Tuch in der einen und einen kleinen Holzklotz in der anderen Hand. Er war so emsig damit beschäftigt, den Klotz mit dem Stoff zu umwickeln, dass er keinen Laut von sich gab.

»Ist das dein kleiner Bruder?«, fragte sie Hedwig, die sehr erschöpft aussah.

Das Mädchen nickte. »Normalerweise muss ich ihn immer überallhin mitnehmen, aber die Nachbarin war so nett und hat nach ihm gesehen, als ich dich gesucht habe.«

Eilika empfand großes Mitleid mit Hedwig, die bereits große Verantwortung trug.

»Mein Vater kommt immer erst nach Hause, wenn es dunkel ist. Kannst du so lange bleiben?«

Eilika nickte und strich dem Mädchen leicht über die schmutzige Wange. »Natürlich! Arbeitet er im Bergwerk?«

Die Kleine nickte und erwiderte mit Stolz in der Stimme: »Wir sind noch nicht sehr lange hier, aber er hat sofort Arbeit gefunden. Mein Vater ist sehr stark, und er arbeitet viel. Meine Mutter baut ebenfalls Kräuter in unserem kleinen Garten hinterm Haus an, sie verkauft alles unten in der Stadt, auf dem Markt. Aber dann ist sie plötzlich so krank geworden.« Ihre Stimme versagte, und Tränen liefen ihr über die Wangen.

Tröstend legte Eilika den Arm um Hedwig. »Mach dir keine Sorgen, es geht ihr bald wieder besser.« Sie machte sich selbst Mut, denn tief im Innern nagte die Angst, der kranken Frau nicht helfen zu können.

Immer wieder flößte sie der Fiebernden löffelweise den Trank ein und wischte ihr die Stirn ab. Hedwig aß mit ihrem kleinen Bruder ein wenig Brei, der sich noch in dem größeren Kessel befunden hatte. Eilika lehnte dankend ab, als Hedwig ihr davon abgeben wollte, denn sie mochte der Familie nicht noch das wenige Essen nehmen, das sie besaß. Anschließend brachte das Mädchen seinen Bruder ins Bett, und der friedliche Junge gehorchte seiner Schwester, ohne zu protestieren.

Als der Vater nach Hause kam, war es draußen fast

schon dunkel, und das Feuer, das unter dem kleinen Kessel brannte, erhellte den Raum.

Eilika erhob sich und ging auf den großen, kräftig gebauten Mann zu. »Deine Tochter hat mich geholt, um deiner Frau zu helfen.«

Er sah sich nach Hedwig um, die auf dem Boden bei dem Strohlager ihres Bruders kauerte. »Ich habe dir doch gesagt, dass wir uns keine Hilfe leisten können!« Seine Stimme war etwas lauter geworden, klang jedoch nicht böse, sondern eher verzweifelt.

Bevor Hedwig antworten konnte, griff Eilika ein: »Mach dir keine Gedanken. Ich möchte nichts dafür.«

Hedwigs Vater musterte sie ungläubig, dann verzog er den Mund langsam zu einem Lächeln. Anschließend holte er sich eine kleine Holzschüssel und leerte den restlichen Brei hinein, und als er sich an den Tisch setzte, warf er Eilika einen fragenden Blick zu. Sie lehnte dankend ab und wandte sich wieder ihrer Patientin zu. Nur nebenbei nahm sie wahr, dass Hedwig das Geschirr säuberte und der Mann sich an die andere Seite des Bettes setzte, in dem seine Frau lag. »Wenn ich dich nach Hause bringen soll, musst du es nur sagen.«

Eilika schüttelte den Kopf und erwiderte leise: »Wenn es dir recht ist, bleibe ich, bis das Fieber gesunken ist.«

Er zuckte mit den Achseln. »Dir ist schon klar, dass die Tore der Stadt bei Einbruch der Dunkelheit geschlossen werden?«

»Ich kann auch morgen früh zurückgehen, das macht nichts. Es ist nur schade, dass ich niemandem Bescheid geben kann, sie werden sich Sorgen machen.«

Hedwigs Vater stand auf und ging zur Tür. »Ich werde das erledigen. Sage mir nur, in welchem Haus du wohnst.«

Dankbar beschrieb Eilika ihm den Weg, und er verschwand. Sie sah sich nach Hedwig um, die immer noch bei ihrem Bruder hockte und kaum noch die Augen offen halten konnte. Eilika ging zu ihr und schickte sie schlafen. Als einige Zeit später der Mann wiederkam, hatte sich bei seiner Frau noch nichts verändert, trotzdem fuhr Eilika damit fort, ihr löffelweise den Trank einzuflößen. Hedwigs Vater, sein Name war Wilhelm, hatte sich zu seinen Kindern auf den Boden gelegt, Eilika blieb am Bett der Kranken sitzen und machte es sich so gut wie möglich bequem.

Sie musste für kurze Zeit eingeschlafen sein, denn als sie hochschreckte, sah sie, wie Wilhelm sich am Feuer zu schaffen machte. Es war noch dunkel im Haus, doch durch die Fensteröffnung konnte man bereits einen helleren Streifen am Himmel entdecken. Eilika dehnte sich ausgiebig, wegen des unbequemen Schlafplatzes tat ihr der ganze Körper weh, dann wandte sie sich ihrer Patientin zu. Das Feuer erhellte mittlerweile den ganzen Raum, und Eilika stellte erfreut fest, dass das Gesicht der Frau nicht mehr schweißbedeckt und auch die unnatürliche Röte der Wangen verschwunden war. Sie legte ihre Hand auf die Stirn von Hedwigs Mutter und war erleichtert, dass sie angenehm kühl war. In dem Moment schlug die Frau die Augen auf.

Eilika musterte sie freundlich und sagte leise: »Du bist auf dem Weg der Besserung. Noch ein wenig Schonung, und bald kannst du wieder aufstehen.«

Hedwigs Mutter drehte den Kopf, denn ihr Mann war ans Bett herangetreten. Er setzte sich zu ihr und strich ihr mit einem glücklichen Zug um die Lippen über die Wange. »Hedwig hat diese junge Frau zu uns geholt, und du hast es ihr zu verdanken, dass dein Fieber gesunken ist. Ich muss jetzt zur Arbeit. Ruh dich noch ein wenig aus, Hedwig wird dir helfen.« Er gab ihr einen leichten Kuss auf die Stirn und wollte zur Tür gehen.

Eilika hielt ihn sachte am Arm fest. »Wenn du willst, dass der Husten deiner Frau besser wird, musst du den Abzug in Ordnung bringen, sonst werdet ihr alle bald krank sein.«

Wilhelm nickte schweigend, dann ging er zur Tür. »Vielen Dank für deine Hilfe«, murmelte er leise und machte sich auf den Weg.

Mittlerweile war auch Hedwig aufgestanden, die jetzt glücklich und noch ein wenig müde am Bett ihrer Mutter saß. Eilika stand auf, ging zu ihrem Beutel, holte ein paar Kräuter heraus und legte sie auf den Tisch, dann hängte sie ihn sich um und trat wieder zu Mutter und Tochter.

»Ich habe dir einige Kräuter für deine Mutter dagelassen. Sie werden genauso zubereitet wie die gestern Abend, du hast ja dabei zugesehen, wie ich das gemacht habe. Von den Heiltränken ist noch ein Rest übrig, davon gibst du deiner Mutter schlückchenweise über den Tag verteilt zu trinken. Für das Fieber braucht sie ab morgen nichts mehr, doch gegen ihren Husten wird sie von dem Getränk täglich zwei Becher zu sich nehmen müssen. Hilf ihr dabei, du schaffst das sicher.« Eilika wandte sich der Frau zu und verabschiedete sich von ihr. »Du kannst sehr stolz auf deine Tochter sein. Dir eine gute Besserung und alles Gute für euch.«

Draußen atmete sie tief die frische Morgenluft ein, dann ging sie gut gelaunt den Berg hinunter. Sie hatte bereits ein kleines Stück zurückgelegt, als jemand ihren Namen rief. Eilika blieb stehen und drehte sich um, als Hedwig ihr entgegengelaufen kam. Dicht vor ihr blieb das Mädchen schwer atmend stehen und sah schüchtern zu ihr hoch. »Ich habe mich noch gar nicht bei dir bedankt. Leider können wir dich nicht bezahlen.«

Eilika beugte sich hinunter und strich ihr über die erhitzten Wangen. »Mach dir keine Gedanken darüber. Ich habe euch gerne geholfen.«

Hedwig blickte sie schüchtern an, holte hinter ihrem Rücken etwas hervor und hielt Eilika ein Stück Stoff hin. Als sie es sich genauer ansah, erkannte sie, dass es sich um eine Art Puppe aus alten Stofffetzen handelte, womit anscheinend auch der Kopf gefüllt war. Darunter war ein schmutziges Band zusammengebunden, damit die Füllung nicht herausfallen konnte.

»Bitte nimm sie als Erinnerung an mich. Sie soll dir Glück bringen.«

Dann umarmte das Mädchen Eilika heftig und rannte wieder zurück. Die junge Heilerin stand noch eine Weile da und sah ihr nach, steckte ihren neuen Glücksbringer in den Beutel und setzte ihren Weg fort.

Eilika beeilte sich, um rechtzeitig am Treffpunkt anzukommen, denn vorher musste sie noch zum Hause der Wegners, um sich zu verabschieden und ihre Sachen zu holen. Die Stadttore waren bereits geöffnet, und so konnte sie ohne Verzögerung weiterlaufen. Als sie kurze Zeit später die Haustür öffnete, klangen ihr Geschirrklappern und Stimmen entgegen.

Gottfried sprang sofort von seinem Stuhl auf, als er Eilika sah. »Endlich bist du wieder da! Als gestern Abend dieser Bär von einem Mann auftauchte, hatten wir furchtbare Angst um dich, schließlich wussten wir nicht, ob er die Wahrheit sagt. Ist alles in Ordnung mit dir?«

Gut aufgelegt umarmte sie ihn. »Natürlich ist alles in Ordnung. Und noch etwas ist geschehen: Ich habe jemanden gefunden, der mich mitnimmt. Ist das nicht wundervoll? Ich muss mich beeilen, damit ich es noch rechtzeitig schaffe.« Sie lief in das Zimmer, in dem sie geschlafen hatte, und packte ihre wenigen Habseligkeiten in ihren Beutel.

Gottfried war hinter ihr hergelaufen und sah ihr verstört dabei zu. »Was meinst du damit, jemand nimmt dich mit? Wer ist denn so plötzlich hier aufgetaucht?«

Eilika nahm ihren Beutel und blieb vor ihm stehen. »Der Händler heißt Ulrich, und er nimmt genau die Richtung des Kreuzzugs.«

Sämtliche Farbe war aus Gottfrieds Gesicht gewichen. »Um Himmels willen, bei dem darfst du nicht auf den

Wagen steigen! Ich kenne ihn zwar nur flüchtig, aber er hat einen ungeheuer schlechten Ruf. Du kannst noch ein Stück mit mir kommen, ich werde einfach weiter Richtung Nordosten fahren. Gar kein Problem.«

Eilika lehnte entrüstet ab. »Kommt überhaupt nicht in Frage, du warst schon viel zu lange von deiner Familie getrennt. Fahr nach Hause, wie du es geplant hattest, und mach dir um mich keine Sorgen. Ich finde diesen Ulrich auch nicht gerade vertrauenerweckend, aber ich habe Beistand gefunden, denn ein Mönch auf Wanderschaft hat sich uns angeschlossen. Du siehst, es wird nichts passieren.«

Sie drängte sich an Gottfried vorbei, bevor er etwas erwidern konnte, und ging wieder hinunter zu den anderen. Dort verabschiedete sie sich herzlich von allen und gab dem Ehepaar Wegner als Dank für die Unterkunft ein paar Münzen. Dann umarmte sie Gottfried, dessen normale Gesichtsfarbe inzwischen zurückgekehrt war. »Lebe wohl und komm gut nach Hause. Danke für alles, du hast mir sehr geholfen.«

Gottfried hielt sie auf Armeslänge von sich weg und sah sie prüfend an. »Es gibt nichts, wofür du dich bedanken musst. Es war schön, dich kennenzulernen. Gib acht auf dich und bleib bloß immer in der Nähe des Mönches.«

Eilika nickte ernst, blickte noch einmal in die Runde und verließ dann das Haus, ohne sich nochmals umzusehen. Auf ihrem Weg zum Treffpunkt bei der Kirche fragte sie sich, wie viele Türen sie wohl in der nächsten Zeit es noch endgültig hinter sich zuziehen würde.

Als sie bei der Kirche ankam, warteten ihre beiden Reisebegleiter bereits mit finsteren Mienen auf sie, und Eilika sah sie schuldbewusst an. Durch ihre Verspätung begann ihre Fahrt nicht besonders hoffnungsvoll, doch dann straffte sie die Schultern. »Entschuldigt, dass ich etwas zu spät komme. Gestern Abend wurde ich noch zu einem Notfall gerufen, deshalb habe ich es nicht mehr rechtzeitig geschafft.«

Ulrich verzog den Mund, nahm ihr den Beutel ab, und nachdem er ihn im Wagen verstaut hatte, wies er Eilika und Bernhard an, auf den Kutschbock zu steigen. Als alle drei ihren Platz eingenommen hatten, setzten sich die Pferde langsam in Bewegung. Keiner der beiden Männer hatte bisher ein Wort gesprochen, und Eilika hielt ebenfalls trotzig den Mund. Hedwigs Mutter war ihr den Ärger allemal wert. Sie sah sich nochmals um und blickte auf die kreuzförmige Basilika, deren Türme, die mit der Stadtmauer verbunden waren, langsam kleiner wurden, bis sie schließlich hinter dem nächsten Hügel vollständig verschwanden.

»Was meinst du mit Notfall?«

Eilika blickte Bernhard überrascht an. »Ein kleines Mädchen hat mich gestern Abend zu seiner Mutter geholt, die hohes Fieber und starken Husten hatte. Ich war bis heute früh bei ihr, und zum Glück geht es ihr wieder besser.« Sie bemerkte die Verwunderung in seinen Augen, und ihr wurde klar, dass er nichts von ihrer Tätigkeit wusste.

Dann wurde sein Gesichtsausdruck weicher, und er antwortete: »Den Armen und Kranken zu helfen ist immer der richtige Weg. Du brauchst dich nicht zu entschuldigen.«

Ulrich schnaubte verärgert und entgegnete mit verächtlicher Stimme: »Wo soll da schon der richtige Weg liegen? Man hilft ihnen und bekommt in der Regel nichts dafür. Nein danke, da suche ich mir doch lieber andere Kundschaft aus.«

Eilika blieb stumm, war aber doppelt froh über Bernhards Begleitung. Zwischen beide Männer eingezwängt, sah sie wieder einmal einer ungewissen Zukunft entgegen, doch sie hatte bereits viel geschafft, und ein leiser Anflug von Stolz breitete sich aus. Sie schloss die Augen, lehnte sich an die Holzlehne, und da sie in der letzten Nacht kaum geschlafen hatte, dauerte es nicht lange, und das sanfte Schaukeln des Wagens hatte sie in einen leichten Schlaf gewiegt.

22. KAPITEL

Robert hatte sein Ziel erreicht, als er in der Ferne das große Heer auf einer ebenen Fläche lagern sah. In der Abenddämmerung konnte er undeutlich die Umrisse der Zelte erkennen, dazwischen brannten viele kleine Lagerfeuer. Da sie sich noch nicht auf feindlichem Boden befanden, hatte Albrecht von Ballenstedt keine besonderen Vorsichtsmaßnahmen getroffen. Trotzdem war Robert ziemlich sicher, dass er nicht mehr allzu lange unentdeckt bleiben würde, und so war es auch. Zwei Wachposten stellten sich ihm in den Weg und hinderten ihn am Weiterreiten. Erst nachdem Robert seinen Namen und Auftrag genannt hatte, ließen sie ihn passieren. Kurz vor dem Lager wurde er abermals aufgehalten, und diesmal musste er sogar absitzen. Ein Mann nahm Alabaster am Zügel, während ein anderer dem Ritter ein Zeichen gab, ihm zu folgen.

Vor einem größeren Zelt musste Robert warten, während seine Ankunft gemeldet wurde, und gleich darauf durfte er eintreten. Im Vergleich zu Roberts letzter Unterkunft war es innen sehr geräumig, und auf dem Boden lagen mehrere Felle, die dem Ganzen einen wohnlichen Anstrich gaben. Im hinteren Teil befand sich eine Schlafstätte, davor stand ein kleiner Tisch mit zwei Stühlen. Darauf saßen Albrecht der Bär, Markgraf der Nordmark, sowie Konrad, Markgraf von Meißen, die bei Roberts Eintreten ihr Gespräch unterbrachen.

Er verbeugte sich kurz, bevor er sein Anliegen vorbrachte. »Durchlaucht, verzeiht mir die Störung zu dieser abendlichen Stunde, aber ich bringe eine Botschaft des Herzogs von Sachsen.«

Albrecht winkte Robert zu sich und musterte ihn freundlich, als er entgegnete: »Bei unserem letzten Treffen hatte ich Euch prophezeit, dass wir uns bald wiedersehen würden. Euch wird ein Schlafplatz zugewiesen, denn morgen werden wir wieder sehr früh aufbrechen. Im Laufe des Tages wird sich sicherlich eine Gelegenheit zum Gespräch ergeben.« Mit diesen Worten hielt er Robert die geöffnete Hand entgegen, der ihm das versiegelte Schriftstück überreichte.

Bevor der Ritter das Zelt verließ, verbeugte er sich erneut, und plötzlich stellte sich eine bleierne Müdigkeit bei ihm ein. Er hatte sich und Alabaster auf seiner Reise kaum größere Pausen gegönnt und freute sich auf ein paar Stunden Schlaf.

Man führte ihn zu einem der großen Zelte, und als er einen Blick ins Innere warf, erkannte er im schwachen Schein des Feuers, dass sich bereits mehrere Männer auf den Boden gelegt hatten. Die Schlafgeräusche sowie der stickige Geruch ließen Robert angewidert zurückfahren, und er zog es vor, wie viele Männer hier, im Freien zu schlafen. Die Plätze ums Feuer herum waren alle besetzt, und so suchte er sich eine freie Stelle an der hinteren Seite des Zeltes. Er rollte seine Decke aus und schob sein Bündel an die Außenwand heran, dann streckte er sich genüsslich auf dem Boden aus und schlief sofort ein. Zum ersten Mal seit dem unschönen Abschied von Eilika träumte er in dieser Nacht von ihr, und als er aufwachte, standen die Sterne über ihm am Himmel. Es war noch tief in der Nacht, und er brauchte lange, bis er wieder eingeschlafen war.

Am nächsten Morgen wurde das Lager zu früher Stunde abgebrochen. Befehle hallten durch den Morgennebel, und mehrere Männer beluden die großen Fuhrwerke mit den

Zelten. Robert half mit, wo er konnte, und nach und nach rückte das große Heer ab. Der erste Teil unter der Führung von Albrecht dem Bären war bereits aufgebrochen, Robert befand sich in der mittleren Gruppe des Markgrafen Konrad, und den Abschluss bildeten die Männer des Erzbischofs von Magdeburg. Robert schloss sich mehreren Rittern an, von denen er einige flüchtig kannte, und aus ihren Gesprächen erfuhr er, dass sie bereits vor vier Tagen in Magdeburg aufgebrochen waren. Die großen Fuhrwerke mit den Zelten und Lebensmittelvorräten wurden zwar auf dem Wasserweg vorangebracht, aber ein Heer in der Größe von fast sechzigtausend Mann kam nun mal nicht so schnell vorwärts.

Den Männern, mit denen Robert sprach, war die langsam aufsteigende Erregung anzumerken, denn in Kürze befanden sie sich auf feindlichem Gebiet. Von Angst war allerdings kaum etwas zu spüren, und die meisten Ritter fühlten sich durch die Anwesenheit des päpstlichen Legaten Anselm von Havelberg in ihrer Mission bestärkt. Die Legitimation des Kreuzzugs seitens der Kirche wurde durch ihn offensichtlich, und demnach war es ihre Mission, den heidnischen slawischen Volksgruppen endlich den einzig wahren Glauben zu bringen. Wenn nötig auch mit Gewalt.

Robert hatte aus ihren Reihen mehrfach die Worte »Tod oder Taufe« vernommen, und es war noch nicht lange her, dass er diese Parole Bernhards von Clairvaux zum ersten Mal gehört hatte. Der Ritter wusste, dass es bereits mehrere slawische Gebiete gab, in denen eine große Anzahl von Menschen zum christlichen Glauben übergetreten war. Deshalb tat er sich auch schwer mit diesem Aufruf, zumal er den Gedanken, andere Menschen gewaltsam zu bekehren, ohnehin verabscheute. Seiner Ansicht nach war es zwar durchaus die Aufgabe der christlichen Kirche, ihren Glauben anderen Volksgruppen näherzubringen, allerdings ohne Waffengewalt. Da er damit so gut wie alleine stand, hatte er mit der Zeit gelernt, sich aus den Dingen herauszuhalten.

Das Heer hatte inzwischen gestoppt. Robert versuchte, den Grund zu erkennen, musste aber feststellen, dass dies aus seiner Position nicht möglich war. Sie befanden sich in einer kleinen Senke, und der erste Teil unter Führung Albrechts des Bären stand auf der Anhöhe vor ihnen. Links von Robert lag die Elbe, und die Schiffe, die mit den schweren Fuhrwerken und Lebensmitteln vorausgefahren waren, ankerten bereits dort. Das Heer war dem Fluss bisher stromaufwärts gefolgt, und Robert rechnete damit, dass sie sich kurz vor Havelberg befanden. Die große Siedlung war seit fast zweihundert Jahren wieder in slawischer Hand, und damals waren alle nichtslawischen Einwohner aus dem Bistum vertrieben worden. Somit sprach allein die Anwesenheit Anselms von Havelberg für einen Angriff auf den Ort mit dem Ziel der Rückeroberung. Da der päpstliche Legat damit zum ersten Mal seinen Bischofssitz betreten könnte, würden mit Havelberg wahrscheinlich die kriegerischen Handlungen beginnen. Bisher waren sie nur durch kleinere Dörfer oder an einzelnen Gehöften vorbeigekommen, deren Bewohner ihnen keinerlei Widerstand entgegengesetzt hatten. Den Menschen dort fehlte es sowieso an Waffen, da es sich fast ausschließlich um Bauern handelte. Es war für sie schon schlimm genug, wenn ihnen ein Teil ihrer Vorräte abgenommen wurde, denn so ein großes Heer brauchte einiges an Lebensmitteln.

Bisher hatte Robert noch keinen Blick auf Anselm von Havelberg erhaschen können, jetzt konnte er ihn zum ersten Mal in einiger Entfernung vorbeireiten sehen. Er war ganz in Schwarz gekleidet und wurde von sechs Rittern begleitet, die für seinen Schutz zuständig waren. Der Bischof ritt die Anhöhe hinauf und war gleich danach wieder verschwunden.

Als der Befehl zum Absitzen erscholl, stellte Robert sich

mit einigen anderen Rittern zusammen und hielt Alabaster fest am Zügel. Er hasste dieses ungewisse Warten, und auch den anderen war die Unruhe anzumerken. Nach fast zwei Stunden kam endlich der Befehl aufzurücken, und nachdem Robert die Anhöhe erreicht hatte, lag Havelberg vor ihm. Die Siedlung lag auf einer Halbinsel, die von der Havel fast umschlossen wurde, und eine dicke Ringmauer umgab den Ort. Aus dem Tor, das sich langsam öffnete, kamen mehrere Reiter und ritten über die Brücke. Einer von ihnen trug eine weiße Fahne. Robert atmete auf. In der Delegation, die den Abgesandten aus Havelberg entgegengeritten kam, konnte Robert neben Albrecht, dem Markgrafen der Nordmark, und Anselm von Havelberg auch Konrad von Meißen erkennen. Einer der slawischen Reiter war mittlerweile abgestiegen und erwartete, das Schwert flach auf beiden Händen, die feindlichen Fürsten. Dann kniete er nieder, und Anselm von Havelberg nahm die Waffe entgegen.

Robert konnte in einigen Gesichtern der umstehenden Männer die Enttäuschung darüber sehen, dass es nicht zum Kampf gekommen war. Kurz darauf bekamen die Truppen den Befehl erteilt, um den Ort herum ihr Lager aufzubauen, danach gab es ein großes Gedränge in der Nähe der Brücke und des Eingangstores zum Ort, denn alle wollten dabei sein, wenn Anselm zum ersten Mal seinen Bischofssitz betrat. An seiner Seite ritten der Erzbischof von Magdeburg und Albrecht der Bär, dessen Männer den Ort bereits gesichert und sich überall verteilt hatten, um unliebsame Zwischenfälle zu vermeiden. Unter lautem Jubelgeschrei ritten die drei Männer hoch erhobenen Hauptes hinein, und etwas später durften weitere Männer des Heeres nach Havelberg, um mitzufeiern.

Robert verspürte kein Verlangen, sich ihnen anzuschließen und in der Rolle des Siegers durch den Ort zu streifen, stattdessen freute er sich auf eine ruhige Nacht. Sie versprach, sternenklar zu werden, denn keine Wolke trübte den Himmel. Am frühen Abend suchte er sich einen Platz etwas abseits vom Lager am Fluss und fand eine gut bewachte Stelle bei einer Baumgruppe, wo er sein Bündel ablegte und die Decke ausrollte. Von hier hatte er einen guten Blick über Havelberg und die Elbe, deshalb sah er auch, dass die Siedlung von den Männern des Heeres überschwemmt war.

Gemächlich holte Robert sein abgegriffenes Buch heraus. Es war lange her, dass er darin geblättert hatte, und er überlegte, wann es gewesen war. Plötzlich fiel ihm wieder ein, dass es auf seiner Reise von der Bernburg nach Quedlinburg gewesen war, als Eilika sich zu ihm ans Feuer gesetzt hatte. Seufzend schlug er das Buch auf und vertiefte sich augenblicklich darin.

Als es zum Weiterlesen zu dunkel war, sah er noch eine Weile zum Himmel hinauf. Viele Sterne waren bereits zu sehen, und während er sie betrachtete, kam ihm der schöne Gedanke, dass Eilika vielleicht in ebendiesem Moment auch zu den Sternen hinaufsah. Er hoffte inständig, dass er sie überzeugen konnte, ohne den kirchlichen Segen mit ihm zu leben, denn je länger er von ihr getrennt war, desto schwerer fiel ihm der Gedanke, auf sie womöglich verzichten zu müssen. Endlich fiel er in einen unruhigen Schlaf.

Am nächsten Morgen brachen sie wieder früh auf. Die schweren Fuhrwerke, die sich zusammen mit den Lebensmittelvorräten auf den Schiffen befanden, wurden abgeladen, denn mit den Schiffen kamen sie von hier an nicht mehr weiter.

Sie waren erst kurze Zeit unterwegs, als Robert die Aufforderung erreichte, an der Seite Konrads von Meißen zu reiten, der den Ritter freundlich willkommen hieß.

»Schön, Euch in meiner Nähe zu wissen, von Harsefeld. Ich hatte erst gestern eine Unterredung mit dem Markgrafen Albrecht, der heute Abend noch mit Euch sprechen will, obwohl es nach der Nachricht des Herzogs nicht mehr allzu viel zu sagen gibt. Ich gehe davon aus, dass Euch der Inhalt nicht bekannt ist?«

Auf Roberts Verneinung fuhr er fort. »Herzog Heinrich hat uns mitgeteilt, dass er sich ebenfalls der Unterstützung des Erzbischofs von Bremen sowie Konrads von Zähringen versichern konnte. Unserem guten Herzog war mit Sicherheit klar, dass diese Neuigkeit für uns keine mehr ist, denn solche Dinge verbreiten sich auch ohne direkten Boten. Er hat uns gebeten, über Euch zu verfügen, falls wir eine Nachricht für ihn haben, und bis dahin untersteht Ihr dem Befehl des Markgrafen Albrecht.«

Robert zuckte mit den Schultern, denn davon hatte er nichts gewusst.

In diesem Moment kam ein Mann an seine Seite geritten, der ihm mitteilte, dass ihn am Abend, nach dem Aufschlagen des Lagers, der Markgraf der Nordmark erwarte. Zu Roberts Erleichterung konnten sie wegen dieser Unterbrechung das Gespräch nicht fortsetzen, und ihm war klar, dass beide Markgrafen wussten, warum der Herzog ihn hergeschickt hatte. Andererseits würde der Herzog früher oder später sowieso erfahren, in welchen Dimensionen sich der Landgewinn beider abspielte, nur der Zeitpunkt wäre vielleicht ein späterer. Der Ritter freute sich auf die Erledigung seines letzten Auftrags und auf das damit versprochene Stück Land, denn das bedeutete endlich das Ziel seiner Wünsche.

Der weitere Tag verlief friedlich, und als sie das Lager aufgeschlagen hatten, machte sich Robert auf den Weg zum Markgrafen Albrecht. Zu seiner großen Enttäuschung befand sich sein Neffe bei ihm im Zelt, und dessen überraschtem Blick konnte er entnehmen, dass Reinmar nichts von seinem erneuten Eintreffen mitgeteilt worden war. Die beiden waren gerade beim Essen, und Albrecht lud Robert dazu ein, was dieser dankend annahm, waren doch die Speisen hier um einiges besser als die des restlichen Heeres.

»Leider hat die Einnahme Havelbergs unser Gespräch etwas verzögert, Ritter von Harsefeld. Wie ich hörte, reitet Ihr an der Seite des Markgrafen Konrad, der Euch sehr schätzt.« Er warf einen Blick auf seinen Neffen, der sich gerade ein Stück getrocknetes Fleisch in den Mund schob. »Im Gegensatz zu manch anderem.«

Robert war dem Blick Albrechts gefolgt und nickte mit einem abschätzenden Blick auf Reinmar, der davon jedoch nichts mitbekommen hatte und gierig weiteraß. »Ich glaube nicht, dass man es jedem recht machen kann, Euer Durchlaucht.«

Albrecht nickte nachdenklich. Eine Weile schwieg er und sah Robert beim Essen zu. »Ich will ehrlich zu Euch sein. Anfangs war ich über Euer Erscheinen ein wenig ungehalten, denn ich schätze es nicht, wenn Spione des Herzogs hier herumschleichen.«

Der Ritter straffte sich, hielt sich aber mit einer Erwiderung zurück. Was hätte er auch vorbringen sollen? Reinmars hämisches Grinsen beachtete er nicht.

»Andererseits schätzt der Markgraf von Meißen Eure Ehrlichkeit und Erfahrung sehr, und deshalb habe ich mich entschieden, Euch bis auf weiteres hierzubehalten. Allerdings werde ich mir erlauben, Euch für besondere Aufträge einzuteilen.«

Just in dem Augenblick verschluckte sich Reinmar, ein gewaltiger Hustenanfall schüttelte ihn, und sein Gesicht lief rot an. Robert gelang es nicht ganz, seine Schadenfreude zu verbergen, und er konnte sich lebhaft vorstellen, dass Reinmar davon ausgegangen war, Zeuge einer Abfuhr zu werden. Als sich sein Gegenüber wieder einigermaßen im Griff hatte, fragte er mitfühlend: »Alles wieder in Ordnung?«

Reinmars Blick sprach Bände, und das Essen verlief fortan schweigsam.

Die folgenden zwei Tage war es ruhig. Robert hatte inzwischen vom Markgrafen Konrad erfahren, dass ihr nächstes Ziel die Stadt Dimin sei, und sie rechneten bis dahin mit keinerlei nennenswertem Widerstand, denn die Gegend war nur sehr spärlich besiedelt. Aus den Gesichtern der Menschen war allerdings zu erkennen, dass sie nicht sonderlich willkommen waren. Robert machte dieser Feldzug stündlich nervöser, denn er hatte schon einmal gegen die Slawen gekämpft und sie als ernstzunehmende Gegner kennengelernt. Längst hatte er damit gerechnet, dass sie sich gegen die Eindringlinge wehren würden, und die Tatsache, dass es bisher nicht geschehen war, machte ihn nicht gerade ruhiger. Entweder kam der große Gegenschlag noch, oder sie hatten einfach nicht die Mittel, sich einem so großen Heer entgegenzusetzen.

Am Abend des zweiten Tages nach ihrem Abzug aus Havelberg suchte sich Robert, wie es ihm zur Gewohnheit geworden war, einen Schlafplatz etwas außerhalb des Lagers. Dabei hielt er sich aber immer innerhalb des Ringes der aufgestellten Wachposten auf. Natürlich entgingen ihm dann die Gespräche an den Lagerfeuern und vielleicht auch die eine oder andere Information für den Herzog, doch das war ihm egal, die Nennung der eroberten Gebiete musste ausreichen.

Roberts Nervosität hatte in den letzten Stunden noch zugenommen, da ihm gestern und heute ein Mann aufgefallen war, der ihn beobachtete. Doch jedes Mal, wenn er bemerkt hatte, dass Robert auf ihn aufmerksam geworden war, verschwand er. Robert wusste, dass er das Gesicht des Mannes kannte, konnte sich allerdings nicht erinnern, woher. Bevor er am Abend das Lager verließ, überlegte er einen Augenblick, ob er die Nacht nicht lieber mitten im Lager verbringen sollte, verwarf den Gedanken aber gleich wieder. Als sie das Lager aufschlugen, hatte er einen einzelnen Baum bemerkt, und dorthin führte ihn jetzt sein Weg.

Nicht zuletzt, weil er sich abends immer absonderte, verhielten sich die anderen Ritter relativ kühl ihm gegenüber, doch das störte ihn nicht sonderlich, denn er brauchte nach dem langen Ritt seine Ruhe.

Robert legte sich auf seine Decke und starrte in den Himmel. Die Sonne war fast verschwunden, und er genoss den leichten Wind, der aufgekommen war. Der Tag war sehr heiß gewesen, und nur zu gern hätte Robert ein Bad genommen, doch in der Nähe gab es keinen Fluss. Nicht weit entfernt hörte er langsame Schritte, und als er den Kopf hob, sah er einen der Wachposten. Ein paar Meter weiter stand der nächste, offenbar war die Entfernung zwischen ihnen seit Havelberg deutlich verringert worden. Tatsächlich war die Anzahl der Posten fast verdoppelt worden, denn sie befanden sich einen halben Tagesritt entfernt von einer etwas größeren Siedlung. Morgen würden sie Malchow erreichen, und es würde sich zeigen, ob sie auf ersten Widerstand stoßen würden.

Robert legte sich wieder hin und versuchte, sich zu entspannen, für sein Buch fand er allerdings nicht die nötige Ruhe. Er lag noch nicht allzu lange, als er in der Nähe ein Rascheln hörte, und obwohl er annahm, dass es sich erneut um Wachen handelte, ließ ihn ein innerer Zwang sich langsam aufsetzen. Keine zehn Meter von ihm entfernt standen drei Männer, und Roberts Hand fuhr sofort zu seinem Schwert. Er erhob sich langsam und ließ sie dabei nicht aus den Augen. Die Sonne war fast untergegangen, und im Dämmerlicht konnte er die Gesichter der Männer nicht sofort erkennen, doch die Stimme, die gleich darauf ertönte, erkannte er sofort.

»Nun, von Harsefeld, ich hätte Euch nicht für so leichtsinnig gehalten.«

Als die drei sich Robert langsam näherten, spannte sich sein Körper. Er hatte bereits bemerkt, dass zwei von ihnen die Hände ebenfalls auf die Griffe ihrer Schwerter gelegt hatten. »Ich weiß nicht, was an meiner Handlung unbesonnen ist, immerhin befinden sich in unmittelbarer Nähe von uns zwei Wachposten. Die Frage lautet vielmehr, wer von uns unüberlegt handelt, von Nortingen.«

Der Angesprochene und seine Begleiter waren erneut stehen geblieben, und der Abstand zwischen ihnen und Robert betrug kaum noch fünf Meter. Ein höhnisches Lachen kam als Antwort. »Wenn Ihr vielleicht einen kurzen Blick hinter Euch werfen wollt, werdet Ihr erkennen, dass wir unter uns sind.«

Robert sah sich schnell um, und zu seinem Ärger musste er feststellen, dass Reinmar die Wahrheit gesagt hatte. Es war niemand mehr da.

»Genug geredet. Ich hatte eigentlich vor, Euch selbst den Tod zu bringen, doch warum soll ich mir die Hände unnötig schmutzig machen? Auf mich warten noch große Aufgaben, und ich möchte meine Kräfte schonen, daher reicht es mir mittlerweile, Euch einfach nur sterben zu sehen. Schließlich war unsere Auseinandersetzung auf der Bernburg nicht von öffentlichem Charakter, und das Mädchen ist auch schon von den Würmern zerfressen, also bin ich großzügig und lasse meinen beiden Weggefährten den Vortritt. Wenn man morgen früh Eure Leiche finden wird, wird man annehmen, dass es sich um eine Provokation einzelner Slawen handelt. Ich weiß nicht genau, wie wichtig Ihr letztendlich seid, aber ich hege die Hoffnung, dadurch einen Angriff auf Malchow zu provozieren. Die Siedlung befindet sich ganz in der Nähe, da wäre es doch naheliegend, dass die Angreifer von dort gekommen sind.«

Er hatte kaum ausgesprochen, als die zwei Männer auch schon ihre Schwerter zogen. Fast zeitgleich zog Robert das seine und wartete auf den Angriff. Er kam von rechts, doch Robert wich dem Schlag geschickt aus und schlug gleichzeitig zu. Sein Gegner stolperte beim Ausweichen über ein Grasbüschel, und die Waffe traf ihn oberhalb der Hüfte. Er schrie entsetzt auf, und im selben Augenblick sprang der andere Mann auf Robert zu, welcher den harten Schlag gerade noch parieren konnte. Die Schwerter prallten aufeinander, und Robert drückte den Mann mit aller Kraft von sich. Reinmars Gehilfen waren ihm an Körpergröße unterlegen, doch sein jetziger Gegner war von stämmiger Statur und holte sofort wieder zum Schlag aus. Robert duckte sich und stieß sein Schwert schräg nach oben, aber der Mann war rechtzeitig zurückgesprungen. Er wollte gerade wieder zum Schlag ausholen, als ihn eine laute Stimme innehalten ließ.

»Was zum Teufel ist hier los? Ich war der Meinung, wir befinden uns im Krieg mit den Abodriten. Reinmar, ich verlange eine Erklärung.«

Keuchend hielt Robert sein Schwert fest in der Hand, den Blick auf Reinmars Onkel gerichtet. Sein Gegner hatte die Waffe bereits wieder zurück in die Scheide gesteckt, während der Markgraf der Nordmark mit finsterer Miene seinen Neffen ansah. Einige der Männer aus dem Gefolge Albrechts trugen Fackeln, weshalb Robert gut erkennen konnte, dass Reinmars selbstsicherer Gesichtsausdruck verschwunden war.

Der junge Mann straffte sich und setzte zu einer Erklärung an. »Meine beiden Begleiter und ich sind noch einmal die Wachen abgeschritten, um sicherzugehen, dass alles in Ordnung ist. Ohne Vorwarnung stürzte sich dieser Kerl hier auf meinen langjährigen Freund Ritter Arnold und streckte ihn nieder, dann griff er meinen anderen Begleiter an. Ich wollte ihm gerade zu Hilfe eilen, als Ihr, verehrter Onkel, erschienen seid.«

Albrecht hatte sich alles ruhig angehört und wandte sich nun an Robert. »Ihr habt gehört, was mein Neffe Euch vorwirft. Trifft dies zu? Habt Ihr diesen Angriff ohne Vorwarnung getätigt, weil Ihr vielleicht in dem Glauben wart, dass es sich um feindliche Kundschafter handelte?«

Robert verstand die letzte Bemerkung als Versuch Albrechts, die Angelegenheit glimpflich beizulegen, und er hatte auch durchaus Verständnis für die Situation des Markgrafen, aber er war es leid, auch weiterhin mit hinterhältigen Überfällen Reinmars rechnen zu müssen. Er wollte die Sache ein für allemal erledigt haben.

»Meine Version lautet ein wenig anders, Euer Durchlaucht. Euer Neffe hat mich mit seinen beiden Freunden überrascht, und die beiden Wachen, die nun wieder auf ihrem Posten stehen, waren vorhin nicht da. Gebt mir einen kurzen Augenblick Zeit, und sie werden Euch das bestimmt bestätigen. Ich vermute, Euer Neffe hat sie bestochen, denn er ist offenbar der Ansicht, mit mir noch eine Rechnung offen zu haben. Leider hat er nicht genug Mut, um diese selbst mit mir auszutragen, und zog es vor, seine beiden Lakaien vorzuschicken. Entscheidet selbst, wem Ihr Glauben schenken wollt, ich für meinen Teil würde die Angelegenheit gerne bereinigen.«

Albrecht sah Robert eine ganze Weile an, bevor er seine Entscheidung mitteilte: »Es ist schwer zu sagen, wer die Wahrheit sagt, und die Gehilfen meines Neffen sind als Zeugen ungeeignet.« Der Markgraf unterbrach sich kurz, warf einen Blick auf den stark blutenden Ritter und gab Anweisung, ins Lager zu laufen, um Hilfe zu holen. »Sollte es zutreffen, was Ritter von Harsefeld gerade erzählt hat, dann liegt es auch in deinem Interesse, Reinmar, die Angelegenheit zu bereinigen.« Wieder machte er eine kurze Pause, und Robert konnte hören, wie sein Widersacher tief Luft holte.

»Ich trete immer dafür ein, Unstimmigkeiten sofort zu klären, deshalb sollen mein Neffe Reinmar von Nortingen und Robert von Harsefeld hier und jetzt mit dem Schwert gegeneinander antreten. Möge der Bessere gewinnen.«

Robert verbeugte sich kurz vor dem Markgrafen als Zeichen, dass er die Entscheidung akzeptierte, dann stellte er sich selbstbewusst hin und wartete gelassen auf die Reaktion seines Gegners. Dieser hatte sich das Urteil mit starrer Miene angehört, doch es dauerte eine kleine Weile, bis er sich ebenfalls verbeugte und ein paar Schritte auf Robert zuging.

Der Abstand zwischen beiden betrug jetzt keine drei Meter, und sie fixierten einander längere Zeit, ehe Reinmar zum ersten Schlag ausholte. Robert wich aus und setzte von unten an, sein Widersacher aber sprang schnell zur Seite. Wieder holten beide aus, doch diesmal prallten die Schwerter aufeinander, bis Robert es schließlich schaffte, seinen Gegner wegzudrücken und gleich darauf erneut zum Schlag auszuholen. Diesmal traf er Reinmars linken Oberarm. Der Verletzte schrie auf und blickte auf die stark blutende Wunde, die weit auseinanderklaffte. Doch Reinmar biss die Zähne zusammen und holte mit dem unverletzten Schwertarm erneut aus, doch sein Schlag traf ins Leere. Trotz der Schmerzen zog er mit der linken Hand einen kleinen Dolch aus seinem Stiefelschaft und stieß zu. Robert, der Reinmars Schwert ausgewichen war, spürte einen brennenden Stich im Oberschenkel und fluchte laut. Bei den Umstehenden war ein Raunen zu hören, und Albrecht verzog sein Gesicht, denn unfaires Verhalten im Kampf war ihm zuwider.

Reinmars Gesicht war jetzt dicht bei Roberts, und dieser hörte die höhnische Stimme nahe an seinem Ohr: »Ich werde dich zu der kleinen Magd von der Bernburg schicken. Hoffentlich haben die drei Hurensöhne sie noch ordentlich hergenommen, bevor sie ihr den Garaus gemacht haben.« Augenblicklich holte er zum nächsten Schlag aus.

Robert konnte sich im letzten Moment ducken und einen Schritt zurückweichen, stolperte aber über eine kleine Wurzel und fiel hin. Es gelang ihm gerade noch, zur Seite zu rollen, bevor Reinmars Schwert auf ihn niedersauste.

Ehe dieser die Waffe wieder gehoben hatte, war der Ritter wieder auf den Beinen und holte seinerseits aus, aber sein Schwert streifte den Gegner nur, da dieser sich rechtzeitig ducken konnte. Roberts Wut hatte seit dem Dolchstoß und Reinmars Worten um einiges zugenommen, und sofort schlug er wieder zu. Auch diesen Schlag konnte Reinmar abwehren, und beide drückten mit aller Kraft ihre Waffen aufeinander.

Roberts scharfe Worte waren bei den Umstehenden nicht zu hören, so leise waren sie: »Eines sollst du noch wissen, bevor du stirbst. Eilika lebt, und ich bin der Einzige, der von ihr kosten durfte!«

Reinmar ließ einen wütenden Schrei los, stieß Robert von sich und holte kraftvoll aus. Der Ritter wich geschickt aus, ging in die Knie und stieß sein Schwert von unten in seinen Gegner. Dieser gab einen grässlichen Laut von sich, verlor die Waffe und fiel zu Boden. Robert stand schwer atmend auf und zog sein Schwert aus Reinmars leblosem Körper, dann wischte er die lange Klinge an dessen Hemd ab und steckte sie in die Scheide zurück. Anschließend drehte er sich zum Markgrafen um, der mit starrem Blick auf seinen Neffen sah.

Die Stille, die über dem Schauplatz hing, war fast greifbar, als Graf Albrecht Robert mit versteinertem Gesichtsausdruck durch einen Wink zu verstehen gab, dass er sich entfernen könne. Der Ritter verbeugte sich abermals, holte leicht hinkend seine Sachen und ging dann in Richtung des Lagers, wo er sich einen Platz am Feuer suchte, um seine Wunde am Bein zu versorgen. Die Männer, die ihm dabei zusahen, verloren kein Wort, denn Roberts Miene ermutigte sie nicht unbedingt dazu. Nachdem er ein paar Schluck kaltes Wasser zu sich genommen hatte, legte er sich auf seine Decke und schlief ein.

Am nächsten Morgen erwachte Robert von einem pochenden Schmerz in seinem Bein. Er stand auf, nahm etwas Brot und Wasser zu sich und half, das Lager abzubauen. Noch immer hatte ihn keiner auf den vergangenen Abend angesprochen, doch es war allen anzusehen, dass sich der Vorfall bereits herumgesprochen hatte.

Robert nahm wieder seinen Platz an der Seite Konrads von Meißen ein, der sich nur so lange schweigsam verhielt, bis sie losgeritten waren. »Nun, von Harsefeld, habt zumindest Ihr Euren ersten Feind erledigt?«

Der Ritter kniff die Lippen zusammen und gab keine Antwort.

»Glaubt mir, es ist besser so, denn früher oder später wäre er Euch in den Rücken gefallen. Wer weiß, im Kampfgetümmel hätte keiner gemerkt, wer Euch einen Dolch zwischen die Rippen gejagt hat. Auf jeden Fall lebt Ihr nun um einiges sicherer, und Markgraf Albrecht hat seinen Neffen noch nie sonderlich geschätzt, von ihm braucht Ihr nichts zu befürchten. Übrigens wurde Reinmars Leiche noch in der Nacht in aller Eile beerdigt, ohne Ehren, nur mit einem kleinen Gebet. Entspannt Euch und wartet auf Malchow.«

Robert nickte langsam und erwiderte nach kurzer Zeit: »Ihr habt sicher recht, Euer Durchlaucht. Rechnet Ihr mit Widerstand? Es gibt dort eine Festung, wenn ich mich richtig erinnere?«

»Eure Erinnerung trügt Euch nicht. Es ist zwar keine besonders große Burg, sie hat aber ihre Tücken, denn sie befindet sich zwischen mehreren Seen, auf einer Insel. Sollten sich die Slawen nicht ergeben, wird es keine schnelle Eroberung werden – an der ich natürlich nicht zweifle.«

Robert sah sich um. Die Landschaft war sehr reizvoll, sanft geschwungene Hügel wechselten sich mit kleinen Seen und Wäldern ab. Unter anderen Umständen hätte er sich hier sehr wohl fühlen können, nun aber stieg seine innere Spannung erneut. Einige der Männer, die als Kundschafter vorausgeritten waren, kamen zurück, und da Robert direkt neben dem Führer des mittleren Heeres ritt, erfuhr er alles aus erster Hand. Sie berichteten, dass der Mauerring, der die Siedlung und die Burg umgab, geschlossen war, außerdem hatten sie auf den Türmen und dem Mauergang schwer bewaffnete Männer gesehen. Konrad von Meißen seufzte und gab den Befehl zum Absitzen, dann bat er Robert, ihn zum Markgrafen Albrecht zu begleiten. Dieser hatte mit seinem Heer bereits links von ihnen Stellung bezogen, und als die beiden dort ankamen, war der Erzbischof von Magdeburg ebenfalls anwesend.

Albrecht ergriff als Erster das Wort: »So wie es aussieht, steht uns unsere erste Auseinandersetzung bevor, daher schlage ich vor, dass meine Männer den Angriff vornehmen. Die Siedlung ist nicht sehr groß, die Burg mag zwar gut befestigt sein, doch einem Ansturm dieser Größe hält sie nicht allzu lange stand. Wir werden auf der kleinen Anhöhe vor dem Ort unser Lager aufschlagen, und morgen früh stürmen wir los.«

Die Anwesenden nickten zustimmend, und anschließend ritten sie bis zu der Anhöhe, von der Albrecht gesprochen hatte. Die Männer, die in die Schlacht ziehen sollten, überprüften ihre Waffen, und danach bereitete sich jeder auf seine Weise darauf vor. Manch einer konnte es kaum noch erwarten, endlich den Feind niederzuschmettern, andere vertieften sich ins Gebet oder versuchten, sich im Gespräch abzulenken. Robert war nicht besonders traurig darüber, nicht dabei sein zu müssen, zumal die Wunde an seinem Bein immer noch schmerzte.

Er starrte ins Feuer, seine Gedanken schweiften zu Eilika, und es bedeutete eine große Erleichterung für ihn, sie bei Alda in Sicherheit zu wissen. Als er Schritte hörte, sah er auf, kurz darauf stand Markgraf Albrecht vor ihm, und Robert erhob sich langsam.

»Ich wüsste Euch gerne morgen an meiner Seite, Ritter von Harsefeld, da der Platz frei geworden ist. Ihr untersteht zwar meiner Befehlsgewalt, doch sollt Ihr wissen, dass es mir nicht darum geht, Rache wegen meines toten Neffen zu üben, und deshalb überlasse ich Euch die Entscheidung.«

Bevor Robert darauf etwas erwidern konnte, hatte sich der Markgraf umgedreht und war gegangen. Der Ritter schloss für einen Moment die Augen. Eine Ablehnung des Angebots war undenkbar, und somit war die Entscheidung schnell getroffen.

Bei Morgengrauen herrschte unruhiges Treiben im Lager. Albrechts Männer hatten ihre schweren Rüstungen angelegt und warteten auf den Befehl ihres Markgrafen, der fünfhundert Berittene und die gleiche Anzahl Fußsoldaten für den Angriff ausgesucht hatte. Er nahm nicht an, dass sich innerhalb des Mauerrings viele Bewaffnete aufhielten, und falls es zu unerwarteten Schwierigkeiten kommen sollte, standen nochmals fünfhundert Männer zur sofortigen Verfügung.

Robert führte Alabaster vorsichtig durch die dichte Menschenmenge. Sein Helm und der Harnisch wogen schwer, und er empfand diesen notwendigen Schutz als belastend. Zu gerne hätte er sich die eiserne Panzerung vom Körper gerissen, doch da sie auf eine gut befestigte Burg zuritten, wäre das glatter Selbstmord gewesen. Wenigstens die Temperaturen waren zu dieser Tageszeit noch erträglich, erst in ein paar Stunden würde es in seiner Rüstung unerträglich heiß werden. Der Hengst spürte die Erregung, die in der Luft lag, und schnaubte heftig. Als Robert seinen Platz neben dem Heerführer eingenommen hatte, tänzelte das große Pferd unruhig hin und her. Den schweren Schutz vor Stirn und Hals schien Alabaster nicht einmal zu spüren.

Der Markgraf nickte Robert zu, dann ließ er das Signal zum Angriff ertönen, und als das Horn erklang, setzte sich die Streitmacht in Bewegung. Albrecht ritt an der Spitze, dahinter folgten die Berittenen in ihren schweren Rüstungen, und den Schluss bildeten die einfachen Soldaten, die nur durch Leder oder dicken Filz geschützt waren. Als sie die kleine Anhöhe hinunterritten, lag Malchow direkt vor ihnen, und dicht dahinter befand sich die Burg. Sie war nicht besonders groß, aufgrund ihrer Insellage jedoch nicht leicht einzunehmen, wohingegen die Siedlung außerhalb der Festung keine nennenswerte Befestigung besaß. Auf den Wehrgängen des notdürftig ausgebesserten niedrigen Mauerrings und der Burg konnte Robert einige Männer ausmachen. Ungefähr fünfzig Meter vor der Mauer ließ Albrecht halten, rief einen Ritter herbei und schickte ihn mit einer Botschaft zum Tor des Mauerrings.

»Im Namen des Markgrafen Albrecht von der Nordmark fordere ich die Bewohner Malchows auf, sich zu ergeben, andernfalls werden wir ohne zu zögern den Ort einnehmen und die Burg erstürmen. Wer sich uns in den Weg stellt, kann keine Gnade erwarten, die anderen werden verschont«, rief der Ritter mit lauter Stimme.

Danach war es totenstill. Der Bote wollte gerade seinen Helm wieder aufsetzen, als ein leises Surren ertönte und er von einem Pfeil in den ungeschützten Hals getroffen vom Pferd fiel.

Robert hatte die Szene entsetzt und fassungslos beobachtet, da ertönten auch schon empörte Rufe, vermischt mit lautem Geschrei. Als Albrecht den Arm hob, verstummte die Menge, dann gab er das Signal zum Angriff, und die einfachen Soldaten eilten vom Ende des Heereszugs nach vorne, während die Ritter Pfeil und Bogen anlegten. Im Laufschritt näherten sich die Angreifer mit Leitern der feindlichen Mauer, als plötzlich mit Armbrüsten bewaffnete Männer in Rüstungen auf dem Wehrgang erschienen, doch bevor sie anlegen konnten, kam ihnen die erste Salve Pfeile entgegen. Von der Burg brauchten die Angreifer noch keine Gegenwehr zu erwarten, denn die Entfernung war zu groß.

Robert legte erneut an, und diesmal gelang es vielen der Verteidiger, ebenfalls Pfeile abzuschießen. Einige von Albrechts Soldaten brachen getroffen zusammen, doch manche der tödlichen Geschosse hatten ein anderes Ziel. Die Ritter waren durch ihre Rüstungen gut geschützt, einige der Pferde dagegen wurden verwundet, ein nicht geringer Verlust. Mittlerweile hatten die ersten von Albrechts Männern den Mauerring erklommen, und Robert konnte auf dem Wehrgang aufblitzende Schwerter im Licht der hellen Sonnenstrahlen sehen. Der Markgraf hatte ihm den Befehl über die Männer erteilt, von dem Moment an, da sie den Ort stürmten. Jeden Augenblick würde sich das Tor des Rings öffnen, und die Ritter würden auf ihren schweren Schlachtrössern den Hang hinunterpreschen. Robert schoss seinen letzten Pfeil ab, drückte Alabaster die Absätze in die Flanken, und der Hengst galoppierte los. Er hatte gerade das Tor passiert, als eine blanke Klinge von links auf ihn zuschnellte, doch zum Glück hatte er seine Waffe schon gezogen und konnte prompt reagieren. Die meisten Männer waren zu Fuß, daher bekamen Albrechts Ritter relativ schnell die Oberhand, und es dauerte nicht lange, bis die Verteidiger tot oder schwer verwundet am Boden lagen.

Robert sah sich auf Alabaster keuchend um. Die meisten seiner Mitstreiter hatten überlebt, und knapp dreihundert Männer aus dem Heer des Markgrafen befanden sich nun innerhalb des Ringes in der Siedlung. Er gab Anweisung, die Häuser zu durchsuchen, doch in allen fanden sie gähnende Leere vor. Allerdings war die Burg noch nicht eingenommen, und das konnte unter Umständen eine länger dauernde Belagerung mit sich bringen. Kostbare Zeit, die weder Albrecht noch Konrad entbehren konnte, denn Heinrich war ebenfalls mit seinem Heer unterwegs, um jeden Preis wollten beide ihre Ziele so schnell wie möglich erreichen.

Robert ließ das Schwert sinken, und sein Blick wanderte hinüber zur Burg, wo eine schmale Holzbrücke den einzigen Zugang darstellte. Keine guten Voraussetzungen für einen schnellen Sieg. Drüben war es totenstill, und er wunderte sich langsam, dass keinerlei Reaktion kam. Einige der sächsischen Männer befanden sich durchaus in Reichweite von Pfeilschüssen aus der Burg, aber nichts geschah. Robert wurde unruhig, denn tief im Innern wusste er, dass etwas nicht stimmen konnte.

Im nächsten Moment brach der Sturm auch schon los. Pfeile prasselten auf sie nieder, das Tor der Burg öffnete sich, und Ritter in schweren Rüstungen kamen auf ihren Pferden heraus. Robert befahl den sofortigen Rückzug, doch als sich die Sachsen zum Mauerring umwandten, konnten sie gerade noch sehen, wie mehrere feindliche Soldaten das Tor schlossen. Stroh lag verstreut am Fuße der Mauer, und einige von Albrechts Männern lagen mit durchschnittener Kehle am Boden. Auf die Unterstützung der wartenden fünfhundert Männer konnte er jetzt nicht mehr zählen.

Robert reagierte schnell. Ein leichter Druck seines Absatzes genügte, Alabaster setzte los, und das Schwert des Ritters sauste gleich darauf auf einen der Feinde nieder. Seine Männer taten es ihm gleich, als auch schon die ersten brennenden Pfeile auf das hölzerne Tor trafen und einige der Strohballen Feuer fingen. Alabaster wich vor den Flammen zurück, und Robert wendete ihn, während er sich selbst verfluchte, weil er zu lange gezögert hatte, zumal ihnen der Rückweg nun versperrt war. Er hatte niemals damit gerechnet, dass der Burgherr einen Angriff riskieren würde, und obwohl die raffinierte Falle mit Sicherheit viele Tote auf sächsischer Seite fordern würde, war es nur eine kleine und obendrein nutzlose List. Gegen die zahlenmäßige Übermacht der Angreifer konnten die Bewohner der Burg letztendlich nicht viel ausrichten.

Robert nahm an, dass es innerhalb des Rings an einigen Stellen unterirdische Gänge geben musste, und er überblickte das wilde Durcheinander. Grimmig hob er sein Schwert und gab das Kommando zum Angriff. Sollte er diesen Kampf überleben, würde er kaum Gelegenheit haben, seine

Vermutung zu bestätigen, denn die Mauer brannte mittlerweile lichterloh. Damit war es den anderen Rittern unmöglich, ihren bedrängten Kameraden zu Hilfe zu eilen.

Alabaster sprang auf Roberts Befehl hin sofort nach vorne, froh, vom Feuer wegzukommen, und gleich darauf prallten sie mit den gegnerischen Rittern zusammen. Roberts Schwert sauste viele Male nieder und streckte einige seiner verbissen kämpfenden Gegner zu Boden. Plötzlich traf ihn ein Schlag und warf ihn im Sattel zurück, doch seine Rüstung verhinderte das Schlimmste. Als Robert das Signal des Markgrafen Albrechts hörte, wusste er, dass die ersehnte Hilfe nahte. Die sächsischen Soldaten hatten mittlerweile auf der anderen Seite das Feuer mit dem Wasser des Sees gelöscht, und die feindlichen Ritter, bisher mit Hilfe des Feuers in der Übermacht, traten nun den Rückzug an. Robert reagierte schnell, sammelte sofort alle berittenen Männer und nahm die Verfolgung auf. Zu seiner großen Verwunderung war das Burgtor mittlerweile wieder geschlossen, und die slawischen Ritter saßen in der Falle. Als diese erkannten, dass der Rückweg abgeschnitten war, stellten sie sich dem Gegner, denn sie hatten keine Chance. Kurze Zeit später war das Ufer des Sees mit Leichen übersät, das Wasser, das an Land schwappte, färbte sich rot, und die Überlebenden brachen in Siegesgeschrei aus. Robert ließ ihnen keine Zeit zum Jubeln, denn er wollte nicht noch einmal kostbare Augenblicke ungenutzt verstreichen lassen. Sie befanden sich jetzt nah bei der Burg und besaßen im Moment keine Möglichkeit, den Angriff fortzusetzen, und selbst wenn Albrecht sich dazu entschließen sollte, einen Sturm auf die Festung zu wagen, würden sie längere Leitern und einen Rammbock für das Tor benötigen. Robert gab die Order, sich aus der Reichweite der Burg zurückzuziehen, wo wieder Totenstille herrschte.

Als die sächsischen Angreifer die verkohlten Reste des ehemaligen Mauerrings erreicht hatten, ritt Robert mit einigen anderen die Anhöhe hinauf, um weitere Befehle vom Markgrafen entgegenzunehmen.

Dieser erwartete ihn bereits. »Euch ist keinerlei Vorwurf zu machen, das war nicht zu erwarten. Allerdings müssen wir uns auf eine Belagerung einstellen, und ich erteile Euch das Kommando für die Eroberung der Burg. Ich werde derweil mit dem Rest des Heeres weiterziehen, und später könnt Ihr mir dann folgen.«

»Ich danke Euch für Euer Vertrauen, Euer Durchlaucht. Wenn ich meine Meinung äußern dürfte?« Albrecht nickte kurz. »Meiner Ansicht nach befinden sich dort in der Burg nicht mehr allzu viele Männer, die gegen uns kämpfen könnten. Die Festung ist klein, und auch die Siedlung war nicht sehr groß.«

Der Markgraf hatte ihm mit düsterem Blick zugehört. »Ihr seid also gegen einen Angriff? Nach allem, was gerade passiert ist?«

Robert straffte sich und erwiderte mit ruhiger Stimme: »Ich glaube fest, dass die meisten verfügbaren Männer dort unten in ihrem Blut liegen, deshalb sehe ich keinen Grund, den Menschen, die in der Burg Schutz gesucht haben, den Tod zu bringen.«

Albrecht stieg von seinem Pferd ab und ging ein paar Schritte hin und her, Robert saß ebenfalls ab, blieb allerdings ruhig stehen. Nach kurzer Zeit trat der Markgraf wieder auf ihn zu. »Wenn Ihr im Recht seid, stimme ich Euch zu. Wozu unnötig Menschenleben opfern, die noch zur Arbeit auf dem Feld zu gebrauchen sind. Doch falls Ihr im Unrecht seid …«

Seine Ausführungen wurden vom Markgrafen von Meißen unterbrochen, der sich ihnen unbemerkt genähert hatte. »Ritter von Harsefeld liegt richtig. Seht selbst!«

Robert und Albrecht drehten sich um und erblickten an einem der Türme eine weiße Fahne. Erleichtert schloss der Ritter für einen Moment die Augen, und als er sie wieder öffnete, wurde bereits das Burgtor herabgelassen, und ein einzelner Reiter kam heraus. In der linken Hand trug er einen Stock, an den ebenfalls ein weisses Stück Stoff gebunden war. Die beiden Markgrafen gingen mit Robert zu ihren Pferden, sassen wieder auf und erwarteten den Reiter mit gespannter Ruhe. Nachdem der Mann vor ihnen auf die Knie gegangen war, ergriff Albrecht das Wort. »Erhebt Euch, Ritter, und fasst Euch kurz.«

Der Mann, ungefähr fünfzig Jahre alt und von kleiner, schmaler Statur, stand auf und fing mit einem leichten Zittern in der Stimme zu sprechen an. »Euer Gnaden, demutsvoll bitte ich Euch, mich anzuhören. Unser Graf, dessen Verwalter ich war, ist in der Schlacht gefallen. Er war jung und ungestüm, und ich konnte ihn nicht von einer kampflosen Übergabe überzeugen. Nun möchte ich um Gnade für die Menschen bitten, die bei uns Schutz gesucht haben, es sind fast ausschliesslich Frauen, Kinder und alte Männer. Verschont bitte unser Leben, wir werden uns alle Eurem Willen beugen.«

Albrechts Antwort folgte ohne Zögern: »Wir werden sehen, ob Ihr die Wahrheit sprecht. Reitet zurück und befehlt allen in der Burg, herauszukommen und sich ausserhalb der Siedlung aufzustellen. Ausserdem kümmert Ihr Euch darum, sämtliche Wertgegenstände nach aussen zu schaffen. Wenn sich keiner mehr innerhalb der Festung befindet, werden meine Leute die Burg zerstören.«

Das Gesicht des Mannes war bleich geworden, doch er verbeugte sich wortlos und setzte sich wieder auf sein Pferd. Kaum hatte er die kleine Holzbrücke überquert und war in der Burg verschwunden, kamen auch schon die ersten Bewohner der Siedlung verängstigt heraus. Albrecht hatte Robert angewiesen, für die entsprechende Ordnung zu sorgen, und der Ritter nahm die Gefangenen in Empfang, in deren Gesichtern er nur Angst und Unsicherheit erblickte. Einige weinten, doch die meisten verhielten sich still. Die wenigen

Männer wurden von den anderen getrennt und nach Waffen durchsucht. Als Letztes kamen zwei Fuhrwerke heraus, auf denen sich die unterschiedlichsten Gegenstände befanden, und der ältere Ritter mit der weißen Fahne bildete den Schluss.

Robert ritt ihm ein Stück entgegen. »Seid Ihr der Letzte, der sich in der Burg befunden hat?«

Der Mann nickte bloß, und auf Roberts Zeichen hin wurden Brandpfeile auf die Burg geschossen. Es dauerte nicht lange, bis aus dem steinernen Gebäude die Flammen emporloderten und der kleine Tempel innerhalb der Siedlung auf Befehl Albrechts ebenfalls in Brand gesetzt wurde.

Robert wandte sich ab und ritt zum Markgrafen zurück.

Zwei Tage später brach das große Heer wieder auf. Nachdem das Feuer auf der Burg erloschen und nur noch eine schwarze Ruine geblieben war, hatten Albrechts Männer die traurigen Reste durchsucht. Da sie nichts Nennenswertes mehr entdecken konnten, durften die Bewohner, von denen viele ihre gesamte Habe verloren hatten, in ihre zerstörten Häuser zurück. Robert war froh, als sie den bedrückenden Ort endlich verlassen konnten, und auch eine andere Tatsache besserte seine Stimmung etwas auf. Das große Heer der Markgrafen Albrecht und Konrad teilte sich, und Albrecht, dem sich Anselm von Havelberg anschloss, zog weiter in Richtung Stettin. Robert stand es frei zu wählen, und er folgte Konrad von Meißen in Richtung Dimin. Obwohl er damit nicht mehr hundertprozentig wusste, welche Landstriche Albrecht erobern würde, bereitete ihm das kein weiteres Kopfzerbrechen. Schließlich war ihm das Ziel des Markgrafen bekannt, und er musste eine Entscheidung treffen. Der Herzog würde sich damit zufriedengeben müssen. So zogen zwei große Kontingente weiter durch Vorpommern, als Ziele zwei große, gut befestigte Städte.

23. KAPITEL

Ingulf blinzelte in die Sonne. Sie waren jetzt bereits seit zehn Tagen unterwegs, und da sich nichts Aufregendes ereignet hatte, war seine Stimmung von Tag zu Tag gesunken. Es dauerte für ihn fast eine Ewigkeit, bis sie das große Lager abends aufgebaut und am anderen Morgen wieder abgebaut hatten. Am gestrigen Abend waren sie auf den Erzbischof Adalbero von Bremen getroffen, und heute war es in aller Frühe weitergegangen. Ihr Ziel war die Festung Dobin am Schweriner See, denn dort hatte sich der Abodritenfürst Niklot verschanzt, nachdem er vor den Truppen des Grafen von Holstein zurückweichen musste.

Ingulf fühlte sich sehr wohl bei Hartwig, und mit Wenzel hatte er sich auch angefreundet, dennoch gab es in seiner näheren Umgebung jemanden, dessen Stimmung nicht gerade gut zu nennen war. Lothar wartete immer noch darauf, seinen Kampf mit Ingulf zu Ende zu bringen, doch seit Robert von Harsefeld das Lager verlassen hatte, erschienen dessen Knappe und Wenzel stets im Doppelpack, und mit beiden konnte Lothar es nicht aufnehmen. Außerdem hatte Ingulf an Geschicklichkeit und Stärke gewonnen, seit Hartwig sich seiner angenommen hatte. Es gab noch einen Punkt, der Lothars Wohlbefinden erheblich störte. Sein Herr, Ritter Gero, war seit dem Aufbruch von der Burg Dankwarderode extrem schlecht gelaunt, und nichts konnte Lothar ihm recht machen. Ständig wurde der Junge abends mit Sonderaufgaben betraut, und er war es langsam leid. Das Einzige, womit er seine Stimmung heben konnte, war die Vorstellung, wie er Ingulf quälen würde. Doch dazu musste er ihn erst einmal erwischen, und so brütete er weiter vor sich hin.

Ingulf hingegen ahnte nichts von den Gedanken seines Widersachers, und da ihm wohl bewusst war, dass Lothar ihn nicht mochte, beruhte das schließlich auf Gegenseitigkeit. Er fühlte sich sicher in Hartwigs Gegenwart, auch wenn ihm die regelmäßigen Übungsstunden fehlten. Denn seit sie unterwegs waren, kam Hartwig nur noch selten dazu. Meistens hockte er abends nach dem Essen mit seinen Brüdern und anderen Rittern zusammen, und Ingulf hatte den Eindruck, dass viele der Männer es kaum abwarten konnten, bis sie endlich auf ihre slawischen Gegner trafen. Bisher waren sie aber nur ängstlichen Bauern begegnet, die verschreckt in ihren Häusern verschwanden, oder in Siedlungen und auf Gehöfte gekommen, in denen der christliche Glaube bereits Einzug gehalten hatte. In der Regel nahmen die Männer des Herzogs dann Lebensmittel an sich, denn obwohl sie jede Menge Vorräte dabeihatten, reichten diese Vorräte für ein so großes Heer nicht lange. So hatte Ingulf sich allmählich an die Angst in den Augen der Menschen gewöhnt, und er tröstete sich damit, dass sie immerhin am Leben bleiben konnten. Als sie an diesem Abend die Zelte aufgeschlagen hatten, fiel ihm auf, dass die Anzahl der Wachen verstärkt worden war. Er ging zu Hartwig, der gerade trockenes Brot mit gepökeltem Fleisch verspeiste und mit Wenzel zusammensaß.

»Ritter Hartwig, warum stehen die Wachposten enger zusammen als die letzten Abende?«

Hartwig blickte Ingulf kauend an, und nachdem er einen Schluck Wasser getrunken hatte, rülpste er laut und wischte sich mit dem Handrücken über den Mund. »Bist ein pfiffiges Bürschchen, das habe ich Robert auch schon gesagt. Euch beiden Wichten ist sicherlich aufgefallen, dass es keine größeren befestigten Anlagen auf unserem bisherigen Weg gegeben hat.«

Die Jungen nickten und warteten darauf, dass er fortfuhr.

»Wir sind nicht mehr allzu weit von einer slawischen Befestigung entfernt. Sie ist nicht mit dem zu vergleichen, was uns bei der Burg Dobin erwartet, aber die Wallanlagen sollen ganz gut sein. Ich selbst war vorher noch nie in dieser Gegend. Schade eigentlich, gefällt mir von Tag zu Tag besser.« Danach aß er weiter.

Ingulf wartete ungeduldig darauf, mehr zu erfahren. Wenzel, der seinen Herrn besser kannte, wusste schon, dass Hartwig keineswegs weitererzählen wollte, denn für ihn war die Frage ausreichend beantwortet. Ingulf, der die genauen Erklärungen Roberts gewohnt war, konnte seine Ungeduld schließlich nicht mehr zügeln. »Heißt das, dass wir morgen oder spätestens in zwei Tagen endlich mit Kämpfen rechnen können?«

Hartwig, der es nicht sonderlich mochte, ständig beim Essen gestört zu werden, wandte sich ihm langsam zu. Er runzelte die Stirn, und hätte er nicht dem Mund voll gehabt, wäre ihm der Unmut noch deutlicher anzusehen gewesen. »Ich kann und will nicht in die Zukunft sehen und habe nur gesagt, was sich hier in der Nähe befindet, sonst nichts. Vielleicht kommt es zum Kampf, vielleicht aber auch nicht. Du wirst abwarten müssen, wie wir alle, mein Junge, aber eines kann ich dir versichern. Solltest du mich weiterhin beim Essen stören, dann wird es dir mit Sicherheit schlecht ergehen.«

Ingulf und Wenzel trollten sich daraufhin schnell, denn auf einen übelgelaunten Hartwig konnten sie gut und gerne verzichten. Sie setzten sich ein paar Meter entfernt wieder hin, holten jeweils ein Stück trockenes Brot aus ihren Taschen und starrten kauend vor sich hin. Beiden war anzusehen, dass Hartwigs Worte sie in leichte Erregung versetzt hatten.

Nach einer Weile fing Ingulf zu sprechen an. »Was denkst

du, lässt dein Herr uns mitreiten, wenn es zum Kampf kommen sollte?«

Wenzel starrte ihn an und schüttelte energisch den Kopf. »Natürlich nicht! Erstens hat er es deinem Herrn versprochen, und zweitens musste ich bisher immer warten. Allerdings finde ich es gar nicht so schlimm, ich bin sicher, es wird noch früh genug auf uns zukommen.«

In dem Augenblick hörten sie hinter sich ein hämisches Lachen, und als sie herumfuhren, stand Lothar breitbeinig vor ihnen. »Wenn es irgendwann so weit sein wird, dann macht ihr beide euch bestimmt vor Angst in die Hosen.«

Ingulf sprang auf und ignorierte Wenzel, der ihn am Ärmel zog. »Woher willst du wissen, dass du dich vorher nicht schon nass machst? Bei Menschen, die eine große Klappe haben, passiert das oft!«

Lothars Lachen erstarb, und er starrte Ingulf hasserfüllt an. »Du reißt hier den Mund nur so weit auf, weil Ritter Hartwig in der Nähe ist. Aber pass auf, irgendwann erwische ich dich schon, und dann wird dir das Lachen vergehen.« Danach drehte er sich um und stapfte davon.

Ingulf platzte fast vor Wut. »Was denkt der sich eigentlich? Am liebsten würde ich ihm jetzt zeigen, was ich von ihm halte.«

Wenzel ließ ihn vorsichtig los, legte den Kopf schief und verzog die Lippen. »Klar, lauf hinterher und zeig es ihm, wie beim letzten Mal!«

Sein Freund funkelte ihn böse an. »Verdammt, Wenzel, das ist schon eine ganze Weile her, und seitdem habe ich viel gelernt, das weißt du genau. Diesmal stopfe ich ihm sein böses Mundwerk.«

Wenzel nickte bedächtig und erwiderte: »Mag sein, doch eigentlich solltest du dir dafür zu schade sein. Lothar kann sich selbst nicht leiden. Hör auf, an ihn zu denken, und leg dich schlafen.«

Ingulf antwortete nicht, folgte aber nach kurzem Zögern

und legte sich ebenfalls hin. Doch sosehr er sich auch bemühte, ans Einschlafen war nicht zu denken, denn er war von Lothars Bemerkung noch viel zu aufgewühlt, und auch über Wenzel regte er sich auf. Er mochte ihn sehr, teilte jedoch seine Ansichten nicht immer und hielt ihn oft für zu ängstlich, wenn nicht sogar für feige. Er selbst wollte nur zu gerne mit Hartwig in den Kampf ziehen, aber ihm war klar, dass dieser sein Robert gegebenes Versprechen niemals brechen würde. Ingulf überlegte angestrengt, wie er eine Möglichkeit finden könnte, seinen Mut zu beweisen, doch sosehr er sich auch bemühte, es wollte ihm nichts einfallen. Irgendwann nach Mitternacht fiel er endlich in einen unruhigen Schlaf.

Am nächsten Morgen herrschte kurz nach dem Aufstehen helle Aufregung im Lager, denn einer der Wachposten hatte mehrere Reiter gesehen, die im nahen Waldstück verschwunden waren. Sofort wurden fünfundzwanzig Ritter ausgewählt, um auszukundschaften, was es damit auf sich hatte. Gero, der bereits vor seinen beiden Brüdern auf den Beinen gewesen war, meldete sich als einer der Ersten, und Lothar, der ihn begleiten sollte, kümmerte sich eilig um die Pferde und die Waffen. Ingulf, der nach den wenigen Stunden Schlaf noch nicht richtig munter war, sah ihm dabei neidisch zu, und bevor die Männer davonritten, bedachte Lothar ihn noch mit einem hämischen Blick. Danach machten sich alle an ihre gewohnten Arbeiten, allerdings herrschte beim Abbauen eine andere Atmosphäre als sonst. Spannung lag in der Luft, und immer wieder hielten alle Ausschau nach den Reitern.

Nach fast zwei Stunden kündigten Rufe endlich ihr Kommen an. Alle waren bereits fertig, und die meisten reckten ungeduldig die Hälse, um einen ersten Blick auf die Reiterschar zu erhaschen. Plötzlich ging ein Raunen durch die Menge, und Ingulf, der aufgrund seiner Größe nicht viel erkennen konnte, drängte sich zwischen den anderen nach vorne. Mit Entsetzen starrte er auf die Hälfte der ausgerückten Reiter, die hoch zu Ross saßen und mehrere Pferde hinter sich herführten. Auf deren Rücken lagen die Männer, die noch vor gut zwei Stunden voller Energie und in guter Stimmung davongeritten waren. Als die dezimierte Schar eingetroffen war, halfen alle mit, die Toten und Verletzten herunterzuheben. Ingulf sah zu, wie Hartwig seinen Bruder umarmte, der anscheinend nur eine leichte Verletzung erlitten hatte, und plötzlich fiel ihm Lothar ein. Er ging ein paar Schritte in Richtung des Ritters, als er das Pferd des Knappen erblickte. In dem Augenblick löste sich Gero aus der Umarmung seines Bruders, trat an das Pferd heran und fasste mit beiden Händen nach der schlaffen Gestalt, die bäuchlings auf dem Rücken des Tieres lag. Vorsichtig hob er Lothar hinunter und legte ihn auf den Boden. Ingulf sah nur noch den bedauernden Blick, den Gero seinem Bruder zuwarf, dann rannte er weg.

Nachdem sie die Leichen begraben und die Verletzten notdürftig behandelt hatten, machte sich das Heer wieder auf den Weg. Ingulf war noch etwas blass, nachdem er seinen gesamten Magen vor den Füßen eines älteren Ritters entleert hatte. Zum Glück war dieser nicht allzu erbost darüber gewesen, sondern hatte ihm aufmunternd auf den Rücken geklopft – natürlich erst, nachdem Ingulf ihm die Stiefel saubergewischt hatte. Jetzt ritten Wenzel und er hinter Hartwig her, der ihnen kurz erklärt hatte, was geschehen war. Gero und die anderen Ritter waren im Wald in eine Falle geritten, wo ihnen fast genauso viele slawische Reiter, ebenfalls gut bewaffnet, aufgelauert hatten. Der kleine Trupp, so vermutete Hartwig, war über die Grenze gekommen, um die Lage auszukundschaften. Sie hatten die Chance genutzt, ein paar der gegnerischen Ritter zu erledigen, und ein heftiger Kampf war entbrannt.

Lothar war als einer der Ersten gefallen, als ihm sein Gegner den Kopf vom Körper geschlagen hatte, und auch Gero hatte Blessuren an der Schulter davongetragen. Sie werden schnell verheilen, meinte Hartwig, denn sein Bruder sei sehr zäh. Ingulf, der immer geglaubt hatte, der Ritter mochte Gero nicht, war überrascht über dessen Verhalten, und ihm wurde klar, dass er noch ziemlich viel über die Menschen lernen musste. Die meisten der slawischen Ritter waren tot und ihre Pferde mitgenommen worden, nur wenige hatten entkommen können. Ingulf plagte sein schlechtes Gewissen, weil er noch am Abend zuvor Lothar am liebsten selbst umgebracht hätte, und nun, da Geros Knappe nicht mehr am Leben war, fühlte er sich sehr schlecht. Er hätte viel dafür gegeben, wenn er noch einmal mit Lothar hätte reden können, doch das Letzte, was er von ihm gesehen hatte, war sein überheblicher Blick. Ingulf hätte gerne gewusste, ob Lothar Angst gespürt hatte, als sie die Falle bemerkt hatten.

In dem Moment wurde ihm klar, dass er selbst Angst hatte, und zum ersten Mal war er Robert dankbar dafür, dass er sich von Hartwig sein Wort hatte geben lassen. Er sah verstohlen zu Wenzel hinüber, der düster vor sich hin starrte, dann wanderten seine Gedanken zu seiner Schwester. Auf einmal wurde ihm klar, dass er lange nicht mehr an sie gedacht hatte. Traurig versuchte er, sich ihr Gesicht vorzustellen, und mit einem Mal spürte er eine Sehnsucht nach ihr, die fast schmerzte. Hätte ihn jetzt jemand gefragt, ob er weiterreiten oder mit seiner Schwester zu seinem alten Leben zurückkehren wolle, er wäre mit Freuden umgekehrt. Doch so ritt er weiter und dachte mit Bangen an das, was noch vor ihm liegen mochte.

Eine gute Woche später ging es Ingulf wieder besser, denn er befand sich bei einem Trupp Reiter abseits des großen Heeres und ritt gut gelaunt auf Herbstlaub zwischen den anderen Rittern. Insgesamt waren sie einhundert, alle bewaffnet, aber ohne schwere Rüstungen, und ihr Auftrag lautete, für Proviant zu sorgen, denn die Verpflegung der vielen zehntausend Männer gestaltete sich zusehends schwieriger. Drei große Fuhrwerke führten sie mit sich, und den Befehl über die gesamte Einheit hatte Hartwig übertragen bekommen. Einen Wagen hatten sie bereits voll beladen können, und für seinen sicheren Weg ins nächste Lager sorgten gleich zehn Männer.

Anfangs wollte Hartwig nichts davon wissen, Ingulf und Wenzel mitzunehmen, doch im Gegensatz zu seinem eigenen Knappen ließ Ingulf ihn nicht in Ruhe und lag ihm so lange in den Ohren, bis er nachgab. Hartwig rechtfertigte sich selbst damit, dass sie nicht mit Angriffen zu rechnen hatten und ihnen daher kaum Gefahr drohte, aber der Gerechtigkeit halber ließ er die beiden Jungen um die Teilnahme losen. Da Hartwigs Brüder ebenfalls mitkamen, musste einer der beiden Knappen bei dem großen Heer bleiben und sich um ihre Sachen kümmern.

Wenzel war ganz und gar nicht erfreut über die Aussicht, mit so wenigen Männern durch fremdes Land zu reiten, obwohl Hartwig ihnen erklärt hatte, dass sie sich noch nicht auf slawischem Gebiet befanden, sondern nur dicht davor. Umso glücklicher war er, als Ingulf das längere Stück Holz zog und einen riesigen Luftsprung machte.

Das alles lag nun fast zwei Tage zurück, und Ingulf sehnte ein schnelles Ende ihres Auftrags nicht herbei. Es machte ihm großen Spaß, obwohl er schon etwas bedrückt war, wenn er sah, wie sie den Bauern das wenige, was sie besaßen, auch noch wegnahmen. Hartwig verteilte zwar immer eine kleine Entschädigung, doch damit konnten sie die Verluste kaum ersetzen, und Ingulf tröstete sich mit dem Gedanken, dass es zumindest für eine gute und richtige Sache war.

Am Nachmittag kamen sie erneut zu einem kleinen Hof.

Der zweite Wagen war bereits halb voll, und Hartwig hoffte, ihn hier mit Vorräten ganz auffüllen zu können. Wie verlangt, hielt sich Ingulf dicht bei Wolfram und Gero, als ein Mann, von dem Lärm der Pferde aufgeschreckt, aus einem kleinen Schuppen gerannt kam und gleich darauf eine Frau an der geöffneten Haustür erschien. Sie wirkten ziemlich verängstigt, was angesichts der Anzahl bewaffneter und berittener Männer niemanden verwunderte. Wolfram stieg vom Pferd und sprach ein paar Worte mit der Frau, die ihn gleich darauf ins Haus ließ. Zwei andere Ritter folgten ihm, während Gero mit dem Bauern redete, obwohl sein Tonfall eher nach Befehlen ohne Widerrede klang. Ingulf mochte Gero nicht, was zum Großteil natürlich daran lag, dass dieser Robert hasste. Allerdings musste der Knappe zugeben, dass sich Gero ihm gegenüber niemals unfair verhalten hatte, und seit Lothars Tod fand er ihn ab und zu sogar ganz nett. Im Augenblick konnte davon jedoch keine Rede sein, und Ingulf spitzte die Ohren, als der Bauer Gero anflehte, ihm nicht alles zu nehmen. Immerhin hatten sie bisher, ganz nach Hartwigs Anweisung, den Familien immer ungefähr ein Viertel ihrer Vorräte übriggelassen.

Dann überschlugen sich die Ereignisse. Ingulf, der nach Hartwig Ausschau gehalten hatte, hörte einen Aufschrei, und als er sich wieder umwandte, lag der Bauer bereits am Boden. Seine Frau wollte ihm zu Hilfe eilen, wurde aber von einem der Männer festgehalten. Von den Rufen aufgeschreckt, trat Wolfram gerade rechtzeitig aus dem Haus, um zu sehen, wie der Bauer eine Sense ergriff und Gero, der ebenfalls vom Pferd abgestiegen war, sein Schwert zog. Als die scharfe Klinge auf den Mann niedersauste, kniff Ingulf schnell die Augen zu, doch da hallte auch schon der Schrei der Frau in seinen Ohren. Sie schaffte es, sich von dem Mann loszureißen, und rannte mit ausgestreckten Armen auf Gero zu. Dieser war davon so überrascht, dass er noch im Umdrehen mit der Linken sein Messer zog und die Bäuerin am Arm verletzte. Im ersten Moment schrie sie auf und hielt sich kurz die blutende Stelle, dann jedoch verzerrte sich ihr Gesicht, und sie schlug kreischend mit beiden Fäusten auf den Ritter ein, was allerdings kaum Wirkung zeigte. Er warf das Messer weg, fasste ihre Handgelenke und stieß sie von sich, woraufhin sie unsanft auf dem Boden landete. Die Frau stand aber sofort wieder auf, um sich erneut auf den Mörder ihres Mannes zu stürzen, und fuhr ihm mit den Fingernägeln quer über die rechte Wange. Gero gab einen unterdrückten Schmerzenslaut von sich und zog wutentbrannt sein Schwert.

Ingulf wollte schreien, doch kein Laut kam über seine Lippen, dafür brüllte ein anderer los. Es war Wolfram, der zu seinem Bruder geeilt war und dessen Arm mit eiserner Hand festhielt. Beide trugen mit den Blicken einen kurzen Kampf aus, bis Gero schließlich nachgab und die Frau abermals von sich stieß. Nachdem sein Bruder ihn losgelassen hatte, steckte er sein Schwert ein, und als Wolfram sich ein paar Schritte entfernte, um sich Ingulf zuzuwenden, nutzte Gero den Augenblick. Er griff nach der Frau und zog sie ruppig hoch, dann holte er mit der Faust aus und schlug zu. Die Bäuerin taumelte kurz und fiel gleich darauf zu Boden. Gero bückte sich erneut, um sie hochzuziehen, doch da surrte nur wenige Zentimeter an seinem Kopf ein Pfeil vorbei, der im Holz des Schuppens stecken blieb.

Hartwig sprang vom Pferd, hängte seinen Bogen an den Sattel und zog sein Schwert. Nachdem er es auf Gero gerichtet hatte, sagte er mit ruhiger Stimme: »Wenn du einen Gegner suchst, dann wähle nicht unbewaffnete Schwächere aus. Ich bin bereit.«

Als der Pfeil an ihm vorbeigesurrt war, war alle Farbe aus Geros Gesicht gewichen, und jetzt sah er seinen Bruder unsicher an. Ihm war klar, dass er gegen den Älteren nicht gewinnen konnte, und so ließ er nach kurzem Zögern die Frau los. Diese sackte erneut zusammen und fiel zu Boden.

Erst jetzt, als er einen hellen Schrei aus der Richtung des Schuppens hörte, bemerke Ingulf den Jungen, der ein paar Jahre jünger war als er. Er wollte zu der Frau rennen, wurde jedoch in letzter Sekunde von einem der Ritter festgehalten. Der Junge versuchte, sich dem festen Griff zu entwinden, und schließlich trat und biss er den Mann, der ihn daraufhin unsanft gegen die Stallwand schubste. Er prallte mit dem Kopf dagegen und rutschte an der Wand entlang zu Boden. Ingulf sah sich mit einem Mal selbst da liegen, und ihm war plötzlich unglaublich elend zumute. Hartwig hatte mittlerweile Anweisung gegeben, der Frau aufzuhelfen und sie zusammen mit dem Jungen ins Haus zu bringen. Dann ließ er einen Teil der Vorräte wieder abladen und eine der Ziegen am Zaun festbinden. Die Männer waren mit Mutter und Sohn gerade auf halbem Weg, als die ersten Flammen an beiden Seiten des Hauses hochschlugen.

»Welcher Idiot hat das Haus angezündet, verdammt noch mal?« Hartwig brüllte die Worte heraus.

Ein jüngerer Ritter trat hinter dem Haus hervor. Er sah verängstigt aus, was Ingulf angesichts von Hartwigs Miene nicht verwunderte, blieb kurz vor dem Befehlshaber stehen und sagte mit zitternder Stimme: »Ich war es. Euer Bruder hat mir auf dem Weg hierher den Befehl gegeben, alles anzuzünden, sollten sie Schwierigkeiten machen.«

Alle Blicke richteten sich auf Gero, der auf einmal gar nicht mehr furchteinflößend aussah. Hartwig warf ihm einen wütenden Blick zu, dann wies er seine Männer an, alles aus dem Haus zu schaffen, solange es noch möglich war, und die Frau mit ihrem Sohn in den Schuppen zu bringen.

Anschließend verließen die Männer den Hof, und Hartwig schickte zehn Männer mit dem vollen Wagen zum Heer zurück. Sie waren keine hundert Meter davon entfernt, als die ersten dicken Tropfen fielen und es anfing zu regnen. Zum Glück, dachte Ingulf, jetzt kann das Feuer nicht auf die Scheune übergreifen.

An diesem Abend waren die Männer sehr still, und Ingulf fühlte sich noch immer ganz elend. Sein Bild vom edlen Ritterleben hatte erste Risse bekommen, und wieder einmal sehnte er sich nach seiner Schwester.

Der nächste Tag verlief zu seiner Freude ereignislos. Es gelang ihnen, auch das letzte der Fuhrwerke zur Hälfte zu beladen, und als sie am zweiten Tag eine kleine Siedlung von ungefähr sechs Häusern passierten, waren die Männer alle bis aufs Äußerste angespannt. Immerhin mussten sie jederzeit mit einem Angriff rechnen, doch die Menschen hier waren durchweg Bauern, und so schaffte es Hartwig, weitere zehn Männer mit dem letzten der Wagen ins Lager zurückzuschicken. Er selbst wollte sich mit den restlichen achtzig noch ein wenig umsehen, bevor sie wieder zum Heer stoßen würden. Ingulf war froh darüber, zumal sie für die nächsten Tage keine Vorräte mehr beschaffen mussten.

Die Zeit, bis sie den Rückweg antraten, verlief ohne Zwischenfälle. Das nächste Ziel des sächsischen Herzogs war die Wallanlage Lenzen, und Hartwig rechnete damit, am Nachmittag auf das Heer zu stoßen. Alles verlief ruhig. Links von ihnen war eine leichte, dicht bewaldete Anhöhe zu sehen, an deren Fuße sie schon seit einiger Zeit entlanggeritten waren, und auf der anderen Seite lagen weite grüne Wiesen. Die Landschaft gefiel Ingulf, und er ließ den Blick langsam schweifen.

Der Angriff traf sie gänzlich unvorbereitet. Wie aus dem Nichts kamen aus dem Wald mindestens vierzig Reiter auf sie zugestürmt, und die ersten sächsischen Ritter fielen von Pfeilen durchbohrt, deren leichtes Surren kaum zu hören war. Hartwig und seine Männer reagierten schnell. Er schrie einige Befehle, zog als einer der Ersten sein Schwert, und gleich darauf prallte er mit der Waffe eines Gegners zusammen. Ingulf wurde bei dem Angriff von Angst gepackt, und erst als er den kalten Griff seiner Waffe in der Hand spürte, bekam er sich etwas unter Kontrolle. Seine

Stute war kleiner als alle anderen Pferde in der Schlacht, und auch er war den meisten kämpfenden Männern an Größe unterlegen. Am Anfang schienen die Slawen durch ihn hindurchzusehen, während um ihn herum der Kampf tobte und er Hartwig in dem Getümmel aus den Augen verloren hatte. Als er ihn endlich entdeckte, kämpfte der Ritter mit einem Slawen, der ihm an Körpergröße in nichts nachstand. Zitternd versuchte Ingulf, seine Furcht unter Kontrolle zu bekommen, da entdeckte er zu seinem Entsetzen einen anderen Slawen, der sich Hartwig von hinten näherte. Sein Schwert hatte er über den Kopf gehoben, um es im nächsten Moment auf den verhassten Eindringling niederzuschmettern. Ingulf, der nicht allzu weit von Hartwig entfernt war, überlegte nicht lange und preschte mit Herbstlaub vorwärts.

24. KAPITEL

Eilika zog die Kapuze ihres Umhangs tiefer ins Gesicht. Sie waren nun schon seit acht Tagen unterwegs und noch immer nicht viel näher an das Heer herangerückt. Da Ulrich jeden Halt nutzte, um seine Waren zu verkaufen, kamen sie nicht so schnell voran, wie Eilika gehofft hatte. Zudem regnete es seit zwei Tagen, und viele Wege hatten sich in Schlammpfade verwandelt. Der schwere Wagen blieb mehrere Male stecken, und sie hatten Mühe, ihn mit vereinten Kräften wieder freizubekommen. Davon abgesehen befanden sie sich noch immer nicht auf slawischem Gebiet, allerdings hatten Eilikas Begleiter ihr versichert, dass es bis dahin nicht mehr lange dauerte.

Die Gegend, durch die sie zogen, war nur spärlich besiedelt, und Ulrich hatte ihr erzählt, dass viele Menschen aus dem Grenzgebiet geflüchtet waren, weil sie ständig mit slawischen Überfällen rechnen mussten. Er selbst war erst einmal durch diese Gegend gezogen und hatte damals gute Geschäfte getätigt, doch die Angst hatte ihm immer im Nacken gesessen, und so hatte er danach nie wieder diese Route gewählt. Nachdem nun aber Herzog Heinrich mit seinem Heer den Weg geebnet hatte, wie Ulrich sich auszudrücken pflegte, sah die Sache anders aus. Er war der festen Überzeugung, dass die meisten der Menschen, die den Eroberungszug überlebt hatten, dankbar für ein wenig Abwechslung waren.

Eilika mochte den Händler immer weniger, obwohl er sich ihr gegenüber bisher tadellos verhalten hatte. Sie spürte zwar oft seine lauernden Blicke auf sich, gab aber nicht allzu viel darauf, zudem stand ihr Bruder Bernhard zur Seite. Mit ihm hatte sie in den Tagen ihres Zusammenseins zwar nicht direkt Freundschaft geschlossen, sie spürte jedoch seinen uneingeschränkten Respekt vor ihrer Arbeit. Eilika hatte bei jedem Halt den Menschen ihre Hilfe angeboten, meistens gab es für sie genug zu tun, und sie hätte fast jedes Mal einige Tage länger bleiben können. Manchmal ging es um hartnäckigen Husten, Fieber oder um Schmerzen in den Gelenken, und auch zwei Geburten hatte sie glücklich hinter sich gebracht. Nicht selten wurde Eilika auch um einen Liebestrank gebeten, was sie aber immer strikt ablehnte, denn sie hatte Aldas Warnung noch zu gut im Kopf und wollte auf keinen Fall Ärger mit Priestern bekommen, die sie oft argwöhnisch beobachteten. Mit jeder Behandlung wurde sie sicherer und ihr Geldbeutel ein wenig schwerer.

Roberts Geld lag immer noch unangetastet neben ihrem selbst verdienten, und wenn sie das Heer erreichen würden, wollte sie es ihm zurückgeben. Je länger sie unterwegs waren, desto öfter wanderten ihre Gedanken zu dem Ritter, und in ihre Furcht vor dem Wiedersehen mischte sich verhaltene Freude. Sie kannte ihn nicht gut genug, um zu wissen, wie er reagierte, wenn sie plötzlich auftauchte. Immerhin brachte sie ihm die Nachricht von Aldas Tod und ihren abschlägigen Entschluss, mit ihm zusammenzuleben. Doch jedes Mal schob sie die Gedanken daran zur Seite und lenkte sie auf ihren Bruder.

Ein lauter Fluch ließ Eilika aufschrecken, und nach einem kurzen Blick stellte sie fest, dass sie wieder festsaßen. Seufzend stieg sie vom Wagen ab und half Bruder Bernhard dabei, das Rad freizubekommen. Nachdem beide kurze Zeit geschaufelt hatten, saßen sie erneut auf und fuhren weiter.

Ulrich warf einen Blick zum wolkenverhangenen Himmel und schüttelte schlecht gelaunt den Kopf. »Da hinten scheint ein Stall zu sein. Ich sehe zwar kein Haus, doch besser als nichts ist es allemal. Bis dorthin werden wir noch fahren und nach einem Quartier für die Nacht fragen, sofern wir jemanden antreffen.«

Keiner widersprach ihm, denn alle sehnten sich nach einem trockenen Plätzchen und freuten sich darauf, ihr Ziel bald zu erreichen. Je näher sie kamen, desto deutlicher war zu erkennen, dass sich auf dem kleinen Hof etwas Schreckliches abgespielt haben musste. Dort, wo einst das Wohnhaus gestanden hatte, lagen nur noch verkohlte Reste herum, und hier und da ragte ein schwarzes Stück Holzbalken in die Luft. Bedrückt näherten sich die drei dem Ort der Verwüstung, an dem noch der kleine Stall stand, den sie als Erstes gesehen hatten. Auf dem eingezäunten Stück Weide waren keine Tiere zu sehen, nur eine verloren wirkende Ziege stand angebunden an einem Pfahl vor dem Stall. Gespenstische Stille lag über dem ganzen Platz, als Bruder Bernhard seinen Stab fest umfasste und Ulrich mit der rechten Hand nach seinem Dolch griff. Eilika tat es ihm gleich, und der kalte Griff ihrer Waffe beruhigte sie ein wenig. Als Ulrich die Pferde zum Halten brachte, blieben alle drei noch einen Augenblick auf dem Wagen sitzen. Plötzlich öffnete sich die Tür des kleinen Stalles, und ein Junge von ungefähr acht Jahren schaute ängstlich hervor.

Eilika drängte sich an Bernhard vorbei, sprang vom Wagen und bewegte sich langsam auf die kleine, grob zusammengezimmerte Behausung zu. Dabei redete sie ruhig auf den Knaben ein. »Hab keine Angst, wir tun dir nichts. Was ist passiert? Brauchst du Hilfe?«

Die Augen des schmächtigen Jungen füllten sich mit Tränen, und er öffnete die knarrende Tür ganz weit. Mit seinen struppigen braunen Haaren und den großen Augen in der gleichen Farbe erinnerte er Eilika an ihren Bruder. Sie blieb stehen und streckte ihm eine Hand entgegen, woraufhin er zögernd auf sie zuging. »Männer haben meinen Vater getötet und ...«, seine Stimme versagte.

Tiefes Mitgefühl stieg in Eilika auf. »Wo ist deine Mutter?«, fragte sie mit bangem Gefühl, während sie sich vorsichtig zu ihm hinabbeugte. »Liegt sie drinnen im Stall?«

Der Junge nickte und zeigte ins Innere.

Da es bereits später Nachmittag und der Himmel immer noch in tiefes Grau gehüllt war, herrschte in dem Schuppen fast schon Dunkelheit. Ulrich und Bernhard, die in der Zwischenzeit ebenfalls abgestiegen waren, holten eine Fackel, dann folgten sie Eilika und dem Jungen, der sich an ihr vorbeidrängte und in die hintere Ecke des Stalles lief. Dort entdeckte Eilika eine Frau, die unter ein paar Lumpen auf dem Boden lag. Das Stroh, das vormals wohl unter ihr gelegen hatte, war nun um sie herum verstreut. Sie hatte die Augen geschlossen und lag auf der Seite, die Haare fielen ihr ins Gesicht. Eilika beugte sich zu ihr hinunter und legte ihr eine Hand auf die Stirn, die heiß und trocken war. Ihr Blick wanderte am Körper der Kranken hinab, und als sie in Höhe der Knie plötzlich in zwei Augen blickte, erschrak sie fürchterlich.

Gleich darauf sah sie, dass es sich um ein kleines Mädchen handelte.

»Ist das deine Schwester?«, fragte sie den Jungen.

Er nickte. »Sie spricht nicht mehr. Ich habe schon alles versucht, aber sie sitzt nur da, und wenn ich sie wegziehen will, fängt sie zu schreien an oder kratzt und beißt mich. Hier, schau her!«

Eilika sah auf den Arm und entdeckte tatsächlich einige Biss- und Kratzspuren, die aber bereits verheilten. »Ich werde mich später darum kümmern, jetzt muss ich erst einmal nach deiner Mutter sehen.«

Sie nahm die Lumpen vom Körper der Frau und bemerkte sofort den blutigen Lappen, der um den rechten Oberarm gewickelt war. Vorsichtig entfernte sie das schmutzige Stück

Stoff, und da der letzte Rest über der Wunde bereits angetrocknet war, stöhnte die Kranke leicht auf. Eilika drehte sich um und gab ihren beiden Begleitern knappe Anweisungen, ehe sie sich die Verletzung genauer ansah. Die Wunde war zwar nicht tief, aber leicht entzündet, und Eilika nahm an, dass sie von einem Messer stammte. Sie wandte sich wieder an den Jungen. »Wie ist das passiert?«

Seine Augen füllten sich mit Tränen. Er wollte sprechen, doch seine Kehle war wie zugeschnürt.

Eilika strich ihm mit der Hand über das struppige Haar, und die beiden Kinder taten ihr furchtbar leid. »Wo liegt dein Vater?«

Der Junge senkte die Augen. »Ich habe ihm hinter unserem Stall ein Grab geschaufelt. Fast den ganzen Tag habe ich gestern dafür gebraucht.« Dann legte er die angewinkelten Arme auf die aufgestellten Knie und verbarg den Kopf darin.

Die junge Heilerin rückte dichter an ihn heran und legte den Arm um seinen vom Weinen geschüttelten Körper. Sie vermutete, dass die Tränen zum ersten Mal seit dem furchtbaren Unglück fließen konnten. Als sie zu seiner Schwester blickte, sah das Mädchen sie nur mit starren Augen an. Zwischenzeitlich hatte Bernhard ein kleines Feuer entfacht, über dem Eilikas Kessel hing, und ein Teil des Wassers, das sie mit sich führten, kochte bereits. Eilikas Beutel mit den Kräutern lag daneben.

Ulrich hatte die Pferde abgespannt und zum Grasen an den Zaun gebunden, seitdem saß er an der offenen Tür und rührte keinen Finger mehr. Als der Junge sich beruhigt hatte, ging Eilika zu ihrem Beutel und holte die entsprechenden Kräuter. Bernhard, der ihr in den letzten Tagen des Öfteren zugeschaut hatte, wich ihr nicht von der Seite. Erst wollte sie ihn darum bitten, sich um das kleine Mädchen zu kümmern, aber nach einem Blick auf seine hagere und etwas düstere Erscheinung ließ sie den Gedanken wieder fallen. Nachdem sie die Wunde gesäubert und versorgt hatte, strich sie der Frau vorsichtig die Haare aus dem Gesicht. Das linke Auge war zugeschwollen, und beide Wangen waren blau verfärbt. Eilika biss sich wütend auf die Lippen und ging erneut zu ihrem Beutel. Als sie endlich fertig war, flößte sie der Verletzten vorsichtig ein paar Schluck Wasser ein, dann ging sie hinaus zum Wagen und holte ihre Decke, die sie über die Frau breitete.

Als sie fertig war, bemerkte sie zu ihrem Erstaunen, dass sich der Junge neben Bruder Bernhard gesetzt hatte. Beide aßen Brot und tranken dazu frisches Wasser aus seinem Trinkbeutel. Das kleine Mädchen hatte sich noch immer nicht gerührt.

Eilika kniete neben dem Kind nieder und sprach es in leisem Ton an: »Deiner Mutter wird es bald bessergehen, das verspreche ich dir. Magst du nicht ein wenig essen und trinken? Damit würdest du ihr bestimmt einen großen Gefallen tun.« Das Mädchen zeigte keinerlei Reaktion, und Eilika versuchte es erneut: »Wenn du hier sitzen bleiben möchtest, ist das in Ordnung. Die Decke, mit der ich deine Mutter zugedeckt habe, reicht für euch beide.« Langsam zog sie einen Zipfel über die nackten Beine des Kindes, das es geschehen ließ.

Anschließend erhob sich Eilika und setzte sich zu Bernhard und dem Jungen. Ulrich hatte sich bereits in seine Decke gerollt und schnarchte laut. Eilika fiel auf, wie müde der Junge aussah, denn die Augen fielen ihm immer wieder zu, und sie vermutete, dass er seit dem Überfall vor lauter Angst kein Auge zugetan hatte. Sie gab dem Mönch ein Zeichen, woraufhin dieser sich sofort erhob und seine Decke holte. Beide legten den Knaben vorsichtig auf die Seite und deckten ihn zu. Er schlief augenblicklich ein.

»Ich bleibe bei ihm, keine Sorge.« Bernhard ließ sich langsam neben dem schlafenden Kind nieder.

»Ist gut, dann werde ich mich in der Nähe von Mutter

und Tochter hinlegen«, entgegnete Eilika und wollte sich ebenfalls gerade ein Plätzchen zum Schlafen suchen, als plötzlich das kleine Mädchen vor ihr stand. »Ich habe ganz schrecklichen Durst und Hunger.«

Eilika traten Tränen in die Augen, als sie die Hand des Kindes ergriff und zu sich herunterzog. Dann reichte sie ihm ihren Trinkbeutel, aus dem es gierig trank, und brach ihm mehrere große Stücke vom Brot ab.

Nach einer Weile fing das Mädchen erneut an zu reden. »Du weißt, dass man Versprechen halten muss?«

Eilika nickte und lächelte zuversichtlich, denn sie war sich ziemlich sicher, dass es der Verletzten am nächsten Morgen wieder bessergehen würde. »Ich heiße Eilika, verrätst du mir auch deinen Namen und den deines Bruders?«

»Mein Name ist Charlotte, und mein Bruder heißt Arnulf. Meine Mama ist sehr schön, auch wenn man es im Moment nicht so sieht. Aber der böse Mann hat sie immer wieder geschlagen, und mein Bruder lag plötzlich auf dem Boden und hat sich nicht mehr bewegt. Ich hatte furchtbare Angst!«

Eilika hielt das weinende Mädchen eine ganze Weile fest. »Du brauchst keine Angst mehr zu haben, sie sind weg und werden nicht mehr wiederkommen.« Insgeheim betete sie inständig, dass sie mit ihren Worten recht behalten würde.

Als das Weinen langsam verebbte, merkte Eilika, dass das Mädchen eingeschlafen war. Sie nahm Charlotte auf den Arm, legte sie neben ihren Bruder, und nachdem sie noch einen Blick auf die Mutter geworfen hatte, bettete sie sich ebenfalls zur Ruhe.

Am nächsten Morgen wurde sie von Bernhard geweckt, der vorsichtig ihren Arm berührte. Sie schlug sofort die Augen auf, folgte seinem Blick und bemerkte ihre Patientin. Erleichtert stand Eilika auf und ging zu ihr herüber. »Wie geht es dir? Hast du noch große Schmerzen?«

Die Frau schüttelte den Kopf. »Wer seid ihr, und wo sind mein Sohn und meine Tochter?«

Eilika rutschte ein wenig zur Seite und gab damit den Blick auf die beiden schlafenden Kinder frei. »Es geht ihnen gut. Sie waren beide sehr tapfer!«

Die Frau ließ den Kopf erschöpft sinken, und Tränen liefen ihr über die Wangen, als sie ohne Aufforderung anfing zu erzählen. Eilika konnte ihre aufsteigende Wut kaum beherrschen, im Gegensatz zu dem Mönch, der ein Meister darin war, seine Gefühle zu verbergen. Ulrich hatte sich zu seinem Wagen verzogen, denn er wollte von alledem nichts wissen.

Als die Stimme der Frau abrupt erstarb, streichelte Eilika tröstend ihre Hand. »Du brauchst nicht weiterzureden, wenn es zu sehr schmerzt.«

Aber sie schien es nicht zu hören und sprach flüsternd weiter: »Ich hatte so furchtbare Angst um meine Tochter, weil ich nicht wusste, wo sie war. Erst als die Männer weggeritten waren, kam sie hervor. Viel mehr weiß ich nicht, ich habe wohl ziemlich viel geschlafen.« Erschöpft schloss sie für einen Moment die Augen, und Eilika zog sich leise zurück.

Kurz danach erwachten auch Charlotte und Arnulf, und nachdem sie gemeinsam gefrühstückt hatten, drängte Ulrich zur Weiterfahrt. »Was sollen wir hier noch bleiben? Der Frau geht es wieder besser, wir haben also mehr als unsere Pflicht getan. Hier gibt es nichts zu verdienen, und Zeit haben wir schon genug vertan.«

Bernhard warf ihm einen scharfen Blick zu, und Ulrich, der noch etwas sagen wollte, verstummte augenblicklich.

Eilika sah zweifelnd zu Arnulfs Mutter herüber. »Ich bin mir ziemlich sicher, dass sie noch mindestens zwei Tage Ruhe braucht. Wer soll sich um sie und die Kinder kümmern? Der Verband muss auch gewechselt werden.«

Bernhard nickte zustimmend. »Hier bleiben können sie

sowieso nicht. Das Haus ist völlig abgebrannt, und dieser schiefe Schuppen bietet nicht genügend Schutz.«

Eilika wandte sich der Frau zu: »Gibt es irgendjemanden in der Nähe, zu dem wir euch drei bringen können?«

Die Bäuerin nickte kurz und antwortete mit schwacher Stimme: »Mein Bruder wohnt mit seiner Familie ein Stück den Bach entlang, gleich hinter dem großen Wald.«

Die junge Heilerin blickte den Mönch an, und als er ihr aufmunternd zunickte, ging sie hinaus und sah nicht weit entfernt das Waldstück. Wieder zurück, sagte sie in einem Ton, der keinen Widerspruch duldete: »Abgemacht, wir bringen dich und deine Kinder dorthin und fahren erst danach weiter.«

Ulrich wollte protestieren, doch der Mönch brachte ihn mit einer Geste zum Schweigen. Eilika war froh, Bruder Bernhard als Unterstützung zu haben, und auch wenn er oft seltsam und eigenbrötlerisch war, hatte er doch ein gutes Herz. Nachdem sie ihre Sachen und die wenigen Habseligkeiten der kleinen Familie zusammengepackt hatten, trug Bernhard die Frau zum Wagen.

Eilika warf einen letzten Blick auf ihre Patientin. »Du brauchst dir keine Sorgen zu machen, Arnulf will mir den Weg zeigen. Die Kinder gehen mit mir und Bruder Bernhard neben dem Wagen her. Zum Glück hat es aufgehört zu regnen.«

Sie wollte sich gerade abwenden, als die Frau nach ihrer Hand griff. »Hab Dank für deine Hilfe! Wir stehen für immer in euer aller Schuld. Meine Verletzungen merke ich fast gar nicht mehr, und bestimmt kann ich auch mitlaufen. Mein Name ist übrigens Barbara.«

Eilika widersprach energisch. »Wir haben euch gerne geholfen, aber zum Laufen bist du noch zu schwach. Das kommt gar nicht in Frage. Ruh dich aus!«

Der Weg zum Hof von Barbaras Bruder war leicht zu finden. Arnulf lief immer ein Stück voraus und fand seine

Aufgabe sehr wichtig, Charlotte blieb die ganze Zeit an Eilikas Hand. Gegen Mittag hatten sie den Hof erreicht, der ebenso einsam dastand wie der, den sie am Vormittag verlassen hatten. Allerdings waren hier keinerlei Spuren des Krieges zu erkennen.

Eine Frau, etwa im Alter von Barbara, trat aus dem Haus und ging auf sie zu. Als sie die beiden Kinder erkannte, stieß sie einen überraschten Schrei aus. »Arnulf, Charlotte, was macht ihr denn hier? Wo sind eure Eltern?«

Die beiden rannten auf die Frau zu und flogen ihr in die Arme. Beide redeten unentwegt auf sie ein, so dass sie kein Wort verstand. Eilika stand inzwischen ebenfalls vor ihr, und als die Frau die Kinder zur Ruhe rief, erzählte sie in kurzen Sätzen, was passiert war. Bernhard und Ulrich brachten unterdessen Barbara vom Wagen ins Haus. Drei andere Kinder waren herbeigerannt und sprangen aufgeregt zwischen den Gästen herum, bis sie die Anweisung bekamen, ihren Vater vom Feld zu holen. Nachdem er gekommen war und sich die Aufregung etwas gelegt hatte, verließ Eilika alleine das Haus. Draußen fand sie ihre beiden Begleiter lautstark diskutierend am Wagen vor, und ihre Mienen verhießen nichts Gutes.

»Was ist los? Schon wieder schlechte Nachrichten?«

Ulrich kam Bernhard zuvor. »Von dem Bauern habe ich erfahren, dass Herzog Heinrichs Heer nur noch knappe zwei Tage von hier entfernt lagert.«

Eilikas Augen leuchteten auf. Endlich würde sie ihren Bruder und Robert wiedersehen. »Das ist doch wundervoll! Warum dann diese düsteren Mienen? Schließlich haben wir bald unser Ziel erreicht.«

Der Händler schüttelte heftig den Kopf. Sein ohnehin schon dickes Gesicht wirkte durch die roten Wangen wie aufgeblasen. Die fettigen Haare, die ihm strähnig auf die Schultern fielen, flogen umher. »Da haben wir uns wohl falsch verstanden. Ich habe niemals gesagt, dass ich das

Heer erreichen will, im Gegenteil, ich bin nicht lebensmüde, deshalb ist ein Abstand von zwei bis drei Tagen mehr als erstrebenswert. Erstens duldet der Herzog nur äußerst ungern Händler, die seine Truppen stören könnten, zweitens duldet er niemals Frauen, die ganz bestimmt seine Truppen stören. Der Einzige von uns, der willkommen wäre, ist unser guter Bruder Bernhard. Aber wir beide, nein! Mein Ziel war keinesfalls, das Heer zu erreichen, ich wollte ihm nur folgen!«

Verzweifelt blickte Eilika zu dem Mönch, der bisher auf ihrer Seite gestanden hatte, doch als sie seine zerknirschte Miene sah, sank ihre Hoffnung.

»Auch wenn es mir schwerfällt, er spricht die Wahrheit. Kriegsfürsten mögen es nicht, wenn Frauen anwesend sind, und sie werden sogar schwer bestraft, wenn sie erwischt werden bei, ähm, du weißt schon.«

Eilika sah ihn verdutzt an und wurde dann feuerrot. »Ihr wisst genau, dass mein Anliegen ein anderes ist.«

»Ja, ja, natürlich weiß ich das, aber die anderen wissen es nicht. Obwohl, mit deinen Fähigkeiten wäre es unter Umständen vielleicht möglich.«

Ulrich fuhr dazwischen. »Völliger Blödsinn. Sie würde nicht einmal dazu kommen, ihre Heilkunst anzuwenden. Weiter südlich gibt es eine kleine Siedlung, dorthin werden wir fahren. Das bedeutet einen Tag mehr zwischen uns und Heinrichs Heer.«

Eilika hob den Kopf und sah ihn kalt an. »Dann musst du ohne mich weiterziehen, denn mein Weg ist nicht länger deiner. Ich hole meine Sachen vom Wagen.«

Beide sahen ihr verblüfft nach, als sie sich auf den Weg machte. Bernhard folgte ihr schließlich und ließ Ulrich ohne ein weiteres Wort stehen. Als er sie erreichte, war sie gerade dabei, ihren Beutel vom Wagen zu heben.

»Du bist sehr hitzköpfig und handelst unüberlegt. Hat dir das schon einmal jemand gesagt?«

Sofort fielen Eilika Roberts Worte ein, doch mittlerweile

hatte sie gelernt, sich so zu akzeptieren, wie sie war, zumal ihr impulsives Handeln oft nötig und richtig war.»Ja, mehrfach sogar, ehrwürdiger Bruder, aber ich habe in den letzten Wochen an mir gearbeitet und kann mich besser einschätzen. Meine Schwächen und auch meine Stärken«, erwiderte sie ruhig. Bernhard seufzte und holte ebenfalls seine wenigen Habseligkeiten herunter, was Eilika erstaunt beobachtete. »Ihr müsst nicht mit mir kommen, Bruder Bernhard, schließlich seid Ihr nicht für mich verantwortlich.«

In seinem hageren Gesicht zuckte es leicht, als er erwiderte: »Ein jeder ist für sich selbst und natürlich auch für seine Mitmenschen verantwortlich. Letztendlich war mein Ziel ebenfalls das Heer des Herzogs, und mit mir an deiner Seite sind deine Aussichten nicht ganz so düster.«

Dankbar legte sie ihm eine Hand auf den Arm.

In dem Augenblick hörten sie neben sich Arnulfs Stimme: »Vater, könnt Ihr bitte für unsere Familie und meinen Vater beten? Wir warten alle im Haus auf Euch. Bitte!«

Bernhard sah Eilika fragend an, doch diese lehnte bedauernd ab. »Jederzeit gerne, aber ich muss meine Bestände auffüllen. Auf dem Weg hierher habe ich Blutkraut, Goldblume und Wegblätter gesehen, und vielleicht finde ich unten am Bach noch etwas Bachlatte. Die Frau des Bauern hat mir auch gesagt, dass es in Richtung der Felder Thymian gibt. Wenn es Euch recht ist, würde ich gerne die Stunden bis zum Abend zum Sammeln nutzen, dann können wir morgen früh aufbrechen.«

Bernhard nickte, und Eilika machte sich auf den Weg. Von Ulrich war nichts mehr zu sehen. Sie hatte ihren Beutel bei sich und wurde bereits nach kurzer Zeit fündig, und als sie den schmalen Bach erreichte, hatte der Inhalt ihres Beutels schon kräftig zugenommen. Bald darauf entdeckte sie, wonach sie suchte. Sie grub sich ein paar Wurzeln der Bachlatte aus und ging weiter zu der Stelle, die die Bäuerin ihr beschrieben hatte. Auch dort wurde ihre Suche schnell belohnt. Die grünen Sträucher mit den kleinen dunkelvioletten Blüten boten ein schönes Bild, und Eilika kniete nieder und begann mit ihrer Arbeit. Nachdem sie genug von dem blühenden Kraut zusammenhatte, ließ sie den Blick langsam über die Landschaft schweifen.

»Ich habe es mir überlegt. Es gibt vielleicht doch noch eine Möglichkeit, dass ich mit euch beiden bis zum Heer des Herzogs weiterfahre.«

Eilika schrak auf und schnellte herum. Vor ihr stand breitbeinig Ulrich und sah auf sie hinab. Sein Blick gefiel ihr ganz und gar nicht, und sie erhob sich rasch. »Um welche Möglichkeit handelt es sich dabei?«

»Stell dich doch nicht dümmer, als du bist! Du weißt genau, was ich von dir will. Seit über einer Woche ertrage ich deine Nähe, ohne dich berühren zu dürfen, und ständig ist dieser hagere Mönch in der Nähe. Jetzt sind wir zwei Hübschen endlich mal alleine, und keiner stört uns hier. Schließlich ist es nur recht und billig, wenn du dafür bezahlst, dass ich dich so weit mitgenommen habe. Ohne mich würdest du wahrscheinlich immer noch in Goslar stehen und deine Kräuter verkaufen.«

Eilikas Gedanken überschlugen sich, und während er sich langsam näherte, suchte sie fieberhaft nach einer Lösung. Kräftemäßig war der Händler ihr deutlich überlegen, und seiner massigen Gestalt hatte sie kaum etwas entgegenzusetzen. Weglaufen war auch keine Lösung, denn sie hatte einmal erlebt, dass er trotz seiner Statur sehr wohl in der Lage war, schnell zu rennen. »Ich bin dir nichts schuldig, und das weißt du auch. Für mein Essen habe ich bezahlt, und sonst hattest du keinerlei Auslagen.«

Er hörte ihr kaum zu, seine Augen verschlangen sie förmlich, und im nächsten Moment griff er mit seinen großen fleischigen Händen nach ihr. Eilika versuchte, sich dem festen Griff zu entwinden, und trat ihm mit aller Kraft gegen das Schienbein, doch es nützte nicht viel.

»Stell dich nicht so an, wir können beide unseren Spaß haben.« Seine Worte kamen stoßweise, während er bemüht war, die junge Frau festzuhalten. Sein keuchender Atem war dicht an ihrem Ohr, und gleich darauf spürte sie seinen feuchten Mund auf ihrem Hals.

Eilika hielt den Atem an, und ihr wurde klar, dass sie so nicht weiterkam. Mittlerweile hatte er ihre beiden Handgelenke mit der rechten Hand umfasst, und seine linke wanderte zu ihren Brüsten. Ekel stieg in ihr auf, doch sie riss sich zusammen, und bemüht, ihren Worten die Abscheu zu nehmen, flüsterte sie: »Ich wusste ja nicht, wie sehr du mich willst. Das können wir uns doch auch schöner machen. Lass meine Hände los, damit ich mein Kleid ausziehen kann.«

Er rückte kurz von ihr ab und sah sie misstrauisch an. »Wieso dieser plötzliche Sinneswandel? Wenn ich dich loslasse, willst du doch nur wegrennen.«

Eilika schüttelte den Kopf. Die Sonne schien heißer denn je zu brennen, aber sie zwang sich, einen kühlen Kopf zu bewahren. Langsam näherte sie sich ihm, darauf bedacht, sein Gesicht verschwimmen zu lassen. Schließlich küsste sie ihn leicht auf die Wangen und flüsterte ihm zu: »Wie kannst du das nur glauben, du musst es doch fühlen.«

Normalerweise war Ulrich kein gutgläubiger Mensch, doch Eilikas Mund und ihr Körper dicht bei seinem raubten ihm den Verstand. Er ließ ihre Handgelenke los, um gleich darauf seine rechte Hand wieder auf ihre Brust zu legen, während er mit der anderen an seiner Hose herumnestelte. Eilika war vorsichtig, strich ihm leicht über den Rücken und hielt immer noch die Wange an seinen Kopf gelehnt. Ihre andere Hand wanderte jedoch langsam zu der Stelle, an der sich ihr Dolch befand.

»Jetzt mach schon und zieh dich aus, ich will dich endlich nackt sehen!« Seine Worte kamen keuchend, und er fummelte dabei derb an ihrer Brust herum.

Endlich umfasste sie den Griff des Dolches, und holte blitzschnell die Waffe hervor, stieß sie Ulrich von hinten in die linke Schulter und zog sie sofort wieder heraus. Dieser gab einen lauten Schmerzensschrei von sich und ließ sie augenblicklich los. Eilika verlor keine Zeit, griff nach ihrem Beutel und rannte los. Obwohl sie ihr Kleid mit der einen Hand hochhielt, stolperte sie, rappelte sich jedoch sofort wieder auf und hastete weiter. Sie wusste nicht, ob Ulrich sie noch verfolgte, und wagte auch nicht, sich umzuschauen, obwohl seine Rufe bald darauf verhallten. Erst als sie dicht beim Hof war, blieb sie stehen und drehte sich um. Von ihrem Peiniger war nichts zu sehen, und sie holte einen Augenblick erschöpft Atem.

Auch auf dem Hof war niemand, anscheinend waren alle nach dem Gebet noch zusammen im Haus geblieben. Eilika ging in den Stall, um sich zu beruhigen, denn sie wollte nicht, dass die anderen von dem Vorfall etwas mitbekamen. Rasch wischte sie den blutverschmierten Dolch an einem alten Lumpen ab, der in der Ecke lag, richtete sich ihre Haare und ging mit ihren frisch gesammelten Kräutern zum Haus. Sie setzte sich davor in die Sonne, fing an, ihre Schätze zu sortieren, und wurde langsam ruhiger.

Wenig später öffnete sich die Tür, und die Kinder rannten heraus. Nachdem sie einen Augenblick bei Eilika verweilt hatten, liefen sie weiter, und kurz darauf folgten Bernhard und Barbaras Bruder. Eilika wollte sich gerade an die beiden wenden, als sie Ulrichs laute Rufe vernahmen. Da er anfangs zu weit entfernt war, konnten sie seine Worte nur undeutlich verstehen, doch als er näher kam, bestand kein Zweifel mehr.

»Wo zum Teufel ist dieses Miststück? Ich verblute fast, und daran ist nur dieses Kräuterweib schuld!«

Eilika stand auf und bemühte sich um Ruhe, während Bernhard sie fragend ansah. Sie zuckte kurz mit den Schultern und sagte mit leiser, aber fester Stimme: »Er hat versucht, mich zu vergewaltigen, und ich habe mich gewehrt. Das ist alles.«

Der Bauer blickte ziemlich verwirrt vom wutentbrannten Ulrich zu Eilika, denn das Hemd des Händlers war vorne blutgetränkt. Eilika wunderte sich erst darüber, denn sie hatte ihn hinten in die Schulter gestochen, dann nahm sie aber an, dass er das Hemd ausgezogen hatte, um das Blut zu verteilen. Sie war sich ziemlich sicher, dass die ihm zugefügte Verletzung nicht allzu schlimm war. Wahrscheinlich blutete es stark und schmerzte auch noch einige Zeit, sterben würde er daran jedoch sicher nicht, was sie im Augenblick ein wenig bedauerte.

Ulrich schwitzte fürchterlich, und sein rotes Gesicht war wutverzerrt, als er den Arm hob und anklagend mit dem Finger auf Eilika zeigte. »Was stehst du hier so herum und weidest dich an meinen Schmerzen? Sieh lieber zu, dass du die tiefe Wunde, die du mir zugefügt hast, gut behandelst. Das ist ja wohl das mindeste, was ich verlangen kann.«

Bernhard legte eine Hand auf Ulrichs Arm und drückte ihn hinunter. »Würdest du uns bitte erzählen, was du Eilika vorwirfst?«

»Was ich ihr vorwerfe?« Der Händler drehte sich halb um, damit Bernhard die Verletzung in ihrem ganzen Ausmaß sehen konnte, und seine Stimme wurde lauter. »Diese Hure hat mich dort unten am Bach erst heiß gemacht, und als ich ihre Liebeleien erwidern wollte, hat sie mich schändlich gestochen. Die ist ja völlig verrückt!«

Bernhard antwortete mit eisigem Ton: »Ich bin eher geneigt, Eilikas Worten Glauben zu schenken als den deinen, und denke, du tust gut daran, keine weiteren Vorwürfe gegen sie zu erheben. Falls Eilika bereit ist, deine Verletzung zu behandeln, soll sie dies jetzt tun. Danach packst du deine Sachen zusammen und verschwindest von hier.«

Ulrich starrte den Mönch ungläubig an. Mit dem offenen Mund bot er ein groteskes Bild, und wäre die Angelegenheit nicht so ernst gewesen, hätte Eilika fast über ihn lachen können. Schließlich nickte er stumm.

Die junge Heilerin verschränkte die Arme vor der Brust und musterte ihn herausfordernd. »Von mir aus kannst du verbluten, wenn du dich nicht bei mir entschuldigst.«

Sofort brauste der Händler wieder auf. »Du verfluchtes Weibsstück, hätte ich dich doch nie mitgenommen!« Hilfesuchend ließ er den Blick in die Runde schweifen, doch der Bauer sah verlegen zu Boden, und Bernhard ließ keinerlei Regung erkennen. Als er merkte, dass niemand ihn unterstützte, fing er an zu jammern. »Gut, gut, du hast gewonnen. Ich entschuldige mich für mein Verhalten. Aber jetzt hilf mir endlich!«

Eilika nickte kalt und holte ihren Beutel, und als sie wiederkam, hatte er sein Hemd bereits ausgezogen. Bernhard stand immer noch an derselben Stelle. Nachdem sie die Wunde gereinigt hatte, legte sie Kräuter darauf, um die Blutung zu stoppen, anschließend deckte sie alles mit einem sauberen Tuch ab. Während ihrer Arbeit dachte sie nicht mehr an den dicken schwitzenden Mann, der sich vorhin an sie gedrückt hatte, doch jetzt, da sie fertig war, kämpfte sie mit dem Ekel. Sie packte ihre Sachen, lief zu dem Brunnen, der dicht bei der Scheune stand, und wusch sich kräftig Hände und Arme. Nachdem sie sich das eiskalte Wasser ausgiebig ins Gesicht geschüttet hatte, stützte sie sich am Brunnenrand ab und blickte zum Himmel. Zum dritten Mal hatte ihr ein Mann Gewalt antun wollen, doch im Gegensatz zu den beiden anderen Vorfällen hatte sie sich dieses Mal aus eigener Kraft aus der misslichen Lage befreien können. Zu ihrem Erstaunen empfand sie darüber allerdings keinen Stolz, vielmehr sehnte sie sich nach Ruhe und einem Platz, an dem sie friedlich leben konnte. Als sich eine Hand auf ihre Schulter legte, fuhr sie herum.

»Er verschwindet, hoffentlich sehen wir ihn niemals

mehr wieder.« Bernhard deutete mit dem Kopf in die Richtung, in die sich Ulrichs Fuhrwerk in Gang setzte.

Eilika nickte erleichtert. »Das hoffe ich auch. Danke, dass Ihr mir geglaubt habt und nicht ihm.«

Der Mönch sah sie ungläubig an. »Dir sollte aufgefallen sein, dass mir seine Art zu leben ganz und gar nicht gefallen hat. Doch genug von ihm geredet. Bald gibt es Abendessen, und wir sind dazu herzlich eingeladen. Wenn du also deine Heilpflanzen noch verarbeiten willst, solltest du dich sputen.«

Die junge Heilerin lächelte ihn dankbar an, dabei hätte sie bei ihrer ersten Begegnung niemals geglaubt, dass sie mit diesem unnahbaren Gottesmann Freundschaft schließen könnte.

Der nächste Morgen begann bei ihrer Gastfamilie früh, denn schon gegen vier Uhr stand die Bäuerin auf und richtete ein kleines Frühstück. Eilika und Bernhard nahmen nur ein paar Bissen zu sich, dann packten sie ihre Sachen zusammen und verabschiedeten sich. Besonders von Arnulf und Charlotte fiel Eilika der Abschied sehr schwer, doch auch Barbara hatte Tränen in den Augen, als sie Eilikas Hand fest drückte und ihr dankbar zulächelte.

Nachdem sich die beiden Reisenden bei dem Bauern und seiner Frau für die freundliche Aufnahme bedankt hatten, begaben sie sich auf den Weg. Es hatte sich in der Nacht kaum abgekühlt, und Eilika war froh, dass sie ihren Umhang im Beutel gelassen hatte. Die beiden redeten kaum miteinander, sondern genossen die ruhigen Morgenstunden. Es versprach wieder ein schöner Tag zu werden, der Himmel war wolkenlos, und die Sonne besaß so früh schon sehr viel Kraft. Nachdem sie drei Stunden unterwegs waren, legten sie eine kleine Rast ein, stillten ihren Durst und verspeisten einen kleinen Teil des frischen Brotes, das ihnen die Bäuerin als Wegzehrung mitgegeben hatte. Eilikas Mutlosigkeit vom Vorabend schwand mit jeder Stunde, und als sie ihren Weg fortsetzten, war sie wieder voller Energie und Tatendrang.

Am Nachmittag trafen sie auf eine Familie, die ihr ganzes Hab und Gut auf einen Wagen geladen hatte, mit dessen Last ein abgemagertes Pferd schwer kämpfte. Sie kamen aus der Nähe von Lenzen und berichteten, dass der Ort von einem großen Heer belagert werde. Aus Angst vor versprengten Truppenteilen hatten sie ihren Hof verlassen und wollten bei Verwandten weiter südlich Zuflucht suchen, bis Heinrichs Mannen weitergezogen waren. Da die Familie seit einem Tag unterwegs war, gingen Bernhard und Eilika davon aus, am nächsten auf das Heer zu stoßen. Am Abend fanden sie einen schönen Platz für die Nacht, wo sie dicht bei einer kleinen Baumgruppe am Rand einer großen Wiese ein kleines Feuer entfachten. Die Luft war mild, sie ließen sich auf ihren Decken nieder und lauschten für einen Moment dem Zirpen der Grillen.

Nach einer Weile brach Eilika mit gedämpfter Stimme das Schweigen. Obwohl sie hier wahrscheinlich noch nichts befürchten mussten, lag doch eine deutliche Spannung in der Luft. »Kennt Ihr den Ort Lenzen, Bruder Bernhard?«

Dieser nickte und starrte weiter brütend ins Feuer. Nach einer Weile antwortete er ihr: »Ich bin vor ungefähr fünf Jahren schon einmal da gewesen, es gab dort früher ein Kloster. Der zum christlichen Glauben übergetretene Wendenfürst Gottschalk, der das Kloster gegründet hatte, war vor ungefähr achtzig Jahren von seinem heidnischen Schwager erschlagen worden. Aufgrund seiner Lage als Grenzpunkt zwischen slawischen und christlichen Siedlungen wurde der Ort immer wieder zum Schauplatz von kriegerischen Handlungen. Der schlimmste Kampf tobte Anfang September 929, und damals starben unzählige Menschen. Viele flohen in die Sümpfe der Locknitz und kamen dort um.«

Eilika starrte ihn entsetzt an. »Das ist ja schrecklich, ehrwürdiger Bruder!«

Der Mönch nickte versunken. »Diese furchtbaren Erfahrungen haben die Einwohner geprägt, und ich war neugierig auf die Menschen dort. Zu meinem Erstaunen musste ich allerdings nach kurzer Zeit feststellen, dass es nicht viel anders war als in Orten dieser Größe bei uns. Viele begegneten mir zwar misstrauisch, doch nicht unbedingt unfreundlich. Und das, obwohl ihnen die Fürsten unseres Glaubens in den letzten dreihundert Jahren nicht viel Gutes gebracht hatten. Die Befestigungsanlagen habe ich noch gut in Erinnerung, und wir werden morgen sehen, wie die Lage ist. Jetzt versuche, ein wenig zu schlafen. Ich wecke dich in ein paar Stunden, dann kannst du die Wache übernehmen.«

Eilika schlief schlecht und war froh, als Bernhard sie sanft anstieß. Obwohl sie kaum ein Auge zugetan hatte, fühlte sie sich am nächsten Morgen frisch und erholt, und als sie sich auf den Weg machten, stieg die Erregung in ihr immer mehr. Bernhard rechnete damit, dass sie gegen Abend auf das sächsische Heer stießen, und er wies Eilika an, sich den Umhang umzulegen, um nicht zu viel Aufmerksamkeit zu erregen, wie er sich ausdrückte.

Auf ihrem Weg hatten sie in der Ferne zweimal kleinere Höfe gesehen, doch da der Abstand aber zu groß gewesen war, hatten sie nicht erkennen können, ob die Bewohner ebenfalls geflohen waren. Menschen waren ihnen keine mehr begegnet. Als sie am frühen Nachmittag zu einer bewaldeten Anhöhe kamen, entdeckten sie einen kleinen Trampelpfad, der anscheinend den Bewohnern der Umgebung als Verbindungsweg diente. Je weiter sie kamen, desto deutlicher vernahmen sie Geräusche, die sie zuerst nicht genau zuordnen konnten. Schließlich versteckten sie sich in den Büschen, da nun eindeutig zu erkennen war, dass es sich um einen Kampf handelte, denn sie hörten laute Stimmen und das Klirren von Schwertern. Langsam und vorsichtig bewegten sie sich vorwärts.

Als sie die Anhöhe erreichten, hatten sie das Gefühl, sich mitten im Kampfgeschehen zu befinden, denn der Wald war erfüllt von Schreien und dem Aufeinanderprallen von Waffen. Direkt unter ihnen hörte der Wald bald auf, und auf der Lichtung tobte der Kampf. Eilika schätzte die Anzahl der bewaffneten Männer auf ungefähr sechzig, und zwar ohne diejenigen, die bereits verwundet oder tot am Boden lagen. Viele kämpften von ihren Pferden aus, andere wurden heruntergerissen oder sprangen freiwillig ins Getümmel. Bernhard drückte Eilika flach auf den Boden, wo sie das Ende des Geschehens abwarteten, und als plötzlich Jubelgeschrei ertönte, wagten sie erneut einen Blick. Die eine Seite schien den Sieg errungen zu haben, denn die übriggebliebenen gegnerischen Ritter ergriffen die Flucht in den Wald. Zu Eilikas und Bernhards Entsetzen kamen sie die Anhöhe hinauf direkt auf sie zugerannt, und einige Reiter näherten sich bedenklich schnell ihrem Versteck. Voller Panik sahen sie sich um, da entdeckte Eilika eine Gruppe von großen Steinen, nicht weit von ihnen entfernt, um die dichte Sträucher wuchsen. Eilig krochen sie darauf zu und schafften es gerade noch, sich hinter den Büschen zu verkriechen, als bereits der erste Reiter dicht neben ihnen vorbeipreschte.

Da Eilika nicht wusste, welche Seite den Sieg bei dem Scharmützel errungen hatte, klärte Bernhard sie im Flüsterton auf, dass es sich bei den Flüchtenden um Slawen handelte. Leider konnten sie in ihrer kauernden Stellung absolut nichts mehr erkennen, daher fiel es ihnen schwer, Rückschlüsse aus den Geräuschen um sie herum zu ziehen. Sie befanden sich anscheinend in der Mitte des Fluchtwegs, und Eilika wagte es nicht, sich zu bewegen. Als dicht vor ihr mit einem lauten Schmerzensschrei ein Mann auf den Boden fiel, hätte sie fast aufgeschrien, und sie schloss daraus, dass die sächsischen Ritter den fliehenden Slawen nachsetzten. Es schien eine Ewigkeit zu dauern, bis es endlich ruhiger um sie herum wurde, doch die Stille war kaum besser zu ertragen als das Kampfgeschrei zuvor. Eilika spürte kaum noch ihre Beine, und sie nahm sich vor, bald einen Blick zu wagen.

Gerade als sie ihr Vorhaben in die Tat umsetzen wollte, ertönten über ihr scharfe Worte: »Wenn euch euer Leben lieb ist, dann rate ich euch auf der Stelle, aus eurem kümmerlichen Versteck hervorzukommen.«

Bernhard fasste Eilika augenblicklich am Arm und zog sie mit sich hoch. Sie schrie leise auf, denn sie hatte das Gefühl, als wenn tausend kleine Nadeln in ihren Beinen stechen würden. Der Mönch stützte sie, und beide sahen sich einem Ritter gegenüber, der sein blutiges Schwert auf sie richtete. Fünf weitere befanden sich in seiner Nähe, und auf dem Waldboden verteilt lagen überall Männer in ihrem Blut. Eilika wandte den Blick von den Toten ab und richtete ihn auf den Ritter vor ihr. Da er auf einem Pferd saß, mussten sie zu ihm aufschauen. Er war Mitte zwanzig und schien groß gewachsen zu sein, sein Gesicht hätte man hübsch nennen können, wären nicht die unzähligen Blutspritzer gewesen. Außerdem hatten seine Augen einen seltsamen Glanz, der Eilika Angst machte, und die fest zusammengekniffenen Lippen gaben ihm ein ziemlich unfreundliches Aussehen. Langsam verzog sich sein Mund zu einem teuflischen Grinsen, und Eilika rechnete jeden Augenblick damit, dass sein Schwert sie in zwei Teile schlagen würde.

»Bevor du etwas Unüberlegtes tust, denke an Hartwigs Warnung. Er wird nicht noch einmal so eine völlig überzogene Handlung von dir dulden.« Neben dem jüngeren war ein anderer Ritter aufgetaucht. Er war ein paar Jahre älter, und das, was ihm an Körpergröße fehlte, machte er mit einem Körperbau wett, der nur so vor Kraft strotzte. Seine Worte schienen Wirkung zu zeigen, denn der jüngere ließ das Schwert sinken und winkte zwei Ritter heran, die etwas weiter hinten gewartet hatten.

»Nehmt die beiden mit hinunter zu den anderen.« Mit diesen Worten wendete er sein Pferd und ritt die Anhöhe hinab.

Der andere warf noch einen kurzen Blick auf Eilika, dann folgte er ihm. Ihr blieb keine Zeit, darüber nachzudenken, ob es nicht besser gewesen wäre, wenn sie sich nicht so weit herangewagt hätten, denn die beiden anderen trieben sie regelrecht vor sich den Hügel hinunter. Einmal rutschte Eilika aus, doch Bernhard half ihr schnell wieder auf, während die restlichen sächsischen Ritter das Schauspiel amüsiert von ihrem Platz am Fuß des Hügels aus beobachteten. Unten angekommen, überblickte die junge Heilerin erst das ganze Ausmaß des Kampfes, denn überall lagen Tote, manche waren grässlich verstümmelt. Einige trugen Harnisch und Helm, doch die meisten waren ohne Schutz, und auch die Ritter der Siegerseite waren gänzlich ohne schützende Rüstungen.

»Bist du von Sinnen, Gero? Was schleppst du mir denn da an?«

Eilika zuckte unter der dröhnenden Stimme zusammen, als vor ihr ein riesenhafter Ritter auftauchte. Sein Gesicht war fast völlig von einem dichten Bart bedeckt, und die langen braunen Haare wurden in einem geflochtenen Zopf zusammengehalten. Sie warf einen kurzen Seitenblick auf Bernhard.

Sollte der Mönch ebenfalls von der Erscheinung des Ritters beeindruckt sein, so sah man es seinem hageren Gesicht nicht an. Er ergriff auch sogleich das Wort: »Edler Ritter, wir beide wollen uns dem ruhmreichen Heer des Herzogs von Sachsen anschließen.« Er wurde durch brüllendes Gelächter unterbrochen, doch von so etwas ließ sich ein Mann wie Bernhard nicht entmutigen. Er erhob die Stimme, die auch in normaler Tonlage nicht gerade leise war, und sprach weiter: »Meine Wenigkeit möchte den heidnischen Slawen das Wort Gottes bringen, meine Begleiterin dagegen ist in der Heilkunde bewandert – für die armen Verwundeten ein wahrer Segen.«

Wieder erklang vereinzeltes Lachen, doch ein kurzer, laut gebrüllter Befehl des Anführers ließ sofortige Ruhe einkehren. »Gegen das Wort Gottes ist nichts einzuwenden, obwohl uns schon einige deiner Sorte begleiten, aber die Frau da, die kann nicht mit. Wir dulden keine Weiber bei uns.«

Eilikas Angst vor dem für sie äußerst furchteinflößenden Mann verschwand augenblicklich. Sie stemmte die Hände in die Seiten und baute sich vor ihm auf, und als sie ihn mit blitzenden Augen ansah, war die Wut ihrer Stimme anzuhören. »So kann nur jemand sprechen, dem nichts fehlt. Fragt doch einmal die elenden Kreaturen, deren Wunden schmerzen und deren Blut nicht aufhören will zu laufen!«

Verblüfft sah der Ritter sie an, denn er war es nicht gewohnt, dass ihm jemand widersprach. Andererseits bot die junge Frau ihm in ihrer Wut einen äußerst entzückenden Anblick. In dem Augenblick erklang ein aufgeregter Ruf vom hinteren Teil des Trupps, und erst wollte der Hüne sich umdrehen und sofort loseilen, doch da besann er sich eines Besseren. Er wandte sich der Fremden zu und sprach diesmal mit leiser Stimme: »Jetzt kannst du beweisen, ob du nur ein großes Mundwerk hast oder wirklich die Fähigkeit zum Heilen besitzt. Komm mit mir!«

Eilika folgte ihm, so schnell sie konnte, doch da sie mit seinen großen Schritten nicht mithalten konnte, kniete er bereits über einem Verwundeten, als sie ihn erreichte. Er machte ihr Platz, und Eilika stieß einen entsetzten Schrei aus. Einen Moment später gaben ihre Beine nach, und sie sank zu Boden.

25. KAPITEL

Als Ingulf wieder zu sich kam, fiel ihm als allererstes die Ruhe auf. Aus lauter Angst davor, was er zu sehen bekommen würde, hielt er die Augen noch ein wenig geschlossen. Sein Körper tat höllisch weh, doch er konnte nicht genau orten, welche Stelle davon am schlimmsten war, und als jemand seinen Arm berührte, stöhnte er leise auf. Er hörte das Gemurmel von Stimmen, konnte sie aber nicht zuordnen, und als er nach kurzer Zeit die Stimme seiner Schwester vernahm, glaubte er zu träumen.

»Er wird es überleben, allerdings müssen die Wunden morgen noch einmal mit einer anderen Kräuterauflage behandelt werden, andernfalls können sie sich entzünden.«

Ingulf schlug die Augen auf und sah Eilika über sich, die zu Hartwig sprach.

Dieser erwiderte ihren ruhigen Blick, und in seinen Augen spiegelte sich widerwillige Bewunderung. Dann wandte er sich von ihr ab und bellte dem ihm am nächsten stehenden Mann seine Befehle entgegen. »Die Frau und der Mönch begleiten uns ins Lager, gebt ihnen zwei von den slawischen Pferden.«

»Eilika, was machst du hier?«

Hartwig fuhr herum, als er Ingulfs leise gesprochene Worte hörte, und sah mit weit aufgerissenen Augen, wie sich Eilika zu ihrem Bruder hinunterbeugte und ihn, so gut es seine Lage zuließ, umarmte. Für die Tränen, die ihnen die Wangen hinabliefen, schämten sich beide nicht.

»Deine Frage kann sie dir später beantworten, Junge.

Jetzt müssen wir erst einmal sehen, dass wir von hier verschwinden.« Hartwig wandte sich Eilika zu und fuhr sie an: »Wieso hast du mir nicht gesagt, dass er dein Bruder ist?« Bevor die Heilerin sich verteidigen konnte, winkte er ab. »Spar dir deine Worte, das ist jetzt unwichtig. Du kannst doch hoffentlich reiten?«

Entsetzt sah Eilika zu den Pferden, die mittlerweile für sie bereitstanden, denn sie kamen ihr entsetzlich groß vor. Als sie auf Alabaster geritten war, hatte sie immer Robert als Stütze hinter sich gehabt. »Bisher immer nur mit jemandem zusammen, daher weiß ich nicht, ob ich es auch alleine kann.«

Hartwigs massiger Kopf näherte sich ihrem Gesicht, und kurz davor flüsterte er ihr zu: »Nun, mein Täubchen, du hast zwei Möglichkeiten. Entweder lernst du es jetzt ganz schnell, oder du reitest mit mir zusammen. Es wird zwar etwas eng werden, aber bestimmt ganz gemütlich mit uns beiden.«

Eilika fuhr entsetzt zurück, dann sah sie ihn mit wutentbranntem Blick an und ging zu dem ersten der beiden Pferde. Sie ergriff die Zügel und versuchte, einen Fuß in den Steigbügel zu bekommen, ohne dass ihr Kleid zu weit hochrutschte. Ihr war bewusst, dass sie im Moment die alleinige Aufmerksamkeit genoss, und sie versuchte, sich daran zu erinnern, wie sie es bei Alabaster geschafft hatte. Allerdings hatte ihr dabei immer Robert geholfen. Ärgerlich holte sie tief Luft, stieß sich vom Boden ab und hielt sich mit den Händen am Sattel fest. Gleich darauf saß sie oben, zwar etwas wackelig, aber sie saß. Herausfordernd blickte sie auf Hartwig hinab.

Der brach in schallendes Gelächter aus, dann schwang er sich ebenfalls auf sein Streitross und führte es dicht an Eilika heran. »Habe ich mir doch gedacht, dass du diese Wahl triffst.«

In dem Augenblick kam der Ritter angeritten, der sie

zwischen den Sträuchern entdeckt hatte. »Das kann nicht dein Ernst sein, Hartwig. Du weißt, dass Frauen nicht erlaubt sind!«

Der Befehlshaber brachte ihn mit einem eisigen Blick zum Schweigen. »Wenn es ein Slawe gewesen wäre, der Ingulf geholfen hätte, wäre auch er mitgekommen. Stellst du dich meiner Entscheidung etwa entgegen?«

Eilika hatte den Eindruck, als ob dieser Hartwig nur darauf hoffte, gegen den anderen anzutreten. Doch der tat ihm den Gefallen nicht, sondern kniff die Lippen zusammen und zog sich ein paar Meter zurück. Anschließend gab Hartwig den Befehl, alle Verletzten auf die Wagen zu legen, die in der Zwischenzeit zwei Männer aus dem Lager hergebracht hatten. Die Toten sollten, mit Ausnahme der slawischen Gefallenen, an Ort und Stelle begraben werden, was mehrere Männer aus dem Heer nach ihrer Rückkehr ins Lager übernehmen sollten. Gleich darauf gab Hartwig den Befehl zum Aufbruch.

Bernhard hatte sich mittlerweile ebenfalls mit seinem Pferd angefreundet, denn der hagere Mönch saß nicht zum ersten Mal auf einem Pferderücken. Dann setzten sich die etwa fünfzig Mann in Bewegung, und Hartwig übernahm die Führung.

Nach kurzer Zeit ließ er sich etwas zurückfallen und ritt an Eilikas Seite. »Wir werden bald beim Lager sein. Du tätest gut daran, wenn du dir die Kapuze über die Haare ziehst, denn im diesem Licht leuchten sie noch in fünfhundert Meter Entfernung. Sie hätten mir eigentlich gleich auffallen müssen. Roberts Beschreibung war sehr zutreffend!« Ohne auf ihr verblüfftes Gesicht zu achten, gab er seinem Pferd mit einem Schnalzen zu verstehen, dass es angaloppieren sollte, und im nächsten Moment befand er sich wieder an der Spitze.

Eilika beeilte sich, seinem Wunsch nachzukommen, und zog die Kapuze bis tief über die Augen, denn ihr lag nichts daran, unnötige Aufmerksamkeit zu erregen. Bis zu ihrem Eintreffen im Lager hatte sie genug Zeit, um über die letzte Bemerkung des Ritters nachzudenken. Was wusste er von ihr? Trotz ihrer verwirrten Gedanken sehnte sie sich danach, wieder bei Ingulf zu sein, doch ihr war klar, dass vorher viel Arbeit auf sie wartete. Gleichzeitig fragte sie sich, wo Robert war. Würde sie im Lager auf ihn treffen? Da das Heer offenbar sehr gross war, könnte es gut sein, dass sie ihn erst in ein paar Tagen entdeckte. Ihre Kehle war mit einem Mal wie zugeschnürt, und sie war sich sicher, dass es nicht nur an der Kapuze lag, dass ihr plötzlich so heiss wurde.

Bald tauchten grosse Wallanlagen vor ihnen auf, die einen Ort umschlossen, und Eilika nahm an, dass es sich um Lenzen handelte. Direkt um den äusseren Ring war das riesige Lager aufgeschlagen worden, und so gross hatte Eilika es sich nicht vorgestellt. Ihr Mut sank, denn bei dieser Anzahl von Männern war es völlig ausgeschlossen, dass sie Robert jemals finden würde. Doch dann schalt sie sich einen Dummkopf, schliesslich hatte sie auch ihren Bruder gefunden, und der würde schon wissen, wo Robert sich aufhielt. Dann konnte sie endlich ihr Versprechen gegenüber Alda einlösen. Unbewusst griff sie zu dem Medaillon, das wie gewohnt unter dem Tuch verborgen lag, straffte sich und folgte den anderen bis zu ihrem Ziel.

Stunden später lehnte sich Eilika erschöpft gegen einen Baumstamm. Es hätte fast völlige Dunkelheit geherrscht, wären nicht überall die vielen kleinen Lagerfeuer gewesen. Sie fühlte sich so müde, aber auch so zufrieden wie schon lange nicht mehr.

Nachdem einige Männer gemerkt hatten, dass sich unter den zurückgekehrten Rittern eine Frau befand, herrschte kurzfristig Aufregung, Hartwig brachte sie allerdings schnell zum Schweigen. Danach hatte er Eilika befohlen, sich zu den anderen Verletzten zu begeben, um ihnen so gut wie möglich zu helfen. Dem herbeigeeilten Arzt hatte er kurzerhand die Anweisung erteilt, mit ihr zusammenzuarbeiten, dann war er verschwunden.

Wolfram blieb an Eilikas Seite und hielt die allzu Neugierigen auf Distanz, damit sie ungestört arbeiten konnte. Allerdings stellte sie bereits nach kurzer Zeit fest, dass sie an die Grenzen ihrer Fähigkeiten stieß, denn viele der Wunden waren so groß, dass sie kaum etwas ausrichten konnte. Bei einem älteren Ritter, dessen Bauch aufgeschlitzt war, konnte sie nur noch den Tod feststellen, zwei andere waren lediglich durch Amputationen zu retten. Sie war froh, den Arzt an ihrer Seite zu wissen, und hoffte, dass es sich bei ihm um keinen Pfuscher handelte. Die Schreie der beiden Männer klangen ihr noch lange in den Ohren.

Andere Wunden dagegen konnte sie mit Hilfe ihrer Kräuter gut behandeln, und teilweise ging sie so vor wie bei ihrem Bruder. Sie nahm ein paar Blätter des Spitzwegerichs, zerquetschte sie und legte den Brei direkt auf die Wunde, um die Blutung zu stillen. Anschließend legte sie ein kleines sauberes Tuch darüber und fixierte alles mit langen Grashalmen, die ihr Bernhard in der Zwischenzeit gesucht hatte. Der Mönch wich die ganze Zeit nicht von ihrer Seite, während sie still und konzentriert arbeitete und die Umgebung um sich herum vergaß. Als endlich alle versorgt waren, ging sie zu Ingulf, der die meiste Zeit geschlafen hatte. Nun versuchte er, sich aufzusetzen.

»Bleib gefälligst liegen, damit ich deine Wunden untersuchen kann, oder willst du, dass sie erneut anfangen zu bluten?«

Gehorsam kam er ihrem Wunsch nach, sie entfernte die Halme und das Tuch und betrachtete zufrieden die Verletzungen. Die Wunde am Arm sah aus, als wäre der Angreifer mit seinem Schwert abgerutscht, und die Blutung hatte bereits aufgehört. Sie schmierte nochmals den gleichen

Blätterbrei darauf und bedeckte die Stelle sorgfältig. Auch mit der Verletzung an seiner rechten Seite war sie zufrieden. Anschließend besah sie sich die Beule an seiner linken Schläfe, die sie vorsichtig mit einer Tinktur einrieb. Kopfschüttelnd musterte sie ihren Bruder. »Wie hast du es bloß fertiggebracht, dir all diese Verletzungen zuzuziehen? Und wo ist überhaupt Herr Robert? Er hatte doch versprochen, auf dich aufzupassen!«

»Robert ist nicht hier, und die Verletzungen sind ganz einfach zu erklären.«

Eilika fuhr herum, und Ingulf schloss den Mund wieder, da Hartwig ihm mit der Antwort zuvorgekommen war.

»Wenn du hier fertig bist, komm bitte mit mir hinaus, dann kann ich deine Fragen beantworten. Dein Bruder braucht bestimmt noch Ruhe.«

Eilika nickte, strich Ingulf über die Wange und folgte Hartwig nach draußen, wo sie sich etwas abseits auf einen dicken Baumstumpf setzten.

»Ich bin ein guter Freund Roberts von Harsefeld«, begann er. »Als dieser vom Herzog den Befehl bekam, sich zum anderen Heer zu begeben, hat er mich gebeten, mich um Ingulf zu kümmern. Er befürchtete, dort könnte dem Jungen eher etwas zustoßen als hier bei uns.«

Eilika hielt entsetzt die Luft an. »Ihr meint, er ist beim Markgrafen Albrecht?«

Hartwig nickte. »Das Heer ist ziemlich groß, noch größer als unseres, es kann also durchaus sein, dass er sich beim Markgrafen von Meißen befindet.«

Eilika war elend zumute. Sie hatte geglaubt, ihr Ziel erreicht zu haben, und musste jetzt zu ihrer Enttäuschung feststellen, dass sie immer noch weit davon entfernt war. Roberts Aufenthalt beim Heer des Markgrafen Albrecht bedeutete außerdem, dass er dort mit dessen Neffen zusammentraf. Sie schloss kurz die Augen bei dem Gedanken.

»Ich weiß zwar nicht, was du hast, aber Robert kommt

überall gut zurecht, und nun würde ich gerne zu Ende erzählen, denn ich habe nicht die ganze Nacht Zeit.« Eilika riss sich zusammen, und Hartwig fuhr fort: »Du siehst, er hat nur mit den besten Absichten gehandelt. Niemand konnte ahnen, dass wir in einen Hinterhalt reiten, da wir uns so dicht beim Heer befunden haben, sonst hätte ich Ingulf bestimmt nicht mitgenommen, schließlich hatte ich Robert mein Wort gegeben. Der Slawe, der Ingulf die Verletzung am Arm zugefügt hat, konnte nicht mehr mit voller Wucht zuschlagen, da ich mit meinem Schwert dazwischengegangen bin. Leider nicht rechtzeitig genug, denn ich konnte nicht verhindern, dass der Schlag auch noch die rechte Seite deines Bruders verletzte.«

Eilika nutzte die kurze Pause: »Ihr habt gerade im richtigen Moment eingegriffen, sonst wäre es mit Sicherheit um ihn geschehen gewesen. Ich bin Euch sehr dankbar!«

»Dein Bruder ist sehr mutig gewesen, denn er hat seine Verletzungen nur, weil er mir helfen wollte. Ich wurde während des Kampfes von hinten angegriffen, und Ingulf hat es rechtzeitig bemerkt und sich dazwischengestellt. Ohne seine Hilfe würde ich jetzt vermutlich nicht mehr hier stehen.« Hartwig sah sie an, als wartete er auf eine Erwiderung, und da Eilika stumm blieb, fuhr er nach einer Weile fort: »Die Beule entstand wahrscheinlich beim Aufprall auf den Boden, ich nehme an, dass er mit dem Kopf auf einen Stein oder eine dicke Wurzel gefallen ist. Wenn du keine weiteren Fragen hast, würde ich jetzt gerne gehen.«

Eilika legte vorsichtig eine Hand auf seinen Arm. »Ich habe kein anderes Verhalten von ihm erwartet und bin sehr stolz auf ihn, auch wenn er seine Unüberlegtheit fast mit dem Leben bezahlt hätte.« Der große Ritter erhob sich langsam, und Eilika gab sich einen Ruck. »Was ist Euch von mir, außer meiner Haarfarbe, noch alles bekannt?«

Hartwig blickte schmunzelnd auf sie hinab. »Nur Gutes, Mädchen, nur Gutes! Ach ja, bevor ich es vergesse, du kannst in dem kleinen Zelt da hinten schlafen, dort hast du deine Ruhe.«

Die Heilerin stand rasch auf, denn so schnell wollte sie ihn nicht ziehen lassen. »Wie habt Ihr es geschafft, dass ich bleiben kann?«

Entnervt stöhnte Hartwig auf. »Ich glaube, ich muss meine Aussage korrigieren, denn jetzt weiß ich, was Robert mit deiner Hartnäckigkeit meinte. Der Herzog will diese Nacht abwarten, morgen wird er sich erkundigen, wie viele Männer überlebt haben und wie es ihnen geht, und danach wird er entscheiden, ob du mit uns kommen kannst. Nebenbei bemerkt weiß er, dass du die Schwester von Roberts Knappen bist, allerdings tust du gut daran, nichts von deiner Verbindung zu Robert zu erzählen. Es wäre nicht gut für ihn, wenn er zurückkommt, Frauengeschichten sind im Krieg nämlich unerwünscht.« Danach wandte er sich um und war so schnell im Dunkel der Nacht verschwunden, dass es schon fast einer Flucht ähnelte.

Eilika hatte keinerlei Möglichkeit, ihm zu antworten, und so saß sie eine halbe Stunde später immer noch bei dem Baum und zermarterte sich den Kopf, was Robert wohl seinem Freund alles über sie erzählt hatte. Zu ihrer Verwunderung erzürnte es sie kaum, denn dieser brummige Hartwig mit seiner schroffen Art war ihr sehr sympathisch. Schließlich stand sie auf, um ein letztes Mal nach den Verletzten zu sehen, und sie hoffte inständig, dass der Herzog ihrem Verbleib zustimmen würde.

Nach ihrer Krankenrunde zögerte Eilika ein wenig, bereits zu ihrem Zelt zu gehen, lieber wäre sie bei den Verwundeten geblieben. Schließlich siegte jedoch der Gedanke, dass sie ihnen ohne Schlaf und übernächtigt auch keine Hilfe sein würde, und sie übergab die Verantwortung an den Krankenwärter, der an ihrer Stelle im Zelt blieb. Er sollte sie sofort verständigen, wenn es bei den Verletzten zu Problemen kam. Gleich darauf legte sie sich schlafen.

Am nächsten Morgen war sie schon früh auf den Beinen. Zunächst sah sie nach ihrem Bruder, der noch im Tiefschlaf lag, und nachdem sie sich davon überzeugt hatte, dass er fieberfrei war, ließ sie ihn in Ruhe. Sie wollte später nach seinen Verletzungen sehen. Lächelnd strich sie ihm über die Wange, und er sah so jung und friedlich aus, dass sein Anblick ihr einen Stich versetzte. Fast hätte sie ihn verloren, doch die Wut auf Robert, die sie anfangs verspürt hatte, war bereits verflogen. Aus seiner Sicht hatte er mit der Entscheidung, Ingulf bei Hartwig zu lassen, richtig gehandelt. Ihm war also kein Vorwurf zu machen. Sie riss sich von ihrem Bruder los und ging zu den anderen.

Als Erstes sah sie nach den beiden Männern, denen sie jeweils einen Arm abgenommen hatten. Mittlerweile war auch Bernhard zu ihr ins Zelt getreten und hatte noch vor ihr die Strohlager der zwei Männer erreicht. Als Eilika hinzutrat, schüttelte er stumm den Kopf. Eilika legte dem Ersten schnell eine Hand auf die Stirn und zog sie gleich darauf zurück, entsetzt von der Kälte. Ihr Blick durchforschte das Zelt, bis sie den Krankenhüter entdeckt hatte, der gegen einen Zeltpfosten gelehnt tief und fest schlief. Erbost ging Eilika auf ihn zu, und nachdem sie ihn am Arm gepackt hatte, versetzte sie ihm einen Stoß. Er fiel zur Seite, sprang jedoch gleich wieder wütend auf, zog sein Schwert und richtete es auf die Heilerin.

Eilika richtete sich in voller Größe auf und zeigte mit ihrer Hand anklagend auf ihn. »Wieso hast du mich nicht geholt, als dieser arme Mann Hilfe gebraucht hat? Geschlafen hast du, anstatt deinen verletzten Kameraden zu helfen!«

Der Mann, er war etwa Mitte dreißig, steckte das Schwert wieder in die Scheide, als er merkte, wer vor ihm stand, dann sah er Eilika und Bernhard, der mittlerweile hinzugetreten war, höhnisch an. »Was willst du von mir, Weib? Du hast dich doch auch schlafen gelegt, warum sollte ich mir nicht auch ein wenig Ruhe gönnen? Von dir lasse ich mir gar nichts sagen!«

»Wohl aber von mir, nehme ich an!«

Alle drei fuhren herum. Am Zelteingang stand ein junger Mann, der Eilika völlig unbekannt war. Er war ungefähr so groß und auch so alt wie sie, sein Haar war glatt und schulterlang, seine Kleidung von hoher Qualität. Alles an ihm drückte Autorität aus. Der Krankenwärter fiel augenblicklich auf die Knie, ebenso Bernhard, der Eilika drängend am Ärmel zupfte, bis sie verstört einen tiefen Knicks machte. Eine Ahnung stieg in ihr auf, und sie wäre am liebsten in dieser Position verblieben.

Der Mann neben ihr fing mit zitternder Stimme an zu sprechen: »Vergebt mir, Euer Hoheit. Ich habe bestimmt nicht lange geschlafen, ehrlich nicht.«

Eilika, die noch immer kniete, vernahm die kalte Antwort: »Bringt ihn raus und bestraft ihn, noch einmal wird ihm so etwas nicht passieren. Ihr beiden anderen könnt euch erheben.«

Eilika konnte gerade noch sehen, wie zwei bewaffnete Männer den um Gnade flehenden Krankenwärter hinausbrachten. Mittlerweile war ein Großteil der Verletzten im Zelt erwacht und verfolgte das Geschehen mit Interesse, schließlich bekamen sie den Herzog nicht allzu oft aus der Nähe zu sehen.

Eilika dagegen fühlte sich ziemlich unwohl in ihrer Haut, und als sie einen kurzen Blick auf Bernhard warf, musste sie feststellen, dass auch er nicht so unbeteiligt aussah wie sonst. Dann spähte sie verstohlen mit gesenkten Augenlidern zum Herzog hinüber, der zwischen den Strohlagern umherging und gelegentlich ein paar Worte zu den Männern sprach. In seinem Gefolge befanden sich sechs Ritter, alle von großer Statur und grimmigem Äußeren. Unter ihnen entdeckte Eilika auch Hartwig, der ihren Blick erwiderte. Schließlich blieb Herzog Heinrich vor ihnen stehen. Eilika hatte auf Hartwigs Anraten ihren Umhang samt Kapuze übergezogen, und der Schweiß lief ihr nur so über den Körper.

»Du bist also das Mädchen, auf das Ritter Hartwig so große Stücke hält. Einen meiner Männer hast du ja nun verloren, obwohl ich dir zugutehalten muss, dass es nicht deine Schuld war. Alle anderen scheinen gut versorgt zu sein, und ich bin geneigt, deinem weiteren Aufenthalt hier bei uns vorerst zuzustimmen.«

Eilika schloss für einen Augenblick die Augen, und da sie nicht wusste, ob sie ihm antworten durfte, hielt sie nach kurzer Überlegung lieber den Mund.

»Allerdings nur unter einer Bedingung: Du hältst dich ausschließlich hier in diesem Zelt auf oder in dem, das dir zur Verfügung gestellt wurde. Ich wünsche nicht, dass du durch das Lager streifst oder es gar unbeaufsichtigt verlässt. Habe ich mich klar ausgedrückt?«

Die Heilerin nickte schnell, und da diesmal eine Antwort angebracht zu sein schien, erwiderte sie leise: »Völlig klar, Euer Hoheit. Und vielen Dank!« Da sie ihre Augen noch immer gesenkt hielt, konnte sie sein Gesicht nicht sehen.

Der Herzog blieb unverändert stehen und dachte nach, dann sagte er: »Sieh mich an!« Eilika folgte augenblicklich seinem Wunsch und blickte auf gleicher Höhe in ein dunkles Augenpaar, das sie forschend betrachtete. »Mir wurde gesagt, dass dein Bruder, der einem meiner besten Ritter als Knappe dient, unter den Verletzten ist. Stimmt das?«

Eilika konnte nur nicken, denn ein dicker Kloß steckte in ihrer Kehle.

»Ist dieser Ritter dir ebenfalls bekannt?«

Zu gerne hätte sie einen Blick auf Hartwig geworfen, doch das wagte sie nicht, und so schüttelte sie schnell den Kopf. Um dem Ganzen wenigstens ein Fünkchen Wahrheit zu verleihen, fügte sie mit leiser Stimme hinzu: »Nur sehr flüchtig, Euer Hoheit.«

Mit ihrer Antwort offensichtlich zufrieden, drehte sich der Herzog nach einem kurzen Augenblick um und verließ mitsamt seinem Gefolge das Zelt. Eilika atmete hörbar auf, ebenso wie Bernhard, als sie spürte, dass ihre Knie nachgaben und sie schwankte.

Im nächsten Augenblick hatte der hagere Mönch ihren Arm mit festem Griff umfasst. »Du hast dich tapfer geschlagen, Mädchen, und seit dem Tag, an dem ich dich zum ersten Mal auf dem Marktplatz in Goslar gesehen habe, eine erstaunliche Wandlung vollzogen. Immerhin bist du gerade ohne erkennbare Furcht dem jungen Herzog gegenübergetreten. Lass dir das Vertrauen, das du in dich selbst gewonnen hast, ja nicht wieder nehmen.« Er lächelte ihr aufmunternd zu. »Geht es wieder?«

Als Eilika ihm dankbar zunickte, ließ er sie langsam los, und beide gingen wieder an ihre Arbeit.

Als die junge Heilerin gegen Mittag ihre Patienten verließ, war sie zwar erschöpft, aber mit sich zufrieden. Auch Ingulf ging es schon viel besser, doch sie hatte ihm eingeschärft liegenzubleiben. Wie vom Herzog angeordnet, ging sie auf direktem Weg zu ihrem Zelt, wo sie frisches Wasser und etwas altes Brot vorfand, das sie gleich darauf dankbar verspeiste. Anschließend besah sie sorgenvoll ihre Kräutervorräte, denn einige Sorten waren ziemlich aufgebraucht. Eilika war froh, dass sie vor drei Tagen noch einiges hatte sammeln können, sonst wäre es ihr kaum möglich gewesen, allen Verletzten zu helfen.

Im Augenblick war sie nicht besonders traurig darüber, sich nur an zwei Plätzen im Lager bewegen zu dürfen, denn die Größe des Heeres schüchterte sie ein. Allerdings war ihr klar, dass sie bald mit Hartwig sprechen musste, um neue Heilpflanzen zu suchen, und sie konnte sich sein brummiges Gesicht wegen dieser erneuten unliebsamen Unterbrechung gut vorstellen. Im Moment durfte sie damit sowieso nicht an ihn herantreten, denn aufgrund der Belagerung von Lenzen hatte er sicherlich genug zu tun. Seufzend erhob sie sich und begab sich wieder ins Krankenzelt.

Ingulf erwartete sie bereits und winkte sie zu sich heran. »Schön, dass du kommst. Ich habe dir so viel zu erzählen, dass ich gar nicht weiß, wo ich anfangen soll. Dir geht es doch bestimmt ebenso, oder?«

Eilika nickte zustimmend. »Ganz sicher sogar, ich bin auch schon furchtbar neugierig darauf, was du alles erlebt hast. Jetzt muss ich aber erst nach den anderen sehen, danach setze ich mich zu dir.«

Die anderen Männer hatten sie ebenfalls erwartet. Bei einigen waren die Verletzungen nicht sehr schlimm, und sie freuten sich darauf, ein wenig mit Eilika zu plaudern. Schließlich bekamen sie nicht oft die Gelegenheit, mit einer hübschen jungen Frau ein paar Worte zu wechseln, und den wenigsten machte es etwas aus, vor ihr die verletzten Körperstellen zu entblößen. Im Gegenteil. Ein etwa vierzigjähriger Ritter machte sogar seine Scherze darüber, dass Eilika seine Wunde behandeln musste. Sie verlief von der Hüfte über die Hälfte seines Gesäßes, und er genoss es geradezu, dass sich so zarte Hände um sein Hinterteil kümmerten. Ein paar der Jüngeren machten ihr Avancen, auf die Eilika stets mit freundlichen Worten reagierte, doch niemals ging sie auf anzügliche Bemerkungen ein.

Als sie fertig war, setzte sie sich zu ihrem Bruder. Sie brauchte ihn gar nicht nach seinen Erlebnissen zu fragen, denn die Worte sprudelten sofort aus ihm heraus. Eilika hörte ihm gespannt zu, besonders wenn seine Erzählungen Robert betrafen, und als er von dem Vorfall auf dem Einödhof zu sprechen kam, sog sie scharf die Luft ein. Ausführlich erzählte er von den Dingen, die Eilika bereits bekannt waren, ohne dass er davon wissen konnte, nannte allerdings keine Namen. Ingulf, der die Stimme leicht gesenkt hatte, bemerkte ängstlich ihren verärgerten Gesichtsausdruck, und fast flehend sah er sie an. »Du musst mir glauben, ich hätte gar nichts ausrichten können! Mir haben die Leute auch leidgetan.«

Eilika vergaß für einen Moment seine Verletzung und packte ihn bei den Schultern, so dass er leise aufschrie. Unerwartet war ihr ein Verdacht gekommen, und sie ließ ihn sofort wieder los, um sich verschämt zu entschuldigen. Dann beugte sie sich dicht an ihn heran, damit die anderen ihre Worte nicht verstehen konnten. »Sag mir, handelt es sich bei besagtem Ritter um diesen Gero?«

Ingulf sah sie erschrocken an, dann zog er sie noch dichter an sich heran und flüsterte ihr ins Ohr: »Ja, es war der jüngste Bruder von Hartwig.«

Aufgebracht machte sie sich von ihrem Bruder los und erhob sich, um unruhig ein paar Schritte hin und her zu gehen. Es war derselbe Mann gewesen, der in ihrem Versteck im Busch das Schwert auf sie gerichtet hatte und dagegen gewesen war, sie mit ins Lager zu nehmen! Was für eine Ungerechtigkeit herrschte auf dieser Welt, dass sich manche Männer nur aufgrund ihrer Herkunft alles erlauben konnten!

Ingulf hatte sie inzwischen unsicher beobachtet, denn ihm lag viel daran, dass der Herr seines Freundes Wenzel durch das Verhalten Geros nicht in ein schlechtes Licht gerückt würde. »Seine Brüder sind ganz anders. Das musst du schon gemerkt haben.« Eilika strich ihm beruhigend über die Wange und nickte zustimmend, woraufhin er ihr erleichtert von seiner eigenen Verwundung berichtete und mit stolzgeschwellter Brust von seinem furchtlosen Einsatz erzählte. »Ich habe dem slawischen Ritter, ein riesiger Kerl übrigens, sogar eine Blessur an der Seite zugefügt!« Dann verdüsterte sich sein Gesicht. »Leider hat er mir daraufhin mein Schwert aus der Hand geschlagen, und danach weiß ich nichts mehr, denn ich war bewusstlos, bis du gekommen bist.«

Schließlich wollte er ihre Erlebnisse hören, doch Eilika

sah ihm an, dass die Anstrengung bereits zu viel für ihn gewesen war, und vertröstete ihn auf den nächsten Tag.

Gegen Abend, sie hatte soeben ihre letzte Runde beendet, kam Hartwig zu ihr ins Zelt und gab ihr ein Zeichen, ihm zu folgen. Draußen wartete er an einem kleinen Feuer, und Eilika nahm dankend den Becher mit Wasser sowie ein Stück gesalzenes Fleisch entgegen. Während sie ihren Durst stillte und anschließend aß, beobachtete der Ritter sie ruhig.

Erst als sie fertig war, fing er an zu sprechen. »Du hast deine Sache heute Morgen beim Herzog anständig gemacht. Im Lügen bist du zwar nicht so talentiert wie im Heilen von Wunden, doch ihm scheint es nicht aufgefallen zu sein. Den Männern geht es gut bei dir, ihre Verletzungen sind nicht entzündet, und die meisten werden bald wieder kämpfen können.«

Eilika, die sich zuerst über seine Worte gefreut hatte, fing an zu zweifeln »Die Wunden heilen zwar gut, doch die Männer müssen sich noch eine Weile schonen.«

Hartwig sah sie verärgert an. »Ich kann es auf den Tod nicht ausstehen, wenn Frauen mir ständig widersprechen!« Als er bemerkte, dass sie von seinem Ausbruch völlig unbeeindruckt war und immer noch auf eine Antwort wartete, brummte er unwirsch: »Du bringst sie wieder auf die Beine, und ich verfahre dann nach Gutdünken mit ihnen.«

Enttäuscht presste Eilika die Lippen aufeinander, hielt sich aber zurück.

»Ich kann dich beruhigen. Du hast heute wahrscheinlich nicht viel davon mitbekommen, doch der Ort, den wir belagern, wird uns morgen kampflos übergeben. Heute waren die Unterhändler beim Herzog, und die Slawen haben zum Glück eingesehen, dass sie gegen uns nicht den Hauch einer Chance hätten. Morgen wird es noch einige Taufen geben, ehe wir in zwei bis drei Tagen weiterziehen. Deine Schützlinge erhalten also noch ein wenig Schonfrist.«

Eilika, durch den freundlicheren Ton ermutigt, wagte gleich den nächsten Schritt. »Ich benötige Eure Hilfe, Ritter Hartwig. Hier in der Gegend wachsen bestimmt einige der Kräuter, die ich dringend brauche, und da ich alleine nicht losgehen darf, bräuchte ich Begleitung. Ihr genießt doch großen Respekt hier bei allen, könntet Ihr Euch bitte darum kümmern?«

Anstatt ihr eine Antwort zu geben, breitete sich auf Hartwigs Gesicht ein breites Grinsen aus, welches sein dichter, langer Bart allerdings halb verschluckte. »Ich bin schon gespannt darauf, dich und Robert zusammen zu erleben. Es ist bestimmt recht unterhaltsam zu sehen, wie er mit deinen schmeichelnden Worten umgeht. Ich bin sicher, er wird dich nach der langen Zeit nicht mehr aus den Augen lassen, geschweige denn aus seinem Zelt.« Mit dröhnendem Lachen stand er auf, deutete eine leichte Verbeugung an und überließ die über alle Maßen verwirrte Eilika ihren Gedanken, um die Wachen zu kontrollieren.

Gero, der im Schatten von Eilikas Unterkunft bewegungslos verharrt hatte, erhob sich kurze Zeit später. Mit zufriedenem Gesichtsausdruck schlug er die Richtung zu seinem Lagerplatz ein, denn endlich hatte er einen wunden Punkt an seinem Widersacher entdeckt.

26. KAPITEL

Der nächste Tag brachte für Eilika einige Überraschungen. Kurz nachdem sie ihre morgendlichen Arbeiten bei ihren Patienten verrichtet hatte, tauchte ein Ritter bei ihr auf. Er hatte zu der Gruppe gehört, die Bernhard und sie aufgegriffen hatten, und an ihrem ersten Tag dafür gesorgt, dass sie sich ungestört um die Verletzten kümmern konnte. Es stellte sich heraus, dass er ein weiterer Bruder von Hartwig war, der Eilika mit seiner gelassenen und ruhigen Art auf Anhieb sympathisch war.

»Guten Morgen, Eilika. Mein Name ist Wolfram, und ich bin gekommen, um dich abzuholen. Mein Bruder Hartwig schickt mich, denn dir wird erlaubt, den Einzug unseres Herzogs in den Ort mitzuerleben.« Er schien sich über ihren verwirrten Gesichtsausdruck zu amüsieren, denn ein leichtes Schmunzeln legte sich auf seine Lippen.

»Das verstehe ich nicht ganz. Der Herzog hat mir doch den Befehl gegeben, mich nur in diesem und meinem Zelt aufzuhalten.«

Wolfram nickte zustimmend. »Das ist schon richtig, aber mein Bruder konnte Seine Hoheit anscheinend von deinen guten Taten überzeugen. Allerdings sollst du deinen Umhang nicht vergessen und dir auch die Kapuze über die Haare ziehen.«

Er warf einen kurzen Blick auf ihre kupferfarbene Haarpracht, die sie wie üblich im Nacken zusammengebunden hatte. Das Mädchen gefiel ihm, war ihm aber insgesamt zu schlank und viel zu groß, da er selbst nicht gerade von hohem Wuchs war. Hartwig hatte zu seinem Leidwesen fast den gleichen Geschmack in Bezug auf Frauen, und nicht selten hatte es in der Vergangenheit deshalb handfeste Streitigkeiten zwischen ihnen gegeben. Er war nun überrascht, dass sein Bruder ihn um diesen Gefallen gebeten hatte, schließlich entsprach dieses junge Mädchen nicht dessen üblichem Geschmack. Hartwig selbst hielt sich in der Nähe des Herzogs auf.

Achselzuckend zog Eilika die Kapuze über ihre Haare, dann ging sie voraus. Draußen übernahm Wolfram die Führung, und zu ihrem Erstaunen schritten sie direkt zu den Pferden, die ein Junge auf seinen Befehl hin heranbrachte. Wolfram wollte ihr beim Aufsteigen behilflich sein, doch Eilika lehnte dankend ab. Nachdem der erste Versuch unter Wolframs zweifelnden Blicken misslang, konnte sie sich beim zweiten gerade noch in den Sattel hieven und sah anschließend triumphierend auf ihn hinunter. Ohne ein Wort zu verlieren, ging der Ritter zu seinem Schlachtross, das um einiges größer war als Eilikas Pferd, und kurz darauf trabten sie gemächlich am Rand des Lagers entlang. Die junge Heilerin war sich bewusst, dass ihr viele Blicke folgten, und sie wagte nicht, darüber nachzudenken, was in den Köpfen mancher Männer vor sich ging. Schließlich befanden sie sich auf einem Feldzug, auf dem jeder Tag ihr letzter sein könnte, und die meisten von ihnen hatten vor mehreren Wochen das letzte Mal bei einer Frau gelegen.

Wolframs Ziel war eine große Ansammlung von Männern, die sich zwischen dem Lager und dem ersten Wall aufhielten und eine breite Gasse freigelassen hatten. Eilika vermutete, dass dies der Weg des Herzogs mit seinen Rittern sein würde, als sie sich zu den vielen anderen Berittenen stellten, sämtlich in glänzenden Rüstungen und Waffen, die alles in allem ein festliches Bild abgaben. Trotz der Morgenstunde waren einige Gesichter bereits gerötet, und der Schweiß rann ihnen über die Wangen. Eilika konnte sich gut in ihre Lage versetzen, denn auch ihr war in dem wollenen Umhang mit der Kapuze bereits ziemlich heiß geworden. Es hatte fast den Anschein, als wollte die Sonne an diesem Morgen auch den Letzten zum Schwitzen bringen. An dem strahlend blauen Himmel war keine Wolke zu erkennen, und Eilika hoffte inständig, Heinrich der Löwe möge bald auftauchen. Ihr Wunsch wurde schnell erfüllt, denn kurz darauf erklangen die Hörner, und die Stimmen der Umherstehenden verstummten.

Der Herzog bot mit seinen Rittern ein beeindruckendes Bild, sein Helm war mit einem weißen Federschmuck geziert, und über dem Harnisch trug er einen Umhang aus mattgrauer schimmernder Seide, den ein roter aufsteigender Löwe zierte. Der große Schimmel, auf dem der Herzog von Sachsen saß, war gleichermaßen mit breiten Ledergurten geschmückt, und eine runde bronzene Schnalle, ebenfalls mit der Abbildung eines Löwen, hielt die Gurte zusammen.

Hartwig ritt genau hinter dem Fürsten, und auch die ihnen folgenden Ritter sahen prächtig aus. Die Männer des Heeres, die für ihren Kriegsfürsten und sein Gefolge eine Gasse gebildet hatten, ließen laute Jubelrufe ertönen. Huldvoll neigte der junge Herzog den Kopf leicht zur Seite, und einen Augenblick später war er durch das Tor des ersten Ringwalls verschwunden.

Wolfram zupfte Eilika am Ärmel, und sie wandte sich ihm zu. »Wir sollten weiterreiten, bevor das Gedränge zu groß wird.«

Erleichtert nickte sie, denn die Hitze unter ihrer Kapuze machte ihr schwer zu schaffen, und sie freute sich darauf, sich im Zelt endlich wieder ihres Umhangs entledigen zu können. Schweigend brachten sie den kurzen Rückweg hinter sich, zu Eilikas Verwunderung ritten sie jedoch nicht zu ihrem Ausgangspunkt zurück, sondern entfernten sich vom Lager.

Stirnrunzelnd sah Eilika zu ihrem Begleiter hinüber. »Wohin führt Ihr mich, Ritter?«

Wolfram musterte sie leicht überrascht. »Ich dachte, mein Bruder hat dich davon unterrichtet, dass wir uns auch um deine Kräutervorräte kümmern?«

Die Heilerin schüttelte den Kopf und hielt ihre Stute an, mit der sie inzwischen ganz gut zurechtkam. »Nein, das ist ihm wohl entfallen, aber ich freue mich sehr, dass Ihr mich begleiten sollt. Vorher muss ich allerdings noch mein Messer und den Beutel im Lager holen.« Sie wartete seine Antwort nicht erst ab, sondern machte sich gleich auf den Weg zurück zu ihrem Zelt.

Nachdem sie alles Nötige geholt hatte, warf sie noch schnell einen Blick auf die Verwundeten, die sich in der Obhut von Bruder Bernhard befanden. Kurze Zeit später war sie wieder bei Wolfram, der geduldig auf sie gewartet hatte.

»Ich kenne mich hier schon ganz gut aus. Du musst mir sagen, was du suchst oder in welcher Umgebung es wächst, dann werde ich versuchen, geeignete Stellen zu finden. Allerdings müssen wir noch einen Augenblick warten, denn mein Bruder wird uns begleiten. Lenzen hat sich zwar ergeben, aber man weiß nie, was einen erwartet. Zwei Schwerter sind daher besser als eins.«

Verwundert sah Eilika ihn an. »Euer Bruder befindet sich doch beim Herzog! Kann er denn so schnell seinen Platz verlassen?«

»Ich meine nicht Hartwig, sondern meinen jüngeren Bruder Gero.«

Eilikas freudige Stimmung verflog augenblicklich. Gleich darauf sahen sie einen Reiter, der sich in schnellem Galopp auf sie zubewegte und kurz vor ihnen sein Pferd scharf durchparierte. Auch Gero trug noch seine Rüstung, hatte aber keinen Helm auf.

»Es ging nicht schneller. Ein paar Bewohner des netten

Ortes mussten etwas härter angefasst werden, da sie ihre Abgaben nicht leisten wollten.«

Wolfram erwiderte nichts darauf, warf seinem Bruder aber einen eisigen Blick zu und ritt langsam los. Eilika beeilte sich, an seiner Seite zu bleiben, auch wenn Gero sie mit keinem Blick beachtet hatte, was ihr auch ganz lieb war. Als sie seine Worte gehört hatte, fielen ihr schlagartig Barbara und ihr Mann ein, und sie nahm sich vor, immer genügend Abstand zwischen sich und dem jüngsten der Brüder zu lassen. Trotz der Hitze war sie auf einmal ganz dankbar über den Schutz ihrer Kapuze.

Um den Ort herum war die Umgebung feucht und oft sumpfig, und Wolfram führte Eilika zu mehreren Stellen, an denen sie schnell fündig wurde. Beide Männer waren abgestiegen und folgten ihr schweigend. Die Stille war bedrückend, und wären nicht die Geräusche des Waldes und der Tiere gewesen, hätte man ohne weiteres eine Nadel fallen hören. Nachdem sie fast eine Stunde unterwegs waren, hatte Eilika genug gesammelt, und sie wollte gerade Wolfram Bescheid geben, als Hufschlag zu hören war. Während der ältere Ritter sofort sein Schwert zog, blieb Gero ruhig gegen einen Baum gelehnt stehen. Gleich darauf erschien ein Junge von ungefähr vierzehn Jahren, der Eilika bekannt vorkam, und auch Wolfram schien ihn zu kennen, denn er steckte ohne zu zögern das Schwert weg.

»Norbert, was hast du hier zu suchen?«

Der Junge warf einen kurzen Blick auf Gero, der ihn jedoch nicht weiter beachtete, dann erwiderte er schüchtern: »Ritter Hartwig schickt mich, Ihr sollt sofort zu ihm kommen, Herr.«

Wolfram drehte sich zweifelnd zu Eilika, doch bevor sie etwas sagen konnte, ergriff Gero das Wort. »Reite ruhig los, ich bin ja hier. Außerdem ist sie fast fertig mit Sammeln, so wie es aussieht, oder?«

Eilika blieb nichts anderes übrig, als stumm zu nicken,

auch wenn der Gedanke, hier mit ihm alleine zu bleiben, ihr ganz und gar nicht behagte. Wolfram zögerte einen Augenblick, dann sprang er auf sein Pferd und verschwand mit dem Jungen. Die junge Heilerin sammelte schnell ihre Sachen in den Beutel und richtete sich auf, während Gero, der noch immer am gleichen Platz stand, sie mit unbeteiligter Miene beobachtete. Sie hängte sich ihren Beutel um und ging zu ihrem Pferd, das neben Geros an einem Baum angebunden stand.

»Ich wäre dann so weit. Wir können ins Lager zurück.«

Als Gero keinerlei Anstalten machte, sich zu rühren, nestelte Eilika unsicher an den Zügeln herum. Die ganze Situation widerstrebte ihr, und sein kalter Blick, der immer noch unbewegt auf sie gerichtet war, machte sie zunehmend wütender. Gerade als sie sich dazu entschlossen hatte aufzusitzen, kam er mit großen Schritten auf sie zu.

»Du scheinst vergessen zu haben, dass ich hier sage, was zu tun ist.« Er stand inzwischen dicht vor ihr.

Eilika war zwar zunächst erschrocken, hatte sich aber schnell wieder gefangen, denn so leicht ließ sie sich nicht mehr einschüchtern. »Verzeiht mir, Herr Gero, natürlich habe ich das nicht vergessen, sondern nur angenommen, dass Ihr auf ein Zeichen von mir wartet, um zum Lager zurückzukehren.«

Als sie einen Schritt von ihm zurückwich, verzog er spöttisch den Mund, und wäre nicht die Kälte in seinen Augen gewesen, hätte sie ihn sogar als gutaussehend bezeichnet. Er hatte ungefähr Roberts Größe und ebenfalls blaue Augen, allerdings besaßen seine nicht dessen Tiefe. Er trug sein dunkelblondes Haar als Einziger von den Brüdern kurz, und sein Bartwuchs war nur spärlich, wodurch sich der harte Ausdruck noch verstärkte. »Natürlich vergebe ich dir. Schließlich brauche ich noch deine Hilfe!«

Eilika suchte nervös nach einem Ausweg aus ihrer misslichen Lage, denn auf ihr Pferd steigen konnte sie nicht mehr, da Gero direkt zwischen ihnen stand, und im Rücken dagegen spürte sie schon den Baum, an dem die Tiere festgebunden waren. Die gleiche Strategie wie vor ein paar Tagen bei Ulrich würde bei Gero nicht funktionieren, das war ihr instinktiv klar. In seinen Augen sah sie allerdings nicht den Ausdruck der Begierde wie bei dem Händler, vielmehr machte Gero einen ganz und gar lässigen Eindruck, als wollte er sich ein gutes Pferd oder etwas zu essen aussuchen.

Plötzlich zog er einen kleinen Dolch aus dem Gürtel, griff nach Eilikas Rock und schob ihn mit einem Ruck hoch, wobei er sie unbarmherzig gegen den Baum drückte. Gleich darauf spürte sie einen stechenden Schmerz an ihrem Oberschenkel und schrie leise auf. Genauso unvermittelt, wie es begonnen hatte, hörte es auf, denn Gero ließ sie ruckartig los und ging zwei Schritte zurück, um höhnisch ihrem fassungslosen Blick zu begegnen.

»Wenn mein Freund Robert zurückkommt und dich beglücken wird, entdeckt er mit Sicherheit diese Wunde. Ich hoffe doch, dass du ihm dann von mir erzählen wirst.«

Eilika erstarrte bei der Erwähnung von Roberts Namen. Wut stieg in ihr auf und ließ sie das dünne Rinnsal Blut vergessen, das ihr übers Bein lief. Gero, der den Dolch an einem größeren Blatt abgewischt und zurück an seinen Platz gesteckt hatte, beobachtete sie genau. Eilika wusste, dass sie mit ihrem Dolch nichts ausrichten würde, denn ihr Gegner war ein anderes Kaliber als Ulrich, daher versuchte sie es auf die einzig mögliche Art. Äußerlich gelassen riss sie sich einen Streifen von ihrem Unterrock ab, teilte ihn, und nachdem sie sich das Blut abgewischt hatte, band sie den restlichen Stoff fest um die Wunde. Sie ließ den Rock wieder fallen, hob den Blick und sah Gero fest an. »Euer Plan wird nicht aufgehen, Ritter. Robert wird nicht mehr die Gelegenheit bekommen, die Stelle an meinem Bein zu begutachten.«

In dem Augenblick hörten sie einen Trupp Reiter nahen,

und Eilika hatte Zeit, sich an Geros ungläubigem Blick zu weiden. Er hob automatisch sein Schwert, doch als er seine Brüder erkannte, ließ er die Waffe sinken und steckte sie zurück in die Scheide. Gleich darauf zügelten Hartwig und Wolfram kurz vor ihnen ihre Pferde.

»Was sollte dieser Unsinn, Gero? Wenn du mir noch einmal eine falsche Nachricht zukommen lässt, kannst du dein blaues Wunder erleben.«

Gero hatte sich wieder gefangen und erwiderte in lässigem Ton: »Wann habe ich denn sonst Gelegenheit, mit unserer hübschen Heilkundigen zu tändeln? Ich bitte euch um Nachsicht.«

Eine Antwort darauf bekam er nicht. Die beiden Ritter sahen Eilika kritisch an, die versuchte, einen verängstigten Eindruck zu machen, denn sie wusste mittlerweile, dass Gero vor Hartwig einen Heidenrespekt besaß. Hastig ging sie zu ihrem Pferd und schwang sich auf dessen Rücken, wobei sie sich den Schmerz verbiss, der in ihrem Bein pochte. Bevor sie sich mit flehendem Blick an Hartwig wandte, genoss sie die zunehmende Unsicherheit Geros.

»Bitte, Ritter Hartwig, bringt mich weg von ihm!«

Gero war blass geworden und beeilte sich zu versichern, dass nichts passiert sei.

Hartwigs Blick sprach Bände. »Wir werden uns später darüber unterhalten«, bellte er seinen jüngeren Bruder an, dann wendete er sein Pferd, und sie ritten zurück.

Eilikas triumphierender Blick fiel niemandem auf.

Es war früher Nachmittag, als sie ihre Pferde den beiden Jungen übergaben, die eilfertig angelaufen kamen. Einer davon war Hartwigs Knappe, wie Eilika mittlerweile erfahren hatte, denn sie hatte Wenzel an ihrem ersten Abend an Ingulfs Strohlager erwischt. Gerührt über die offenkundige Besorgnis um seinen Freund, hatte sie ihm erlaubt, noch ein paar Minuten bei ihm zu verweilen. In dem anderen erkannte sie den Jungen wieder, der Wolfram die falsche Nachricht überbracht hatte. Seine linke Wange glühte rot, daher zog sie ihn mitleidig zu ihr ins Zelt, um ihm eine Salbe auf die Haut zu streichen. Sie war ihm nicht böse, denn höchstwahrscheinlich hatte er gar keine andere Wahl gehabt, als Geros Befehl zu befolgen. In dem Augenblick fiel ihr auch ein, wo sie ihn schon einmal gesehen hatte. Er war ihr zwischen den anderen Männern nach dem Kampf an der Anhöhe aufgefallen, weil er noch so jung war, und während sie ihn verarztete, schickte sie nochmals ein Dankesgebet zum Himmel.

Sie hatte sich bei ihrem kleinen Schauspiel im Wald vorhin auf ihr Gefühl verlassen, dass Hartwig etwas an ihr lag. Gero würde sich seinem Bruder gegenüber verantworten müssen – eine kleine Rache für Barbara und ihre Familie. Allerdings war ihr klar, dass sie in Zukunft sehr wachsam sein musste.

Den ganzen Nachmittag hindurch verbrachte sie bei ihren Patienten und widmete sich zwischendurch den frisch gesammelten Kräutern. Außerdem kamen mehrere Männer zu ihr, die sich Hilfe gegen Durchfall erhofften, bei einigen hatte sie allerdings den Eindruck, dass die Gründe nur vorgeschoben waren, um einen Blick auf sie ohne Umhang und Kapuze zu erhaschen. Es hatte sich wie ein Lauffeuer herumgesprochen, dass im Krankenlager eine junge und noch dazu hübsche Frau weilte.

Am Abend erhielt sie unerwartet Besuch von Bruder Bernhard, der tagsüber bei den vielen Taufen hatte mithelfen müssen. Er legte seine Hand unter ihr Kinn und sah sie prüfend an. »Geh schlafen, mein Kind, du siehst müde aus. Die Kranken werden auf unserer weiteren Reise bestimmt nicht weniger werden, also schone deine Kräfte. Ich werde die Nacht über bei ihnen bleiben, und wenn etwas ist, werde ich dich wecken.«

Eilika protestierte: »Das kommt gar nicht in Frage. Ihr habt schließlich auch den ganzen Tag viel zu tun gehabt.«

Der Mönch winkte ab. »Mir macht das nichts aus, ich bin es seit Jahren gewohnt, mit wenig Schlaf auszukommen. Es geht allen ja schon ganz gut, da kann ich bestimmt auch ein wenig schlafen. Ach, übrigens, war Gero schon bei dir?«

Eilika, die sich gerade erheben wollte, blickte ihn verschreckt an. »Wieso? Was sollte er hier bei mir?«

Der Mönch zuckte mit den Schultern. »Ich habe es nur angenommen, weil eine schöne blau verfärbte Prellung sein Kinn verziert.«

Die junge Heilerin gab sich uninteressiert und ging gelassen zu ihrem Bruder, um sich mit einem Kuss zu verabschieden, woraufhin die anderen Männer, denen es bereits besserging, ebenfalls einen Gutenachtkuss einforderten. Eilika warf allen eine Kusshand zu und verließ das Zelt, und das enttäuschte Murren der Männer verfolgte sie bis in ihre Unterkunft.

Endlich kam sie dazu, das Vorgefallene zu überdenken. Gero musste Robert sehr hassen, wenn er sie in der Hoffnung benutzte, ihn mit ihrer Verletzung provozieren zu können. Vielleicht würde sie noch herausbekommen, woher dieser Hass rührte. Hartwig war ja Roberts Freund, und auch Wolfram schien ihn zu mögen, so viel hatte sie zumindest aus einigen Gesprächen herausgehört. Letztendlich musste sie diesem gefühlskalten und gefährlichen jüngeren Bruder in Zukunft aus dem Weg gehen, und sollte in den nächsten Tagen oder Wochen tatsächlich Robert auftauchen, würde sie kein Wort über den Vorfall vom Mittag verlieren.

Trotz der lauen Nacht fröstelte sie, und sie wickelte sich fest in ihre Decke. Doch sie konnte nicht in den Schlaf finden, denn seit ihre Gedanken wieder vermehrt um Robert kreisten, wuchs die Unruhe in ihr. Sie musste sich eingestehen, dass der Wunsch, in Aldas Fußstapfen zu treten, nicht allein aus ihrem Wunsch, anderen zu helfen und die Heilkräfte der Kräuter kennenzulernen, entstanden war. Ein anderer, nicht unbedeutender Grund lag in der Tatsache verborgen, dass ihr die Möglichkeit, ihr Leben legitim an Roberts Seite zu verbringen, verwehrt bleiben würde. Er hatte ihr von Anfang an klargemacht, dass er nicht ans Heiraten dachte, und letztendlich war sie froh, dass Alda ihr diesen anderen Weg ermöglicht hatte. So kreisten ihre Gedanken unermüdlich weiter, und es dauerte noch eine ganze Weile, bis Eilika endlich in einen unruhigen Schlaf fiel.

In einiger Entfernung von Eilika lag Gero auf dem Boden in seinem Zelt, und er hatte den Kopf auf die Arme gelegt, neben ihm schnarchten seine beiden Brüder. Hartwig hatte ihm nach ihrer Rückkehr ordentlich die Leviten gelesen. Unbewusst fuhr Geros Hand zu seinem Kinn, das von einer starken Schwellung verunstaltet war, alles in allem war er nicht mehr sicher, ob sich die Geschichte gelohnt hatte. Nach dem, was er gehört hatte, war er davon ausgegangen, dass es sich bei Eilika um die Geliebte seines Widersachers handelte, doch sie hatte es abgestritten. Dagegen sprach, dass Hartwig ihm deutlich zu verstehen gegeben hatte, dass er die Finger von der jungen Frau lassen sollte. Gero hatte sich einigermaßen geschickt aus der Affäre gezogen, indem er sich reumütig gezeigt hatte. Er würde Roberts Rückkehr abwarten müssen und die beiden dann beobachten. Vielleicht würde Eilika es seinem Widersacher trotzdem erzählen, denn Geros Ansicht nach konnten Frauen nichts für sich behalten.

Sollte er richtig liegen, würde Robert ihn mit Sicherheit herausfordern, und dann könnte er ihm endlich die Schmach ihres letzten gemeinsamen Turniers heimzahlen. Etwas zufriedener legte Gero sich auf die Seite und zuckte gleich darauf zusammen, denn sein Kinn schmerzte. Ärgerlich suchte er sich eine andere Position und schlief kurze Zeit später tief und fest.

Am nächsten Tag zeigte sich, dass der Aufbruch sich erheblich verzögerte, und zwar nicht aufgrund der durchzuführenden Taufen, sondern wegen des Problems der Proviantbeschaffung. Endlich, nach fünf Tagen, brachen sie früh am Morgen das Lager ab, und Eilika kümmerte sich schnell noch um die Männer, die von ihr versorgt werden mussten. Einige konnten inzwischen wieder ihren normalen Dienst erfüllen, während Ingulf und acht weitere Männer auf Wagen transportiert werden mussten. Eilikas Bruder war darüber nicht unbedingt unglücklich, denn er hatte sich noch nie besonders um die Erledigung bestimmter Arbeiten gerissen und genoss das Faulenzen so lange wie möglich. Wenzel dagegen hatte es weniger gut, denn er musste sich seit Ingulfs Verletzung nicht nur um Hartwigs, sondern auch um Geros Sachen kümmern, der noch keinen Ersatz für Lothar gefunden hatte.

Eilika hatte gerade ihren Beutel neben Ingulf auf dem Wagen verstaut, als sie in der Ferne einen kleinen Reitertrupp entdeckte. Sie kümmerte sich nicht weiter darum, denn den ganzen Tag über zogen kleinere Scharen durch die nähere Umgebung, um eventuellen Angriffen zuvorzukommen. Der Herzog hatte das komplette Lager durch einen eng zusammenstehenden Ring aus Wachposten sichern lassen, und auch wenn dieser Ort friedlich übergeben worden war, so schien er der Ruhe nicht ganz zu trauen. Eilika hatte von Hartwig erfahren, dass bis zu ihrem nächsten Ziel eine Wegstrecke von ungefähr hundert Meilen zu bewältigen war. Erst dann würden sie die Festung Dobin erreichen, die an einem großen See lag und auf die sich Fürst Niklot zurückgezogen hatte.

Die Heilerin sah sich nochmals prüfend um, ob sie auch an alles gedacht hatte. Ihr kleines Zelt war bereits abgebaut worden und hatte einen kahlen Fleck hinterlassen. Ihr Blick wanderte weiter, bis nach Lenzen hinüber, zu dem Ort, den sie selbst nicht hatte betreten dürfen. Darüber war sie nicht sehr unglücklich gewesen, denn das Leid und die Angst der Bewohner konnte sie sich auch aus dieser Entfernung gut vorstellen. Eilika ging um den Wagen herum, in dem sich auch ihr Bruder befand, und wollte sich auf den ihr zugewiesenen Platz setzen. Sie war am Anfang zwar ein wenig traurig gewesen, dass sie nicht reiten durfte, hatte ihre Meinung jedoch nach einem Gespräch mit Ingulf geändert.

Als dicht hinter ihr eine wohlbekannte tiefe Stimme erklang, fuhr sie herum. »Darf ich dir beim Aufsteigen helfen, oder willst du immer noch alles alleine erledigen?«

Eilika starrte den Mann in der staubigen Kleidung mit weit aufgerissenen Augen an und umarmte ihn spontan. Der Ritter war von ihrer unerwarteten Reaktion völlig überrumpelt, doch bevor er die Arme um sie legen konnte, hatte sie ihn bereits losgelassen. »Ich glaub es nicht, Ritter Gerald! Was macht Ihr nur hier, so weit weg von Quedlinburg?«

Gerald hatte sich wieder gefangen. »Das ist eine längere Geschichte, die sich besser am Feuer erzählen lässt. Wenn du damit einverstanden bist, werde ich dir heute Abend in aller Ausführlichkeit berichten, was immer du wissen willst.«

»Ihr seht müde aus, könnt Ihr denn noch den ganzen Tag durchhalten? Wenn nicht, besteht bestimmt die Möglichkeit, dass Ihr Euch auf einem der Wagen ausruht.«

Gerald sah sie erst entsetzt an, dann begann er, lauthals zu lachen. »Eilika, du versetzt mich immer wieder in Erstaunen. Ich habe schon Schlimmeres überstanden, und auf einen dieser Wagen lege ich mich erst, wenn mir irgendwelche Gliedmaßen fehlen. Mach dir keine Gedanken über mein Wohlergehen. Außerdem ist die Geschwindigkeit des Heeres nicht besonders hoch, und im Vergleich zu den letzten Wochen wird es ein erholsamer Spazierritt.«

Die junge Frau antwortete in gespielter Gekränktheit:

»Wie Ihr meint, aber dann könnt Ihr mir bestimmt noch auf den Wagen helfen.«

Gerald kam ihrem Wunsch gerne nach und verabschiedete sich anschließend von ihr, um Hartwig zu suchen. Da dieser vom Herzog das Kommando über einen Teil des Heeres übertragen bekommen hatte, wollte Gerald ihn über sein Erscheinen informieren.

Eilika sah ihm versonnen nach, als er langsam davonritt. Sie hatte sich sehr über das Wiedersehen gefreut, doch genauso hätte sie sich darüber gefreut, Meregard wiederzusehen. Denn nichts anderes stellten die beiden für sie dar: liebgewonnene Freunde, die ihr mehrfach zur Seite gestanden hatten. Sie fragte sich wohl zum hundertsten Mal, wie sich das Wiedersehen mit Robert gestalten würde, und hing auf dem gesamten Weg nach Norden ihren Gedanken nach.

Am Abend schlugen sie ihr Lager auf einer Anhöhe auf. Eilikas Zelt und das der Kranken und Verwundeten standen mit als Erstes, so dass sie sich gleich um ihre Schützlinge kümmern konnte. Sie hatten die Fahrt weitgehend gut überstanden, verlangten allerdings nach Essen und Trinken, und Eilika kümmerte sich sofort um die Verpflegung. Wasser gab es im Überfluss, da sie den ersten Teil des Tages vorwiegend einem kleineren Flusslauf gefolgt waren, und auch jetzt befand sich in der Nähe fließendes Gewässer. Mit der Nahrung sah es nicht ganz so gut aus, denn die Gegend war nur spärlich besiedelt, und alle umliegenden Höfe und kleineren Siedlungen waren bereits in die Pflicht genommen worden. Deshalb konnte sie den Männern, wie schon an den Tagen zuvor, nur dünnen Gerstenbrei vorsetzen und auch diesen nicht in der Menge, wie sie es gerne gehabt hätten.

Eilika aß mit ihrem Bruder, konnte sich allerdings nicht recht auf ihr Gespräch konzentrieren, denn sie war viel zu gespannt darauf, was Gerald ihr berichten würde. Und noch etwas anderes quälte sie, denn seit dem Tag, an dem sie auf das Heer gestoßen waren, hatte sie sich immer nur abends notdürftig mit etwas Wasser in ihrem Zelt gewaschen. Damit ihre Umrisse nicht durch die Stoffwand erkennbar waren, hatte sie gewartet, bis das kleine Lagerfeuer in ihrer Nähe verloschen war, und sich im Dunkeln gewaschen. Jetzt wollte sie sich endlich ein Herz fassen und Hartwig um einen weiteren Gefallen bitten. Da sie nicht die Möglichkeit hatte, ihn im Lager ausfindig zu machen, hoffte sie darauf, dass er sie, wie er es sich zur Gewohnheit gemacht hatte, nach dem Aufbau kurz aufsuchen würde. Sie wurde nicht enttäuscht, denn gerade als sie die geleerten Schüsseln abgewaschen hatte, trat Hartwig ins Zelt.

»Ich wollte mich nur vergewissern, dass bei dir und deinen Patienten alles in Ordnung ist.«

Eilika nickte schnell und nahm dann ihren ganzen Mut zusammen. »Alles bestens, Ritter Hartwig, wie immer. Doch ich habe eine Bitte an Euch. Hättet Ihr kurz für mich Zeit?« Sie holte tief Luft, dann sprudelte es aus ihr heraus: »In der Nähe gibt es einen kleinen Fluss, der ein kleines Stück weiter am Wald entlangfließt, gleich hinter dieser Anhöhe.«

Hartwig hatte ihr ruhig zugehört, doch je länger sie sprach, desto verwirrter wurde sein Gesichtsausdruck. »Verflucht noch mal, Mädchen, ich weiß, wie die Gegend hier aussieht. Würdest du jetzt endlich auf den Punkt kommen!«

»Wollte ich doch gerade. Ich würde gerne von Euch die Erlaubnis erhalten, in der Dämmerung dorthin zu gehen, um ein Bad zu nehmen. Alles an mir ist dreckig, und ich habe das Gefühl, allmählich zu stinken. Bitte, es würde kaum einer bemerken, und die Stelle ist gut geschützt.«

Hartwigs Verwirrung verwandelte sich in Verblüffung, und schließlich schüttelte er resigniert den Kopf. »Jetzt wird mir vieles klar, ihr beiden passt wirklich gut zusammen. Alleine dorthin zu gehen, kannst du dir allerdings aus dem Kopf schlagen, das würden mindestens zehn Männer mitbekommen. Es sei denn, du hättest gerne Zuschauer dabei.« Enttäuscht ließ Eilika den Kopf hängen. »Außerdem wissen wir nicht, wer sich vielleicht in dem Waldstück herumtreibt. Wenn du fertig bist, gehen wir unsere Pferde holen. Ich begleite dich, und vielleicht kann ich auch noch Wolfram auftreiben, denn von uns hast du nichts zu befürchten. Also, lass uns diese unnütze Zeitverschwendung schnell hinter uns bringen.«

Eilikas Gesicht hatte sich bei seinen Worten aufgehellt, und bevor er losgehen konnte, packte sie ihn fest am Arm. »Gegen Euren Bruder Wolfram habe ich nichts, aber wenn Ihr gedenkt, auch Ritter Gero mitzunehmen, verzichte ich lieber auf die ersehnte Erfrischung und stinke weiter vor mich hin.«

Hartwig erwiderte düster: »Keine Sorge, er wird dich nicht mehr belästigen, du hast mein Wort darauf. Abgesehen davon stinkst du nicht, jedenfalls ist es mir nicht aufgefallen.«

Wenige Zeit später hockte Hartwig mit dem Rücken zum Fluss auf einem Baumstumpf, und sein Bruder Wolfram stand ein paar Meter entfernt bei den Pferden. Während Hartwig im Hintergrund Eilikas Plätschern hörte, hing er seinen Gedanken nach. Ihre Art gefiel ihm, denn sie war nicht zimperlich und besaß großes Mitgefühl. Zudem war sie ausnehmend hübsch, wobei ihre Rundungen für seinen Geschmack ruhig noch üppiger ausfallen konnten. Er verstand seinen Freund immer besser und war gespannt darauf, wie Robert mit der Aufsässigkeit der jungen Frau umging. Er war nun richtig froh darüber, dass sein Freund ihm in seiner alkoholisierten Stimmung allerlei über Eilika erzählt hatte, sonst hätte er das Mädchen vielleicht doch nicht mit ins Lager genommen.

Als Eilika nach dem erfrischenden Bad mit nassen Haaren und ebenso nassem Kleid wieder zurück zu ihrem Zelt ging, fühlte sie sich so gut wie schon seit Tagen nicht mehr.

Vor ihrem Eingang wartete Gerald bereits auf sie. »Was ist denn mit dir passiert?«

Sie strahlte ihn an und erzählte ihm kurz von ihrem kleinen Ausflug. Dabei fielen ihr Hartwigs Worte wieder ein, und da sie erfahren hatte, dass Gerald ihn ebenfalls gut kannte, fragte sie ihn nach der Bedeutung.

Der Ritter klärte sie rasch auf. »Robert mag kaum etwas mehr, als regelmäßig im Fluss ein Bad zu nehmen. Anscheinend hegst du die gleichen Vorlieben wie er.«

Eilika murmelte eine knappe Entschuldigung und ging schnell in ihr Zelt, wo sie ihr nasses Kleid auszog und kurz entschlossen in das Gewand aus dem grünen Tuch schlüpfte, das Alda ihr gefertigt hatte. Nach kurzem Zögern hängte sie sich auch noch den Umhang um, dann trat sie nach draußen und legte ihr nasses Kleidungsstück zum Trocknen auf die Zeltaußenwand. Anschließend setzte sie sich zu Gerald, der am Feuer auf sie wartete.

»Verzeiht mir, Herr Gerald, aber ich wollte Euch wenigstens einigermaßen sauber Gesellschaft leisten. Wie ich sehe, konntet auch Ihr Euch frisch machen, doch seid Ihr nicht zu müde? Wir können uns auch morgen unterhalten.«

Der Ritter lehnte ihren Vorschlag ab, dabei hatte er tiefe Ringe unter den Augen und erschien Eilika auch dünner als bei ihrer letzten Begegnung. »Nein, es geht schon. Übrigens soll ich dir noch etwas von der Äbtissin übergeben.« Er nahm eine Pergamentrolle, die neben ihm auf dem Boden gelegen hatte, und überreichte sie Eilika. Die Heilerin nahm sie entgegen und blickte unverwandt auf das rote Siegel mit dem Zeichen des Stifts. Als Gerald ihr Zögern bemerkte, ermutigte er sie: »Öffne es ruhig, es ist wirklich speziell für dich und wird dir bestimmt gefallen.«

Eilika erbrach das Siegel und rollte das Pergament auseinander. Die drei Seiten waren dicht beschrieben, und bei dem Verfasser der verschiedenen Gedichte handelte es sich offenbar um den Bruder der Äbtissin, Roberts Lehrmeister. Langsam begann sie, die Worte zu lesen. Nach der letzten Unterrichtsstunde bei der Äbtissin war eine lange Zeit vergangen, und Eilika merkte, dass ihr das Lesen schwerer fiel. Doch nach den ersten Zeilen ging es schon besser, und bald hatte sie die erste Seite gelesen.

Auf einmal fiel ihr Gerald wieder ein, und sie ließ das Schriftstück schuldbewusst sinken. »Schon wieder muss ich Euch um Verzeihung bitten. Diese Gedichte sind so schön, dass ich alles um mich herum vergessen habe. Wie komme ich bloß zu diesem wundervollen Geschenk?«

Gerald antwortete ernst: »Ich denke, es ist besser, wenn ich dir alles von Anfang an erzähle, allerdings werde ich mich kurz fassen, denn lange kann ich die Augen nicht mehr aufhalten. Ich bin erst knapp zwei Wochen nach deinem Verschwinden wieder in Quedlinburg eingetroffen, wo ich als Erstes nach meiner Tochter gesehen und von Meregard alles erfahren habe. Sie war in großer Sorge um dich und gab sich die Schuld daran, dass du geflüchtet bist, anstatt zur Äbtissin zu gehen. Ich habe sie zum ersten Mal schwach und hilflos erlebt. Mein weiterer Weg führte mich zur Leiterin des Stifts, und auch hier begegnete mir tiefe Sorge um dich. Äbtissin Beatrix machte sich große Vorwürfe wegen des Vorfalls nach Aldas Tod und deiner Flucht und gab zu, dass sie die Lage nicht richtig eingeschätzt hatte. Sie bat mich, nach dir zu suchen, nicht zuletzt weil sie Robert versprochen hatte, sich um dich zu kümmern. Mein offizieller Auftrag lautet allerdings, Robert zu finden, da es kaum zu erklären wäre, dass die Äbtissin nach einer einfachen jungen Frau suchen lässt. Deshalb hat sie mir noch eine andere versiegelte Mitteilung mitgegeben, die ich notfalls vorzeigen kann. Doch bisher habe ich sie nicht gebraucht, denn mein Weg hierher verlief reibungslos. Ein einsamer Reiter, staubig und in einfacher Kleidung, erregt nun mal keinerlei Aufsehen, nachdem ein so großes Heer durchgezogen ist.«

Eilika fuhr mit der Hand vorsichtig über das Pergament, das sich wieder leicht zusammengerollt hatte. »Wie habt Ihr mich bloß gefunden? Ich habe doch zu Meregard gesagt, dass ich nach Braunschweig will.«

Gerald nickte kurz und unterdrückte ein Gähnen. »Das stimmt und hat mir zudem nicht wenig Kopfzerbrechen bereitet. Ich war in Braunschweig, konnte allerdings niemanden finden, der sich an dich erinnerte. Das Heer war bereits vor längerer Zeit aufgebrochen, und da ich keine weiteren Anhaltspunkte über deinen Weg hatte, beschloss ich, den Soldaten zu folgen. Mir war nämlich eingefallen, dass dein Bruder bei ihnen sein würde – und nicht zuletzt auch Robert.«

Röte überzog Eilikas Gesicht, und sie war froh, dass der Schein des Feuers nicht so stark war. Ihr war nicht bewusst gewesen, dass ihre Gefühle für Robert so offensichtlich für alle waren, und am liebsten hätte sie sich die Kapuze übers Gesicht gezogen.

Gerald schien von ihren Seelennöten nichts zu merken, denn er fuhr im gleichen Ton fort: »Vor drei Tagen habe ich einen Händler namens Ulrich getroffen, der mir erzählte, dass er dich und einen Mönch von Goslar aus mitgenommen habe. Anfangs hat er sich recht unfreundlich über dich geäußert, seine Meinung jedoch schnell geändert, nachdem er Bekanntschaft mit meinem Schwert gemacht hatte. Tja, heute Morgen habe ich dich endlich gefunden, und jetzt muss ich nur noch auf Robert warten. Hartwig meinte, dass er in den nächsten Wochen wieder zu uns stoßen wird.«

Eilikas Herz machte angesichts dieser Neuigkeit einen großen Sprung, doch ein herzhaftes Gähnen riss sie aus ihren Gedanken, und sie sah Gerald mitleidig an. »Ich danke Euch für Eure netten Worte, doch jetzt solltet Ihr Euch besser schlafen legen, sonst fallt Ihr morgen noch vor lauter Müdigkeit vom Pferd.«

Der Ritter nickte und zeigte auf Eilikas kleines Zelt. »Nächtigst du dort?« Nachdem sie die Frage bejaht hatte, stand er erst auf, überlegte es sich dann aber noch einmal anders und ging dicht neben ihr in die Hocke. »Eine Sache möchte ich dir noch sagen. Es ist mir sehr wichtig, und ich will damit nicht bis morgen warten.« Eilika nickte und sah ihn gespannt an. »Als ich zurückkam und du weg warst, ist mir vieles klar geworden. Ich mag dich sehr gern, wie du sicherlich weißt.« Eilika nickte stumm, unsicher, was sie erwartete. »Meregard war damals völlig durcheinander, wie ich dir ja schon erzählt habe. Nun ja, lange Rede, kurzer Sinn: Wir sind uns nähergekommen in den paar Tagen. Ich habe sie nach dem Tod meiner Frau nie richtig wahrgenommen, obwohl sie für meine Tochter immer da war, was ich ihr hoch angerechnet habe. Irgendwie bin ich immer davon ausgegangen, dass sie nur für Jolanda tiefe Gefühle hegt, dabei hat sie mich zu der Zeit bereits fasziniert. Meregard ist eine unglaublich starke Frau, und ich wusste nicht, wie ich mich offenbaren sollte. Dann kamst du, und Alda hatte wohl Angst, dass meine Gefühle für dich nicht nur rein freundschaftlich sein könnten. Die weise Frau schien gespürt zu haben, dass ich eigentlich Meregard wollte und nur zu unsicher war, ob sie ebenso empfand. Alda hat es wie immer klug eingefädelt, denn sie hat auch mit Meregard gesprochen und uns beiden einen kleinen Schubs gegeben, der seine Wirkung leider erst nach ihrem Tod entfaltet hat. Wenn ich zurück bin, werden wir heiraten.«

Eilika liefen die Tränen übers Gesicht.

Gerald sah sie entsetzt an. »Freust du dich denn gar nicht für uns? Wieso weinst du?« Als Eilika daraufhin zu lachen anfing, wusste der Ritter überhaupt nicht mehr, was er denken sollte.

Schließlich beruhigte sie sich wieder. »Ihr müsst mir verzeihen. Das waren keine Tränen der Trauer, sondern der Erleichterung und der Freude für Euer beider Glück. Ich bin froh, dass Meregards Wünsche sich erfüllen, denn sie hat es verdient, glücklich zu sein.«

Gerald hatte ihr erleichtert zugehört. »Auch du verdienst es, glücklich zu sein. Was ist mit dir und Robert?«

Betrübt schüttelte Eilika den Kopf. »Das mit uns hat keine Zukunft, und wenn dieser Feldzug vorbei ist, werden mein Bruder und ich uns irgendwo eine Bleibe suchen. Ich habe in den letzten Monaten viel gelernt und werde es ohne Zweifel schaffen, für unser beider Unterhalt zu sorgen.«

»Du wirst es mit Sicherheit schaffen, doch mit Robert irrst du dich. Ich weiß zwar nicht, was zwischen euch vorgefallen ist, aber so leicht gibt er nicht auf, wenn er etwas will. Ich habe seinen Gesichtsausdruck gesehen, als er dich bei unserem kurzen Gespräch in Quedlinburg erwähnt hat. Sei nicht zu vorschnell mit deinen Entschlüssen.«

Die junge Heilerin reagierte abweisend. »Wie dem auch sei, heute Abend haben wir genug geredet. Legt Euch schlafen, Ihr braucht die Ruhe.«

Der Ritter nickte, erhob sich und ging in Richtung ihres Zeltes.

Eilika sah ihm mit steigendem Erstaunen dabei zu, wie er seine Decke in der Nähe ihres Eingangs ausrollte. »Ihr könnt dort nicht schlafen, schließlich seid Ihr von edler Herkunft, und ich bin nur eine einfache Frau. Euch steht ein besserer Schlafplatz in einem der Zelte zu.«

Gerald ließ sich nicht stören und machte es sich auf seiner Decke bequem. »Sicher steht mir der zu, und er wurde mir auch gezeigt, doch ich habe die letzen Wochen immer nur unter freiem Himmel geschlafen. Außerdem möchte ich jetzt, wo ich dich gefunden habe, auch sichergehen, dass dir nichts passiert. Zerbrich dir nicht deinen hübschen Kopf um Dinge, an denen du sowieso nichts ändern kannst. Ich jedenfalls lege mich jetzt schlafen.« Um seinen Worten auch Taten folgen zu lassen, machte er es sich bequem und schloss die Augen.

Eilika stand einen Augenblick lang einfach nur da und sah auf ihn hinab, dann ging sie vorsichtig an Gerald vorbei in ihr Zelt.

27. KAPITEL

Fürst Niklot stand auf dem Wehrgang seiner Burg und blickte in der Abenddämmung über sein Land. Die Arbeiten an der Festung Dobin, in der er sich seit seinem Rückzug aufhielt, waren so gut wie abgeschlossen, und er war bestens gerüstet für einen Angriff. Zur Seeseite hin hatte er an allen relevanten Stellen Verstärkungen anbringen lassen, wodurch ein Angriff vom Schweriner See aus zum Scheitern verurteilt sein würde. Auch einer längeren Belagerung sah er gelassen entgegen, denn sämtliche Lebensmittelvorräte aus der Umgebung lagerten im Inneren der Burg. Die Bevölkerung des nahen Umlandes würde rechtzeitig gewarnt werden und sich in den Schutz der Fluchtburg zurückziehen können, da seine Männer ständig die Umgebung abritten.

Der Fürst war zufrieden mit sich, schließlich hatte er bei seinem Angriff auf Lübeck vor mehreren Wochen viel erbeutet, und auch an den nachfolgenden Tagen hatten er und seine Männer kaum Verluste hinnehmen müssen, da sie immer noch den Vorteil der Überraschung auf ihrer Seite hatten. Die Frauen und Kinder, die sie als Arbeitskräfte mitgenommen hatten, befanden sich derzeit auf den Feldern oder mussten anderweitig mithelfen, und damit besaß er noch ein weiteres Druckmittel gegen den herannahenden Sachsenherzog.

Niklot war von Anfang an klar gewesen, dass er dessen gewaltiger Streitmacht nichts entgegenzusetzen hatte. Auch die Ortschaften, die sich mittlerweile ergeben hatten, waren ihm bekannt, und er wusste, dass sie keine andere Wahl gehabt hatten. Bei ihm selbst verhielt sich die Lage allerdings anders, denn er würde sich niemals ergeben und seine Festung den Feinden überlassen, vorher würde er sie selbst zerstören. Doch so weit würde es nicht kommen, da er rechtzeitig vorgesorgt hatte. Falls die Sachsen ihrer Angriffe gegen seine Trutzburg müde werden und sich stattdessen auf eine wochenlange Belagerung einstellen sollten, kämen sie dank seiner weisen Voraussicht auch nicht weiter. Er würde es monatelang aushalten, so viel war sicher. Früher oder später, wenn sie vor lauter Hunger und Entkräftung ihre Waffen nicht mehr halten konnten, würden sie wieder abziehen. Dass die angreifenden Sachsen hungern würden, dafür hatte er gesorgt, denn in der ganzen Umgebung gab es keine Vorräte mehr, die sie erbeuten könnten.

Als sich ihm Schritte näherten, drehte er sich um und erblickte seinen Sohn Prisbilaw. Im Schein der brennenden Fackeln, die die Burg erhellten, konnte man die Ähnlichkeit der beiden Männer deutlich erkennen. Seinen ältesten Sohn Wartislaw hatte er mit dem Bau einer Festung an der Grenze zum polnischen Gebiet beauftragt, denn auch von dort drohten ihnen ständig Gefahren, und sie mussten den Menschen in den grenznahen Gegenden bei Bedarf Unterschlupf in einer Fluchtburg bieten.

»Vater, ich habe mich von der zusätzlichen Sicherung des Haupttores heute Nachmittag überzeugt. Nach allem, was uns unsere Kundschafter heute berichteten, müssen wir mit dem Eintreffen des Feindes nicht vor Ende dieser Woche rechnen.«

Fürst Niklot nickte bedächtig. Sein Sohn besaß eine unruhige Natur und konnte es kaum abwarten, dass der sächsische Herzog mit seinem Heer eintraf. Wäre es nach Prisbilaw gegangen, dann hätten sie gekämpft, anstatt sich in der Burg zu verschanzen. Der Fürst hatte Verständnis für seinen Sohn, denn von ihm persönlich hatte der junge

Mann das ungezügelte Temperament geerbt. Erst im Laufe seines Lebens hatte er gelernt, besser damit umzugehen, und er war sicher, dass auch seine Söhne einmal starke Führer ihres Volkes sein würden. Aber im Augenblick galt es nicht, Stärke im Kampf zu zeigen, sondern den längeren Atem zu besitzen. Niklot hatte in seiner achtzehnjährigen Herrschaft viel erlebt, und nicht zuletzt seinem Listenreichtum und seiner Rücksichtslosigkeit war es zu verdanken, dass er bisher nicht nur gegen sächsische, sondern auch gegen dänische und polnische Angreifer bestehen konnte.

Über seinen jetzigen Gegner Heinrich den Löwen wusste er nicht viel zu sagen, da der Sachsenherzog noch jung an Jahren war – der Abodritenfürst war mehr als doppelt so alt wie er –, hatte er bisher kaum Erfahrungen mit seinem Gegner gesammelt. Was ihm allerdings seine Spione berichtet hatten, sprach für einen klugen Kopf und die gleiche Rücksichtslosigkeit, die ihm selbst zu eigen war.

Fürst Niklot legte eine Hand auf die Schulter des Sohnes. »Zügele deine Ungeduld, mein Sohn, du wirst bestimmt noch Gelegenheit bekommen, gegen unseren Gegner zu kämpfen. Im Augenblick ist jedoch nicht der richtige Zeitpunkt dafür. Lenzen hat sich dem Sachsen ergeben, doch unsere Festung Dobin wird er nicht erhalten, darauf gebe ich dir mein Wort.«

Prisbilaw presste die Lippen aufeinander und nickte kurz. Er war mit dem Vorgehen seines Vaters zwar nicht einverstanden, hätte aber nicht im Traum daran gedacht, ihm zu widersprechen.

Der Fürst zog die Hand zurück und warf einen letzten Blick auf die Landschaft, die nun in völliger Dunkelheit vor ihnen lag. »Heute wird nichts mehr geschehen. Lass uns schlafen gehen und auf die neuen Berichte der Kundschafter warten.« Er wandte sich der steilen Steintreppe zu, die in den Innenhof führte.

Sein Sohn dagegen blieb stehen. »Geh ruhig schon voraus, Vater, ich möchte noch ein wenig den lauen Abend genießen.«

Fürst Niklot nickte und setzte seinen Weg in Richtung der Schlafgemächer fort.

Prisbilaw starrte in der Dunkelheit hinüber zu den grossen Wäldern. Es war nichts mehr zu erkennen, doch vor seinem geistigen Auge sah er seinen Vetter Borwin mit ungefähr siebzig Männern, die sich in der Tiefe der slawischen Wälder versteckt hielten. Sein Vater wusste nichts davon, denn er hätte es nicht gutgeheißen. Prisbilaw verband viel mehr mit Borwin als nur die enge Verwandtschaft, denn beide hatten den gleichen Kampfgeist, doch sie wussten um ihre schlechte Lage und hatten daher vor dem Rückzug in die Festung Dobin vereinbart, dass Borwin mit seinen Männern im Hinterland die Entwicklungen abwartete. Von dort aus wollte er dann gezielte Angriffe auf kleinere Gruppen des feindlichen Heeres durchführen, etwa wenn sie die Gegend auskundschafteten, und sich danach wieder in sein sicheres Versteck zurückziehen.

Prisbilaw beneidete seinen Vetter um die Möglichkeit, einige der Eindringlinge zu töten, was ihm selbst leider unmöglich war, da sein Vater seine Anwesenheit in der Burg erwartete. Fürst Niklot wähnte seinen Neffen Borwin bei seinem anderen Sohn Wartislaw, der in den Plan eingeweiht war. Mit einem zufriedenen Lächeln folgte Prisbilaw seinem Vater einige Zeit später ins Innere der Burg.

28. KAPITEL

Missmutig löffelte Robert die Reste seiner Suppe aus, die ihn nicht satt gemacht hatte, da kaum fester Inhalt darin zu finden war, doch trotz der Hitze, die seit einigen Tagen vorherrschte, tat ihm die wärmende Mahlzeit am Abend gut. Es war bereits Ende August, bei der Belagerung von Dimin war immer noch kein Ende absehbar, und Roberts Ansicht nach hatte es auch nicht den Anschein, als sollte sich daran etwas ändern. Die Stadt war gut befestigt, und mit der südlich gelegenen Burg verhielt es sich ebenso. Sie war aus massivem Stein an einem steil abfallenden Hügel über dem Ufer der Peene gebaut, und durch einen Damm waren der Ort und die Festung miteinander verbunden.

Die ganze Situation schien ausweglos, die Stimmung im Lager war mehr als bedrückend, und Roberts einzige Lichtblicke waren seine abendlichen Schachspiele mit dem Markgrafen von Meißen. Durch ihn hatte er auch erfahren, dass der andere Teil des Heeres unter der Führung des Markgrafen Albrecht vor kurzem Stettin erreicht hatte, wo sie sich in einer ähnlichen Situation befanden wie die Männer hier in Dimin. Auch vom Heer des Sachsenherzogs wussten sie mittlerweile, dass es die Festung Dobin belagerte.

Seit der Teilung der Armee hatte es auf dem Weg bis Dimin kaum nennenswerte Zwischenfälle gegeben, und bis auf ein paar kleinere Scharmützel verlief alles ruhig. Ihr Hauptproblem stellte nach wie vor die Verpflegung der vielen tausend Männer dar, außerdem kam es immer wieder zu Konflikten unter den verschiedenen Gruppen des großen Heeres. Während die führenden und hochrangigen Ritter bereits darauf spekulierten, nach dem Kreuzzug Land zu erhalten, waren die Männer des einfachen Adels sowie das Fußvolk daran interessiert, möglichst oft ihren Status als Sieger zu zeigen. Mehr als einmal musste willkürlichen Zerstörungen Einhalt geboten und mussten Brände gelöscht werden, und wenn nach kleineren Gefechten die fliehenden Slawen verfolgt und ebenfalls niedergestreckt werden sollten, hielten die ritterlichen Herren ihre Männer davon ab. Es war nicht im Sinne der Kriegsfürsten, spätere Arbeitskräfte zu töten oder Land zu verheeren, das sie in naher Zukunft vielleicht ihr eigen nennen konnten. Aus all diesen Gründen stand es mit der Stimmung nicht zum Besten.

Robert hatte von Konrad von Meißen den Befehl über einen Teil der Männer übertragen bekommen. Zwischen den Gefechten, die sie sich mit den Verteidigern der Burg und der Stadt lieferten, versuchte er – wenn auch meist nicht sehr erfolgreich – ihre Moral zu stärken und sie mit Übungskämpfen bei Laune zu halten. Sein stärkster Gegner war die mangelnde Ernährung, und sie hatten schon einige Männer an diesen Feind verloren, gegen den sie machtlos waren. So schlich der Tod immer öfter durch das große Lager, je länger die Belagerung anhielt.

Auch an diesem Abend führte Roberts Weg ins Zelt des Markgrafen, der ihn bereits erwartete. Allerdings war er nicht allein, ein Robert unbekannter Mann ungefähr Anfang zwanzig war bei ihm. Seine Kleidung war sehr staubig, was auf einen langen Ritt hinwies.

»Gut, dass Ihr kommt, Ritter Robert, ich wollte gerade nach Euch schicken. Dieser sächsische Ritter hat eine Nachricht für Euch. Ich denke, es ist die, auf die Ihr bereits so lange wartet.«

Robert wandte sich nach einer knappen Verbeugung dem Boten zu, den nichts als Ritter des sächsischen Herzogs auswies, und er vermutete, dass der Mann die einfache Kleidung aus Sicherheitsgründen gewählt hatte. So hatte er unterwegs bessere Aussichten, unbehelligt zu bleiben.

»Robert von Harsefeld?«

Der Ritter nickte, woraufhin der Mann ihm eine Schriftrolle überreichte, auf der das Siegel des Herzogs angebracht war. Nachdem Robert die Nachricht gelesen hatte, gab er ihm weitere Anweisungen. »Ich danke Euch für die Überbringung des Schriftstücks. Euch wird ein Schlafplatz zugewiesen und etwas zu essen und trinken gebracht, morgen gleich nach Sonnenaufgang werden wir aufbrechen.«

Danach gab er einem Jungen, der vor dem Eingang des Zeltes auf ihn gewartet hatte, den Befehl, sich um die Bedürfnisse des müden Reiters zu kümmern. Nachdem der Bote sich von beiden Männern verabschiedet hatte, folgte er mürrisch dem Jungen, denn er hatte insgeheim darauf gehofft, einen Tag Ruhepause zu erhalten.

Im Zeltinnern wandte sich Robert an den Markgrafen. »Verzeiht mir bitte, Durchlaucht, aber ich fürchte, ich kann Euch heute nicht beim Schachspiel Gesellschaft leisten. Wie Ihr Euch sicher schon gedacht habt, erhielt ich von Herzog Heinrich den Befehl, sofort zu ihm ins Lager bei der Feste Dobin zu kommen. Ich muss mich daher jetzt noch um meine Sachen kümmern, damit ich zeitig aufbrechen kann.«

Konrad von Meißen nickte. »Natürlich, das war angesichts der Lage beider Heere zu erwarten. Ich habe Euch noch nicht erzählt, dass mich heute ein Unterhändler des Fürsten von Dimin aufgesucht hat, inoffiziell natürlich. In der letzten Nachricht, die ich vom Markgrafen Albrecht erhalten habe, klang etwas Ähnliches durch. Die Stadt Stettin ist noch besser befestigt als Dimin, und das Heer steht dort also vor dem gleichen Problem. Ich nehme an, dass in der nächsten Zeit auch Verhandlungen zwischen Fürst Ratibor von Stettin und dem Markgrafen stattfinden werden, und es stand noch etwas sehr Interessantes in der Botschaft. In der belagerten Stadt befindet sich angeblich Missionsbischof Adalbert, und auf den Befestigungsmauern sind christliche Kreuze zu erkennen. Sollte dies bedeuten, dass die Bewohner der Stadt bereits zum christlichen Glauben übergetreten sind, dann ist das schnelle Ende unseres Kreuzzugs in greifbarer Nähe. Ich gebe Euch diese Informationen, damit Ihr sie an den Herzog von Sachsen weiterleitet. So kann auch er zu einer schnellen Lösung gelangen und gegebenenfalls in Verhandlungen treten. Und nun wünsche ich Euch gute Reise, Ritter von Harsefeld. Ihr werdet mir nicht nur beim abendlichen Schachspiel sehr fehlen.«

Robert verbeugte sich tief und dankte dem Markgrafen von Meißen für das in ihn gesetzte Vertrauen. Dann verließ er langsam das Zelt. Draußen beschleunigte er allerdings sein Tempo, denn er hatte noch einiges zu erledigen, und ihm blieb nicht mehr viel Zeit, schließlich wollte er vor seiner anstrengenden Reise auch noch ein wenig Schlaf finden.

Als Robert am nächsten Morgen bei Sonnenaufgang zur Pferdekoppel ging, herrschte im Lager verhaltene Ruhe, und selbst die Jungen, die für die Tiere zuständig waren, lehnten müde an den Pfosten. Der Ritter winkte ab, als einer von ihnen bei seinem Erscheinen aufsprang, um ihm zu Diensten zu sein, denn er hatte vor, sich selbst um Alabaster zu kümmern, bat ihn aber, das Pferd des Boten fertigzumachen. Nachdem er den Hengst gesattelt und gezäumt hatte, musste er noch einen Augenblick auf seinen Mitreisenden Dietrich warten, und da er Unpünktlichkeit hasste, wurde seine Stimmung von Minute zu Minute schlechter. Als er den jungen sächsischen Ritter gleich darauf erblickte, hellte sich Roberts Miene jedoch wieder auf, denn der Mann bot ein erheiterndes Bild. Noch im Laufen band er sich seine Hose zu, und sein Wams hing lose über den Schultern.

Völlig außer Atem kam er bei dem Wartenden an, der ihn amüsiert beobachtete.

»Fünf Minuten später und ich wäre losgeritten.« Er stieg auf und zeigte auf das Ross des jungen Ritters. »Auch Euer Pferd wartet bereits auf Euch.«

Der Mann murmelte eine Entschuldigung, zog sich sein Wams an und schwang sich ebenfalls in den Sattel, um Robert eilig zu folgen.

Am Abend des zweiten Tages lagerten sie in einer verlassenen und halb verfallenen Hütte am Rand eines kleinen Wäldchens. Sie hatten inzwischen den größten Teil ihrer Reise bewältigt und waren bisher auf keine Schwierigkeiten gestoßen. Dietrich hatte für die gesamte Strecke drei volle Tage benötigt, doch wenn alles weiterhin so gut voranging, würden sie mit einem halben Tag weniger auskommen. Allerdings hätte die Entfernung nicht größer sein dürfen, denn bei dem Tempo, das Robert vorgab, gingen die Pferde an die Grenze ihrer Möglichkeiten. Vor allem bei Dietrichs Tier, einer jungen Stute, machte sich am Abend die Erschöpfung bemerkbar, während man Alabaster kaum etwas von der Anstrengung ansah. Der große Hengst war es gewöhnt, sich über längere Strecken im Galopp zu bewegen.

Dietrich war ein ruhiger Mann, mit dem Robert am abendlichen Lagerfeuer gute Gespräche führen konnte, und obwohl er nur drei Jahre jünger war als der Ritter, war der Feldzug für ihn erst der zweite. Er war nicht sehr groß und von zarter Statur, seine Haut war trotz der Jahreszeit auffallend blass und stand in starkem Gegensatz zu seinen schwarzen kurzgeschnittenen Haaren. Robert hatte sich während der letzten beiden Tage mehrfach gefragt, warum der Herzog nicht einen Mann mit mehr Erfahrung ausgewählt hatte, andererseits musste er zugeben, dass sein Begleiter die Strapazen der Reise gut wegsteckte. Er schien trotz seines zarten Äußeren von sehr zäher Natur zu sein.

Davon abgesehen konnte er gut erzählen, und so erfuhr Robert einige Dinge über den bisherigen Verlauf des Feldzugs. Leider kannte Dietrich die Freunde des Ritters nicht, und so musste er sich bis zum nächsten Tag gedulden, um etwas über Hartwig, seine Brüder und über Ingulf zu erfahren.

Gegen Mittag des dritten Tages erreichten sie den Schweriner See, wo sie von einer Anhöhe aus einen guten Blick über das gesamte Lager und die Festung hatten. Robert erkannte sofort die strategisch günstige Position der Burg und den damit fast völlig aussichtslosen Versuch, sie einzunehmen, doch die Größe des Lagers überraschte ihn. Als er das Heer Heinrichs des Löwen verlassen hatte, war es deutlich kleiner gewesen. Dietrich klärte ihn schnell über das Eintreffen Konrads von Zähringen und des Erzbischofs Adalbert von Bremen mit ihren Truppen auf und erwähnte auch, dass sie sich bei der Festung Dobin mit den dänischen Kreuzfahrern zusammengeschlossen hatten.

Mittlerweile hatten fünf Ritter sie in Empfang genommen, die sie nun direkt zum Herzog führten. Dieser stand mit einigen anderen Rittern aus seinem Gefolge an einem Tisch, geschützt von einer Zeltplane, die an einer Seite offen war. Als Heinrich der Löwe sich den beiden Ankömmlingen zuwandte, hellte sich seine bisher unbewegte Miene auf.

Dietrich trat einen Schritt vor und verbeugte sich tief. »Euer Hoheit, wie von Euch gewünscht, bringe ich Euch den Ritter Robert von Harsefeld.«

Der Herzog dankte ihm mit knappen Worten und entließ ihn mit einer Handbewegung. Auch den anderen Rittern gab er die Anweisung, ihn mit von Harsefeld allein zu lassen und in der Nähe auf seine Befehle zu warten. Nachdem alle gegangen waren, verbeugte sich Robert ebenfalls. »Ich freue mich, Euch wieder zu treffen, von Harsefeld. Ihr seht mitgenommen aus, demnach vermute ich, dass es bei dem anderen Heer nicht besser mit dem Proviantnachschub aussieht?«

Robert schüttelte bedauernd den Kopf. »Leider nein, Euer Hoheit, zumindest nicht bei dem Teil des Heeres, von dem ich komme.« Erstaunt sah der Herzog ihn an, und der Ritter beeilte sich, seine Äußerung zu erklären. »Ab Malchow bin ich dem Markgrafen von Meißen bis nach Dimin gefolgt, während Markgraf Albrecht mit seinem Heer, dem sich übrigens der päpstliche Legat und der Erzbischof von Magdeburg angeschlossen haben, nach Stettin gezogen ist.«

Heinrich hatte ihm mit gespannter Aufmerksamkeit zugehört und sich inzwischen auf einen schweren Holzstuhl gesetzt. Mit dem rechten Arm stützte er sich auf eine der beiden Lehnen, den Kopf leicht in eine Hand gestützt. Nachdenklich murmelte er schließlich: »Dahin geht also sein Begehren. Das wundert mich nicht!« Dann richtete er seine Aufmerksamkeit wieder auf Robert und bat ihn, mit seinem Bericht fortzufahren. Als Robert geendet hatte, herrschte eine Weile Stille, ehe der Herzog wieder das Wort ergriff. »Ich danke Euch für Eure gute Arbeit. Nachdem ich nun weiß, dass auch die beiden anderen Heere in ihren Belagerungen verharren, kann ich weiterplanen. Allerdings kann ich Euch erst aus meinem Dienst entlassen, wenn dieser Kreuzzug beendet ist, denn es gibt Probleme mit vereinzelten Übergriffen auf meine Männer, die die Gegend sichern sollen, und mittlerweile beläuft sich die Anzahl der getöteten Männer auf fast fünfzig. Die Angreifer lauern ihnen in den Wäldern auf und verschwinden wieder, sobald Verstärkung in Sicht ist, so dass es kaum möglich ist, sie aufzugreifen. Ich übertrage Euch die Aufgabe, dieses slawische Pack zu finden und mir den Anführer zu bringen: lebend oder tot! Einer unserer Männer konnte schwer verletzt entkommen und hat mir berichtet, dass die Zahl der Angreifer ungefähr zwischen sechzig und achtzig liegt. Ich betraue Euch nur ungern mit dieser Aufgabe, da ich einen guten Mann wie Euch nicht verlieren möchte, andererseits weiß ich keinen besseren als Euch und vertraue wie immer auf Eure Fähigkeiten.«

Robert ließ sich seine Enttäuschung mit keiner Regung anmerken. »Ich danke Euch für das Vertrauen. Wann wünscht Ihr, dass ich mich darum kümmere?«

Herzog Heinrich blickte Robert unverwandt an. »Euch sei zunächst ein Tag Ruhepause gegönnt. In zwei Tagen erhaltet Ihr dann den direkten Befehl von mir, in welche Richtung Ihr reiten sollt. Für Eure Mission könnt Ihr Euch übrigens genügend Männer Eurer Wahl aussuchen. Ach ja, wir haben vor ein paar Wochen Besuch erhalten, der indirekt auch Euch betrifft, und Ihr werdet Euch bestimmt darüber sehr freuen. Dennoch bitte ich Euch, Euer Pflichtgefühl nicht zu vergessen, auch wenn es Euch sicher schwerfallen wird.«

Robert verließ einigermaßen verwirrt den Unterstand und ging zu Alabaster, der ein paar Meter entfernt auf ihn wartete. Ein Junge hatte ihm etwas zu fressen gegeben und einen Eimer mit frischem Wasser hingestellt, da Robert es abgelehnt hatte, den Hengst zu den anderen Pferden auf die Koppel bringen zu lassen. Er war es gewohnt, sich selbst um das Tier zu kümmern, und führte den Hengst nun gemächlich zwischen den Zelten zu dem großen, provisorisch eingezäunten Platz. Währenddessen zermarterte er sich den Kopf, was der Herzog gemeint haben könnte.

Nachdem er die schwere Last von Alabasters Rücken heruntergenommen hatte, sattelte er ihn ab, um ihn zu den anderen Pferden zu bringen. Er wollte sich danach schon wieder abwenden, als er plötzlich stutzte, denn dicht neben seinem befand sich ein Sattel mit dem Wappen Quedlinburgs. Es war ins Leder gebrannt, und Robert kannte nur einen Mann, der so einen Sattel besaß. Zur Sicherheit hob er eine Seite davon leicht an, um letzte Zweifel auszuräumen, und als er am Rand das Familienwappen Geralds entdeckte, ging er zufrieden zu Alabaster zurück, um ihn ordentlich zu striegeln. Er freute sich sehr darüber, seinen Freund hier vorzufinden, obgleich ihn die Tatsache sehr verwunderte. Sofort machte sich Angst in ihm breit, denn womöglich deutete die Anwesenheit Geralds darauf hin, dass der Äbtissin etwas zugestoßen war. Roberts Unruhe wuchs so stark an, dass er die Bürste einem der Jungen übergab und sich auf die Suche nach Hartwig machte. Von ihm hoffte er zu erfahren, wo sich Gerald aufhielt.

Auf seinem Weg durch das Lager grüßten ihn viele der Männer freundlich und respektvoll, und seine Enttäuschung über den erneuten Auftrag wich einer Mischung aus Freude und Sorge. Bald darauf sah er das Zelt, auf dem das Wappen von Hartwigs Familie wehte. Draußen war niemand zu sehen, und da auf sein Rufen niemand antwortete, ging er einfach hinein, wo Hartwig auf einem Strohlager lag und schlief. Robert erschrak, als seinen ausgemergelten Freund sah, dessen Wangen eingefallen und von einem zottigen Bart fast ganz bedeckt waren.

Just in dem Augenblick schlug Hartwig die Augen auf, und als er Robert erkannte, versuchte er hochzukommen. »Mensch, hilf mir mal und steh hier nicht wie festgewachsen herum. Du siehst doch, dass ich nicht ganz auf der Höhe bin.«

Robert griff dem Ritter sofort unter die Arme und zog ihn hoch. Hartwig, der immer ein Bär von einem Mann gewesen war, hatte merklich abgenommen, und seine Haut sah fahl aus. Robert hatte Angst, sein Freund könnte sofort umfallen, wenn er ihn losließ. Langsam gingen sie nach draußen, wo Hartwig sich schwer auf einen Holzschemel fallen ließ, der vor dem Zelt stand.

Robert ging vor ihm in die Knie. »Was ist mit dir passiert? Du solltest ins Krankenlager.«

Hartwig winkte ab. »Ach was, mir geht es bald wieder

besser. Ich habe mir nur den Magen verdorben und kann gerade nichts bei mir behalten, das ist aber auch kein Wunder bei dem Fraß. Schlechter geht es kaum, sage ich dir, und dabei auch noch wenig! Momentan geht es vielen Männern so wie mir, und ich rappele mich schon wieder auf. Doch nun erzähl, wie ist es dir ergangen?«

Robert musterte seinen Freund zweifelnd, doch er hielt sich mit weiteren Ermahnungen zurück, da er aus Erfahrung wusste, dass er damit bei Hartwig keinen Erfolg haben würde. »Ich habe Geralds Sattel gesehen, und wenn du mich zu ihm führst, werde ich dir alles Wichtige berichten. Was hat ihn eigentlich hierher geführt?«

Hartwig erhob sich mühsam von seiner Sitzgelegenheit. »Das soll er dir selbst erzählen, allerdings müssen wir dann doch zum Krankenlager.«

Robert blickte ihn besorgt an. »Wieso Krankenlager? Geht es Gerald etwa auch nicht gut?«

»Wieso sollte es ihm schlechtgehen? Heute Morgen war er jedenfalls noch wohlauf«, erwiderte der Ritter verwundert und ging langsam voran. Robert folgte ihm sichtlich durcheinander.

»Herr Robert, wartet bitte auf mich!« Beide Männer blieben stehen und drehten sich um, während Ingulf ihnen freudestrahlend entgegenlief. »Seid wann seid Ihr wieder da? Ich habe Alabaster entdeckt und mich gleich auf die Suche nach Euch gemacht. Da wird sich meine ...«

Ein Hustenanfall Hartwigs unterbrach die Worte des Jungen, und er biss sich auf die Lippen, als er den warnenden Blick bemerkte. Robert fiel der Blickwechsel natürlich auf, und er hakte misstrauisch bei Ingulf nach.

Der zuckte jedoch nur kurz mit den Achseln und meinte: »Ich wollte nur sagen, dass sich meine Stute bestimmt über Alabasters Rückkehr freuen wird.«

Robert zweifelte langsam, aber sicher am Gesundheitszustand der beiden, und als er Ingulfs linken Arm bemerkte, der schlaff herunterhing, verdüsterte sich sein Blick. »Was ist denn mit dir passiert? Wann hast du dich am Arm verletzt?« Er griff nach dem gesunden Arm des Jungen und zog ihn dicht an sich heran.

Ingulf starrte ihn mit großen Augen an und wandte sich hilfesuchend an Hartwig, der auch sofort zu einer Erklärung ansetzte. »Es war meine Schuld, Robert. Wir hatten den Befehl erhalten, uns um Proviant zu kümmern, und auf dem Rückweg kamen wir in einen Hinterhalt, dabei ist es dann passiert. Verzeih mir, ich hätte den Jungen nicht mitnehmen dürfen, aber so dicht am Lager habe ich nicht mit einem Angriff gerechnet.«

Robert ließ Ingulf los und legte ihm eine Hand auf die Schulter. »Wir werden deinen gesunden Arm so stärken, dass dir der andere bald gar nicht mehr fehlen wird.« Dann drehte er sich zu Hartwig um. »Es gibt nichts zu verzeihen, mein Freund. Du hast so gehandelt, wie du es für richtig erachtet hast. Und jetzt lass uns gehen.«

Beide Männer setzten ihren Weg fort, und Ingulf schlenderte hinter ihnen her, wobei sie von Gero beobachtet wurden, der ihnen mit großem Abstand folgte. Als sie die Unterbringung für die Kranken erreicht hatten, gingen sie ins Zelt, in dem fast jeder Platz besetzt war und die ohnehin schon sehr schwüle Luft ihnen fast den Atem nahm.

Robert entdeckte einen hageren Mönch, der einem Mann in ungeduldigem Ton Anweisungen erteilte. »Du hast heute Vormittag bereits den Befehl erhalten, die Zeltwände an der Schattenseite hochzuschlagen. Warum ist das nicht geschehen? Allein von der Luft hier drinnen kann man ja krank werden.«

Der Beschuldigte murmelte etwas in seinen ziemlich ungepflegten Bart. In dem Augenblick erklang Lachen von der Rückseite des Zeltes, und Robert horchte auf, denn es war eindeutig weiblichen Ursprungs. Sein Blick fiel auf den Tisch, auf dem ein paar kleine Leinenbeutel verteilt lagen.

Neben einem Krug mit Wasser bemerkte er einen großen, ziemlich mitgenommen aussehenden Stoffbeutel, der ihm irgendwie bekannt vorkam. Plötzlich durchfuhr es ihn wie ein Blitz. Er drehte sich ruckartig um und verließ das Zelt, Hartwig und Ingulf dicht auf den Fersen. Nachdem er es fast umrundet hatte, blieb er so unerwartet stehen, dass Ingulf beinahe gegen ihn gerannt wäre. Roberts Gesichtsausdruck wirkte wie versteinert, und Ingulf spähte nach der Ursache dafür, als er seine Schwester und Gerald erblickte.

Eilika hielt sich den Kopf, und Gerald fuhr ihr gerade über die Haare, während sie miteinander scherzten. Die beiden wirkten sehr vertraut, und keiner von ihnen hatte bisher Robert entdeckt. Sie saßen auf einem umgeschlagenen Baumstamm, um sie herum lagen mehrere Pflanzen auf dem Boden verteilt. Kurz darauf blickte Gerald in Roberts Richtung und wurde augenblicklich ernst. Fast gleichzeitig entdeckte Eilika ihn, und ihr Gesicht wurde aschfahl, während sie sofort von Gerald abrückte. Keiner von ihnen sprach ein Wort.

Gerald fing sich als Erster, stand auf und ging auf Robert zu. Sein Versuch, eine fröhliche Miene aufzusetzen, scheiterte kläglich. »Robert, schön, dass du da bist! Wir haben dich gar nicht so früh erwartet.«

Robert hatte sich immer noch nicht gerührt und sah nur mit kaltem Blick seinen Freund an, der zwischenzeitlich vor ihm stehen geblieben war und ihm die Arme entgegenstreckte. »Das habe ich gerade gemerkt. Hätte ich das gewusst, wäre ich natürlich langsamer geritten.« Seine Worte kamen schneidend. Anschließend drehte er sich um und ging, ohne die Geste seines Freundes zu erwidern.

Gerald ließ die Arme sinken und sah entschuldigend zu Eilika hinüber, die immer noch wie erstarrt auf dem Baumstamm saß. Gerald zuckte mit den Achseln und wollte Robert hinterhereilen, als neben ihm Hartwig mit einem dumpfen Geräusch zu Boden fiel. Eilika schrie leise auf, die

Erstarrung fiel von ihr ab, und sie sprang auf, um zu dem Ritter hinzulaufen. Ingulf und Gerald waren sofort an ihrer Seite.

Sie wandte sich mit schriller Stimme an ihren Bruder. »Lauf los und hole Herrn Robert wieder. Sag ihm, was mit Ritter Hartwig passiert ist. Wir bringen ihn in der Zwischenzeit ins Zelt.«

Ingulf verlor keine Sekunde Zeit, und Gerald trug den Bewusstlosen gemeinsam mit Eilikas hinein, wo sie sofort zu ihren Utensilien eilte, um einen Trank zuzubereiten. Sie hatte Hartwig in den letzten zwei Wochen unzählige Male gebeten, ihre Hilfe anzunehmen, doch immer ohne Erfolg. Jeden Tag, der vergangen war, sah sie mit großer Sorge zu, wie er immer schmaler und kraftloser wurde, und es zerriss ihr fast das Herz, denn der einst so massige Mann bedeutete ihr mittlerweile sehr viel.

Als Robert ins Zelt geeilt kam, war sie noch nicht fertig, doch sie verdrängte jeglichen Gedanken an seine Gegenwart und konzentrierte sich auf ihre Arbeit. Als Gerald das Zelt verließ, bemerkte sie es gar nicht und ging mit einem Becher in der Hand zu der Stelle, wo sie Hartwig hingelegt hatten. Robert rückte sofort zur Seite, als die junge Frau sich hinkniete, und sie nahm seinen Platz ein. Hartwig hatte inzwischen das Bewusstsein wiedererlangt und spähte misstrauisch auf den Becher hinab.

»Was ist da für ein Teufelszeug drin, Eilika? Ich stehe sowieso gleich wieder auf, denn in diesem Zelt hier bleibe ich keine fünf Minuten länger. Mir geht's schon wieder besser.« Er versuchte hochzukommen.

Robert reagierte sofort, beugte sich vor und drückte seinen Freund auf den Boden zurück. Dabei streifte er Eilikas Arm, die ihn schnell zurückzog. »Du tust besser daran, den Becher zu leeren, es sei denn, du möchtest, dass ich dir dabei helfe.« Der drohende Ton seiner Stimme überzeugte Hartwig schließlich, und mit einem leichten Stöhnen ergriff er das Getränk und stürzte den Inhalt in einem Zug hinunter.

Eilika, die wegen Roberts Nähe völlig durcheinander war, richtete ihre ganze Aufmerksamkeit auf den kranken Ritter. »Ihr müsst nicht hierbleiben. Wenn Ihr möchtet, könnt Ihr Euch in meinem Zelt hinlegen.«

Hartwigs leidende Miene, nachdem er den Becher geleert hatte, hellte sich schlagartig auf. »Na, das ist ja mal ein Angebot! Leider muss ich es ablehnen, mein Mädchen, denn so krank, dass ich deinem entzückenden Körper widerstehen könnte, bin ich nicht. Allerdings fürchte ich Roberts Schwert. Trotzdem vielen Dank.«

»Ich glaube, du wendest dich an den falschen, Hartwig. Gerald wäre eher die richtige Adresse, wie du wissen müsstest.«

Eilika hatte den beiden Männern mit zunehmendem Ärger zugehört, und jetzt reichte es ihr. Mit geröteten Wangen richtete sie sich auf und entgegnete in scharfem Ton: »Euch ist beiden nicht zu helfen. Ich hatte wahrlich nicht vor, zusammen mit Euch in meinem Zelt zu schlafen, Ritter Hartwig. Und Herrn Gerald geht es überhaupt nichts an, mit wem ich mein Lager teile!« Damit drehte sie sich um und ging stolz und aufrecht hinaus.

Beide Männer sahen ihr eine Weile sprachlos nach, dann begann Hartwig zu lachen.

Robert sah ihn wütend an. »Ich weiß nicht, was du daran erheiternd findest. Was denkt sie sich eigentlich dabei, so mit uns zu sprechen?«

»Warum nicht, schließlich hat sie recht! Sie hat nichts mit Gerald. Frag ihn doch, wenn du mir nicht glaubst, und jetzt verschwinde. Ich bin mir noch nicht sicher, ob mein armer Körper dieses ekelhafte Gebräu überhaupt behalten will.«

Robert folgte dem Wunsch seines Freundes und hielt draußen Ausschau nach Eilika. Einer Eingebung folgend suchte er wieder den Platz auf, an dem sie zuvor mit Gerald gesessen hatte, und als er sah, wie sie die verstreut herumliegenden Pflanzen aufsammelte, beobachtete er sie einen Augenblick. Ihre Wangen waren noch immer gerötet, und einzelne Haarsträhnen hatten sich aus ihrem Zopf gelöst. Den Umhang mit der Kapuze musste sie schon lange nicht mehr tragen, denn ihre Anwesenheit im Lager war mittlerweile bekannt und geduldet. Schließlich ging der Ritter mit entschlossenen Schritten auf sie zu. Seine Meinung über Gerald und Eilika war zwar ein wenig ins Wanken geraten, doch darüber wollte er zuerst mit Gerald sprechen, zu ihr führte ihn etwas anderes.

Als die junge Heilerin Robert bemerkte, nahm sie automatisch eine abwehrende Haltung ein.

Der Ritter bemerkte es sofort, blieb stehen und sprach sie mit kühler Stimme an. »Ich wollte dich noch um Verzeihung bitten wegen dem, was mit Ingulf geschehen ist, denn ich habe dein Vertrauen enttäuscht. Wenn du nichts dagegen hast, werde ich versuchen, es wiedergutzumachen.«

Eilika war zu keiner Antwort fähig. Erst bezichtigte er sie, sein Vertrauen missbraucht und ihn mit seinem besten Freund betrogen zu haben, und kurze Zeit später bat er sie um Verzeihung für etwas, wofür er gar nichts konnte. Sie hatte ihm niemals Ingulfs Blessuren vorgeworfen, doch ihre Gefühle waren zu sehr verletzt, als dass sie ihm das sagen konnte.

Robert wartete einen Augenblick auf eine Reaktion Eilikas, und schließlich drehte er sich um und ging.

Ohne dass sie es merkten, hatte jemand aus einiger Entfernung alles beobachtet. Roberts offensichtlicher Schmerz vorhin, als er Eilika und Gerald gesehen hatte, hätte Gero eigentlich freuen müssen, doch er war wütend, weil nicht er die Ursache dafür war. Jetzt war es zu spät, denn nun war das Zerwürfnis der beiden deutlich zu erkennen. Ärgerlich verließ er seinen Platz.

Robert fand Gerald nach einigem Suchen bei seinem Pferd. Er stellte sich neben ihn und sah ihm beim Striegeln zu, ehe er sich geräuschvoll räusperte. Ohne aufzusehen, setzte Gerald seine Arbeit fort.

»Du musst zugeben, dass sich die ganze Situation ziemlich eindeutig für mich dargestellt hat. Ich komme hier an, erfahre, dass du ebenfalls hier bist, und sehe dich gleich darauf mit Eilika in vertrauter Zweisamkeit.«

Gerald hielt inne und drehte sich zu Robert um. »Ich muss überhaupt nichts zugeben, denn ich bin mir keiner Schuld bewusst. Eilika sind die Pflanzen aus der Hand gefallen, und beim Bücken sind wir mit den Köpfen aneinandergestoßen. Das war alles. Außerdem hast du bei unserem letzten Gespräch mit keiner Silbe erwähnt, dass du Ansprüche auf sie erhebst. Da du nun schon einmal hier bist, kann ich dich gleich fragen, ob du bereit bist, ein zweites Mal an meiner Seite zu stehen. Die Trauung soll gleich nach meiner Rückkehr in Quedlinburg stattfinden.«

Robert starrte seinen Freund mit offenem Mund an. Er war reumütig zu Gerald gekommen, um seinen Fehler zuzugeben, und nun erfuhr er, dass es gar kein Fehler war. Wütend herrschte er ihn an: »Bist du noch ganz bei Trost? Erst nimmst du sie mir weg, und dann soll ich auch noch euer Glück bezeugen?«

Seine Wut steigerte sich nur noch, als Gerald in schallendes Gelächter ausbrach. »Da hat mir Meregard wohl etwas verschwiegen, denn ich wusste gar nicht, dass du auf sie auch Ansprüche erhebst.« Mitleidig sah er seinen Freund an.

Robert wirkte, als wäre er einem Geist begegnet. »Wieso Meregard? Wer spricht denn von ihr?«

Geralds Gelächter war inzwischen verstummt. »Ich, und zwar schon die ganze Zeit. Sie ist es, die ich liebe. Ich sehe ja ein, dass du anfangs einen falschen Eindruck gewinnen konntest, doch eigentlich solltest du mich besser kennen und mir einen solchen Vertrauensbruch gar nicht erst zutrauen.«

Robert machte einen ziemlich geknickten Eindruck. »Du hast ja recht mit deinen Vorwürfen, es tut mir auch sehr leid, und ich werde in Zukunft nicht mehr so übereilt handeln. Um zu deiner Frage zurückzukommen: Wenn du mich dabeihaben willst, würde ich mich freuen, dir bei deiner Trauung mit Meregard zur Seite zu stehen. Mir war schon immer klar, dass ihr beiden wunderbar zusammenpasst.«

Gerald versetzte ihm einen leichten Stoß gegen den Arm. »Warum hast du mich nicht schon früher darauf gebracht? Und so jemand nennt sich Freund!«

Beide umarmten sich zum ersten Mal seit ihrem Abschied von Quedlinburg herzlich, doch ging Gerald ein Stück auf Abstand. »Es gibt da noch etwas, was du wissen musst, allerdings gebe ich dir den guten Rat, die Botschaft der Äbtissin in einer ruhigen Minute zu lesen. Bringe erst alles andere hinter dich.«

»Geht es ihr nicht gut? Ist etwas im Stift passiert? Ich hatte gleich so eine Ahnung, als ich von deiner Anwesenheit hier im Lager erfahren habe.«

Gerald schüttelte den Kopf und überreichte Robert eine versiegelte Pergamentrolle. »Nein, bei meiner Abreise war die Äbtissin wohlauf. Lies selbst, und wenn du Näheres wissen willst, musst du Eilika fragen.«

Plötzlich durchfuhr es Robert wie ein Blitz. »Alda! Es ist etwas mit Alda, habe ich recht?«

Gerald presste die Lippen aufeinander, sagte aber nichts.

Robert nahm die Schriftrolle entgegen, wandte sich um und ging in Richtung seines Zeltes. Ursprünglich hatte er die Nächte wieder unter freiem Himmel verbringen wollen, doch der Herzog wollte davon nichts wissen. Da Robert darauf bestanden hatte, einen Platz am Rand des Lagers zu erhalten, stand sein Zelt nun dicht bei der Krankenunterkunft und damit in unmittelbarer Nähe zu Eilikas Zelt. Die Gedanken schwirrten ihm nur so durch den Kopf, und Aldas Worte fielen ihm wieder ein, doch er hatte ihr nicht richtig zugehört. Aus irgendeinem unerfindlichen Grund war sie für ihn immer unsterblich gewesen, und solange er denken konnte, war sie für ihn da gewesen. Niemals hatte sie ihn im Stich gelassen oder ohne einen guten Ratschlag auf eine seiner vielen Reisen geschickt. Alda gehörte zu seinem Leben wie die Luft, die er zum Atmen benötigte, und da sie letztlich mit allen Widrigkeiten des Lebens fertig geworden war, hatte er den Gedanken an ihren Tod immer verdrängt.

Als er sein Zelt erreichte, änderte er seine Meinung und steckte die Schriftrolle in sein geöffnetes Wams. Alles in ihm sträubte sich dagegen, die Worte zu lesen, die er so sehr fürchtete, und vorher wollte er noch etwas anderes klären. Entschlossenen Schrittes ging er zum Krankenlager, und als er Eilika nicht entdecken konnte, zögerte er einen Augenblick, ehe er zu ihrem Zelt eilte. Einige Meter davor stand Wolfram, der ihn erfreut begrüßte. Sie unterhielten sich eine Weile über Hartwigs Gesundheitszustand, dann verabschiedete sich Robert von ihm und wollte seinen Weg fortsetzen.

»Warte, du kannst nicht in ihr Zelt gehen! Was meinst du, warum ich hier stehe? So lange, wie wir schon unterwegs sind, könnten einige Männer auf dumme Gedanken kommen.«

Robert drehte sich abrupt um und sah Wolfram ruhig an. »Ich gehöre jedenfalls nicht zu den Männern, die auf dumme Gedanken kommen. Nichts auf der Welt kann mich davon abhalten, jetzt da hineinzugehen, nicht einmal du!«

Beide führten einen stummen Kampf mit ihren Blicken, bis Wolfram schließlich mit den Achseln zuckte. »Also gut, aber wenn ich irgendetwas höre, was mir komisch vorkommt, werde ich keine Sekunde zögern. Ich lasse dich nur durch, weil ich schon immer große Stücke auf dich gehalten habe.«

Robert nickte ihm kurz freundlich zu und war gleich darauf in dem kleinen Zelt verschwunden.

Eilika saß auf ihrer Decke und las eines der Gedichte, die sie von der Äbtissin erhalten hatte. Bei Roberts Eintreten ließ sie die Schriftrolle fallen, sprang auf und verfolgte mit gespanntem Gesichtsausdruck jede seiner Bewegungen. »Was wollt Ihr hier? Habt Ihr mir denn noch etwas vorzuwerfen?«

Mit ironischem Unterton erwiderte er sofort: »So, so, meinen Namen hast du also auch wieder vergessen!« Dann besann er sich eines Besseren und hielt abwehrend die Hände vor den Körper. »Bitte gib mir die Möglichkeit, mich bei dir zu entschuldigen. Ich weiß, dass mein Verhalten falsch und voreilig war, und dafür bitte ich dich um Verzeihung. Als ich deinen Beutel auf dem Tisch liegen sah, konnte ich es kaum fassen, dass du hier bist. Die letzten Wochen habe ich mir immer wieder vorgestellt, wie unser Wiedersehen sein würde, und es traf mich völlig unvorbereitet, dich mit Gerald zu sehen. Glaub mir bitte!«

Eilika biss sich auf die Lippe, denn auch sie hatte sich mehrfach ausgemalt, wie ihr Wiedersehen mit Robert ausfallen würde. Ihr war klar, dass sie ihm keinen Vorwurf für sein Verhalten machen konnte, doch sein fehlendes Vertrauen in sie hatte sie tief verletzt. Hinzu kam, dass ihr in den letzten Wochen klar geworden war, wie groß die Unterschiede ihrer Herkunft waren. Davon abgesehen war er das unstete Leben eines Kriegers gewöhnt, sie dagegen suchte nach einem Ort der Ruhe, ganz zu schweigen von seiner Abneigung gegen die Ehe. Sie glaubte nicht daran, dass er sich von heute auf morgen völlig ändern konnte. Bis auf die körperliche Anziehungskraft, die ohne Zweifel zwischen ihnen bestand, gab es daher keine Gemeinsamkeiten. Sie benötigte ihre ganze Kraft, um ihm ihre Entscheidung mitzuteilen.

Roberts Miene zeigte keinerlei Gefühlsregung, und ohne ein Wort zu verlieren, ging er auf Eilika zu. Bevor sie reagieren konnte, hatten er sie mit beiden Armen umschlungen, seine Lippen pressten sich hart auf ihren Mund, und es dauerte nicht lange, bis er sich öffnete. Sehnsuchtsvoll erwiderte sie den fordernden Kuss, und als der Ritter unvermittelt von ihr abließ, sah sie unsicher zu ihm auf.

Mit heiserer Stimme raunte er ihr leise zu: »Keine Gemeinsamkeiten, sagst du? Und unser Gespräch in der Nacht beim Wasserfall? Habe ich mir die Vertrautheit etwa nur eingebildet?« Dann ließ er sie los und verließ das Zelt.

Eilika stand eine Weile wie benommen da. Schließlich straffte sie die Schultern, kramte hektisch in ihrem Beutel und folgte ihm kurz entschlossen. Ihr war siedend heiß eingefallen, dass sie ihm noch immer Aldas Tod vorenthalten hatte und auch das Medaillon und die Nachricht seiner Mutter besaß. Es galt, ein Versprechen zu erfüllen, daher wollte sie sich alle Mühe geben und Robert zumindest anhören – falls er noch etwas zu sagen hatte. Das war sie Alda und sich selbst schuldig.

Es war später Nachmittag, doch es war ihr egal, ob jemand sie dabei sah, als sie auf direktem Weg in sein Zelt stürmte. Da sie es wider Erwarten leer vorfand, machte sie auf dem Absatz kehrt und ging zu den Verletzten.

29. KAPITEL

Robert hatte Alabaster gesattelt und war zum See geritten. Da das Lager fast bis zum Ufer reichte, musste er sich ein gutes Stück weiter südlich halten, denn er wollte alleine mit seinen Gedanken sein. Schließlich hatte er einen Platz gefunden, der ihn vor neugierigen Blicken schützte, und am Ende des Sees ragte die Festung Dobin drohend auf. Robert ließ den Hengst grasen, rollte seine Decke aus und machte es sich darauf bequem. Nach kurzem Zögern brach er das Siegel und begann zu lesen. Als ob er die Worte nicht richtig begreifen konnte, las er die Nachricht gleich darauf ein zweites Mal, dann legte er die Pergamentseite vorsichtig auf die Decke und entledigte sich seiner Kleidung. Bevor er Abkühlung im See suchte, wusch er seine Hose und das Hemd kräftig durch und legte die Sachen anschließend aufs Gras.

Nachdem er über eine halbe Stunde im Wasser verbracht hatte, ließ er sich erschöpft auf die Decke fallen. Er war die ganze Zeit ohne Unterbrechung geschwommen, denn die Erfahrung hatte ihn gelehrt, dass er seine Gedanken am besten durch körperliche Erschöpfung zur Ruhe brachte. Auf dem Rücken liegend, die Arme unter dem Kopf verschränkt, starrte er mit ausdruckslosem Blick in den Himmel, und als ihm einige Tränen über die Wangen liefen, bemerkte er es nicht einmal. Irgendwann fielen ihm die Augen zu.

Als er sie wieder öffnete, dämmerte es bereits. Robert zog seine nur noch leicht feuchten Kleider in aller Ruhe an, verstaute die Schriftrolle in seinem Hemd und packte die Decke wieder auf Alabasters Sattel. Dann machte er sich auf den Rückweg ins Lager. Nachdem er sein Pferd der Obhut eines Jungen übergeben hatte, ging er auf direktem Weg in sein Zelt. Hunger verspürte er keinen, und obwohl er am See ein wenig geschlafen hatte, fühlte er sich müde und zerschlagen. Das Bad hatte ihn leider nur für kurze Zeit erfrischt. Da die Luft immer noch sehr schwül war, ließ er den Eingang hochgeschlagen, während er langsam seine Sachen auszog und sie über einen wackeligen Holzstuhl hängte, den Ingulf ihm von irgendwoher besorgt hatte. Anschließend ließ er sich schwer auf seine Decke fallen, die ihm wieder als Nachtlager diente. Eine Zeitlang nahm er noch die Geräusche des Lagers wahr, dann schlief er ein.

Eilika saß unruhig auf der Decke in ihrem Zelt. Die ihr Anvertrauten waren alle versorgt, und Hartwig hatte sich letztendlich bereit erklärt, die kommende Nacht bei den anderen Kranken zu verbringen. Eilikas »Teufelszeug«, wie er es nannte, hatte schon leicht seine Wirkung getan. Zumindest hatte er die dünne Suppe, die er zu sich genommen hatte, bei sich behalten, und Eilika hoffte sehr, dass es ihm bald bessergehen würde. Am Abend suchte Gerald sie auf und teilte ihr mit, dass Robert inzwischen über Aldas Tod Bescheid wusste, wo der Ritter sich aufhielt, konnte er ihr allerdings nicht sagen. Nun plagte Eilika das schlechte Gewissen, denn eigentlich war es ihre Aufgabe gewesen, Robert von dem Dahinscheiden Aldas zu informieren. Sie hatte sich in den vergangenen Wochen sogar die Sätze zurechtgelegt, mit denen sie ihm von ihren letzten Tagen mit Alda erzählen wollte. Schließlich wusste sie am besten, wie viel ihm die alte Frau bedeutet hatte. Und jetzt hatte sie es gründlich vermasselt.

Doch über der Aufregung seit seinem Erscheinen waren

ihre wohlüberlegten Worte in Vergessenheit geraten, und sie schämte sich sehr, dass der Ärger über seine Reaktion diese wichtige Nachricht völlig verdrängt hatte. Sein Kuss am Nachmittag war ihr noch gut in Erinnerung, und auch sein leidenschaftlicher Gesichtsausdruck stand ihr noch deutlich vor Augen. Sie sehnte sich danach, ihn wieder zu spüren und ihren Körper an seinen zu pressen. Wen störte es schon, wenn sie sich noch ein letztes Mal der Leidenschaft hingeben würden? Ihre Wege würden sich sowieso bald trennen. Bedenken, dass sie nicht verheiratet waren, hatte Eilika kaum noch, denn durch ihren ständigen Kontakt mit Sterbenden hatte sich ihre Einstellung zu manchen Dingen geändert. Auch wenn das nicht automatisch bedeutete, dass sie zu Roberts Bedingungen mit ihm leben wollte. Abgesehen davon hatte sie ihm immer noch Aldas Wunsch auszurichten, und sie musste ihm auch unbedingt noch sagen, wie glücklich er die alte Frau gemacht hatte. Eilika stiegen die Tränen in die Augen, und so gab sie sich schließlich einen Ruck und erhob sich.

Schnell warf sie einen Blick aus ihrem Zelt, doch von Wolfram war weit und breit nichts zu sehen, und nur vereinzelt brannten kleine Lagerfeuer. Ein starker Wind war aufgekommen und der Himmel wolkenverhangen, weshalb auch der fast volle Mond kaum die Umgebung erhellte. Eilika ließ den Vorhang wieder fallen, schlüpfte aus ihrem Kleid und ließ es achtlos zu Boden gleiten. Dann hängte sie sich ihren Umhang um, zog die Kapuze tief ins Gesicht und griff nach dem Brief von Roberts Mutter, das Medaillon ruhte vertraut auf ihrem Brustansatz. Sie war froh, dass sie nicht durch das ganze Lager laufen musste, und huschte leise und unbemerkt zwischen den Zelten hindurch, bis sie bei Roberts Unterkunft angekommen war. An dem geöffneten Eingang zögerte sie einen Moment, doch dann schlüpfte sie hindurch und ließ die Zeltbahn hinter sich fallen.

Im Innern war es anfangs stockfinster, und sie wartete

einen Augenblick mit angehaltenem Atem, doch kein Laut war zu hören. Gerade als sie sich fragte, ob Robert vielleicht immer noch nicht zurück war, erklangen seine schneidenden Worte: »Wer ist da?«

Eilika war sich sicher, dass er zumindest seinen Dolch ergriffen hatte, und da sie keinen Wert darauf legte, im Dunkeln mit der Waffe Bekanntschaft zu machen, flüsterte sie schnell ihren Namen. Als er daraufhin einen überraschten Laut von sich gab und sie hörte, wie er sich erhob, war sie sich auf einmal doch nicht mehr sicher, ob ihre Idee so gut gewesen war. Doch für eine Umkehr war es jetzt zu spät, denn Robert hatte bereits nach ihrem Arm gegriffen.

Ihre Augen hatten sich inzwischen an die Dunkelheit gewöhnt, und sie konnte seine Konturen klar erkennen. Robert zog sie nicht zu sich heran, sondern hielt weiterhin nur ihren Arm fest, als wollte er verhindern, dass sie wieder weglief. Beide hatten noch kein Wort miteinander gesprochen, und eine schier unerträgliche Spannung lag in der Luft. Als Eilika an dem Ritter hinuntersah, sog sie scharf die Luft ein, denn sie hatte nicht damit gerechnet, dass er nackt war, und fühlte sich mit einem Mal äußerst unbehaglich.

Robert schien es zu merken, denn er ließ sie los. »Was führt dich zu so später Stunde zu mir? Ist etwas mit Hartwig passiert?« Seiner leisen Stimme war die Sorge deutlich anzumerken.

Eilika schüttelte schnell den Kopf. »Nein, es geht ihm sogar etwas besser. Das ist nicht der Grund, warum ich zu Euch gekommen bin.«

Sie konnte seinen Gesichtsausdruck nicht erkennen, denn er wandte sich von ihr ab und ging eine paar Schritte von ihr weg. Sie sah, wie er nach etwas griff, und gleich darauf zog er sich seine Hose über und setzte sich auf einen Stuhl. Wie gebannt hatte sie jede seiner Bewegungen mit den Augen verfolgt.

Als er wieder das Wort ergriff, riss sie sich zusammen. »Na, dann los, es ist spät, und ich bin müde. Worum geht es?«

Eilika zog den Umhang fester um sich und erwiderte unsicher: »Ich hatte vergessen, dass Ihr einen langen Ritt hinter Euch habt. Verzeiht bitte, es hat auch bis morgen Zeit.« Sie drehte sich um und wollte gehen.

Da hielten seine Worte sie zurück. »Meine Güte, jetzt bin ich schon wach, also können wir es auch gleich hinter uns bringen!« Beide sprachen aufgrund der späten Stunde sehr leise, doch die Verärgerung war dem Ritter deutlich anzuhören.

Eilika nahm all ihren Mut zusammen und ging einen Schritt auf ihn zu, während Robert sich nach etwas bückte, das sie im Dunkeln nicht erkennen konnte. »Wenn du nicht zu müde bist, Robert, wäre es schön, wenn wir uns ein wenig Zeit lassen könnten.« Während sie sprach, ließ sie den Umhang zu Boden fallen.

Der Ritter hatte bei der Erwähnung seines Namens ruckartig den Kopf gehoben, und als er das Kleidungsstück zu Boden gleiten sah, verharrte er einen Augenblick wie erstarrt. Die Spannung in der Luft war nun fast greifbar. Eilika fasste sein Zögern falsch auf und bückte sich entsetzt und mit hochrotem Kopf, um den Umhang wieder aufzuheben. Doch Robert war schneller. Er griff ebenfalls danach, riss ihr den Stoff aus der Hand und warf ihn hinter sich. Zitternd stand sie nun vor ihm, als er eine Hand hob und ihr zart über die Wange strich. Danach bückte er sich leicht und hob sie hoch, um sie gleich darauf auf seine Decke zu legen.

»Von mir aus die ganze Nacht«, murmelte er dicht an ihrem Ohr, dann verschloss er ihre geöffneten Lippen mit einem langen, sehnsüchtigen Kuss.

Noch weit nach Mitternacht lagen sie eng umschlungen auf seiner Decke. Sie hatten sich mit einer solch verzweifelten Leidenschaft geliebt, als ob es das letzte Mal sein würde.

Nach einer Weile stützte Robert sich auf und griff nach dem Medaillon, das zur Seite gerutscht war. »Von wem hast du das? Ich kann es zwar in der Dunkelheit nicht richtig sehen, aber es fühlt sich äußerst wertvoll an, und es kommt mir irgendwie bekannt vor.«

Draußen tobte seit geraumer Zeit ein Gewitter, so dass Eilika ihm ohne Angst, dass sie jemand hören könnte, alles berichten konnte.

Er hörte ihr schweigend zu, und erst als sie auf die letzten beiden Tage zu sprechen kam, unterbrach er sie unerwartet: »Du bist sicher, dass Schwester Johanna den Namen Judith erwähnt hat?«

Eilika, die den Kopf auf Roberts Brust gelegt hatte, nickte leicht. »Ich bin mir dessen so sicher, weil ich der Schwester einmal während meines Unterrichts bei der Äbtissin begegnet bin. Erst kam sie mir sehr freundlich vor, doch im Laufe des Nachmittags änderte sich ihr Verhalten völlig. Ich war damals überrascht darüber, denn ihre Blicke waren fast schon feindselig zu nennen. Wieso fragst du? Kennst du sie?«

Robert antwortete nicht gleich, und nach einer Weile entgegnete er ausweichend: »Ja, allerdings nur flüchtig. Wir müssen uns jetzt aber nicht den Kopf über sie zerbrechen, das reicht immer noch, wenn wir wieder nach Quedlinburg kommen.«

Eilika stützte sich auf ihrem Ellenbogen ab. »Soll das heißen, du willst dorthin zurück? Nach allem, was sie Alda angetan haben?«

Robert zog sie wieder zu sich herunter. »Nicht ich gehe, sondern wir gehen zurück nach Quedlinburg. Du willst doch bestimmt auch der Hochzeit von Gerald und Meregard beiwohnen. Gerald hat mich gebeten, als sein Trauzeuge zu fungieren, außerdem war es Aldas Wille, dass ich keinem zürne. Das hast du mir vorhin selbst gesagt. Warum sollte ich den Ort meiden? Es gibt dort immer noch Menschen, die mir viel bedeuten.«

Eilika antwortete nicht. Sie wusste zwar, dass er recht hatte, doch allein der Gedanke, die verkohlten Reste von Aldas kleinem Häuschen wiederzusehen, verursachte ihr große Pein. Zudem tat er wieder einmal so, als hätte sie ihm niemals gesagt, wie sie sich ihren weiteren Weg vorstellte.

Robert schien ihren Zwiespalt zu spüren. »Ich kann dir versprechen, dass unser Aufenthalt dort nur kurz währen wird.«

Leicht verärgert richtete Eilika sich auf. »Ich sagte doch, es gibt kein ›wir‹. Deine Einstellung im Hinblick auf die Ehe wird sich wohl kaum geändert haben, und ich werde nicht ohne Trauschein an deiner Seite leben. Daran ändert auch diese Nacht nichts, und sobald es möglich ist, werde ich das Lager wieder verlassen. Es tut mir aufrichtig leid, nicht Geralds und Meregards Vermählung beiwohnen zu können, doch sie werden es sicher verstehen.«

Mit einem ärgerlichen Laut setzte sich nun auch Robert auf, und als wollte das Gewitter ihn unterstützen, folgte im gleichen Augenblick ein gewaltiger Donnerschlag. »Was soll das Gerede, dass du das Lager wieder verlässt? Vielleicht hättest du die Freundlichkeit, mir zu sagen, wie deine weiteren Pläne aussehen.«

Roberts Ton ärgerte Eilika noch mehr. »Ich habe Alda versprochen, mein Leben der Heilkunde zu widmen, und ganz nebenbei ist es auch mein Wunsch.«

»Der Heilkunde? Wieso schließt dein Wunsch den meinen aus? Und wie denkst du dir das überhaupt? Einfach das Lager zu verlassen, wird kaum möglich sein. Wir befinden uns hier auf Feindesland, falls du diese Kleinigkeit vergessen haben solltest.«

Eilika zwang sich zur Ruhe und atmete tief durch, doch

ihr war die unterdrückte Wut deutlich anzumerken. »Das habe ich natürlich nicht vergessen, mein Herr. Du brauchst mich nicht mehr wie das unwissende Mädchen zu behandeln, das du am Wasserfall zurückgelassen hast. Ich habe die letzten Wochen auch ohne deine Hilfe überlebt und viel gelernt in dieser Zeit. Falls du es vergessen haben solltest, mein Bruder befindet sich auch hier, und vielleicht möchte er ja mit mir kommen. Bruder Bernhard will sich mir übrigens auch anschließen.« Die Lüge kam ihr glatt über die Lippen, denn sie hatte kein Wort darüber mit dem Mönch gesprochen.

Zu ihrer Verwunderung winkte Robert nur müde ab. »Ich will mich jetzt nicht mit dir streiten, wir können später darüber reden. Wenn es dir nicht allzu viel ausmacht, würde ich jetzt gerne wissen, wie deine Geschichte weitergeht.« Mit diesen Worten ließ er sich wieder auf sein Lager zurücksinken.

Eilika antwortete nicht gleich, doch nach einer Weile schluckte sie ihren Ärger hinunter. Robert hatte recht. Warum sollten sie die wenigen gemeinsamen Stunden im Streit verbringen?

Als just in diesem Augenblick ein Blitz das kleine Zelt erhellte, stutzte Robert, ergriff Eilikas Handgelenk, zog sie zu sich heran und fuhr mit der anderen Hand über die verschorfte kleine Narbe an ihrem Oberschenkel. »Woher hast du die?«

Eilika presste die Lippen zusammen. Seit die Stelle nicht mehr schmerzte, hatte sie die dumme Angelegenheit fast vergessen. »Ich bin beim Kräutersammeln ausgerutscht und habe mich mit dem kleinen Dolch verletzt. Keine große Sache.« Sie versuchte, es so beiläufig wie möglich klingen zu lassen, und da es noch immer recht finster war, konnte sie sein Gesicht kaum erkennen.

Am Klang seiner Stimme merkte sie dennoch, dass er ihr nicht glaubte. »Ich höre noch immer, wenn du lügst.«

Eilika seufzte, ließ sich auf das Lager fallen und zog ihn mit.

»Wir werden das später klären«, murmelte er, bevor er ihre Lippen mit seinem Mund verschloss.

Kurz darauf erzählte sie zögernd weiter, während Robert sie sanft in seinen Armen hielt. Erst als sie zu Aldas Tod und den anschließenden Ereignissen kam, wurde sein Griff fester.

Sie schaffte es gerade noch, von ihrer Ankunft in Goslar zu berichten, dann befreite sie sich aus seinen Armen. »Ich muss jetzt gehen, Robert. Die Augen fallen mir ständig zu, und wenn ich nicht aufpasse, schlafe ich hier bei dir noch ein. Der Rest meiner Geschichte muss bis morgen warten.«

Der Ritter ließ sie nur ungern gehen, denn der Gedanke, ihren Körper nicht mehr dicht an seinem zu spüren, behagte ihm nicht, und auch ihre Worte ließen ihn nicht los. Er konnte den Gedanken kaum ertragen, dass Eilika nicht bei ihm bleiben wollte, dennoch stand er ebenfalls auf und hängte Eilika den Umhang um. Dabei fiel etwas zu Boden.

Mit einem ärgerlichen Laut bückte sich die junge Frau hastig danach. »Jetzt hätte ich fast den Brief deiner Mutter vergessen, von dem ich dir erzählt habe.« Sie reichte ihn Robert, und bevor sie sein Zelt verließ, küssten sie sich nochmals innig. Dann verschwand sie in der Dunkelheit.

Als Eilika am nächsten Morgen durch die Lagergeräusche geweckt wurde, fühlte sie sich zwar völlig zerschlagen, doch von einem tiefen Glücksgefühl erfüllt. Seufzend erhob sie sich und spritzte sich einige Hände voll kaltes Wasser ins Gesicht. Kaum munterer, zog sie ihr Kleid an und begann mit ihrer Arbeit, während ihre Gedanken bei dem nächsten Abend weilten, da sie fest davon ausging, dass Robert sie aufsuchen würde.

Dieser war bereits seit einer Stunde auf und relativ munter, denn er war wenig Schlaf gewöhnt. Außerdem hatte er einen Entschluss gefasst, der erheblich zu seiner guten Laune beitrug. Da er sich in einer Stunde beim Herzog einfinden sollte, nutzte er die verbleibende Zeit, um in aller Ruhe die Nachricht seiner Mutter zu lesen. Bisher hatte er es bewusst verdrängt, aus Angst vor dem, was er erfahren würde. Das Medaillon, das Eilika letzte Nacht auf seinem Lager liegen gelassen hatte, hielt er fest umklammert. Noch gut hatte er das Bild von Alda vor sich, wie sie dieses Medaillon eines Abends in den Händen gehalten hatte. Er musste damals ungefähr sieben gewesen sein, und auf seine Fragen hatte sie nur ausweichend geantwortet. Seitdem hatte er das Schmuckstück nicht mehr gesehen.

Langsam entrollte er die Pergamentrolle, und als die mit rotbrauner Tinte geschriebenen Wörter zum Vorschein kamen, versetzte ihm allein der Anblick einen Stich. Er sah seine Mutter wieder vor sich, wie sie Tag für Tag an dem Pult im Stift gestanden und die unendlich langen Texte abgeschrieben hatte. Die leicht schrägen, eng nebeneinander stehenden Buchstaben spiegelten die Zartheit der Schreiberin wider, anders als die schwungvolle Federführung der Äbtissin, deren Worte er erst am Tag davor gelesen hatte.

Mein über alles geliebter Sohn,
ich weiß nicht, wann Alda dir diese Zeilen von mir gibt,
aber ich bin sicher, sie wird den richtigen Zeitpunkt erwischen. Mir ist wichtig, dass du erfährst, warum ich mich für ein Leben im Stift entschieden habe und damit gegen dich. Es war die einzige Möglichkeit, für mein unverzeihliches Verhalten Abbitte zu leisten, denn durch meine Naivität hast du ein Leben als Bastard zu führen, genau wie ich Jahre zuvor. Du wirst den gleichen Schmähungen ausgesetzt

sein, wie ich es war, obwohl ich genau das nie für meine Kinder wollte. Meine Strafe ist es, dass ich dir nicht die Mutter sein darf, die ich sein möchte.
Bitte verzeih mir.
Deine dich liebende Mutter

Nachdem er die Zeilen gelesen hatte, rollte er das Pergament vorsichtig zusammen und legte es in Eilikas Beutel zurück, ohne auf die Tränen zu achten, die ihm über die Wangen liefen. Eine ganze Weile blieb er auf dem Rücken liegen und überdachte die soeben gelesenen Worte mehrmals, bis er seine aufgewühlten Gefühle wieder unter Kontrolle hatte. Er erhob sich, schüttete sich eine Handvoll kaltes Wasser über sein Gesicht und begab sich zum Herzog. Es war an der Zeit, seinen Entschluss in die Tat umzusetzen.

Der sächsische Fürst frühstückte noch, als Robert eintrat, und nach einer Verbeugung nahm der Ritter ihm gegenüber Platz.

»Es geht um den Befehl, den ich Euch gestern gegeben habe. Ihr habt einen kleinen Aufschub erhalten, da ich am Abend noch Besuch von einem Unterhändler des Fürsten Niklot erhalten habe. Der Fürst wünscht Verhandlungen, allerdings unter vier Augen. Aus diesem Grund haben wir einen sofortigen Waffenstillstand vereinbart, und ich werde ihn in zwei Stunden treffen. Zu diesem Zweck habe ich eigens ein Zelt aufstellen lassen, und zwar genau in der Mitte zwischen unserem Lager und der Festung. Ich möchte das Gespräch erst einmal abwarten, bevor ich weitere Entscheidungen treffe. Ihr erhaltet dann Nachricht von mir.«

Robert nickte langsam. Es war offensichtlich, dass Herzog Heinrich alles gesagt hatte, dennoch erhob der Ritter sich nicht, sondern ergriff seinerseits nach kurzem Zögern das Wort. »Ich hätte da noch ein kleines Anliegen an Euch,

Euer Hoheit.« Mit hochgezogenen Augenbrauen sah der Herzog ihn fragend an. »Da ich noch in Euren Diensten stehe, erbitte ich Eure Erlaubnis, heiraten zu dürfen.«

Normalerweise war es kaum möglich, aus dem Mienenspiel des jungen Herzogs etwas zu erkennen, aber diesmal war seine Überraschung offensichtlich. »Heiraten? Unsere junge Heilkundige, nehme ich an. Nun, ich hatte zwar erwartet, dass Ihr Euch über ihre Anwesenheit freuen würdet, doch müsst Ihr sie gleich heiraten?«

Robert blieb völlig gelassen. »Ja, Euer Hoheit. Ich hätte es schon vor diesem Feldzug tun sollen, und mir ist durchaus klar, dass die Situation und vor allem die Umgebung nicht besonders dafür geeignet sind. Dennoch ist es mein fester Entschluss und innigster Wunsch.«

Achselzuckend erwiderte Heinrich der Löwe: »Es ist Euer Leben, doch vergesst nicht, dass sie auch nach der Heirat keinen Anspruch auf Euren Namen hat. Nach meinen Informationen ist sie die Tochter eines Bauern, und auch wenn Eure Herkunft nicht völlig rein ist, so besitzt Ihr doch eine gewisse Position, zumal Ihr nach diesem Kreuzzug Herr über ein Stück Land von nicht unbeträchtlicher Größe sein werdet. Vielleicht solltet Ihr Eure Entscheidung noch einmal überdenken und zumindest bis zum Ende unseres Feldzugs warten. Ihr hättet mit Sicherheit keinerlei Schwierigkeiten, eine Frau zu finden, die rein adeliger Herkunft ist, und somit stünden auch Euren Kindern alle Wege offen.«

Roberts zunehmende Verärgerung war ihm nicht anzumerken. »Ich verstehe Eure Sichtweise durchaus, Euer Hoheit, aber an meinem Entschluss wird sich nichts ändern.«

»Nun gut, ich respektiere Euren Entschluss, auch wenn ich ihn ein wenig, sagen wir mal, übereilt finde. Aber als Zeichen meiner Wertschätzung Euch gegenüber sichere ich Euch hier und jetzt zu, dass Eure zukünftige Frau im Falle Eures vorzeitigen Todes weiterhin auf Eurem Land leben darf. Nach ihrem Tod geht das gesamte Grundstück allerdings wieder in meinen Besitz über, das heißt kein automatischer Übergang auf etwaige Nachkommen. Allerdings sollen Eure Kinder die Möglichkeit erhalten, als Pächter darauf wohnen zu bleiben.«

Robert zuckte nun seinerseits mit den Schultern, denn um eine längerfristige Planung hatte er sich noch keine Gedanken gemacht. Er bedankte sich beim Herzog und erhob sich.

»Wartet noch einen Augenblick. Ich wünsche allerdings, dass die Trauung in aller Stille vonstatten geht, nur ein enger Kreis, höchstens vier Leute, die Stillschweigen darüber bewahren können – zumindest bis zum Ende unseres Kreuzzuges. Jeder Austausch von Vertraulichkeiten darf nur so erfolgen, dass der Rest meiner Männer nichts davon mitbekommt. Eure zukünftige Frau mag zwar von einfacher Herkunft sein, aber sie genießt durch ihre Arbeit beim gesamten Heer aufrichtige Hochachtung, und es bestehen keinerlei Zweifel, dass ihre Ehre von niemandem angetastet wurde. Ihr seid erst gestern wieder zu uns gestoßen, und es würde mehr als Unverständnis hervorrufen, wenn sie einen Tag später Eure Frau würde. Ganz zu schweigen von all dem, was dazugehört.«

»Keine Sorge, Euer Hoheit. Wir werden uns beherrschen können.« Robert verzog keine Miene.

Dann verschwand er und ließ Heinrich den Löwen mit einem äußerst zweifelnden Gesichtsausdruck zurück.

Gegen Mittag war von Eilikas guter Laune nicht mehr viel übrig, denn sie hatte Robert nicht ein einziges Mal zu Gesicht bekommen. Aufgrund der letzten Stunden war sie davon ausgegangen, dass er sich zumindest kurz bei ihr melden würde, und zu ihrem Ärger war auch Bruder Bernhard seit über einer Stunde verschwunden. Davor hatte sie keine Möglichkeit gehabt, mit ihm über eine eventuelle gemeinsame Weiterreise zu sprechen. Ingulf hatte es rigoros abgelehnt, Robert zu verlassen, und Eilika hatte im Grunde nichts anderes erwartet.

Missmutig rührte sie weiter in dem großen Kessel mit Leinentüchern, und der heiße Wasserdampf trieb ihr die Schweißperlen auf die Stirn. Und noch etwas schürte ihren Unmut: Hartwig hatte gleich nach dem Frühstück verkündet, wieder völlig gesund zu sein, weshalb seiner Meinung nach auch nichts dagegensprach, wenn er wie gehabt mit seiner Arbeit fortfahren würde. Er willigte zwar ohne zu zögern ein, Eilikas Kräutertrank weiterhin zu sich zu nehmen, lehnte aber jede Form von Schonung schlichtweg ab. Seitdem war auch er verschwunden. Eilika hob mit dem langen Holzstab ein paar der Tücher aus dem kochenden Wasser, um sie zum Trocknen aufzuhängen. Als Ingulf ihr kurz darauf unvermittelt auf die Schulter tippte, hätte sie ihm vor Schreck fast ein heißes Tuch ins Gesicht geschlagen.

»Wir sollen dich zu Robert bringen, und wenn jemand fragt, sagst du einfach, dass wir wieder Heilpflanzen besorgen.«

Eilika sah in die von ihrem Bruder angedeutete Richtung und entdeckte Hartwig in Begleitung von Gerald, die beide auf ihren Pferden saßen und die Zügel von Herbstlaub sowie eines weiteren Pferdes in den Händen hielten. Stirnrunzelnd begegnete sie Hartwigs Blick.

»Nun mach schon, Mädchen, wir haben nicht ewig Zeit!«

Eilika schnitt ihm eine Grimasse und ging betont langsam zu den beiden Männern hinüber. Mit einem Mal blieb sie stehen und lief, einem plötzlichen Impuls folgend, noch kurz in ihr Zelt. Nachdem sie den ganzen Vormittag umsonst auf Robert gewartet hatte, freute sie sich umso mehr darauf, ein gemeinsames Mittagessen mit ihm zu verbringen. Schnell zog sie ihr dunkelgrünes Kleid an und hängte sich den Umhang über die Schultern. Dann ging sie zu ihrem Pferd. Niemand stellte ihnen Fragen, denn es war nicht ungewöhnlich, dass Eilika in Begleitung von Hartwig und Gerald ausritt. Nachdem sie das Lager hinter sich gelassen hatten, erhöhten sie das Tempo und erreichten kurze Zeit später den nahe gelegenen Wald. Dort folgten sie im Schritttempo hintereinander einem schmalen Pfad, der nach ungefähr fünfzehn Minuten in einer kleinen Lichtung endete. Eilika, die an zweiter Stelle geritten war, entdeckte Robert sofort.

Er stand auf der Wiese und hatte zu ihrem großen Erstaunen neue Kleider angezogen. Das Hemd aus dunkelblauer schwerer Seide und die schwarze Hose standen ihm ausgezeichnet. Bevor ihr jemand vom Pferd helfen konnte, war Eilika bereits abgestiegen und auf ihn zugelaufen, und gleich darauf lagen sie sich in den Armen. Ein lautes Räuspern ließ die beiden Liebenden schließlich auseinanderfahren, und Eilika staunte nicht schlecht, als sie in ein paar Metern Entfernung den hageren Mönch stehen sah.

»Damit solltet Ihr noch ein wenig warten. Das kann ja nicht so schwer sein, Herr Robert.«

Der Ritter blickte auf die völlig verwirrte Eilika herab, dann steigerte er ihre Aufregung noch, indem er vor ihr auf die Knie ging.

Verlegen versuchte sie, ihn wieder hochzuziehen. »Steh bitte auf, was sollen denn die anderen denken!«

Robert grinste jedoch nur und erwiderte: »Nicht bevor du eingewilligt hast, meine Frau zu werden. Willst du?«

Für Eilika kam diese Frage völlig unerwartet, und ihre Kehle war wie zugeschnürt, doch dann fingen ihre Augen an zu strahlen. »Heirat? Du willst mich wirklich zur Frau nehmen? Aber wieso denn auf einmal?«

Robert sah schmunzelnd zu ihr hinauf. »Erstens sehe ich keine andere Möglichkeit, um dich bei mir zu halten, und über den zweiten Grund reden wir später.«

Hartwig zog eine Grimasse, denn ihm waren solche Gefühlsregungen immer schon suspekt. »Nun los, Mädchen, sag endlich ja, sonst ruiniert er sich noch die schöne Hose vom langen Hinknien.«

Durch die Worte des Ritters fiel die Spannung von Eilika ab, und sie lachte laut auf. Einen Augenblick später verdüsterte sich ihre Stirn jedoch wieder. »Ich könnte mir nichts Schöneres vorstellen, aber es geht nicht.«

Robert starrte sie wie vom Donner gerührt an, und auch den anderen war das Erstaunen deutlich anzusehen. Dass er immer noch kniete, vergaß er völlig. »Wieso denn nicht? Liebst du mich etwa nicht?«

Eilika bemerkte die Unsicherheit in seiner Stimme und ging ebenfalls in die Knie. »Natürlich, und zwar schon seit unserem Kuss in der Scheune. Obwohl du es gar nicht verdienst, so oft, wie du mich ärgerst! Allerdings habe ich Alda versprochen, dass ich ihr Erbe fortsetzen werde, und ich könnte mein Wort niemals brechen.«

Robert wirkte einen Moment lang, als hätte er ihre Worte nicht verstanden, dann fiel die Anspannung von ihm ab, und er seufzte erleichtert auf. »Ich habe ebenfalls mit Alda gesprochen, bevor ich damals abgereist bin, und ich bin mir ziemlich sicher, dass sie sich nichts mehr gewünscht hat, als uns beide vereint zu sehen.« Er hob die Hand, als Eilika ihn unterbrechen wollte. »Außerdem habe ich überhaupt nichts dagegen, wenn du dich weiterhin der Heilkunde widmest. Natürlich nur, solange du nicht ständig herumreisen möchtest, denn das habe ich lange genug getan.«

Auf einmal erschien Eilika alles so einfach, und sie spürte instinktiv, dass dies auch Aldas Wunsch gewesen wäre. Freudestrahlend nahm sie Roberts Hände in ihre eigenen. »Wenn du wirklich nichts dagegen hast, gibt es für mich natürlich keine andere Antwort als Ja!«

Sie hatte kaum ausgesprochen, als Robert sie auch schon in seine Arme riss und heftig küsste.

Bruder Bernhard äußerte lautstark seinen Unmut darüber. »Wenn ihr beide euch jetzt nicht auf der Stelle zu mir stellt, reite ich zurück ins Lager!«

Der Ritter rückte ein wenig von Eilika ab, zog sie mit sich hoch und flüsterte ihr dabei leise ins Ohr: »Willst du deinen Umhang nicht ablegen, oder bist du darunter etwa wieder nackt?«

Eilika wurde rot und stieß ihm ihren Ellenbogen in die Seite. »Natürlich nicht, das war ein einmaliger Ausrutscher.«

Robert wollte schon sein Bedauern darüber kundtun, als er plötzlich einen leisen Pfiff ausstieß und seinen Blick bewundernd über das Gewand gleiten ließ. »Du siehst darin noch schöner aus, als ich es mir vorgestellt habe.«

Eilika dankte ihm. »Alda hat es für mich gefertigt. Ich hatte eigentlich erwartet, dass du mit mir zu Mittag essen wolltest, doch ich denke, einen passenderen Anlass als jetzt gibt es nicht.«

Anschließend stellten sie sich vor dem wartenden Mönch auf, und Gerald nahm zusammen mit Hartwig seinen Platz neben ihnen ein. Die ganze Zeremonie ging wie im Traum an Eilika vorbei, und erst als Robert ihr den Ring an den Finger steckte, schien der Schleier zu verfliegen. Glücklich sah sie auf den schmalen goldenen Reif, der von einem kleinen grünen Stein gekrönt war. Er passte perfekt. Fragend sah sie mit tränenverschleiertem Blick zu Robert auf.

»Es war der Ring meiner Mutter und bisher das Einzige, was ich von ihr als Erinnerung besitze. Nun gehört er dir, genauso wie das Medaillon.« Er hängte ihr die Kette um, die sie ihm am Abend überreicht hatte. »Sie ist wie für dich gemacht. Schade, dass Alda uns nicht sehen kann.«

Eilika schlang ihm die Arme um den Hals, zog seinen Kopf zu sich heran und flüsterte ihm zu: »Bestimmt sieht sie uns gerade zu und freut sich für uns.«

Bruder Bernhard hatte nach der vollzogenen Trauung

sein freundliches Lächeln wiedergefunden. »So, jetzt könnt Ihr die Braut küssen, sooft Ihr wollt. Meinen herzlichsten Glückwunsch!«

Das ließen sich die beiden nicht zweimal sagen, wurden jedoch rüde durch Ingulf unterbrochen. Der Junge hatte bisher seine Ungeduld bezwungen, nun indes konnte er seine übersprudelnde Freude nicht mehr zurückhalten. Er umarmte seine Schwester so heftig, dass ihr fast die Luft wegblieb, Robert klopfte er dagegen scheu auf die Schulter, bis der Ritter ihn ebenfalls kräftig umarmte. Die anderen drei Anwesenden mussten irgendwann lautstark protestieren, um ebenfalls ihre Glückwünsche kundtun zu können.

Danach blieben sie noch kurze Zeit auf der Lichtung, bevor Robert gemeinsam mit dem Mönch zum Lager aufbrach. Die Übrigen folgten in einigem Abstand.

30. KAPITEL

Herzog Heinrich saß dem Abodritenfürsten Niklot abwartend gegenüber, als die beiden Kriegsherren sich zum ersten Mal sahen. Der Sachsenherzog hatte nicht vor, das Gespräch zu beginnen, da er sich in der besseren Position wähnte, und so machte schließlich Fürst Niklot den Anfang.

»Wir befinden uns in einer etwas verzwickten Lage, um es einmal milde auszudrücken. Auch wenn wir einer monatelangen Belagerung durchaus standhalten könnten, ist dieser Zustand nicht gerade angenehm zu nennen, und zwar für keinen von uns. Es kommt jetzt darauf an, ob Ihr abwarten wollt, bis auch der letzte Eurer Männer vor Entkräftung gestorben ist, oder ob Ihr wirklich so klug und vorausschauend seid, wie mir berichtet wurde, und die Belagerung aufgebt.«

Heinrichs Gesicht glich einer Maske, und auch seiner Stimme war nicht anzumerken, ob ihn die Sätze seines Gegners in irgendeiner Form erregten. »Ich glaube, Ihr schätzt Eure Lage nicht ganz richtig ein. Ich hatte Euch für klüger gehalten und geglaubt, Ihr wolltet in Verhandlungen mit uns treten. Es stimmt zwar, dass wir nicht gerade über eine ideale Versorgung verfügen, aber ich habe bereits einige meiner Männer zurückgeschickt, um für Nachschub zu sorgen, und auch unsere dänischen Verbündeten nutzen alle Möglichkeiten. Es wird sich also herausstellen müssen, wer von uns den längeren Atem hat.«

Fürst Niklot taxierte den Herzog und lehnte sich entspannt zurück. »Ich habe Euch richtig eingeschätzt. Ihr setzt das Leben Eurer Männer aufs Spiel für eine Sache, die keinerlei Aussicht auf Erfolg hat, doch aufgrund Eurer Jugend kann ich es Euch nicht übelnehmen. Allerdings solltet auch Ihr erkennen, dass es nicht möglich ist, unsere Festung einzunehmen.«

Herzog Heinrich beugte sich vor und stützte sich mit beiden Armen auf dem kleinen Tisch ab. »Ihr solltet vorsichtig sein mit dem, was Ihr sagt. Immerhin spreche ich mit einem slawischen Fürsten, der vorgibt, Verhandlungen zu wollen, hinter unserem Rücken aber verstreuten Gruppen seiner feigen Ritter die Anweisung erteilt hat, einzelne gezielte Angriffe gegen uns zu führen.«

Augenblicklich war es mit der Gelassenheit des Abodritenfürsten vorbei. Er beugte sich ebenfalls vor und zischte mit leiser Stimme seinem Gegner zu: »Wie könnt Ihr es wagen, an meiner Aufrichtigkeit zu zweifeln und mir so etwas vorzuwerfen?«

Heinrich zeigte sich unbeeindruckt und erwiderte ruhig: »Ich habe in den letzten zwei Wochen fast sechzig Männer verloren, die sich alle auf Kontrollritten befanden, und nur zwei von ihnen haben die Angriffe überlebt. Einer der Verwundeten ist immer noch nicht in der Lage, Auskünfte über das Geschehene zu geben, doch in allen Fällen erfolgten die Übergriffe aus dem Hinterhalt. Eure Männer tauchten immer völlig unerwartet auf und verschwanden anschließend wieder in den Tiefen der Wälder, um sich feige in ihren Löchern zu verkriechen.«

Lange Zeit herrschte Stille, die bleischwer auf beiden lastete, dann endlich antwortete Fürst Niklot: »Ihr habt keinerlei Beweise dafür, dass es sich bei den Angreifern um meine Männer handelt, und so lange kann ich Euren Beschuldigungen keinen Glauben schenken. Wer weiß, vielleicht seid Ihr selbst dafür verantwortlich, um den Hass Eurer Männer weiter zu schüren.«

Abrupt erhob sich Heinrich der Löwe, und seine Stimme klang deutlich erregter als zuvor. »Es ist mehr als unglaublich, dass Ihr mir so etwas Absurdes vorwerft. Es braucht keinerlei solcher Dinge, um den Hass meiner Männer weiter zu schüren, denn in der jüngsten Vergangenheit gab es von Eurer Seite genug feige Angriffe, von den Attacken auf unsere dänischen Verbündeten ganz zu schweigen. Soweit ich informiert bin, befinden sich nicht nur aus Euren Überfällen auf Lübeck und Wagrien Geiseln in Eurer Festung, vor allem dänische Gefangene schmachten in Euren Verliesen.« Er holte tief Luft und fuhr dann etwas ruhiger fort: »Aber ich werde Euch den Beweis meiner Behauptung bringen, und zwar schon in den nächsten Tagen. Bis dahin soll weiterhin die Waffenruhe gelten, aber dann erwarte ich Eure Entschuldigung.«

Auch Fürst Niklot erhob sich. Er zögerte kurz, dann sagte er in einem gefassten, aber auch sehr entschlossenen Ton: »Solltet Ihr mir wirklich einen Beweis bringen, bin ich bereit, mit Euch in Verhandlungen zu treten, um diese unsägliche Situation zu einem Ende zu bringen.«

Der sächsische Herzog nickte ihm knapp zu und verließ die Zusammenkunft.

Als Robert in Begleitung des Mönches ins Lager zurückkam, erwartete ihn bereits ein Bote des Herzogs. Er übergab dem Mann Alabaster und eilte zum Zelt Heinrichs, der bereits vor einer ausgerollten Karte brütete, die auf einem großen Tisch lag. Seine Stimmung war offenkundig nicht die beste.

»Ich habe schon vor einer halben Stunde nach Euch schicken lassen. Wieso habt Ihr mich so lange warten lassen?«

Robert machte eine knappe Verbeugung. »Ich bitte um Vergebung, Euer Hoheit, aber ich hatte noch eine wichtige Sache zu erledigen, über die ich Euch heute Morgen unterrichtet hatte.«

Der Herzog sah ihn einen Moment verwirrt an, dann verzog er den Mund. »So, so. Ich wusste nicht, dass Ihr es so eilig damit habt, doch da es nun einmal so ist, nehmt meinen Glückwunsch entgegen. Leider müsst Ihr Euch trotzdem gleich morgen früh um die Erledigung meines Auftrages kümmern. Ihr habt völlig freie Hand bei der Auswahl der Männer, die Euch zur Seite stehen sollen, und auch die Vorgehensweise bleibt Euch überlassen.« Er winkte den Ritter heran. »Werft einen Blick auf die Karte, dann kann ich Euch die Gebiete zeigen, in denen die Überfälle stattgefunden haben. Bisher waren es vier an der Zahl, und wenn Ihr Euch die Größe der Waldgebiete anseht, werdet Ihr sofort verstehen, wieso wir bisher keinen Erfolg hatten, denn eine Verfolgung zu Pferd ist in den dichten Wäldern fast ausgeschlossen. Die Angriffe erfolgten ausschließlich an deren Randgebieten und lagen dicht beieinander.«

Robert vertiefte sich für kurze Zeit in die Karte und verbeugte sich danach abermals. »Ich werde mich gleich um die Auswahl der geeigneten Männer kümmern.«

Der Herzog nickte kurz und sagte zum Abschluss: »Bringt mir den Anführer, auf Gefangene lege ich keinen Wert, und seht zu, dass Ihr den Auftrag unbeschadet übersteht. Ich bin mir ziemlich sicher, dass es sich dabei um Euren letzten handeln wird, und wenn das Glück uns hold ist, werden wir bald wieder nach Hause zurückkehren können.«

Robert verließ das Zelt und machte sich auf die Suche nach Hartwig, den er kurze Zeit später bei seinem Pferd fand. Auf den ersten Blick sah es so aus, als würde er eine Stelle am Hals des Tieres genau betrachten, doch im Näherkommen merkte er, dass das große Schlachtross seinem Freund als Stütze diente. Hartwig hatte sich angelehnt und hielt die Augen geschlossen.

Ärgerlich legte Robert ihm eine Hand auf die Schulter. »Komm, mein Freund, ich begleite dich zu deinem Zelt. Dort ruhst du dich für den Rest des Tages aus.«

Hartwig fuhr herum und funkelte Robert böse an. »Sprich nicht mit mir, als würde ich bald sterben! Es war nur ein kleiner Augenblick der Schwäche, mir geht es schon wieder gut.«

Robert zuckte mit den Schultern und zog die Hand weg. »Wie du willst, aber dein Anblick straft deine Worte Lügen. Hast du trotzdem einen Moment für mich Zeit, oder willst du gleich einen Angriff gegen die Burg führen, um allen zu beweisen, wie gut es dir geht?«

Hartwig sah im ersten Augenblick aus, als wollte er explodieren, dann brach er jedoch in schallendes Gelächter aus. »Für dich verschiebe ich meinen Angriff natürlich. Komm, lass uns eine Sitzgelegenheit suchen.«

Robert grinste verschmitzt, was sein Freund allerdings ignorierte, als er auf einen der Baumstämme zustrebte, die beim Aufbau des Lagers gefällt worden waren. Robert zögerte, sein Anliegen seinem Freund anzutragen, denn er hatte große Sorge, dass es Hartwig in Anbetracht seines sehr schwachen Gesundheitszustands zu viel werden könnte. Da er aber keinen Ausweg sah, trug er seine Bitte schließlich vor. »Du bist sicherlich über die vereinzelten Angriffe auf kleine Gruppen unserer Männer in den letzten zwei Wochen informiert.« Er wartete Hartwigs Nicken ab und fuhr fort. »Ich habe den Auftrag erhalten, diesen Angriffen ein Ende zu bereiten, und dafür brauche ich deine Hilfe. Du hattest doch bis zum Beginn deiner Krankheit das Kommando über mehrere hundert Männer, ich dagegen kenne hier kaum jemanden gut genug, um seine Fähigkeiten im Kampf beurteilen zu können. Nenne mir bitte zwei oder drei Ritter, die dein absolutes Vertrauen genießen, damit ich mit ihnen die restlichen Männer auswählen kann.«

Zu Roberts großer Überraschung schüttelte Hartwig energisch den Kopf. »Einen Teufel werde ich tun! Die Auswahl dieser Männer musst du schon komplett mir überlassen. Sag mir, wie viele du brauchst, den Rest erledige ich. Du kümmerst dich nur um einen erfolgreichen Plan.«

Zweifelnd sah Robert ihn an. »Nicht mehr als hundert, aber ich bin mir nicht sicher, ob das alles nicht zu anstrengend für dich wird. Vergiss nicht, wie schlecht es dir noch gestern gegangen ist.«

»Da hatte ich auch noch nicht diesen ekelhaften Trank von deiner Frau getrunken. So scheußlich er auch schmeckt, er hilft verdammt gut. Wie dem auch sei, entweder so, wie ich es will, oder du musst dir jemand anderen suchen.«

Robert nickte ergeben, denn er kannte die Sturheit seines Freundes zur Genüge und wusste um die Sinnlosigkeit, ihn vom Gegenteil überzeugen zu wollen.

Hartwig, der sofort erkannte, dass er diesen kleinen Sieg für sich verbuchen konnte, erhob sich zufrieden. »Ich muss dann leider los, schließlich habe ich nicht mehr so viel Zeit. Ich denke, dass ich in einer Stunde alle zusammenhabe, dann brauchst du nur noch zu sagen, wann und wie wir morgen losschlagen sollen.«

Robert fuhr entgeistert auf. »Wir? Wieso wir? Du bleibst schön im Lager und kurierst dich aus. In der letzten Woche hast du so viel an Kraft verloren, dass du wahrscheinlich noch nicht einmal dein Schwert halten kannst.«

Hartwigs Miene verdüsterte sich mit jedem von Roberts Worten. »Ich komme mit, oder du suchst dir jemand anderen!«, donnerte er los. »Immerhin sind auch von meinen Männern welche dabei. Wie sieht denn das aus, wenn Ihr Anführer im Lager bleibt und Däumchen dreht?«

»Das ist vollkommener Blödsinn, und das weißt du auch. Sie wissen sehr gut, dass du gesundheitlich angeschlagen bist. Außerdem verehren sie dich, und das Letzte, was deine Männer wollen, ist dein Tod. Also sei vernünftig und schone deine Kräfte.«

Doch Hartwig blieb stur, bis Robert abermals nachgab, allerdings ließ er sich von seinem Freund das Versprechen geben, sich keinem seiner Befehle zu widersetzen. Dann trennten sich beide, um sich in einer guten Stunde wieder zu treffen, um alles Weitere zu besprechen. Robert ging sofort in sein Zelt, denn er wollte die Zeit nutzen, um das grobe Gerüst seines Plans weiter auszubauen.

Als nach einer Stunde Hartwig vorbeikam, war er in Begleitung seines Bruders Gero. »Ich habe ihm bereits gesagt, dass du ihn mit Sicherheit nicht mitnehmen wirst, doch er wollte es von dir persönlich hören.«

Der junge Ritter drängte sich an seinem Bruder vorbei und trat dicht an Robert heran. »Du kannst mich nicht hierlassen, nur weil du etwas gegen mich hast. Ich bin gut, und das weißt du auch, also vergiss für die Zeit dieses Auftrags unsere Zwistigkeiten und nimm mich mit.«

Robert hielt ohne Mühe dem drängenden Blick Geros stand. »Du irrst dich, wenn du glaubst, dass ich etwas gegen dich habe, obwohl ich zugeben muss, dass du mir schon als Junge nicht besonders sympathisch warst. Davon abgesehen habe ich überhaupt nichts dagegen, wenn du uns begleiten willst. Jeder, der gut mit dem Schwert umgehen kann, ist uns willkommen, und du hattest dir ja im Lager bei Braunschweig vorgenommen, viel zu trainieren.«

Hartwig grinste breit, und Gero konnte nur mit Mühe eine scharfe Erwiderung zurückhalten. Jetzt war nicht der richtige Zeitpunkt, aber der würde schon noch kommen, dessen war er sich sicher, wenn er erst unter den Männern war, die Robert begleiteten. Also zwang er sich zu einer fröhlichen Miene, die allerdings gründlich misslang. »Du hattest schon immer einen trockenen Humor, den ich leider nicht immer teilen kann, aber ich will mich nicht beschweren, nun, da ich dabei bin. Wann geht es los?«

Robert trat einen Schritt zurück und zeigte auf eine ausgerollte Karte, auf der er aus dem Gedächtnis die betroffene Gegend aufgezeichnet hatte. »Das werde ich jetzt mit deinem Bruder besprechen. Wenn du uns nun bitte alleine lassen würdest, du erfährst alles andere später von ihm.«

Gero nickte verstimmt, beugte sich allerdings Roberts Wunsch ohne Widerspruch.

Als er gegangen war, donnerte Hartwig los. »Bist du von Sinnen? Wie kannst du dich nur darauf einlassen, ihn mitzunehmen? Wenn ich mich richtig erinnere, ist es seit ungefähr zwei Jahren sein größter Wunsch, dich mausetot zu sehen.«

Robert winkte müde ab. »Er wird kaum Gelegenheit dazu bekommen, mir etwas anzutun. Sieh dir das hier bitte mal an.« Er umkreiste mit dem Finger ein Stück des Waldgebietes. »Dort fanden alle drei Überfälle statt, gar nicht weit voneinander entfernt. Jedes Mal wurde unseren Männern am Waldrand aufgelauert, was für die slawischen Angreifer den Vorteil hatte, dass sie anschließend schnell in die großen unzugänglichen Wälder verschwinden konnten. Sie werden wahrscheinlich mehrere Späher in der Umgebung verstreut haben, die jeweils melden, um wie viele Männer es sich handelt. Deshalb dürfen wir uns auf keinen Fall alle zusammen auf den Weg machen, da sie einen Angriff auf eine solche Übermacht mit Sicherheit nicht wagen würden. In allen Fällen waren unsere Gruppen nicht stärker als höchstens fünfundzwanzig Mann, und der Überlebende hat erzählt, dass die Angreifer hinter nahezu jedem Baumstamm hervorkamen. Unsere Männer wurden völlig überrumpelt und hatten kaum Zeit, ihre Waffen zu ziehen, aber sobald Verstärkung ausgezogen ist, mit bis zu zweihundert Mann, blieben sie unbehelligt, und keiner der Angreifer zeigte sich. Zu finden waren sie dank ihrer guten Verstecke allerdings auch nicht.«

Hartwig hatte ihm ungeduldig zugehört, er war kein Freund von langen Reden. »Was schlägst du demnach vor? Es wäre gut, wenn du dich ein wenig beeilen könntest, ich muss mir den guten Kräutertrank noch abholen.«

Robert ließ sich nicht aus der Ruhe bringen und fuhr unbeirrt fort: »Du reitest mit sechzig Männern heute Abend nach Einbruch der Dämmerung los.« Wieder zeigte er auf die Karte. »Dort befindet sich eine Senke, die vom Wald nicht einsehbar und von dem fraglichen Gebiet weit genug entfernt ist. Ihr werdet dort lagern und morgen auf ein Zeichen von mir warten, um uns so schnell es geht zu Hilfe zu eilen. Von dieser Seite wird der Feind nicht mit euch rechnen, da das Lager in entgegengesetzter Richtung liegt, und zu Pferd dürftet ihr ziemlich rasch bei uns sein.«

»Hast du dabei nicht eine Kleinigkeit übersehen?«

Robert hob fragend den Kopf.

»Wenn die Entfernung zu euch so groß ist, wie sollen wir dann wissen, wann ihr unsere Hilfe braucht? Ein Signal wird über diese große Strecke kaum zu hören sein.«

»Da hast du völlig recht, deshalb sollst du auch, sobald du den Lagerplatz erreicht hast, vier bis fünf Männer zum Wald hinüberschicken. Sie müssen sich einen Platz auf einem der Bäume suchen, an der Stelle, die am weitesten von euch entfernt ist, und vor allem dürfen sie ihre Hörner nicht vergessen.«

Hartwig wiegte unentschlossen den Kopf. »Hört sich alles ganz gut an, aber was ist, wenn unsere Feinde ebenfalls überall Posten aufgestellt haben? Unsere Männer würden ihr Leben verlieren, ohne dass wir es merken.«

Robert zuckte mit den Schultern. »Ich habe nicht behauptet, dass der Plan ohne Risiken ist, aber ich kann mir nicht vorstellen, dass die Slawen von der Seite mit uns rechnen. Eher gehe ich davon aus, dass sie die gesamte Strecke zum Lager beobachten.«

Hartwig wandte sich von der Karte ab. Er wirkte nicht begeistert und hielt seine Meinung auch nicht zurück. »Überzeugt bin ich immer noch nicht, denn sollten wir aus irgendeinem Grund die Signale nicht hören, hast du mit deinen vierzig Männern keine große Chance. Mir gefällt das zwar nicht besonders, aber wenn du dich dazu entschieden hast, werde ich mich dem nicht entgegenstellen. Ich werde in ungefähr einer Stunde aufbrechen, vorher erhalten die Männer, mit denen du morgen früh losreiten wirst, noch ihre Anweisungen und werden rechtzeitig bereit sein. Wir sehen uns dann spätestens am Nachmittag. Gib auf dich acht! Deine Frau sollte so jung nicht schon Witwe werden.«

Robert zuckte zusammen, als er an Eilika erinnert wurde. Spontan ging er auf seinen Freund zu und umarmte ihn herzlich. »Keine Angst, es wird schon gutgehen. Eine Bitte habe ich allerdings noch: Gero nimmst du mit, ich will ihn morgen früh nicht bei den Männern sehen. Er soll gut auf dich aufpassen, sonst bekommt er wirklich noch Ärger mit mir.«

»Ich hätte ihn sowieso mitgenommen, aber das mit dem Aufpassen, das nehme ich dir richtig übel.« Griesgrämig verließ Hartwig das Zelt.

Ein wenig sorgenvoll sah ihm Robert nach, es wäre ihm lieber gewesen, wenn sein Freund sich einsichtig gezeigt hätte und im Lager geblieben wäre. Dann rollte er die Karte zusammen und machte sich auf die Suche nach Gerald.

Er fand ihn kurze Zeit später ins Gespräch mit Bruder Bernhard vertieft. Robert entschuldigte sich für die Unterbrechung und suchte sich mit Gerald eine ruhige Stelle, ehe er ihm in kurzen Zügen erklärte, was morgen auf ihn wartete. Sein Freund zögerte keinen Augenblick, um ihm seine Unterstützung anzubieten.

Robert lehnte ab. »Nein, Gerald, ich brauche dich hier. Du bist der Einzige, auf den ich mich verlassen kann. Hartwig und Wolfram begleiten mich, und du kennst ihre Sturheit, bei dir dagegen kann ich auf Vernunft zählen. Außerdem genießt du eine Sonderstellung durch die Legitimation der Äbtissin, und du bist nicht verpflichtet, an kriegerischen Handlungen teilzunehmen. Falls mir morgen etwas zustoßen sollte, musst du dich um Eilika und ihren Bruder kümmern, versprich es mir. Sie haben sonst niemanden, an den sie sich wenden können.«

Gerald presste die Lippen zusammen und nickte zögernd. »Ich hätte es auch getan, wenn du nicht mein Wort gefordert hättest. Obwohl ich gestehen muss, dass ich morgen lieber an deiner Seite wäre.«

Dankbar musterte Robert ihn und legte die Hand auf Geralds Schulter. »Ich habe nicht vor, morgen zu sterben. Du wirst sehen, bald sitzen wir beide zusammen und trinken in Quedlinburg das lange fällige Bier.« Robert zog seine Hand zurück und verließ seinen Freund.

Eilika hatte ihren frisch angetrauten Gatten seit ihrer Rückkehr ins Lager nicht mehr zu Gesicht bekommen, allerdings war sie auch kaum dazu gekommen, sich darüber zu ärgern. Im Laufe des Nachmittags brachte man zehn neue Männer zu ihr, die alle Hartwigs Symptome zeigten. Dem Ritter ging es zwar schon etwas besser, doch er war auch körperlich wesentlich robuster als die meisten anderen. Erschöpft gelangte sie erst lange nach Einbruch der Dunkelheit zu ihrem Zelt, und weder von Wolfram noch von Gerald war eine Spur zu sehen, was sie ein wenig verwunderte. An Wolframs Anblick hatte sie sich in den letzten Wochen gewöhnt, gab er ihr doch eine Spur von Sicherheit, aber sie war zu müde, um sich darüber weitere Gedanken zu machen. Wolfram hatte bei ihrer Eheschließung nicht dabei sein können und sie etwas später im Krankenzelt aufgesucht, um ihr unbemerkt von anderen seine Freude darüber kundzutun.

Von Ingulf hatte sie erfahren, dass Hartwig am Abend mit mehreren Männern fortgeritten war, angeblich, um für Proviant zu sorgen. Sie war sehr verärgert darüber, denn er war ihrer Meinung nach viel zu schwach dazu. Wahrscheinlich hatte Hartwig ihr es nicht selbst mitgeteilt, weil er ihren Vorhaltungen aus dem Weg gehen wollte. Sie mochten einander mittlerweile sehr, doch hatte er sich immer noch nicht an Eilikas Eigenart gewöhnt, ihm ihre Meinung zu sagen. Sie vermutete, dass Wolfram seinen Bruder begleitete, um ihn gegebenenfalls zu unterstützen.

Im Innern ihres Zeltes war es, durch den Schein des kleinen Lagerfeuers, noch nicht völlig finster. Anfangs enttäuscht darüber, dass Robert offenbar nicht vorhatte, diese Nacht bei ihr zu liegen, war sie jetzt nicht zu unglücklich darüber. Sie war so müde, dass sie sich nach kurzem Überlegen einfach in ihrem Kleid hinlegte. Umso mehr schrak sie zusammen, als dicht neben ihrem Ohr leise Roberts Stimme erklang.

»Wo warst du denn so lange? Ich habe mir schon überlegt, ob ich dich holen soll.« Dabei fuhr er mit seinen Lippen langsam zärtlich an ihrem Hals hinunter, und spätestens als er sie fordernd auf ihren Mund presste, war ihre Müdigkeit verflogen, und sie erwiderte den Kuss mit gleicher Leidenschaft.

Nachdem sie sich ausgiebig geliebt hatten, unterhielten sie sich flüsternd miteinander.

»Du hast gesagt, es gibt noch einen zweiten Grund, warum du deine Meinung über das Heiraten geändert hast.« Eilika schmiegte sich in den Arm des Ritters und fühlte sich rundherum zufrieden.

»Der Brief meiner Mutter«, antwortete Robert leise. »Allerdings hat er mich nur in meinem bereits gefassten Entschluss bestätigt. Während der Wochen nach unserem unschönen Abschied habe ich oft über uns nachgedacht, auch über Aldas Worte, die sie mir in ihrer netten und direkten Art mit auf den Weg gegeben hat.« Er strich sanft über Eilikas Arm. »Es gibt übrigens zwei Gründe für meine langjährige Haltung, zum einen wurde Alda vor vielen Jahren von einem Priester bezichtigt, mit dem Teufel im Bunde zu stehen. Da war natürlich dieser Fluch, und ihre Hellsichtigkeit und Kräutermischungen waren ihm auch nicht ganz geheuer. Er war ein grässlicher Kerl, aber eben ein Mann Gottes und hat die Bewohner gegen sie aufgewiegelt. Wer weiß, was noch alles passiert wäre, wenn die Äbtissin sich nicht für sie eingesetzt hätte.«

Eilika spürte, wie sehr ihn das alles noch belastete.

»Zum anderen war ich mir immer sicher, dass Gott die Schuld daran trug, dass meine Mutter mich verlassen hatte, um das Leben einer Nonne zu führen. Ich hatte mir geschworen, niemanden mehr mit ihm zu teilen, aber seit ihrem Brief weiß ich, welche Gründe sie dazu bewogen haben, im Stift zu leben. Zwei Bastarde in der Familie reichen, denke ich.«

Eilika stützte sich auf ihren Ellenbogen, und dabei fielen ihre Haare auf seinen Arm. »Aber den Entschluss, mich zu heiraten, hast du schon vorher gefasst?«

Robert zog sie wieder zu sich heran. »Als du letzte Nacht weg warst, ist mir klar geworden, dass ich ohne dich nicht mehr leben möchte. Wie gesagt, der Brief war eigentlich mehr eine Bestätigung meines Entschlusses. Da fällt mir ein, habe ich dir eigentlich schon einmal gesagt, wie sehr ich dich liebe?«

Ihre Antwort war ein langer zärtlicher Kuss.

Als Eilika am nächsten Morgen erwachte, war Robert schon verschwunden. Sie stand gut gelaunt auf, wusch sich schnell das Gesicht und schlüpfte in das Kleid, das sie von der Äbtissin geschenkt bekommen hatte. Anschließend ging sie an die Arbeit, doch obwohl es nicht mehr ganz so früh war, schien es, als wollte sich der Tag nicht einstellen. Der Himmel war stark bewölkt, und ein leichter Wind war aufgekommen, der die Schwüle der letzten Zeit vertrieben hatte. Eilika genoss die frische Luft auf dem Weg zum Krankenlager.

Sie hatte es noch nicht erreicht, als Ingulf auf sie zulief. »Wo warst du denn heute früh? Wolltest du nicht dabei sein, wenn Robert mit den Männern aufbricht?«

Fassungslosigkeit spiegelte sich in Eilikas Miene. »Er hat mir nichts davon gesagt! Mit wie vielen Männern und wohin?«

Der verstörte Gesichtsausdruck ihres Bruders gefiel ihr gar nicht. »Er soll dafür sorgen, dass die vielen Überfälle auf unsere Männer aufhören. Ich habe Angst um ihn, denn ihn haben nur vierzig Mann begleitet. Was, wenn er nicht wiederkommt?«

Eilika packte ihren Bruder an den Schultern. »Sag so etwas niemals wieder! Er wird wiederkommen, verstehst du, er muss einfach! Wo ist Herr Gerald? Ist er auch mitgeritten?«

Ingulf schüttelte den Kopf. »Nein, er war nicht dabei. Wo er ist, kann ich dir allerdings auch nicht sagen.«

Eilika ließ ihn los und eilte davon. Nach kurzem Suchen hatte sie Gerald gefunden, der gerade damit beschäftigt war, sein Schwert zu polieren.

Mit erregter Stimme redete sie auf ihn ein. »Wieso hat mir kein Mensch Bescheid gesagt? Habe ich etwa kein Recht darauf, zu wissen, was mein Mann treibt?«

Der Ritter erhob sich und legte ihr beschwichtigend eine Hand auf den Arm. »Beruhige dich doch, Eilika, du weißt, dass eure Eheschließung vorerst geheim bleiben soll. Robert hat dir nichts gesagt, weil er genau diese Reaktion befürchtet hat.«

Er zog sie ein paar Schritte mit sich, damit sie vor neugierigen Ohren geschützt waren.

»Was ist mit Hartwig? Hat er auch damit zu tun, oder ist er wirklich gestern Abend losgeritten, um nur für Proviant zu sorgen?«

»Hartwig wird mit seinen Männern auf Robert treffen, falls er Hilfe benötigt.«

Eilika schnaubte ärgerlich. »Wie soll Hartwig ihm helfen, wo er kaum sein Schwert halten kann?«

Gerald sah sich vorsichtig um. »Ich verstehe deine Sorge,

doch Wolfram ist bei Robert, und Gero hat gestern Abend Hartwig begleitet. Du siehst, es sind genügend Männer da, auf die Robert sich verlassen kann.«

Schreckensbleich sah Eilika ihn an. »Das kann nicht Euer Ernst sein! Gero, habt Ihr gesagt?« Sie ließ den Kopf hängen und fuhr mit tonloser Stimme fort: »Dann sind es nicht nur die Slawen, gegen die er kämpfen muss.« Jäh bereute sie ihre Entscheidung, Robert nichts von Gero erzählt zu haben, dann wäre er wenigstens gewarnt gewesen.

Gerald widersprach ihr sofort, allerdings klangen seine Worte nicht sehr überzeugend. »Du siehst Gespenster, Eilika. Gero mag nicht zu Roberts Freunden gehören, aber er würde es niemals wagen, ihm vor den Augen seiner Brüder und der anderen Ritter etwas anzutun.«

Auf einmal kam wieder Leben in Eilika, sie hob ruckartig den Kopf und sah Gerald mit funkelnden Augen an. »Ihr müsst ihnen folgen. Bestimmt hat Robert Euch gesagt, in welche Richtung sie reiten werden, und wenn Ihr an seiner Seite seid, wäre ich um einiges gelassener.«

Zu ihrem Leidwesen stieß ihre Bitte auf Ablehnung. »Ich habe ihm mein Wort gegeben, hier bei dir im Lager zu bleiben. So leid es mir tut, auch ich wäre gerne mit ihm zusammen aufgebrochen. Du wirst sehen, es wird alles gutgehen!«

Wortlos wandte sie sich von ihm ab und ging langsam zu ihrem Zelt zurück. Ein ungutes Gefühl sagte ihr, dass etwas Furchtbares geschehen würde, und als sie das Wiehern der Pferde hörte, zögerte sie. Immerhin könnte sie versuchen, sich eines der Tiere zu satteln und Robert zu folgen. Dank ihrer Streifzüge auf der Suche nach Heilpflanzen fand sie sich schon ganz gut in der Umgebung zurecht. Gleich darauf ließ sie ihren Plan mutlos wieder fallen, denn selbst wenn sie es schaffen würde, mit einem der Pferde das Lager zu verlassen, was so gut wie ausgeschlossen war, würde sie doch nicht wissen, in welche Richtung Robert mit seinen Männern geritten war. Traurig ging sie zu ihren Patienten, wo sie hoffte, Bruder Bernhard anzutreffen, um sich von ihm ein wenig Mut machen zu lassen.

31. KAPITEL

Hartwig hatte die Stelle, die Robert ihm beschrieben hatte, ohne Probleme erreicht. Es war noch nicht völlig dunkel, so dass er unverzüglich fünf seiner Männer herbeirief, um ihnen zu erklären, was sie zu tun hatten und wie viel Abstand sie voneinander halten sollten.

Gerade als er ihnen viel Glück wünschen wollte, unterbrach Gero ihn. »Lass mich einen der Beobachtungsposten besetzen. Vor allem dicht bei der Lichtung, an der beim letzten Mal der Angriff erfolgte, könnte es gefährlich sein. Vielleicht warten dort ebenfalls ein paar unserer Gegner in ihren Verstecken.«

Hartwig sah seinen Bruder misstrauisch an. »Wieso willst gerade du an diesem Platz die Nacht über ausharren? Sonst siehst du doch auch immer zu, dass du den Kopf nicht zu weit in die Schlinge steckst.«

Sofort spürte Gero die altbekannte Wut wieder in sich aufsteigen, wie immer, wenn einer seiner Brüder ihn abkanzelte, doch er riss sich zusammen. »So war es vielleicht ab und zu in der Vergangenheit. Gerade du hast immer gepredigt, wie wichtig es ist, seinen Männern ein Vorbild zu sein, also gib dir einen Ruck und lass mich das übernehmen.«

Hartwig zögerte noch immer, und da er nicht wusste, was er Geros Argumenten entgegensetzen sollte, stimmte er schließlich zu. Als die Männer in der einsetzenden Dunkelheit verschwanden, hatte er irgendwie das Gefühl, gerade einen großen Fehler gemacht zu haben, und er zog sich mit düsteren Gedanken auf seine Decke zurück. Mittlerweile war es stockfinster, und er hoffte inständig, dass seine Männer sicher an den vorgesehenen Stellen angekommen waren. Für sie würde es jedenfalls keine Nacht auf einem bequemen Schlafplatz werden.

Robert war mit seinen Männern bereits seit einer Stunde unterwegs. Er hatte nur langsames Schritttempo befohlen, da er hoffte, dass seine Gegner so genügend Zeit hätten, um sich für einen Angriff zu sammeln. Bei ihrem Aufbruch am frühen Morgen hatte er in vielen Gesichtern Angst gesehen, denn den Männern war die Geschichte des Überlebenden bekannt, und auch Robert war nicht frei von Angst.

Gerald tat ihm leid, denn ihm würde die Aufgabe zufallen, Eilika davon zu erzählen. Robert hatte auch schon früher oft Furcht empfunden, doch seit er die junge Heilerin kannte, war sein Überlebenswille noch stärker geworden. Leider hatte seitdem auch die Angst zugenommen, zu wenig Zeit mit Eilika zu haben, und so schärfte er seine Sinne, damit ihm selbst die kleinste Bewegung in seiner Umgebung nicht entging.

Nach zwei weiteren Stunden ließ Robert an einem kleinen Bach absitzen, der ein Stück weiter im Wald verschwand. Auf dem ganzen Weg war ihnen nichts Ungewöhnliches aufgefallen, was allerdings nicht gerade zu einer lockereren Stimmung bei den Männern beigetragen hatte. Im Gegenteil: Sie redeten kaum ein Wort, und Robert, der Alabaster am Zügel hielt, spähte angestrengt in den Wald. Bei den dicht beieinanderstehenden Bäumen war leider nichts zu erkennen, und so ließ er nach weiteren zehn Minuten wieder aufsitzen, da er vermutete, dass der erste von Hartwigs Posten nicht mehr allzu weit entfernt war. Die Unruhe des Ritters stieg von Minute zu Minute an, und obwohl er nichts Verdächtiges erkennen konnte, spürte er die Gefahr, die in der Luft lag.

Hartwig war seit dem frühen Morgen auf den Beinen und hatte kaum ein Auge zugemacht, denn seine düsteren Gedanken ließen ihn nicht zur Ruhe kommen. Er war zu dem Entschluss gekommen, dass sein Bruder keinen anderen Plan hatte, als auf einen günstigen Moment zu hoffen, um Robert zu beseitigen. Gero konnte keineswegs davon ausgehen, dass Robert ihm direkt vor die Armbrust reiten würde, doch ein Versuch war es allemal wert. Wenn er sogar das Glück hätte, seinen Pfeil abzuschießen, bevor der Angriff auf die sächsischen Ritter erfolgte, ginge mit Sicherheit jeder davon aus, dass er von den Slawen stammte, und falls es nicht klappte, konnte er sich immer noch etwas anderes überlegen.

Als in dem Augenblick nicht weit von ihnen entfernt ein Horn erklang, fuhr Hartwig herum und stöhnte leise. Im gleichen Atemzug brüllte er den Befehl zum Aufsitzen und schwang sich auf sein Schlachtross.

Gero hätte in seinem gut verborgenen Versteck seine Wut am liebsten herausgeschrien, aber das musste er sich verkneifen, wenn er noch längere Zeit am Leben bleiben wollte. In geringer Entfernung zogen unter ihm mindestens fünfzig gut bewaffnete slawische Ritter vorbei, die zu seinem Leidwesen nicht auf die Lichtung zusteuerten, auf der das letzte Gefecht stattgefunden hatte. Nun hatte er keine andere Möglichkeit als abzuwarten, bis sie außer Sichtweite waren, dann musste er sofort in sein Horn blasen, um die nötige Verstärkung anzufordern. Er selbst hatte jedoch nicht vor, hier auf Hartwig und seine Männer zu warten, sondern wollte, sobald es die Situation erlaubte, sein Versteck verlassen, um den Slawen zu folgen. Gero vermutete, dass ihr Ziel hinter der nächsten Biegung des Waldes lag. Noch am Vorabend, als er auf der Suche nach einem geeigneten Baum gewesen war, hatte er überlegt, ein Stück weiterzuziehen, aber es war schon fast dunkel geworden, daher erschien es ihm zu riskant. Und so war es noch immer.

Gero war sich nicht sicher, ob slawische Kundschafter durch den Wald zogen, also blieb er zur Sicherheit lieber in seinem Versteck.

Als auch der letzte der Angreifer außer Sichtweite war, blies er mit aller Kraft in sein Horn, und gleich darauf erklang in einiger Entfernung eine Antwort. Da er davon ausgehen musste, dass die Slawen das Signal ebenfalls gehört hatten, wartete er noch einen Moment ab, doch wie erwartet kam niemand zurück. Nachdem er eine Weile nichts gehört hatte, kletterte Gero von dem Baum und folgte mit leisen Schritten der slawischen Reitergruppe.

Die slawischen Ritter fieberten dem vor ihnen liegenden Kampf entgegen, schließlich lag der letzte schon fast eine Woche zurück. Die sächsischen Eindringlinge hatten in den letzten Tagen keine kleineren Gruppen mehr in diese Gebiete geschickt, und da ihr eigener Trupp im Laufe der vergangenen Kämpfe ebenfalls auf etwas über fünfzig Männer geschrumpft war, blieb ihnen nichts weiter übrig, als in ihren sicheren Verstecken auszuharren. Im Vergleich zu ihren Gegnern hatten sie nur wenige Männer verloren, denn sie begannen jeden Angriff mit einem Pfeilhagel, bei dem oftmals über die Hälfte der völlig überraschten Sachsen ihr Leben ließen. Den Verletzten machten sie kurzerhand den Garaus, Gefangene wurden nicht genommen. So lautete zumindest der strikte Befehl ihres Anführers Borwin, dem die slawischen Ritter vertrauten und den sie auch respektierten, und zwar nicht nur, weil Fürst Niklot sein Onkel war, sondern vor allem wegen seines Muts und seiner Tapferkeit. Immer wieder riss er seine Männer mit, wenn sie tagelang mit kaum etwas zu essen ausharren mussten.

Nun lechzten sie wieder nach einem Sieg, als Borwin wie immer an der Spitze mit ihnen durch die Gegend streifte.

Der dichte Wald ließ sie nur sehr langsam vorankommen, aber immerhin waren sie über die Größe der berittenen sächsischen Gruppe und deren Bewaffnung dank ihrer Späher genau informiert. Diesmal hatten sie sich einen anderen Platz für ihren Angriff ausgesucht, denn die kleine Lichtung lag genau hinter einer Biegung. Dahinter erstreckte sich eine weite saftige Graslandschaft, mit teilweise tückischen sumpfigen Stellen.

Sie waren nicht mehr allzu weit davon entfernt, als plötzlich dicht hinter ihnen ein Horn erklang. Borwin, der gerade das Zeichen zum Angriff geben wollte, erstarrte und überlegte kurz, wie er weiter vorgehen sollte. Rückzug war ausgeschlossen, denn er musste davon ausgehen, dass seine Feinde hinter ihnen warteten und sie ihnen direkt in die Arme ritten. Schließlich gab er sich einen Ruck, denn für ihn kam nur eines in Frage: Der Angriff auf die kleine Gruppe von ungefähr vierzig sächsischen Rittern, deren Pferde bereits undeutlich zu hören waren. Zu seinem Leidwesen mussten sie ihre bewährte Taktik ändern, denn zu einem Pfeilangriff blieb ihnen nicht mehr genug Zeit. Sie hätten sich dazu erst geeignete Stellungen suchen müssen, damit sie möglichst viele ihrer Feinde beim ersten Mal treffen würden, doch das war ihm jetzt gleich. Wenn sie schon sterben würden, wollten sie wenigstens genug der verhassten Eindringlinge mit in den Tod nehmen.

Ärgerlich über seine eigene Sorglosigkeit zog Borwin sein Schwert. Wäre er vorsichtiger gewesen und hätte er auch in der anderen Richtung Posten aufstellen lassen, hätte er diese Situation vermeiden können. Mitten in seinen Überlegungen entdeckte er auch schon den ersten sächsischen Ritter auf der Lichtung. Der hochgewachsene blonde Mann saß auf einem edlen Ross und trug keinen Helm, wohl aber seinen Harnisch. Borwin hatte ein gutes Gespür für Menschen und Pferde und wusste instinktiv, dass er in diesem Mann seinen Gegner finden würde.

Roberts Anspannung stand seit ihrer letzten Pause kurz vor dem Zerreißen, denn er fühlte, dass ihre Gegner nicht allzu weit von ihnen warteten, und auch Alabaster verhielt sich deutlich unruhiger als noch vor einer halben Stunde. Der Ritter ließ den angrenzenden Waldrand kaum aus den Augen, und er hoffte, vielleicht sogar demnächst einen von Hartwigs Getreuen zu entdecken. Obwohl er sich im Augenblick nicht mehr ganz sicher war, ob sie es am Abend so weit geschafft hatten. Auf der Karte sah die Entfernung von der Senke, in der Hartwig mit seinen Männern die Nacht verbracht hatte, nicht so groß aus. Jetzt, da er selbst schon ein paar Stunden unterwegs war, musste er sich seinen Fehler eingestehen, denn wahrscheinlicher war es, dass die Späher es bis zum Einbruch der Dunkelheit gar nicht so weit geschafft hatten.

Sie ritten seit geraumer Zeit an einem kleinen Bach entlang, der ungefähr zweihundert Meter vor ihnen eine Linksbiegung machte, und auch der Wald war an dieser Stelle breiter. Robert ließ kurzfristig anhalten, und sein Blick wanderte zum wiederholten Male zwischen den dicht beieinanderstehenden Bäumen umher, doch er konnte nichts Außergewöhnliches erkennen. Als er nach kurzem Zögern das Zeichen zum Weiterreiten gab, fiel kein Wort unter den Rittern, nur der Hufschlag der Pferde war zu hören. Robert wurde plötzlich bewusst, dass auch aus dem Wald kaum Vogelgezwitscher zu hören war, und im selben Augenblick bemerkte er ein Aufblitzen zwischen zwei eng zusammenstehenden Bäumen. Er schrie seinen Männern den Befehl zu, stehen zu bleiben und ihre Schwerter zu ziehen, gleichzeitig ergriff er sein Horn und blies mit aller Kraft hinein. Das Signal ertönte zeitgleich mit Geros, und fast unmittelbar darauf stürmten über fünfzig schwer bewaffnete Ritter auf ihren Pferden mit lautem Kampfgeschrei aus dem Wald.

Robert ließ das Horn zu Boden fallen und zog sein Schwert. Seine Männer, anfangs von der Schnelligkeit des Angriffs überrumpelt, brüllten nun ebenfalls aus voller Kehle, und gleich darauf prallten sie aufeinander. Der Ritter hatte keine Zeit mehr, darüber nachzudenken, ob das Signal bis zu Hartwig durchdringen würde, und da die Gegner zahlenmäßig überlegen waren, kämpfte er zuweilen gegen zwei slawische Ritter gleichzeitig. Zwischendurch sah er immer wieder einen seiner Männer zu Boden gehen, und alle kämpften verbissen, nur von Hartwig war nichts zu sehen. Robert saß noch auf Alabaster, als neben ihm Wolfram auftauchte, der es ebenfalls mit zwei slawischen Rittern zu tun hatte. Nachdem Robert sich seines Gegners entledigt hatte, stellte er mit einem raschen Blick zur Seite fest, dass sein Freund auf dem Boden lag.

Fast zu spät bemerkte er, dass ein Slawe mit seinem Schwert ausholte, und konnte den Schlag erst im letzten Moment abfangen. Als er dabei den Halt verlor und von Alabaster heruntergerissen wurde, nutzte sein Gegner den Vorteil und holte erneut mit aller Kraft aus. Robert konnte den vom Pferd aus geführten Schlag nur knapp abwehren, während er mit der freien Hand zum Dolch griff und ihn seinem Gegner ins Bein stach. Als der Mann taumelnd aufschrie, nutzte Robert den günstigen Moment und zog sein Schwert von unten mit aller Wucht hoch, woraufhin der slawische Ritter seitlich vom Pferd fiel. Robert versuchte vergeblich, sich einen Überblick über das Kampfgeschehen zu verschaffen, doch um ihn herum herrschte ein fürchterlicher Tumult. In dem Augenblick sah er, wie sich ein Slawe den Weg zu ihm bahnte.

Der Mann trieb sein großes Schlachtross rücksichtslos zwischen den Kämpfenden hindurch und schlug mit seinem Schwert wahllos auf Roberts Männer ein. Robert streckte einen Gegner nieder und wehrte dann den ersten Schlag des slawischen Ritters ab. Sein Ziel war es, ihn vom Pferd zu holen, denn der Mann war ihm ebenbürtig, und ihm war klar, dass er nur auf dem Boden eine Chance gegen ihn hatte. Zu seinem großen Erstaunen sprang der Mann, der im Gegensatz zu Robert einen Helm trug, so dass sein Gesicht nicht zu erkennen war, freiwillig von seinem großen Ross ab. An Körpergröße stand er Robert kaum nach, und trotz der dicken Panzerung um Brust und Rücken war seine kraftvolle Statur zu erkennen. Beide Schwerter prallten aufeinander, und nur aus weiter Ferne nahm Robert das lang ersehnte Signal wahr.

Hartwig trieb seine Männer immer wieder zur Eile an und gab ein hohes Tempo vor, auch wenn er damit an die Grenzen seiner körperlichen Belastbarkeit ging. Den Gedanken an den nahenden Kampf schob er weit von sich, denn ihm war klar, dass er nicht lange würde standhalten können. Die Wachtposten, die ihnen das Signal weitergeleitet hatten, warteten bereits auf sie. Im Vorbeireiten ließen Hartwigs Männer deren mitgeführte Pferde los, damit sie ihren Kampfgefährten gleich folgen konnten. Dabei achtete Hartwig genau darauf, dass auch alle der von ihm am Abend zuvor ausgesandten Männer wieder auftauchten.

Kurz vor der letzten Biegung konnten sie die Kampfgeräusche schon deutlich hören, als Hartwig schlagartig klar wurde, dass Gero nicht wieder zu ihnen gestoßen war. Einen kleinen Augenblick nur kam in Hartwig der Gedanke auf, dass sein Bruder von den Feinden entdeckt worden sein könnte, doch sofort verwarf er diese Schlussfolgerung wieder, denn dann wäre es mit Sicherheit nicht zu diesem Angriff gekommen. Ein anderer, weit schrecklicherer Gedanke keimte in ihm auf.

Da erschienen wie aus dem Nichts ungefähr fünfzehn slawische Ritter auf ihren Pferden, und Hartwig trieb sein Streitross weiter an. Mit voller Wucht ritt er gegen einen der Gegner, der durch den starken Aufprall aus dem Sattel gehoben wurde, und auch er selbst konnte sich wegen seiner schwachen körperlichen Konstitution nicht mehr halten. Er rappelte sich wieder auf, warf einen Blick über die Schulter und stellte zufrieden fest, dass seine Männer bereits fast alle feindlichen Ritter getötet hatten. Er griff nach den Zügeln seines Pferdes und zog sich wieder in den Sattel, denn ihm war klar, dass er auf dem Boden gegen einen Angreifer keine Chance hatte.

Die anderen sächsischen Ritter waren inzwischen an ihm vorbeigeritten und hatten die kleine Lichtung erreicht, auf welcher der eigentliche Kampf tobte. Hartwig näherte sich ihr mit ungewohnter Langsamkeit, und ein kurzer Blick sagte ihm, dass sie den Slawen nun haushoch überlegen waren. Er hatte Mühe, sich auf seinem Pferd zu halten, und spähte angestrengt nach seinem Freund, wobei er versuchte, auch Gero zu entdecken. Er hoffte immer noch darauf, dass sich dessen Beobachtungsposten in der Nähe befunden hatte und er nicht erst auf seine Gefährten und sein Pferd gewartet, sondern sich sofort ins Kampfgeschehen gestürzt hatte.

Hartwig entdeckte Robert ziemlich schnell, der gerade verbissen mit einem ungefähr gleich großen slawischen Ritter kämpfte. Von Gero war dagegen keine Spur zu sehen, und auch Wolfram fand er nicht. Hartwig führte sein Pferd dichter an das Scharmützel heran, und einer unvermittelten Ahnung folgend, wandte er sich um und suchte die umstehenden Bäume ab. Auf einmal riss er die Augen entsetzt auf, ließ sein Pferd lospreschen und befand sich mit einem Satz mitten im Getümmel, nicht weit von Robert entfernt. Noch im Sprung wurde Hartwigs Pferd getroffen und ging zu Boden, er selbst kam gerade noch rechtzeitig aus dem Sattel. Als er im nächsten Moment einen brennenden Schmerz zwischen seinem Nacken und der linken Schulter spürte, stöhnte er auf und sackte zusammen.

Gero wurde immer ungeduldiger. Der Kampf dauerte nun schon eine kleine Ewigkeit, und noch immer hatte sich keine Gelegenheit ergeben, Robert mit einem gezielten Pfeil aus dem Weg zu räumen. Ihm war klar, dass seine Lage immer aussichtsloser wurde, denn es würde nicht mehr lange dauern, bis Hartwig mit den anderen sechzig Männern auftauchte. Seinem Bruder würde sofort auffallen, dass von ihm jede Spur fehlte, und dann besäße er keine Möglichkeit mehr, den Mord an Robert auf die Slawen zu schieben. Seine Gedanken spielten verrückt, und einen Moment lang war er versucht, sein Vorhaben aufzugeben und das Versteck zu verlassen. Mit ein bisschen Glück würde es keinem von Roberts Männern auffallen, wenn er erst jetzt und noch dazu alleine dazustieß.

Da erschien auch schon sein Bruder mit den restlichen sächsischen Rittern. Gero zuckte mit den Schultern, dann legte er wieder seinen Bogen an und zielte genau. Wider Erwarten hatte er Glück, und durch die Verstärkung hatte sich die Lage leicht geändert. Viele der slawischen Ritter lagen auf dem Boden, und dadurch war die Sicht auf Robert, der noch immer mit seinem Gegner kämpfte, fast frei geworden.

Gero zog den Pfeil bis zum Anschlag durch, und just als er ihn losgelassen hatte, erstarrte er, denn dicht neben Robert war wie aus dem Nichts jemand anderes aufgetaucht. Als der Pfeil traf, wurde Gero leichenblass, aber gleich darauf biss er sich auf die Lippen und begann, so schnell es ihm möglich war, vom Baum herunterzuklettern. Unten angekommen, zog er sein Schwert, umfasste es mit beiden Händen und hob es hoch in die Luft. Dann rannte er los.

Robert hatte sich ducken müssen, als er dicht neben sich ein Aufstöhnen hörte. Mit gehetztem Blick sah er hinter sich, konnte aber in dem Getümmel nichts erkennen. Im letzten Augenblick schaffte er es, sich mit einem Sprung vor dem Schwert seines Gegners in Sicherheit zu bringen. Der Schlag war mit so viel Wucht ausgeführt, dass die große, scharfe Klinge im Boden stecken blieb. Robert sprang blitzschnell auf und holte seinerseits mit aller Kraft aus. Sein slawischer Feind, der ihm während des Kampfes eine Wunde am Bein zugefügt hatte, konnte sich zwar noch aufrichten, aber es gelang ihm nicht mehr, seine Waffe rechtzeitig zur Abwehr zu heben. Im nächsten Augenblick schlug Robert ihm den Kopf ab.

Für den Bruchteil einer Sekunde verharrte der Ritter, atemlos auf sein Schwert gestützt, doch als er dicht hinter sich einen Schrei hörte, fuhr er herum, und ihm bot sich ein furchtbarer Anblick. Gero starrte ihn mit weit aufgerissenen Augen an, sein Körper war von Hartwigs Schwert durchbohrt worden. Der geschwächte Ritter ließ sein Schwert los und kippte nach vorne, sein toter Bruder fiel gleich danach auf ihn.

Robert hastete zu ihm hin, konnte allerdings nicht sofort erkennen, ob Hartwig noch lebte, da Geros Körper ihn zur Hälfte verdeckte. Ein Pfeil ragte direkt zwischen den beiden Teilen der Rüstung aus Hartwigs Schulter heraus, und er befürchtete das Schlimmste.

Der Kampf verebbte allmählich, und Robert ließ sein Schwert fallen. Dann ging er auf die Knie, schob Geros Körper angewidert von Hartwig herunter und drehte seinen Freund vorsichtig auf die Seite. Dabei passte er auf, dass er den Pfeil nicht berührte. Hartwig hatte die Augen halb geöffnet, als Robert seinen Oberkörper leicht anhob. Die Augenlider des Verwundeten flatterten einen kleinen Moment, dann fiel sein Kopf schwer zur Seite. Robert presste die Lippen aufeinander, schloss die Augen und ließ den Kopf auf die Brust sinken. Einen Augenblick verharrte er so, dann riss er sich zusammen. Sanft drückte er seinem Freund die Augen zu und legte ihn vorsichtig auf den Boden. Als er wieder aufsah, stand Wolfram vor ihm, und obwohl er keinen Laut von sich gab, war ihm der Schmerz anzusehen. Er sackte neben Hartwig zu Boden und legte die Stirn auf die Brust seines Bruders.

Robert erhob sich schwerfällig. Keiner der slawischen Ritter hatte überlebt, und auf sächsischer Seite gab es ebenfalls große Verluste. Über die Hälfte aller Männer war gefallen oder lag schwer verwundet am Boden, und auch Wolfram war offenbar verletzt, denn an seinem Arm lief Blut hinab. Wie durch einen Schleier nahm Robert das Ende des Kampfes war, dann straffte er sich und gab die ersten Befehle. Er schickte vier Männer auf dem schnellsten Weg ins Lager zurück, um Fuhrwerke für die Verwundeten zu besorgen, und wies sie an, auch den Mönch und Eilika mitzubringen. Unterdessen legten die überlebenden Sachsen die slawischen Toten weit genug vom Wald aufeinander.

Bevor Robert wieder zum Lager zurückkehren wollte, würde er sie dem Feuer übergeben. Den Auftrag des Herzogs hatte er allerdings nicht vergessen, und so gab er einem der Ritter die Anweisung, den Kopf des Anführers in ein Tuch zu wickeln. Dann erteilte er den Befehl, die eigenen Toten an Ort und Stelle zu begraben. Mit einer einzigen Ausnahme: Geros Leichnam würde dem Feuer zum Opfer fallen. Wolfram, der Roberts Order gehört hatte, erhob keinerlei Einsprüche. Gebrochen saß er neben Hartwig, seinen jüngsten Bruder hatte er dagegen nicht einmal angerührt.

32. KAPITEL

Eilika hatte fast den ganzen Tag in Unruhe verbracht, und nicht einmal ihre Arbeit, die sie sonst immer ganz gefangen nahm, konnte sie von ihren furchtbaren Gedanken ablenken. Als am Nachmittag endlich vier von Roberts Männern gesichtet wurden, ließ sie sofort alles stehen und liegen, um sie mit in Empfang zu nehmen. Schon beim Näherkommen erkannte sie mit schreckensbleicher Miene, dass Robert nicht unter ihnen war. Eilika war fest davon überzeugt, dass es sich um die Überlebenden handeln musste, daher machte sie auf der Stelle kehrt und rannte los, wobei sie um ein Haar gegen Gerald gestoßen wäre. Er rief noch ihren Namen, doch sie blieb nicht stehen, sondern lief bis in ihr Zelt, wo sie sich auf die Decke warf und hemmungslos weinte.

Aus diesem Grund hörte sie kurze Zeit später auch nicht, dass Gerald eingetreten war und sie ansprach. Erst als er ihr eine Hand auf die Schulter legte, schreckte sie hoch und sah mit tränennassem Gesicht und weit aufgerissenen Augen zu ihm auf. Gerald nahm eines der frisch gewaschenen Tücher, die aufgestapelt neben der Decke lagen, und reichte es ihr mit gespielter Entrüstung. »Du hast eine seltsame Art, deine Freude auszudrücken, obwohl es angesichts der vielen Toten natürlich genug Grund zum Trauern gibt.«

Verstört setzte sie sich auf. »Was meinst du? Gibt es etwa noch mehr Überlebende?« Als sie Geralds frohen Gesichtsausdruck bemerkte, packte sie ihn bei den Schultern. »Gehört Robert zu ihnen? Sagt schon, ist er verletzt?«

Der Ritter stand auf und zog sie mit sich hoch. »Dreimal ja als Antwort. Es gibt noch mehr Überlebende, Robert gehört dazu, und er ist wohl leicht verletzt. Außerdem schickt er nach dir, damit du dich an Ort und Stelle um die Verwundeten kümmern kannst.«

Eilika sprang auf, wischte sich schnell die Tränen weg und schnappte ihren Beutel, dann lief sie aus dem Zelt, gefolgt von Gerald. Unterwegs trafen sie auf Ingulf und Bruder Bernhard. Eilika gab ihm im Vorbeilaufen die Anweisung, dem Arzt Bescheid zu sagen, dass er sich bereithalten möge. Zwei Fuhrwerke standen schon da, und der Mönch ging zielstrebig auf eines davon zu.

Die junge Heilerin blieb stehen und wandte sich bittend an Gerald: »Wäre es nicht möglich, dass ich wieder die Stute bekomme? Damit könnte ich viel schneller bei den Verletzten sein.«

Er antwortete nicht, sondern rief Wenzel herbei, der sich in der Nähe aufhielt, und kurze Zeit später kam der Junge mit dem Pferd wieder, auf dem Eilika schon des Öfteren geritten war. Zusammen mit Gerald machte sie sich auf den Weg, und da sie ein schnelles Tempo vorlegten, hatten sie nach ungefähr einer Stunde ihr Ziel erreicht.

Die freudige Stimmung Eilikas war bei dem Bild des Grauens, das sich ihr bot, augenblicklich verflogen. Roberts Männer hatten zwar schon einige der Toten in ein großes, frisch ausgehobenes Loch gelegt, doch allein die aufgetürmten Körper der slawischen Ritter waren schrecklich anzusehen. Langsam stieg die Heilerin vom Pferd und ging mit Gerald zu den Verletzten, die in einer Reihe lagen. Sie nahm an, dort auch Robert zu finden, und als sie plötzlich hinter sich seine Stimme hörte, fuhr sie herum.

Zusammen mit Wolfram war er dabei, ein Grab auszuheben, und sie arbeiteten beide mit den gleichen ruhigen Bewegungen. Roberts Oberschenkel war mit einem schmutzigen Tuch abgebunden, und Eilika ging spontan zu ihm hin. Obwohl sie wusste, dass die anderen Männer ihre Hilfe nötiger brauchten, musste sie sich Roberts Verletzung vorher wenigstens aus der Nähe ansehen. Ihr war klar, dass sie ihre Freude über seinen Anblick zurückhalten musste, denn nach wie vor wusste kaum einer von ihrer Eheschließung. Doch sie war so glücklich darüber, ihren Gemahl lebend vorzufinden, dass es ihr ziemlich egal war. Als sie unmittelbar vor ihm stehen blieb, hatten weder Robert noch Wolfram sie bemerkt, so vertieft waren die beiden in ihre Arbeit. Als Eilika den Ritter ansprach, hielt er inne und drehte sich um.

Sie schrak zusammen, denn sein Gesicht und die Kleidung waren blutverschmiert, und an den Händen hatte die frische Erde das bereits getrocknete Blut teilweise überdeckt. Schweißtropfen liefen ihm über Stirn und Wangen, und die Haare klebten ihm am Kopf. Alles in allem gab es keinen Unterschied zwischen seinem Aussehen und dem der anderen Männer, doch Eilika hatte ihn noch nie so gesehen. Wortlos ließ Robert den Spaten fallen und zog sie in die Arme.

Sie ließ es geschehen, wagte allerdings einen leisen Protest. »Robert, die Männer! Du weißt doch, der Herzog ...« Nach einem Blick von ihm brach sie ab und schloss die Augen. Es kam ihr vor wie eine Ewigkeit, als sie sich wieder voneinander lösten.

Leiser und doch bestimmt sagte er: »Es ist mir egal. Kümmere dich um die Verwundeten, auch wenn der eine oder andere wahrscheinlich nicht mehr mit uns kommen wird.«

Eilika nickte und wollte schon gehen, als sie fragend auf das Grab deutete. »Wieso hebt ihr zusätzlich ein einzelnes aus? Die Männer haben doch dort hinten bereits ein großes Loch geschaufelt.«

Als Antwort zeigte Robert nur stumm auf einen Mann, der ein paar Meter entfernt auf dem Boden lag. Sein Körper war verdeckt, und beim Näherkommen erkannte Eilika, dass es sich um Roberts Decke handelte. Sie kniete nieder und zog das große Tuch langsam zur Seite, und noch bevor sie Hartwigs Gesicht sah, wusste sie instinktiv, dass es sich um ihn handelte. Tränen liefen ihr übers Gesicht, und sie strich ihm vorsichtig mit der Hand über die eingefallene Wange. Als sie ihn wieder abdecken wollte, hinderte Gerald sie daran. Er hatte sich mittlerweile ebenfalls hingekniet, und die Trauer war auch ihm deutlich anzusehen. Robert starrte immer noch zu ihnen herüber, sein Gesicht wirkte wie versteinert, dann wandte er sich ohne ein weiteres Wort wieder seiner Arbeit zu. Eilika straffte sich und ging zu den Verwundeten.

Einige Stunden später schmiegte sie sich in Roberts Arme. Es war schon fast Mitternacht, und Eilika gönnte sich eine kurze Verschnaufpause, denn sie hatte unentwegt die Verwundeten versorgt und ihnen Mut zugesprochen. Einen der Schwerverletzten hatten sie noch am Schauplatz des Kampfes mit den anderen begraben müssen, und ein zweiter war am frühen Abend gestorben. Von den slawischen Gegnern hatte überraschenderweise einer bis zum Abend überlebt, und Robert hatte darauf bestanden, ihn mit ins Lager zu nehmen. Sein Tod belastete Eilika genauso sehr wie all die anderen. Des Weiteren hatte Eilika dem Arzt bei drei Amputationen helfen müssen, und nun war sie zwar völlig erschöpft, doch wurde ihre Hilfe wahrscheinlich die ganze Nacht über gebraucht. Mehrere der Kranken, die an Durchfall und Erschöpfung litten, hatten ins Freie gebracht werden müssen, denn die Männer, die den Kampf mit den Slawen überlebt hatten, benötigten die Plätze jetzt dringender.

Nach der Ankunft im Lager hatte Robert sich sofort zum Herzog begeben, in der Hand eine blutverschmierte Decke, die den geforderten Beweis enthielt. Eilika hatte nicht weiter nachgefragt, sie konnte es sich schon denken und hegte keinerlei Verlangen danach, sich den Inhalt näher anzusehen.

Es dauerte lange, bis Robert zurückkam, und erst jetzt ließ er es zu, dass sie sich seine Verletzung am Bein ansah, die lang, aber zum Glück nicht sehr tief war. Nachdem Eilika die Wunde versorgt hatte, schickte sie Robert kurzerhand in sein Zelt, damit er sich endlich ein wenig ausruhen konnte. Da er ihr nicht widersprach, wusste sie, wie dringend nötig er die Ruhe hatte.

Lange nach Einbruch der Dunkelheit ließ sie sich erschöpft auf ihre Decke fallen, fuhr jedoch erschreckt wieder hoch. Robert fluchte leise, denn sie hatte sich unabsichtlich halb auf seine frische Wunde gesetzt.

Verärgert zischte sie ihn an: »Habe ich dir nicht gesagt, dass du in dein Zelt gehen sollst? Du brauchst Ruhe!«

Robert rutschte zur Seite und zog sie an sich. Halb schlafend murmelte er: »Die habe ich am besten bei dir.«

Eilika musste mit sich kämpfen, damit sie nicht ebenfalls einschlief, und nach kurzer Zeit erhob sie sich wieder, um zurück an die Arbeit zu gehen. Erst gegen Morgen, als es bereits anfing zu dämmern, gönnte sie sich ein paar Stunden Schlaf.

Als sie erwachte, war der Platz neben ihr leer. Sie stand auf und wusch sich die Müdigkeit aus dem Gesicht, anschließend band sie sich die Haare wie gewohnt im Nacken zusammen und verließ das Zelt. Ihr erstes Ziel waren die Verwundeten, und zu ihrer großen Erleichterung hatten alle die Nacht überlebt. Der junge Mann, dem der Arzt einen Arm hatte abnehmen müssen, hatte allerdings hohes Fieber. Eilika kümmerte sich zunächst um ihn, und nachdem sie alles in ihrer Macht Stehende für ihn getan hatte, ging sie zu den anderen.

Nach einiger Zeit kam Gerald vorbei. »Ich wollte dich holen, falls du dabei sein möchtest. Der slawische Fürst wird in Kürze erwartet, und alle, die im Augenblick an keine Aufgaben gebunden sind, haben sich in einiger Entfernung von dem Zelt versammelt.«

Eilika warf einen Blick in die Runde und entschloss sich nach kurzem Zögern, das Angebot anzunehmen, denn die meisten ihrer Patienten waren versorgt, und sie war sicher bald zurück. Schnell holte sie sich ihren Umhang und folgte Gerald.

Als sie nach zehn Minuten auf dem freien Platz ankamen, herrschte dort bereits ziemlicher Aufruhr. Gerald führte sie an allen anderen vorbei, so dass sie einen relativ guten Blick auf das einsam stehende Zelt hatten. Auf der sächsischen Seite entdeckte sie fünf Ritter auf ihren Pferden, von denen sie zwei auf Anhieb erkannte. In der Mitte auf seinem Schimmel befand sich Herzog Heinrich, der einen dunkelblauen Umhang trug und darunter wie alle anderen auch seine Rüstung angelegt hatte. An seiner rechten Seite entdeckte sie Robert, dessen Rüstung wieder in der Sonne schimmerte. Von dem Schmutz und getrockneten Blut war nichts mehr zu erkennen, und Eilika war sich sicher, dass ihr Bruder einige Zeit gebraucht hatte, um alles zu säubern. Die anderen Ritter waren ihr unbekannt.

Plötzlich ging ein Raunen durch die Menge, und das Tor der Festung Dobin öffnete sich mit einem knarrenden Geräusch. Gleich darauf erschienen ebenfalls fünf berittene Männer in ihren Rüstungen, und Eilika nahm an, dass es sich bei dem großen dunkelhaarigen Ritter in der Mitte um den Abodritenfürsten handelte. Der jüngere Mann an seiner linken Seite musste sein Sohn sein, denn die Ähnlichkeit war unverkennbar, mit dem einzigen Unterschied, dass der Sohn keinen Schnurrbart trug. Sie blieben mit einigem Abstand vom Zelt stehen, und als Fürst Niklot absaß, taten es ihm alle anderen gleich. Beide Gruppen gingen aufeinander zu, bis sie an dem Zelt angekommen waren, doch sie traten nicht ein. Spannung lag in der Luft.

Der Herzog ergriff als Erster das Wort, und da ringsherum Totenstille herrschte, konnte Eilika alles gut verstehen. »Ihr habt von mir den Beweis gefordert, dass es Eure Männer sind, die heimtückische Überfälle auf einzelne unserer Gruppen durchgeführt haben. Obwohl wir Waffenruhe vereinbart hatten, wurden meine Männer gestern erneut angegriffen. Doch nun hat sich das Blatt gewendet. Seid Ihr immer noch an der Wahrheit interessiert?«

Eilika konnte deutlich erkennen, dass der Fürst nickte, woraufhin Heinrich der Löwe sich umwandte, um einem seiner Männer ein Zeichen zu geben. Weder Robert noch einer der anderen sieben Ritter hatte sich gerührt, und keiner von ihnen ließ den anderen aus den Augen. Es dauerte nicht lange, bis sich aus der großen Menge der umstehenden Männer jemand löste und auf die beiden kleinen Gruppen zuging, in der Hand eine Decke, die er an den Enden zusammenhielt. Dicht vor dem Herzog verbeugte er sich tief und griff dann mit der anderen Hand nach einem weiteren Zipfel der Decke. Das Ende fiel zu Boden, und der Inhalt rollte vor die Füße der slawischen Delegation.

Eilika schloss schaudernd die Augen. Dem Fürsten war keinerlei Regung anzusehen, doch sein Sohn konnte den Schrecken nicht verbergen. Angstvoll sah die Heilerin zu, wie seine Hand zum Griff des Schwertes glitt, doch gleich darauf legte sich die Hand des Fürsten fest auf die seines Sohnes und hielt ihn zurück. Zitternd wanderte Eilikas Blick zu Robert hinüber, der ebenfalls sein Schwert ergriffen hatte. Es schien eine halbe Ewigkeit zu dauern, bis der Sohn des Fürsten den Griff löste, doch dann war nur noch seinem maskenhaften Gesicht die unterdrückte Wut anzusehen.

Gleich darauf ergriff Fürst Niklot das Wort. »Ihr habt mir den Beweis erbracht, und zu meinem großen Bedauern handelt es sich hierbei um einen Neffen von mir. Allerdings lege ich Wert darauf zu erklären, dass er die Überfälle auf Eure Männer ohne mein Wissen durchgeführt hat. Erlaubt mir, seine sterblichen Überreste anständig zu beerdigen, dann steht von meiner Seite aus weiteren Verhandlungen nichts mehr im Wege.«

Herzog Heinrich nickte und ging zum Zelt, während Robert und die anderen sich in einigem Abstand davon postierten. Fürst Niklot folgte dem Sachsenherzog, und seine Männer bezogen ebenfalls Stellung. Zwischenzeitlich war ein weiterer Reiter aus der Burg gekommen, hatte den schauerlichen Beweis in ein Tuch verpackt und mitgenommen, während die Menge sich langsam zerstreute.

Als Eilika am nächsten Morgen die Augen aufschlug, war der Platz an ihrer Seite immer noch leer, allerdings lag Roberts Decke aufgeschlagen neben ihr am Boden. Sie wusste im ersten Augenblick nicht, worüber sie sich mehr ärgern sollte: darüber, dass er sie nicht geweckt hatte, oder darüber, dass sie ihn nicht gehört hatte. Schnell sprang sie auf, und wenige Minuten später war sie draußen. Jetzt, Anfang September, war es am Morgen schon merklich kühler, und leichte Nebelschwaden hingen in der Luft. Nach kurzem Überlegen ging Eilika erst an ihre Arbeit, bevor sie sich auf die Suche nach Robert begab, und zwei Stunden später verließ sie zufrieden das Krankenlager, denn auch der junge Mann, der nach der Amputation mit hohem Fieber gekämpft hatte, war über den Berg.

Einen Moment blieb die junge Heilerin unschlüssig stehen, sie war sich nämlich nicht ganz sicher, wo sie mit der Suche beginnen sollte. Weder Gerald noch Wolfram hatte sie bisher zu Gesicht bekommen, und auch von ihrem Bruder war keine Spur zu sehen, was sie allerdings nicht sehr verwunderte. In den letzten Wochen hatte er sich immer mehr von ihr zurückgezogen. Er war inzwischen dreizehn Jahre alt, und es war nicht mehr zu leugnen, dass sie sich an den Gedanken gewöhnen musste, nicht mehr den »kleinen Bruder« in ihm zu sehen.

Gerade als Eilika beschlossen hatte, es zuerst bei den Pferden zu versuchen, hörte sie das Klirren von Schwertern. Das Geräusch kam eindeutig vom Platz hinter dem Zelt, in dem die Kranken untergebracht waren. Rasch lief sie daran vorbei und blieb mit offenem Mund stehen, denn vor ihr war Robert darin vertieft, Ingulfs Schwertattacken abzuwehren. Eilika sah den beiden eine Weile zu. Schließlich schien der Ritter genug zu haben, denn die Waffe ihres Bruders flog ihm nach einem gekonnten Schlag Roberts aus der Hand.

»Hattest du gestern nicht genug Gelegenheiten, dein Schwert zu benutzen?«

Beide sahen zu ihr hinüber, und Ingulf, der gerade sein Schwert wieder aufhob, war deutlich außer Atem.

Robert steckte die Waffe zurück in die Scheide, ging auf Eilika zu und nahm sie zu ihrer Verblüffung in die Arme, um sie zärtlich zu küssen. Sie hatte angenommen, dass ihre gestrige Umarmung auf dem Schlachtfeld eine Ausnahme darstellte, doch anscheinend hatte Robert sich dazu entschlossen, ihre Verbindung nicht länger geheim zu halten. Sie konnte ja nicht wissen, dass der Herzog Robert von der Verpflichtung zur Geheimhaltung entbunden hatte, als Dank für den schnellen Erfolg.

Als sie sich wieder voneinander lösten, stellte Eilika errötend fest, dass einige Männer sie amüsiert beobachteten. Ärgerlich versuchte sie, ihren Gemahl von sich zu schieben. »Kannst du das bitte lassen, wenn wir Zuschauer haben?«

Freudig umfasste er ihre Hände und hielt sie ein wenig von sich weg. »Keineswegs! Ich habe sogar vor, in Zukunft jede Möglichkeit zu nutzen, die sich mir bietet, schließlich sind wir verheiratet.«

Wütend über seine sichtliche Erheiterung, versuchte sie, sich aus seinem Griff zu befreien. »Du hast vor lauter Freude wohl die Anweisung des Herzogs vergessen.«

»Nein, die ist inzwischen hinfällig. Komm, wir gehen

ein kleines Stück, dann kann ich dir alle Neuigkeiten berichten. Ach, und was Ingulf betrifft: Du wirst dich daran gewöhnen müssen, denn ich habe ihm versprochen, seinen gesunden Arm so zu stärken, dass er den anderen nicht mehr braucht, um sein Schwert zu führen. Außerdem bin ich es Hartwig schuldig, er hat so viel mit dem Jungen geübt, dass ich einfach weitermachen muss.« Damit ließ er Eilikas Handgelenke los und bot ihr seinen Arm.

Ihre Wut war so schnell verraucht, wie sie gekommen war. Sie hakte sich bei ihm ein, und beide schlugen die Richtung zum Wald ein. Ingulf sah ihnen grinsend nach.

Keiner von ihnen sprach ein Wort, sondern sie genossen schweigend das Gefühl der Vertrautheit. Nach einer Weile unterbrach Robert die Stille: »Es hat gestern doch länger gedauert, wie du sicherlich festgestellt hast. Herzog Heinrich und Fürst Niklot sind erst am Abend auseinandergegangen, leider mit keinem endgültigen Ergebnis. Doch sie treffen sich heute wieder, was heißt, die Waffenruhe gilt weiterhin, und auch die Aussichten auf eine baldige Einigung sind gar nicht so schlecht.«

Mittlerweile hatten sie den Waldrand erreicht, wo sie sich ein schattiges Plätzchen suchten und sich ins weiche Gras setzten. Robert zog Eilika an sich, und sie ließ es gerne geschehen.

»Wie würde eine solche Einigung aussehen? Ich kann mir nicht vorstellen, dass der Fürst seine Festung kampflos aufgibt.«

»Das würde er mit Sicherheit niemals tun, aber ihm ist klar, dass seine Lage mindestens so aussichtslos ist wie unsere. Die Versorgungslage wird bestimmt nicht besser, je weiter das Jahr voranschreitet, und beiden Fürsten liegt daran, zu einer zufriedenstellenden Lösung zu gelangen. Heinrich der Löwe will nicht mehr Zeit als nötig hier bei der Belagerung verlieren, und ich bin mir sicher, dass genügend andere Aufgaben auf ihn warten, und auch Fürst Niklot würde uns bestimmt lieber heute als morgen abziehen sehen. Nachdem die beiden sich gestern getrennt hatten, bat der Herzog mich und ein paar weitere Ritter zu sich, deshalb bin ich auch so guter Stimmung. Es scheint darauf hinauszulaufen, dass der Herzog sich auf einen baldigen Abzug einlässt, wenn die Abodriten eine Erklärung abgeben, in der sie sich zum christlichen Glauben bekennen. So weit ist alles wohl auch schon beschlossen, es liegt jetzt nur noch daran, dass sich Fürst Niklot bisher geweigert hat, die Absicht durch eine Taufe zu untermauern. Allerdings bin ich mir ziemlich sicher, dass es sich dabei nur um eine Frage der Zeit handelt, gewiss werden sie heute oder morgen zu einer Einigung gelangen.«

Eilika setzte sich aufrecht hin. »Heißt das etwa, dass wir schon bald zurückkehren können?«

Robert antwortete mit fester Stimme: »Wenn du damit meinst, dass du mir überallhin folgen wirst, so lautet die Antwort Ja.«

Mit unschuldigem Lächeln gab sie zurück: »Ich dachte mir schon, dass ich nach unserem Eheversprechen sowieso keine andere Wahl habe.«

Robert drückte sie sanft mit dem Rücken auf den Boden, dann beugte er sich dicht über sie und flüsterte: »Ich bin froh, dass du es endlich eingesehen hast.« Bevor sie antworten konnte, verschloss er ihr die Lippen mit seinem Mund, während seine Hand an ihrem Körper hinabglitt und ihn in Flammen setzte. Eilika erwiderte seine Liebkosungen heftig, und für einen Augenblick vergaß sie ihre Umgebung völlig. Langsam ließ Robert von ihr ab und hob den Kopf. Seine leisen Worte klangen rau. »Ich bin zwar völlig verrückt nach dir, aber wäre es nicht besser, bis heute Nacht zu warten?«

Schlagartig wurde Eilika wieder in die Gegenwart versetzt, deshalb rollte sie sich mit hochrotem Gesicht unter ihm hervor und stand schnell auf. Während sie sich ein paar vereinzelte Grashalme von ihrem Kleid wischte, funkelte sie ihn wütend an. »Hat es dich jemals gestört, ob es Tag oder Nacht ist?«

Robert sprang auf und nahm sie lachend in seine Arme. »Entschuldige, Liebes, ich wollte dich nur ein wenig necken. Du siehst so hinreißend aus, wenn du wütend bist!« Dabei fasste er in ihre Haare und hielt ihr anschließend ein Blatt vors Gesicht. »Das hast du wohl vergessen. Sei mir nicht mehr böse, ich werde versuchen, mich zu bessern.«

Eilika knuffte ihn leicht in die Seite, konnte ein Schmunzeln jedoch nicht verbergen. »Ich kann dir sowieso nicht lange böse sein, aber wenn du dir den Bart nicht endlich zurechtstutzt, könnte es gut sein, dass ich heute Nacht keine Lust habe, meinen ehelichen Pflichten nachzukommen«, gab sie schnippisch zurück. Dann entwand sie sich seinem Griff. Er sah so verdutzt aus, dass sie nicht anders konnte, als ihm einen flüchtigen Kuss auf die Wange zu geben. Dicht an seinem Ohr flüsterte sie: »Falls du aber nicht dazu kommen solltest, bin ich sicher, dass du mich schnell vom Gegenteil überzeugen kannst.«

Bevor sie von ihm abrücken konnte, hatte Robert sie mit beiden Armen umschlungen. »Der Ausdruck ›eheliche Pflichten‹ gefällt mir ganz und gar nicht, vielleicht kann ich ja gleich damit anfangen, dich vom Gegenteil zu überzeugen.«

»Robert, lass mich, da hinten kommen Reiter!« Eilika drückte ihn mit aller Kraft von sich und stolperte, als er sie unerwartet losließ.

Die Gruppe von ungefähr zehn Männern änderte kurz darauf die Richtung und Eilika atmete auf, denn sie hatte sich noch immer nicht daran gewöhnt, Roberts öffentliche Liebesbekundungen als normal zu betrachten. Als sie ein kratzendes Geräusch vernahm, drehte sie sich zu ihm um. Robert hatte sich hingekniet und hielt einen Stock in der Hand, mit dem er in den lockeren, teilweise sandigen Boden ein großes Haus mit spitzem Dach malte, das an einem Fluss stand.

Eilika hockte sich interessiert neben ihn. »Was machst du da?«

Robert warf den Stock achtlos zur Seite und wies mit einer einladenden Handbewegung auf die Zeichnung. »Das, meine Liebe, ist unser neues Zuhause! Ein schönes, sicheres Steingebäude, damit du dich ungestört meinen Küssen und sonstigen Zuwendungen hingeben kannst. Deine Schamhaftigkeit endet genau hinter dieser Tür!« Er drückte mit seinem Zeigefinger auf die sandige Haustür, dann zog er Eilika mit sich hoch. »Wie gefällt dir das? Ingulf wird seine Ausbildung bei mir in Ruhe beenden, und wer weiß, vielleicht bekommt er ja bald noch eine neue Aufgabe – als Onkel.«

Eilika blickte verträumt auf das Sandgebilde. »Hat der Herzog dir gesagt, welches Stück Land du erhältst?«

Robert nickte. »Gestern Abend, nachdem alle gegangen waren. Es ist gutes Land, mit allem, was wir brauchen: einem Stück Wald zum Jagen, Wiesen zum Roden und einem Fluss, den die Menschen Lagina nennen. Ganz in der Nähe befinden sich die Pfalz Grona und eine kleine Siedlung, so dass du immer genug zu tun haben wirst. Es wird dir dort bestimmt gefallen!«

Eilika strahlte ihn glücklich an. »Von mir aus könnte es auch eine kleine, schiefe Hütte sein. Hauptsache, du bist bei mir.« Sie stellte sich auf die Zehenspitzen und zog mit sanftem Druck seinen Kopf zu sich herunter.

ANMERKUNGEN DER AUTORIN

Der Entschluss zu einem Wendenkreuzzug wurde wahrscheinlich zwischen den Reichstagen zu Speyer Ende Dezember 1146 und zu Frankfurt Mitte März 1147 gefasst. Der Kreuzzug war im machtpolitischen Interesse der sächsischen Fürsten, vor allem der beiden einflussreichsten, Albrechts des Bären und Heinrichs des Löwen, und dauerte ungefähr drei Monate. Es waren zwei Heere unterschiedlicher Größe daran beteiligt. Das deutlich größere Kreuzfahrerheer unter Albrecht dem Bären, dem sich auch Konrad von Meißen anschloss, rückte im Juli von Magdeburg aus vor. Sie nahmen den Weg über Havelberg, dessen Bischof Anselm sich als päpstlicher Legat ebenfalls beim Heer befand. In Malchow kam es zur Zerstörung eines Heiligtums, die im Buch dargestellten Kämpfe entspringen allerdings meiner Fantasie. Am Ende erreichten die Sachsen die Festung Demmin, von wo aus wahrscheinlich ein Teil der Soldaten nach Stettin weiterzog.

Das kleinere Heer unter der Führung von Heinrich dem Löwen zog gegen Niklot, den Fürsten der Abodriten, in den Kampf. Dieser hatte Ende Juni einen Überraschungsangriff gegen mehrere sächsische Siedlungen und den Handelsort Lübeck geführt. Dieser Angriff erfolgte allerdings erst, nachdem der Kreuzzug beschlossen worden war, und es ist davon auszugehen, dass der Abodritenfürst vorab davon erfahren hatte. Nach den Ausführungen in der Slawenchronik des Predigers Helmold von Bosaus sind dabei über dreihundert Menschen gestorben. Außerdem erbeuteten die Abodriten zahlreiche Sachgüter und machten Gefangene. Anschließend trieb Fürst Niklot die Verteidigungsmaßnahmen an der Festung Dobin voran, übrigens das Ziel des zweiten Heeres.

Der Kreuzzug endete nach einer Scheintaufe und den eher vordergründigen Erklärungen der Abodriten, den christlichen Glauben anzunehmen. Tatsächlich lässt der Wendenkreuzzug von 1147 sehr deutlich erkennen, dass es für die Teilnehmer mehr um machtpolitische Interessen sowie wirtschaftliche Einflussgebiete und nicht um Fragen von Glauben und Christentum ging.[1]

Die Äbtissin des Quedlinburger Stifts hieß zur damaligen Zeit tatsächlich Beatrix II. und war eine Halbschwester von Sophie von Winzenburg, der Frau des Markgrafen Albrecht. Charakterisierung und Geschehnisse sind allerdings frei erfunden.

Der Name der Mutter Albrechts des Bären lautete Eilika, und sie musste von der Bernburg fliehen, als diese wegen einer Fehde zwischen Welfen und Hohenstaufern von welfischen Sachsen belagert wurde. Dabei wurde die Burg niedergebrannt und um 1150 durch Markgraf Albrecht, der ursprünglich Adalbert hieß und erst später Albrecht genannt wurde, wieder aufgebaut.

Bereits im elften Jahrhundert befand sich an der Stelle der Burg Dankwarderode eine brunonische Befestigung (castrum Tanquarderoth), an deren Stelle um 1160 mit dem Bau der Burg Heinrichs des Löwen begonnen wurde.

Alle anderen Personen und Ereignisse sind frei erfunden.

---

1 Siehe dazu auch: Gerd Biegel, *Heinrich der Löwe*, Meyer Verlag, Braunschweig 1995

DANKSAGUNG

Die Autorin möchte folgenden Personen danken: Andrea Wildgruber vom Ullstein Taschenbuch Verlag, und Joachim Jessen, meinem Agenten, ohne die dieses Buch noch immer nur als Manuskript existieren würde; meiner Lektorin Angela Troni für ihre konstruktive Kritik und wundervollen Anregungen; meiner Mutter und Verena, die mit Begeisterung auf jede Mail reagierten, in deren Anhang weitere fünfzig Seiten Lesestoff warteten; Rosa und meiner Freundin Susanne, die sich trotz mangelnder Lesesucht tapfer durch alle Seiten gearbeitet haben; meinen ehemaligen drei Kolleginnen aus dem Literaturbüro, Andrea, Gisela und Susanne, für ihre hilfreichen und wertvollen Tipps; meiner Hausärztin, Frau Dr. Andrea Roderfeld, für ihre fachliche Unterstützung, sowie meiner Freundin Silke, die durch ihr Sachbuchgeschenk überhaupt erst den Anstoß gab.

Nicht zuletzt gebührt mein Dank meinem Mann und meinen Kindern, die mich bei meinem Vorhaben unterstützt haben und sich mit mir freuen.

JETZT NEU

 Aktuelle Titel | **Login/** Registrieren | **Über Bücher** diskutieren

Jede Woche vorab in einen brandaktuellen Top-Titel reinlesen, ...

... Leseeindruck verfassen, Kritiker werden und eins von **100** Vorab-Exemplaren gratis erhalten.

 vorablesen.de